LA FANTASTIQUE FAMILLE TELEMACHUS

Daryl Gregory est un auteur américain qui a surtout écrit de la science-fiction et de la fantasy. Sa novella *Nous allons tous très bien, merci* a remporté le World Fantasy Award et le Shirley Jackson Award.

DARYL GREGORY

La Fantastique Famille Telemachus

ROMAN TRADUIT DE L'ANGLAIS (ÉTATS-UNIS)
PAR LAURENT PHILIBERT-CAILLAT

JC LATTÈS

Titre original :

SPOONBENDERS
Publiée par Alfred A. Knopf,
un département de Penguin Random House LLC, New York.

ISBN : 978-2-253-10042-3 – 1re publication LGF

« Il semblerait que la chose qui provoque ces phénomènes n'a aucune envie qu'on les authentifie. »

Uri Geller

1995

JUIN

1
Matty

Matty Telemachus sortit de son corps pour la première fois durant l'été 1995, à l'âge de quatorze ans ; il serait toutefois plus juste de dire que son corps l'expulsa et expédia sa conscience dans les airs sur un geyser de désir et de honte.

L'instant d'avant, il était agenouillé dans un placard, une main moite posée contre la cloison crayeuse, l'œil droit dans l'alignement du trou situé à l'arrière d'une prise électrique démontée. De l'autre côté du mur, sa cousine Mary Alice et son amie blonde, blanche et potelée. Janice ? Janelle ? Sûrement Janelle. Les filles – toutes deux plus âgées que lui de deux ans, lycéennes, autant dire de vraies femmes – étaient couchées sur le lit côte à côte, appuyées sur leurs coudes, face à lui. Janelle portait un t-shirt à paillettes, mais Mary Alice – laquelle avait annoncé l'année précédente qu'il fallait désormais l'appeler « Malice » – était vêtue d'une chemise en flanelle rouge trop grande qui tombait négligemment de son épaule. Le regard de Matty glissait dans l'échancrure béante du vêtement, suivait le renflement de chair qu'elle révélait et se perdait dans l'ombre. Il était presque sûr qu'elle portait un soutien-gorge noir.

Les deux adolescentes consultaient l'annuaire du lycée en se partageant les écouteurs du Discman de Mary Alice, dont le câble pendait entre elles comme un bréchet de poulet. Matty n'entendait pas la musique, mais c'était sûrement un album qu'il ne connaissait pas ; quelqu'un qui se faisait appeler « Malice » n'aurait jamais toléré un groupe populaire. Une fois, elle l'avait surpris à fredonner une chanson de Hootie & the Blowfish et lui avait lancé un regard si méprisant qu'il s'en était étranglé.

Sa cousine avait visiblement décidé de le battre froid, et pourtant il détenait la preuve qu'avant elle l'aimait bien – un Polaroid de Noël sur lequel une Mary Alice souriante de quatre ans serrait dans ses bras bruns un nourrisson pâle qui n'était autre que Matty. Cependant, durant ces six derniers mois, depuis que le garçon et sa mère étaient revenus à Chicago pour emménager chez papy Teddy, elle lui avait à peine adressé la parole. Alors qu'ils se voyaient presque une semaine sur deux. Il essayait de se montrer aussi cool qu'elle et faisait semblant de l'ignorer. Jusqu'à ce que l'odeur de son chewing-gum et de ses cigarettes fasse une queue de poisson à la partie rationnelle de l'esprit de Matty et l'expédie contre un arbre sur le bas-côté.

De désespoir, il avait rédigé trois commandements à sa propre intention :

1. Si ta cousine est dans la même pièce, n'essaie pas de regarder dans sa chemise. Ça craint.
2. N'aie pas de pensées impures envers ta cousine.
3. Ne te tripote sous aucun prétexte en ayant des pensées impures envers ta cousine.

Ce soir-là, à ce moment précis, les deux premiers commandements furent abattus en plein ciel et le troisième se retrouva dans la ligne de mire. Les adultes – à l'exception d'oncle Buddy, qui ne sortait plus vraiment de la maison – étaient partis dîner en ville, manifestement dans un restaurant chic : sa mère avait revêtu sa jupe d'entretien d'embauche, oncle Frankie, en veston et polo de golf, ressemblait à un agent immobilier, et tante Loretta, la femme de Frankie, était moulée dans un costume pantalon lavande. Papy Teddy, lui, portait naturellement un smoking et le Chapeau – dans l'esprit de Matty, « Chapeau » prenait toujours une majuscule. Mais, pour l'occasion, cet uniforme avait été légèrement agrémenté de boutons de manchette en or, d'une pochette fantaisie et de sa montre la plus luxueuse – celle sertie de diamants. Il était prévu qu'ils rentrent tard et que les enfants de Frankie dorment ici. Ce dernier avait préparé plusieurs litres de jus de goji en poudre Go ! et posé cérémonieusement un billet de vingt dollars près du pichet avant de se tourner vers ses filles : « Je veux ma monnaie », avait-il ordonné à Mary Alice. Puis il avait désigné les jumelles. « Quant à vous, essayez de ne pas foutre le feu à la putain de baraque, d'accord ? » Visiblement, Polly et Cassie, sept ans, ne l'avaient pas écouté.

Théoriquement, oncle Buddy était responsable des enfants, mais ceux-ci se savaient livrés à eux-mêmes pour la soirée. Buddy vivait dans son propre monde, une planète à haute gravité qu'il ne quittait qu'avec beaucoup de difficulté. Il travaillait sur ses projets du moment, rayait les jours sur le calendrier du frigo à l'aide d'un pastel rose, et parlait le moins possible aux gens. Il n'aurait jamais ouvert la porte au livreur de pizza ; ce fut Matty qui, armé du billet, s'en était chargé, avant de déposer consciencieusement les deux dollars de monnaie au centre de la table.

Grâce à une chorégraphie parfaitement réglée, Matty avait réussi à doubler Janelle l'Intruse et les jumelles pour s'asseoir à côté de Mary Alice. Il avait ainsi passé le repas tout près d'elle, conscient de chaque centimètre qui séparait sa main de celle de sa cousine.

Buddy avait pris une part de pizza, avant de disparaître dans la cave. Et le gémissement aigu de la scie à ruban avait été, pendant des heures, le seul signe de sa présence. Célibataire, il avait toujours vécu ici, avec papy Teddy. Il se lançait régulièrement dans de nouvelles entreprises – démolition, planification, agrandissements – qu'il ne menait jamais à leur terme.

À l'image de la chambre à moitié construite dans laquelle était caché Matty.

Jusqu'à récemment, cette pièce et celle d'à côté faisaient partie d'un grenier partiellement aménagé. Buddy avait ôté l'isolation, fabriqué des placards, posé des lignes électriques, installé des lits dans les deux chambres… puis il était passé à autre chose. Techniquement, cette moitié du grenier était la chambre de Matty, mais de vieux vêtements occupaient encore la majeure partie du placard. Buddy semblait les avoir oubliés, tout comme les prises murales inachevées cachées derrière.

Matty, lui, n'avait pas oublié.

Janelle tourna une page de l'annuaire et éclata de rire.

— Oooh, c'est ton chéri ! s'exclama-t-elle.

— La ferme, répondit Mary Alice.

La façon dont ses cheveux noirs lui tombaient sur les yeux avait quelque chose d'époustouflant.

— Tu aimerais avoir son gros machin dans la bouche, hein ? insista Janelle.

Des crampes tenaillaient les cuisses du garçon, mais il était hors de question de bouger.

— Ferme-la, merde ! répéta Mary Alice.

Elle donna une bourrade à l'épaule de son amie. Janelle se laissa rouler sur elle en riant et, lorsque les deux filles se relevèrent, la chemise en flanelle avait glissé un peu plus, révélant une bretelle de soutien-gorge noire.

Non : une bretelle de soutien-gorge *violet foncé*.

Le Troisième Commandement, « Tu ne te toucheras point », se mit à crépiter et à fumer.

Vingt secondes fébriles plus tard, Matty se cambra comme si un fil brûlant le tirait en arrière. Un rugissement d'océan lui emplit les oreilles.

Soudain, il se retrouva dans les airs, le visage à quelques centimètres de la pente du plafond. Il cria, en vain. Il n'avait pas de voix. Il essaya de s'écarter du plafond, et comprit qu'il n'avait pas de bras non plus. En fait, il n'avait pas de corps du tout.

Au bout d'un moment, sans qu'il ait le moindre contrôle sur ce mouvement, son champ de vision pivota, à la manière d'une caméra panoramique tournant toute seule. Le sol de la pièce apparut. Son corps était sorti du placard et reposait sur le plancher d'aggloméré.

C'était donc à *ça* qu'il ressemblait ? Ce ventre rebondi, ce menton boutonneux ?

Les paupières du corps papillonnèrent, s'ouvrirent et, pendant un instant de vertige, Matty fut à la fois l'objet et le spectateur. La bouche s'ouvrit de surprise, et…

Matty chuta comme si les ficelles qui le retenaient avaient été soudainement coupées. Le corps hurla : un couinement haut perché, féminin, qui n'eut pas le temps de l'embarrasser. Puis conscience et chair se heurtèrent.

Il rebondit dans sa propre peau comme une balle en caoutchouc. Lorsque les secousses cessèrent, il voyait de nouveau par ses propres yeux le plafond, qui se trouvait à présent à une distance convenable.

Des bruits de pas dans la pièce voisine. Les filles ! Elles avaient entendu !

Il se releva d'un bond et se couvrit l'entrejambe, tel un soldat blessé.

— Matty ? appela Mary Alice.

La porte s'entrebâilla.

— Ça va, ça va ! répondit-il.

Il se jeta dans le placard. Il entendit la blonde s'esclaffer, et Mary Alice apparut dans l'embrasure, les mains sur les hanches.

— Qu'est-ce que tu fabriques là-dedans ?

Il leva les yeux vers elle, le bas du corps caché sous un tas de vêtements féminins dont la première couche était une robe à rayures orange des années 1970.

— J'ai trébuché, expliqua-t-il.

— Ouais… ?

Il n'essaya même pas de se relever.

— Qu'est-ce qui t'arrive ? insista Mary Alice.

Elle avait sûrement perçu quelque chose dans son expression.

— Rien.

Une pensée désagréable venait de s'insinuer en lui. *Ce sont les vêtements de mamie Mo. Je viens de profaner les robes de feu ma grand-mère.*

Il se redressa sur un coude. S'efforça de paraître décontracté, comme si des robes vieilles d'un quart de siècle constituaient la meilleure des couvertures.

Mary Alice allait ajouter quelque chose quand elle jeta un coup d'œil au mur, juste au-dessus de l'épaule de Matty, en plissant les yeux. Il se retint de vérifier qu'elle ne regardait pas la prise électrique.

— Bon, d'accord, dit-elle en reculant.

— Ouais. Tout va bien, merci.

Lorsqu'elles quittèrent la pièce, Matty se retourna aussitôt pour camoufler le trou avec la robe orange. Puis il entreprit de remettre à leur place les autres vêtements : un manteau en poil de lapin, un tas de jupes descendant jusqu'aux genoux, un imperméable à motif écossais. Le dernier était emballé dans une housse transparente : une longue robe miroitante, argentée. Au fin fond de l'esprit de Matty, un déclic se produisit.

Mais oui, pensa-t-il. C'est vrai. C'est ce que porte mamie Mo sur la cassette vidéo. *La* cassette vidéo.

*

Oncle Frankie lui avait montré l'enregistrement à Thanksgiving, quatre ans plus tôt. Frankie avait bu beaucoup de vin rouge ; depuis que sa femme, Loretta, avait sorti les crevettes cocktail, il ne cessait de picoler et son débit était devenu de plus en plus emphatique, de plus en plus rapide. Il râlait contre un type appelé l'Ahurissant Archibald, qui avait « tout gâché ».

— Pense à tout ce qu'on aurait pu avoir, dit-il. On aurait été les rois.

Irene, la mère de Matty, éclata de rire, ce qui arracha une grimace à Frankie.

— Les rois de quoi ? demanda-t-elle.

Irene et Matty étaient arrivés de Pittsburgh la nuit précédente et avaient découvert ce matin seulement que papy Teddy s'était contenté d'acheter une dinde et pas grand-chose d'autre, car il comptait sur sa fille pour que le reste du repas apparaisse comme par magie. Le dîner était maintenant terminé et la table faisait penser à un champ de bataille : tarte au potiron en morceaux, *Rice Krispies Treats* en ruine, bouteilles de vin liquidées. Matty était le dernier enfant présent. Il avait toujours aimé rester avec les adultes. La plupart du temps, il se faisait discret et ne parlait pas, dans l'espoir de se faire oublier et qu'on dise enfin des choses intéressantes.

— Ce nullard sans talent ne supportait pas notre succès, continuait Frankie.

— Non, non, il avait du talent, intervint papy Teddy. Il était même brillant. Mais il ne voyait pas très loin.

Comme d'habitude, papy était la personne la mieux habillée de la maisonnée. Costume noir lustré, chemise rose, cravate bariolée aussi large qu'une truite. Il s'habillait toujours comme s'il se rendait à un mariage ou à un enterrement, hormis le matin et juste avant d'aller se coucher, lorsqu'il se promenait en marcel, caleçon et chaussettes noires. Il ne semblait posséder ni « tenue de sport » ni « vêtements de travail », peut-être parce qu'il n'avait jamais pratiqué de sport et ne travaillait pas. Il était riche, cependant. Irene disait ignorer d'où lui venait sa fortune, mais Matty imaginait qu'il l'avait intégralement gagnée au poker. Chacun savait que papy Teddy était le plus redoutable joueur de tous les temps. Il avait passé des heures à enseigner le stud à sept cartes à Matty, sur la table de la cuisine, jusqu'à ce que l'enfant tombe à court de piécettes. Teddy jouait toujours pour de l'argent, qu'il ne rendait jamais après la partie. « On n'aiguise pas un couteau avec une éponge », prétendait-il – un dogme auquel Matty adhérait totalement sans vraiment le comprendre.

— Archibald était un mal nécessaire, ajouta papy Teddy. Il était la voix des sceptiques. Si ta mère l'avait humilié, le public nous en aurait félicités. Ce numéro nous aurait propulsés dans la stratosphère.

— Il était diabolique, répliqua Frankie. C'était un foutu menteur et un escroc ! Le genre de type qui escamote l'hostie quand le curé a le dos tourné !

— Bah, c'est du passé, dit papy Teddy en riant.

— Il était jaloux, c'est tout. Il détestait nos dons. Il voulait nous détruire.

Matty ne put se retenir plus longtemps. Il devait poser la question :

— Qu'est-ce qu'il nous a fait, ce type ?

Frankie se pencha vers lui et le fixa droit dans les yeux.

— Ce qu'il nous a fait ? répéta-t-il d'une voix étranglée par l'émotion. Il a tué mamie Mo, voilà ce qu'il nous a fait.

Un frisson parcourut Matty. Pas seulement à cause de cette déclaration dramatique, mais à cause du choc d'être remarqué par son oncle. D'être vu. Frankie se montrait toujours gentil avec lui, mais il ne lui avait jamais adressé la parole avec autant de sérieux.

— Est-ce qu'on peut parler d'autre chose ? demanda Irene.

— Il l'a tuée, répéta Frankie sans cesser de fixer Matty. Aussi sûrement que s'il lui avait posé une arme sur la tempe.

Irene fronça les sourcils.

— Tu le penses vraiment, hein ?

Frankie pivota sur sa chaise pour défier sa sœur du regard.

— Oui. Je le pense.

Loretta se leva.

— Je vais fumer une cigarette.

— Je t'accompagne, proposa papy Teddy en se levant à son tour.

Il ajusta ses manches et prit le bras de sa belle-fille.

— Tu ne dois pas fumer, papa, le réprimanda Irene.

— C'est Loretta, qui fume. Je me contente de tabagisme passif.

Oncle Frankie fit signe à Matty de s'approcher.

— Viens. Il est temps que tu voies quelque chose.

— Pas question que je fasse la vaisselle toute seule, se fâcha Irene.

— Demande à Buddy de t'aider.

Il assena une tape sur l'épaule de son frère, un peu trop fort selon Matty. Buddy battit des paupières, mais continua de fixer un point indéfini. Il avait une façon bien à lui de rester assis, immobile, puis de s'affaisser de plus en plus, comme s'il se transformait en pudding.

— Laisse-le tranquille, répondit Irene.

Buddy demeura impassible. Depuis qu'il avait terminé sa tarte, il était plongé dans l'une de ses transes et contemplait le vide, souriant parfois ou marmonnant sans émettre de son. Son mutisme restait un mystère pour Matty, et les adultes n'en parlaient jamais : un double mur de silence impénétrable. En guise d'explication, sa mère se contentait de vagues « Il est comme ça, c'est tout ». Et quand Matty avait eu le courage de demander un jour à papy Teddy pourquoi Buddy parlait à peine, le vieil homme lui avait juste rétorqué : « Pose-lui la question. »

Frankie emmena Matty dans le salon, où un immense meuble TV était garé le long d'un mur, telle une Chrysler. Son oncle se laissa lourdement tomber sur son séant tout en levant son verre de vin sans presque en renverser une goutte.

— Voilà ce qu'il nous a fait, déclara Frankie en ouvrant l'une des portes du meuble.

Un magnétoscope était posé sur une étagère, au-dessus d'une niche contenant un fouillis de cassettes vidéo. Oncle Frankie en prit une, examina l'étiquette en plissant les yeux, la jeta de côté puis entreprit d'explorer le reste de la pile.

— J'en avais donné une copie à papa, dit-il à voix basse. À moins que Buddy l'ait jetée, ce putain de… Ah, voilà.

Un boîtier noir avec des bandes orange. Frankie éjecta la cassette laissée dans l'appareil et inséra la nouvelle.

— Voici notre histoire ! annonça-t-il.

Il alluma la télévision.

— Voici ton héritage.

À l'écran, un vendeur malaxait amoureusement des rouleaux de papier-toilette. Frankie enfonça la touche lecture du magnétoscope. En vain.

— Tu dois mettre la troisième chaîne, indiqua Matty.

— Ouais, c'est vrai.

Le clavier des touches de la télé avait sauté, révélant deux câbles nus. Frankie tendit le bras pour récupérer la pince à long bec que papy laissait sur le sommet du meuble.

— Ça a été mon premier job, expliqua-t-il. Télécommande humaine pour papy.

L'image frémit soudain ; il s'agissait de l'enregistrement d'une émission télé. Un présentateur en costume-cravate parlait au milieu d'un plateau bondé, devant un mur jaune vif : « … Ils ont enchanté leur public dans tout le pays. Merci d'accueillir chaleureusement Teddy Telemachus et sa Fantastique Famille ! » Matty pouvait entendre les majuscules.

Les applaudissements avaient un son métallique. Le présentateur se leva pour rejoindre la scène où l'attendaient ses invités qui se tenaient, un peu gênés, en retrait derrière une table en bois. Un père, une mère et trois enfants, tous vêtus de costumes ou de robes.

Papy Teddy se ressemblait, en plus jeune. Svelte et énergique, il portait le Chapeau juché sur l'arrière du crâne, ce qui lui donnait l'apparence d'un reporter à l'ancienne, prêt à vous révéler Toute la Vérité.

— Wouah ! C'est mamie Mo ? demanda Matty malgré l'évidence.

Vêtue d'une robe du soir brillante, argentée, elle était visiblement la seule à l'aise sur scène. Non parce qu'elle était belle comme une vedette de cinéma – et c'était le cas, avec ses courts cheveux noirs et ses grands yeux, telle une jeune première des années 1920 –, mais à cause de son immobilité, de son assurance. Elle tenait la main d'un oncle Buddy au visage rond, à peine plus âgé qu'un bébé.

— Elle est tellement jeune…

— C'était un an avant sa mort ; elle devait avoir dans les trente ans, précisa Frankie.

— Non, je veux dire, par rapport à papy Teddy.

— Ouais, on pourrait dire qu'il l'a prise au berceau. Tu connais ton grand-père…

— Oh oui !

Matty hocha docilement la tête. Il connaissait son grand-père, mais sans doute pas de la manière qu'évoquait oncle Frankie.

— Tu vois, ça, c'était l'émission la plus regardée du pays dans cette tranche horaire, expliqua Frankie. Le *Mike Douglas Show*. Des millions de spectateurs.

Sur l'écran, le présentateur désignait divers objets posés sur la table : des boîtes de conserve, de l'argenterie, une pile d'enveloppes blanches. À côté était installée une sorte de roue de la fortune miniature, d'à peu près un mètre de diamètre, dont les rayons se terminaient par des animaux, des fleurs et des voitures, à la place des chiffres. Irene, la mère de Matty, avait dans les onze ou douze ans, mais sa robe de velours vert la vieillissait. Tout comme sa mine inquiète, que Matty fut surpris de retrouver sur son jeune visage. Elle ne lâchait pas le bras de son cadet, un gamin maigrichon et nerveux, qui paraissait vouloir s'extraire de son costume et de sa cravate.

— C'est toi, oncle Frankie ? s'enquit Matty. Tu n'as pas l'air content d'être là.

— Moi ? Tu aurais dû voir Buddy. Il a tellement crisé que… Mais on va y revenir.

Maureen – mamie Mo – répondit à la question du présentateur avec un sourire timide : « Eh bien, Mike, je ne sais pas si j'emploierais le mot “don”. Oui, je suppose que nous disposons de certaines facilités.

Mais je pense que n'importe qui a la capacité de faire la même chose. »

Lorsqu'elle prononça « n'importe qui », elle se tourna vers Matty. Pas vers la caméra ni les téléspectateurs… Vers lui. Leurs regards se croisèrent, par-delà les années et les distorsions électroniques.

— Oh ! s'écria Matty.

Oncle Frankie lui jeta un bref coup d'œil.

— Fais bien attention. Ça va être à moi.

Papy Teddy demanda au présentateur de rester ouvert d'esprit : « Dans un environnement positif, tout est possible, expliqua-t-il en souriant. C'est même un jeu d'enfant. »

Le présentateur s'accroupit maladroitement à côté de Frankie, lui demanda son nom, à quoi le petit répliqua : « Je peux déplacer des trucs avec mon esprit. »

À ses pieds, on voyait une ligne de ruban adhésif blanc derrière laquelle tout le monde, sauf le présentateur, se tenait.

« Vraiment ?

— Il s'appelle Franklin », annonça sa sœur.

Le présentateur tendit son micro vers la fillette.

« Et toi, tu es ?

— Irene, répondit-elle d'un ton méfiant.

— As-tu un talent particulier, Irene ?

— Je sais lire dans les esprits, en quelque sorte. Je sais quand…

— Waouh ! Tu peux donc lire dans mes pensées en ce moment même ?! »

Mamie Mo posa la main sur l'épaule d'Irene.

« Tu veux essayer, chérie ? Comment te sens-tu ?

— Bien. »

Elle n'en avait pas l'air. Teddy intervint pour préciser qu'Irene était « Un détecteur de mensonges humain, une baguette de sourcier pointée sur la vérité, si vous préférez ! Mettons que nous utilisons des cartes... »

Il tendit le bras vers la table.

« Je vais vous les chercher », proposa Mike Douglas en enjambant la ligne blanche pour prendre une grosse pile de grandes cartes.

— Quel connard, dit oncle Frankie.

— Quoi ? demanda Matty.

— Attends, tu vas voir.

Sur l'écran, Teddy poursuivait : « Voici des cartes à jouer ordinaires. Maintenant, Mike, battez-les et choisissez-en une, puis montrez-la aux spectateurs, mais pas à Irene. »

Mike Douglas se dirigea vers l'une des caméras et exhiba le cinq de carreau, rapprochant et éloignant la carte de la lentille pour la rendre tour à tour floue et nette.

« Vous avez maintenant l'occasion unique de mentir sans le moindre scrupule à une petite fille, déclara Teddy. Remettons la carte dans le jeu. Excellent, Mike. Excellent. Mélangez un peu tout ça... Parfait. Tendez la main, je vous prie. Je vais commencer à distribuer les cartes, face révélée. Vous n'aurez qu'à répondre aux questions d'Irene. Et ne vous inquiétez pas, elle pose toujours la même, et c'est une question très simple. »

Papy Teddy mit une carte sur la paume tendue du présentateur. Irene demanda : « Monsieur Douglas, c'est votre carte ?

— Non, ma petite demoiselle, répondit celui-ci avec une grimace en direction de la caméra.

— C'est la vérité, annonça Irene.

— C'est aussi simple que ça, dit papy Teddy au présentateur. Vous pouvez répondre par oui ou par non, comme vous voulez. » Il posa une autre carte sur la main de Mike Douglas, puis une autre. Mike répondit « non » pour chacune d'elles, et Irene opina. Enfin Mike finit par dire : « Ça, c'est la mienne.

— Vous mentez », répliqua Irene.

Mike Douglas s'esclaffa.

« Tu m'as eu ! Ce n'est pas la reine de pique. »

Ils se livrèrent au même manège avec plusieurs autres cartes, Mike répondant « non » chaque fois. Mais, au bout de la dixième, Irene secoua la tête. « C'est votre carte », annonça-t-elle.

Le présentateur inclina la main vers la caméra : le cinq de carreau. Puis il se tourna vers mamie Mo. « Que répondez-vous aux gens qui pensent que les cartes sont marquées et que vous avez appris à la petite à les repérer ? »

Mamie Mo sourit, nullement vexée. « Les gens disent toutes sortes de choses. »

Elle tenait toujours la main de Buddy, qui était si petit que sa tête apparaissait à peine dans le cadre.

Le présentateur plongea la main dans la poche de son veston et en sortit une enveloppe. « J'ai apporté des images. Chacune représente un motif géométrique tout simple. Vous n'avez jamais vu cette enveloppe, n'est-ce pas ? »

Irene parut inquiète – cela dit, elle semblait inquiète depuis le début de l'émission.

« Prête ? » demanda Mike. Il sortit une carte de l'enveloppe et la fixa intensément.

Irene jeta un regard à sa mère.

« Un motif géométrique tout simple, répéta le présentateur.

— Inutile de la presser, intervint mamie Mo.

— Dis-moi si je mens. Est-ce un cercle ? »

Irene fronça les sourcils.

« Euh…

— Un triangle ?

— Ce n'est pas juste, protesta Irene. Vous ne pouvez pas me poser de questions, vous devez… »

Oncle Frankie appuya sur une touche et l'image se figea.

— Regarde bien le bol, dit-il en désignant un petit bol ventru en acier brossé. Il est plein d'eau. Prêt ?

— Sûr, répondit Matty.

Frankie pressa la touche lecture. Sur l'écran, Irene semblait en colère. « Il ne fait pas comme il faut. Je ne peux pas dire oui ou non s'il continue de… »

Hors champ, papy Teddy lança d'un ton sec : « Frankie ! Attends ton tour ! »

Sur la table, le bol se mit à trembler, puis toute la table vibra.

La caméra pivota vers Frankie. Il était assis par terre, en tailleur, et fixait la table. Le tas de couverts cliquetait, et le bol commença à vaciller d'avant en arrière.

« Attention, dit papy Teddy, tu vas finir par… » Le bol oscilla davantage, et un peu d'eau s'en échappa. « … le renverser.

— Formidable ! s'exclama le présentateur. Nous reprenons l'antenne après une courte pause ! »

Un orchestre joua quelques notes, puis un écran de publicité apparut.

— C'est toi qui as fait ça, oncle Frankie ? s'enquit Matty. C'est cool !

Mais Frankie était énervé.

— Tu as vu cette connerie, avec les images ? Encore une idée d'Archibald pour mieux nous baiser. Il a dit à Douglas de ne pas nous laisser utiliser notre propre matériel, et il lui a donné les cartes de Zener.

Matty ne comprenait pas en quoi cela avait pu perturber le pouvoir de sa mère. Il savait qu'on ne pouvait pas lui mentir, tout comme il savait que papy Teddy était capable de lire le contenu d'une enveloppe scellée, que mamie Mo pouvait voir des objets lointains, qu'oncle Frankie était à même de déplacer des objets par la force de sa pensée et qu'oncle Buddy, quand il était petit, savait prédire le résultat des matchs des Cubs. Qu'ils soient tous médiums n'était qu'un simple détail familial, à ranger dans la même catégorie que le fait qu'ils étaient à moitié grecs et à moitié irlandais, qu'ils soutenaient les Cubs, détestaient les White Sox, et qu'ils étaient catholiques.

— C'est pire après, reprit Frankie.

Il passa la pub en accéléré, ainsi que le résumé de l'émission, revint en arrière, puis avança et rembobina encore plusieurs fois. Mamie Mo et Buddy n'étaient plus sur scène. Papy Teddy avait passé son bras autour d'Irene.

« Et nous voilà de retour avec Teddy Telemachus et sa Fantastique Famille, commença le présentateur. Maureen a dû s'absenter en raison d'une petite urgence familiale…

— Désolé pour ça, l'interrompit Teddy avec un sourire. Buddy, notre petit dernier, est devenu nerveux, et Maureen a dû le réconforter. » À son ton, on aurait pu croire que Buddy n'était qu'un nourrisson. « On va les rappeler dans une seconde.

— Vous êtes d'accord pour continuer ? » demanda Mike Douglas.

Papy Teddy acquiesça.

— Qu'est-ce qui était arrivé à Buddy ? demanda Matty à son oncle.

— Mon Dieu, il a craqué, il s'est mis à beugler et à pleurer. Ta grand-mère a dû l'emmener en coulisse pour le calmer.

Le présentateur avait posé la main sur l'épaule de Frankie. « Juste avant la pause, notre petit Frankie ici présent semblait sur le point de… comment appelez-vous ça ?

— C'est de la psychokinésie, Mike, répondit papy Teddy. Frankie a toujours eu un don pour ça.

— La table vibrait vraiment.

— Ce n'est pas inhabituel. Ça anime drôlement les repas, Mike, je vous l'assure.

— J'imagine ! Avant de poursuivre, j'aimerais vous présenter un invité spécial. Veuillez accueillir chaleureusement l'Ahurissant Archibald, prestidigitateur et auteur de renom ! »

Un chauve grassouillet, affublé d'une énorme et ridicule moustache, entra dans le champ de la caméra. Teddy secoua la tête, visiblement déçu.

« Ça explique tout », dit-il.

Le nouveau venu était encore plus petit que lui.

« C'est bon de vous revoir, monsieur Telemachus », dit Archibald.

Les deux hommes se serrèrent la main.

« G. Randall Archibald n'est pas seulement un magicien mondialement connu, commença Mike Douglas, c'est aussi un sceptique et un dénonciateur de faux médiums.

— Ça explique tout », répéta Teddy, plus fort.

Le présentateur ne parut pas l'entendre.

« Nous lui avons demandé de nous aider à mettre au point les épreuves de la Famille Telemachus. Vous voyez cette ligne ? » La caméra recula pour révéler l'adhésif blanc. « C'est monsieur Archibald qui nous a conseillé de ne pas laisser Teddy et sa famille toucher aux couverts, ni s'approcher de la table.

— Vous aurez peut-être remarqué, dit Archibald au présentateur, qu'Irene n'avait aucun problème pour voir les cartes que Teddy vous donnait. En revanche, quand vous avez utilisé les cartes de Zener – Teddy, n'étant pas au courant de leur existence, n'a pas pu les toucher ! –, elle a commencé à bafouiller.

— C'est faux ! s'écria Teddy. Mike ne faisait pas comme il faut ! Et, encore pire, quelqu'un d'extrêmement négatif causait des interférences. De graves interférences !

— Vous voulez dire que ma simple présence a eu raison des pouvoirs d'Irene ? s'étonna Archibald.

— Comme je vous le disais, Mike, vous devez garder l'esprit ouvert pour que ces capacités fonctionnent.

— Ou l'esprit vide », commenta Archibald, ce qui fit rire Mike Douglas.

Archibald, l'air satisfait, se tourna vers le public. « Pendant qu'Irene se concentrait si fort, nous avons pointé une caméra sur son père. Mike, pouvons-nous montrer au public ce qu'elle a enregistré ? » Teddy semblait choqué. « Vous vous moquez de ma fille ? Vous vous moquez d'elle, espèce d'avorton ? s'écria-t-il alors qu'il ne mesurait que quelques centimètres de plus.

— Je ne me moque pas d'elle, monsieur Telemachus ; c'est peut-être vous qui vous moquez de la capacité des spectateurs à…

— Faites venir ma femme, l'interrompit Teddy. Maureen Telemachus est, sans l'ombre d'un doute, la médium extralucide la plus puissante du monde. Mike, pouvez-vous l'appeler ? »

Le présentateur regarda hors champ et sembla écouter quelqu'un. Puis il reprit à l'intention de Teddy : « On me dit qu'elle n'est pas disponible. Vous savez quoi ? Regardons l'enregistrement, et nous verrons si nous pouvons la rappeler après notre prochaine pause.

— Je crois que vous allez remarquer quelque chose de très intéressant, poursuivit Archibald, d'un ton démonstratif, en martelant les consonnes. Pendant que tout le monde s'intéressait à la petite fille, la table a commencé à vibrer et à trembler.

— En effet, répondit Mike Douglas.

— Mais comment est-ce arrivé ? Était-ce de la psychokinésie… ou quelque chose d'un peu plus terre à terre ? »

Sur l'écran apparut le même plateau, quelques minutes auparavant, vu d'un autre angle, légèrement derrière la famille. La caméra qui, au début, était dirigée vers le présentateur et Irène pivota vers Teddy – celui-ci avait franchi la ligne de ruban adhésif, et son pied était collé à celui de la table.

Archibald commenta les images : « C'est une vieille ruse. Il suffit de soulever légèrement la table, puis de glisser le bord de votre semelle sous son pied. »

Le pied de Teddy remuait à peine – s'il remuait vraiment –, mais la table tremblait très nettement. Archibald et le présentateur réapparurent. Teddy se tenait sur le côté, tourné vers les coulisses, avec une grimace de frustration.

« Je pourrais vous apprendre à le faire, dit Archibald au présentateur. Inutile de disposer de pouvoirs psychiques. »

Mike Douglas se tourna vers papy Teddy.

« Qu'en dites-vous ? Disposer d'un pouvoir est-il nécessaire ? »

Teddy ne paraissait pas l'entendre. Il continuait de regarder en direction des coulisses.

« Où est-ce que… » Il se retint de jurer. « Où est ma femme ? Est-ce que quelqu'un pourrait la faire venir ? »

Gênée, Irene s'agrippa au bras de papy Teddy, et lui souffla quelque chose que les micros ne captèrent pas.

« D'accord, répondit celui-ci avant d'appeler Frankie. On s'en va.

— Vraiment ? s'étonna Archibald. Et Maureen ? J'aimerais vraiment…

— Pas aujourd'hui, Archibald. Votre… négativité rend la chose impossible. » Puis, se tournant vers le présentateur : « Je m'attendais vraiment à mieux de votre part, Mike. »

Teddy et ses enfants quittèrent la scène – avec beaucoup de dignité, selon Matty. Mike Douglas demeurait perplexe, tandis que l'Ahurissant Archibald semblait étrangement déçu.

Oncle Frankie éjecta la cassette et la neige revint parasiter l'écran.

— Tu comprends ce que je voulais dire ?

— Waouh, fit Matty.

Il espérait prolonger la conversation, mais il redoutait qu'oncle Frankie se lasse et arrête de lui parler.

— Alors, mamie Mo n'est pas revenue sur scène ?

— Non. Elle n'a jamais pu faire sa partie du numéro. Pourtant, ça aurait coupé la chique à Archibald, malheureusement elle n'en a pas eu l'occasion. L'état de Buddy a empiré et on est tous rentrés.

— D'accord, mais…

— Quoi ?

— Comment ça a pu la tuer ?

Frankie le fixa.

Oups, pensa Matty.

Son oncle se releva.

Matty l'imita.

— Je suis désolé, dit-il. Je…

— La théorie du chaos, tu connais ?

Matty secoua la tête.

— Les ailes du papillon, Matty. Un battement, et…

Il exécuta un geste grandiloquent, qui fit réapparaître son verre presque vide. Il le finit d'un trait.

— Merde.

Il regarda par la fenêtre ; peut-être voyait-il quelque chose de nouveau sur les vieilles façades des maisons ? Matty, lui, ne distinguait que le reflet de son oncle, son visage luisant, flottant tel un fantôme au-dessus de son corps.

Frankie baissa les yeux sur son neveu.

— Qu'est-ce que je disais ?

— Euh… tu parlais de papillon.

— Ah, oui. Il faut étudier les causes et les effets, toute la chaîne des événements. D'abord, notre numéro est saboté. Notre réputation est grillée. Nos spectacles sont annulés, et ce putain de Johnny Carson commence à se foutre de nous.

— Carson, répéta Matty en feignant l'amertume.

Tout le monde, dans la famille, savait que Carson avait volé à papy Teddy le numéro de l'enveloppe.

— Une fois qu'ils nous ont isolés, on est devenus des proies faciles, reprit oncle Frankie en le toisant intensément. Fais les calculs, petit.

Il jeta un coup d'œil vers la salle à manger – elle était déserte et Irene se trouvait toujours dans la cuisine. Frankie baissa néanmoins la voix.

— Mille neuf cent soixante-treize. Au paroxysme de la guerre froide. Les médiums les plus célèbres du monde sont discrédités dans le *Mike Douglas Show* et, à peine un an plus tard, une femme dotée de pouvoirs aussi immenses que ta grand-mère meurt ?

Matty ouvrit la bouche, puis la referma. *Des pouvoirs immenses ?*

Frankie hocha lentement la tête.

— Eh ouais.

— Mais, maman…, commença Matty.

Comme Frankie levait la main, il poursuivit en chuchotant :

— … maman dit qu'elle est morte d'un cancer.

— Bien sûr. Une femme pleine de santé, non fumeuse, meurt d'un cancer de l'utérus à l'âge de trente et un ans.

Il posa la main sur l'épaule de Matty et se pencha vers lui. Son haleine avait l'odeur du Kool-aid.

— Écoute, ça doit rester entre toi et moi, d'accord ? Mes filles sont trop jeunes pour encaisser la vérité, et ta mère… tu as bien vu sa réaction. Aux yeux du reste du monde, ta grand-mère est morte de causes naturelles. Tu piges ?

Matty opina sans être tout à fait sûr de piger pourquoi on lui révélait ce secret alors que Mary Alice, plus âgée de deux ans, n'était censément pas prête à l'entendre. Était-ce parce que, fille du premier mariage de Loretta, elle n'était pas une vraie Telemachus ? Est-ce que ça faisait une différence ? Il voulut poser la question, mais Frankie leva une nouvelle fois la main.

— Cette histoire a bien d'autres facettes, Matthias. Je ne peux pas t'en dire davantage sans te faire courir un risque, mais sache ceci…

Ses yeux se voilèrent, sa voix s'étranglait d'émotion.

— Oui ? l'encouragea Matty.

— Tu viens d'une famille prestigieuse. Tu as cette grandeur en toi. Et les gorilles du gouvernement ne pourront…

Matty ne sut jamais ce qu'oncle Frankie allait dire, parce qu'au même moment une violente détonation retentit à l'étage.

— Au feu ! Au feu ! cria Mary Alice.

— Merde, grogna Frankie.

Il ferma brièvement les yeux puis se précipita dans l'escalier, hurlant aux autres d'arrêter de hurler. Matty le suivit dans la chambre d'amis, qui servait aussi de débarras et où étaient stockés des cartons et des paniers de linge. Le revêtement de tissu d'une planche à repasser avait pris feu ; le fer reposait au milieu des flammes, son cordon électrique noir pendouillant sur le côté, débranché. Les jumelles se tenaient les mains dans un coin, contemplant la scène les yeux écarquillés, moins effrayées que surprises. Mary Alice brandissait devant elle l'une des immenses chemises de Buddy, comme pour se protéger de la chaleur, alors qu'elle comptait visiblement s'en servir pour étouffer les flammes.

— Bon sang, fais sortir Cassie et Polly, ordonna Frankie à Mary Alice.

Il balaya la pièce du regard sans trouver ce qu'il cherchait.

— Tout le monde dehors ! cria-t-il.

Les jumelles déguerpirent dans le couloir, mais Mary Alice et Matty s'arrêtèrent à la porte, trop fascinés pour partir. Frankie s'agenouilla à côté de la planche à repasser et l'attrapa par ses pieds en veillant à ne pas faire tomber le fer. Il se dirigea vers eux, tenant l'ensemble comme s'il s'agissait d'un gigantesque gâteau d'anniversaire. Mary Alice et Matty détalèrent pour lui ouvrir la voie pendant qu'il descendait lentement l'escalier, malgré les flammes qui dansaient devant son visage. Matty était impressionné. Mary Alice ouvrit la porte d'entrée à Frankie, qui marcha jusqu'à l'allée avant de balancer la planche. Le fer fumant, partiellement fondu, rebondit deux fois et atterrit sur sa base.

Tante Loretta apparut à l'angle de la maison, un instant avant papy Teddy. Puis Irene fit irruption par la porte d'entrée, suivie des jumelles. À l'exception de Buddy, la famille entière était à présent dans le jardin, devant la maison.

— Qu'est-ce qui s'est passé ? demanda Loretta à Frankie.

— D'après toi ?

Frankie retourna la planche, les pieds en l'air ; les flammes continuaient de s'échapper le long de ses flancs.

— Dis aux monstres et à Mary Alice de se préparer. On rentre.

Pendant des mois, la cassette ne quitta pas les pensées de Matty. Elle lui faisait l'effet d'un message venu d'un passé lointain, un manuscrit enluminé révélant les secrets de sa famille. Il avait désespérément envie d'en parler à sa mère, mais ne voulait pas non plus rompre la promesse faite à oncle Frankie. Il en fut réduit à poser des questions détournées sur le *Mike Douglas Show*, mamie Maureen ou le gouvernement, qu'elle balaya à chaque fois. Même lorsqu'il essayait d'aborder indirectement le sujet – « Mince, je me demande ce que ça fait, de passer à la télé » –, elle sentait aussitôt de quoi il s'agissait et changeait de conversation.

Lorsque sa mère et lui revinrent à Chicago pour la première fois depuis ces événements, l'enregistrement avait disparu. Un jour, Buddy le surprit alors qu'il explorait le meuble TV, essayant chaque cassette, accélérant pour s'assurer que Mike Douglas n'apparaissait pas au milieu de la bande. Son oncle fronça les sourcils puis quitta la pièce en traînant des pieds.

Matty ne retrouva pas la cassette. Lors du Thanksgiving suivant, Frankie ne se souvenait plus de la lui avoir montrée. À chaque repas de famille, Matty restait à table et attendait que les adultes reparlent de cette époque, mais sa mère avait décrété une sorte d'embargo sur la question. Si Frankie lançait un sujet prometteur – une référence à mamie Mo ou à la « psi-guerre » – Irene le fusillait du regard, ce qui faisait chuter d'un coup la température de la pièce. Puis les séjours devinrent moins fréquents et plus tendus. Par deux fois, la famille de Frankie ne vint pas pour Thanksgiving et, certaines années, Matty et sa mère restèrent chez eux à Pittsburgh. Des week-ends affreux. « Tu es sujet à la mélancolie », lui disait sa mère. Si c'était le cas, Matty savait d'où cela venait : Irene était la personne la plus mélancolique qu'il connaisse.

Certes, sa nostalgie était inhabituelle chez un enfant, d'autant qu'il regrettait une époque qui remontait à avant sa naissance. L'impression d'avoir manqué l'âge d'or l'obsédait. Le cirque avait plié le chapiteau et quitté la ville, et, quand Matty était arrivé, il ne restait plus qu'un champ piétiné. À d'autres moments, en particulier quand sa mère allait bien, il se sentait subitement plein d'assurance, tel l'héritier d'une famille royale déchue, convaincue de sa légitimité à accéder au trône. Avant, nous étions Fantastiques, se disait-il.

Puis sa mère perdait encore son travail, et ils en étaient réduits à se nourrir de macaronis au fromage Kraft pendant plusieurs semaines. Nous étions Fantastiques, *avant*, se disait-il alors.

*

Puis, lorsqu'il eut quatorze ans, sa mère perdit le meilleur job de sa vie, ils emménagèrent de nouveau avec papy Teddy, et il se retrouva dans le placard rempli des vêtements de feu sa grand-mère, juste après la sensation la plus intéressante qu'il ait jamais connue. Sa confusion s'était dissipée, laissant la place à d'autres émotions. Un mélange entêtant de peur, d'émerveillement et de fierté.

Il avait quitté son corps. Il avait flotté, à deux mètres et quelques au-dessus du sol. Cela méritait une petite cérémonie.

Il réfléchit un instant, puis attrapa la robe argentée par son cintre et lui parla :

— Salut, mamie Mo, dit-il assez bas pour que Mary Alice et son idiote de copine n'entendent rien. Aujourd'hui, je suis…

Il s'apprêtait à dire : « Aujourd'hui, je suis Fantastique. » Le moment s'annonçait poignant, le genre d'instant dont il reparlerait un jour à ses enfants. Il était Bruce Wayne promettant de venger ses parents, Superman jurant de faire honneur à son héritage kryptonien. Un jeune juif faisant tout ce qu'un jeune juif est censé faire le jour de sa bar-mitsvah.

Puis il remarqua l'ombre à la porte.

C'était oncle Buddy. Il tenait un marteau dans une main, une agrafeuse dans l'autre. Son regard alla lentement de Matty au placard, puis revint sur son neveu… et la robe. Il écarquilla légèrement les yeux. S'apprêtait-il à sourire ? Matty ne l'aurait pas supporté.

— J'allais juste la ranger ! expliqua-t-il.

Il jeta le vêtement et le cintre vers son oncle et s'enfuit, impatient d'échapper à Buddy, à cette pièce, à son corps.

2

Teddy

Teddy Telemachus se faisait un devoir de tomber amoureux au moins une fois par jour. Non, pas tomber : il se jetait dans le vide. Deux décennies après la mort de Maureen, la seule manière de continuer à faire battre son cœur consistait à lui offrir régulièrement un coup de démarreur. Durant l'été, les week-ends, il se promenait dans le marché de Clover's Garden sur North Avenue, ou flânait dans Wilder Park en quête d'une défibrillation émotionnelle. En semaine, il se rabattait sur les épiceries. La plus proche, une Jewel-Osco, était parfaite pour ses emplettes, mais en matière de cœur il préférait se rendre chez Dominick's.

Il la vit fureter pensivement dans le rayon des légumes bio, un panier vide dans le creux du bras ; l'absence de Caddie trahissait qu'elle passait simplement le temps.

Elle devait avoir plus de la quarantaine. Son style était faussement simple : un haut sans manches ordinaire, un pantalon capri, des sandales. Pour peu qu'un homme lui adresse un compliment, elle pouvait prétendre avoir enfilé ce qui lui tombait sous la main, mais une femme ne se serait pas laissé abuser. Teddy non plus. Cette tenue était conçue pour n'être simple qu'en apparence. Le sac de cuir sans fioriture qui pendait à son épaule était un Fendi. Ses chaussures étaient également italiennes. Mais ce fut le rouge savamment étudié du vernis de ses orteils qui expédia une décharge électrique dans le cœur de Teddy.

Voilà pourquoi il rôdait chez Dominick's. Dans un Jewel, par un mardi après-midi comme celui-là, il n'aurait croisé que de vieilles dames en jogging venues guetter des promotions, scrutant les conserves de soupe à la lueur des néons, hypnotisées par le *nombre de parts* et le *prix au kilo*. Dans un Dominick's, en particulier des banlieues chics telles que Hinsdale et Oak Brook, il était encore possible de croiser des femmes sophistiquées, des femmes qui savaient comment s'habiller.

Teddy poussa son chariot vide dans sa direction tout en faisant mine d'étudier les sept variétés de miel artisanal.

Elle ne l'avait pas remarqué. En reculant d'un pas, elle le percuta ; il fit tomber son bocal de miel en plastique par terre. C'était presque un accident ; ses doigts raides se montraient particulièrement désobéissants, ce jour-là.

— Oh ! Je suis désolée ! dit-elle en s'accroupissant aussitôt.

— Vous n'êtes pas obligée de…

Il se pencha au même moment, si bien qu'ils faillirent se cogner la tête. Tous deux éclatèrent de rire. Elle ramassa le pot de miel avant lui, d'une main alourdie par une alliance ornée d'un gros diamant. Elle sentait le savon au bois de santal.

Il accepta le bocal avec une politesse exagérée, ce qui la fit rire de plus belle. Il aimait la manière dont ses yeux s'illuminaient au milieu de leurs avenantes pattes-d'oie. Il lui donnait quarante-cinq ou quarante-six ans. Tant mieux. Il observait une règle très stricte, à laquelle il ne dérogeait qu'occasionnellement : ne tomber amoureux que de femmes dont l'âge, au minimum, était la moitié du sien, plus sept. Cette année, il avait soixante-douze ans, ce qui signifiait que l'objet de ses dévotions ne pouvait compter moins de quarante-trois printemps.

Un homme plus jeune ne l'aurait pas trouvée belle. Il n'aurait vu que ses cuisses mûres, ignorant au passage le galbe parfait de ses mollets et la délicatesse de ses chevilles. Il aurait été obnubilé par son solide nez romain et aurait raté ses yeux verts étincelants. Il se serait focalisé sur les rides de son cou quand elle inclinait la tête pour rire, sans pouvoir apprécier la manière dont cette femme savait s'abandonner à l'instant.

Pour résumer, les jeunes étaient des imbéciles. Auraient-ils seulement ressenti une étincelle à son contact, ainsi que Teddy venait de l'éprouver ? Quelques doigts posés sur son coude, délicatement et avec une nonchalance appuyée, comme pour retrouver l'équilibre.

Il dissimula son ravissement et adopta un air surpris, inquiet.

Elle baissa la main ; elle était prête à lui demander ce qui n'allait pas, mais se retint, peut-être parce qu'elle venait de se rappeler qu'ils ne se connaissaient pas. Alors, il prit la parole :

— Vous vous faites du souci pour quelqu'un. Pour Jay ?

— Pardon ?

— Ou Kay ? Non. Quelqu'un dont le nom commence par un J.

Elle écarquilla les yeux.

— Oh, mille excuses, je suis navré, dit-il. C'est quelqu'un de proche, et ça ne me regarde pas.

La question lui brûlait les lèvres, mais elle ne savait pas comment la formuler.

— Bon, eh bien, dit-il en levant le pot de miel. Merci d'avoir récupéré ça, même si je suis sûr qu'il ne sera pas aussi délicieux que vous.

Teddy débita cette remarque ringarde avec juste assez de second degré pour la rendre acceptable. Puis il s'éloigna sans se retourner. Il longea un rayon et dériva vers l'espace des fruits et légumes.

— Mon aîné s'appelle Julian, dit-elle.

Il leva les yeux, feignant de ne pas l'avoir vue approcher. Son panier était toujours vide. Au bout d'un moment, Teddy hocha la tête, comme si elle venait de confirmer ce qu'il soupçonnait.

— Il a un problème d'apprentissage, poursuivit-elle. Il a du mal à se concentrer, et ses professeurs n'ont pas l'air de le prendre au sérieux.

— Ce doit être pénible. À n'en pas douter.

Ce n'était pas du garçon qu'elle voulait parler ; la grande question restait suspendue dans les airs, entre eux. Elle finit par demander :

— Comment le saviez-vous ?

— Je n'aurais pas dû aborder le sujet, dit-il. C'est juste que, quand vous m'avez touché le bras…

Il inclina la tête.

— Parfois, j'ai des flashs. Des images. Mais ça ne signifie pas que je dois répéter tout ce qui me passe par la tête.

— Vous essayez de me dire que vous êtes médium ? s'enquit-elle, sceptique.

— C'est un mot très galvaudé. Tous ces soi-disant médiums, à la télé, avec leurs numéros payants... Des escrocs et des charlatans, ma chère. Des arnaqueurs. Cependant, sourit-il, je dois avouer que je me suis joué de vous.

Elle haussa un sourcil, l'encourageant à continuer.

— Je n'avais pas vraiment besoin de miel, expliqua-t-il.

Le rire discret, guttural, de la femme ne ressemblait en rien à celui de Maureen – qui évoquait le carillon d'une boutique –, mais Teddy l'apprécia tout autant.

— C'est ce qu'il m'avait semblé, dit-elle.

— Vous aussi, vous croulez sous les provisions.

Elle regarda le panier pendu à son bras, puis le posa par terre.

— Il y a une cafétéria dans le centre commercial, suggéra-t-elle.

— Il paraît, répondit-il en lui tendant la main. Je m'appelle Teddy.

Elle hésita, redoutant peut-être un autre choc psychique, puis céda.

— Graciella.

*

Teddy se convertit à l'Église du Coup de Foudre durant l'été 1962, lorsqu'il entra dans une salle de l'université de Chicago. Une dizaine d'étudiants étaient présents mais il ne vit qu'elle, la fille sous le projecteur, qui lui tournait le dos mais allait forcément se retourner et se mettre à chanter.

Maureen McKinnon, dix-neuf ans. Elle l'avait mis KO sans même le regarder.

Bien sûr, il ne connaissait pas encore son nom. Elle se tenait à six mètres de lui et parlait à la secrétaire assise au bureau de la grande salle de cours, qui n'était que l'une des nombreuses pièces de ce bâtiment pseudo-gothique. Cet antre académique le rendait nerveux – il ne s'était jamais remis de deux années pénibles dans un lycée catholique – mais cette fille était la lumière qui lui permettait d'avancer. Il descendit en flottant l'allée centrale, les jambes en coton, savourant le spectacle : une petite fée aux os menus, aux cheveux noirs, en robe trapèze vert olive avec gants assortis. Oh, ces gants. Elle les ôtait en tirant sur un doigt après l'autre, chaque geste pinçant les cordes du cœur de Teddy.

La secrétaire lui remit une pile de formulaires ; la fille se retourna, les yeux baissés sur la première feuille, et faillit percuter Teddy. Surprise, elle leva les yeux, et ce fut le coup de grâce : des prunelles bleues sous une frange noire. Quel homme aurait pu résister à ça ?

Elle s'excusa alors même qu'il ôtait son chapeau et s'accusait d'être en tort. Elle le regarda comme si elle le connaissait déjà, ce qui ravit et inquiéta un peu Teddy. L'avait-il déjà filoutée, par le passé ? Il n'aurait sûrement pas oublié cette sombre beauté irlandaise.

Il s'inscrivit auprès de la secrétaire, une femme d'une cinquantaine d'années surmontée d'une flamboyante choucroute, manifestement postiche, qui lui remit sa propre pile de formulaires. Teddy la gratifia d'un grand sourire et d'un « merci, trésor ». Faire ami-ami avec la secrétaire était toujours une bonne idée.

Il s'installa à un pupitre, derrière la fille en robe olive, afin de pouvoir l'observer. Il supposa qu'elle était là à cause de la publicité, parue dans le journal, qui l'avait lui-même attiré ici :

RECHERCHE VOLONTAIRES POUR UNE ÉTUDE DES PHÉNOMÈNES PSYCHIQUES

Puis, en caractères plus petits :

RÉMUNÉRATION DE 5 $ POUR L'ENQUÊTE INITIALE. 20 $ PAR JOUR POUR LES SUJETS RETENUS POUR L'ÉTUDE À LONG TERME. CENTRE DE SCIENCES COGNITIVES AVANCÉES, UNIVERSITÉ DE CHICAGO.

Teddy pensait que l'étude se résumerait à la farce académique habituelle, aux dépens des deux catégories de gens susceptibles de répondre à une telle annonce : les désespérés et les naïfs. Les quatre crétins en manches de chemise et bleus de travail qui riaient, penchés sur leur bureau, en se donnant des coups de coude ? Des désespérés venus pour l'argent. Cet étudiant au visage de taupe, costume minable, genoux fébriles, cheveux gras et culs-de-bouteille ? Un naïf s'imaginant spécial. Le gamin noir en chemise, cravate et chaussures du dimanche ? Désespéré. Et le vieux couple marié qui s'entraidait pour remplir les papiers ? Les deux à la fois.

Teddy, lui, était là pour l'argent. Et la fille ? Quelle était son histoire ?

Il la surveillait du coin de l'œil tout en remplissant les formulaires. Les premières pages requéraient ses informations personnelles, qu'il inventa en grande partie. Les imprimés ne devinrent intéressants qu'au bout de quelques feuillets, lorsque arrivèrent les questions vrai/faux du type : « Je sais parfois ce que les gens vont dire avant qu'ils ne le disent » et « Les montres et les appareils électriques cessent parfois de fonctionner en ma présence ». Des idioties pures. Il remplit rapidement le dossier, puis le rapporta à la secrétaire à perruque rousse.

— C'est tout ? demanda-t-il.

— Le chèque de cinq dollars vous sera envoyé à l'adresse que vous avez indiquée sur l'imprimé.

— Non, je parlais du reste de l'étude. Qu'est-ce qui se passe, maintenant ?

— Ah. On vous contactera si vous êtes retenu.

Il sourit.

— Je pense qu'ils auront certainement envie de me parler…

— Ça, c'est au Dr Eldon de décider.

— Qui est-ce ?

Elle sembla agacée.

— C'est le directeur du projet.

— Oh, attendez ! C'est un grand type, un peu gros, avec la coiffure d'Einstein et de grosses lunettes carrées ?

Une touche. Une touche très palpable.

— Vous avez déjà rencontré le docteur ? s'étonna la secrétaire.

— Non, non. C'est juste que… Eh bien, pendant que je remplissais les formulaires, je recevais l'image de quelqu'un de très intéressé par ce qui se passait ici. Ça n'arrêtait pas, alors je me suis mis à dessiner. Je peux ?

Il tendit la main pour récupérer le dossier qu'il venait de rendre. Il feuilleta quelques pages.

— C'est lui ?

Teddy n'était pas un artiste, mais ses croquis étaient suffisamment clairs pour servir son propos. Il avait griffonné un large cercle pour représenter un visage rondouillard, deux carrés pour les lunettes, et un fouillis de cheveux au-dessus de l'ensemble.

La secrétaire lui lança le regard qu'il aimait tant recevoir : la confusion empruntant le lent ascenseur qui mène à l'étonnement.

Il baissa la voix :

— Et vous savez le plus bizarre, dans tout ça ? Je n'arrêtais pas de nous voir ensemble, lui et moi. Et cette fille.

Du menton, il désigna la brune aux yeux bleus en robe olive.

— Je nous voyais tous assis autour d'une table, souriants.

— Oh ! fit la secrétaire.

— C'est pour ça qu'il faut que je participe à cette étude, poursuivit-il avec le plus grand sérieux. Ce genre de choses m'arrive tout le temps.

Teddy ne mentionna pas qu'elles se produisaient le plus souvent dans un bar, quand il y avait quelques dollars à la clef. Soutirer une poignée de billets à des poivrots était facile, mais ce n'était pas une carrière. Il était temps de passer au niveau supérieur.

Lorsqu'il avait vu l'annonce dans le *Sun-Times*, il avait compris que la première étape consistait à être adoubé par de vrais scientifiques. Il veilla à effectuer quelques recherches avant de se présenter : une visite à la bibliothèque de l'université, quelques questions sur le Centre de sciences cognitives avancées, un bref coup d'œil à l'annuaire de la fac pour trouver une photo du Dr Horace Eldon, et voilà. Un flash psychique à venir, avec dessin à l'appui. Le dernier élément – inclure la fille dans sa vision précognitive – avait été improvisé sur le tas.

Il quitta la salle sans lui adresser la parole. Et pourtant il savait, avec une certitude inexplicable, qu'il allait la revoir.

*

Graciella était disposée à parler. Attablé avec elle devant des cafés fumants, Teddy lui posa de nombreuses questions, auxquelles elle répondit longuement, ce qui parut la surprendre elle-même. Teddy imaginait une femme blessée, d'ordinaire méfiante ; elle échappait exceptionnellement à son chaperon intérieur pour faire l'école buissonnière.

Comme il l'avait deviné, elle était mère au foyer – ou plutôt mère au manoir, vu la taille de certaines maisons d'Oak Brook, la banlieue où elle vivait – et son principal devoir consistait à gérer la vie de trois garçons scolarisés, dont le problématique Julian. Ses journées étaient entièrement organisées autour de leurs besoins : foot, cours particuliers de maths, taekwondo.

— Ça ne doit pas être une mince affaire, fit-il remarquer. Faire tout ça toute seule…

— On s'y habitue, répondit-elle en ignorant l'évidente allusion. Je suis le roc.

Elle n'avait toujours pas mentionné son mari.

— Mais pourquoi est-ce que je vous raconte tout ça ? reprit-elle. Je dois vous ennuyer…

— Je vous assure que cela fait des mois que je me suis aussi peu ennuyé.

— Parlez-moi de vous, répliqua-t-elle d'un ton sans appel. D'où venez-vous, Teddy ? Vous habitez dans le quartier ?

— Au bout de la rue, ma chère ; à Elmhurst.

Elle l'interrogea sur sa famille, et il lui parla de ses enfants adultes sans mentionner ses petits-enfants.

— Je n'en ai que trois, deux garçons et une fille. Ma femme était irlandaise et catholique. Si elle avait vécu plus longtemps, nous en aurions sûrement eu une dizaine.

— Oh, navré de l'apprendre, dit Graciella.

— Elle était l'amour de ma vie. Elle est morte lorsque les enfants étaient encore très jeunes. Je les ai élevés tout seul.

— C'était sûrement inhabituel, à l'époque.

À l'entendre, cela remontait à très longtemps. Et c'était le cas, même s'il ne voulait pas qu'elle s'appesantisse sur leur différence d'âge, histoire de ne pas gâcher l'ambiance.

— Difficile, oui. Très difficile, insista-t-il. Mais on fait ce qu'on doit faire.

Elle hocha pensivement la tête. Il avait appris à ne pas combler les silences avec trop d'empressement. Il vit qu'elle remarquait la Rolex à son poignet. Au lieu d'en parler, elle dit :

— J'aime bien votre chapeau.

Il l'avait posé au bord de la table. Tout en parlant, il caressait nonchalamment son rebord.

— C'est un Borsalino, précisa-t-il. Le meilleur fabricant de…

— Oh, je connais Borsalino.

— Bien sûr, répondit-il joyeusement. Bien sûr.

— Bon, lança-t-elle, enfin décidée à s'attaquer au sujet. Faites quelque chose de psychique.

— Ça n'arrive pas sur demande. Certains jours, ça me vient facilement, très facilement. D'autres…

Elle haussa un sourcil pour l'encourager à poursuivre. Elle pouvait communiquer beaucoup de choses avec un simple sourcil.

Il fit la moue, puis hocha la tête, comme s'il venait de prendre une décision. Il saisit une serviette en papier dans le distributeur et la déchira en trois morceaux.

— Vous allez écrire trois choses que vous espérez pour votre famille.

— Comment ça ?

— Ça doit tenir en deux ou trois mots ; deux trois mots sur chaque morceau de papier, du genre « plus d'argent ». Disons que ce sont des souhaits.

Il doutait qu'elle désire de l'argent : elle n'avait visiblement aucun souci financier. Elle ouvrit son sac pour y chercher un stylo mais il lui tendit celui qu'il gardait toujours dans sa poche intérieure.

— Prenez votre temps, je vous en prie. Écrivez lisiblement, en majuscules – et mettez-y de l'émotion. C'est important.

Graciella se mordit la lèvre et fixa le premier bout de serviette. Il appréciait le fait qu'elle prenne l'opération au sérieux. Qu'elle le prenne au sérieux. Lorsqu'elle commença à écrire, il pivota sur son siège pour scruter les box vides derrière lui. C'était l'après-midi, l'heure creuse.

— J'ai fini, annonça Graciella.

Il lui demanda de plier chaque morceau en deux, puis en quatre.

— Assurez-vous que je ne puisse pas lire ce que vous avez écrit.

Il retourna le Borsalino et y fit tomber les morceaux de papier.

— L'étape suivante dépend de vous, Graciella. Vous devez penser intensément à ce que vous avez écrit. Visualisez chacune des choses que vous avez notées, vos trois souhaits.

Elle fixa le plafond.

— D'accord.

La porte d'entrée s'ouvrit, ce qui lui fit momentanément perdre le fil de ses pensées. Un homme en manteau noir s'assit à une table non loin, juste derrière l'épaule gauche de Graciella, leur tournant le dos. Bon sang, pensa Teddy.

— Concentrez-vous, recommanda-t-il à son interlocutrice et à lui-même. Vous visualisez les trois ?

Elle acquiesça.

— D'accord, voyons donc ce que nous avons là.

Il fit tomber les trois morceaux de serviette sur la table et les disposa en ligne.

— Prenez le plus proche et posez-le dans ma main. Ne l'ouvrez pas, couvrez-le avec votre main.

Leurs paumes se touchaient, séparées par le bout de papier.

— Graciella, dit-il.

Elle le regarda droit dans les yeux. Elle était intriguée, certes, mais nerveuse aussi. Effrayée par ce qu'elle avait écrit. Par ce qui allait être prononcé à haute voix.

— École, dit Teddy. Nouvelle école.

Elle eut un hoquet de surprise.

— J'imagine que c'est pour Julian, continua-t-il. Il se trouve que vous avez finalement pris une décision, n'est-ce pas ?

— Celui-là était trop facile, se défendit-elle, puisque je vous ai déjà parlé de Julian. Vous avez pu le trouver par déduction.

— C'est possible. Très possible. N'empêche…

Derrière Graciella, l'homme toussa. Il était massif et sa coupe militaire évoquait une pelouse grise courant sur les épais replis de sa nuque. Teddy s'efforça de l'ignorer. Il ouvrit le morceau de papier et lut :

— Nouvelle école. C'est un bon vœu.

Il mit le papier de côté et lui demanda de prendre le suivant. Encore une fois, elle posa la main sur celle de Teddy – ses doigts effleuraient son poignet ; il sentait battre son pouls.

— Mmm. Celui-là est plus compliqué.

La main de Graciella tremblait. De quoi avait-elle peur ?

— Le premier mot est « Pas »…

Il ferma les yeux pour mieux se concentrer.

— Pas… de lapins ?

Elle éclata de rire. Soulagée. Non, ce n'était donc pas ce morceau de papier qui l'inquiétait.

— À vous de me le dire, dit-elle.

Il la regarda.

— Je vois « Pas de lapins ». Est-ce un code secret ? Attendez…

Il écarquilla les yeux, surpris.

— Êtes-vous enceinte ?

— Quoi ? s'esclaffa-t-elle.

— Peut-être avez-vous peur que le lapin meure ?

— Non ! Je veux qu'ils meurent, définitivement ! Ils ont dévoré tout mon jardin.

— Un vœu de jardinage ? dit-il en secouant la tête. Vous devriez avoir des aspirations plus élevées, ma chère. Peut-être le dernier ? Celui-ci, glissez-le dans le ruban de mon chapeau. Voilà. Ne me laissez pas le toucher…

Elle enfonça le bout de papier dans le ruban.

— Comment vous y prenez-vous ? s'étonna-t-elle. Vous avez toujours su faire ça ?

Derrière elle, l'homme renifla tout en étudiant ostensiblement le menu plastifié.

— Laissez-moi me concentrer, répondit Teddy.

Il posa le Borsalino sur sa tête en veillant à ce que ses doigts ne s'approchent pas du morceau de serviette.

— Oui, celui-ci est définitivement important.

L'homme s'esclaffa.

— Bon Dieu ! s'écria Teddy. Vous permettez, à la fin ?

L'intrus se retourna. Graciella jeta un coup d'œil derrière elle, puis demanda à Teddy :

— Vous le connaissez ?

— Hélas.

— Destin Smalls, se présenta l'homme en tendant la main à Graciella.

Elle refusa de la serrer.

— Vous êtes flic, non ?

Ding ! Le cœur de Teddy s'ouvrit comme un coffre-fort percé.

— Je travaille pour le gouvernement, répondit Smalls.

— C'est un piège ? C'est à propos de Nick ?

— Qui est Nick ? s'enquit Smalls.

— Mon mari, répondit Graciella.

— Je ne sais pas du tout ce que ce type fabrique ici, expliqua Teddy à Graciella. Je ne l'ai pas vu depuis des années.

— Ne vous laissez pas avoir, madame, dit Smalls. C'est le numéro de l'enveloppe. Une vieille ruse. Presque aussi vieille que lui.

Essayer de l'humilier devant une femme plus jeune était vraiment vache. Heureusement, elle ne semblait pas écouter Smalls.

— Il faut que je file, le prévint Graciella. Je dois récupérer les garçons.

Teddy se leva en même temps qu'elle.

— Je vous présente mes excuses pour la présence de cette connaissance.

— C'était un plaisir de vous rencontrer, lui répondit-elle. Je crois…

Elle se dirigea vers la porte. Teddy fit une grimace à Smalls, puis s'écria :

— Graciella ! Attendez une seconde. Juste une seconde.

Elle eut la bonne grâce d'attendre.

— Le dernier vœu, murmura-t-il afin que Smalls n'entende pas. Il vous concernait, n'est-ce pas ? Ça ira ?

— Bien sûr, que ça ira. Je suis le roc.

Elle s'éloigna à travers le parking. Il avait tant de questions à lui poser. Les deux mots qu'elle avait écrits sur le dernier bout de serviette étaient : NON COUPABLE.

Au grand dam de Teddy, Destin Smalls vint prendre la place de Graciella.

— Encore le numéro de Carnac[1], Teddy ?

— Tu ressembles au valet de pied de la mort, répliqua Teddy.

Il n'avait pas vu l'agent depuis quatre ans, mais ce dernier semblait avoir vieilli du double. La chute. Ça arrivait d'un coup. Le corps tenait bon pendant une décennie, chaque photo de Noël ressemblait aux dix précédentes, puis boum, les années vous tombaient dessus et vous écrasaient aussi sûrement qu'un semi-remorque. Les vestiges du bel athlète qu'avait été Smalls disparaissaient sous l'âge et les glucides. À présent, il se résumait à une grosse tête montée sur un gros corps rectangulaire, un micro-ondes posé sur un réfrigérateur.

— Tu sais que tu n'iras jamais au-delà du premier rendez-vous, non ? commenta Smalls. Tu es vieux. Elles te parlent seulement parce que tu n'es pas inquiétant.

— Sans rire, tu as vraiment mauvaise mine. Cancer des couilles ? Foie en berne ? J'ai toujours pensé que tu picolais en secret.

La serveuse réapparut. Si elle était surprise qu'une jolie banlieusarde ait cédé la place à un barbouze de soixante-dix ans, elle n'en montra rien.

— Un café pour mon ami, dit Teddy.

— Non, merci, répondit l'homme à la serveuse. De l'eau citronnée, s'il vous plaît.

— J'avais oublié qu'il était mormon, renchérit Teddy. Vous pouvez vous assurer que l'eau est décaféinée ?

---

1. Carnac the Magnificent, voyant comique fictif régulièrement interprété par Johnny Carson lors de son *Tonight Show*. *(N.d.T.)*

Elle le fixa un instant, puis s'éloigna sans un mot.

— Je retire ce que je viens de dire : tu n'as pas perdu la main avec les femmes, ricana Smalls. D'ailleurs, comment vont tes mains ?

— Il y a des bons et des mauvais jours.

— Assez bons pour le coup de l'enveloppe.

Teddy ignora cette remarque.

— Qu'est-ce que tu fais à Chicago ? Washington était trop chaud pour toi ?

— Ils essaient de me mettre dehors, expliqua Smalls. Ils ferment Star Gate. Mes fonds ont été réduits à néant.

— Star Gate existe encore ? s'étonna Teddy en secouant la tête. Je n'arrive pas à croire qu'ils ne vous aient pas encore chassés du temple.

— Le Congrès suspend tous les projets placés sous l'égide de SG. Trop de retours de flammes dans les médias.

— Trop de médias, tu veux dire.

Enfin détendu, Teddy s'adossa à sa chaise et retrouva sa bonne humeur.

— Le fait que tout rapport sérieux sur ton travail mentionne ton absence totale de résultats t'a toujours perturbé.

— Tu sais aussi bien que moi que…

Teddy leva la main.

— Hormis Maureen. Mais sans elle, tu n'avais rien.

La serveuse revint avec l'eau et la cafetière. Elle remplit la tasse de Teddy et disparut à nouveau.

— À Maureen ! lança Smalls en levant son verre. Jeune pour toujours.

— À Maureen.

Au bout d'un moment, Teddy reprit :

— Dommage, pour le boulot. Personne n'a envie d'être celui qui doit éteindre en partant.

— C'est une honte ! Une erreur stratégique. Tu crois que les Russes ont fermé leur Comité d'État des sciences ?

— Pourquoi pas ? Ils ont bien fermé leur propre pays.

— Tout est aux mains des anciens du KGB. Il n'y a pas cinq ans, on a reçu un renseignement selon lequel leur ministère de l'Agriculture avait de l'avance sur nous dans le développement du pistolet à microleptons.

— Mince, vous essayez encore de fabriquer ce truc ? Combien d'argent public as-tu gaspillé là-dedans ?

— Secret-défense.

— Mais quelqu'un au Congrès est au courant, non ? Pas étonnant qu'on vous fasse fermer boutique. Il n'y a que toi pour croire encore à la vision à distance et à la psychokinésie.

— Puisqu'on en parle, Frankie évite toujours les casinos ?

— Laisse Frankie en dehors de ça.

Smalls obtempéra en levant la main.

— Comment va-t-il ? Et Buddy, et Irene ?

— Ils vont bien, mentit Teddy.

Frankie continuait de lui emprunter de l'argent, Irene était déprimée et Buddy… merde, Buddy allait de plus en plus mal. Muet et reclus. Quelques mois plus tôt, il avait entrepris de démonter la maison, tel un magicien qui ne connaît que la moitié d'un tour. *Regardez bien, mesdames et messieurs, je vais casser cette montre ! Voilà, et maintenant, je vais… merde… qu'est-ce que je dois faire, déjà ?*

— Buddy est devenu un fameux bricoleur, ajouta Teddy.

— Sans rire ! Et les petits-enfants ? Tu en as combien, à présent ?

— Trois et demi.

— Et demi ? Irene est encore enceinte ?

— Seigneur, j'espère que non. Non, je parlais de la fille de Loretta, Mary Alice.

— Tu ne devrais pas faire ce genre de distinctions. Ça n'existe pas, une demi-petite-fille.

— Tu n'as pas fait le chemin jusqu'à Chicago pour prendre des nouvelles de mes petits-enfants ? Non, oublie ce que je viens de dire : c'est exactement la raison pour laquelle tu es là, n'est-ce pas ?

Smalls haussa les épaules.

— Est-ce que l'un d'entre eux est… prometteur ?

— Je croyais qu'on fermait ton programme, agent Smalls.

— Il n'est pas tout à fait mort.

— En tout cas, qu'il soit mort ou vivant, je te prie de laisser les petits en dehors. C'était l'accord que tu avais passé avec Maureen et moi. Et il vaut double pour nos petits-enfants.

— L'accord doit être honoré des deux côtés, rétorqua Smalls. Tu es censé les empêcher de se mettre dans le pétrin.

— Tu veux dire : les empêcher d'utiliser leurs immenses et terrifiants pouvoirs pour faire le mal.

— De les utiliser tout court.

— Bon sang, Smalls, mes petits-enfants… Aucun d'eux n'est fichu de lire le menu à moins de l'avoir juste sous le nez. En plus, la guerre froide est finie.

— N'empêche, le monde est plus dangereux que jamais. J'ai besoin – nous avons besoin – de Star Gate et de gens comme Maureen.

Teddy n'avait pas l'habitude de voir Smalls aussi désespéré. Mais un agent du gouvernement désespéré, même au placard, restait utile.

— D'accord, concéda Teddy. Donne-moi ton numéro.

Cette capitulation soudaine étonna Smalls. Il sortit maladroitement une carte de visite de son portefeuille. Elle était vierge, à l'exception du nom de Smalls et d'un numéro de téléphone, avec l'indicatif de Washington.

— Ils t'ont payé un billet d'avion uniquement pour que tu me parles dix minutes ? Je croyais qu'on t'avait coupé les vivres.

— Je me suis peut-être dit que ça valait le coup.

— Comme si tu pouvais les convaincre de…

Teddy s'interrompit. Le froncement de sourcils de Smalls lui confirma qu'il avait vu juste. Il rit.

— Tu as cassé ta propre tirelire pour ça ? Mince, tu ferais mieux d'économiser pour ta retraite. Que va dire Brenda de tout ça ?

Smalls frotta son verre d'eau du bout du pouce.

— Oh, je suis désolé. C'était une sacrée bonne femme.

— Oui.

Smalls se leva et glissa les morceaux de papier dans sa poche.

— L'un comme l'autre, nous avons épousé des femmes que nous ne méritions pas, conclut-il.

*

Si rien ne s'était produit au-delà du jour où il avait vu Maureen McKinnon pour la première fois – si le Dr Eldon n'avait pas vu son croquis… si sa candidature n'avait pas été acceptée… s'il n'avait pas également désigné Maureen… s'il ne s'était pas retrouvé à côté d'elle quelques semaines plus tard… –, le sortilège que cette dernière lui avait lancé aurait pu finir par s'estomper.

Mais, avant tout cela, il dut être auditionné seul à seul par le Dr Eldon. Deux semaines après son inscription, Teddy fut invité sur le campus pour discuter de son « don » et se retrouva dans le bureau du docteur – une pièce de forme étrange, un L courbe envahi de poutrelles de soutènement, de conduits et de canalisations.

— Je vois des trucs, c'est tout, expliqua humblement Teddy. En particulier sur papier : il y a quelque chose dans la manière dont les gens se concentrent quand ils écrivent ou dessinent qui me permet de voir plus clairement.

Le Dr Eldon hocha la tête et prit des notes sur son bloc. Eldon avait dix ans et vingt-cinq kilos de plus que sur la photo de l'annuaire de la fac, pourtant déjà peu flatteuse.

— Pensez-vous que vous pourriez, euh, me faire une démonstration ? demanda-t-il d'une voix douce et sérieuse, presque enjôleuse.

— Oui, bien sûr. Je crois que je me sens assez fort pour essayer. Vous avez une feuille de papier ?

Évidemment, Eldon en avait une.

— Faites trois dessins simples à visualiser. Quelque chose de connu, un personnage de BD, des formes géométriques, ce que vous voulez.

Teddy se leva, s'éloigna de quelques pas et lui tourna le dos.

— Je vais me cacher les yeux, annonça-t-il. Dites-moi quand vous aurez fini.

Le Dr Eldon fronça les sourcils, se concentra et exécuta un premier dessin. Teddy n'en revenait pas : il était convaincu qu'Eldon aurait voulu faire un test selon ses propres paramètres, sous surveillance scientifique. Or le docteur laissait Teddy diriger les manœuvres. C'était encore plus facile que dans les bars, où les pigeons lui faisaient toujours remonter ses manches ou montrer ses mains, dans lesquelles il tenait actuellement un minuscule miroir grâce auquel il pouvait observer le professeur. Qu'un type qui lui tournait déjà le dos ait en plus besoin de se couvrir les yeux n'avait pas étonné Eldon le moins du monde.

Lorsque le docteur eut terminé, Teddy remit le miroir dans sa poche et lui demanda de plier les morceaux de papier en carrés.

— Je ne vais pas procéder dans l'ordre, expliqua-t-il. Je vais simplement trier les images à mesure qu'elles me viennent, et vous me direz si je tombe juste.

Teddy pressa le premier carré de papier contre l'avant de son chapeau, et fit semblant de se concentrer. Puis il le reposa sur la table et prit le suivant, puis le troisième, louchant et cillant chaque fois.

— Je reçois des images, annonça-t-il.

La première chose qu'avait dessinée Eldon était la tête de Mickey Mouse. Classique. Dites à quelqu'un de dessiner un personnage de BD et la première chose qui lui vient à l'esprit, c'est ça. Les autres croquis étaient simples : le deuxième était une pyramide et le troisième un avion.

— Tant de choses…, continua Teddy. Je vois un oiseau survolant une montagne. Non, c'est un triangle. Une montagne triangulaire ? Et un grand cercle… peut-être la lune ? Non, il y en a plusieurs. Comme serrés les uns autour des autres, et l'oiseau…

Il secoua la tête en faisant semblant d'être perplexe.

— L'oiseau est… en métal ? Oh !

Il claqua presque des doigts.

— C'est un avion. Un triangle et un avion. Et les cercles ?

Il se tapota le front.

— Un cercle au milieu, deux derrière. Comme sur les anneaux olympiques, mais il y en a moins. Ça me rappelle quelque chose, alors…

Teddy s'affaissa sur sa chaise, l'air abattu. Le Dr Eldon le fixait, les traits crispés à force de cacher son ravissement.

— Désolé, doc, c'est tout ce que j'ai.

— C'est tout à fait exact, murmura le professeur. Vous vous en êtes très bien sorti.

— Ah ?

Le Dr Eldon lui donna les morceaux de papier, et Teddy feignit d'être tout aussi surpris que le professeur.

— Mickey Mouse ! Bien sûr !

Le vieillard affichait un grand sourire satisfait.

— Alors ? Souhaitez-vous participer au programme ?

Teddy entendit presque le tintement d'un tiroir-caisse. Il ne répondit pas tout de suite.

— Je dois travailler la majeure partie de la semaine, dit-il sur un ton navré. Je ne peux pas me permettre d'être absent trop souvent.

— Les participants seront rétribués.

— Suffisamment pour compenser une journée de travail ratée ?

— Une rétribution significative.

— Alors, ça devrait aller.

— J'ai bien peur que nous ne devions en rester là, pour le moment. Je dois voir d'autres candidats. Pourriez-vous m'envoyer le suivant ?

Puis, il esquissa un sourire rusé et ajouta :

— Je pense que vous avez deviné de qui il s'agit.

Teddy simula la perplexité, alors même que son cœur s'emballait dans sa poitrine.

— Pardon, mais est-ce que ça fait partie du test ?

— Vous avez indiqué à Beatrice, ma secrétaire, que vous aviez eu un flash concernant une jeune fille et moi.

— Ah, oui ! Elle est à côté ? Qui dois-je demander ?

Il se félicita intérieurement d'être parvenu à conserver un ton égal.

Le Dr Eldon consulta brièvement une liste de noms posée devant lui. Tous, à l'exception des trois derniers, avaient été barrés.

— Elle s'appelle Maureen McKinnon.

C'était la première fois que Teddy entendait son nom prononcé à haute voix et il aima aussitôt sa musicalité.

— Pas de problème, monsieur.

Il se pencha vers la liste, comme pour s'assurer qu'il avait bien saisi le nom.

— Mlle McKinnon, pigé.

Il descendit le couloir jusqu'à la salle où il avait rempli les formulaires deux semaines plus tôt. Vide et mal éclairée avant l'entretien, elle accueillait à présent trois personnes : le jeune Noir, avec la même cravate et la même chemise, la petite taupe aux cheveux gras et la fille de ses rêves. Elle était assise au premier rang, les jambes croisées sous une jupe bleue à pois jaunes. Une délicate chaussure jaune, semblable à un soulier de danse, tressaillait nerveusement au bout de son pied.

Le Noir était assis plusieurs rangs derrière elle, mais la taupe, juste à côté de Maureen, parlait avec agitation. Voilà ce qui arrive quand on laisse une fille seule dans une salle de classe : un gamin boutonneux vient aussitôt la coller.

Le jeunot tenait une clef couleur cuivre dans sa main et disait :

— C'est une question de concentration, rien de plus. Il faut imposer sa volonté.

— Qu'est-ce que vous faites ? intervint Teddy en ignorant la taupe.

Maureen leva les yeux et sourit.

— Il essaye de plier une clef.

— Avec mon esprit, précisa le boutonneux.

— Sans blague ? Vous vous appelez Russell Trago ?

— C'est ça.

Teddy avait lu son nom sur la liste et avait misé sur lui. Du coup, le Noir était Clifford Turner.

— C'est à vous, Russell. Bonne chance.

— D'accord, merci !

Russell posa la clef sur le bureau, puis regarda Maureen.

— Rappelle-toi ce que j'ai dit. Impose ta volonté.

Teddy se glissa sur le siège qu'il venait de libérer et ramassa la clef. Bizarre, qu'il l'ait laissée. En général, on aime garder ses accessoires sur soi.

— Elle est toujours droite, constata-t-il.

— Il venait à peine de commencer.

— Dommage, ça avait l'air fascinant. Vraiment fascinant. Je m'appelle Teddy, au fait. Teddy Telemachus.

— Moi, c'est…

— Ne me dites rien. Mary. Non. Quelque chose qui ressemble à Mary. Ou Irene…

Un stylo et une feuille de papier étaient posés sur le bureau, devant elle : l'invitation du Dr Eldon. Au besoin, Teddy pourrait se servir du papier. Peut-être lui faire le numéro des trois vœux ?

— Attendez… Maureen, c'est ça ?

— Oh, quelle perspicacité ! répondit-elle.

Il aima la lueur qui passa dans ses yeux.

— Ce n'est pas vraiment au tour de Russell, n'est-ce pas ? Vous étiez censé venir me chercher.

— Ah, vous êtes trop maligne pour moi, Maureen McKinnon.

— Qu'est-ce qu'ils vous ont fait faire ?

Il lui parla du test de divination des dessins, mais s'abstint de lui expliquer comment il avait procédé, ni avec quelle facilité.

— Quand j'ai vu le premier, il avait l'air emballé. J'ai cru que c'était un triangle, mais c'était une pyramide.

— Oh, vraiment ?

Elle parut un peu trop surprise.

— Quoi ? Vous croyez que ce bon vieux Trago est le seul à posséder des pouvoirs surhumains ?

— Ce n'est pas ça, se défendit-elle, c'est juste que…

Teddy s'empara de la clef.

— Laissez-moi essayer, d'accord ?

— Vous savez aussi plier les choses ?

— Entre autres.

Il referma le poing autour de la clef.

— Mais je risque d'avoir besoin de votre aide sur ce coup-là.

Il rapprocha son pupitre du sien.

— Il ne s'agit pas d'imposer sa volonté. Il suffit de demander aux objets de se tordre. Ceux-ci ont envie de nous écouter. Vous devez simplement penser : plie-toi… plie-toi… et vous savez ce qui arrive ?

— J'espère que « explosion » n'est pas au menu.

Il rit.

— Seulement si vous criez après l'objet. Il faut lui demander gentiment.

C'était un tour tout simple. Il avait déjà fait passer la clef dans sa main gauche. Lorsqu'il avait déplacé le pupitre, il en avait coincé le bout sous la surface du bureau et avait appuyé dessus. La courbure restait mineure, vingt ou trente degrés maximum, mais les meilleurs tours de magie commencent modestement.

— Voyons comment on s'en sort, dit-il.

Il entreprit de frotter son poing fermé, ce qui lui permit de faire passer la clef dans sa main droite. Il laissa dépasser son extrémité entre son pouce et son index.

— Dites-le, maintenant : plie-toi.

— Plie-toi, répéta Maureen.

— Plie-toi, s'il te plaît.

— Plie-toi, s'il te plaît.

Il fit lentement émerger la clef de ses doigts, révélant petit à petit la tige pliée.

— Oh, non, souffla Maureen.

— Qu'y a-t-il ?

— Je vais avoir du mal à rentrer chez moi.

— C'est votre clef ?!

— Je croyais que vous aviez compris…

— Je me suis dit que c'était la sienne ! Vous avez laissé ce gamin jouer avec l'unique clef de votre maison ?

— Je ne pensais pas qu'il arriverait à en faire quoi que ce soit.

Tous deux éclatèrent de rire. Ils s'esclaffaient encore lorsque Russell Trago, revint dans la pièce, l'air mortifié. Maureen se couvrit la bouche de la main. Trago semblait avoir senti qu'il était la cible de leur hilarité.

— C'est Maureen qu'ils veulent voir, annonça-t-il en fixant Teddy.

— Oh ! Pardon, j'ai dû mal comprendre.

Maureen s'extirpa de son pupitre, puis tendit la main. Teddy y déposa la clef tordue.

— Qu'est-ce qui s'est passé ? s'étonna Trago. Je l'ai pliée ?

Tandis qu'elle s'éloignait, Teddy fit un salut militaire à la jeune fille.

— Surprenez-les, Maureen McKinnon !

Elle avait laissé sur la table le stylo et la feuille de papier. Elle l'avait pliée, peut-être pour la cacher à Trago quand il était à côté d'elle. Teddy la déplia. Elle contenait trois dessins.

Une pyramide.

Un avion.

Mickey Mouse.

— Bon Dieu de bon Dieu ! s'exclama Teddy.

Il passa en revue les méthodes habituelles, les éliminant l'une après l'autre. Oui, il lui avait parlé du premier dessin, mais pas des deux autres. La distance entre la pièce et le bureau du Dr Eldon rendait impossible toute tentative d'écoute aux portes. Et puis Trago se trouvait avec elle durant la majeure partie de l'entretien de Teddy, essayant de plier sa fichue clef, avec Clifford Turner comme témoin. Teddy ne connaissait aucune méthode permettant de lorgner un dessin d'aussi loin.

Il ne restait donc qu'une seule explication. Maureen McKinnon, dix-neuf ans, était la meilleure arnaqueuse qu'il ait jamais rencontrée.

*

Teddy rentra de la cafétéria en songeant aux coïncidences extraordinaires. Il n'y croyait pas, à moins de les avoir provoquées lui-même. Mais comment expliquer qu'il avait rencontré Graciella, la femme la plus intéressante avec laquelle il ait parlé depuis des années, le jour précis où Destin Smalls ressurgissait dans sa vie ? À l'instar de Graciella, il flairait un coup monté. Mais pas par Smalls. Ce n'était pas son style. L'agent évoluait tel un bœuf vertueux : toujours en ligne droite.

Teddy rentra la Buick dans le garage, sortit par la porte de côté et se figea. Un trou était apparu dans la cour arrière, et Buddy y était enfoncé jusqu'aux cuisses, maniant une pelle.

— Buddy !

Son fils le regarda d'un air interrogateur. Il était torse nu, ce qui le faisait paraître encore plus gros.

— Qu'est-ce que tu fabriques ?

Buddy contempla son trou, puis revint à Teddy.

— Qu'est-ce que fout ce putain de trou au milieu de la cour ?!

Buddy ne répondit pas. Évidemment. Buddy avait décidé de se prendre pour Marcel Marceau.

— Rebouche-moi ça ! ordonna Teddy en désignant les monticules de terre qui entouraient la fosse. Rebouche ça tout de suite.

Son fils détourna les yeux. Bon Dieu. Il était si doué, avant. Il aurait pu les rendre tous riches en se contentant de rester assis et d'écrire des chiffres avec ses pastels. Et voilà qu'il s'était transformé en un foutu golden retriever qui faisait des trous dans la pelouse.

Teddy leva les mains et entra dans la maison. L'évier de la cuisine débordait d'assiettes mais, au moins, l'électroménager était intact. Dans le salon, il trouva Matty assis en tailleur sur le canapé, façon yogi, les yeux fermés.

— Et toi, qu'est-ce que tu fabriques ?

Matty ouvrit subitement les yeux.

— Hein ? Rien !

Puis il précisa :

— Je réfléchissais.

— On peut dire que tu t'en sors foutrement bien, grommela Teddy en accrochant son Borsalino au portemanteau. Pourquoi tu n'es pas à l'école ?

Le garçon se leva d'un bond.

— L'école est finie.

— Quoi ?

— C'était le dernier jour, et on n'avait cours que le matin. C'est les vacances d'été.

Matty était joufflu, il avait hérité de la pâleur des McKinnon et de la petite taille des Telemachus. Pauvre bâtard. Au sens propre. Sa maman était fauchée, et son père avait abandonné le foyer depuis des années.

— Et maintenant ? demanda Teddy.

Matty le scruta en clignant des yeux sans répondre.

— Tu vas traîner là tout le temps ?

— Euh…

Comment Teddy avait-il pu perdre le contrôle de sa maison ? Le foyer d'un homme serait sa forteresse ? Mon cul. Plutôt un camp de réfugiés. Il ramassa la pile de courrier sur la table à manger, parcourut les enveloppes. Facture, facture, pub. Encore un de ces disques pour ordinateurs. America Online. Il en recevait un par jour, parfois deux.

— Pourquoi tu n'irais pas nettoyer la cuisine ? On préparera le dîner quand ta mère rentrera.

C'était le point positif de la présence d'Irene. Quand il n'y avait que Teddy et Buddy, ils mangeaient des plats chinois à emporter trois soirs par semaine. Ou des omelettes.

Alors que le garçon passait devant lui, Teddy leva une main, un billet de cinq dollars fiché entre les doigts.

— Dis donc, petit, tu aurais la monnaie sur cinq dollars ?

Matty plongea les mains dans ses poches. Trop rapidement et de manière trop démonstrative mais, avec l'aide de Teddy, il pourrait s'améliorer.

— Je ne sais pas, monsieur, je vais regarder.

Un petit sourire révélateur. Ça aussi, il faudrait le corriger.

— Ouais, je crois.

Il arracha le billet de la main de Teddy et commença à le plier.

— Hé, j'ai juste dit que j'avais besoin de monnaie ! s'exclama Teddy en jouant au client mécontent.

— Oh, vous allez avoir la monnaie de votre pièce, ne vous inquiétez pas.

Teddy lui avait aussi appris le bagou. Matty déplia soigneusement le billet, puis le tendit entre ses doigts.

— Qu'est-ce que vous dites de ça ?

Le billet de cinq était devenu un billet de deux.

— Fais-le claquer, conseilla Teddy. Comme une serviette. Que ça soit audible. Et ne souris pas avant la fin, ça trahit quelque chose.

Le gamin hocha la tête et repartit dans la cuisine sans rendre le billet de cinq. Au moins, il avait retenu ça : ne jamais rendre l'argent.

Teddy regarda la dernière enveloppe et éprouva un pincement au cœur. Il reconnut l'écriture, gracieuse et vive. On peut dire ce qu'on veut des écoles catholiques, les nonnes savent vous apprendre à bien écrire. Au-dessus de l'adresse, un simple « Teddy ». Pas d'expéditeur.

Il laissa tomber le reste du courrier sur la table puis, sans quitter l'enveloppe des yeux, gagna l'étage d'un pas de plus en plus lourd.

Bon sang, Maureen.

Il se rendit dans sa chambre et ferma la porte. Comme toujours, il fut tenté de ne pas ouvrir la lettre, mais comme toujours il ne put s'en empêcher. Il décacheta l'enveloppe et lut ce qu'elle avait écrit. Puis il entra la combinaison du petit coffre-fort caché dans son placard.

À l'intérieur, au-dessus du présentoir tendu de velours qui accueillait ses montres, se trouvait une pile d'enveloppes plus anciennes. Au début, il en recevait une par semaine. Ensuite, quelques-unes par an. La dernière datait d'il y a un peu plus de quatre ans.

Il porta l'enveloppe à ses narines. Respira. Ne sentit rien d'autre que l'odeur du vieux papier. Il la jeta sur la pile, avec les autres, et referma le coffre.

3

Irene

Retourner vivre dans la maison de son enfance est idéal pour tuer la nostalgie qu'on a pu en garder. Elle était revenue à Chicago dans une Ford Festiva bringuebalante vieille de huit ans, son ado de fils boudant et bouillonnant de tous ses pores sur le siège du passager, chargée d'une remorque contenant la totalité de leurs possessions : un matelas et un sommier à ressorts, une table basse laminée, deux solides chaises de cuisine et une vingtaine de boîtes en carton humide étiquetées « humiliation » et « déception ».

Elle avait trente et un ans. Elle n'avait pas réussi à atteindre la vitesse de libération et le crash se révélait brutal.

À certains Noëls, quand tout allait à peu près bien à Pittsburgh, elle ressentait un frisson chaleureux en revoyant le vert pâle de son ancienne maison, les haies décorées de grosses ampoules rouges et vertes et les petites fenêtres carrées de sa chambre, à l'étage. Lorsqu'elle apercevait les branches dénudées par l'hiver de l'énorme saule pleureur, dans la cour de derrière, elle repensait à Buddy avant la mort de leur mère, alors âgé de cinq ans et encore intrépide, s'agitant parmi les frondaisons.

Depuis, chaque fois qu'elle revenait du travail, quelque chose qui ressemblait à du désespoir lui serrait la poitrine. Elle rentrait après une journée de neuf heures à Aldi, les pieds douloureux, abrutie d'ennui, et comprenait, une fois de plus, que cette maison était un piège.

Ces derniers temps, c'était un piège en travaux, et aujourd'hui ne faisait pas exception. Elle ne put même pas se garer dans l'allée, qui était occupée par une pile de bois de construction. Agacée, elle laissa sa voiture dans la rue et entra par la porte de devant. Dans le vestibule, trois cartons de tailles diverses, blancs tachés de noir comme des vaches holstein.

— Maman ! cria Matty en se jetant presque dans l'escalier. C'est à nous ? C'est toi qui as acheté ça ?

— Je ne sais même pas ce que c'est.

— C'est un Gateway 2000 ! Avec moniteur. Et imprimante, j'en suis presque sûr.

Il s'accroupit à côté du plus gros des cartons.

— Il y a un modem intégré, et un *Pentium* !

À l'arrière de son crâne, ses cheveux étaient gras et mal peignés.

— N'y touche pas. On risque de devoir le renvoyer. Tu as dormi tard ?

— Euh, ouais, assez.

— Tu as pris une douche, aujourd'hui ?

— Oui, bien sûr.

Elle lui lança un regard sévère.

— Enfin, pas encore. J'allais le faire, puis l'ordinateur…

— Tu as quatorze ans, Matty. Tu ne peux plus te promener comme un homme des cavernes.

Il savait pourtant qu'il ne pouvait pas lui mentir. Espérait-il qu'un jour elle se montrerait assez distraite pour laisser passer ses bobards ?

— Je peux juste le regarder ? demanda-t-il.

— Où est ton grand-père ?

— Derrière, au téléphone. Avec quelqu'un qui s'appelle Smalls, je crois. Un type avec une grosse voix. Il voulait parler à papy.

— *Destin* Smalls ?

Matty haussa les épaules. Irene se dirigea vers la cuisine pour accéder à la cour.

— J'abîmerai pas l'emballage, promis ! lança Matty.

— Ne touche à rien.

Teddy se trouvait dans le patio, assis sur une chaise de jardin, et lisait le journal, genoux croisés, chaussures rutilantes. Il était vêtu d'un costume malgré la chaleur. L'air sentait la fumée de cigarette, mais pas le moindre mégot en vue. Sa main gauche reposait, faussement nonchalante, sur l'accoudoir en aluminium de la chaise. Le téléphone sans fil était posé sur le ciment à côté de lui.

— Qu'est-ce que Destin Smalls te voulait ? s'enquit Irene.

Teddy ne prit même pas la peine de lever les yeux.

— Ce ne sont pas tes oignons !

— Il va t'arrêter ?

La question lui fit baisser son journal. Le *Tribune*. Étrange, puisqu'ils avaient l'habitude du *Sun-Times*.

— Ne sois pas ridicule. Il est presque à la retraite.

— Alors pourquoi appelait-il ?

— Les vieux amis prennent des nouvelles les uns des autres, Irene. C'est une activité humaine banale.

— Depuis quand êtes-vous amis ?

— Pour l'amour du ciel…

Il reprit sa lecture, puis abaissa de nouveau son journal.

— Tu pourrais enlever ces cartons du vestibule ? dit-il. J'ai failli me briser la nuque.

— Ils ne sont pas à moi. C'est Buddy qui a commandé un ordinateur ?

— Qui sait ce que Buddy fabrique ?

— Où aurait-il trouvé l'argent ? Ce truc coûte dans les deux mille dollars.

— Deux mille ? Pour un ordinateur ? Qu'est-ce qu'on fait avec ?

— On peut aller sur Internet, expliqua Matty, qui venait d'apparaître, excité comme un chiot. Ou faire ses devoirs.

— Pas question que tu traînes à la maison pour jouer aux jeux vidéo, rétorqua Irene.

— On demande à oncle Buddy si on peut l'ouvrir ? insista Matty.

— Qu'est-ce qu'on mange ? intervint Teddy.

— Je ne prépare pas à manger ce soir, riposta Irene.

— Je ne te l'ai pas demandé.

— Je crois bien que si. Je suis déjà assez occupée : je dois faire un gâteau.

— Un gâteau ? Pourquoi est-ce que… Oh. L'anniversaire de Maureen.

— Buddy va piquer une crise si on ne le fête pas.

— Est-ce que j'ai dit que je ne voulais pas le fêter ? Bien sûr que non.

— Tant mieux, parce que Frankie et Loretta viennent.

— Peut-être que Buddy a acheté l'ordinateur comme cadeau d'anniversaire ? suggéra Matty.

— Pour sa mère morte ? ironisa Irene.

— C'est Buddy…

— Tu t'occupes du gâteau, moi du dîner, annonça Teddy comme si c'était son idée depuis le début. Je songeais à prendre des pizzas.

— Tu détestes les pizzas, papa.

— Non. Je déteste la plupart des pizzas parce que je suis très difficile. Avant, j'allais dans ce restaurant de Irving Park, qui appartenait à Nick Pusateri. La croûte de leur pizza était tellement croustillante qu'elle vous crépitait dans la bouche comme un cracker. Je vous en rapportais souvent.

Jusque-là, Irene avait complètement oublié ces pizzas. Elles étaient vendues sur une sorte de plateau en carton et non dans une boîte, simplement recouvertes d'un peu de papier blanc. On le déchirait et de délicieux effluves vous enveloppaient la figure.

— Il avait un fils, poursuivit Teddy. Nick junior. Pas une lumière. N'empêche, il a réussi à faire fortune dans l'immobilier.

— Sans blague.

— Bref, la semaine dernière, je suis tombé sur une femme, chez Dominick's, que je n'avais jamais vue. Elle s'appelle Graciella et elle a trois enfants. Et devine qui est son mari ?

— Si ce n'est pas Nick junior, tu ne sais plus raconter une histoire.

— Je vais demander à oncle Buddy, lança Matty avant de disparaître dans la maison.

— Le monde est petit, n'est-ce pas ? commenta Teddy. Foutrement petit.

Il mit le journal de côté et se leva.

— Je reviendrai pour le dîner.

Il posa son chapeau sur sa tête, l'ajusta, puis sortit par le portail latéral au moment où Matty revenait en courant.

— Buddy dit que je peux l'ouvrir !

— Vraiment ?

— Je lui ai demandé et il a hoché la tête.

— D'accord. Tu peux le faire à la cave, mais d'abord, va prendre une douche. Et n'installe pas Internet !

Le garçon repartit aussi vite qu'il était venu.

Irene regarda son père sortir lentement la voiture du garage, en marche arrière. Encore combien d'années avant qu'elle ne doive lui confisquer les clefs ? Elle savait que la décision lui reviendrait : Buddy ne s'intéressait pas à ça et Frankie était trop épris de la Légende de Teddy Telemachus pour agir.

Elle ramassa le journal que lisait Teddy. Un titre avait été entouré au feutre noir. OUVERTURE DU PROCÈS POUR MEURTRE DE L'ORGANISATION PUSATERI. Elle lut le premier paragraphe, puis le deuxième.

— Merde, marmonna-t-elle.

— Qu'est-ce qu'il y a ? s'enquit Matty dans son dos.

— Ton grand-père traîne avec des mafieux. Encore.

— Vraiment ?

Il semblait plus fasciné qu'elle ne l'aurait voulu. Elle leva les yeux et remarqua qu'il n'était vêtu que d'une serviette de bain.

— Il n'y a plus d'eau au rez-de-chaussée, expliqua-t-il.

Matty et Irene utilisaient la salle de bains du bas, laissant celle du premier à papy et Buddy.

— Va à l'étage, dit-elle avant de retourner dans la cuisine en lisant.

Les avocats de Nick Pusateri Jr ont déclaré mercredi que celui-ci pourrait être appelé à la barre dans le cadre de sa propre défense. Après des semaines de spéculations, on ignore encore si Pusateri – accusé du meurtre, en 1993, de l'homme d'affaires de Willowbrook Richard Mazzione – va témoigner. Pusateri serait un membre important de l'Organisation de Chicago, et le fils du chef de gang présumé Nick Pusateri Sr. Les procureurs s'efforcent actuellement d'impliquer d'autres membres de l'organisation.

Elle termina l'article et jeta le journal dans la poubelle. Un meurtre, des mafieux et ce putain de Destin Smalls. Peu importe la manière dont son père était mêlé à l'affaire, tout ça ne lui plaisait guère.

*

La mort de Maureen était le repère grâce auquel Irene naviguait parmi ses souvenirs. Elle avait rencontré Destin Smalls seulement sept mois auparavant. C'était début février, le matin où Irene avait découvert sa mère en larmes.

Elle ne se rappelait pas la raison pour laquelle elle était montée la voir. C'était un jour d'école – sans doute était-ce pour se plaindre que Buddy ou

Frankie traînaient au lieu de se préparer. Lorsqu'elle avait poussé la porte de la chambre de ses parents, elle avait trouvé sa mère assise au bord du lit, les mains sur les cuisses, les yeux fermés. Ses larmes traçaient deux lignes nettes sur ses joues.

Ce spectacle avait un je-ne-sais-quoi d'obscène, et pas seulement parce que Maureen pleurait rarement ; ses larmes coulaient librement et elle semblait ne faire aucun effort pour les dissimuler. C'était la chose la plus impudique qu'ait jamais faite sa mère devant elle.

Irene eut sûrement un hoquet de surprise, car Maureen leva subitement les yeux mais n'essuya pas pour autant ses pleurs. Elle jeta un bref regard à sa fille mais son attention fut rappelée par quelque chose d'autre, quelque chose d'intérieur.

— Vous allez divorcer, toi et papa ? demanda Irene.

— Quoi ? répondit sa mère au bout d'un moment.

Puis :

— Pourquoi penses-tu à une chose pareille ?

Irene aurait pu invoquer tant de raisons. Le fait que son père dormait désormais sur le divan de la cave. Que lorsqu'il se réveillait, il rôdait dans la maison en silence, grimaçant au moindre son que faisaient les enfants, leur aboyant d'aller jouer *dehors, pour l'amour du ciel !* Irene avait compris bien plus tard, après avoir côtoyé quelques alcooliques, que s'il ne buvait pas, il souffrait comme eux de la vision tunnelisée et de la blessure béante de l'accro. Suite à un accident de voiture, papa avait passé des semaines avec les mains bandées – c'était l'hiver qui avait suivi le *Mike Douglas Show* et l'humiliation publique de sa famille. Et Teddy donnait alors l'impression que la maison était aussi minuscule que l'une des chambres d'hôtel où logeait la Fantastique Famille Telemachus durant ses tournées.

— Tu n'as pas dit non, rétorqua Irene, comme si elle avait compris le truc d'un tour de magie.

La colère passa sur les traits de sa mère, vive et féroce. Ses mains n'avaient pas bougé mais Irene eut l'impression d'avoir été giflée. Pendant un long moment, personne ne parla.

Elle sentit que Buddy était venu se poster derrière elle. Il allait avoir six ans, mais il paraissait plus petit, avec sa grosse tête de bébé posée sur son corps maigrichon ; rien ne laissait présager qu'il serait un jour le plus grand des trois.

Sa mère finit par chasser ses larmes du revers de la main.

— Tu es une petite fille très intelligente, très douée, et je t'aime.

Elle se leva. Sa bouche n'était plus qu'une ligne dure.

— Mais visiblement tu n'as pas encore appris les bonnes manières. Et, non, ton père et moi n'allons pas divorcer.

Elle sortit de la chambre et descendit au rez-de-chaussée. Irene la suivit, silencieusement imitée par Buddy. Sa mère prit son manteau d'hiver et l'enfila.

— Où vas-tu ?

Il n'était pas encore 8 heures du matin.

— Au travail. Emmène Buddy à l'arrêt de bus. Assure-toi que Frankie se lève.

— Tu as un travail ? ! s'exclama Irene, outrée que personne ne l'ait prévenue plus tôt.

— Ne réveille pas ton père.

Sa mère ouvrit la porte d'entrée. Le froid s'engouffra et tourbillonna tel un chien frénétique autour des jambes nues de la fillette.

Dehors, tout n'était que grisaille sur fond gris. Des flocons flottaient dans l'air ; le monde se réduisait à une esquisse au crayon à papier. Sa mère marcha vers un break sombre garé dans l'allée, dont le pot d'échappement crachait des nuages de fumée. Un homme vêtu d'un long pardessus en sortit, côté conducteur. Il dit quelque chose à Maureen, qu'Irene n'entendit pas, avant de lui ouvrir la portière passager. Il lui posa la main dans le creux du dos, puis referma la porte derrière elle. Enfin, il se retourna et vit Irene debout dans l'entrée, Buddy agrippé à sa jambe.

— Vous allez attraper froid ! lança l'homme sur un ton amical.

Il avait la mâchoire carrée et il était grand ; il faisait deux fois la taille de leur père. Et il était deux fois plus beau. Ses cheveux noirs étaient aussi impeccables que ceux d'une poupée Ken.

Irene referma la porte, se rendit aussitôt à la baie vitrée et ouvrit les rideaux. La voiture sortit de l'allée à reculons, laissant des traces que son père remarquerait sûrement une fois qu'il serait levé. Mais non : le temps qu'elle accompagne Buddy jusqu'à son arrêt de bus, une demi-heure plus tard, la neige les avait déjà recouvertes.

*

Il est une question qui ne se pose qu'au sein de la famille Telemachus : qui doit souffler les bougies du gâteau d'anniversaire d'une morte ? Auparavant, on demandait à Buddy de s'en charger, puis Cassie et Polly avaient commencé à réclamer cet honneur, et même Buddy ne pouvait rien refuser aux jumelles quand elles se mettaient en mode Ultra-Mignonnes.

— Allez-y, les filles, leur dit Irene.

Sept bougies décoraient le gâteau. Il devait y en avoir cinquante-deux, mais Irene craignait d'en allumer autant à proximité des jumelles. Alors, cinq bougies jaunes, une pour chaque décennie, et deux rouges pour les années restantes. Buddy surveilla la scène, inquiet, jusqu'à ce que toutes aient été soufflées.

Maureen Telemachus était morte vingt et un ans plus tôt, à l'âge de trente et un ans, l'âge qu'avait Irene aujourd'hui. C'est la dernière année où j'ai une mère, songea-t-elle. À partir de maintenant, elle restera plus jeune que moi.

Presque personne ne parlait. Loretta, d'ordinaire enjouée, semblait morose. Le silence de Buddy n'avait rien d'exceptionnel, contrairement à celui de Teddy. Il avait rapporté les pizzas : deux Giordano's, aussi épaisses que des pneus de moto, à l'opposé du croustillant sur lequel il avait poétisé un peu plus tôt, mais il ne révéla pas ce qu'il avait fait d'autre durant ses deux heures d'absence. Il semblait distrait et tâtait son gâteau du bout de sa fourchette comme s'il n'arrivait pas à percer sa nature à jour.

Le silence de Frankie, en revanche, avait quelque chose d'agressif, ponctué de grognements qui étaient autant d'invites à ce qu'on lui demande ce qui n'allait pas. Irene le savait déjà. Deux semaines plus tôt, Frankie les avait emmenés dîner, son père et elle, au Pegasus, à ses frais – parce que, disait-il, il avait une *incroyable nouvelle* à leur annoncer. Il avait attendu la fin du repas. Son incroyable nouvelle était que Teddy et Irene pouvaient devenir distributeurs d'un concept appelé UltraVie qui, selon ses mots, était *la société de marketing multiniveaux à la croissance la plus rapide d'Amérique.*

— Qu'est-ce que tu entends par « marketing multiniveaux » ? avait demandé Teddy.

— Il veut dire arnaque à la pyramide, était intervenue Irene.

Ce commentaire avait pour ainsi dire gâché l'ambiance de la soirée et, en ce qui concernait Frankie, du reste du mois. Comment avait-il pu penser qu'il convaincrait Irene et Teddy d'investir dans une arnaque aussi évidente ? Irene était fauchée et Teddy, même s'il disposait de beaucoup d'argent (dont il ne révélait pas la source), refusait d'entretenir ses enfants. *Lui* avait grandi dans la pauvreté, et il s'en était sorti tout seul, à la force du poignet, ce qui constituait l'ultime épreuve du processus évolutionnaire, selon lui. Combien de fois avait-il dit à ses enfants « Ne prêtez jamais des jetons à quelqu'un qui n'a pas de quoi miser » ?

Irene pensait que Frankie devait son petit cœur mesquin à son père. Ce dernier lui avait farci la tête d'histoires de jeux clandestins et de gangsters, de coups fourrés et d'arnaques, de futurs et d'ex-taulards. Durant les tournées, il asseyait un Frankie âgé de huit ans sur le lit et lui expliquait comment faire une fausse coupe. À Irene, il n'avait jamais enseigné le moindre tour de cartes, parce que ce genre de choses n'était pas pour les filles. Il répétait constamment à Frankie « Tu vas aller loin, petit ! », et Frankie gobait tout. Il avait passé des heures à essayer, en vain, de faire léviter des stylos, des piécettes et des trombones. À l'époque où sa famille était passée à la télé, Frankie envisageait déjà une carrière solo en tête d'affiche à Las Vegas, malgré le peu d'aptitude pour la psychokinésie ou les tours de passe-passe dont il faisait preuve. Il ne montra un peu de talent qu'aux funérailles de maman mais, à ce moment-là, il était trop tard pour étoffer le numéro familial.

Après la mort de Maureen, il n'y avait plus d'adulte pour conduire le bus : Teddy fermait les yeux et refusait de prendre le volant, Frankie était un grincheux en roue libre et Buddy était devenu… Buddy.

— On a un ordinateur, annonça Matty.

Il ne regardait pas Mary Alice, qui était assise à côté de lui, mais c'était à elle qu'il s'adressait. Elle ne semblait pas le remarquer. Elle fixait sa part de gâteau, à laquelle elle n'avait pas touché, comme elle aurait fixé un réveil arrêté.

Frankie regarda Irene en plissant les yeux.

— Tu as les moyens d'acheter un ordinateur ? s'étonna-t-il.

— Ce n'est pas moi, c'est Buddy.

— *Buddy* ?

— Je l'ai installé en bas, précisa Matty. Si… euh… si quelqu'un veut venir y jeter un œil…

Frankie se tourna vers son frère.

— Qu'est-ce que tu vas foutre d'un ordinateur ?

Buddy chercha le regard d'Irene avec son expression habituelle, à la fois perplexe et malheureux, tel un cocker qui a fini par éviscérer un coussin et découvre que tout le monde a pris le parti de son ennemi juré et lui en veut.

— Il l'a acheté pour le petit, expliqua Irene sans en être sûre. Matty le remboursera dès qu'il aura trouvé un boulot.

— Ah ? fit Matty.

— Pas question qu'il passe ses journées à ne rien faire, intervint Teddy.

C'était la première fois qu'il ouvrait la bouche depuis qu'on avait apporté le gâteau. Merci, papa, super.

— Je pourrais aider oncle Buddy, proposa Matty.

— Ah ! Tu as vu comment il travaille ? le coupa Frankie. Étonnant qu'il ne se soit pas encore électrocuté. Reste à distance, petit, ça sera déjà assez grave quand Buddy se tuera, alors…

Ce dernier écarquilla les yeux.

— C'est une façon de parler, intervint Loretta d'un ton bienveillant.

— Non, Matty va travailler avec moi, décréta Frankie.

— Dans ta boîte de téléphonie ?

— Il sera mon apprenti.

— Peut-être que tu ferais mieux de ne rien promettre tant que…, commença Loretta.

— Dans ma camionnette, je suis le seul maître à bord. C'est décidé. Il commence lundi.

Irene était couchée sur ses couvertures, épuisée mais incapable de calmer ses ruminations.

Lorsqu'elle était allée se coucher, elle avait sombré dans deux heures d'un sommeil sans rêves, avant d'en émerger, ses pensées entortillées comme des algues autour d'un hameçon.

En d'autres termes, la routine. Pleinement réveillée aux petites heures de la nuit, son esprit effectuant en accéléré la Grande Tournée des Malaises et des Erreurs. Celle-ci pouvait s'arrêter à n'importe quelle décennie et impliquer n'importe quels personnages de son passé, depuis ses amies du collège jusqu'à des étrangers dont elle n'avait jamais connu le nom. Elle se remémorait une conversation – le plus souvent polémique – et poussait désespérément son ancien moi à se montrer plus spirituel, ou plus gentil, ou à se taire. Cependant, le comportement de l'Irene d'Antan restait presque obstinément imperméable, ou presque, à toute modification.

Ces temps-ci, la tournée s'attardait dans la période la plus désastreuse de sa vie : la dernière année à Pittsburgh. Durant cette époque, elle était passée du job de ses rêves – ou du moins, le meilleur auquel elle pouvait aspirer sans même une licence en poche – à celui de criminelle présumée. Financièrement et émotionnellement, ça l'avait détruite. Matty l'avait surprise plus d'une fois assise à la table de la cuisine, pleurant de rage au milieu d'un monceau de factures et de relances. Ce qui ne faisait qu'aggraver son état. Un enfant ne devrait pas voir sa mère s'inquiéter pour l'argent, sans quoi il risquerait de se transformer en figure parentale de substitution, avec des responsabilités mais sans le moindre pouvoir. Elle était bien placée pour le savoir.

Elle enfila sa robe de chambre et gagna le couloir. La maison était silencieuse, à l'exception des ronflements de Buddy. D'ordinaire, elle soignait son insomnie en lisant jusqu'à ce que le bouquin lui tombe des mains. Mais, quand le sommeil échappait définitivement, elle faisait pénitence en accomplissant quelque tâche pénible : nettoyer le réfrigérateur, faire les comptes, vérifier la date de péremption de toutes les boîtes de conserve de la réserve de papy, à la cave – sa trouvaille la plus épouvantable : une boîte de haricots rouges achetée par sa mère vingt-cinq ans plus tôt. Certaines nuits, Irene manquait même de tomber dans l'un des projets de rénovation de Buddy.

Ce soir-là, rien de tout cela ne lui disait. Elle descendit et erra parmi les pièces du rez-de-chaussée, écarquillant les yeux dans la pénombre. Les surfaces accrochaient des lueurs fugaces et étranges. Les objets frissonnaient, comme interrompus dans leur danse, attendant qu'Irene détourne le regard. Chaque chaise, chaque table devenaient un animal méfiant. N'ayez pas peur, pensait-elle. Ce n'est que moi.

Lors des funérailles de sa mère, Irene avait non seulement compris qu'elle avait hérité du poste d'Unique Adulte Responsable, mais aussi qu'elle s'y était préparée depuis ses dix ans. C'était elle qui gérait les crises de Buddy. C'était elle qui versait de l'eau sur Frankie, dans son lit, pour qu'il se lève et aille à l'école – elle n'y fut contrainte que deux fois, mais ça fonctionnait bien. Et, plus que tout, c'était elle qui empêchait papa de faire des bêtises. Elle n'aimait pas cette mission, mais elle en était secrètement fière. Elle savait que si elle n'avait pas saisi le volant, ils seraient tous tombés dans le précipice.

Durant l'hiver qui avait suivi la fin du lycée, quelqu'un lui avait posé la question qu'elle attendait depuis toujours. Sur la vaste banquette arrière de la Machine Verte, Lev Petrovski, à moitié nu, beau et en sueur malgré le givre qui grimpait sur les glaces, avait posé le front contre le sien et chuchoté : « Qui va s'occuper de *toi*, Irene ? »

Il ne s'agissait pas du genre de déclaration dont elle pouvait mesurer la véracité. Il s'agissait d'une question, et son cœur lui avait crié la réponse : *Toi, Lev. Toi.*

Quelle pauvre idiote elle avait été.

Lors de son deuxième circuit du rez-de-chaussée, elle prit conscience qu'une maigre et vacillante lueur montait de la cave. Elle descendit et constata que Matty avait laissé le nouveau PC en marche. Des lignes multicolores zigzaguaient sur l'écran.

Elle s'assit au bureau – un meuble abîmé venu de l'ancienne chambre de Frankie et Buddy – et enfonça une touche du clavier. Un champ bleu apparut, et des icônes fleurirent comme des bourgeons carrés. C'était une nouvelle version de Windows et tout semblait plus brillant et d'une certaine manière plus insistant que sur la machine qu'elle utilisait dans son job précédent. À l'époque, on la considérait comme l'experte en informatique du bureau, non pas en raison d'une authentique capacité, mais parce que son superviseur avait renoncé à toute responsabilité technologique. Irene avait donc été désignée pour imprimer les messages électroniques – sans quoi, personne n'aurait pu les lire – et elle était devenue la spécialiste de WordPerfect et de Lotus 1-2-3.

Tandis qu'elle se penchait pour éteindre l'ordinateur, elle remarqua que Matty avait déjà relié l'appareil à une prise téléphonique. *Maman, il y a un modem intégré !*

Irene se releva sans l'avoir coupé. La petite horloge, à l'écran, indiquait 00 h 32.

Elle retourna au rez-de-chaussée et trouva la pile de courriers accumulés ces deux derniers jours. Elle y découvrit cinq CD d'AOL, chacun promettant CINQUANTE HEURES DE CONNEXION GRATUITES ! Eh bien, s'il y a bien quelque chose dont je ne manque pas, ce sont des heures, songea-t-elle.

Quelques minutes après, le modem couinait assez fort pour réveiller toute la maisonnée – ou du moins, lui sembla-t-il, car la nuit, la bâtisse paraissait à la fois plus grande et plus petite que durant la journée. Bientôt, l'écran s'emplit d'un mur de boutons rectangulaires colorés : « Nouvelles du jour », « Clubs et centre d'intérêt », « Finances personnelles », « Loisirs ». Et celui-là : « Connexions personnelles », décoré de l'image de deux hommes et deux femmes riant et souriant, se tenant par les épaules. Le curseur de sa souris vint planer au-dessus de l'icône, puis alla se réfugier dans un coin de l'écran. Qui étaient ces gens ? Qu'est-ce qui les rendait si joyeux ? Et pourquoi devrait-elle se connecter à eux ?

Elle partit fureter ailleurs, parcourant des informations qu'elle n'aurait pas pris la peine de consulter sans l'originalité de les lire sur un moniteur, et visita la section « Éducation », au cas où quelque chose pourrait se révéler utile pour Matty. C'était comme errer dans la maison, sauf que tout brillait et clignotait.

Pour finir, cependant, elle revint à l'icône « Connexions personnelles ». Elle la fixa pendant dix, quinze secondes. Puis cliqua.

Elle se retrouva devant une page de « Liste des salles de tchat » qui lui présenta une nouvelle série de métaphores en ligne à démêler. Elle pouvait « tchater » – autrement dit écrire – dans une salle qui n'existait pas, avec des gens qu'elle ne pouvait pas voir. Le nombre de catégories était étourdissant : Amis, Gay & Lesbiennes, Hôtel de Ville… Romance. Elle entendait presque une clameur désespérée monter de l'écran. *Est-ce que tu m'aimes enfin ? Est-ce que tu me trouves drôle ? Oh, bien sûr que je fais de l'exercice régulièrement…*

Non. Nan. Nada. Pas question de rejoindre ces gens solitaires qui passent la nuit à se javelliser les yeux devant un écran d'ordinateur. Elle se déconnecta, éteignit le PC et remonta pour se trouver un tiroir à ranger.

Matty mit deux jours à s'en rendre compte. Il attendait à la porte d'entrée, à son retour du travail, la voix tremblante d'indignation.

— C'est toi qui as installé AOL ? Sans me le dire ?

Irene rougit d'embarras.

— C'était juste pour essayer. Mais comme on ne va pas s'abonner, laisse tomber.

— Je paierai l'abonnement ! Frankie va me donner du travail.

— Frankie dit beaucoup de choses qui n'arrivent jamais. Et même si tu payes, je ne te laisserai pas aller sur AOL.

— T'as peur de quoi ? C'est juste Internet !

— Internet est fait de gens, répliqua Irene. De gens affreux.

Elle était retournée en ligne une seconde fois, la nuit, et avait rapidement compris que l'interface d'AOL n'était guère plus qu'une jolie couverture de pique-nique colorée, jetée sur un abîme bouillonnant de sexe. Elle ne dirait pas à son fils combien de temps elle avait passé à contempler ce gouffre sordide. Matty était à l'âge où toute référence salace équivalait à du gasoil jeté sur un entrejambe déjà incandescent.

La semaine précédente, l'inévitable s'était produit. Longtemps après qu'il fut allé se coucher, elle était entrée dans sa chambre pour y poser un panier de linge propre et l'avait trouvé allongé, raide, sur le matelas, les mains sur lui, fixant le plafond. Confuse, elle s'était écriée « Désolée ! » et avait précipitamment battu en retraite – puis elle s'était étonnée que Matty n'ait pas bougé, ni cherché à se couvrir. Est-ce que le choc l'avait paralysé ?

Elle avait frappé à la porte.

— Matty ? Tu vas bien ?

Puis :

— Bien sûr que tu vas bien. Ça va, c'est naturel.

Silence.

— Je sais que tu es gêné, mais j'aimerais que tu me répondes. Vraiment.

Elle avait à peine entrouvert la porte, sans regarder à l'intérieur.

— Matty ?

Elle entendit un choc sourd.

— Matty ?

— Je suis là ! cria-t-il. Tout va bien !

Je suis là ? Elle était repartie tout en songeant qu'ils devraient reparler de ça, plus tard. Déjà, par le passé, elle lui avait imposé une conversation sur la sexualité qui l'avait mortifié ; elle n'avait aucune envie d'aller plus loin. Ça, c'était le rôle du père.

Sauf celui de Matty. Lev Petrovski se trouvait quelque part au Colorado, dans les bois, à un endroit où le système postal était tellement primitif que les demandes de pension s'égaraient. Évidemment.

Parfois, elle craignait que son fils n'ait hérité de l'ADN sournois de Lev. À mesure qu'il grandissait, Matty se mettait à éviter les questions exactement comme son père, qui était presque un champion du Jeopardy dans sa façon de répondre par une autre question. Lorsqu'elle avait évoqué la possibilité de se marier, Lev avait rétorqué : « Cool ! Quand est-ce que tu veux faire ça ? » Et lorsqu'elle avait exprimé ses doutes sur son engagement, il lui avait répliqué : « Hé, baby, je suis ton mec, tu le sais, non ? » Puis, plus tard, il lui avait dit, en lui touchant le ventre : « Hé, chérie, tu ne trouves pas ça génial d'avoir un bébé ? »

Elle se demandait si elle n'avait pas inconsciemment appris à Lev à parler comme ça, ou s'il avait su d'instinct que c'était la meilleure façon d'échapper à son radar. Dans tous les cas, son talent pour la réverbération faisait de lui le seul petit copain qu'elle était capable de tolérer, le seul homme en qui elle avait confiance. Peut-être s'était-elle laissé égarer par les quelques fois, au début de leur liaison, où il avait directement exprimé ses sentiments. Ce n'était que lorsqu'ils faisaient l'amour qu'il se laissait emporter par ses propres déclarations. « Je te veux », lui disait-il en glissant la main sous son chemisier. « J'ai besoin de toi. » Puis, lorsqu'il était sur le point de jouir : « Je t'aime. »

Le don d'Irene ne lui révélait pas la vérité absolue ; elle parvenait à savoir si son interlocuteur pensait ce qu'il disait, rien de plus. Et en ces instants, Lev était sincère. Ce qui permettait à Irene de se mentir.

Lors de sa quatrième nuit devant l'écran, on lui demanda pour la première fois de rejoindre un tchat privé.

À ce moment, elle ne se trouvait pas dans la salle Romance, grâce à Dieu. C'était là qu'elle avait commencé la deuxième nuit. Au bout de quelques minutes, deux personnes différentes lui avaient demandé : « A/S/V ? ». Elle n'avait aucune idée de ce que cela signifiait ; Association Syndicale des Volontaires ? Le lendemain, après le travail, elle passa à Waldenbooks, feuilleta *Internet pour les Nuls* et comprit qu'on lui demandait simplement son âge, son sexe et le lieu où elle se trouvait. Cela lui parut incroyablement impoli, puis elle se rendit compte que, dans un bar, un homme connaîtrait d'emblée sa Ville, et aurait une assez bonne idée de son Sexe et de son Âge. De même, elle serait en mesure de déterminer si elle parlait à un enfant de douze ans vêtu d'un pardessus et d'une fausse moustache. La deuxième nuit, dans la salle Romance, elle menait une conversation tout à fait charmante (quoique émaillée de quelques étranges fautes de frappe) avec RICHARD LONG, lorsque celui-ci lança : ÇA TE DIRÉ DE ME SUCER LA BITE?????

Elle ne retourna pas dans la salle Romance.

Enfin, elle trouva une salle destinée aux parents célibataires, qui semblait fréquentée par d'authentiques adultes puisqu'on y abordait des sujets auxquels aucun adolescent ne se serait intéressé : divorce à l'amiable, mutuelles, est-ce que punir est plus dur pour les parents que pour l'enfant, insomnie... Néanmoins, après ses expériences dans les autres salles de tchat, elle s'attendait à tout moment à ce que BUCKEYEFAN21 demande à lui toucher les seins.

Pour la première fois de sa vie, elle était incapable de déterminer si quelqu'un lui mentait intentionnellement. Dans cet univers de texte en 2D, ces « connexions personnelles » n'étaient rien de plus que des poupées en carton avec des pseudonymes griffonnés sur le visage.

N'empêche. Malgré sa méfiance envers les créatures de la Terre Plate, elle ne put s'empêcher, au bout de quelques jours seulement, de voir un petit nombre d'entre eux comme de vrais êtres de chair et de sang. LAST DAD STANDING, par exemple, donnait l'impression convaincante d'être un homme divorcé, assez solitaire, qui travaillait dans le tertiaire et s'occupait d'une fillette en âge d'aller à l'école primaire. Il habitait dans le fuseau horaire des Rocheuses, si bien qu'il se connectait généralement à peu près au même moment qu'Irene. Elle attendait toujours son arrivée avec une certaine impatience, parce qu'il était l'un des rares à taper des phrases complètes et à comprendre ses plaisanteries. Ne pas avoir à ajouter « :) » après le moindre sarcasme était rafraîchissant, d'autant qu'elle adorait ça.

Puis, ce soir-là, alors qu'elle venait de mentionner qu'elle était stressée, il lui proposa un tchat privé. Ça ressemblait à une invitation à le rejoindre derrière les gradins du stade. Était-elle le genre de fille à accepter ? Et comment est-ce qu'on procédait, littéralement ?

IRENE T : Il faut que tu m'expliques comment. Je n'ai jamais fait ça.

LAST DAD STANDING : Je serai doux, promis.

Pas de smiley. Elle comprenait toutefois que c'était une plaisanterie. Juste une plaisanterie.

Après quelques clics, rien n'avait changé excepté le titre de la fenêtre de tchat, mais elle se surprit à trouver la cave plus douillette, à l'instar d'un box privé dans un restaurant bondé. L'Amérique était en ligne, tout autour d'eux, mais Irene et son nouvel ami étaient blottis tout près l'un de l'autre et parlaient à voix basse.

Elle décida de lui raconter le carnage qu'elle avait fait de sa vie à Pittsburgh.

LAST DAD STANDING : D'accord, mais quel GENRE de merdier ?

IRENE T : Comme tous les grands merdiers, ça commence par « Tout allait bien au début, puis… »

LAST DAD STANDING : Ah ! J'ai connu ça.

IRENE T : J'avais un bon boulot. Mieux payé que tous ceux que j'avais eus jusque-là.

LAST DAD STANDING : Qu'est-ce que c'était ?

IRENE T : Je bossais pour une société de services financiers.

LAST DAD STANDING : C'est une société qui fournit des services financiers, c'est ça ?

IRENE T : Remplace « services » par « arnaques » et tu as saisi.

LAST DAD STANDING : Ah. Et c'est… comment on dit, déjà ? « Mal » ?

Elle rit. À pleine gorge. Devait-elle taper « MDR » ? Ou un smiley qui ferait office de ponctuation ?

IRENE T : Tellement. Mais je ne m'en suis pas rendu compte parce que tous mes jobs précédents étaient pires.

À la naissance de son fils, Irene s'était retrouvée piégée dans la maison paternelle, à exercer divers boulots qui couvraient à peine le coût de la crèche. Assistante manager chez Burger King. Chef d'équipe chez Hot Topic. Responsable de nuit/caissière chez Dollar General. Lev avait fichu le camp depuis longtemps, pas d'aide à attendre de ce côté. Ce ne fut que lorsque Matty fut prêt à entrer à la maternelle qu'elle aperçut enfin un rai de lumière et en profita pour s'évader. Elle gagna Pittsburgh uniquement parce que l'amie d'une amie acceptait de lui sous-louer une chambre. Elle accepta une série de jobs minables. Elle était douée avec l'argent ; tous ses patrons finissaient par s'en rendre compte. Elle apprit à tenir un registre et, lorsque les PC se démocratisèrent, maîtrisa Lotus 1-2-3 et les bases de données comme Paradox.

Elle aimait l'honnêteté des chiffres. L'harmonie des crédits et des débits, l'apaisement d'une réconciliation des comptes solide. Un registre bien équilibré avait quelque chose d'admirable.

Matty avait douze ans lorsqu'elle réussit enfin à forcer la porte du tertiaire : elle devint réceptionniste, avec « mission administrative réduite », chez Haven Financial Planning. C'était une société minuscule, en banlieue, et, lorsqu'elle signa pour devenir sa cinquième salariée, elle ne connaissait rien à la finance, ni aux outils qui permettaient de cacher, de protéger, de rediriger et de faire travailler l'argent. Quand Haven la licencia et entama une procédure légale contre elle, elle savait non seulement utiliser ces outils, mais aussi comment Haven les employait pour délester ses clients de leur argent.

Ce furent les mensonges, naturellement, qui lui révélèrent le pot aux roses et causèrent sa perte. Pas les bobards ordinaires : elle ne s'étonnait pas de la façon dont les dirigeants de la société, Jim et Jack, assuraient à leurs clients âgés qu'ils avaient bonne mine, complimentaient les laiderons sur leur coiffure, félicitaient les imbéciles pour leur flair. Ce furent les mensonges plus profonds, pécuniaires, qui la firent tiquer. L'une des tâches d'Irene consistait à donner un coup de main lors des signatures, en gérant la pile de documents agrémentée de dizaines de Post-it indiquant « SIGNER ICI ». Pendant que les clients paraphaient, les associés les faisaient danser sur une vague d'encouragements, de promesses de retours sur investissement, de conseils infaillibles. Et Irene voyait clairement que Jim et Jack mentaient comme ils respiraient.

LAST DAD STANDING : Comment as-tu su qu'ils mentaient ?
IRENE T : Intuition féminine.
LAST DAD STANDING : Les chiffres ne collaient pas ou quelque chose comme ça ?
IRENE T : Je n'en savais pas assez pour comprendre ce que les chiffres signifiaient. Alors, j'ai commencé à éplucher la paperasse.

La clause de mandat limité, par exemple. Jim et Jack la présentaient comme une simple formalité, mais, de fait, c'était la clef du royaume, parce qu'elle autorisait Haven à investir l'argent des clients dans des « Placements Spéciaux ». Le PS initial, qui pouvait mobiliser jusqu'à 40 % du capital du client, était versé à une société d'investissement qui finançait d'autres corporations, lesquelles étaient souvent présentées comme des sociétés d'innovation technologique sur le point de voir leur valeur « exploser ». (« Vous avez entendu parler d'Internet, madame Hanselman ? C'est énorme. ») Chaque fois que Haven transférait de l'argent sur le PS principal, la société en gardait une partie pour frais de dossiers. Les entreprises « high-tech » dans lesquelles elle investissait n'étaient rien de plus que d'autres entreprises d'investissement, également contrôlées par Haven.

LAST DAD STANDING : Qu'est-ce que Haven en tirait, du coup ?

IRENE T : Jim et Jack touchaient une commission à chaque transfert d'argent d'une société bidon à une autre.

LAST DAD STANDING : OH.

IRENE T : C'était une machine à saigner. Chaque fois qu'ils faisaient un virement, le capital du client diminuait un peu plus, et ce jusqu'à ce qu'il s'évapore.

LAST DAD STANDING : Et comment justifiaient-ils tout ça quand le client voulait récupérer ses billes ?

IRENE T : « Oh, mince, désolé, j'imagine que ces investissements n'étaient pas très judicieux. Mais regardez, on en a d'autres, tout à fait rentables ! »

LAST DAD STANDING : D'autres sociétés bidon ?

IRENE T : Tu comprends vite.

LAST DAD STANDING : J'espère que tu as dénoncé ces fumiers ?

IRENE T : Oui, ma première erreur.

Elle alla voir Jack, légèrement plus accessible que Jim, et exhiba la paperasse concernant les partenariats et les transferts qu'ils avaient imposés à leurs plus gros clients. Jack lui rétorqua que, naturellement, elle faisait erreur, parce que c'était compliqué et que, mince, elle n'avait même pas une licence, si ? Le plus important était qu'il ne fallait pas s'inquiéter et que Haven veillait naturellement aux intérêts de ses clients.

LAST DAD STANDING : Quel connard ! Il t'a menti sans se laisser démonter ?

IRENE T : Tu vois ces fontaines romaines, avec le visage de Neptune qui crache de l'eau ?

LAST DAD STANDING : Oui ?

IRENE T : Pareil, mais avec des mensonges.

Irene n'avait pas réussi à masquer son dégoût et les yeux de Jack étaient soudainement devenus froids et brillants. Un regard qu'elle avait déjà vu chez d'autres hommes, des directeurs adjoints, des superviseurs et autres porteurs d'un badge en laiton. *Tu comptes vraiment me faire chier ? T'es prête pour la bagarre, connasse ?*

Elle se repassait ce moment, encore et encore, durant la Grande Tournée, et demandait à son ancien moi de sourire et de dire « Merci d'avoir pris le temps de m'expliquer, Jack », afin de conserver ce boulot bien payé jusqu'à ce qu'elle puisse passer à autre chose.

LAST DAD STANDING : Qu'est-ce que tu lui as dit ?

IRENE T : Quelque chose du genre « Va te faire foutre, menteur de mes deux ».

LAST DAD STANDING : Héroïque !

IRENE T : J'aurais dû en rester là.

LAST DAD STANDING : Attends, il y a plus ?

IRENE T : Eh bien, il m'a traitée de salope, et bon, bla-bla-bla, je l'ai giflé.

LAST DAD STANDING : Waouh ! C'est génial.

IRENE T : Oui, mais j'aurais vraiment dû en rester là.

LAST DAD STANDING : Ce n'est pas fini ?

IRENE T : Je suis sortie de son bureau, je suis allée au mien, et j'ai commencé à appeler nos clients pour leur dire de contacter un avocat.

LAST DAD STANDING : Ah.

IRENE T : Ouais. Autre grosse erreur : ne pas en avoir fait autant.

Elle lui raconta le reste de l'histoire. La première lettre de l'avocat de Jack et Jim, qui évoquait les « coups et blessures » dont elle s'était rendue coupable. Son incapacité à trouver quelqu'un de compétent pour la défendre. L'évaporation rapide de ses minuscules économies. Le jour où elle s'était retrouvée à la rue.

Elle évoqua la tristesse et l'humiliation de chaque revers, mais il y avait un détail qu'elle était trop embarrassée pour révéler : son nom de famille. Elle n'aurait pas supporté qu'il lui réponde : « Telemachus ? Ça me parle. Tu n'es pas apparentée à cette famille de médiums dingos, si ? Ha ha ! »

Non. Pas question que ça parle à qui que ce soit. La seule présence de l'initiale dans son pseudo la rendait nerveuse.

Dans la mesure où elle n'osait pas lui révéler son nom, elle ne lui demanda pas le sien. La situation lui semblait d'une étrange pureté. Ils étaient des créatures de mots qui remontaient les câbles pour s'atteindre, sans la distraction des noms, des visages, de la mauvaise haleine ou des vêtements démodés. Sans corps.

IRENE T : Je dois aller me coucher.

LAST DAD STANDING : Oh, mince ! Il est drôlement tard. Désolé.

IRENE T : Merci de m'avoir écoutée.

LAST DAD STANDING : « Bonne nuit, Irene, je te verrai dans mes rêves ».

Oh. Quelque chose papillonna dans la poitrine d'Irene.

Puis elle quitta la salle de tchat et se retrouva dans le noir, à fixer cet ultime message, aussi cryptique que celui d'un gâteau de bonne aventure. Est-ce qu'il flirtait ? Une simple référence à la vieille chanson *Goodnight, Irene* ? Qu'est-ce qu'il avait en tête ?

Elle n'en avait aucune idée. Elle relut plusieurs fois la phrase, à la recherche d'un indice. L'ordinateur, en dépit de sa puce Pentium tant vantée, ne pouvait l'aider. Elle aurait tiré plus d'informations d'un pigeon voyageur. Tous les outils grâce auxquels elle gérait ses relations, en particulier avec les hommes, lui avaient été enlevés.

C'était exaltant.

4

Frankie

Où était passée cette saloperie de chaussette ?

Le tiroir contenait une multitude de chaussettes de sport blanches ainsi que quelques modèles colorés, plus habillés, roulés en boule par paires. Frankie l'ouvrit complètement et passa la main derrière. Il cherchait une certaine chaussette blanche dépareillée, repliée sur elle-même, légèrement rosie par une rencontre avec les vêtements des jumelles dans la machine à laver. Il la rangeait toujours dans le coin droit, au fond du tiroir. Et voilà qu'elle avait disparu.

Il commença à défaire les paires l'une après l'autre, les jetant au fur et à mesure sur la moquette.

— Qu'est-ce que tu fabriques ?

Loretta venait d'apparaître à la porte. Il sursauta.

— Je cherche des chaussettes, répondit-il.

— Tu en portes déjà.

Elle le lorgna avec suspicion ; il était à moitié habillé, en slip kangourou.

— J'en cherche d'autres, rétorqua-t-il avec humeur. Les gosses sont venus fouiller dans mes affaires ?

— Tes affaires ?

Elle plissa les yeux. Était-elle au courant de l'existence de sa réserve ? Ou était-ce simplement son comportement habituel ? Parfois, elle se montrait glaciale, comme si elle reconsidérait tout le toutim : le mariage, les enfants, l'hypothèque, tout. Il leva la main.

— Je dis juste que…

— Personne ne s'intéresse à tes sous-vêtements. Ta sœur est là, au fait.

— Quoi ?

— Elle est dans le salon. Avec Matty. Il est censé commencer à travailler aujourd'hui, tu te rappelles ?

— Dis-leur que j'arrive.

— N'oublie pas ton pantalon.

Il ferma la porte derrière Loretta, puis sortit le tiroir de la commode et le vida sur le lit. Enfin, il repéra la chaussette rose pâle – mais elle n'était pas pliée. Et suspicieusement plate.

Il plongea la main dedans et récupéra l'argent. Essentiellement des billets de vingt, quelques-uns de cinquante, un ou deux de cent. Il compta rapidement et découvrit qu'il manquait cent dollars sur les trois mille qu'il avait cachés là. Il recommença à compter frénétiquement.

Loretta l'appela depuis le salon :

— Frankie ? Tu viens, oui ?

— Une minute !

Elle lui avait fait perdre le compte. Mais est-ce que ça importait ? Il lui manquait cruellement ce dont il avait besoin aujourd'hui – cent dollars de plus ne l'auraient pas sorti de la merde. Il passa son polo de travail jaune et son pantalon, puis plia les billets et les glissa dans une des poches de devant.

Avant qu'il ne quitte la chambre à coucher, il se confronta à lui-même dans le grand miroir pendu derrière la porte. Frank-le-Reflet était une épave au front constellé de sueur.

— Étreins la vie, lança-t-il à son reflet.

Il essayait de se le répéter tous les jours.

— Étreins l'UltraVie.

Dans le salon, les jumelles bondissaient en tous sens, rivalisant pour attirer l'attention de Matty. Loretta et sa sœur complotaient dans un coin. Frankie serra la main de Matty en veillant à ce qu'Irene le voie faire.

— Tu es prêt à travailler ? lança-t-il à l'adolescent.

— Je suppose, répondit Matty. Enfin, oui, je le suis.

— Tu es sûr que ça ira ? demanda Irene à Frankie. Tu en as parlé à ton superviseur ?

Ah, ce ton sceptique.

— Dans ma camionnette, je suis seul maître à bord.

— Parce que s'il n'a pas le droit de…

— J'ai dit que ça irait, Irene.

Il posa la main sur l'épaule de Matty.

— Et si tu travailles dur, je verrai si je peux te garder à mi-temps pour le reste de l'année.

— Vraiment ? dit Matty.

Loretta et Irene le regardaient chacune avec une incrédulité différente.

Frankie songea à faire machine arrière, puis se dit : Pourquoi pas ? Il paierait Matty de sa propre poche, si nécessaire. Ça ferait un bien fou au petit, en tout cas. Il avait besoin d'un homme dans sa vie. D'un modèle masculin.

— Si tu travailles dur, je te le garantis, assura-t-il.

Les jumelles étaient pendues aux bras de Matty, chacune essayant de lui « dire un truc ». Frankie s'agenouilla et le débarrassa des fillettes. Mince, elles étaient vraiment adorables.

— Cassie, Polly, regardez-moi. Vous serez prudentes aujourd'hui, d'accord ?

— Tu dis toujours ça ! protesta Polly.

— Parce que si vous n'êtes pas prudentes, maman vous séparera, vous savez ? Et on ne veut pas revivre ce qui s'est passé la dernière fois, si ?

— Pourquoi tu nous emmènes pas à ton travail, nous ? demanda Cassie.

— Quand vous serez plus grandes, répondit-il tout en pensant : Sainte merde, ça serait catastrophique.

Il les embrassa sur les joues et leur répéta d'être prudentes.

— Tu es prêt, Matthias ?

Matty regardait dans l'autre direction, les yeux écarquillés. La porte de la cave s'était ouverte et Mary Alice en émergeait, à moitié endormie, uniquement vêtue d'un long t-shirt noir et d'une grimace. C'était bien la fille de sa mère.

— Vampirella s'est réveillée, commenta Frankie.

— Salut, Malice, ajouta Matty.

Elle fila sans un mot dans le couloir, direction la salle de bains.

— Malice ? s'étonna Frankie. Elle exige que tu l'appelles comme ça, toi aussi ?

Son neveu demeurait bouche bée.

— Réveille-toi, petit, on doit aller *carpe* le *diem*.

Il embrassa Loretta et ordonna à Matty d'embrasser sa mère.

— Tu dois toujours embrasser les femmes de la maison, expliqua-t-il. Au cas où tu ne reviendrais pas.

— C'est pas un peu pessimiste ? dit Irene.

La camionnette n'était pas exactement bien tenue. Frankie demanda à Matty de dégager le siège du passager : un rouleau de câble Cat 5, trois téléphones Toshiba aux cordons emmêlés comme les queues d'un roi-des-rats, un manuel administratif et une demi-douzaine de cartons de jus en poudre UltraVie Goji Go !

— Balance ces merdes à l'arrière.

L'arrière de la camionnette débordait de boîtes UltraVie. Loretta ne savait pas combien il y en avait. Du moins l'espérait-il.

Sa mission du jour l'emmenait à Downers Grove, dans les banlieues ouest. Ils prirent vers le sud par la route 83, et Frankie descendit la glace pour fumer une cigarette. Il avait l'estomac noué. Le paquet de fric brûlait dans sa poche comme une cargaison radioactive. La journée s'annonçait merdique, mais il devait sauver les apparences pour Matty.

Au bout d'un moment, ce dernier demanda :

— Oncle Frankie ? Quand est-ce que tu as commencé à… ?

Il ne finit pas sa question. Frankie lui lança un bref regard. Le gamin avait l'air inquiet.

— Quand est-ce que j'ai commencé à quoi ?

Matty déglutit péniblement.

— Rien.

— Écoute, voilà comment ça se passe : quand tu es dans mon camion, tu es plus qu'un neveu, tu es mon partenaire. Les partenaires peuvent tout se dire. Je ne vais pas aller tout balancer à ta mère. Ça reste entre nous. Alors, vas-y, crache. Quand est-ce que j'ai commencé à… à…

— À travailler dans le téléphone ? conclut Matty.

— À travailler dans le téléphone, répéta Frankie.

D'accord, le petit voulait la jouer comme ça. Laissons-le s'échauffer.

— Tu sais qu'avant j'avais ma propre société d'installation ? Bellerophonics. Tu piges ? Graham Bell, le téléphone, et le côté grec.

— Euh…

— Tu connais pas Bellérophon ? Le plus grand des héros grecs ? Le type qui chevauchait Pégase ?

— Ah, oui, bien sûr.

— J'avais deux employés, et eux ne pigeaient pas. Mais toi et moi, Matty, on descend de héros. De héros et de demi-dieux.

— Et qu'est-ce qui est arrivé à Bellerophonics ? demanda Matty.

— J'ai englouti tout ce que j'avais dans cette affaire, et même un peu plus. D'accord, beaucoup plus. Puis, mon ami, mon affaire m'a englouti. J'ai dû aller bosser avec les connards de Bumblebee. Oh, c'est pas si mal. Revenus fixes. Il faut bien rapporter du jambon pour protéger sa famille des loups.

— Parce qu'ils flairent le jambon, dit Matty.

— Ça oui. Surtout quand tu leur dois une chiée de jambon.

Le gamin haussa les sourcils et Frankie comprit qu'il en avait trop dit. Il fallait changer de sujet.

— Tu sais ce qu'est un PABX ?

Évidemment, Matty ne savait pas. Frankie lui parla du système sur lequel ils allaient travailler aujourd'hui :

cent vingt combinés plus une messagerie vocale. Essaya de lui faire comprendre quelle merveilleuse opportunité ça représentait.

— Bon Dieu, si on m'avait montré ça quand j'avais treize ans…

— J'ai quatorze ans.

— Si tu étudies bien le truc, si tu maîtrises la technique, tu seras très demandé. Une carrière stable s'ouvrira à toi.

Frankie vit la mine du gosse, qui laissa échapper un demi-sourire.

— C'est pas non plus le show-business, dit ce dernier.

Frankie rit.

— C'est ça qui te chiffonne ?

— Papy Teddy…

— Papy Teddy n'a jamais eu un boulot stable de toute sa vie.

— Je sais bien ! C'est génial, non ?

— Je vais te raconter une petite histoire à propos de ton grand-père. Avant de se marier, avant l'arthrite, il régnait sur les tables de poker. Comment cacher sa main à ce putain de Teddy Telemachus ? La réponse est : impossible. Mais voir ne suffit pas toujours, pas vrai ? Comme cette fois, à Cincinnati – ou Cleveland, une ville qui commence par un C. Papy Teddy participait à un tournoi de *Texas hold'em* sur tout un week-end, avec une bande de requins et une baleine.

Le gamin hocha la tête sans avoir la moindre idée de ce dont il s'agissait.

— Une baleine, expliqua Frankie, c'est un pigeon qui a trop d'argent et pas assez de jugeote pour sortir de l'eau. Bref, Teddy fait son truc et lui prend son fric, petit à petit, histoire de ne pas effrayer les poissons. Mais, au bout d'à peu près trente heures de jeu, la baleine est à sec, et les requins commencent à se regarder les uns les autres. Comprends bien que les mecs qui restaient, c'était pas des tendres, d'accord ? Plutôt des affranchis. Teddy, lui, est censé être le gugusse qui vient de débarquer ; ils ne le connaissent pas, mais n'empêche. Ton papy avait des couilles en acier. Sans rire, quand il marchait, on les entendait tinter.

» Bref, Teddy pige que, depuis le début, deux des joueurs trichent comme pas possible. Ils travaillent en équipe, ils bidouillent les donnes, ils s'envoient pratiquement des mots doux. Teddy fait son beurre, mais il laisse quand même ces types croire qu'ils dirigent la partie. Jusque-là, tout le monde était sur le dos de la baleine, tu saisis ? Sauf que maintenant, ils pensent que c'est Teddy, la baleine. Teddy, c'est le putain de touriste, il fait pas partie du club, alors ils se lancent à la curée. Et Teddy, étant ce qu'il est, il voit bien qu'ils utilisent toutes les ruses possibles, qu'ils donnent le bas de la pioche – ils n'auraient pas été foutus de donner la deuxième carte, ce n'étaient pas des orfèvres comme ton grand-père – et qu'ils regardent les cartes avant de donner. Qu'ils se foutent de sa gueule. Mais qu'est-ce qu'il peut faire ? Comme j'ai dit, c'est pas des tendres. Ils n'ont pas l'intention de le laisser repartir avec son argent.

Frankie jeta un coup d'œil à Matty. Le gamin était pendu à ses lèvres.

— Imagine la scène, reprit Frankie. La tension qui règne dans la pièce. Parce que les trois mecs qui jouent encore avec Teddy, ils ne sont pas tous potes. Ils sont tous connectés d'une façon ou d'une autre, d'accord, mais… Tu comprends ce que je veux dire par « connectés » ? Laisse tomber. Il y a des rancunes. Le troisième, celui qui ne fait pas partie de l'équipe, qui bosse en solo, il peut pas blairer les deux autres. Teddy le sait. Mais Teddy joue toujours au pigeon, et la seule chose sur laquelle les trois autres sont d'accord, c'est qu'avant toute chose, ils vont le plumer. Alors, il reste dans le jeu, il cherche une ouverture, mais il se fait massacrer à chaque main.

— Il arrive quand même à lire leurs cartes ?

— Évidemment. Il lit leurs cartes comme si c'était des aide-mémoire. Mais ces connards, ceux qui jouent en duo, ils se donnent des mains imparables. Tantôt à l'un, tantôt à l'autre, parce qu'ils ne veulent pas que le troisième s'en rende compte, mais ils dominent la partie. À ce moment, Teddy a l'occasion de tout rendre. Il perdra la partie mais s'en sortira vivant. Sauf que c'est de Teddy Telemachus qu'on parle, là.

— Ne jamais rendre l'argent.

— Vingt sur vingt. Alors Teddy se dit que la seule manière de s'en sortir en vie et avec le pognon qu'il a durement gagné, c'est d'être le dernier mec debout. Il doit retourner ces types les uns contre les autres. Laisser le duo merder de façon visible, les pousser à baiser le troisième gusse de manière si évidente qu'ils vont se jeter les uns sur les autres. Aussitôt que le merdier éclatera, Teddy pourra prendre ses billes et filer.

» Il ne peut pas tricher quand il donne, ça serait trop voyant. Alors il attend, et il attend, et enfin le moment arrive. L'un des duettistes est en train de distribuer, et tout à coup le type se retrouve avec deux as dans sa main. Et son pote, de l'autre côté de la table ? Deux as aussi. Ils n'arrivent pas à y croire, et ils commencent à miser gros, si bien qu'au moment du flop, il y a dix mille dollars dans le pot. Dix mille, Matty. Et quand ils retournent leurs cartes et que les duettistes révèlent leurs as, tu devines ce qui se passe ?

Matty ne devinait pas. Frankie eut un grand sourire.

— Ils ont tous les deux le putain d'as de pique.

Fasciné, Matty éclata de rire.

— Deux as de pique ! répéta Frankie. Le troisième a pété les plombs ! Et il ne peut même pas blâmer Teddy puisque ce n'était pas lui qui donnait ! Boum ! Les deux autres s'y mettent, et Teddy s'esquive avec des biffetons qui lui tombent pratiquement des poches.

— Mais comment est-ce qu'il a fait ? demanda Matty. Comment est-ce qu'il a pu truquer les mains sans donner ?

— Parce qu'il est Teddy Telemachus, voilà pourquoi.

— C'était de la télépathie ?

— Hein ?

— Genre, il leur a fait voir un as de pique, mais en fait c'était, j'sais pas, l'as de carreau ?

— De quoi tu parles ?

— De la téléportation ?

— Bon sang, Matty, non ! Il a rusé au moment de couper. Ils lui ont demandé de couper, et c'est là que… Pourquoi tu fais cette tête ?

— Il a quand même des… *pouvoirs*, non ?

Oh, bon Dieu. Le gosse avait l'air de quelqu'un qui a avalé un sandwich à pattes.

— Bien sûr que oui ! répondit Frankie. Lui, c'est un liseur. C'est son truc. Il n'est pas foutu de téléporter quoi que ce soit, ou d'embrouiller l'esprit de quelqu'un. Chacun a son propre talent.

— Comme ta psychokinésie, c'est ça ?

— Ouais, ouais.

— Et le truc de maman. Et celui d'oncle Buddy…

— Ne me lance pas sur Buddy. Quel que soit le talent que cet abruti possédait… laisse tomber. Bref, la morale de l'histoire…

C'était quoi, la morale de l'histoire ? En cours de route, Frankie avait oublié ce qu'il essayait d'expliquer au petit. Quelque chose à propos d'un revenu fixe. Mais, merde, qu'est-ce qu'un revenu fixe avait fait pour Frankie, à part saper son âme ? Après que Bellerophonics eut plongé et qu'il fut tombé parmi les loups, il avait eu une dernière occasion de se refaire. De décrocher la timbale. Et ce con de Buddy avait tout gâché. Maintenant, à cause des intérêts, il était tellement au fond du trou que le plus fixe des revenus du monde ne pouvait l'en sortir.

— Oncle Frankie ? Ça va ?

— Qui, moi ? Évidemment.

Il avait recommencé à transpirer ; son estomac le brûlait comme une fournaise et les billets, dans sa poche, émettaient leur propre chaleur. La liasse représentait deux mois de prêt immobilier.

— Je pense juste à ce qui nous attend, Matty. On a du pain sur la planche.

Il jeta un regard à l'enfant. Encore cette mine.

— Qu'est-ce qu'il y a, partenaire ?

Son neveu prit une inspiration avant de répondre.

— Tout ça, c'est réel, hein ? Tu peux vraiment déplacer des trucs avec ton esprit ?

— Je trouve ta question insultante, répondit Frankie.

*

Jadis, Frankie était un prodige du flipper. Le White Elm Skating Rink, sur Roosevelt Road, était le fief où il jouait et régnait. Il campait pendant des heures dans le vestiaire transformé en salle d'arcade, qui n'avait assez de place que pour trois machines, deux flippers et la borne flambant neuve d'Asteroids. La plupart des gamins ne venaient que pour Asteroids et n'en avaient jamais assez. Pas Frankie. À seize ans, il se considérait déjà comme un puriste du jeu d'arcade. Les jeux vidéo n'étaient pas réels. Ce n'étaient jamais que des télés et ils se ressemblaient tous, quelle que soit la manière dont on y jouait.

Les flippers, au contraire, étaient vivants. Chacun avait sa personnalité. La même machine pouvait être totalement différente d'une salle à une autre : les flippers eux-mêmes pouvaient être durs ou cotonneux, le lance-billes vif ou paresseux. Un même appareil pouvait changer d'humeur, grognon un jour, bienveillant le lendemain.

Des deux flippers de la patinoire, All-star Basketball était chiant, avec ses bumpers mous et son thème qui laissait Frankie de glace. Il n'avait aucune affinité avec cette machine. Son grand amour était le Royal Flush. En haut du plateau s'étalait une ligne diagonale de cibles en forme de cartes à jouer – l'as de cœur, une paire de rois, trois reines, une paire de valets et le dix de cœur – qu'il parvenait à abattre facilement, enchaînant full et triplettes et, parfois, quand il était à fond, la combinaison juteuse qui donnait son nom à la machine.

Lonnie, le patron, aimait le taquiner.

— Je devrais te foutre dehors. Tu mets un *quarter* dans la machine et tu ne la lâches plus de la journée.

C'était vrai. Certains jours, Frankie avait l'impression que la Force était avec lui. Il parvenait à garder la bille en jeu très longtemps, la sphère d'acier roulant souplement, comme une bille de mercure. Les flippers l'expédiaient précisément où il le voulait, frappant les cartes – as, roi, reine –, tandis que son score ne cessait de grimper. Même par un mauvais jour, il restait sacrément bon. Après l'école et tous les après-midi d'été, Frankie travaillait le Flush, pendant que Buddy – sa charge de baby-sitting permanente – le regardait jouer perché dans un coin.

Lorsqu'il arriva en première, le lycée était devenu un pénible cauchemar. Alors, fin octobre, à l'occasion d'un des derniers jours chauds de l'automne, il s'autorisa des vacances. Il pédala presque jusqu'au lycée, mais bifurqua pour revenir vers la patinoire, où il fuma le mégot d'un joint, derrière le bâtiment, en attendant l'ouverture.

Lonnie le trouva à la porte dès midi et grimaça en voyant un joueur de flipper plutôt qu'un client payant. Le taulier était un alcoolique affublé d'un visage pareil à une route mal entretenue et d'un tempérament aussi imprévisible que le temps de Chicago. Il laissa entrer Frankie en grommelant.

Les machines étaient branchées et vrombissaient. La démo d'Asteroids tournait. Frankie passa la main sur le verre rayé du Royal Flush, éprouva le lance-billes. Glissa un *quarter* dans la fente.

Au bout d'une demi-heure, il jouait toujours la même bille. Il envoya la main dans sa poche pour sortir son Bic et ses cigarettes, en alluma une.

— Bordel, qu'est-ce qui se passe ? fit Lonnie.

Le tenancier était juste derrière Frankie et regardait la machine.

Le flipper gauche venait d'expédier la bille vers le haut du plateau, autour des chutes joker. Les deux mains de Frankie, cependant, étaient monopolisées par sa clope et son briquet.

— Tu l'as pété ? s'enquit Lonnie. Qu'est-ce que t'as foutu ?

— J'ai rien fait ! protesta Frankie.

Derrière lui, la boule sortit du jeu dans un *clunk* sonore, terminant sa trajectoire magique.

— Tu l'as trafiqué, hein ?

— Je ne sais pas de quoi vous parlez.

— Casse-toi d'ici. T'es interdit de séjour.

— Quoi ?

— Dégage ! Tout de suite !

— Vous n'avez pas le droit de faire ça.

Lonnie se dressa au-dessus de lui. Il était maigre, mais grand. Il mesurait trente centimètres de plus que Frankie.

Celui-ci refusa de s'enfuir. Il sortit en marchant, le dos droit, la nuque glaciale, comme un homme qui sait qu'une arme est pointée sur sa tête. Il enfourcha son vélo et s'en alla. Lorsqu'il rentra à la maison, il posa le front sur le mur. Il se sentait nauséeux, nu. Il n'avait jamais laissé qui que ce soit le voir quand il déplaçait des objets. Pas depuis la mort de maman.

*

Le chantier était un bâtiment à trois étages juste au nord de la 63e Rue, qui accueillait une société de recherche médicale. Deux autres vans Bumblebee étaient garés dans le parking.

— Attends que je te montre la vache, dit Frankie.

— Il y a une vache ? s'étonna Matty.

— Tu vas pas en croire tes putains d'yeux.

Frankie prit son sac d'outils et donna au gamin une pile de boîtes de Goji Go ! La réceptionniste déverrouilla la porte derrière elle pour les laisser accéder aux locaux à proprement parler, mais il s'attarda dans le hall.

Étreins la vie, pensa-t-il. Il marcha jusqu'au bureau avec un sourire.

— Lois, voici mon neveu, Matthias. Il va m'aider, aujourd'hui. Matty, pose les boîtes une seconde.

Frankie en ouvrit une et en sortit deux pots de deux kilos.

— Voilà le truc dont je te parlais.

— Oh, ça ira, dit Lois, tu n'es pas obligé de… Ah.

Il poussa les pots devant elle. Lois avait la cinquantaine, le visage rond et amical.

— Je bois ce truc tous les matins, Lois. Une mesure pour vingt-cinq centilitres d'eau, dosette fournie. Certains sont accros au café, mais les baies de goji sont un super-fruit, plein d'antioxydants. Je t'ai déjà parlé de Li Qing Yuen ?

— Le type qui a vécu très longtemps ?

— Deux cent cinquante-six ans, Lois. Il détient le record mondial, et c'est prouvé. Il se nourrissait exclusivement de baies de goji. Si tu savais le bien qu'elles font à la peau…

— Je ne sais pas, je ne sais vraiment pas…

— Normalement, c'est trente dollars le pot. Ça peut paraître beaucoup, mais en fait, avec un seul pot, tu remplis cent vingt verres. Je t'ai dit que tu pouvais aussi mélanger la poudre avec du lait ?

— Je n'ai pas d'argent sur moi, dit-elle.

Il réprima une grimace.

— C'est pas un problème, je te fais confiance. Fais-moi un chèque, ça ira. Telemachus s'épelle comme téléphone, sans les accents, puis m-a-c-h-u-s.

Tout ça pour trente putains de dollars. Bon Dieu.

Enfin, il conduisit Matty à la salle du central. Dave, son supérieur, était accroupi devant l'un des panneaux de branchements et y installait un nouveau câble. La mise en service aurait lieu le lendemain, et ils étaient en retard.

— T'étais où ? lança Dave, déjà bougon.

— Hé, tu viens juste de commencer, rétorqua Frankie. Matty, pose ces boîtes dans un coin. Dave, voici mon neveu, Matty. Il me servira d'apprenti durant l'été.

— Pauvre gosse, répondit Dave non sans sourire.

Il serra la main de Matty. C'était un bon gars.

— Tu as quel âge, Matty ?

— Treize ans, intervint Frankie. Mais il est drôlement mûr pour son âge.

— J'ai quatorze ans, précisa Matty.

— Tu veux que je me charge du processeur, Dave ? demanda Frankie.

— Je suis dessus. Hugo et Tim sont au premier. Tu peux leur donner un coup de main.

Typique. Dave refusait toujours de laisser sa place au central. En chemin vers l'étage, le gamin demanda :

— Tu pourrais m'appeler « Matt » ?

— Hein ?

Mince, il avait l'air drôlement sérieux.

— D'accord, ça sera Matt. Mais tu dois m'appeler « Frank ». Pas « oncle Frankie ». Pigé ?

Frankie trouva les autres occupés à câbler une vaste salle de conférences.

— Les gars, je vous présente mon neveu, Matt. Matt, cet affreux connard s'appelle Tim. Le Mexicain, c'est Hugo. Ne lui prête jamais d'argent.

Matty semblait choqué. Hugo lui tendit la main.

— Ce fils de pute est ton oncle ? J'espère pour toi que tu as été adopté.

— Sérieusement, faut qu'on parle, renchérit Tim. Avec des gènes comme ça…

— Allez vous faire enculer ! leur lança Frankie.

Les deux autres retournèrent à leur tâche en riant.

Il conduisit son neveu de l'autre côté de la pièce. Matty chuchota :

— Est-ce que tout va bien ?

— Quoi, avec ces types ? Ils sont cool. Tu es au boulot, maintenant. S'ils te font chier, te laisse pas faire. Regarde ça !

Deux câbles, dont s'échappaient des fils de couleur, dépassaient d'une ouverture.

— Le blanc, c'est la voix ; le bleu, c'est les données.

Il prit le blanc.

— Tu vois, il y a quatre paires de fils à l'intérieur. Dans l'analogue, il y en avait trois ou quatre, mais avec ces nouveaux téléphones digitaux, on n'en utilise que deux. On les pose quand même, au cas où on voudrait ajouter d'autres prises, comme ça on n'a pas à tirer un autre câble.

Le gamin opina. Frankie était presque sûr qu'il n'avait rien compris. Puis Matty demanda :

— Mais au fond, c'est des données, tout ça, non ?

— Quoi ?

— Tu as dit que c'était des téléphones digitaux, du coup, la voix est digitale aussi, n'est-ce pas ?

— T'es un malin, toi ! Exactement.

Frankie lui tendit un tournevis.

— Okay, maintenant, branche cette brise RJ11.

Le gamin saisit le tournevis comme un pic à glace. Le pauvre. Il avait sûrement grandi dans une maison dénuée du moindre outil. Voilà ce qui arrive quand on n'a pas de modèle masculin.

— Oups, fit soudain Hugo.

Il se releva en fixant l'extrémité de son câble blanc, sourcils froncés.

— Qu'est-ce qui se passe ? s'enquit Tim d'une voix faussement innocente.

— Je n'ai plus de tonalité, dit Hugo. Matt, tu pourrais me donner un coup de main ?

Frankie lança un regard mauvais à Hugo. Ce dernier tendit à Matty un trousseau de clefs et lui ordonna :

— Va vite dans ma camionnette – c'est la plus proche de la porte –, et ramène-moi la boîte de tonalités.

— Ça ressemble à quoi ?

— Elle est sur l'étagère, à l'arrière du van. Tu la reconnaîtras tout de suite.

Le petit déguerpit. Hugo et Tim se retinrent d'éclater de rire jusqu'à ce qu'il soit sorti.

— La tonalité, ricana Tim. On s'en lasse pas.

— Les mecs, c'est juste un gosse, se plaignit Frankie.

— Allons, Frankie, répondit Hugo. Il fait partie de l'équipe ou pas ? Faut bien le bizuter, non ?

Matty revint quelques minutes après, l'air embarrassé. Hugo et Tim avaient repris leur expression sérieuse.

— Désolé, mais je ne la trouve pas.

— C'est une boîte en carton, grosse comme ça à peu près, dit Hugo.

Tim faillit craquer. Matty lui lança un bref coup d'œil et fronça les sourcils.

— Laisse tomber, lui dit Frankie.

— Non. Je retourne voir.

Il repartit en courant avant que son oncle n'ait pu l'arrêter.

— Au moins, il lâche pas l'affaire facilement, commenta Hugo.

Matty revint au bout de deux minutes.

— Je crois que je les ai trouvées.

Il avait une petite boîte en carton posée sur la main. Il rejoignit Hugo, inclina la boîte vers lui et demanda :

— C'est bien ça ?

Hugo lança un regard à Frankie, pas tout à fait un clin d'œil, puis écarta les rabats de carton.

— Je vais te dire…

Il éclata de rire. Tim se rapprocha, regarda dans la boîte et s'esclaffa à son tour.

— D'accord, d'accord, dit Frankie. Qu'est-ce que c'est ?

Matty se dirigea vers lui, toujours impassible. Frankie se pencha sur la boîte. Elle ne contenait rien, hormis la main de Matty, qu'il avait fait passer à travers le fond afin de tendre son majeur vers le ciel. Frankie rit et les traits de Matty se détendirent.

— Il me plaît, ce gamin ! s'écria Hugo.

— Vous voyez ? triompha Frankie. Impossible de baiser un Telemachus.

*

Après que Lonnie l'eut chassé, Frankie n'alla plus à la patinoire, mais ne resta pas exactement au large. Il rôdait alentour à vélo, guettant la Chevrolet Monza grise du patron dans le parking. Enfin, vint un après-midi où celui-ci n'était pas là. Frankie aurait dû s'occuper de Buddy à la maison ; au lieu de cela, il gara son vélo sur le côté du bâtiment – il ne l'attacha pas, au cas où il devrait partir précipitamment – et entra. Les clients habituels étaient tassés dans le vestiaire.

Puis il vit. Le Royal Flush avait disparu.

Frankie tendit le doigt vers la borne d'arcade qui l'avait remplacé. Un nouveau jeu qu'il ne connaissait pas.

— Où est le Royal Flush ? demanda-t-il.

Personne ne pipa mot.

— J'ai dit : où est le putain de Royal Flush ?

Un gamin de seconde lui répondit :

— Lonnie dit qu'il est cassé.

Frankie pivota vers lui. L'ado leva les mains.

— Il dit aussi que c'est toi qui l'as cassé. Il l'a renvoyé à All-star.

Frankie en resta sans voix.

Il se fraya un chemin à travers la petite foule rassemblée autour du nouveau jeu. Poussa le jeune homme qui était en train d'y jouer et foudroya du regard l'écran – un écran en couleur – et le putain de joystick.

— C'est quoi, cette connerie de Pac-Man ?

Frankie aurait voulu frapper la machine. La détruire à coups de haine psychokinétique pure. Mais ça n'aurait pas fonctionné : il n'arrivait à rien quand il était en colère à ce point. En plus, il ne pouvait rien faire devant les autres débiles.

Frankie sortit de la salle en bousculant tout le monde. Il atteignit le parking au moment où Lonnie sortait de sa voiture.

— Vous l'avez enlevé, bredouilla-t-il d'une voix étranglée.

— Quoi ? dit Lonnie, perplexe, avant de comprendre. Le flipper ?

Frankie fit trois pas dans sa direction, les poings serrés.

Lonnie garda les mains sur la portière, blotti derrière elle comme derrière un bouclier.

— Il était cassé, se défendit-il.

— Vous n'auriez pas dû faire ça.

Un peu plus de trois mètres les séparaient encore.

— Va te faire foutre, petit con. C'est toi qui l'as cassé. Tu cherches la merde, maintenant ?

Il claqua enfin la portière et marcha sur Frankie.

Au cours de l'année qui suivit, Frankie atteignit son pic de croissance et prit huit centimètres. Plus tard, vers vingt ans, il gagna près de vingt-cinq kilos et devint costaud. Parfois, dans des bars, des inconnus lui demandaient s'il faisait de la lutte. Il mentait : « Ouais. Au niveau régional, même. » Mais il n'était encore qu'un adolescent maigrichon.

Lonnie s'arrêta à moins d'un pas de lui.

— Tu bousilles le matériel et tu as le culot de revenir ici, hein ? lança-t-il de son haleine alcoolisée avant de pousser Frankie des deux mains, l'obligeant à reculer. T'es interdit de séjour, bordel.

Frankie mourait d'envie de le frapper. Mais il était terrifié par ce qui surviendrait alors. Il sentait déjà le poing de l'homme sur sa mâchoire.

Le patron le poussa encore et Frankie leva les mains, tournant la tête de côté.

— C'est quoi, ton problème ?

Lonnie le poussa une troisième fois. Frankie rebondit contre le mur de brique et le poivrot l'attrapa par le col de sa veste.

— Putain de tricheur.

La voix du taulier semblait venir de très loin, ses syllabes se perdaient dans un rugissement général. Frankie sentit que son corps se préparait à agir, mais il ne savait comment. En faisant quelque chose d'affreux. Il l'éprouvait dans ses mains, comme de l'acier chaud prêt à fuser.

Lonnie poussa un grognement de douleur et recula d'un pas.

— Putain, qu'est-ce que… ? gargouilla-t-il.

Il s'essuya la bouche et sa main retomba, maculée de sang. Il fixa Frankie, épouvanté. Celui-ci n'avait pas bougé.

— Lâche-le tout de suite ! cria une voix.

Irene, dans son uniforme Burger King, suivie d'un Buddy de douze ans, le visage froissé par cet air que les étrangers prenaient pour de la concentration mais qui était en fait de l'inquiétude. Frankie n'avait pas vu la voiture s'arrêter, ne l'avait même pas entendue.

Sa sœur s'interposa entre Lonnie et lui.

— Qu'est-ce que tu as fait ? demanda-t-elle à Frankie.

C'était après *lui* qu'elle en avait ?

— J'appelle les flics, grogna l'alcoolique, le coin de la bouche moucheté de sang.

Irene fit volte-face vers lui.

— Non, pas question.

Lonnie se redressa.

— Je les appelle tout de suite.

— Vous êtes soûl.

— C'est pas vrai.

Mentir à Irene, c'est pas une bonne idée, pensa Frankie.

— Il est midi, vous êtes soûl et vous avez attaqué un adolescent. Vous êtes venu en voiture, non ?

Lonnie jeta un bref coup d'œil à sa Monza. Il ne savait plus que penser.

— Vous voulez être arrêté pour conduite en état d'ivresse ? Faites gaffe, bordel.

Elle pointa le doigt vers Frankie.

— Toi, Frankie, tu montes dans la voiture. Je suis déjà en retard.

— Va bosser, je me débrouille, dit doucement ce dernier. J'ai mon vélo.

Il était mortifié. Il savait, sans avoir à le vérifier, que les autres clients de la patinoire le regardaient depuis l'entrée du bâtiment.

— Monte dans la bagnole, répéta Irene avec la même voix que papa. Je t'avais demandé de surveiller Buddy ; qu'est-ce que tu fous ici ?

Elle repartit vers sa voiture, une grosse Ford LTD verte aux portières piquetées de rouille. Elle avait laissé le moteur tourner. Frankie se dirigea vers le siège passager mais Buddy s'y faufila avant lui, si bien qu'ils se retrouvèrent à trois à l'avant.

— Comment tu m'as trouvé ? demanda-t-il à sa sœur.

— Buddy m'a dit que tu étais là, grommela-t-elle avant d'adopter un ton plus doux. Et que tu étais sur le point de faire un truc affreux.

Buddy semblait ne pas entendre. Il regardait par la fenêtre. Douze ans, tout en genoux et en coudes. Puis il s'appuya contre Frankie, la joue brûlante.

*

Durant sa deuxième pause de l'après-midi, Frankie fuma une cigarette pour se calmer les nerfs pendant que Matty l'attendait. L'argent grésillait dans sa poche. Il avait dit à Mitzi qu'il l'apporterait à la pause déjeuner. Au lieu de cela, il avait emmené le petit à Steak-and-Shake.

— T'es vraiment rapide, fit remarquer Matty. Pour brancher les jacks.

— Je fais ça depuis longtemps. Tu apprendras aussi.

— Non, je veux dire, comparé à Hugo et Tim. À deux, ils ont fait genre trois bureaux, et tu en as fait quatre à toi tout seul. Même en prenant des pauses.

— J'étais pas tout seul puisque tu étais avec moi, non ?

Le petit restait sceptique. Ils retournèrent vers le bâtiment et Matty reprit :

— Alors, il y a vraiment une vache ?

— Ah, c'est vrai !

Il emmena son neveu au sous-sol. Une laborantine travaillait sur un ordinateur. Elle leva brièvement la tête et lança :

— Je vous ai dit que les baies de goji ne m'intéressaient pas.

— Vous faites une grave erreur. Des études réputées ont prouvé que…

Soudain, il perdit toute énergie pour la vente.

— Laissez tomber. Je peux montrer Sa Majesté à mon neveu ?

Elle observa Matty, cherchant à savoir s'il n'allait pas causer de problèmes.

— On regarde mais on ne touche pas.

Frankie fit franchir plusieurs portes et descendre une rampe à Matty, puis le guida dans une pièce qui avait sûrement été un garage, avant que quelqu'un n'ait besoin d'en faire une étable industrielle sans fenêtre : sol en ciment, grosses rigoles d'évacuation, quatre box à bétail avec barrières en acier. L'unique occupant, dans le box le plus proche, consistait en une tonne de vache barzona répondant au nom de Princesse Pauline.

— Elle est malade ? s'enquit Matty.

Des fils la reliaient à une sorte de compteur électrique en métal bleu.

— Nan, approche-toi.

Dans la chair de Princesse Pauline, près de ses pattes avant, était encastré un panneau de Plexiglas d'une trentaine de centimètres. De l'autre côté, de la viande palpitait.

— Tu vois ? Ça, c'est son cœur.

— La vache !

— Ben ouais, c'est… Hé ! C'était marrant, ça !

Matty se pencha pour mieux voir entre les barreaux.

— Pourquoi ils lui ont fait ça ?

— Elle a un cœur artificiel. C'est ce que fabrique cette société.

— Et ils veulent… voir ?

Le gamin n'était pas dégoûté mais fasciné. Frankie lui posa la main sur l'épaule.

— Ouais, tu sais, les scientifiques…

Ils restèrent quelques instants à contempler ce miracle d'expérimentation animale. Princesse Pauline ne leur prêta aucune attention.

— Il m'est arrivé quelque chose, reprit soudain Matty d'une petite voix. Il y a deux semaines.

Il plissait les yeux comme s'il souffrait. Frankie avait vu cet air inquiet sur le visage d'Irene toute sa vie.

— On est partenaires, l'encouragea-t-il. Tu peux tout me dire.

— Je sais, mais…

— C'est à propos de filles ?

Le gamin rougit, puis sembla se reprocher son embarras.

— Ça a un *rapport* avec les filles. Il y a deux semaines, j'étais…

Encore cet air peiné.

— Allez, crache le morceau.

— Je pensais à une fille. Que tu ne connais pas. Et il s'est passé quelque chose.

Derrière le petit, la double porte s'ouvrit et Dave apparut, l'air énervé.

— Frank ! J'ai besoin de toi au rez-de-chaussée !

Frankie aurait aimé lui rétorquer « La ferme, Dave, c'est important », mais il avait trop besoin de son job.

Dans la salle du central, tout le monde était réuni autour du processeur Toshiba. Un ordinateur était branché au port de diagnostic.

— C'est quoi, le problème ? demanda Frankie.

— La moitié des téléphones du premier sont morts, expliqua Hugo. L'ordinateur ne trouve pas ce qui cloche.

— Peut-être qu'il vous faudrait plus de tonalité ? suggéra Matty.

Dave le dévisagea.
— Quoi ?
— Rien, répondit Frankie. Vous avez vérifié les cartes ?
— D'après l'ordi, elles fonctionnent toutes. Tu peux faire ton truc ?
Toute l'équipe le regardait.
— Bon, d'accord.
Il ouvrit le panneau du processeur et commença par s'assurer que les cartes étaient convenablement branchées. Toutes les veilleuses étaient allumées, mais cela signifiait uniquement qu'elles étaient alimentées ; les circuits imprimés pouvaient encore se révéler défectueux.
La première demi-douzaine de cartes semblait correctement installée. Puis Frankie effleura du bout des doigts le bord de l'une d'elles, en bas du processeur.
Il la sortit de son port.
— Celle-là, dit-il.
Les autres ne cherchèrent même pas à discuter.
Puis ce fut l'heure de remballer. Frankie récupéra ses outils et regagna le parking avec Matty. Avant qu'ils n'aient atteint le van, il prit son neveu par les épaules.
— Bon, à propos de ce que tu disais…
Il avait soigneusement répété. En tant qu'homme échoué sur une île peuplée de filles, il n'était pas tout à fait prêt pour ce moment, mais vers qui d'autre Matty pouvait-il se tourner ?
— Avant toute chose, il faut que tu saches que c'est totalement normal. Il m'est arrivé la même chose quand j'avais treize ans.
Matty ouvrit la bouche, se ravisa, la referma.
— Il n'y a pas de quoi s'inquiéter. Au contraire, ça se fête. Et je connais l'endroit idéal pour ça.

Comme s'il venait à peine d'y penser. Comme s'il avait le choix.

La Taverne de Mitzi commençait à se remplir d'une petite foule de travailleurs, si l'on peut utiliser le mot « foule » pour évoquer la dizaine de malheureux qui s'entassaient ici pour boire une bière et un *shot* avant de retourner affronter leur femme. Le décor était résolument « Tripot sur le Déclin » : box tendus de vinyle déchiré, enseigne en néon Old Style, tables laminées, linoléum moucheté de noir dont 80 % des taches en étaient vraiment. Le genre d'endroit qu'un éclairage réduit et une forte dose d'alcool ne pouvaient qu'embellir. Frankie l'adorait.

— Ton grand-père m'emmenait ici, confia-t-il à Matty. C'est là que les vrais mecs viennent boire. Si un jour tu fréquentes le Ruby Tuesday, je te botte le cul.

Il désigna un tabouret vide. Matty posa la boîte d'UltraVie sur le comptoir et s'y hissa.

— Interdit aux mineurs, dit Barney.

Barney tenait le bar depuis une éternité. Il était sûrement apparu avec l'établissement. Frankie ne l'avait jamais aimé. C'était un grand type de plus d'un mètre quatre-vingts, dont la tête était composée à 90 % de bajoues ; son visage ressemblait à une coulée de boue.

— On en a pour une minute, se défendit Frankie. Barney, voici mon neveu Matthias. Tu peux lui servir un soda ? C'est son anniversaire.

— T'as quel âge ? lança Barney au petit.

— Ça dépend à qui vous demandez, répondit doucement Matty.

— Mitzi est dans son bureau ? l'interrompit Frankie.

Il récupéra la boîte d'UltraVie et se dirigea vers une porte au fond de la pièce.

— Oublie pas de frapper, grogna Barney.

Oublie pas de frapper. Bon Dieu. Depuis combien d'années venait-il ici ? Frankie secoua la poignée de la porte et dit :

— Toc toc !

Pas de réponse. Il ouvrit. Mitzi était assise derrière son bureau, au téléphone. Elle le regarda en secouant la tête, mais n'objecta pas lorsqu'il s'assit. Il commença à ouvrir la boîte.

— Tu connais le deal, dit Mitzi à son interlocuteur. Vendredi, pas de *mais*, pas de *si*, pas de *ou bien*.

Elle fronça les sourcils en considérant le nombre croissant de bouteilles en plastique blanc qui s'alignaient sur son bureau. Mitzi était plus vieille que Barney, mais, si le barman semblait sécréter de la chair superflue, Mitzi diminuait d'année en année, se ratatinait et se durcissait comme un morceau de viande séchée.

— Ne me déçois pas, Jimmy, ajouta-t-elle avant de raccrocher. C'est quoi, ça ?

Frankie sourit.

— La semaine dernière, tu disais que tu avais l'estomac en vrac. Alors, voici le Programme Digestion UltraVie. Celle-ci…

Il brandit la plus haute des bouteilles.

— … c'est un concentré d'aloès, enrichi par la saveur authentique de la baie de goji, ainsi que par d'autres additifs naturels. On mélange juste avec de l'eau, ou du Pespi, ce qu'on veut, et ça apaise l'estomac. Ça, c'est l'Ultra Philofibre, un mélange de fibres et d'acidophiles, idéal contre la diarrhée et la constipation.

— Les deux à la fois ?

— Ça agit sur la flore de ton estomac, du coup ça régule l'ensemble. Et ça…

— Je n'achète pas, Frankie.

— Je ne vends pas. C'est un cadeau.

— Oh, Frankie, je n'ai pas besoin de cadeau… J'ai seulement besoin de ce que tu me dois. T'étais où ? Tu devais venir à midi.

— Désolé. Mon patron est un salaud.

— Tu vas me rembourser ce que tu me dois de vendredi ?

Elle n'avait pas pour habitude d'accorder un week-end supplémentaire à un client. Le délai dont il avait bénéficié était une faveur, et il le savait. Il posa l'argent sur le bureau.

— Je vais être honnête avec toi, dit-il, ce que j'ai est un peu léger.

L'expression de Mitzi ne changea pas. Elle ramassa l'argent, le laissa tomber dans un tiroir qu'elle referma. Derrière elle, par terre, reposait un coffre-fort noir de la taille d'un minifrigo. Une fois qu'il serait parti, elle y transférerait l'argent. Elle ne l'avait jamais ouvert en la présence de Frankie, mais ce dernier pensait souvent à ce coffre.

— Tu es un peu à la ramasse, Frankie.

— Je sais, je sais.

— J'ai l'impression que non. En comptant le paiement d'aujourd'hui… Combien, au fait ?

— Deux mille neuf cents.

— Tu en es à trente-huit mille cinq cent soixante-quinze.

Elle n'avait pas hésité une seconde. Le chiffre était là, dans sa tête. À chacune de ses visites, elle lui donnait le nouveau total et, chaque semaine, Frankie s'en éloignait un peu plus.

— Ça va changer, dit-il. Mon contrat de distribution UltraVie va me rapporter gros.

— La distribution…, répéta Mitzi d'un ton égal avant de secouer la tête. Je ne voudrais pas que tu t'attires des ennuis, Frankie.

— Non. Ça n'arrivera pas.

Bien sûr, des ennuis, il en avait déjà. Il devait de l'argent à l'Organisation. Le frère de Mitzi régnait sur les banlieues nord-ouest. Ça ne pouvait pas vraiment être pire.

— Ton père ne s'en remettrait pas, dit-elle. Comment va-t-il, au fait ?

Frankie s'obligea à sourire.

— Il n'est pas encore mort. Même s'il a déjà le costume adéquat.

Elle rit, un son qui évoquait le vent dans les feuilles mortes.

— Mince, il avait un sacré sens du style. Tout le contraire des primates avec qui j'ai grandi. Tu lui transmettras mes amitiés.

Frankie se leva en chancelant, comme s'il avait reçu une beigne. C'était peut-être à ça que ressemblait le soulagement. Il aurait dû être heureux. Un autre paiement, une semaine de répit en plus pour changer la donne.

— Au fait, Frank ?

Sa nuque se glaça. Il se retourna.

— Lequel je prends en premier ?

— Hein ? Ah.

Il désigna la grande bouteille.

— Prends l'aloès tous les jours ; tu en verses un peu dans ton eau. Le Philofibre et la Formule Matinale, tous les matins. Puis, il y a la Formule du Soir que tu prends… euh…

— Tous les soirs ?

— Voilà. Ça va te retaper en un rien de temps.

Matty sirotait un verre étroit en regardant la télé muette pendue dans un coin. Frankie avait prévu de passer un peu de temps avec lui et de boire une ou deux Old Style, mais il n'était plus d'humeur.

— On y va, Matty. Faut que je te ramène chez toi.

— Ah, d'accord.

Son neveu était déçu. Il reposa le verre et s'essuya le menton. Barney lança un regard dur à Frankie. La prochaine fois, ce dernier lui apporterait quelque chose. Par exemple, un pot de crème restauratrice pour le visage. Voire un seau entier.

Ils n'étaient qu'à quelques kilomètres de la maison – la maison de Teddy et Buddy, et à présent d'Irene et de Matty. Au moins, Frankie avait son chez-lui. Il payait ses propres factures. Il gardait la bille en jeu. Des embûches en chemin ? Bien sûr. Quatre-vingt-dix pour cent des petites entreprises font faillite. Les banques vous tournent le dos. Tout change. *Game over*. Mais qu'est-ce qu'on fait ? On trouve un autre putain de *quarter*, ou on en emprunte un, ou on en vole un, on vit un jour de plus et on continue à jouer.

— Oncle Frankie ?

Ils étaient presque arrivés. Frankie avait conduit en pilotage automatique.

— Je veux te dire quelque chose. C'est important.

Il s'arrêta à un stop et, puisque personne n'attendait derrière lui, passa au point mort.

— Pas besoin de me remercier. Tu as bien travaillé, aujourd'hui. Considère que tu es embauché pour l'été.

— Merci, dit Matty. Un peu d'argent ne nous fera pas de mal.

C'était vrai. Irene était fauchée de chez fauchée.

— Pourquoi tu tires encore cette tronche ?

— Il m'est arrivé quelque chose, il y a deux semaines.

— Je t'ai dit que c'était parfaitement normal.

— Non, pas ça, riposta Matty d'un ton ferme. Quelque chose de fantastique.

Le gamin lui raconta ce qui s'était produit et comment, plus tard, il avait de nouveau provoqué le phénomène, à plusieurs reprises. Des voitures arrivèrent derrière eux et Frankie leur fit signe de les contourner, ne voulant pas interrompre son neveu.

Enfin, il annonça :

— Pour résumer, tu es couché, dans un état méditatif…

— C'est ça. Définitivement méditatif.

— Et ça se produit. Tu commences à flotter et tu vois ce qui se passe dans les autres pièces.

— Ouais.

Frankie eut une idée. Ou plutôt, il ressentait la vague de chaleur annonçant qu'une idée allait pointer le bout de son nez. Enfin, il demanda :

— Ta mère est au courant ?

— Pas vraiment. Enfin, non. Elle m'a surpris en train de méditer, mais c'est tout. Tu es le premier à qui j'en parle.

— C'est bien, répondit Frankie. Que ça reste entre toi et moi.

JUILLET

5
Buddy

L'horloge indique 7 h 10, mais cette information ne suffit pas. L'air est moite et les draps humides, alors c'est probablement l'été. Mais de quelle année ? Un mystère qui ne peut être résolu depuis le lit.

Il descend à la cuisine, et voilà Matty, adolescent, enfournant un bout de toast beurré dans sa bouche. C'est un indice majeur : l'année est probablement celle où Matty et Irene sont revenus à la maison. L'année où il y a fait tous ces travaux. L'année du Zap.

Il pense : J'ai vingt-sept ans et Maureen Telemachus est morte depuis vingt et un ans.

Matty lève la tête quand il entre, puis tousse en s'étranglant sur le toast, comme s'il était surpris de le voir.

— Bonjour, oncle Buddy, dit-il enfin.

Puis il se retourne précipitamment, embarrassé. Mais par quoi ?

Le garçon s'occupe en remplissant une grande tasse de café. Buddy ne se rappelle pas pourquoi Matty est déjà debout, déjà habillé, puis il remarque le polo Bumblebee jaune et se souvient que son neveu va travailler pour Frankie durant l'été. Du moins la première partie de l'été.

Matty lui jette un regard, voit le froncement de sourcils de Buddy, et dit :

— Oh, c'est pas pour moi, c'est pour Frank.

Puis :

— Je suis censé l'appeler Frank quand on travaille ensemble.

Buddy opine. Matty a du mal à le regarder dans les yeux.

— Ah, le voilà. Je dois filer.

Il s'arrête à la porte d'entrée et, sans vraiment se tourner vers lui :

— Encore merci de m'avoir laissé utiliser l'ordinateur. C'est très gentil de ta part.

Ce n'est pas pour toi, songe Buddy. Cela dit, que le petit croie le contraire ne perturbe pas ses plans.

Il se dirige vers son calendrier et consulte la date. 8 juillet. Tous les jours sont barrés d'un X tracé dans une teinte particulière de violet rosâtre. Pendant un long moment, il n'arrive pas à se remémorer le pique-nique du 4 juillet, puis une image de feu d'artifice lui vient, les crépitements et les détonations. Ils sont allés le voir à l'hippodrome d'Arlington. C'était cette année, il en est quasiment sûr. Dieu sait que ça ne peut pas être l'année prochaine. Il barre la date du jour. Puis, comme il en a l'habitude, il feuillette les autres pages, jusqu'à la fin de l'été. La fête du Travail a été entourée avec le même pastel. Chaque fois qu'il la voit, une pointe d'effroi s'enfonce dans son cœur.

4 septembre 1995, 12 h 06. Le moment où le futur s'arrête. Le jour où tout devient noir.

Zap.

Il n'a pris conscience de la date que quelques mois plus tôt. À son réveil, il s'était rendu compte que l'avenir avait disparu. Pendant des années, il avait vécu les yeux bandés, pensant qu'un camion fou ou une embolie pulmonaire le catapulterait hors de ce monde un jour ou l'autre.

Et soudain, ça, cet horrible moignon, complexe et funeste. Il ne s'attendait pas à ce que ça finisse comme ça. Gangsters et agents fédéraux. Balles et voitures incendiées. Le pistolet contre sa tête. C'est tellement dramatique.

Pourtant, si ce n'était jamais que sa fin à lui qui l'attendait (si ridicule et incongrue soit-elle), il aurait continué à fermer les yeux et à se laisser porter par le Temps. Mais il doit penser aux autres.

— Pour l'amour du ciel, Buddy ! lance Irene avec colère.

Il se retourne, perplexe.

— Habille-toi !

Ah. Irene n'aime pas qu'il se promène nu. Ça ne lui paraît pas très juste, puisqu'il est résident permanent, alors qu'elle ne vit ici que temporairement. De plus, elle ne porte guère plus que lui, juste un short de sport et un t-shirt aux couleurs d'une banque pennsylvanienne.

— Quoi ? demande-t-elle. Si tu veux dire quelque chose, dis-le.

Mais il ne sait pas quoi dire. C'est le problème avec la plupart des souvenirs de l'avenir : s'il ne se rappelle pas ce qu'il a dit, alors il ne sait pas ce qu'il doit dire. C'est comme être poussé sur scène sans l'ombre d'un script. Mieux vaut ne rien dire que risquer de tout changer.

Irene fait la grimace et se couvre les yeux de la main.

— Je vais courir, annonce-t-elle.

Ça, c'est nouveau, il en est quasiment sûr. Irene n'a jamais été sportive. Mais c'est probablement une bonne idée. Elle a l'air plus vieille. C'est vrai qu'il passe beaucoup de temps à se remémorer la jeune Irene, si bien que ses changements d'âge le surprennent toujours. Mais il se demande aussi si toutes ces nuits qu'elle a passées à taper à l'ordinateur, en cachette, ne commencent pas à peser sur elle.

Il laisse retomber les pages du calendrier et remonte dans sa chambre. Dans le tiroir du haut de la commode, cachée dans un nid de sous-vêtements Fruit of the Loom, est pliée une écharpe de femme bariolée. Il la déplie, en extrait la petite médaille en or. En acier inoxydable doré, en fait, mais elle lui est tout aussi précieuse. Il y est gravé : « LE MÉDIUM LE PLUS PUISSANT DU MONDE. » La femme qui la lui a passée autour du cou détenait le titre avant lui. Elle ne lui a rien demandé, ne lui a extorqué aucune promesse, mais il ressent quand même le poids des responsabilités.

En y repensant – mais il y pense en permanence ; la date surnage dans son esprit, omniprésente –, elle est morte un 4 septembre. Est-ce une marque d'ironie si le jour où l'avenir se terminera est également l'anniversaire de sa mort ? Ou une simple coïncidence ? Est-ce que les coïncidences existent seulement ?

Suite à sa mort, il s'est dit qu'il allait reprendre les devoirs de sa mère avec bravoure, respect et ténacité. Et, pendant un temps, c'est ce qu'il a fait. Mais, après qu'il a rencontré puis perdu l'amour de sa vie, il a abandonné. Il a cessé de guetter des signes d'incendie à l'horizon. Grave erreur. Cet événement terminal, le Zap, brûlera tout. Il n'a pas besoin de *voir* ce qui va suivre pour savoir ce que va devenir sa famille : des décennies de dégâts, un torrent de larmes.

Il frotte sa mâchoire hirsute en essayant de se concentrer. Il lui reste tant à faire s'il veut les sauver. Mais par quoi commencer ?

Ah, oui. S'habiller.

*

Il a quatre ans et Maureen Telemachus est vivante ; par conséquent, il n'est pas encore le Médium le plus Puissant du Monde. Juste Buddy. Il est couché à plat ventre dans le salon et, à l'aide d'un mélange d'éléments Tinkertoy et Lincoln Log, il construit un piège pour le GI Joe de Frankie. Joe est posé debout sur une plateforme haute de dix centimètres. Buddy pousse une poutrelle de soutènement mais Joe tombe avant que la trappe ne s'ouvre. Pas évident de le faire tenir debout.

— Tu regardes, au moins ? demande papa avec irritation.

Il ne laisse Buddy veiller que parce que celui-ci l'a supplié de voir le match. Papa est étalé sur le fauteuil et regarde la télé entre ses pieds, par-dessus son fils et son projet de construction.

— Trois lancers, trois putains de lancers, dit papa.

— Désolé, répond Buddy.

— Ne le sois pas. Tu sais pourquoi je vous élève comme de bons supporters des Cubs ?

Buddy secoue la tête.

— N'importe quel crétin peut acclamer l'équipe qui gagne, explique papa. Mais soutenir les brebis galeuses demande du caractère. Tu te pointes, tu regardes les gars frapper la balle, tu les vois tomber en chute libre, et ça chaque foutue journée. Tu crois que

Jack Brickhouse[1] est un optimiste ? Non, m'sieur. Il a peut-être l'air joyeux, mais à l'intérieur il dépérit. Au stade Wrigley Field, il n'y a pas de place pour Mary Poppins. Tu soutiens de toutes tes tripes l'équipe locale et elle perd quand même. Ça t'apprend la marche du monde, petit. Sûr, tu commences chaque printemps plein d'espoirs et de rêves, mais, dans l'univers où nous vivons, tu te retrouves éliminé avant la fête du Travail. Tu peux compter là-dessus.

Buddy essaye d'imaginer ce qu'il pourrait dire pour que son père se sente mieux, mais, à ce moment, tout ce qui lui vient, c'est que les Cubs ont déjà battu les Braves, une équipe que papa déteste, avec un écart de score colossal.

— Onze-nib, dit-il.

— Baisse-toi, répond papa. Tu caches la télé.

— Un massacre.

— D'accord. Et si tu courais me chercher une bière dans la cuisine ?

Buddy se lève d'un bond, se rue dans la cuisine, et la voilà, la Médium la Plus Puissante du Monde. Vivante. De gratitude, il ne peut s'empêcher de lui étreindre les jambes. Maman a déjà ouvert la canette d'Old Style.

— Tiens, Buddy. Ça fera plaisir au roi. Après ça, file au lit.

Deux soirs plus tard, le projet de construction de Buddy est un peu plus sophistiqué. Il implique des Lego et des bouts de bois trouvés dans le garage. GI Joe a été rejoint par une des Barbie de Reenie. Papa s'accroupit à côté de lui.

---

1. Commentateur sportif ayant couvert tous les matchs des Cubs de 1948 à 1981.

— Hé, Buddy, sur quoi tu travailles ?

Buddy est ravi d'expliquer. Il lui montre la première partie du piège. Joe et Barbie tombent ensemble dans la boîte, et papa le laisse continuer quelques instants avant de l'interrompre pour dire :

— C'est super, petit. Mais il faut que je te pose une autre question.

Buddy voit qu'il tient un journal.

— Devine ce qu'ont fait les Cubs aujourd'hui ?

Buddy n'en a aucune idée.

— Ils ont battu les Braves d'Atlanta. Onze à zéro. Onze-nib.

Papa lui montre le titre du journal : « Un massacre ». En voyant ce mot sur la page, Buddy se souvient de ce moment. Il ne sait pas comment lire le titre, mais il se rappelle le connaître, et c'est presque comme s'il le lisait.

— Tu avais tout vu, Buddy.

Son père est toujours accroupi par terre, à côté de lui. Il ne fait jamais ça, d'ordinaire.

— Je veux que tu réfléchisses. Est-ce que tu connais d'autres scores de base-ball ?

Buddy hoche la tête avec enthousiasme. Il ne souhaite rien de plus que dire à son père des choses qui le rendront heureux.

— Alors…, commence papa.

Buddy tente de se remémorer certains résultats, mais rien ne vient.

— Ne cherche pas trop, dit son père. Dis ce qui te vient à l'esprit.

Il s'efforce de songer à un chiffre.

— Un à zéro ? propose-t-il.

— D'accord, bien ! Et qui est-ce qui joue, Buddy ?

— Les Reds. Et les Cubs. Les Cubs gagnent.

Papa soupire.

— C'est le résultat du match qu'on a regardé l'autre soir. Essaye de penser à une rencontre qui…

Il s'interrompt. Maman est dans la pièce, à présent, et les regarde tous les deux.

— Qu'est-ce que vous faites ? demande-t-elle.

— Rien, répond Teddy. Buddy me montre ce qu'il est en train de construire.

Buddy boulonne une plaque d'acier sur le mur de la cave lorsqu'il se souvient de quelque chose. Ce souvenir – rien de plus qu'une image, un instantané mental du Jour du Zap – implique que tout ce qu'il a fait, pendant des années, doit être refait. Les trois énormes rectangles d'acier qu'il a découpés n'ont plus la bonne taille, et devront être retravaillés ou jetés.

Leurs dimensions étaient basées sur celles des plaques qui masquent les fenêtres de la cave, dans son souvenir du Jour du Zap. En outre, il les a découpés de sorte à pouvoir les visser dans le mur. Mais il vient de se rappeler que ces mêmes fenêtres, plus tôt ce jour-là, n'étaient pas couvertes. Ce qui signifie que les plaques d'acier doivent pouvoir monter et descendre, comme les grilles qui couvrent les devantures des magasins. C'est beaucoup plus compliqué.

Il a envie de hurler, mais se retient.

Sa malédiction, sa force, c'est que ses souvenirs sont incomplets. Tout ce qu'il se rappelle est un fait. Inaltérable. L'avenir – il l'a appris quand il avait six ans – n'est pas plus malléable que le passé. Mais il existe une faille. Même si un événement à venir semble terrible, peut-être qu'un détail dont Buddy ne se souvient *pas* peut encore modifier sa compréhension de ce qui s'est passé.

Disons qu'il se rappelle un homme à la chemise tachée de sang. Mais est-ce forcément du sang ? Peut-être que c'est juste une vilaine éclaboussure de ketchup ! Fort de cette zone d'ombre, Buddy va devoir remplir un bol de ketchup et le jeter sur l'homme. Et s'il ne se souvient pas d'avoir jeté le ketchup ? Du moment qu'il ne se souvient pas de ne *pas* avoir jeté le ketchup, il est libre d'agir.

Son travail consiste à inventer des histoires. À débusquer la meilleure interprétation possible des faits tels qu'il se les rappelle, puis à aiguiller les événements vers un dénouement heureux – ou, faute de ça, vers le dénouement le moins tragique possible.

Et s'il n'arrive pas à se rappeler quelque chose d'important ? Et si le jet de ketchup surprend l'homme et lui provoque une crise cardiaque ? Chaque instant remémoré est accompagné d'un tas d'inconnues. Si Buddy agit, ou s'il n'agit pas, il risque de tout détruire. Chaque faille dans sa mémoire peut être une oubliette fatale, ou au contraire une tranchée protectrice.

Lorsqu'il se rappelle quelque chose de nouveau, cela change la signification de ce qu'il sait déjà – ou croyait savoir. Une image égarée remontant à la surface de sa conscience ajoute un maillon à la chaîne, et des événements apparemment sans liens développent soudainement une relation de cause à effet. Il ne peut rien négliger. Tout peut se révéler crucial, tout peut être lié au Jour du Zap. Pire, il fait partie intégrante de l'équation. Chaque mot qu'il prononce, chaque action qu'il accomplit, peut fausser le *happy end* ou le rendre possible.

Une fois, il a trouvé un livre de sciences appelé *Chaos*, qui décrivait presque sa façon de vivre et de travailler dans ces conditions. Il a demandé à Frankie de le lire, en espérant que son frère comprendrait mieux sa condition, mais Frankie a cru que Buddy voulait qu'on lui fasse la lecture. Il n'a pas compris les ramifications de la théorie du chaos, ni, du coup, la question qui hante Buddy : comment accomplir quelque chose de significatif alors que les conséquences de cette action peuvent échapper à tout contrôle et causer des dégâts irréversibles ?

Le Médium le plus Puissant du Monde, toutefois, ne peut pas se permettre de perdre espoir. D'accord, ses souvenirs sont incomplets et constituent de piètres fondations. D'accord, ses plans de construction sont faits de brumes. Mais, lorsqu'il a reçu cette médaille, rien ne garantissait que ce serait facile. Il est obligé de déplacer les plaques de métal ; et alors ? Et s'il doit encore les déplacer le lendemain ? Il fait avec les informations dont il dispose.

Il commence à dévisser les tire-fonds du haut, regrette de les avoir autant serrés, puis regrette de regretter. Un cercle vicieux mortel. Reste concentré sur ta tâche, pense-t-il. Ses deux tâches : celle à laquelle il s'est présentement attelé, et ses responsabilités envers sa famille. Il lui reste tant à faire et si peu de temps. Il a toujours pensé qu'il retournerait à Alton. Il entrerait dans le vestibule de l'hôtel et la trouverait assise sur le tabouret, comme la première fois qu'il l'avait vue, lisant un magazine, jambes croisées, un escarpin pendant de son pied tel un appât qui remue au bout d'une ligne. Elle lèverait les yeux vers lui, sourirait et dirait : « C'est pas trop tôt. »

Il extirpe le tire-fond du bois dans un couinement. Il s'en veut. Il sait faire la différence entre fantasme et souvenir. Il sait que ça n'arrivera plus. Le 4 septembre approche, et il ne reverra jamais son grand amour.

*

Buddy a vingt-trois ans lorsqu'il annonce à Frankie qu'il doit se rendre sur un bateau.

— Connard, répond Frankie.

— Quoi ?

Il n'a pas prévu la réaction de son frère.

— Tu ne me parles pas pendant une éternité, tu m'ignores et la première chose que tu me dis, c'est que tu veux visiter un putain de bateau ?

— C'est pas seulement un bateau, explique Buddy. C'est un casino.

Ça a le don d'attirer l'attention de Frankie.

— Où ?

— Il ouvre dans six mois. Sur le Mississippi.

Frankie incline la tête. Il a les bras croisés, parce qu'il fait froid dans le garage. Mais peut-être aussi parce qu'il reste méfiant.

— Qu'est-ce que tu as vu, Buddy ?

Buddy lui parle de l'*Alton Belle*, le premier casino fluvial autorisé dans l'Illinois. Plein de machines à sous et de tables de jeu, comme à Las Vegas.

— Des tables de jeu ?

— Roulette.

Le mot reste suspendu dans l'air. Enfin, Frankie secoue la tête et dit :

— Non. Non ! Tu sais que je ne peux plus faire ces conneries.

Lorsque son frère est nerveux, rien ne marche. Ce n'est que lorsqu'il arrive à s'oublier qu'il se rappelle qui il est.

— J'ai vu des jetons, insiste Buddy.

— Des jetons ?

— Une pile de jetons.

— Devant moi ?

— Des tas.

Maintenant, Frankie fait les cent pas, malgré la quantité de vieilleries et d'appareils qui encombrent le garage : un souffle-neige cassé et une tondeuse à gazon ; une pile de bois de construction pour une cabane jamais assemblée ; une scie à ruban ; un congélateur ; des traîneaux et des vélos et des poubelles et les vieux outils de jardinage de maman. Frankie est venu parce que Buddy ne peut pas conduire jusqu'à chez lui – ni ailleurs, du reste. Et ils sont dans le garage parce que Buddy ne veut pas que papa les entende.

Même s'il fait froid, Frankie transpire à force de réfléchir. Il est fauché, sa société coule et, ces derniers temps, l'argent s'évapore de ses mains.

— Quand est-ce que tu as recommencé à voir des trucs ? Je croyais que tu n'y arrivais plus.

Buddy hausse les épaules.

— Bon Dieu.

Frankie s'assoit sur une glacière. Se relève. Oblige Buddy à raconter tout ce qu'il a vu.

Buddy précise les détails et revient rapidement aux tas de jetons.

— Ils croient que tu as beaucoup de chance, dit-il, mais c'est toi.

— Moi.

— Totalement.

— Merde.

Il recommence à faire les cent pas.

— Je ne pense pas pouvoir y arriver. Je suis rouillé, mec. Je manque d'entraînement.

— Alors entraîne-toi. On part dans six mois.

— Il va me falloir beaucoup plus d'infos. Tout ce que tu as.

— Ne t'inquiète pas, je viens avec toi.

— Tu vas sortir de cette maison pour m'accompagner dans un casino plein de gens ? demande Frankie, sceptique.

— Je dois aller à Alton, explique Buddy.

Et c'est la vérité. Parce que c'est là qu'il va rencontrer son grand amour.

*

Teddy regarde Buddy balayer la sciure, exaspéré.

— Tu fabriques un foutu abri antiatomique ou quoi ?

L'un des volets d'acier est en place, fixé par de solides charnières. Bientôt, Buddy va installer un levier qui permettra de les ouvrir et de les fermer.

— Tu peux au moins me dire pourquoi ? insiste Teddy.

Buddy hausse les épaules.

— Bon Dieu. Ne me lance pas ce regard de débile. Qu'est-ce que tu fous ?

Buddy émet un son guttural, un gémissement étouffé.

— J'en peux plus, Buddy. J'en-peux-plus. Cette maison était vivable, à une époque.

Teddy commence à énumérer les dégâts, les pièces que son fils a démolies et laissées en plan. Et l'énorme trou dans la cour ! Pour quoi faire ?

Buddy n'a d'autre choix que d'attendre que son père se fatigue. Ils savent tous les deux comment ça va se terminer : Teddy va repartir en tempêtant, et Buddy se remettra au travail. La raison pour laquelle papa n'a pas mis le holà à ses projets reste mystérieuse. Dans les souvenirs de Buddy, rien n'explique pourquoi Teddy ne l'a pas jeté hors de la maison, ni n'a jamais usé de violence contre lui.

— D'accord, qu'est-ce que tu dis de ça ? propose Teddy. Dis-moi au moins quand tu auras fini. Tu peux faire ça ? Regarde-moi, Buddy. Regarde-moi. Quand est-ce que tu vas arrêter ?

Les poumons de Buddy se contractent. Il ouvre la bouche et la referme aussitôt. Comment lui expliquer ?

Au bout de dix secondes d'un silence douloureux, Teddy grogne et s'en va, comme d'habitude.

Buddy s'assied sur le couvercle des toilettes et réfléchit. Il déteste mettre les autres en colère, même quand c'est pour leur propre bien. Pendant un ou deux ans, avant que maman ne meure, il a livré à son père tous les résultats des Cubs dont il pouvait se souvenir. Une fois, il a même écrit au crayon de couleur les chiffres d'un ticket de loterie gagnant dans l'Illinois, mais il a griffonné un 6 à la place d'un 9 et son père n'a rien gagné. Il a compris plus tard qu'il s'est peut-être souvenu de la manière exacte dont il allait noter les chiffres, ce souvenir étant donc un reflet exact de son erreur. C'est si difficile à démêler.

Maman a fini par découvrir leur manège. Elle s'est mise tellement en colère que son père a arrêté de lui demander des prédictions. Le jeune Buddy est resté mystifié par cette interdiction, d'autant qu'il avait encore le droit de tourner la Roue des Merveilles sur scène. Mais ce n'est que durant le *Mike Douglas Show* qu'il a compris à quel point l'avenir pouvait se révéler dangereux.

*

Buddy a cinq ans et maman est vivante. Elle est là, si grande ; elle lui tient la main et baisse sur lui ses yeux bleus. Sa robe d'argent scintille, magique, sous les projecteurs.

— On est à la télé, Buddy, dit-elle.

Mais ça ne ressemble pas du tout à la télé. C'est comme être sur scène dans les salles où ils se sont produits. Il y a même un public. Il ne devrait pas y avoir un public à la télé, si ?

— Quand M. Douglas viendra nous voir, tu pourras tourner la roue.

Les rayons de la Roue des Merveilles font un bruit de crécelle. Chacun est terminé par une image différente : un canard, un clown, du feu, un camion. Les gens applaudissent à chaque fois qu'elle s'arrête sur l'image que Buddy a annoncée, et c'est presque à tous les coups. Son moment préféré, c'est quand il lance la roue, pas quand il révèle où elle va s'arrêter.

Il se prépare à la faire tourner lorsqu'un souvenir le frappe comme une gifle. Il se rappelle sa sœur lui serrant la main, tous deux assis au bord d'une tombe, regardant le cercueil. Le cercueil de leur mère. Soudain, la boîte brillante tombe dans le trou, trop vite, et les gens hurlent. Ici, dans le studio de télé, Buddy crie avec eux, un hurlement d'effroi muet.

— Buddy ! Buddy ! fait maman.

Elle s'accroupit et lui demande de ne pas avoir peur. Évidemment qu'il a peur, parce que tous les souvenirs arrivent, à présent, en une vague tumultueuse : l'Ahurissant Archibald déboule sur scène, les traite de charlatans. Mais maman n'est pas là pour faire le clou du spectacle et, à cause de ça, elle va finir dans un cercueil.

Maman, vivante, dit :

— Tu peux retenir tes larmes ?

Il ne peut pas, parce que les souvenirs continuent d'affluer, et à présent il se souvient de cette nuit, à des mois de là, lorsque maman tombe dans la cuisine et se cogne la tête. Il se rappelle la médaille qu'elle lui passe autour du cou. Et le moment où il se fait beau pour aller la voir à l'hôpital, puis le cercueil qui tombe, et Irene qui lui serre la main.

Les souvenirs arrivent si vite, boum, boum, boum, de l'entrée de l'Ahurissant Archibald jusqu'à la disparition de la bière dans l'obscurité. Si une seule de ces choses se produit, toutes les autres suivront.

Le Buddy de cinq ans ne sait pas comment empêcher la mort de sa mère de devenir réalité. Qu'est-ce qu'il pourrait faire, vu sa taille et son âge ? Il se rappelle être grand et costaud, assez pour devoir baisser les yeux quand il regarde Frankie, pour dominer son père de toute sa taille, et il aimerait être déjà ce colosse. Il pourrait s'arrêter de pleurer, alors, et l'avenir serait différent.

— Bon Dieu, grogne Teddy.

C'est la pause publicité. Papa ne le sait pas encore, mais l'Ahurissant Archibald s'apprête à entrer en scène, et maman va mourir. Buddy s'effondre et l'homme qui porte un casque recule, surpris.

— Emmène-le ailleurs, dit papa.

Buddy est réduit à l'état d'éponge invertébrée. Il ne pense qu'au trou dans le sol qui avale sa mère et rien d'autre. Elle le prend sur sa hanche, et il ne la lâche pas même une fois qu'ils ont rejoint les loges. Il pleure toujours, incapable de s'arrêter.

Il n'a pas encore appris à inventer des histoires. S'il était plus âgé, plus malin, il trouverait une manière astucieuse d'expliquer le cercueil tout en gardant sa mère en vie. Mais il a trop peur et son corps ne lui obéit plus. Il a tout raté.

*

Buddy a vingt-sept ans mais il se sent plus vieux. Beaucoup plus vieux. Ou alors, il a juste faim.

Il se prépare un sandwich à la charcuterie et le mange debout devant l'évier, puis le fait descendre avec un grand verre de Carnation Instant Breakfast. Il aime le résidu crayeux que ça laisse dans sa gorge. Un repas entier dans un verre ! Parfait pour un voyant qui doit se maintenir en forme.

Il aime bien quand la maison est vide : Irene au travail, Matty avec Frankie, et papa… bon, même le Médium le plus Puissant du Monde ne sait pas ce que Teddy fait de ses journées. Il ne se souvient que de la raison pour laquelle il est là. Pas comme maman, qui semblait tout savoir, tout le temps. Ce n'est pas pour rien qu'elle a gardé le titre si longtemps. Oui, certains jours il se fait l'effet d'être un escroc, ou le champion par défaut, comme Scottie Pippen après la retraite de

Michael Jordan, ou Timothy Dalton. Il fait ce qu'il peut avec le talent qu'il possède.

Parfois, cependant, c'est comme si son talent le possédait. Par exemple, il vient de se rappeler avoir fait le tour du quartier avec Miss Poppins, une balade qui devrait commencer dans cinq minutes. Théoriquement, il pourrait ignorer ce souvenir et rester chez lui, mais il ne peut pas prendre ce risque. Tout peut être lié au Zap. Même promener un chien. Ou voler un journal. L'autre jour, il s'est subitement rappelé avoir pris le *Chicago Tribune* sous le porche d'un voisin. Et il se souvient aussi d'avoir entouré un titre au marqueur noir et placé le journal là où son père ne le raterait pas. Pourquoi le *Tribune* ? Pourquoi cet article ? Il ne le sait pas encore. Les soldats ne comprennent pas nécessairement les ordres qu'ils reçoivent.

De plus, parfois, il aime bien ce que la destinée lui demande de faire. Par exemple, il aime promener Miss Poppins. Rester à la maison reviendrait à se tirer une balle dans la tête pour soigner une migraine. Et pour quoi ? Pour préserver une illusion de libre arbitre ? Foutaises. Le sens du devoir ne fait qu'une bouchée du libre arbitre.

Dehors, l'air est encore humide, mais il doit admettre qu'il fait beau. Frankie le taquine souvent à propos du fait qu'il ne sort jamais de la maison, mais évidemment ce n'est pas vrai. Il sort tout le temps, quand il se souvient qu'il est censé le faire. Et il aime son petit quartier, dans toutes ses phases variées : l'époque où il y avait autant de lots vides que de maisons et où l'herbe grouillait de couleuvres ; celle où les mini-manoirs commençaient à remplacer les pseudo-ranchs décatis ; la longue période stable entre les deux. Il se sent proche des arbres de la rue. Comme eux, il fait partie de la Bienveillante Confrérie des Sentinelles Patientes ; ils se positionnent sur le long terme.

Deux maisons plus loin, il frappe à la moustiquaire de la porte d'entrée et lance :

— C'est moi !

Dedans, Miss Poppins aboie, excitée, de minuscules jappements électriques, puis la petite boule de poils arrive à la porte, les pattes avant posées sur la moustiquaire.

— Je me demandais si notre chère petite vieille dame avait envie de sortir, dit-il.

Il se sent en sécurité quand il parle à Mme Klauser. Ses journées sont si régulières et leurs conversations si limitées que les risques de provoquer des effets secondaires restent minuscules. Elle l'invite à entrer, et il se faufile dans l'embrasure de la porte afin que le chien ne s'échappe pas.

Mme Klauser est assise dans son fauteuil habituel, la télé allumée.

— Comment avancent tes projets ? demande-t-elle. J'entends ta scie à ruban d'ici.

— Ça avance, répond-il en accrochant la laisse au collier de l'animal.

— Et ton père va bien ?

Mme Klauser est fragile, en ce moment, et sa fragilité la rend hésitante. À d'autres moments, elle se montre plus énergique, plus directe. Durant l'année qui a suivi la mort de maman, Mme Klauser a préparé à manger aux Telemachus deux fois par semaine. Personne ne le lui avait demandé. Elle repère un besoin et agit.

— Il va bien. On revient tout de suite.

Miss Poppins se calme dès qu'ils sortent et se met à trotter allégrement devant lui. Au bout de quelques minutes, elle s'accroupit pour se délester poliment d'une crotte, qu'il glisse dans le sac plastique qu'il a apporté. Ils reprennent leur marche, parfaitement synchronisés. La chienne connaît leur trajet habituel. Aujourd'hui, cependant, au milieu de la balade, Buddy la surprend en coupant entre deux maisons, un raccourci vers leur pâté de maisons. Pour lui aussi, c'est une nouveauté. Il ne s'est rappelé ce changement d'itinéraire qu'au moment où il a presque commencé à bifurquer.

Miss Poppins s'adapte. Les chiens vivent l'instant présent. Parfois, Buddy aimerait être un chien.

Un van argenté est garé à quelques portes de chez lui. Il se souvient de ce van. Dans un mois, il échangera quelques mots avec son conducteur, un Noir que Buddy a croisé, enfant. Des semaines plus tard, le Jour du Zap, cet homme entrera dans la maison. Est-ce lui qui se trouve actuellement derrière le volant ? Buddy ne regarde pas à travers le pare-brise, parce qu'il ne se souvient pas de l'avoir fait. Il pourrait marcher jusqu'au van, ouvrir la portière et exiger de savoir ce que ces types fabriquent ici, mais ce n'est pas recommandé. Les conséquences pourraient être catastrophiques. Il dépasse le véhicule, sa propre maison, et se rend chez Mme Klauser.

— Elle a été gentille, dit-il.

— Elle a fait caca ?

— Oh, oui.

Puis il se rappelle quelque chose. Quelque chose de vital.

— Vous devriez prendre un chiot, dit-il.

— Oh, non, Miss Poppins me suffit.

— Pensez-y, insiste Buddy. Elle apprécierait certainement un peu de compagnie.

Il rentre chez lui sans regarder une seule fois le van.

6

Matty

— Celui-là, c'est Bones, annonça Polly.

Ou peut-être Cassie ; il n'arrivait jamais à différencier les jumelles.

— Et celle-là, c'est Speedy.

— Plutôt ironique pour une tortue, dit Matty.

Les jumelles ne s'intéressaient ni à l'ironie ni à ses commentaires. Elles attendaient simplement de lui qu'il reste assis sur le tapis couleur Pepto-Bismol de leur chambre tandis qu'elles entassaient des petits animaux en peluche sur ses genoux.

L'autre fillette – Cassie ou Polly – alla chercher de nouvelles créatures dans le long tiroir encastré sous leurs lits superposés.

— Ça, c'est Zip le Chat, et Quackers, et Valentino…

Elle prononçait « taïno ».

— … et Pinceur et… Couineur.

Elle posa le dernier jouet, un cochon rempli de billes de polystyrène, dans la paume de Matty. Une étiquette en forme de cœur indiquait son nom – Couineur le Cochon – et sa date de naissance, le 23 avril 1993. Conserver les étiquettes intactes – dont la plupart, comme celle du cochon, étaient épinglées à leur oreille, façon pirate – faisait évidemment partie du jeu, de la même manière que les geeks purs et durs conservent leurs figurines *Star Wars* dans leur emballage d'origine.

— Couineur le Cochon, c'est un peu facile, dit-il.

— Ça, c'est Inky, répliqua la première jumelle en lâchant une pieuvre en peluche dans son giron. Et Goldie, Nifle, Nip et… Ally l'Alligator.

— Ally l'Alligator ? Ils vont pas chercher bien loin, hein ? fit Matty. En plus, il est mort, apparemment.

— Il est pas mort ! s'exclama l'une des fillettes d'un ton outré.

— Bien sûr que si : ils ont mis l'étiquette sur son orteil.

Elles le dévisagèrent.

— Un jour, vous comprendrez cette blague et vous ri-hi-hi-irez.

C'était l'une répliques préférées de papy Teddy, mais les jumelles ne riaient pas. Elles se regardèrent, front plissé, et l'une d'elles dit à Matty :

— C'était un *accident*.

— Ils étaient posés sur la télé.

— Et maintenant ? s'enquit Matty.

— Une chiée de ces trucs a brûlé quand la télé a explosé, dit une voix.

Malice était apparue à la porte de la chambre des jumelles. Elle portait un short découpé dans un jean et un t-shirt blanc sur lequel était écrit à la main « BOWIE NOW ».

— Une catastrophe. Tu sais que quand ça crame, ça dégouline de plastique fondu ? C'est même pas de la vraie peluche.

— La ferme, Mary Alice ! s'écria l'une des jumelles.

— Dehors, Mary Alice ! hurla l'autre à l'unisson.

— Elles n'aiment pas reparler du Grand Incendie des Peluches de 94, expliqua Malice.

— On va le dire à maman ! la menaça l'une des fillettes

Toutes deux se précipitèrent hors de la chambre. Malice se retourna vers Matty et le surprit alors qu'il regardait ses jambes – spécifiquement, les poches blanches qui dépassaient du bas de son short. Ces instantanés de tissu blanc étaient inexplicablement, insupportablement sexy.

Le Commandement N° 1 : (*N'essaie pas de regarder dans sa chemise, ça craint*) nécessitait un amendement : *Ne regarde pas ses jambes non plus.*

— Tu restes dormir ici, alors ? demanda Malice.

— Ouais.

Il se releva, provoquant une avalanche de petits animaux velus.

— Pourquoi ? dit-elle.

— Pourquoi ?

Une question que, bizarrement, même sa mère n'avait pas posée. Pourtant, Matty n'avait aucune raison valable pour passer la nuit chez oncle Frankie – aucune dont il n'avait le droit de parler, en tout cas. Lorsque Frankie avait demandé à Irene si Matty pouvait dormir chez lui, elle avait accepté sans poser de question. Maintenant qu'il y réfléchissait, c'était très étrange.

— Ton père a pensé que ça serait chouette, répondit-il enfin.

— Chouette ? répéta-t-elle avec perplexité. De traîner avec nous ?

— Il a dit qu'on allait commander des plats chinois.

— Oooh, je retire mes paroles, alors. La bouffe chinoise à emporter, c'est mieux qu'une orgie sous coke.

Il rit – trop fort – et essaya de couper les images qui naissaient dans sa tête.

— Ouais, bah… Tu as déjà passé une soirée à regarder la télé avec oncle Buddy ?

— Tu marques un point. On se revoit autour du *chow mein*.

Elle sortit. Violant ouvertement toutes les règles et tous leurs amendements, il la regarda s'en aller.

Comparée à la maison de papy Teddy, celle de Frankie était bruyante. Pas tant en termes de décibels – les projets de construction d'oncle Buddy faisaient un sacré vacarme –, mais en volume émotionnel. Tante Loretta criait après les jumelles ; Frankie criait après Malice ; les jumelles criaient pour le plaisir de crier. Dans ce ranch deux pièces, les cris n'avaient pas la place de se dissiper, et Matty n'avait nulle part où se cacher. Après des années passées à vivre seul avec sa mère, et six autres mois dans une maison où presque personne ne parlait, Matty trouvait ce tumulte éprouvant pour les nerfs. Il se sentait comme le bleu d'un film de guerre qui sursaute à la moindre explosion.

Seule Malice gardait son calme, et son rictus pouvait réduire n'importe qui, jumelles exceptées, au silence. Avant que le reste de la famille n'ait fini de dîner, elle disparut dans son antre, à la cave. Tous les autres filèrent vers le salon, où une télé beuglait si fort que les rires en boîte des sitcoms paraissaient menaçants. Cassie et Polly, excitées que Matty ait été assigné à leur chambre, construisaient un fort en couvertures entre le canapé et le fauteuil d'oncle Frankie, afin d'y passer la nuit.

Tante Loretta quittait la pièce à intervalles réguliers pour fumer sur le porche arrière. Durant l'une de ses absences, Frankie se tourna vers Matty et lui demanda :

— Alors ? Tu crois que tu es prêt ?

— Je vais essayer.

À 22 heures, après un épisode plein de faux rires de *M. Cooper et nous*, oncle Frankie frappa dans ses mains et lança :

— Au dodo, mesdames !

Les jumelles protestèrent mais tante Loretta les entraîna vers la salle de bains. Oncle Frankie conduisit Matty à la chambre des filles. La ménagerie de peluches n'avait pas été rangée.

— On va te donner un peu d'air, annonça Frankie.

Il déverrouilla le loquet de l'unique fenêtre de la pièce et tenta d'en soulever l'ouvrant, qui refusa de bouger.

— En général, on... Ah, il est un peu raide... On garde les fenêtres fermées, puisqu'on est au rez-de-chaussée, rapport aux violeurs.

Il frappa de la paume de la main, vers le haut, et la fenêtre remonta de quelques centimètres en crissant.

— Et voilà. Ça ira ?

— Je suppose.

Oncle Frankie se pencha vers lui.

— J'ai posé une pancarte dans le garage, chuchota-t-il. J'ai même laissé la lumière allumée.

Matty hocha la tête.

— Elle contient une phrase toute simple, de trois mots.

— Ne me donne pas d'indices !

— D'accord. Bien vu. Il faut que ça soit un vrai test.

Frankie le regarda droit dans les yeux.

— Bonne chance, Matty.

Et ferma la porte.

— Matt, souffla ce dernier.

Il ouvrit son sac à dos et passa rapidement le short de sport et le t-shirt qu'il avait apportés – pas question qu'il dorme en sous-vêtements. Il éteignit la lumière et se glissa sous les couvertures roses du lit inférieur. Ses pieds touchaient le bas du cadre ; le lit supérieur était trop près de son visage.

Il se tourna pour regarder la pièce, bien éclairée par deux veilleuses et un plafond décoré de planètes, d'étoiles et de comètes phosphorescentes. Le troupeau de peluches invertébrées semblait éparpillé sur une minuscule savane. La pièce se réchauffait. La fenêtre entrouverte était une boîte aux lettres réceptionnant un colis d'humidité.

Il ferma les yeux. Inspira.

Concentre-toi, Matt.

Il serra les poings, les desserra.

Il savait qu'il pouvait glisser hors de son corps. La partie difficile – celle sur laquelle il travaillait depuis un mois avec des succès limités – était d'y parvenir sans se toucher. Il ne pourrait jamais monter sur scène si la seule façon de déclencher son pouvoir consistait à se tripoter. Oncle Frankie lui avait dit qu'ils pourraient gagner de l'argent grâce à ses capacités, s'il s'entraînait, et Matty imaginait déjà le retour de la Fantastique Famille Telemachus, avec Matthias Telemachus, Voyageur Astral, en vedette. Ils commenceraient par faire leur numéro dans de petites salles, gagnant en renommée, jusqu'à ce qu'ils accomplissent une performance ahurissante en direct à la télé. Il n'avait qu'à se projeter astralement. Et ne pas penser à sa cousine. Ni aux poches de son short.

Commandement n° 2 : N'aie pas de pensées impures envers ta cousine.

— Mince, dit-il à haute voix.

Il essaya de songer à quelqu'un d'autre, n'importe qui. Pourquoi pas Elle Macpherson ?

Mais il n'arriva pas à invoquer une image claire du mannequin. Pourquoi n'avait-il pas emporté le numéro des maillots de bain de *Sports Illustrated* ? Pas le numéro entier : il avait arraché les meilleures pages de l'édition 94 au Waldenbooks du centre commercial de Monroeville, à Pittsburgh – le crime le plus crapuleux qu'il ait jamais commis –, et depuis il les conservait précieusement.

Au bout d'une demi-heure, il était encore chevillé à son corps. L'air était trop lourd, les lits superposés un cercueil. Il repoussa les couvertures et se laissa glisser sur le tapis crépu, repoussant les jouets en peluche. Il roula sur le dos sous la fenêtre ouverte, étendit bras et jambes sous les étoiles artificielles et attendit que des molécules d'air en mouvement viennent rafraîchir sa peau.

Rien. Pourquoi ce tapis était-il si raide ? Les filles y avaient renversé du Kool-Aid ou quoi ? Et pourquoi n'avaient-elles pas disposé les étoiles comme de vraies constellations ? Au moins, ça aurait été éducatif.

La ferme, ordonna-t-il à son cerveau. Pense à Elle Macpherson. Mais il n'arrivait qu'à visualiser les rectangles de tissu blancs sur les cuisses brunes de Malice. Ce qui était idiot. Ce n'était jamais que du tissu. Du tissu qui, normalement, ne se voyait pas, d'accord, mais ce n'était pas de la lingerie non plus. Aucune raison que quelques centimètres carrés de coton le bouleversent à ce point.

Il écarta les mains et serra le tapis.

Commandement n° 3 : Ne te tripote sous aucun prétexte en ayant des pensées impures envers ta cousine.

La règle aurait été plus facile à suivre si l'opération n'avait été un ticket garanti pour une ESC – ce qui signifiait Expérience de Sortie de Corps, aussi appelée projection astrale, une forme d'extralucidité et de vision à distance, mais rattachée à un corps. Il avait lu sur le sujet. Au cours des dernières semaines, il avait réussi à sauter hors de sa peau une demi-douzaine de fois. En général, il parvenait à peine à atteindre son propre plafond, mais, à deux reprises, s'imaginant partager un lit avec Mary Alice en raison de quelque urgence familiale mal définie, il avait réussi à faire sortir sa conscience de la maison pour planer, tel un cerf-volant, au-dessus du toit.

Il avait raconté ces succès à oncle Frankie, sans expliquer le rôle qu'y tenait Malice, et il n'avait pas évoqué du tout ses échecs. Frankie avait hâte d'avoir la preuve que Matty ne faisait pas qu'imaginer ces voyages – après tout, un toit est un toit. D'où ce test. Matty n'avait qu'à respirer, se détendre, et ne pas penser au coton blanc.

Une dizaine d'animaux aux yeux vitreux le fixaient avec méfiance. Mince, qu'est-ce qu'il faisait chaud !

Quelque part, une climatisation grommelait. Sans doute dans la chambre de Frankie et Loretta. Pas étonnant que Malice dorme à la cave. Il l'imagina presque, en bas, sur un vieux lit de camp. Une jambe dépassant de la couverture, un bras sur les yeux. Il la vit entourée de ténèbres, mais prise, telle une actrice sur scène, dans le cercle de lumière d'une lampe sans abat-jour posée sur la caisse retournée qui lui servait de table de chevet. Son bras s'écarta de son visage et – surprise ! – ses yeux étaient ouverts. Elle n'était pas seulement réveillée : elle ne s'était pas encore endormie. Précisément, elle attendait. Elle se tourna vers la caisse, consulta un petit réveil digital et sortit du lit. Elle portait encore son t-shirt blanc Bowie, mais le short avait été remplacé par un jean noir. Elle ramassa une chemise en flanelle rouge par terre, la passa sans la boutonner, puis se pencha pour enfiler des baskets montantes. Elle se dirigea vers la porte qui conduisait aux escaliers de derrière, tourna le verrou et disparut. Elle faisait le mur !

Matty ouvrit les yeux. Il s'était assoupi mais à présent son cœur tambourinait, excité par ce court rêve. Mais peut-être n'avait-il pas rêvé. Il se releva d'un bond et se dirigea vers la fenêtre.

Mary Alice traversait rapidement la pelouse, direction la rue. Habillée d'une chemise en flanelle rouge et d'un jean noir.

— Mary Alice, appela-t-il.

Elle ne l'entendit pas. Plus fort, il répéta :

— Malice !

Enfin, elle fit volte-face, comme si on lui avait tiré dessus.

— C'est moi, chuchota-t-il.

Elle se figea un instant, puis se rapprocha de la fenêtre et leva les yeux vers lui.

— Je sais que c'est toi, répondit-elle au même volume. Qu'est-ce que tu veux ?

Il poussa sur la fenêtre et réussit à la faire monter de quelques centimètres.

— Où tu vas ?

— Retourne te coucher, Matty.

Matt, pensa-t-il.

— Attends, j'arrive.

— Non ! Juste…

Mais il s'était déjà éloigné de la fenêtre. Il ôta son short et passa son jean en sautillant maladroitement. Puis il attrapa ses chaussures de sport et ouvrit la porte. À quelques pas de là, la chambre de Frankie et Loretta était fermée. L'air conditionné grognait, insouciant. Matty descendit le couloir à pas de loup, ses baskets à la main.

Dans le salon, le fort en couvertures s'était effondré et les jumelles reposaient, inconscientes, parmi les décombres en polyester. Il les enjamba et ouvrit la porte d'entrée.

Malice avait disparu.

Il traversa la pelouse, le gazon trempant ses pieds nus, et scruta la rue, dans les deux sens. Rien.

Il n'arrivait pas à y croire. Elle l'avait lâché.

N'empêche, il avait fait une ESC ! Et sans se toucher ! Cela dit, une fois de plus il avait pensé à Malice, ce qui demeurait un problème.

Et il y en avait un autre : retourner dans la chambre des jumelles.

Il contourna la maison en silence, tenant une chaussure dans chaque main, comme des armes. Il n'entendait rien hormis le gémissement et les claquements de l'air conditionné provenant de la fenêtre de Frankie et Loretta. Il atteignit l'arrière de la maison, où la lumière du soupirail du garage projetait un rectangle jaune en travers de la cour. La balançoire des jumelles était accroupie dans la pénombre telle une énorme araignée.

Il s'assit en haut des marches de la cave et passa ses chaussures. Malice avait naturellement fermé la porte derrière elle ; si elle n'était pas verrouillée, il pourrait retourner dans la maison par là. Mais il ne voulait pas rentrer. Pourquoi sa cousine ne l'avait-elle pas attendu ? Nul doute qu'elle était en train de s'amuser, elle au moins, de faire une virée à travers les quartiers nord. Il n'avait pas sommeil et nulle part où aller. Il pouvait faire une balade, mais le quartier d'oncle Frankie était un peu moins accueillant que celui de papy Teddy. Les voitures étaient plus vieilles, plus rouillées, les maisons en briques beiges plus étroites et plus serrées les unes contre les autres. Le grillage était un motif récurrent du paysage. Le voisinage était sans doute plus sûr que celui qu'il avait laissé à Pittsburgh, mais au moins, là-bas, il savait qui étaient les gens dangereux, les gens qui en avaient l'air sans l'être, et ceux qui paraissaient sympas mais étaient des trous du cul.

Puis il se souvint de ce qui l'attendait dans le garage. Il se rendit à la porte et s'y faufila. Il ne lui fallut que quelques secondes pour trouver la grande feuille blanche, posée sur le capot de la Toyota Corella de Loretta. Il y était écrit, en majuscules noires, CUEILLE LE JOUR.

La phrase n'avait pas été choisie au hasard. Frankie répétait « *Carpe Diem* » au moins trois fois par jour.

Mais quid de la nuit ? Qu'est-ce qu'un garçon de quatorze ans était censé faire de sa nuit ?

Il fut réveillé par le beuglement des dessins animés émanant du salon. Sa vessie était pleine et il devait foncer aux toilettes. Il regarda des deux côtés du couloir et, constatant que la voie était libre, fila vers la minuscule salle de bains. Elle ressemblait à une version confinée du bazar du coin avec ses bouteilles de shampoing, ses jouets de bain et ses bougies parfumées. Lorsqu'il souleva le couvercle des toilettes, il dérangea la ligne de produits de bain UltraVie posés en équilibre sur la commode. Comment est-ce que cinq personnes – six, en se comptant – partageaient une salle de bains aussi minuscule ?

Lorsqu'il revint dans le salon, les jumelles, pour une fois, ne l'assaillirent pas ; le téléviseur monopolisait totalement leur attention. Frankie lisait le *Sun-Times* dans la cuisine, une assiette pleine de jaune d'œuf séché devant lui. Au centre de la table se trouvait un monticule de mégots de cigarettes dans un cendrier en plastique, mais tante Loretta restait invisible. Malice aussi. Il imagina qu'elle était retournée dans son antre souterrain avant l'aube.

— Tu m'as l'air d'avoir grand besoin d'une bonne tasse de caoua, déclara oncle Frankie.

Il était excessivement fier de la récente accoutumance de Matty. Une conséquence inévitable de son travail au sein de l'équipe, puisque c'était pratiquement la seule chose que ses collègues buvaient. Matty avait commencé par une concoction initiatique qui aurait pu être étiquetée « Lait sucré parfum café ! » puis il avait peu à peu assombri le mélange. Dans six ou sept ans, il serait sûrement en mesure de le boire noir.

Oncle Frankie attendit – avec impatience, selon Matty – qu'il prépare son breuvage.

— Alors ? demanda-t-il en haussant un sourcil éloquent. Quelque chose ?

— Ouais, répondit Matty. J'en suis quasiment sûr.

— Quasiment sûr ?

Matty se sentit gêné.

— Je veux dire… ouais, mais…

Il prit une gorgée de sa tasse pour gagner du temps.

— Parfois, je sais pas trop si j'imagine ce que je vois, ou si je le vois vraiment.

Son oncle fronça les sourcils et Matty se dépêcha de s'expliquer.

— Bon, j'ai voyagé, la nuit dernière, c'est sûr, mais…

— Merde ! Où ? Jusqu'où tu es allé ?

— Euh, juste autour de la maison. Mais j'étais aussi un peu endormi, alors je me disais : et si ce n'était qu'un rêve ?

— Tu ne peux pas penser comme ça ! Il y a toujours deux explications à ce qui s'est passé : la première, sur laquelle se rabattent les sceptiques, et la vraie, celle que tu connais au fond de ton cœur. Les gens qui doutent vont dire « oh ben oui, vous la faites bouger avec votre pied » ou « évidemment, vous avez regardé les cartes » ou « vous avez tout imaginé ». Tu ne dois pas les laisser t'atteindre. Tu dois croire en ton talent, Matty, et puis tu te révéleras et… et…

— Je cueillerai le jour ?

Frankie semblait sonné.

— Qu'est-ce que tu as dit ?

Il rugit de rire.

— Bordel, qu'est-ce que tu as dit ?

Matty riait aussi, à présent. Frankie s'essuya une larme au coin de l'œil.

— Petit salaud. Et tu lâches ça tranquillement, au milieu de la conversation ? ! Tu bluffes comme un pro, gamin !

Matty était trop gêné pour le corriger. Et, après tout, il avait bel et bien effectué une projection astrale la nuit passée. Le fait qu'il ait essayé de suivre Malice restait secondaire.

— Je ne pensais pas que tu serais prêt aussi vite, dit Frankie. Tu dois rentrer chez toi, aujourd'hui ?

— Eh ben, je crois que je devrais…

— Parce que je pense que tu ferais bien de rester un soir de plus.

— D'accord, répondit rapidement Matty.

— Finis ton café, puis on passera à la phase deux.

La phase deux impliquait apparemment de rendre visite à tous les monts-de-piété des banlieues – la raison ? Frankie ne la révéla pas. Il laissait Matty dans le van Bumblebee, entrait dans la boutique, en ressortait quelques minutes après, agacé de ne pas avoir trouvé ce qu'il cherchait. Puis ils repartaient à travers l'agglomération continue de Chicagoland, une cité unique faite de centres commerciaux, aléatoirement parsemée de panneaux BIENVENUE portant des noms à la ruralité tenace – River Forest, Forest Glen, Glenview – émaillés d'assez de « vals », de « bosquets », « d'ormes » et de « chênes » pour peupler la Terre du Milieu. Les habitants des plaines semblaient décidés à étiqueter la moindre bosse d'un « Heights » ou d'un « Ridge », mais le pauvre hobbit qui chercherait quelque chose à escalader à Mount Prospect en reviendrait bredouille.

Dans le van, oncle Frankie s'adressait toujours à Matty comme à un adulte – ou, plus précisément, comme s'il avait oublié que son neveu était un enfant. C'était durant ces trajets, pour aller au travail ou en revenir, que Matty apprit tout du business du téléphone, de la conduite en ville (« Ne mets jamais ton cligno quand tu changes de voie, ça ne fait que prévenir les autres »), du marketing multiniveaux, de la mythologie grecque et de la politique. Frankie se livrait à de grands monologues évoquant comment le maire Bilandic avait perdu les élections de 1979 non pas parce qu'il n'avait pas fait déneiger après les tempêtes, mais parce qu'il s'en était excusé et était passé pour une fiotte, alors que Jane Byrne était clairement la femme la plus coriace et la plus impénitente de tout Chicago (« Tu vois quand il fait trop froid pour neiger ? C'était ça, le visage de Jane Byrne. »)

Matty aurait toutefois préféré éviter quelques sujets. Par exemple, il ne pouvait pas oublier le fait que la première nuit de tante Loretta et oncle Frankie avait été pour ce dernier « la baise la plus dingue que j'ai jamais connue. C'était à un autre niveau, comme si jusque-là j'avais joué en Little League et que soudain elle me faisait des lancers à 140 kilomètres-heure ». Matty ne voyait pas ce que pouvait signifier une balle rapide dans le cadre de cette métaphore.

Il aimait particulièrement quand il réussissait à faire évoquer à son oncle ce qu'était la vie à l'époque des tournées de Teddy Telemachus et sa Fantastique Famille. Mais la plupart des anecdotes de Frankie sur le sujet restaient avares en détails, et ces détails commençaient à se répéter. Logique, puisque Frankie n'était qu'un enfant à l'époque, mais Matty en tirait une grande frustration. Pis encore, il se rendait peu à peu compte que cette ère glorieuse et haute en couleur, qui occupait tant de place dans l'imagination de Matty, avait duré moins d'un an, une fois les calculs effectués.

Aujourd'hui, cependant, c'était de Matty que son oncle voulait parler. Il réfléchissait sans arrêt aux occasions créées par le pouvoir de ce dernier et décrivait les exploits de mamie Mo. Frankie tremblait d'une énergie nerveuse, et semblait de plus en plus agité à chaque nouvel arrêt.

— Le truc, c'est pas seulement de voir les choses de loin, Matty. Il faut aussi être précis. C'est une question de concentration. Comme le coup du téléphone... Je t'ai déjà parlé du coup du téléphone ?

C'était le cas, mais Matty ne s'en lassait pas.

— En général, c'était le clou du spectacle, tu vois ? Maman allait en coulisses, et papa prenait quelqu'un dans le public et lui demandait de coucher par écrit certains détails de sa maison, ce qui se trouvait dans son réfrigérateur, toutes sortes de conneries. Ils mettaient tout ça dans des enveloppes. Puis maman revenait, s'asseyait près de la personne et commençait à parler. Les gens étaient sur le cul, Matty. Elle leur parlait de leur vie, de choses qu'eux seuls savaient. Elle n'avait même pas à les toucher !

— Et le téléphone ? l'encouragea Matty.

— Bon, des fois – je n'ai jamais su pourquoi ça arrivait parfois mais pas toujours –, elle disait au type : « Je vois que vous avez laissé quelqu'un à la maison, ce soir. Cette personne est chez vous et regarde la télé. C'est un homme, non ? Un homme aux cheveux roux – ou une femme blonde, peu importe. » Alors, papa apportait un téléphone, ils le mettaient sur haut-parleur pour que tout le monde entende et maman disait : « Et si vous appeliez chez vous ? » Et boum, elle composait le numéro sans même le demander au type !

Frankie secoua la tête, toujours émerveillé par ce souvenir. Malgré la climatisation à fond, il transpirait.

— Lorsque le mec ou la femme répondait, comme elle l'avait annoncé, on cassait la baraque. Les gens devenaient fous, Matty. Si elle avait fait ça à la télé, l'Ahurissant Archibald aurait eu l'air d'un con, et on serait devenus célèbres dans le monde entier.

— Mike Douglas ! dit Matty.

— En personne. Ce connard s'est laissé manipuler par Archibald.

Enfin, quelqu'un mentionnait l'émission. Avec la disparition de la cassette, Matty craignait d'avoir tout imaginé.

— Pourquoi n'est-elle pas revenue des coulisses ? demanda-t-il.

— À cause de Buddy. Il l'en a empêchée et il a flingué le numéro pour toujours. Personne n'a jamais su à quel point elle était géniale. À quel point on était géniaux.

— Mais le gouvernement était au courant, non ? Elle a travaillé pour l'État ?

— Qui t'a parlé du gouvernement ? C'est top secret.

Frankie roulait vite, à présent, et changeait de voie sans même regarder dans le rétroviseur.

— Toi, une ou deux fois.

— Ah, oui. Écoute bien, Matthias. Ta grand-mère, Maureen McKinnon Telemachus…

— Oui ?

— C'était une espionne. Peut-être la plus grande espionne qui ait jamais vécu.

Il lui jeta un bref regard.

— Oh, ne ris pas, mon pote.

— Je ne ris pas.

Et il ne riait pas. Mais maman l'avait prévenue que son frère était un affabulateur, et Matty se demandait parfois s'il ne faisait pas passer la qualité d'une histoire avant sa véracité. Cela dit, maman était plus intéressée par la vérité que par la qualité.

— Elle avait un pistolet ou quelque chose comme ça ? insista Matty.

— Hein ? Non. C'était une espionne psychique.

— Ouais…

— Vision à distance, expliqua Frankie. Je te parle d'extralucidité longue portée, hautement ciblée. Les meilleurs médiums du pays étaient recrutés pour localiser et détecter les installations soviétiques, des trucs que les satellites n'arrivaient pas à voir. Silos à missiles, sous-marins nucléaires, bunkers scientifiques, et plein de trucs de ce genre.

Des bunkers scientifiques ? pensa Matty.

— Les cocos faisaient la même chose, précisa Frankie.

Il s'essuya la paume d'une main sur son pantalon, la reposa sur le volant et essuya l'autre.

— Ils avaient leurs propres médiums, qui cherchaient à court-circuiter les nôtres. La guerre froide, Matty, la vraie. Opérations à haut risque.

— Waouh.

— Mais tout ça, c'est fini. Le mur est tombé, et on a gagné. C'est le Nouvel Ordre Mondial. Et comme je le vois, il est temps de récolter les dividendes de la paix. Merde.

Il faillit rater la sortie et fit une brusque embardée. Matty s'agrippa au tableau de bord. Derrière eux, une voiture klaxonna et Frankie brandit un doigt, même si le conducteur ne pouvait pas le voir.

— La question qu'il faut se poser, reprit Frankie, c'est : quelle est la valeur marchande de tes capacités ?

— Ouais. Bien sûr.

— Tu disais que tu voulais aider ta maman ?

Matty avait confessé à son oncle qu'il se faisait du souci pour elle.

— C'est l'occasion rêvée. Tu es mon apprenti, c'est bien, ça fait un peu de blé et c'est pas rien. Mais c'est pas le genre de truc qui va changer la donne. Ça ne sortira pas ta maman de son job merdique, et ça ne paiera pas tes études. Tu veux aller à la fac, non ?

— Je suppose.

Certes, il pourrait toujours étudier si sa carrière dans le showbiz ne marchait pas.

— Le truc, c'est que tu ne peux pas te lancer sans préparation. Tu ne peux pas tenter le coup du siècle si tu n'es pas totalement prêt. Moi, j'ai essayé. Ton oncle Buddy… Bon, disons que ton oncle m'a planté. Mais je ne peux que me le reprocher. J'ai été arrogant, j'ai cru tout ce qu'il m'a dit. J'ai pensé que c'était dans la poche, que c'était entendu, et ça m'a rendu paresseux. Je n'ai pas assez répété. On ne va pas refaire la même erreur avec toi.

Frankie s'arrêta devant un magasin appelé Aces of Pawn et se gara devant une bouche d'incendie.

— Si un flic se pointe, déplace la voiture.

— Mais je…

Frankie bondit hors de la voiture.

— J'en ai pour deux minutes !

Matty alluma la radio et la cala sur WXRT, mais ne cessait de penser à ce que Frankie avait dit à propos du coup du siècle. Il s'imaginait entrer dans la chambre de sa mère, lui poser une liasse de billets dans la main et dire : « Fais tes valises, on déménage. » Voir le soulagement envahir son visage. Après qu'elle eut perdu son travail à Pittsburgh, elle avait décidé de cacher son désespoir. Elle n'était pas exactement joyeuse – elle n'avait jamais été l'une des mères de la série *The Brady Bunch* – mais elle esquivait toutes ses questions sur le travail et l'argent avec un air las, comme si la raison pour laquelle on leur avait coupé l'électricité était trop ennuyeuse pour être abordée. Revenir chez papy Teddy n'avait pas atténué son inquiétude, et, pendant un temps, ce fut même pire. Les nuages s'étaient cependant un peu dissipés, ces deux dernières semaines. Par deux fois, alors qu'il descendait déjeuner, il avait surpris sa mère en train de siffloter. De *siffloter*.

N'empêche, ils étaient fauchés et Matty le savait. Son travail d'apprenti installateur de téléphones ne suffisait pas. Frankie avait raison. Il fallait qu'il touche gros. Sacrément gros.

Quinze minutes plus tard, ou presque, Frankie frappa à la porte arrière du van et Matty se dépêcha de sortir. Son oncle poussait un chariot sur lequel était posé un cube noir d'environ cinquante centimètres de côté – un coffre-fort. D'une manière ou d'une autre, Frankie réussit à le hisser à l'arrière du véhicule. Il suait à grosses gouttes.

— J'ai besoin d'un coffre-fort pour m'entraîner ? demanda Matty.

Frankie sourit.

— T'entraîner pour le vrai truc. Tu vas adorer la phase suivante.

Ils roulèrent sur quelques kilomètres, jusqu'au bar où ils s'étaient arrêtés durant leur première journée de travail : la Taverne de Mitzi. Frankie se gara en marche arrière. Matty fit mine de sortir mais Frankie l'interrompit :

— Attends. Pour l'instant, on regarde.

— Quoi ?

— Ta cible.

Matty comprit subitement ce que Frankie avait en tête.

— Tu veux que je… euh, que je regarde dans leur coffre ?

— Mais non ! À quoi ça servirait ? Je veux que tu trouves la combinaison de leur coffre.

— Mais, comment je…

— Ne te précipite pas, je vais t'expliquer. J'ai déjà un plan.

— Je ne vais pas dévaliser un bar !

— Tu ne vas rien dévaliser du tout, c'est moi qui m'en charge. Et ça, Matty, ce n'est pas un simple bar. Ce rade est le quartier général de Saloperies & Co. Dans la salle arrière, Mitzi a un coffre plein de l'argent qu'elle a pris à d'honnêtes travailleurs. Tu sais ce que c'est, l'impôt de la rue ?

Matty était trop choqué pour faire semblant de le savoir.

— La protection. La protection contre elle et son frère. Le moindre bar, bordel ou bazar doit payer. Si tu ne payes pas, ils te font des problèmes. Ils peuvent même te faire fermer. Crois-moi, quand je dirigeais

Bellerophonics, ils en ont pris une tranche, et pas une petite.

— Pourquoi est-ce que la police ne les arrête pas ?

— T'es mignon.

— Je demande, c'est tout.

— On est à Chicago, Matty.

— Ça explique rien.

— C'est une citation. Ou une paraphrase. Tu regardes jamais de films ?

Il prit une inspiration avant de poursuivre :

— Le frère de Mitzi, Nick senior, dirige le plus gros gang de l'Organisation. Le crime organisé. Ils disent aux gens : « Si vous ne nous payez pas, les criminels *désorganisés* vont vous faire chier. » Ils se présentent comme les chiens qui vont faire fuir les loups. Et tu sais pourquoi les gens payent sans rechigner ? Parce que ça fonctionne. Si un voyou à deux balles s'en prend à un commerce protégé, Nick Pusateri senior le met hors jeu.

— Alors, ils ne sont pas si méchants que ça ?

Frankie cligna des yeux et s'empressa de faire machine arrière.

— Ce n'est pas tout. Aussi, ce sont des usuriers. Ils prêtent de l'argent avec des intérêts énormes, et ceux qui ne remboursent pas…

— Pourquoi les gens ne vont pas voir une banque, plutôt ?

— Parce que les banques ne veulent pas les recevoir. Les usuriers prêtent du pognon à des gens dont aucune banque ne voudrait. Par exemple, des entrepreneurs qui, bien qu'ayant un plan en béton et une vision claire de l'avenir de l'industrie, sont refoulés sur des détails techniques, comme, disons, un mauvais historique de crédit ou l'absence de garantie.

— Alors, les usuriers sont une bonne chose, non ? Sans eux, ces entrepreneurs ne pourraient pas avoir d'argent du tout.

— Ouais, sauf que... écoute, ces mecs sont des sociopathes. Tu sais ce qu'est un sociopathe ? Quelqu'un qui n'a pas de conscience. Ils étrangleraient un chaton si le chaton leur devait deux dollars. Tout ce qui les intéresse, c'est leur argent. Ils se moquent bien de savoir si tu as été malade, si ton affaire a fait faillite et si tu n'as pas de moyen de les rembourser : ils veulent récupérer leur pognon.

Frankie hocha la tête en direction de la taverne.

— Maintenant, regarde bien.

Un homme grand et massif déverrouillait la porte d'entrée ; le barman qui avait servi un soda à Matty.

— Dix heures pile, ponctuel comme la mort. C'est Barney. Il travaille plus ou moins de l'ouverture à la fermeture. La première chose qu'il fait, c'est aller déconnecter l'alarme à l'aide d'un clavier, à quelques pas de l'entrée. Il y a un autre clavier à la porte de derrière.

— Tu veux que je trouve ce code aussi ?

— Tu piges vite. J'aimerais aussi que tu jettes un œil derrière le bar. Je sais qu'il a une batte de softball derrière le comptoir, et peut-être un... Bah, jette un œil si tu peux.

— Tu crois qu'il a un flingue ?

— T'inquiète pas de ça. Allons, c'est quoi cette tête ?

Matty se rendit compte qu'il était en train de penser à des chatons.

— On ne pourrait pas voler quelqu'un d'autre ?

— Ça ne serait pas très moral, répondit Frankie.

Barney entra et referma la porte derrière lui.
— Ils n'ouvrent que dans une heure, dit Frankie. Mitzi vient l'après-midi et repart vers 22-23 heures.

Il dessina l'intérieur du bar sur le dos d'un sac Tastee Freez, en commençant par la salle dont Matty se souvenait. Puis il y avait le bureau de Mitzi, une minuscule cuisine, une réserve, et un placard à balais. Après deux box de toilettes, une issue de secours débouchait sur une allée.

— C'est là qu'est le deuxième clavier. Et ça…

Il traça un X sur le mur du fond du bureau.

— … c'est le coffre, juste derrière la table. Tu dois observer Mitzi, autant que possible, pour découvrir la combinaison.

— Et après ?

— Je me charge du reste.

L'après-midi, Matty sortit du garage de Frankie, referma la porte latérale derrière lui, et se figea. Malice lisait dans la cour arrière de la maison. Elle leva les yeux de son livre et le regarda en fronçant les sourcils.

— Est-ce que ça serait une bonne idée de demander ce que vous mijotez, toi et Frankie ?

— Bah, rien, on fait juste… tu sais…

Il sentit que son visage se réchauffait.

— … des trucs de garage, conclut-il.

Elle avait un sacré look, avec son maillot de corps noir et son jean noir – peut-être pas le même que la nuit passée. Il se rendit subitement compte qu'il n'avait pas un seul jean noir et n'en posséderait peut-être jamais.

Zut, à présent elle le regardait comme s'il était débile. Reprends-toi, Matty. *Tu n'as pas encore la moindre idée de ce dont tu es capable.*

— Et toi, qu'est-ce que tu mijotes ? riposta-t-il en faisant appel à toute sa testostérone. Au milieu de la nuit ?

— Tu l'as dit à Frank ?

— Bien sûr que non !

Elle sembla peser la question.

— De rien, ajouta Matty au bout d'un moment.

— Tu m'en veux.

— Tu aurais au moins pu attendre, genre, deux secondes.

— Tu n'étais pas invité.

— Alors, invite-moi.

C'était, de loin, la chose la plus courageuse qu'il ait jamais dite à une fille. Et il se morigéna aussitôt : Ce n'est pas une fille, c'est ta cousine.

Pas par le sang, se répondit-il.

La ferme.

— Peut-être la prochaine fois, dit Malice.

— Je reste ce soir aussi, annonça-t-il en terminant sa phrase par un demi-point d'interrogation.

— Hein ? Pourquoi ?

Il ouvrit la bouche, la referma.

Elle éclata de rire et leva la main.

— Ah, c'est vrai, vos trucs de garage.

— Ce soir, alors ?

Deuxième phrase la plus courageuse adressée à une fille/cousine, se dit-il. Nouvelle liste.

Elle jeta un coup d'œil en direction du garage, derrière lui.

— Tu ne diras rien à Frank ? demanda-t-elle.

— Je trouve ta question insultante.

Matty n'avait pas prévu qu'il lui serait plus difficile de s'échapper de la chambre la deuxième fois. La nuit précédente, ça avait été si facile, mais ce soir, il avait l'impression que personne n'avait l'intention d'aller se coucher. Les jumelles s'étaient lancées dans un duel de gifles, ce qui obligea Loretta à venir les séparer, puis, quinze minutes plus tard, oncle Frankie se rendit à la salle de bains. Matty entendait tout ce raffut depuis le lit du bas, les couvertures remontées pour cacher le fait qu'il était habillé, au cas où quelqu'un entrerait s'enquérir de lui.

Malice lui avait dit de se tenir prêt pour 23 heures. Mais, à 22 h 50, les jumelles étaient toujours réveillées, dans le salon ; elles riaient au lieu de se disputer mais n'en constituaient pas moins un obstacle. La maison était tellement petite qu'elles l'entendraient même s'il essayait de sortir par la cuisine. La fenêtre restait donc son unique option.

Il se leva et se hissa sur le coffre à jouets. Il remonta la fenêtre autant que possible, mais il lui aurait fallu un outil tel que la masse d'oncle Buddy pour l'ouvrir complètement. Enfin, il ôta la moustiquaire et la posa par terre.

Tu vas vraiment faire ça, Matty ?

Oh oui. Et je m'appelle Matt.

Il glissa tête et épaules sous l'ouvrant. Dehors, la rue était déserte. Pas trace de Malice. Au-dessus des toits, une couverture de nuages enveloppait la lune, une obscurité supplémentaire bienvenue.

Son problème immédiat restait les presque deux mètres qui le séparaient du sol, et les fausses roches volcaniques acérées dont oncle Frankie décorait son jardin. La fenêtre était trop étroite pour qu'il puisse faire passer ses genoux, il allait donc devoir descendre comme Spider-Man, la tête la première.

Il se pencha par-dessus le rebord de la fenêtre et posa les paumes sur la brique. Ramenant les hanches de son côté de l'ouverture, il s'appuya sur ses mains et fit lentement passer une cuisse, puis cala son genou contre l'encadrement. Alors, il déplaça son poids et fit avancer l'autre jambe.

— Allez, bouge-toi, souffla Malice.

Il bascula en avant et s'écrasa contre les rochers. En un instant, il fut debout. Malice était apparue, les mains sur les hanches.

— Ça va ! dit-il. Pas de bobo !

— Parle moins fort.

Elle s'éloigna et il dut presser le pas pour la rejoindre.

— Alors, où est-ce qu'on va ? demanda-t-il.

Elle ne répondit pas. Dans la rue, une voiture attendait à un stop, au point mort. La portière arrière s'ouvrit et une fille en sortit d'un bond, agitant la main dans leur direction.

— *Chica, chica, chica !* cria la fille. Oooh, elle emmène son petit chien Matty !

Des basses sourdes filtraient des fenêtres ouvertes.

C'était Janelle, la Blanche qui avait dormi avec Malice chez papy Teddy lors de sa première ESC. Il envisagea de la corriger quant à son nom, mais Malice le poussait déjà sur la banquette arrière. Les filles s'y engouffrèrent à sa suite et ils démarrèrent dans un vacarme de friture, de notes de piano et des cris d'un rappeur qui disaient : « Gaffe où tu mets les pieds, petit ! »

Matty décida de ne pas interpréter la chanson comme une mise en garde des dieux de la stéréo.

Deux garçons noirs étaient assis devant et essuyaient l'essentiel des décibels. Le conducteur était grand et sa chevelure s'écrasait contre le plafond. L'autre se retourna pour les regarder.

— Salut, bonhomme ! lança-t-il en criant à moitié par-dessus la musique.

Malice les présenta comme étant les frères Tarentule, ce qui les fit éclater de rire. Matty rit aussi, parce qu'il était nerveux, et s'en voulut aussitôt d'être nerveux. Puis il se rendit compte que son incapacité à dire bonjour – ou quoi que ce soit – avait été transformée en un Silence Gêné.

— Il vient de tomber par la fenêtre, expliqua Malice.

Ils traversèrent Norridge, ou peut-être en sortirent ; dans l'étendue de Chicagoland, impossible de savoir. Malice était plus détendue et plus joyeuse qu'il ne l'avait jamais vue. Elle ne cessait de tomber sur Janelle, et tous – Matty excepté – semblaient parler un langage uniquement composé de plaisanteries internes, d'argot salace et du mot « putain ». Il comprit peu à peu quelques éléments. Le vrai nom du conducteur était Robbie et celui du passager Lucas ; Malice avait un faible pour Kim Gordon de Sonic Youth et Robbie venait de se faire punir par son père (un pasteur ou un diacre) pour avoir écouté Wu-Tang Clan.

— RZA est de Pittsburgh, dit Matty, heureux de pouvoir contribuer à la conversation.

— Tu écoutes le Wu-Tang ? demanda Malice.

Il aima la pointe d'ébahissement dans sa voix.

— Ils déchirent, répondit-il sans répondre.

Que RZA vive à Pittsburgh était une des Anecdotes Clefs, à son lycée, et représentait la totalité de ce qu'il savait sur ce rappeur et son groupe.

Enfin, ils s'arrêtèrent dans un Burger King. Malice et Janelle se partagèrent un paquet de frites et, à un moment donné, une même frite.

— Putain, les filles, grogna Lucas, pourquoi vous vous roulez pas une pelle, tant que vous y êtes ?

— Ferme ta putain de gueule, rétorqua Malice. Mike est là.

Un pick-up venait de se garer dans le parking.

— On va voir ton pote, alors ? proposa Lucas.

Malice brandit une frite, la tint comme une cigarette et dit :

— Je crois bien que je vais y aller.

Elle traversa l'aire de pique-nique cimentée en se déhanchant et rejoignit le véhicule. Personne n'en était encore sorti.

— C'est vraiment son petit ami ? s'enquit Matty en se tournant vers Robbie, qui en tant que fils de prêcheur lui semblait moins menaçant.

— Disons qu'ils se voient régulièrement.

— Chroniquement ! intervint Lucas avant d'éclater de rire.

Malice se pencha par la fenêtre du pick-up, les deux bras dans l'habitacle. Enfin, elle recula et glissa quelque chose dans la poche de sa chemise. Quelques mots avec le conducteur, puis elle revint vers eux en souriant.

— C'est réglé, annonça-t-elle.

Tous les cinq remontèrent dans la voiture de Robbie et repartirent.

— Kmart ? demanda Lucas.

— Non ! répliqua Janelle. Priscilla !

— Encore cette putain de balançoire ?! se plaignit Lucas. On va finir par se faire choper.

Mais, quelques minutes après, ils bondissaient par-dessus une clôture et traversaient en courant une vaste cour pour atteindre un terrain de jeu, dans l'ombre d'un bâtiment qui ressemblait à une prison : l'Académie Sainte Priscilla. Janelle et Malice se précipitèrent sur les balançoires, tandis que les garçons se perchaient sur le tourniquet rouillé.

— Ces filles sont oufs, dit Lucas.

Il porta une cigarette à sa bouche et se pencha en avant pour que Robbie l'allume.

— Ouuuuf, répéta-t-il.

— Complètement, opina piteusement Matty.

Les filles étaient maintenant assises l'une sur l'autre, sur la même balançoire. Matty n'en revenait pas que Malice puisse se montrer aussi différente avec ses amis. Ici, elle était *heureuse*.

— On le fait ou quoi ? demanda Robbie.

Faire quoi ? pensa Matty. Il suivit néanmoins le petit groupe dans l'ombre de l'académie. Malice tira une cigarette de son soutien-gorge. Non, pas une cigarette.

— Vous pourriez payer, de temps en temps, dit-elle.

— Comme si c'était ton pognon, riposta Lucas.

Tous éclatèrent de rire, même Matty, sans savoir pourquoi.

Matty avait déjà fumé, en sixième, devant un CoGo's, et il n'avait pas détecté d'effet particulier hormis une sensation de vertige. Cette fois, il inhala avec assurance, puis toussa pendant une période assez longue pour être embarrassante. Contrairement à ce qu'il redoutait, les autres ne se moquèrent pas mais, au contraire, firent preuve de sollicitude, de compassion et l'abreuvèrent de conseils techniques. Ils ne cessaient de lui redonner le joint pour un nouvel essai.

— Garde la fumée dans tes poumons, lui dit Janelle. Voilà, comme ça.

Malice lui tapota le dos après qu'il eut réussi à exhaler sans problème.

— Comment tu te sens ? demanda Robbie.

— Bien, répondit Matty. C'est de la bonne.

Tout le monde éclata de rire, mais cette fois il eut l'impression qu'ils riaient avec lui. Il se coucha sur le ciment froid et leva les yeux vers les murs abrupts de l'école et le ciel noir. Les nuages étaient partis, révélant des étoiles brillantes.

Il ne savait pas du tout si c'était de la bonne, parce qu'il ne sentait rien. Peut-être qu'il était immunisé. Peut-être qu'il faisait partie de cette minorité particulière de la population qui jouit d'une résistance innée aux effets de la marijuana. Un mutant. Un mutant sobre. Un mutant sobre, potelé, blanc, ennuyeux. Captain Terne.

Bon Dieu, il détestait son corps. Ça le rendait ouf de devoir le charrier en permanence. À quoi bon être un esprit ancré à un poids mort – ou à un poids mourant, puisque c'était bien ça, une masse amorphe qui vieillissait déjà, bouillonnant de cancers latents, chaque paroi cellulaire prête à se briser comme un emballage de sandwich bon marché pour rendre ses composants chimiques au sol ? Quitte à être piégé dans quelque chose, pourquoi pas un corps robotique fait d'un matériau plus fiable, plus solide, comme un mur de brique ? Mince, la *muritude* qui se dressait au-dessus de lui, étayant le ciel nocturne, plafond noir décoré d'autocollants imitant des étoiles. S'il n'était pas prisonnier de son corps, il pourrait escalader facilement le mur avec ses doigts fantômes, comme quand on décolle, privé de masse, du fond d'une piscine ; puis, au sommet du mur, baisser les yeux sur la cour devenue aussi minuscule qu'une chambre d'enfant, la pelouse pas plus épaisse qu'un tapis.

Son corps reposait là, aussi gras et immobile qu'un Beanie Baby, mais Malice et ses amis dansaient et riaient, vivants. Malice et Janelle se faisaient tournoyer selon de vagues mouvements de quadrille, tandis que Robbie et Lucas chantaient : « Toi-a-a, viens donc me faire tourner. » Mais il y avait tant, au-delà de cette cour. Le ciel s'élevait de plus en plus, comme le couvercle d'une boîte, lui faisait signe, et Matty le suivit. En dessous de lui, la banlieue déroulait son paysage dans toutes les directions, lampes des porches et réverbères aussi minuscules que des lucioles, et les autoroutes y dessinaient leurs méandres, rivières de lumières jumelles, une blanche et une rouge, coulant entre la ville et les plaines banlieusardes. Il rit pour lui-même, étonné de découvrir qu'il était heureux, très heureux, plus heureux qu'il ne l'avait été depuis son retour dans l'Illinois. Au loin, les tours de Chicago l'attendaient comme des dames en robe à paillettes levant les yeux vers leur reine, la Sears Tower. Bonsoir, mesdames ! Comment va ce soir ? Ça vous dirait de…

Soudain, il se sentit tiré à travers les airs. Autour de lui, le monde devint flou – et Malice apparut devant son visage.

— Hé, reprends-toi, s'esclaffa-t-elle. Si tu continues à gueuler comme ça, on va se faire pincer !

Puis elle le lâcha et il retomba sur le gazon, hilare. Il était de retour dans son gros corps amorphe. Mais ce n'était pas grave. Il avait découvert une nouvelle façon d'en sortir.

7

Teddy

L'amour a le don de pousser les hommes au désespoir. Après avoir épuisé ses maigres ressources – deux annuaires téléphoniques, une opératrice méfiante, une promenade inutile, stérile, mais cinématographiquement romantique à travers Oak Brook –, il dut se résoudre à demander l'aide de Destin Smalls.

L'agent l'avait récemment appelé pour déblatérer à propos de l'éventuelle activité psychique de ses descendants, et Teddy avait peut-être sous-entendu que Smalls était une fouine pleureuse et paranoïaque. Cette fois, c'était Teddy qui le contactait et la honte allait changer de camp.

— Tu deviens dingue, lui répondit Smalls.

— C'est juste un petit service, insista Teddy. Trois fois rien pour quelqu'un qui a tes réseaux.

— Pour quelle raison est-ce que tu me demandes ça ?

— Tu peux l'avoir ou non ?

Et, au bout de quelques heures, Smalls se présenta chez lui avec de la compagnie.

— Seigneur, grogna Teddy. Tu l'as amené ici ?

G. Randall Archibald – plus petit, plus chauve, et plus moustachu que jamais – lui tendit la main.

— C'est un plaisir de vous revoir, Teddy.

— L'Agaçant Archibald. Mince, vous ressemblez au type des boîtes de Pringles, mais avec moins de cheveux.

— Et vous vous habillez toujours comme le figurant d'un film de gangsters.

— Dixit la boule de billard à bacchantes.

Se tournant vers Smalls, il demanda :

— Tu l'as ?

L'agent brandit une feuille de papier pliée.

— J'aimerais parler, d'abord.

— Évidemment, soupira Teddy.

Il les conduisit dans la cour arrière. Les trois hommes s'installèrent sur des chaises pliantes, gênés. Archibald contempla le trou dans la cour.

— Vous comptez enterrer quelqu'un ?

Teddy l'ignora et désigna du menton le papier que tenait toujours Smalls.

— Alors ?

— Dis-moi d'abord ce que tu comptes en faire, répondit Smalls.

— Tu as fait fuir la dame avant qu'on n'ait terminé notre conversation.

— Alors pourquoi tu ne te contentes pas de l'appeler ? Je peux te trouver son numéro.

— Je le prendrai aussi. Mais je préférerais lui envoyer une carte. C'est plus élégant.

Teddy glissa la main dans le pot de fleurs en céramique qui reposait sous la fenêtre, et en sortit un sac en plastique contenant son trésor secret : un paquet de Marlboro et un briquet Bic.

— Elle est mariée, Teddy.
— J'en suis conscient.
Il alluma sa cigarette et exhala avec ravissement.
— Tu en veux une ?
Smalls ne se donna pas la peine de prendre l'offre au sérieux.
— Archibald ?
— Non, merci. J'ai eu un brin de cancer il y a quelques années.
— Quel genre ?
— Prostate.
— Vous comptiez la fumer par le cul ?
— L'enfumage est votre domaine, pas le mien, répliqua Archibald.
— On peut rester sur le sujet ? intervint Smalls. Le mari de cette femme est en train d'être jugé pour meurtre.
— Innocent jusqu'à preuve du contraire, dit Teddy. Je veux juste l'aider à s'en sortir.
Smalls se pencha en avant, le morceau de papier tendu comme un appât.
— Deux conditions. La première : je ne t'ai jamais donné ce papier.
— Et la deuxième ?
— Je veux que tu sois honnête avec moi.
— Tu veux des informations sur mes enfants.
— Non, je… Est-ce qu'il s'est passé quelque chose ?
— Je te l'ai déjà dit deux fois : aucun de mes petits-enfants ne fait quoi que ce soit. Rien, nib, nada.
— Et le garçon ? insista Archibald.
— Matty ?
Heureusement, le gamin n'était pas à la maison ; il travaillait avec Frankie.

— Aucune chance. Son père était un Polack sans le moindre talent. Il en faudrait beaucoup pour surmonter des gènes pareils.

— Tout le contraire de tes solides gènes grecs, dit Smalls.

— Pour l'amour du ciel, Smalls ! grogna Teddy en lançant un regard à la porte pour s'assurer que Buddy n'était pas dans les parages.

L'agent haussa les sourcils.

— Ils ne sont toujours pas au courant ?

— Mince ! Ça ne te regarde pas.

— D'accord, laissons les enfants de côté pour l'instant, reprit Smalls. J'ai une autre question.

— Tu sais, on aurait pu avoir cette conversation par téléphone et tu n'aurais pas eu à venir jusqu'ici avec ce William Howard Taft de poche.

— C'est important, renchérit Smalls. Je veux que tu…

— Et puis, comment êtes-vous arrivés si vite ? Vous avez une chambre au Hinsdale Oasis ou quelque chose dans ce goût-là ?

— Tu veux bien arrêter de m'interrompre pendant une fichue seconde ?

— Hé, pas la peine d'utiliser des vilains mots, rétorqua Teddy, ce qui fit ricaner Archibald.

Smalls prit une inspiration puis, d'une voix plus calme, enchaîna :

— Je t'ai dit que Star Gate fermait.

— Et je parie que le portefeuille d'Archibald ne s'en est toujours pas remis.

— Il ne reste que deux agents. Tu te souviens de Clifford Turner ? Il a détecté un important pic d'activité psychique dans le secteur.

Teddy rit.

— Cliff ? Il est gentil, mais il ne serait pas foutu de détecter un fauteuil s'il était assis dessus.

— Teddy, c'est important. On essaye de t'aider.

— De m'aider, *moi* ?

— Tes enfants, en tout cas. Imagine que les Russes aient aussi détecté ce pic… Et si, en ce moment même, ils se dirigeaient vers le secteur ?

— Pour trouver mes enfants ?

— Non, répondit l'agent. Pour trouver la prochaine Maureen.

Teddy rit de plus belle.

— Ce n'est pas parce que la guerre froide est finie que le monde est devenu plus sûr, insista Smalls. En fait, avec cette nouvelle instabilité, les menaces peuvent venir de…

— Destin, s'il te plaît.

— Quoi ?

— Est-ce qu'il t'est venu à l'esprit que tu t'inventais ces histoires d'espionnage uniquement parce que la retraite te terrifie ?

— Inventer ?

— Archibald est là pour l'argent. Mais toi, tu as besoin de ce genre de drames pour d'autres raisons. On t'a laissé pasteuriser, tu as perdu ton grand amour, tes rêves sont morts…

— C'est de moi qu'il s'agit, maintenant ?

— Bon, ta vie n'a pas été celle que tu croyais. Tu n'as pas changé le monde. Et après ? Tu as quand même fait du bon boulot. Maintenant, il ne te reste qu'une seule chose à faire.

Smalls haussa un sourcil.

— Étreins la médiocrité, poursuivit Teddy. C'est le conseil que je te donne, mon ami. Mets la barre un peu plus bas. Contente-toi d'un C –. Laisse tomber l'entrecôte et commande un burger.

Smalls le dévisagea un long moment, essayant de ne pas céder à l'agacement. Bon sang, c'était toujours aussi amusant de chercher des poux au vieux barbouze. Comme au bon vieux temps. Le faire devant Archibald était le bonus.

Enfin, Smalls répondit :

— J'aimerais inventer tout ça, Teddy. Le monde devient chaque jour plus dangereux. Nos ennemis ne pilotent plus des sous-marins ou des chasseurs-bombardiers. Il n'est plus question de silos à missiles, même si, Dieu me vienne en aide, l'idée d'une Union soviétique fragmentée m'empêche de dormir. Non, nos ennemis sont désormais des fanatiques avec des bombes artisanales. Comment se protéger d'un autre Oklahoma City ? Comment les systèmes de renseignement habituels peuvent-ils débusquer deux hommes dans une camionnette ?

Ah, un discours. Smalls et sa mâchoire carrée raffolaient de discours.

— Tu vas me donner cette adresse ou non ? insista Teddy.

Smalls lui tendit la feuille de papier pliée. Teddy la regarda sans l'ouvrir. Il pensa qu'Archibald apprécierait.

— Alors comme ça, elle vit à Oak Brook, annonça-t-il.

Smalls sembla surpris.

— Simple déduction, commenta Archibald.

L'agent se leva.

— Je ne plaisante pas, Teddy. Les enjeux sont colossaux.

— Une autre Maureen pourrait faire la différence, suggéra Archibald.

— Il n'y a pas d'autre Maureen, répliqua Teddy en rangeant le papier. Ni de prochaine Maureen, de même qu'il n'y en avait pas d'autres avant elle. Elle était unique. Elle était l'as de rose.

*

Il n'avait jamais vu arnaqueuse plus subtile ; le summum, ce fut le numéro de la photo auquel elle se livra lors du dernier jour au labo du Dr Eldon. C'était la troisième ou la quatrième semaine d'octobre 1962. Les arbres du campus s'étaient embrasés et l'air avait revêtu ce miroitement ambré des après-midi d'automne. Ou peut-être était-ce simplement l'éclairage théâtral dont la mémoire pare un souvenir incomplet. Si ça se trouve, il faisait gris ce jour-là, mais l'esprit de Teddy jetait un voile doré sur ces derniers instants de liberté et de jeu, avant que quelqu'un ne tire le programme d'Eldon de sous ses pieds et que tout ne devienne très sérieux.

Car c'était un jeu. Après quelques mois d'expériences, le groupe de sujets s'était réduit à Clifford, Teddy et Maureen, et les protocoles s'étaient effondrés. Ils se livraient toujours à leurs tours dans un « environnement contrôlé », c'est-à-dire une salle d'observation avec miroir sans tain, derrière lequel un assistant les filmait. Mais ce qui s'y passait échappait à tout contrôle. Teddy avait persuadé le Dr Eldon d'abandonner son programme de tests initiaux au profit d'une « approche improvisée ». Cliff se livrait encore à des sessions en solo, mais Maureen et Teddy entraient dans la pièce ensemble – autre rupture du protocole, que Teddy avait encouragée en expliquant que l'activité psychique semblait plus forte lorsqu'ils se trouvaient dans la même pièce – et faisaient ce qui leur passait par la tête. « Qu'est-ce que vous voulez essayer aujourd'hui ? » leur demandait Eldon, et Teddy – le plus souvent, c'était lui – proposait une nouvelle expérience, pour laquelle il s'était naturellement préparé.

Pour résumer, les fous avaient pris le contrôle de l'asile.

Un débutant dans le business de l'arnaque pourrait croire que les scientifiques sont difficiles à duper, mais c'est tout le contraire. Un titre s'accompagne toujours d'un excès de confiance. Les « Dr » croient que leur expertise dans un domaine donné – disons, les neurosciences – les rend d'une manière générale plus malins dans tous les autres. S'estimer dur à berner est le point commun de tous les gogos. Et si en plus les gogos *espèrent* les résultats que vous leur offrez ? S'ils imaginent déjà les articles et la renommée qui viendront avec la preuve que les pouvoirs psychiques sont réels ?

Tout aurait été très différent si la carrière d'Eldon avait reposé sur le fait de démasquer Teddy et Maureen et non de les certifier. Mince, il lui aurait suffi d'engager un prestidigitateur pour observer ces soi-disant médiums, et leur compte était bon.

Celui de Teddy, en tout cas. Concernant Maureen, il en doutait. Elle pouvait toujours le surpasser, même quand c'était lui qui avait conçu le tour. Il pratiquait la lecture des mouvements d'un crayon toute la semaine, emportait des enveloppes déjà préparées, se remplissait les poches de cartes vierges ou de leurres, et Maureen exécutait sans le moindre effort l'un de ces exploits d'extralucidité qui le décoiffaient.

— Tu me tues, lui dit-il. Tu me tues absolument.

Elle rit. Oh, comme il aimait ce rire. Ils se promenaient dans cette cour incroyablement ensoleillée, en pause après avoir passé deux heures à hypnotiser le Dr Eldon et son invisible assistant.

— C'est toi, qui les tues, répliqua Maureen. Tu as vu la tête du Dr Eldon quand tu as deviné ses trois vœux ?

La matinée s'était plus ou moins résumée au Teddy's Show. Il avait commencé par un peu de divination à base d'allumettes, suivie par son tour habituel du chapeau et des papiers. Le doc avait été drôlement impressionné.

— Oh, ça ? C'est juste de la lecture de billet.

— C'est comme ça que tu l'appelles ?

— C'est un des trucs que j'ai appris. Il y avait un gamin, dans mon quartier, qui passait ses journées à lire des livres de magie et à se faire tabasser. Un tout petit gars. Je l'aidais à ne pas se faire cabosser la citrouille et en échange il m'apprenait les ficelles.

— Alors, comment ça marche, la lecture de billet ?

— Le plus dur, c'est d'escamoter le premier papier. Après ça, on se contente de lire les suivants en avance.

— Je ne t'ai pas vu prendre quoi que ce soit. Tu n'as même pas touché aux papiers, sauf quand tu les as portés à ton front. À moins…

— C'est quand je…

— Attends, laisse-moi réfléchir. Ce n'est pas quand le Dr Eldon les a pliés et les a mis dans le chapeau, parce qu'il l'a fait lui-même. Et quand tu les as renversés sur la table, tu ne tenais que le bord du chapeau. Tes doigts ne se sont pas approchés de la table.

— Tu veux que je t'explique ?

— Attends un peu, l'ami. Bon, quand les papiers étaient sur la table, Eldon les a touchés – tu lui as demandé de les disposer en triangle – mais pas toi. Non, la seule fois où tu as été en contact avec eux, c'est quand tu les as posés contre ton front – et tu n'as pas pu les lire comme ça.

— Oh, ma chère rose d'Irlande, j'ai passé mes nuits à des tables de jeu, et je n'arrive même pas à deviner quand tu bluffes. Je sais que tu connais des astuces bien plus complexes que celles que j'ai utilisées sur le vieux.

— Monsieur Telemachus, dit Maureen avec cette voix faussement guindée qui donnait des frissons à Teddy. C'est de *vos* astuces qu'il s'agit. Cette demande de pliage est hautement suspicieuse. Pourquoi les petits carrés ?

Il voulut répondre mais elle leva la main.

— Tu sais ce qu'est une question rhétorique, non ? Essaye de te taire quelques instants…

Ils marchèrent sans un mot. Les gens qu'ils croisaient étaient majoritairement des étudiants bien plus jeunes que Teddy. Celui-ci les voyait lancer des regards dérobés à Maureen et se disait : « Ouaip, les gars, elle est avec moi. » Si seulement elle le laissait l'affirmer à voix haute ! En public, elle refusait qu'il lui tienne la main, ou la prenne par la taille. Sa mère, disait-elle, en aurait été scandalisée – comme si sa mère avait des yeux dans toute la ville. Maureen ne s'était laissé embrasser (et, oui, un peu plus) que deux fois, dans l'obscurité totale du placard à fournitures du bâtiment.

— Quand tu secoues le chapeau, dit-elle enfin.

Teddy rit.

— C'est ça ! reprit-elle. C'est la seule fois où j'ai vu tes doigts dans le chapeau en même temps que les papiers.

— Pris sur le fait, admit-il.

— Et c'est à ce moment que tu prends l'un des billets.

— Et je le remplace par l'un des miens, oui.

— D'où vient-il, celui-là ? À quel moment le plies-tu ?

Il ouvrit la main.

— Il est juste là. J'en garde toujours un ou deux sur moi.

Un papier plié reposait dans sa paume.

— En permanence ? Tu te balades avec du papier dans ton pantalon… enfin, dans ta poche, je veux dire ?

— Et quelques autres accessoires, oui. Le tour ne fonctionne que s'il est achevé avant même que le public ne se rende compte qu'il a commencé. Tout est dans la préparation.

— Ça doit être épuisant.

— Et tu fais quoi, toi ? Tu improvises ?

Même durant les moments passés seul à seul – si rares, volés durant les pauses et après que les expériences du jour étaient terminées –, elle ne lui révélait jamais le moindre aspect de sa technique. Elle maintenait un niveau de secret qu'il n'avait jusque-là rencontré que chez les plus acharnés et les plus paranoïaques des joueurs de cartes.

— Comment est-ce que tu sais quoi écrire sur ta feuille ? demanda-t-elle, refusant de se laisser distraire.

— Il n'y a rien d'écrit sur la mienne. Elle est vierge.

— Mais, pourquoi tu…

— Tu vas comprendre. Quand je fais tomber les papiers sur la table, deux sont ceux du pigeon, un est le mien.

— Ça ne me plaît pas que tu qualifies le Dr Eldon de « pigeon ».

— Chut, répondit-il sur le ton qu'elle avait utilisé avec lui. Je sais quel billet est le mien parce que je l'ai très légèrement froissé. À moins de le savoir, on ne le remarque pas.

— C'est pour ça que tu demandes qu'ils soient pliés en carré, pour que ton petit imposteur passe inaperçu.

— Du coup, le pigeon – pardon, l'honorable victime – ne verra pas accidentellement que l'un d'eux est vierge.

— Pourquoi les faire disposer en triangle ?

— Parce que pendant que tout le monde le regarde jouer avec les morceaux de papier, je déplie le premier billet. Il me suffit d'un regard pour le lire – c'est pour ça que je demande que ça tienne en deux ou trois mots. Puis vient le moment qui semble être le clou du tour.

Il se tut, respectant le conseil que lui avait donné son premier professeur de magie : qu'il s'agisse du public ou d'une femme, pousse-les à te poser la question.

Mais, naturellement, ça ne fonctionnait pas avec Maureen.

— Quand tu lis en avance, reprit-elle. Tu en plaques un contre ton front, tu fais semblant de lire mais en fait tu révèles celui que tu as déjà lu.

— Tu as compris, dit Teddy, à peine déçu de ne pas en avoir fait la révélation lui-même. Puis, après qu'il a confirmé que j'ai vu juste, j'ouvre le papier, j'opine d'un air sagace, je le froisse nonchalamment et je le remets dans le chapeau.

— Du coup, tu as lu le vœu suivant.

— Toujours garder une longueur d'avance sur le public.

— Et le dernier papier sur la table est le billet vierge. C'est très astucieux.

Elle passa le bras sous le sien, et le sang de Teddy se mit à bouillir comme l'eau d'un samovar. Ils reprirent leur promenade.

— Et s'ils regardent les papiers après le tour ? s'enquit Maureen. Ils remarqueront forcément le billet vierge, non ?

Teddy l'entendait à peine par-dessus le rugissement qui emplissait ses oreilles.

— Oh, le dernier, je ne le jette jamais dans le chapeau. J'y remets le premier vœu, que j'ai auparavant froissé, et j'escamote le vierge.

— Vous avez la main agile, monsieur Telemachus.

S'il était une chose plus merveilleuse que marcher au bras d'une belle femme, c'était marcher au bras d'une belle femme qui flirte avec vous. Il repensa aux trois vœux du professeur : « chaudière réparée », « bourse obtenue » et « autorisation de publier ». Quel ennui. Bon Dieu, il espérait ne jamais mener une vie aussi morne que celle du Dr Eldon.

— Maintenant, dites-moi vos secrets, mademoiselle McKinnon, demanda-t-il. Comment réussissez-vous le truc de la photo ?

Juste avant la pause, le Dr Eldon leur avait donné une petite photo d'un homme assis sur un banc, dans un parc. Le cliché avait été pris d'assez loin, mais la petite barbiche pointue et les sourcils épais et sombres du sujet le rendaient aussi aisément reconnaissable qu'un méchant de Dick Tracy.

— J'aimerais que vous vous concentriez sur cet homme, avait dit le professeur. Il était penché sur son bureau, stylo et carnet en main.

— Qui est-ce ? demanda Teddy.

— Je ne peux pas vous le dire, répondit le docteur. Ça fait partie du test.

Voilà qui était inhabituel. Le professeur ne les avait plus soumis à un test de son cru depuis des semaines.

— Essayez de visualiser où se trouve cet homme aujourd'hui.

Teddy scruta la photo pendant trente secondes, puis la tendit à Maureen.

— Mmm, dit-il. Je sens… Un grand bâtiment. Un appartement ? Ou un immeuble de bureaux ?

Chaque fois que Teddy était obligé de lire à froid, il lançait des mots au hasard jusqu'à ce que le pigeon laisse échapper quelque chose. Cette fois, cependant, le professeur ne semblait pas connaître la réponse. Il notait sur son carnet tout ce Teddy disait.

— J'ai l'impression que c'est une ville de l'est. Ou du sud-est ? Je vois le soleil se lever…

— Il est dans un sous-marin, coupa Maureen.

Le Dr Eldon leva les yeux.

— Pardon ?

Maureen gardait les paupières closes.

— En ce moment même, il se trouve dans un sous-marin, au fond de l'eau. Près du cercle arctique.

Le professeur jeta un regard vers le miroir sans tain, puis s'adressa à Maureen plus formellement :

— Peut-être devriez-vous vous concentrer un peu plus ? Teddy, sentez-vous quelque chose d'autre ?

Maureen ouvrit subitement les yeux.

— Je vous ai dit où il se trouvait, assena-t-elle avant que Teddy ne puisse répondre.

Le doc soupira, puis commença à noter quelque chose dans son carnet.

— Petite pièce, murs métalliques courbes. Et au-dessus de lui, une étendue de neige et de glace, c'est pourquoi j'ai parlé de l'Arctique. Mais j'imagine que ça pourrait aussi être l'Antarctique.

— D'accord, dit le Dr Eldon.

Il prit encore quelques notes, à contrecœur semblait-il, comme un homme qui signe des aveux.

— Arctique ou Antarctique. Autre chose ?

Maureen ferma les yeux, puis les rouvrit.

— Il est parti, à présent. Je crois que je lui ai fait peur.

— *Quoi ?*

— Il m'a vue. Je pense que c'est pour ça que je l'ai trouvé si facilement. Vous cherchez un autre médium ?

— Non. Enfin, je ne pense pas. Peut-on revenir au sujet ?

Il aurait dû sembler plus enthousiaste, mais il paraissait ébranlé. Inquiet.

— Teddy, que voyez-vous ?

— Moi aussi, c'est une pièce métallique que j'ai vue, dit Teddy. Et j'ai bien senti une différence d'altitude.

J'ai cru qu'il était dans les airs, dans un gratte-ciel ou quelque chose comme ça, mais il ne serait pas illogique qu'il se trouve plus bas que le niveau du sol.

Teddy se retint de lancer un coup d'œil à Maureen, de crainte qu'elle ne le foudroie du regard.

Le Dr Eldon passa la main dans sa tignasse et leur demanda de faire une pause. Ils reprendraient le travail dans vingt ou trente minutes.

— Un sous-marin ? dit Teddy tandis qu'ils se promenaient bras dessus, bras dessous. Sans rire, un sous-marin ?!

Elle refréna un sourire.

— Reconnais que dans le genre ridicule, ça se pose là, insista-t-il.

— En tout cas, ça ne t'a pas empêché de prendre le train en marche, répondit-elle calmement.

— Tu ne m'as pas laissé le choix ! La prochaine fois, ne balance pas des trucs dingues. Et le type serait un médium, en plus ! Reste dans le probable, le plausible et, plus important, le vague. Tu n'annoncerais pas à quelqu'un que le collier disparu de sa grand-mère est, mettons, au sommet du Kilimandjaro, dans la main de Winston Churchill, si ?

— Oh, monsieur Telemachus, pourquoi ne pas faire davantage confiance à votre don ?

— Je fais confiance à mon don. Et ça inclut le fait de savoir quand laisser le pigeon combler les trous.

Elle secoua la tête.

— Tu choisis toujours la manière forte.

Lorsqu'ils revinrent dans la salle d'observation, le Dr Eldon n'était pas là. Devant le bureau les attendait un homme en costume noir, dont le visage semblait se résumer à une mâchoire carrée et une coupe brosse sévère. Ses bras restaient le long de son corps dans une posture raide.

Un flic, pensa Teddy. Forcément un flic.

— Où est le doc ? s'enquit-il.

— S'il vous plaît, asseyez-vous, proposa l'homme.

— Vous êtes ?

Teddy n'avait aucune intention de s'asseoir, et Maureen non plus.

— Je suis votre nouveau superviseur.

— Je vous demande pardon ? fit Maureen.

— Il y a quatre semaines, l'homme de la photo a embarqué à bord du K-159, un sous-marin nucléaire de la Flotte soviétique nord. Ce navire effectue un voyage de trois mois qui, pensons-nous, lui fera franchir le cercle polaire.

— Qui c'est, *nous* ? grogna Teddy.

Il commençait toutefois à en avoir une assez bonne idée. Son estomac était comme gelé. Arnaquer une grosse tête académique pour la soulager de ses subventions était une chose, mais ça… Ces gens-là avaient accès à ses états de service.

— La présence de cet homme dans ce sous-marin est top secret. Seule une poignée de personnes est au courant. Enfin, en dehors de la Russie.

— Je dois vous expliquer quelque chose, commença Teddy.

— Tais-toi, souffla Maureen.

— Nous avons une tâche importante à vous confier, continua l'inconnu.

— Bien sûr, bien sûr, fit Teddy.

Il tapota le bras de Maureen et pivota pour s'en aller.

— Tu t'en sortiras très bien, petite.

— À tous les deux, corrigea l'homme.

Il leur tendit la main.

— Je m'appelle Destin Smalls et votre pays a besoin de vous.

*

Le problème, quand on vieillit, c'est que chaque journée doit se mesurer aux milliers d'autres qui l'ont précédée. Comme un jour doit être exceptionnel pour remporter ce concours ! Ou ne serait-ce qu'arriver en finale ! Sans parler du fait que la mémoire truque le jeu, gomme les défauts des compétiteurs tandis que le présent défile sous les projecteurs sans la moindre aide, vérolé de banalités, bouffi d'ennui : gaz d'échappement, radios braillardes, emballages de fast-food roulant sur le trottoir. Même cet après-midi, passé à se rafraîchir dans un parc bien aménagé sous un ciel aussi clair que la conscience d'une nonne, était si entaché d'imperfections qu'il se disqualifiait aussitôt du top 10. Pourquoi les enfants jouant au foot étaient si gros ? Pourquoi les gens ne tenaient pas leur chien en laisse ? Pourquoi ces mères de famille gueulaient si fort ?

L'attente lui donnait envie de manipuler un jeu de cartes. Avant l'accident, il ne sortait jamais sans un ou deux paquets dans ses poches. Il passait des heures, dans les cafétérias ou les bars, à travailler son répertoire – donner la seconde, donner par le bas, donner à la grecque, toute la famille des fausses coupes et des faux battages. L'idée était de ne pas trahir qu'il s'agissait de trucs. Faites n'importe quoi qui ressemble un peu à un tour et vous finissez au tapis.

Ces jours-ci, Teddy s'estimait heureux quand il parvenait à boutonner sa chemise. Ses mains lui faisaient l'effet d'être des pinces. Après l'accident, certaines années, il avait cru qu'il finirait par recouvrer pleinement ses facultés, puis l'arthrite était entrée en jeu et ses doigts avaient développé une sorte de bégaiement qui le dissuadait de s'asseoir à une table de poker. Il avait commencé à prendre de l'Advil pour diminuer la douleur et les gonflements. Un matin au réveil, deux ans plus tôt, il avait eu l'impression que sa main droite était gelée, comme si elle ne lui appartenait pas. En la massant, il avait réussi à lui rendre vie avant le petit déjeuner, mais ces périodes de paralysie se faisaient de plus en plus fréquentes, et commençaient aussi à gagner sa main gauche. Arthrite post-traumatique, selon les docteurs. Un jour, peut-être bientôt, il se réveillerait pour découvrir ses mains changées en morceaux de bois, comme un foutu bonhomme de neige.

Et pourtant, malgré tout, cette journée restait dans la course. Parce qu'à ce moment précis, la femme qu'il attendait sortit de son break Mercedes Classe E. Son cadet avait déjà bondi de la banquette arrière et s'élançait vers le terrain de foot. Elle le héla – il s'appelait Adrian –, lui glissa une bouteille d'eau dans la main et le renvoya jouer.

Teddy, aussi nerveux que la première fois où il avait invité Maureen à sortir, prit une inspiration. Il se leva de la table de pique-nique où il s'était installé et ôta son chapeau. Le geste, comme il l'avait anticipé, suffit à attirer un bref regard de la femme.

Elle se détourna, puis revint à lui, plissant les yeux.

— Bonjour, Graciella, lança-t-il.

Elle ne répondit pas. Impossible qu'elle l'ait oublié, non ? Il se dirigea vers elle, heureux qu'elle ne reparte pas en trombe.

— Votre petit-fils joue ici ? demanda-t-elle enfin.

— Je dois vous avouer quelque chose, très chère. Je ne suis là que pour vous voir. Je pense que nous devrions parler.

— Comment est-ce que… Vous m'avez *suivie* ?

— Dit comme ça, ça ne paraît pas très respectable.

— Je vais regarder le match, dit-elle. Bonne journée, Teddy.

Elle ouvrit le coffre du break et y chercha quelque chose. Visiblement, elle le congédiait, mais il pensa : « Elle se souvient de mon nom ! »

— C'est à propos de Nick, précisa Teddy.

Elle se figea, comme quelqu'un qui a tiré la carte à pique qui sabote son flush à carreau mais reste déterminé à la jouer. Il s'en voulut terriblement. S'il demeurait un doute sur le fait qu'il connaissait Nick junior et était au courant de son procès pour meurtre, il venait de le détruire.

Elle se redressa.

— Je ne parlerai pas de mon mari. Ni à vous, ni à…

— Nick senior, compléta Teddy.

— Quoi ?

— Vous devez savoir certaines choses sur votre beau-père.

Plusieurs émotions traversèrent le visage de Graciella, aussi rapidement que des vagues malmenées par le vent. Tout aussi prestement, elle reprit le contrôle d'elle-même et le toisa par-delà son solide nez romain.

— Quoi, par exemple ? demanda-t-elle.

— Je peux tout vous expliquer. Ça vous ennuie si je regarde le match avec vous ?

Elle scruta longuement Teddy. Puis elle hocha la tête, acceptant moins sa requête qu'elle ne s'y résignait.

Regarder des gamins de huit ans jouer au foot, conclut Teddy, revenait à voir une meute de border collies courir après un mouton esseulé, sauf que les chiens se révélaient plus doués pour le travail d'équipe. Le fils de Graciella s'agitait quelque part parmi la faction en t-shirt rouge. Cependant, tous les mioches de cet âge se ressemblent, et toutes les miochettes à queue-de-cheval aussi ; le mieux qu'il pouvait faire, c'était trier ce bazar en sous-ensembles d'indiscernables.

— Joli tir, Adrian ! cria Graciella.

Teddy n'aurait pas su dire ce que venait de faire le gamin, mais il remarqua qu'aucun des autres parents n'était encore venu parler à sa mère. Ils formaient leurs propres petits groupes, discutant entre eux ou observant le jeu, concentrés comme un rayon laser, ce qui les préservait de seulement croiser le regard de Graciella et, par extension, celui de Teddy.

— Je vois que vous avez beaucoup d'amis, dit ce dernier.

Graciella lui lança un regard en coin.

— Ces gens ne sont pas mes amis.

— Ils ont peur de la femme du mafieux, hein ?

— De leur point de vue, Nick est déjà jugé coupable.

— Mais vous gardez l'espoir.

Si elle avait été pâle, elle aurait rougi, il en était sûr.

— Je n'aurais pas dû écrire ça, dit-elle en référence à son troisième vœu, « non coupable ». Je ne sais pas où j'avais la tête, à parler de ces choses avec un inconnu.

— Un inconnu ? Je suis un vieillard inoffensif.

— Je n'en suis pas si sûre. Les vieillards inoffensifs ne draguent pas dans les supérettes.

Il rit.

— C'est vrai, je l'avoue.

— Vous saviez qui j'étais, n'est-ce pas ? Avant même de m'aborder ?

— Non ! Sur ma vie, je n'en avais aucune idée. Ce n'est que lorsque j'ai lu un article sur le procès que j'ai fait le rapprochement.

Elle n'était pas prête à le croire. Il commença à s'expliquer, puis plusieurs parents, non loin, se mirent à crier en même temps ; de toute évidence, quelque chose d'important se déroulait sur la pelouse. Graciella se leva et il se rassit, se satisfaisant de la voir regarder les enfants. Il faisait la même chose avec Maureen. Durant les tournées, quand ils profitaient de la piscine d'un hôtel, elle restait en alerte pour les empêcher de se noyer – Buddy, surtout –, tandis que lui la contemplait. Dieu, qu'elle était belle !

— Alors, comment connaissez-vous Nick senior ? demanda-t-elle enfin.

— Je jouais aux cartes avec lui, répondit Teddy sans mentir. Et, certains soirs, je rapportais une pizza aux petits.

— J'ai entendu parler de cette pizzeria. Nick junior disait que son père ne les y laissait jamais manger, lui et ses sœurs, mais qu'il rapportait parfois des restes.

— Ça lui ressemble bien. J'ai vu comment il traitait le petit Nick. Dans le temps, la fessée n'émouvait personne. Une petite beigne non plus. Mais parfois, Nick senior… Eh bien, ça ne m'étonnerait pas que votre mari le déteste aujourd'hui.

— Il ne déteste pas son père.

Elle prononça le mot « déteste » comme s'il existait plusieurs autres options.

— Tant mieux, tant mieux, reprit Teddy. Les relations père-fils, c'est toujours délicat.

Il pesa ce qu'il allait dire. Il était heureux que la conversation se déroule au milieu du vacarme, sans personne dans les parages immédiats mais en vue de nombreuses personnes, si bien qu'elle hésiterait sans doute à le gifler. Enfin, il lança :

— J'ai lu dans le journal que Nick allait être appelé à la barre, afin de témoigner pour sa propre défense.

— Peut-être. C'est ce que dit son avocat.

— Alors, il ne va pas le faire ?

— Je n'ai pas envie de parler de ça avec vous, Teddy.

— Parce que je serais terriblement soulagé s'il s'abstenait.

Cela provoqua un haussement de sourcils chez Graciella.

— Vous savez ce que tout le monde raconte, poursuivit Teddy. On spécule beaucoup sur ce qu'il va balancer, et à propos de qui.

— Mon mari dira ce qu'il veut pour se défendre.

— Bien sûr, bien sûr, c'est parfaitement…

— Qu'est-ce que ça peut vous faire ?

Mince. Il l'avait mise en colère.

— Graciella, je vous en prie. Je ne veux pas dépasser les limites, mais je souhaite vous donner un conseil.

— Un conseil, répéta-t-elle d'un ton glacial. À moi. À propos de *ma* famille.

— Suggérez à votre mari de ne pas témoigner.

Elle ouvrit la bouche pour objecter mais il l'interrompit :

— Je vous en prie, faites-moi confiance. Votre mari n'a sans doute pas envie d'aller en prison, mais s'il témoigne, j'ai peur de ce que Nick senior fera.

— Il ne fera rien. La police a mis mon mari sous haute protection.

— De ce qu'il *vous* fera, Graciella.

Elle le fixa sans qu'il arrive à déchiffrer son expression. De la peur ? De la colère ? Un savant cocktail des deux ? Il reprit :

— La police ne peut rien pour vous. Le programme de protection des témoins ne vous sera d'aucune aide. Lisez les journaux. Reggie Dumas, le dernier type à avoir témoigné contre l'Organisation, dans les années 1980, bénéficiait de ce programme. Deux ans après, on a trouvé son corps dans son jardin… à Phoenix. Ça leur a pris trois ans, mais ils ont fini par le rattraper, même au fin fond du désert.

— Je suis une idiote, dit-elle, presque en murmurant.

— Ne soyez pas si dure avec vous-même. Tout le monde ne…

— Vous travaillez pour lui, n'est-ce pas ?

— Pardon ?

Elle le fixait encore, la bouche réduite à une ligne dure. Le cocktail se composait maintenant de deux volumes de colère pour un de peur.

— C'est à propos de ces putains de dents ?

— Des *dents* ? Quelles dents ?

Elle le dévisagea.

— Graciella, s'il vous plaît. Je voulais simplement vous avertir. Je pense que vous ne savez pas ce dont est capable Nick senior.

— Oh, je sais qu'il a mauvais caractère.

— Mauvais caractère ? Si vous aviez vu ce que je l'ai vu faire… Vous savez ce que c'est, le dégantage ?

Il leva la main.

— Laissez tomber. Je n'aurais pas dû en parler. Pour résumer, votre beau-père est un salopard de première.

— Vous en avez fini avec ma famille, oui ?

— C'est votre famille pour l'instant. Mais si votre mari vend son père à la barre, vous n'en ferez plus partie, pas aux yeux de Nick senior.

Graciella se leva.

— Partez !

Il s'extirpa de sa chaise.

— Je vous en prie, je ne suis venu que parce que…

— Tirez-vous.

Les autres parents la regardaient, maintenant, et le regardaient lui par extension. Il redressa le Borsalino et baissa la voix :

— Vous n'avez aucune raison de me croire. Je suis un escroc et un beau parleur. Je gagnais ma vie en arnaquant les gens. Mais je vous promets que je vous dis la vérité. Je ne travaille pas pour Nick senior. Je cherche seulement à vous aider.

Il lui tendit une carte de jeu.

— J'ai noté mon numéro de téléphone. Si besoin est, appelez-moi.

Elle refusa de la prendre. Il la posa sur la chaise de jardin, porta la main à son chapeau et se dirigea vers sa voiture. Derrière lui, un cri monta du terrain ; des gamins en maillot rouge célébraient leur victoire tandis que des gamins en maillot vert désespéraient, ou vice versa.

*

Après leur recrutement, une fois qu'ils eurent été envoyés dans le Maryland, leur histoire accéléra de son propre chef, tel un vélo lancé dans une pente. Pas seulement à cause du temps passé ensemble – ils travaillaient tous les jours côte à côte à Fort Meade, prenaient le même bus pour rentrer à Odenton, retournaient chez eux dans des appartements voisins –, le déménagement même avait changé Maureen. Enfin libérée de l'influence de sa mère, comme elle le disait, elle s'épanouissait. Elle riait plus facilement, s'inquiétait moins du moindre mot qui franchissait ses lèvres et ne paraissait plus se soucier de ce que les passants pouvaient penser en les voyant se tenir par la main. Et la nuit, elle s'embrasait comme une lampe à souder. Le printemps venu, ils faisaient l'amour avec les lumières allumées.

Il n'aurait échangé ces mois contre rien au monde, mais la routine l'ennuyait et lui donnait l'impression d'exercer un travail régulier, ce qu'il avait juré de ne jamais faire. Il devait aussi admettre, cependant, que ce travail régulier était passablement tordu. La plupart des jours, son boulot consistait à rester couché sur un canapé et à parler pendant qu'un collègue médium notait ses « observations ». Ensuite, Smalls parcourait le rapport à la recherche de « touches ». Maureen et Teddy, les deux stars du spectacle, avaient des scores à peu près équivalents, mais pour des raisons diamétralement opposées. Les observations de Maureen étaient très spécifiques, si bien que lorsqu'elle obtenait une touche, ses affirmations apparaissaient comme des faits indéniables. Les réponses de Teddy, néanmoins, restaient dans le flou artistique ; du coup, il lui était presque impossible de se tromper totalement.

Smalls n'avait pas embauché Clifford Turner, qui avait pourtant fait montre de certaines capacités psychiques, pour la seule raison que Turner était noir. Smalls avait laissé ses préjugés dicter ses choix et avait engagé, à la place, deux hommes blancs, de vrais crétins qui se berçaient d'illusions. Bob Nickles était un électricien à la retraite qui prétendait détecter les sources électriques ; Jonathan Jones était un jeune homme « découvert » par deux professeurs de Stanford après qu'il eut obtenu de bons résultats à l'occasion d'une série de devinettes. Leurs principales qualifications semblaient être (a) la chance, qu'ils avaient à présent épuisée, et (b) leur enthousiasme de chiot. Nickles et Jones bavassaient sur tout ce qui leur passait par la tête, brodant souvent sur des indices que Smalls avait laissés échapper à propos de leur mission. La simple mention du mot « sable » leur faisait conjurer des chameaux et des Arabes durant des après-midi entiers. Ce qui agaçait Teddy, ce n'était pas que ces deux idiots pensent honnêtement recevoir des flashs psychiques, mais que Smalls en soit convaincu. Certains jours, l'agent accordait plus de crédit à leurs résultats qu'à ceux de Teddy et Maureen.

Cette crédulité semblait imprégner tous les niveaux du gouvernement et se nourrir de la peur des Russes. Les Soviets investissaient dans la recherche psi, et les États-Unis, expliqua Smalls, n'avaient pas d'autre choix que d'en faire autant. Toutes les agences de renseignement, toutes les branches de l'armée finançaient des programmes secrets parallèles. Certains se focalisaient sur le contrôle mental, d'autres sur la télépathie. L'équipe de Smalls se concentrait sur la vision à distance. On avait accordé à ce dernier un baraquement poussiéreux au sein du fort, assez d'argent pour payer une secrétaire, un agent en formation et quatre médiums, ainsi que tout le matériel de bureau qu'il pouvait récupérer auprès de l'INSCOM[1] et d'autres détachements militaires. Le programme n'avait pas de nom, si bien que tout le monde l'appelait « le programme ».

Le plus horripilant restait que bien que l'argent du gouvernement vole en tous sens, il en atterrissait très peu dans la poche de ceux qui faisaient tout le travail : les agents psychiques. Maureen et Teddy étaient payés des cacahouètes. Lorsque Teddy le fit remarquer à Smalls, celui-ci se lança dans un grand discours sur le devoir, la défense de la nation, et le péril qui menaçait la démocratie même. Demander à ses ouailles de renoncer à leur dû pour le bien d'un pays, d'une entreprise ou d'une foi était une arnaque répandue, mais leur demander de rester fauchées pour le bien d'une idée philosophique abstraite… ça nécessitait un certain toupet.

Le gros de l'argent, comprit rapidement Teddy, allait dans les poches des consultants et des contractuels externes. La preuve : le matin du jour où Teddy demanda Maureen en mariage, ils découvrirent, en arrivant au baraquement, plusieurs ouvriers en combinaison orange qui disposaient des piles de matériel

1. US Army Intelligence and Security Command.

électrique. Smalls convoqua les sept membres de l'équipe dans son bureau.

— J'ai de bonnes nouvelles, leur dit-il. La direction est très enthousiaste quant à nos résultats, jusque-là. Nous avons reçu notre propre ligne de financement, et un nom de code officiel. À partir d'aujourd'hui, nous sommes l'Aqueduc Alouette.

— Waouh ! fit Jones. Qu'est-ce que ça signifie ?

— Rien. C'était les deux mots suivants sur le registre.

— Quel registre ?

— Le registre des noms de code disponibles.

— Vous avez un registre de noms de code prégénérés ? s'étonna Teddy.

— Sans ça, tout le monde choisirait « Opération Foudre ». D'autre part…

Teddy leva la main.

— Est-ce que je peux dire aux gens que je passe mes journées aux A.A. ? demanda-t-il sur un ton innocent.

— Ne dites rien à personne, répliqua Smalls.

— On peut continuer à l'appeler « le programme » ? s'enquit Bob Nickles.

— Sauf que, du coup, les gens sauront qu'on est aux A.A., renchérit Teddy.

Seuls lui, Maureen et la secrétaire riaient.

— *D'autre part…*, répéta Smalls, essayant désespérément de reprendre le contrôle de la réunion.

Il ne riait jamais des plaisanteries de Teddy. En la présence de ce dernier, sa jalousie court-circuitait son sens de l'humour, s'il en avait un. Le pauvre couillon avait un faible pour Maureen mais, incapable de s'avouer à lui-même ses pensées impures, il se vengeait de sa frustration sur le charmant et bavard joli cœur de la jeune fille. Peu importait que la relation de Teddy et Maureen ait été classée top secret par cette dernière en personne : Smalls la flairait.

— La direction a également approuvé l'expansion du programme, continua Smalls. Nous allons recruter à tout-va.

Smalls avait obtenu la permission d'effectuer des tests sur le personnel militaire et d'incorporer au programme ceux dont les résultats correspondaient au « profil psychologique » requis. Autrement dit, selon Teddy, la crédulité requise.

— Comment allez-vous les tester ? demanda Maureen.

— Excellente question ; merci, Maureen.

Pitié, pensa Teddy. Smalls désigna la porte.

— Voici l'homme qui pourra répondre à vos questions.

Un type minuscule en costume noir était planté là, les mains dans le dos. Ses cheveux se clairsemaient au sommet de son crâne, mais il arborait une épaisse moustache, cirée et pointue comme celle d'un méchant de film muet.

— Je vous présente G. Randall Archibald, annonça Smalls. Il a mis au point un appareil qui va révolutionner la recherche psi.

— Sans blague, marmonna Teddy.

Le moustachu scruta l'assemblée.

— Mon détecteur de champ de torsion est à même de mesurer les capacités psychiques avec un taux de réussite de 95 %.

— 95,6 %, précisa Smalls. Et si on commençait par vous, Teddy ?

— Pardon ? fit l'intéressé.

Il jeta un bref regard à Maureen, qui semblait subitement fascinée par ses chaussures.

— Vous, entre tous, n'avez rien à craindre, le rassura Archibald sur le ton d'un docteur dissimulant une énorme seringue dans son dos. Avec des pouvoirs aussi colossaux que les vôtres…

*

Rentrer chez lui n'améliora aucunement l'humeur de Teddy. Buddy était accroupi dans le salon, paniqué et en nage, essayant de recâbler une lampe. Pourquoi ? Était-elle cassée ? Dans le cas contraire, elle l'était à présent. Frankie, assis à la table de la cuisine où trônaient trois canettes de bière vides, tétait la quatrième.

— Qu'est-ce que tu fabriques ici, et qu'est-ce que tu as fait à mes bières ? demanda Teddy.

— J'ai ramené Matty. C'est un sacré bonhomme. Il bosse bien, il met du cœur à l'ouvrage, et il cherche toujours à se dépasser. Contrairement à la plupart des jeunes.

— C'est ça, fit Teddy. Pas comme ceux qui s'incrustent chez autrui et attendent qu'on leur fasse l'aumône.

— Exactement.

Frankie finit sa bière et se leva pour en prendre une autre dans le frigo.

— Un vrai battant, conclut-il.

Une boîte en carton était posée sous la table.

— C'est quoi, ce truc ? dit Teddy en sachant parfaitement ce qu'elle contenait.

— Je t'ai apporté de quoi te ravitailler.

— Non, fit Teddy en secouant la tête. Non, non, non, non.

— Tu sais que c'est bon pour toi. Ça contient…

— Des antioxydants, je sais, bon Dieu ! Vire-moi ça de là, Frankie. J'ai assez de foutus antioxydants pour noyer un bœuf.

— Si tu deviens l'un de mes distributeurs, ça sera encore moins cher.

— On en a déjà parlé. C'est ton arnaque, pas la mienne.

— Tout ce que je te demande, c'est de m'aider un peu, pour une fois dans ta vie.

— Une fois dans ma… c'est bien ce que tu as dit ? Une fois ?

— Je ne vis pas à tes crochets, se défendit Frankie au mépris de toute vérité historique. On sait tous que tu es plein aux as…

— Je ne suis pas plein aux as.

— Moi, au moins, je ne squatte pas ici, je ne mange pas tes provisions et je ne te demande pas de t'occuper de moi.

Teddy ouvrit le grand placard, en sortit la bouteille de Hendrick's et se servit trois doigts de gin dans un verre épais.

— Tu veux dire que si je t'achète une boîte de plus, une seule, tu ne me demanderas plus jamais rien ?

— Qu'est-ce qui t'arrive ? protesta Frankie en fronçant les sourcils.

Il n'avait pas l'habitude que Teddy se montre sarcastique ; d'ordinaire, durant ses visites, son père l'écoutait en silence. Deux ou trois fois par semaine, Frankie venait ici après le travail, sortait ses compléments herbacés ou ses impôts fonciers ou quoi qui lui occupe le cerveau et les mains, puis finissait les crackers Ritz et les Heineken de Teddy. Il n'était jamais pressé de rentrer auprès de Loretta, probablement parce qu'il ne voulait pas se retrouver coincé à surveiller les jumelles, ou à les emmener aux cours de gymnastique. Il parlait jusqu'à ce que les bières ou la patience de Teddy s'épuisent. Alors, Teddy lui donnait une tape sur le bras, agréait avec la dernière remarque qu'il venait d'entendre et montait faire une sieste – pas tant une sieste qu'un repli. Il avait compris, des années plus tôt, qu'il n'avait rien à gagner à argumenter avec son fils, et qu'il n'était pas plus possible de le faire taire que de faire parler Buddy. En théorie, Buddy aurait constitué le réceptacle sonore idéal pour la logorrhée de Frankie, mais, depuis l'histoire du bateau, les deux frères se regardaient à peine.

— Ça va, dit Teddy. Tout va bien.

Il tendit à Frankie son verre de gin et désigna du menton le frigo.

— C'est toi le plus proche ; tu me mets quelques glaçons ?

Frankie s'exécuta. Il sortit les trois derniers glaçons de leur barquette, qu'il remit, vide, dans le congélateur.

Bon Dieu, pensa Teddy. J'ai élevé une famille de Wisigoths.

— Alors, tu la prends, cette boîte ? insista Frankie.

Teddy se pencha en avant.

— Je vais te raconter une histoire.

— Bah.

— Voilà, à mon tour de parler. Tu sais que ce que tout le monde m'a dit quand ta mère est morte ?

Frankie leva presque les yeux au ciel.

— Que tu devrais nous faire adopter ?

— Bingo ! Vous remettre tous les trois aux services sociaux.

— Ou à la famille de maman.

— Je suis sûr que tu aurais adoré être élevé par une bande d'Irlandais alcooliques.

Frankie fit la grimace et Teddy enchaîna :

— Hé, ce n'est pas du racisme. Certains Irlandais boivent comme des poissons. La mère de ta maman, Dieu la préserve, était d'une sobriété exemplaire, mais son père… Il y allait fort. Et son frère picolait comme un trou.

— Je croyais qu'il était mort au lycée…

— En effet.

— … de leucémie.

— Leucémie liée à l'alcool. Tout ça, c'est dans tes gènes, mon petit Frankie. Fais gaffe.

Soudain, Buddy fit irruption dans la cuisine, jetant des regards éperdus autour de lui, et plongea vers le téléphone. L'appareil sonna au moment où il décrocha. Il fixa le combiné une seconde, puis le tendit à Teddy.

— Allô ? dit ce dernier

— Votre carte de visite est donc un 2 ?

— Graciella, dit-il sans pouvoir s'empêcher de sourire.

— Je vous aurais imaginé opter pour un as, au moins.

Teddy ignora le regard inquisiteur de Frankie et sortit avec le téléphone. Mince, il allait devoir acheter un sans-fil si sa maison ne désemplissait pas.

— Voyez-vous, si je vous avais donné un as, vous auriez pensé que je me vantais, répondit-il. J'aurais pu m'abaisser à choisir une figure, mais je n'aurais pas eu la place d'écrire. Mais le 2… Oh, il n'a pas fière allure, mais il peut faire des miracles.

— Bref, coupa Graciella. Le dégantage.

— Ah. Comme je vous le disais, je n'aurais pas dû en parler.

— Racontez-moi l'histoire, Teddy.

— Pas au téléphone. Que diriez-vous de nous retrouver à la cafétéria, près de Dominick's ?

« Là où nous nous sommes rencontrés », s'abstint-il d'ajouter.

— Ils ne servent pas d'alcool et j'aurais besoin d'un verre.

— Je connais un endroit.

— J'ai déjà appelé la baby-sitter.

Il retourna dans la cuisine, reprit sa place, avala une longue gorgée douce-amère de Hendricks et se renco-gna sur son siège. Frankie le regardait avec un drôle d'air.

— Qu'est-ce qui s'est passé, là ? demanda-t-il.

— Rien, mon garçon. Rien.

— Tu souris.

Teddy fit tourbillonner ses glaçons en réfléchissant. Frankie hocha lentement la tête.

— Alors… ?

— D'accord, d'accord, dit Teddy en se forçant à soupirer. Une boîte et une seule.

*

Dans le bus qui les ramenait de Fort Meade, Maureen restait silencieuse, pensive.

— Ne t'inquiète pas, lui dit Teddy. Cette machine n'a aucune importance.

Elle ne répondit pas. Parce que, naturellement, la machine avait une importance dans la mesure où Smalls croyait en ses capacités. Et pourquoi pas ? Les résultats le confortaient dans ses préjugés.

G. Randall Archibald les avait tous mis à l'épreuve. Il n'avait pas commencé par Teddy, parce que Jonathan Jones voulait à tout prix passer en premier. Archibald avait fixé des électrodes aux bras et aux tempes du jeune homme, puis les avait reliées à la pile d'appareils électriques – qui à eux tous composaient manifestement le détecteur de champ de torsion. Les boîtiers vrombissaient et vibraient en émettant une odeur de caoutchouc chaud. Archibald demanda à Jones de se livrer à un exercice de vision à distance, et l'équipe regarda avec inquiétude les jauges de la machine frémir et tourner. Après coup, Archibald nota quelques chiffres dans un carnet, grogna doctement et appela Bob Nickles. Le retraité obtint à peu près les mêmes résultats que Jones.

Puis ce fut au tour de Maureen. Dès qu'elle ferma les yeux pour se concentrer sur une cible, en terre russe, les jauges se bloquèrent au maximum, tel le compteur de vitesse de Barney Oldfield[1].

Archibald sembla surpris et grommela qu'il allait devoir refaire les réglages de l'appareil, mais Smalls le rassura. De son point de vue, le détecteur avait vu juste.

Teddy passa en dernier. Archibald scotcha les électrodes sur sa peau, alluma la machine... et attendit. Les jauges ne bougèrent pas. Afin de détendre

---

1. Pionnier américain (1878-1946) des sports automobiles, détenteur en son temps de plusieurs records de vitesse. *(N.d.T.)*

l'atmosphère, Teddy se plaignit que Maureen les avait grillées, mais personne ne rit, pas même elle. Le deuxième test général donna des résultats identiques : Jones et Nickles étaient actifs mais faibles, Maureen une centrale électrique, et Teddy un pétard mouillé.

— C'est la plus vieille arnaque du monde, dit ce dernier à Maureen pour lui redonner le sourire, dans le bus qui les ramenait à Odenton. Cet Archibald va se faire une fortune en escroquant le gouvernement. C'est mieux que d'être médium, pour sûr. Il va promener Smalls dans tous les sens. Il n'y a pas de meilleur pigeon qu'un type pouvant faire des chèques avec le pognon du gouvernement.

Maureen ne parlait toujours pas.

— Bon, est-ce que l'appareil fonctionne ? Peut-être, mentit-il pour le bien de Maureen. En tout cas, à ton niveau, il est tombé pile-poil.

Maureen le regarda enfin, et il fut surpris de constater que ses yeux brillaient. La voir ravaler ainsi ses larmes lui brisa le cœur. C'était pire que si elle pleurait librement.

— Tu crois en moi, maintenant ?

— Chérie, tu demandes à un charlatan-né s'il croit aux pouvoirs psychiques. Je connais toutes les ruses connues de l'homme, et certaines qu'il ne connaît pas encore. En tout cas, j'en sais assez pour regarder la main gauche quand c'est la droite qui fait le numéro. Et, jeune fille, depuis l'été dernier, j'observe le moindre de tes mouvements.

Il soupira.

— Mais que je sois maudit si j'arrive à te prendre sur le fait. Au labo du Dr Eldon, tu m'as fait tourner en bourrique, tu m'as mystifié, confondu. Puis on est arrivés ici et je me suis dit : je vais enfin pouvoir l'observer tous les jours, impossible qu'elle réussisse à me duper en permanence. Smalls, peut-être, mais pas Teddy Telemachus. Et tu sais quoi ? J'avais raison.

— Quoi ? Je n'ai jamais…

— Tu ne m'as pas dupé, Maureen McKinnon, parce que tu n'essayais pas. Tu es authentique. J'ai mis du temps à le croire parce que c'est contre ma nature. Malheur à moi si je me laisse berner par une beauté aux yeux bleus de Chicago. Mais tu as un don. Tu es une vraie médium. Et je suis amoureux de toi.

Elle se rencogna sur le siège en vinyle, et une larme s'échappa de ses yeux pour couler sur sa joue. Une fois de plus, il restait mystifié. Pleurait-elle de joie ou de chagrin ? Il partit du principe qu'elle était heureuse, parce que l'alternative l'aurait dévasté.

— Et toi ? demanda-t-elle enfin. Est-ce que la machine dit vrai à ton sujet ?

— Tu le sais déjà. Tu connais toutes mes ruses.

Toutes sauf deux, pensa-t-il. Celle qu'il avait employée le matin même, et celle qu'il allait exécuter. Il avait prévu de le faire plus tard, durant le dîner, mais à présent, dans ce bus bondé de soldats et de secrétaires, Maureen avait grand besoin d'un peu de magie.

— Considère ce joli chapeau, dit-il en ôtant son fédora. Il n'y a absolument rien dedans.

Elle s'épongea les yeux des jointures.

— Pas maintenant, Teddy.

Il plongea la main dans le chapeau.

— Et pourtant, quelque chose va sortir du néant.

Il leva la main et exhiba la boîte tendue de velours noir qui contenait la bague.

— Qu'est-ce que tu fais ?

— On est un peu serrés mais je vais essayer de me mettre à genoux.

— Non, s'il te plaît.

Elle posa la main sur celle de Teddy, refermant ses doigts autour de la boîte.

— Je dois te dire quelque chose.

— Du moment que ça finit par « oui »…

— Il s'est passé quelque chose, annonça-t-elle, l'air grave. Ou plutôt, *quelqu'un*.

La poitrine de Teddy se serra.

— Un autre homme ?

— Ou une fille. On ne le saura pas avant un moment.

— Oh, dit-il.

Puis :

— Oh !

Puis :

— Oh mon Dieu !

Elle le regarda, toujours sans sourire. Attendit qu'il recouvre ses esprits.

— Tu en es sûre ? Tu es allée chez le docteur ?

— Pas la peine. Je le *vois*.

— Quoi ?

— Je ne vois pas que des choses lointaines, Teddy, dit-elle en se touchant le ventre. J'ai regardé, et il était juste là.

— Bon Dieu de bon Dieu.

Teddy expira, fixant le dossier du siège de devant sans le voir.

— Tu peux la reprendre, si tu veux, dit-elle.

— Quoi ?

Il avait l'impression d'être incapable de retrouver son souffle.

— La bague.

Ça n'avait aucun sens.

— Je dois savoir ce que tu penses, Teddy. Je ne peux pas lire dans tes pensées.

— Ce que je pense ?

Il se tourna vers elle. Ses larmes à lui et la vitre éclaboussée de soleil du bus, derrière Maureen, floutaient le visage de la jeune fille et l'entouraient d'un halo de lumière – un ange sur vitrail.

— Je pense que cet enfant va être épatant !

*

— Bienvenue au Hala Kahiki Lounge, dit-il à Graciella. Le meilleur tiki bar de tout Chicagoland.

Elle contempla les murs lambrissés de bambou, les abat-jour à franges, les dieux grimaçants en plastique qui décoraient les murs.

— Je suppose donc que c'est le seul de la ville ?

— Peut-être, peut-être. Mais il ne faut pas dénigrer un établissement seulement parce qu'il a su perdurer plus longtemps que ses concurrents.

Patti, la serveuse, salua Teddy en l'embrassant sur la joue et le conduisit à sa table habituelle. Il commanda un rhum importé de la Barbade. Graciella resta au bourbon.

— Alors ? dit-elle d'un ton explicite au milieu de son deuxième verre.

— Cette histoire n'est pas convenable pour des gens civilisés.

— Je passe mes journées au tribunal à écouter des récits affreux. Et tous les soirs, je discute de divorce avec mon avocat. Ça fait longtemps que je n'ai pas été en compagnie de gens civilisés.

— Vous quittez Nick junior ? s'enquit-il en essayant de dissimuler sa joie.

— Si je peux y arriver sans le tuer, répondit-elle en agitant la main. Votre histoire. Allez-y.

— D'accord.

Il remua son verre en se demandant par où commencer.

— Je vous ai raconté que je jouais aux cartes avec Nick senior, non ? Nous étions quelques-uns à nous réunir toutes les semaines pour une partie, chez lui.

— À la pizzeria.

— Nick avait installé une grande table dans la cuisine. Il préparait des pizzas pendant qu'on jouait, il ouvrait le vin…

Graciella agita deux doigts : venez-en au fait.

— D'accord. Un des gars du groupe, que nous appellerons Charlie, était l'un des meilleurs amis de Nick. Ils se connaissaient depuis longtemps, et Charlie travaillait parfois pour Nick. Rien de violent, mais rien de très légal non plus. Ils avaient cet arrangement depuis des années, sans le moindre problème. Bref, Charlie se pointe à la soirée poker, et il y a de la tension dans l'air. Apparemment, il avait merdé, et salement. Le job était parti en vrille, un des amis de Nick avait été blessé, et il avait perdu un paquet d'argent qui appartenait à, disons, certaines personnes…

— Je sais ce qu'est l'Organisation.

— Bien sûr, bien sûr. Et vous avez entendu dire à quel point elle est attachée à son argent. Donc, Nick prépare des pizzas pour tout le monde, dans la farine jusqu'aux coudes, et il commence à interroger Charlie sur ce qui a foiré. Charlie est nerveux mais il la joue détendue. Nick n'arrête pas de lui parler, et tout le temps qu'ils discutent, Nick passe la pâte dans le rouleau à pizza… vous savez ce que c'est ?

Elle secoua la tête.

— Une grosse machine, avec deux rouleaux qui ressemblent à des quilles en métal ; ils tournent drôlement vite et aplatissent la pâte. Et soudain, deux des types assis à la table empoignent Charlie par les bras et l'amènent devant l'appareil.

— Oh, mon Dieu.

Elle comprit enfin.

— Les deux mains, continua Teddy. Il les lui a mises dedans. D'abord, les doigts sont broyés. Puis les rouleaux se coincent au niveau des poignets, mais ils continuent de forcer. Alors, la peau se déchire jusqu'au bout des doigts.

— Comme un gant qu'on enlève, murmure Graciella avant d'avaler le reste de son bourbon.

— Désolé d'avoir dû vous raconter ça. Mais quand je pense à vous et à vos enfants…

— Non, ça va.

Elle regarda son verre comme s'il allait se remplir par magie.

— Mon mari n'a pas tué Rick Mazzione.

— Je n'ai pas dit qu'il l'avait tué.

— C'est un crétin, un salaud, et il a sans doute fait d'autres choses… mais pas ça.

Elle plongea la main dans son grand sac et en sortit une sacoche isotherme décorée de personnages de dessin animé.

— J'aimerais vous montrer quelque chose.

Elle ouvrit la fermeture Éclair. À l'intérieur, il y avait un accumulateur de froid bleu et une boîte à sandwich en plastique transparent, qu'elle poussa vers Teddy.

Il ouvrit le couvercle pour découvrir une demi-douzaine de graviers gris. Non, pas des graviers.

— Les dents de Rick Mazzione, dit Graciella. Nick senior adorerait mettre la main dessus.

— Pourquoi ?

— C'est une longue histoire.

Elle se commanda un autre bourbon.

8

Irene

À moitié cachée derrière un pilier à quinze mètres de la porte C31, elle attendait que les passagers du vol 1606 débarquent. Elle avait l'impression d'être un chien devant une épicerie, l'un de ces animaux inquiets qu'on attache près de la vitrine et qui dévisagent désespérément chaque client en espérant revoir leur maître. C'est toi que j'aime ? Oui ?

Puis elle se dit : Oh, bonté divine. J'ai le mot « amour » dans la tête.

Elle n'était pas amoureuse. Comment tomber amoureuse d'une icône AOL, ou de quelques centaines d'écrans de texte ? Pourtant, le frisson qu'elle ressentait chaque fois que l'ordinateur l'informait que, oui, elle avait du courrier, était aussi tangible que la caresse d'un amant.

Les gens descendaient la rampe en file ininterrompue. Le vol avait décollé très tôt le matin, et nombre de passagers avançaient mollement, paresseusement, comme si une alarme à incendie venait de les tirer du lit ; ils atteignaient le couloir principal, regardaient autour d'eux, essayant de trouver leurs repères, puis s'éloignaient à pas traînants. Les passagers de la classe affaires, cependant, ne faisaient pas affront à son nom : de leur costume à leur jupe et à leurs chaussures rutilantes, tous étaient taillés pour les affaires. Ils fendaient la foule des civils comme des requins.

Last Dad Standing – alias Joshua Lee – était l'un d'eux, un type qui sillonnait le pays en classe affaires. Mais Irene restait terrifiée à l'idée de ne pas le reconnaître. Il lui avait envoyé une photo de lui, debout à l'ombre d'un palmier, mais l'imprimante monochrome à jet d'encre d'Irene l'avait réduit à une tache faiblement contrastée, si bien qu'elle n'avait pas pris la peine d'emporter le tirage. Plus elle s'efforçait de revoir mentalement le cliché, plus elle doutait de sa mémoire.

Et puis, l'idée de ne pas le reconnaître la terrifiait pour une autre raison. Après avoir parlé en ligne pendant plus d'une semaine, ils avaient eu cet échange :

LAST DAD STANDING : Je dois t'avouer quelque chose. Deux choses, en fait.

IRENE T : Ça a l'air sérieux.

LAST DAD STANDING : Tout d'abord, ma fille est chinoise.

IRENE T : Super ! Je ne savais pas que tu avais adopté.

LAST DAD STANDING : Pas exactement.

Et elle avait songé : Pas exactement ? Qu'est-ce que ça veut dire ? Vous l'avez kidnappée ?

LAST DAD STANDING : Ce qui m'amène à la deuxième chose. Ses parents sont eux aussi chinois.

Elle avait failli taper « Évidemment, que ses parents sont chinois ». Puis elle avait percuté. Joshua *Lee*.

Elle avait ressenti une bouffée d'embarras, rétroactif et conditionné. Avait-elle lâché un commentaire désobligeant sur les Chinois au cours d'une conversation précédente ? Ou sur les Asiatiques en général ? Elle avait parcouru mentalement les messages échangés. Mais, naturellement, une raciste ne se rappellerait même pas avoir émis des propos injurieux.

Puis son embarras avait redoublé lorsqu'elle avait compris qu'il attendait sûrement une réponse. Et que sans doute il se marrait. Quel idiot, de lui annoncer ça comme ça ! Rapidement, elle avait tapé :

IRENE T : Tu as prévenu ta fille que ses parents étaient chinois, ou pas encore ?

LAST DAD STANDING : Ha-ha. On attend le bon moment pour le lui annoncer.

IRENE T : Et à moi aussi, apparemment.

LAST DAD STANDING : Tu m'en veux ?

IRENE T : Peu m'importe ce que tu es.

LAST DAD STANDING : Tant mieux, parce qu'en fait, je suis une grand-mère de 80a et j'habite Flagstaff.

IRENE T : Alors arrête de taper et tricote-moi quelque chose.

Ils avaient échangé leurs détails biographiques comme des cartes à collectionner. Il était chinois de la troisième génération ; elle était également de la troisième génération côté irlandais, et Dieu sait laquelle côté grec, papa restant vague sur l'histoire de sa famille. Culturellement, le plus grand écart entre eux provenait de l'opposition sud-ouest/Midwest. Ils n'avaient que faire de l'opposition homme/femme, col blanc/classe ouvrière, et elle n'aborda pas le sujet sain d'esprit/médium.

Elle essaya de lui dire que la race n'avait aucune importance, qu'il n'avait même pas besoin d'en parler, et il répondit que si, naturellement, parce que sa couleur aurait été la première chose qu'Irene remarquerait s'ils se rencontraient…

… ce qui était précisément ce qu'ils s'apprêtaient à faire.

Le flot de passagers devint ruisselet, puis se tarit. Trente secondes après, deux hôtesses de l'air sortirent, tirant leur micro-bagage à roulettes derrière elles. Où était-il ? S'était-il faufilé sans qu'elle le remarque ? Avait-il raté le vol ?

— Irene ?

Elle se retourna et leva les yeux vers le visage souriant de Joshua Lee. Bien sûr, elle le reconnut. Il se ressemblait dans les moindres détails.

Elle leva le bras comme pour lui serrer la main, puis se rendit compte que c'était ridicule. Elle s'avança pour l'étreindre. Sa poitrine était ferme. Et sa main, dans le dos d'Irene, si réelle. Sa présence très concrète la surprit.

— Alors, c'est toi, dit-il.

— C'est moi, répondit-elle.

— Je suis ravi de…

— Non ! Tu as promis.

— C'est vrai. Les règles. Pas d'amabilités.

— Et on ne parle pas d'émotions. Je sais que c'est bizarre.

Elle cilla comme pour s'excuser. Il voulut ajouter quelque chose, s'interrompit, reprit :

— Est-ce que la faim est une émotion ?

— C'est un cas litigieux.

— Puis-je te demander si tu as faim ? Est-ce que tu aimerais manger quelque chose ?

— Tu peux.

— Parce que j'ai trois heures et demie avant mon prochain vol, et j'aimerais essayer ce sandwich dont tu m'as parlé : la combo.

— Oh, tu ne feras pas le poids face à la combo. De plus, il va nous falloir une demi-heure pour rejoindre ma voiture, vingt minutes de plus pour arriver au restaurant…

— Ça nous en laisse encore beaucoup.

Ils se dirigèrent vers la sortie, la peau d'Irene à quelques centimètres de celle de Joshua. Elle s'était complètement trompée. La faim n'était pas un cas litigieux.

Une nuit, dans la salle de tchat, il avait glissé qu'il faisait souvent de longues escales à Chicago quand il se rendait à New York. Elle avait commencé par ignorer la perche tendue. Il avait évoqué ses arrêts à d'autres reprises, et enfin avoué qu'il allait passer par l'aéroport O'Hare la semaine suivante et qu'il avait envie de la voir. Elle avait tenté de lui expliquer que c'était impossible, ce qui avait provoqué une longue discussion concernant les problèmes de confiance – selon la définition de Joshua – d'Irene, qu'elle-même qualifiait de problèmes de réalité.

LAST DAD STANDING : Pourquoi crains-tu tellement que je te mente ?

IRENE T : Tout le monde ment. Je ne dis pas que tu es quelqu'un de mauvais ; moi, je mens tout le temps. Je vais sûrement te mentir aussi.

LAST DAD STANDING : Du coup, tu comprends pourquoi je trouve ça un brin bizarre ?

IRENE T : C'est pour ça que ça ne fonctionnera pas si on se rencontre. Je ne pourrais pas le supporter, en direct. Pas de la part de quelqu'un à qui je tiens.

LAST DAD STANDING : Tu vois ? Tu tiens à moi ! J'ai gagné.

IRENE T : Sauf si je mens. Mais ce n'est pas le cas. C'est chouette de me croire, non ?

Il n'abandonna pas. Il gagna à l'usure et elle finit par accepter de le retrouver à l'aéroport, à la condition qu'il suive certaines règles.

IRENE T : Tu n'auras pas le droit de dire « Ravi de te rencontrer » ni « Tu es charmante ».

LAST DAD STANDING : Et si tu es vraiment charmante ?

IRENE T : Peu importe. Si tu le dis une seule fois, tu te sentiras obligé de le dire à chaque fois.

LAST DAD STANDING : Je ne vois pas où est le problème du moment que je suis sincère. Si je suis heureux de te voir, j'aimerais pouvoir te le dire.

IRENE T : Dis-le-moi maintenant si tu le dois. Mais pas quand on sera face à face.

LAST DAD STANDING : Parce que dans le cas contraire tu verras sur mon visage que je suis un menteur pathologique ?

IRENE T : Désolée. Je ne peux pas faire autrement.

LAST DAD STANDING : Alors, on va faire comme ça. Je suis content d'essayer l'honnêteté totale. Pas de mensonge.

Tandis qu'ils se dirigeaient vers le Johnny's Red Hot, essayant de combler le silence sans se prendre les pieds dans leurs règles de conversation, elle se rendit compte qu'elle avait fait une terrible erreur. Elle ne désirait pas une « honnêteté totale » ; ils en avaient déjà eu leur lot, lorsqu'ils étaient tous deux en ligne et discutaient dans la pénombre par écran interposé. Elle avait demandé quelque chose d'impossible : des protège-oreilles qui filtraient les non-vérités mais laissaient passer le reste de sa voix.

Johnny's venait d'ouvrir pour midi. Elle n'avait pas faim, mais prit des frites pour accompagner Joshua. Ce dernier commanda la combo et la rapporta à leur table avec ravissement.

— Je n'arrive pas à croire que les lois de l'État autorisent un truc pareil. On ne devrait pas pouvoir mettre une pile de tranches de bœuf…

— De bœuf italien, précisa-t-elle.

— De bœuf italien par-dessus une saucisse…

— Une saucisse italienne.

— Oui, et laisser les gens manger le tout.

— À Chicago, la viande est un condiment comme un autre.

La nourriture était un sujet inoffensif. Ainsi que le temps qu'il faisait, la circulation, les voyages aériens, et tout ce dont ils n'avaient pas envie de parler. Elle voulait lui demander s'il avait passé autant de temps qu'elle à choisir ses vêtements, ce matin ; s'il était nerveux, s'il avait lui aussi la tête qui tournait. Mais ces sujets étaient hors limite, selon le propre décret d'Irene. Lorsque Joshua termina la combo (et il la termina, essuyant le reste de sauce avec le dernier morceau de pain détrempé avant de l'engloutir comme un vrai natif du Southside), elle se rendit compte que, même en comptant le retour à l'aéroport et le passage à la sécurité, ils avaient encore une heure à combler sans la moindre matière pour le faire.

— Je suis désolée, dit-elle. Je n'aurais pas dû faire ça.

— De quoi tu parles ? Ça me fait plaisir de…

Il s'interrompit. Pas de sentiments.

— Tu vois ? Je suis complètement folle.

Il réfléchit un instant. Puis il tendit la main par-dessus la table et la posa sur celle d'Irene.

— Ne parlons pas, alors. Contentons-nous de nous regarder. Et, plus tard…

— Plus tard, nous nous dirons tout, en ligne, compléta-t-elle.

— Comme de bons Américains On Line, ajouta-t-il, ce qui la fit rire.

— Tu peux continuer à me tenir la main, quoi qu'il en soit.

— J'aurais dû commencer par laver les miennes de tout ce gras.

Et c'était la vérité.

Ils retournèrent vers l'aéroport dans un silence noyé par le bruit du sang qui rugissait dans les veines d'Irene. Elle devait lui avouer quelque chose avant qu'il ne reparte, quelque chose qui pouvait mettre fin à leur relation avant même qu'elle ne commence. Après les portiques de détection, ils se dirigèrent, main dans la main, vers le terminal de la porte suivante.

— Je dois te dire qui je suis, annonça-t-elle. Te parler de ma famille.

— Je connais la Fantastique Famille Telemachus.

Elle s'arrêta et lui lâcha la main.

— Vraiment ?

— J'ai posé des questions autour de moi, et un ami vous connaissait. J'ai pensé que tu t'attendais sûrement à ce que je fasse des recherches sur toi. Quand tu as fini par me dire ton nom de famille, tu donnais l'impression qu'il était célèbre.

— Non, c'est pas vrai.

Il lui lança un regard amusé.

— Est-ce que je mens ?

Il ne mentait pas. Elle éprouva une vague de terreur brûlante, comme lorsqu'à neuf ans elle avait dû s'aventurer devant les caméras.

— Alors, qu'en penses-tu ?

— Sans parler de sentiments ?

Sa voix était rieuse, ses yeux doux. Elle n'y voyait pas le soupçon de dédain qu'elle avait anticipé.

— C'est vrai, dit-elle. Les règles.

Elle passa son bras sous le sien et ils reprirent leur marche.

— J'ai beaucoup de questions, reprit-il.

— On en parlera plus tard.

Devant l'écran, tout était facile : leurs mots filaient sans effort entre les satellites. Ils avaient parlé de son divorce et de son job stressant à lui, de son presque mariage avec Lev et de son job abrutissant à elle. Surtout, ils parlaient de leurs enfants. Il partageait la garde de sa fillette de dix ans, Jun, et s'inquiétait de l'impact du divorce sur elle. Irene s'inquiétait pour Matty, maître de la bouderie et du secret, qui passait un temps excessivement long dans sa chambre, seul.

LAST DAD STANDING : Ne t'en fais pas. Tous les gosses font ça.

IRENE T : Toi, ta fille te dit tout.

LAST DAD STANDING : Matty est un adolescent. Je n'ai jamais rien dit à mes parents, et regarde ce que je suis devenu : divorcé, en thérapie… Bon, en fait tu devrais te faire du mouron.

IRENE T : Tu suis une thérapie ?

LAST DAD STANDING : Je suivais. Ces derniers temps, j'ai un peu laissé tomber.

IRENE T : Je devrais peut-être envoyer Matty chez un psy. Quand je lui parle, j'ai l'impression de procéder à un contre-interrogatoire.

LAST DAD STANDING : Votre honneur, je demande l'autorisation de traiter cet adolescent comme un témoin hostile.

IRENE T : Exactement !

L'historique de sa famille au sein du psi-business était le seul sujet qu'elle n'avait pas eu le cœur d'aborder, et, maintenant qu'il l'avait mis sur la table, elle n'en revenait pas d'avoir gardé le silence si longtemps. Le hic, avec les squelettes, c'est qu'on ne se rend pas compte de la place qu'ils prennent tant qu'on ne les a pas sortis du placard.

Pour l'heure, elle avait simplement besoin de marcher sans parler, bras dessus bras dessous avec un bel homme qui inexplicablement se montrait prêt à composer avec ses exigences de lunatique et qui n'avait pas peur de son passif de télépathe juvénile.

Un homme qui s'apprêtait à la quitter.

Joshua et elle restèrent debout sans parler et, lorsque le moment d'embarquer arriva, elle se serra contre lui. Il passa le bras autour d'elle.

Et voilà, pensa-t-elle. L'odeur de Joshua toucha quelque chose dans son cervelet qui lui fit penser au soleil, au bois et au sel.

Les haut-parleurs beuglèrent.

— C'est pour moi, dit-il.

— Je sais.

Elle ne voulait pas lui lâcher le bras. Mais elle le fit. C'était ce qu'Irene aurait fait.

— Merci d'être venue, Irene. D'avoir pris du temps pour moi.

— Je me suis dit que la supérette pourrait s'en sortir sans moi.

— Je repasserai jeudi. Peut-être qu'on pourrait refaire ça ? Ce sera l'après-midi ; du coup on pourrait, je ne sais pas, prendre un verre ? Dans un endroit agréable ?

— Désolée que ça ait été si bizarre.

— Ce n'était pas bizarre du tout.

Les haut-parleurs annoncèrent son vol. Il regarda par-dessus son épaule et, lorsqu'il se retourna vers elle, il remarqua le changement qui s'était opéré sur ses traits. Elle ne pouvait pas le dissimuler.

— Oh, Irene…

Il crut qu'elle était triste de le voir partir. C'était le cas, mais ce n'était pas ça qui avait fait monter les larmes aux yeux de la jeune femme.

Il comprit.

— Merde, souffla-t-il.

Ce premier mensonge restait suspendu entre eux, dans l'air. Si, ça avait été bizarre. Follement bizarre. Et il n'avait pas osé le dire à la timbrée qui était venue jusqu'ici pour le rencontrer.

— Je suis désolé, ce n'est pas ce que je…

Il s'interrompit au milieu d'un autre mensonge. Parce que c'était bel et bien ce qu'il pensait, et il savait qu'elle le savait. Ces deux bobards étaient trop petits pour signifier quoi que ce soit. Sauf qu'ils n'étaient que les premiers d'une inexorable cascade de non-vérités, de demi-vérités, de pieux mensonges et de tromperies éhontées qui allaient s'accumuler autour d'Irene jusqu'à ce qu'elle ne puisse plus voir Joshua. Elle s'était déjà retrouvée prise dans cette avalanche ; elle ne pensait pas pouvoir s'en extraire une deuxième fois.

Plus jeune, elle avait cru posséder le meilleur don de toute la famille. Personne ne pouvait la berner. Personne ne pouvait lui jeter de la poudre aux yeux. Pendant que le reste du monde passait sa vie à la merci des escrocs, des arnaqueurs et des voyous, elle était équipée de lunettes à rayon X avec détecteur de conneries intégré. Elle était la fille qu'on ne prend pas pour une truffe.

Bon sang, qu'elle avait été sotte.

— Je dois y aller, dit-elle.

— Irene, s'il te plaît, je ne veux pas partir comme ça.

— Ça va, mentit-elle. C'est juste que je ne peux pas…

Ne peux pas quoi ? se demanda-t-elle. Ne peux pas revivre tout ça. Ne peux même pas recommencer.

— Je ne peux pas, c'est tout.

Puis elle s'éloigna avant que d'autres mots – les siens ou ceux de Joshua – ne la fassent trébucher.

Elle rentra en roulant lentement car son état moral n'était pas adapté à la circulation de Chicago. Lorsqu'elle se gara enfin dans l'allée, elle resta assise longtemps dans sa voiture, fixant le vide par-delà le volant. Puis Buddy sortit par la porte de devant, affublé d'un tablier et de maniques, et lui fit signe d'entrer.

— Ben merde, s'étonna-t-elle.

L'intérieur de la maison sentait bon les cookies chauds : les cookies au chocolat blanc et aux noix de macadamia. Une dizaine de biscuits refroidissaient sur une grille à pâtisserie, et Buddy en sortait une autre fournée.

— Il va bien me falloir tout ça, dit-elle.

Il opina.

Maman avait voulu transmettre ses connaissances culinaires à Irene, mais c'était Buddy qui avait mémorisé les recettes. Il les réalisait, aussi, mais seulement selon son propre emploi du temps. On ne pouvait pas lui demander de préparer les steaks au poivre de maman, ni sa soupe fèves-bacon, ni ses cookies aux noix de macadamia. Il fallait attendre qu'il en ait la lubie, puis espérer être dans les parages pour en profiter.

Le courrier reposait sur le comptoir. Elle parcourut la pile de paperasse, redoutant la facture qui lui serait adressée, mais la seule chose intéressante était une grosse enveloppe destinée à Teddy, envoyée par ATI – Advanced Telemetry Inc. Il recevait des lettres pareilles depuis des années, une par mois. Il ne les ouvrait jamais devant Irene, et elle pensait en connaître la raison.

Matty apparut à la porte de la cuisine, encore vêtu du t-shirt Bumblebee jaune que Frankie lui avait donné.

— C'est quoi, ça ? demanda-t-il.

Buddy referma le four, attrapa trois cookies tièdes et sortit par la porte de derrière. Autre défaut de ses sessions de cuisine impromptues : il vous laissait la vaisselle.

Sur la table était posé un message rédigé dans l'écriture tremblotante de son père : « Irene : dîner mercredi au Palmer. Habille-toi chic. »

— Quoi donc ? répondit sa mère.

Matty haussa les épaules, tendit la main vers un cookie. Il n'était pas peigné et deux pustules ornaient son menton, mais la structure osseuse de son père transparaissait sous la graisse juvénile. L'enfant ne savait pas à quel point il serait beau, plus tard.

— Ils sont drôlement bons.

— J'ai failli dire « Tu aurais dû goûter ceux de mamie Mo », mais ceux de Buddy sont peut-être meilleurs.

— Tu es allée à un entretien d'embauche ?

— Hein ? Ah, la jupe.

— Et le maquillage

— Ça m'arrive d'en mettre.

— Pas depuis Pittsburgh. Et, hum, ça a un peu coulé.

Elle s'épongea le coin de l'œil.

— J'ai pas eu une très bonne journée, dit-elle en souriant pour le rassurer, sans qu'il paraisse très convaincu. Et la tienne ? Frankie te traite bien ?

— Tu n'as pas répondu à ma question.

— Toi non plus. Et si on faisait donnant-donnant ? Tu réponds à l'une des miennes, je réponds à l'une des tiennes.

— Comme si tu allais vraiment me répondre.

— Mais si ! s'exclama-t-elle

Il fronça les sourcils, étudiant les termes du marché pour débusquer la moindre faille. Teddy aurait été fier de lui.

— D'accord. Mais on se limite à trois questions.

— Vous êtes dur en affaires, monsieur Telemachus. C'est donc ta première question ? Est-ce que je suis allée à un entretien d'embauche ?

— Tu vas me répondre par un simple non puis m'en poser une. Alors restons dans les réponses courtes : où es-tu allée ?

— Voir un ami.

— Le type auquel tu parles sur l'ordinateur ?

— Comment le sais-tu… ? Ça fait deux questions.

— Je veux bien en dépenser deux pour avoir la réponse. Et ça n'a pas été très dur à deviner. Tu es tout le temps sur l'ordinateur. Je me suis dit que c'était sûrement pour un type.

— Je pourrais être lesbienne.

— Vraiment ?

— Il s'appelle Joshua.

— Josh-u-a, répéta-t-il. Josh. Le Joshinator.

— Alors, c'est comment, de travailler avec Frankie ? demanda-t-elle.

Elle voyait qu'il mourait d'envie de déguerpir.

— C'est bien, dit-il avant de se rendre compte que ce n'était pas vrai. C'est… intense.

— Comment ça, intense ?

— Ça fait deux questions.

— Moi aussi, je pense que la réponse en vaut la peine.

— C'est devenu… Je ne sais pas. Oncle Frankie est exigeant, disons. Je ne pense pas être capable de faire tout ce qu'il me demande de faire.

— Oh, seigneur ! Il essaye de t'entraîner dans sa combine UltraVie ?

Matty eut l'air gêné.

— Mince, tu n'es qu'un gosse. Je suis désolée, Matty. Je vais lui dire de te laisser hors de tout ça.

— Non ! Ce n'est pas ça. C'est juste que travailler avec lui, c'est dur, parce qu'il est tellement…

— Intense ? proposa Irene. Grandiloquent ?

— C'est ça. Il est intensément grandiloquent.

— Je n'aurais pas dû te pousser à bosser avec lui. J'ai cru que ça te plairait.

— Tu ne m'y as pas poussé. Je veux le faire, pour que tu aies de l'argent…

— Moi ?

Il rougit encore.

— Pour qu'on ait de l'argent, je veux dire.

Ce qui était la vérité, aussi.

— Chéri, ce n'est pas ton travail. C'est à moi de rapporter de l'argent. Tu es un enfant. Je ne veux pas que tu vives ce que j'ai vécu.

Il écarquilla les yeux.

— Tu parles de perception extrasensorielle ?

Elle aurait préféré qu'il se montre un peu moins emballé par cette idée.

— Non, je veux dire que je suis devenue adulte avant l'âge. Quand maman est morte, je n'avais que dix ans, et tout à coup, j'ai dû m'occuper de Frankie et Buddy. Et de ton grand-père, aussi.

Matty prit un autre cookie et le fixa longuement.

— D'après Frankie, mamie Mo était si puissante que les Russes ont dû la tuer.

— Frankie a tout un tas de théories sur tout un tas de complots. Il prétend aussi que c'est l'Ahurissant Archibald qui l'a tuée. Peut-être qu'Archibald était un espion à la solde des Russes ?

— Je sais, mais…

— Mais quoi ?

— C'était vraiment une espionne, non ? Elle travaillait pour la CIA ?

Elle travaillait pour Destin Smalls, pensa Irene.

— Elle était employée par le gouvernement, oui, mais je ne sais pas exactement par quelle agence.

— Du coup, ils l'avaient… formée ?

— Quoi ?

— Je veux dire, quelqu'un comme elle, ils lui auraient appris à…

— Ils ne lui ont rien appris du tout.

Tout à coup, la colère d'Irene ressurgit, comme si elle venait de poser le pied sur un éclat de verre. Elle avait oublié quelque chose. À propos de Destin Smalls. Mais le souvenir refusait de se montrer.

— Maman ?

Matty parut inquiet.

— Elle avait un talent naturel, reprit Irene avant de s'éclaircir la gorge. Ils se sont servis d'elle, lui ont menti, puis elle est tombée malade. Il n'y a pas de grand mystère.

Irene se rappelait ce matin, sept mois avant la mort de sa mère, quand elle l'avait trouvée assise sur le lit, en pleurs. Puis Maureen avait essuyé ses larmes et était partie avec Destin Smalls. Ce souvenir, au moins, était clair et net.

— Pourquoi tu me poses des questions là-dessus ? demanda Irene.

— Pour rien, dit-il.

Un mensonge.

— Arrête. Il y a forcément une raison.

— Ce n'est pas juste. Tu as un avantage. Quand tu me mens, je ne peux pas le savoir.

— J'ai répondu sincèrement à toutes tes questions, au mieux de mes capacités.

Il tordit la bouche pour adopter sa mine réfléchie. Il planifiait son prochain coup.

— D'accord. Ce Joshua, tu l'aimes ?

Elle s'essuya le visage avec une serviette.

— Je ne l'ai vu en personne qu'une seule fois. Ce matin.

Il rit.

— Tu ne réponds pas du tout à la question.

— Peu importe si je l'aime.

Un souvenir se déroulait depuis la pénombre : Destin Smalls et son père, debout dans le salon, la regardant tous deux.

— Ça ne marchera pas, conclut-elle.

Elle savait reconnaître une histoire d'amour vouée à l'échec quand elle en voyait une.

*

Destin Smalls passait prendre sa mère tous les matins, et la ramenait tous les après-midi. Irene avait appris à détester l'arrivée de sa voiture, ce monstre rutilant au radiateur pareil aux fanons d'une baleine, et la hâte avec laquelle sa mère y montait. Impatiente. Hilare, parfois. L'après-midi, elle les observait depuis la fenêtre : Maureen restait dans la voiture avec Smalls, parlant à n'en plus finir, retardant le retour auprès de ses enfants et de son mari. Le retour à ses devoirs.

Ses journées avec Destin Smalls semblaient l'épuiser. Lorsqu'elle était trop fatiguée pour préparer le repas, elle s'asseyait dans la cuisine, Buddy sur les genoux, et expliquait à Irene comment procéder, ne se levant qu'en cas d'urgence. Lorsque papa remontait de la cave pour le dîner, il couvrait Irene de louanges. Elle était heureuse de se charger de cette tâche, jusqu'au jour où elle avoua à sa mère qu'elle préférerait jouer avec ses amies.

— On ne joue pas, on prépare le repas, avait rétorqué sa mère.

— Marcie m'attend, répondit une Irene âgée de dix ans. Fais-le, toi, le repas.

— Mets le bœuf haché dans la poêle, soupira Maureen, épuisée.

— Commence par faire dorer la viande, ajouta Buddy.

Il était debout à côté de sa chaise, les bras passés sur ses épaules de sa mère.

— C'est ça, dit cette dernière.

— C'est pas juste, protesta Irene.

— Commence par faire dorer la viande ! cria Buddy.

Il détestait que quelqu'un contrarie maman.

À mesure que l'été passait, sa mère ne restait parfois même pas dans la cuisine. Elle lui donnait une fiche recette puis montait se reposer dans sa chambre. Irene préférait encore.

Un matin, fin juillet ou début août, Maureen était encore dans la salle de bains quand Destin Smalls arriva dans son énorme voiture brillante. Irene l'espionna depuis le salon, son gros visage rectangle flottant au milieu du pare-brise comme un poisson pâle, scrutant la maison. Au bout de quelques minutes, il sortit de la voiture. Irene s'éloigna de la fenêtre d'un bond. La silhouette de Smalls glissa devant les rideaux. Puis il sonna à la porte.

Elle courut à l'étage et frappa à la porte de la salle de bains.

— Maman ?

Pas de réponse.

— Maman ? M. Smalls est là.

— Dis-lui que j'arrive dans une minute, répondit sa mère, d'une voix pleine de fausse gaieté qui la faisait paraître fragile.

Lorsque Irene redescendit dans le salon, Buddy était en train d'ouvrir la porte.

— Salut, Buddy.

Smalls tendit la main pour ébouriffer le garçonnet, mais celui-ci s'enfuit vers une autre pièce. Il détestait qu'on le touche.

— Elle n'est pas encore prête, l'avertit Irene. Vous pouvez vous asseoir ici, ajouta-t-elle en désignant la chaise de sa mère, alors que celle de son père était plus proche.

M. Smalls s'assit néanmoins sur l'ottomane paternelle, face à l'escalier qui montait vers la salle de bains – et celui qui descendait vers la cave, où dormait son père.

— Comment ça va, à l'école, Irene ? demanda M. Smalls.

— C'est l'été.

— Ah, c'est vrai.

Il jeta un regard vers l'escalier de l'étage.

— Elle arrive dans une minute, persista Irene.

— Je me disais bien que j'avais entendu des voix, lança alors son père.

Teddy entra dans la pièce. Il portait un bas de pyjama et un maillot de corps, et une barbe de plusieurs jours.

— Ça roule, Destin ? Les affaires vont bien, chez les barbouzes ?

— Content de te voir, Teddy.

Destin se leva et tendit la main. Son père hésita, puis la serra. Il n'avait ôté les bandages que depuis quelques mois.

— Je bavardais avec Irene, dit M. Smalls. Elle est devenue une adorable fillette.

Il se tourna vers elle et lui lança son sourire faux.

— Vous êtes amoureux de ma mère ? demanda-t-elle.

— Quoi ?! fit Smalls.

— J'ai dit : vous êtes…

— Bien sûr que non !

Son père l'observa. Il savait exactement ce qu'elle était en train de faire.

De l'étage parvint le bruit du lavabo qui se vidait, puis la porte s'ouvrit. Les sons semblaient anormalement forts.

— Désolée du retard ! lança Maureen avant de s'arrêter au milieu des escaliers.

Elle fronça les sourcils, regarda papa, puis Destin Smalls.

— M. Smalls est un menteur, déclara Irene avant de quitter la pièce.

*

Plus tard dans la semaine, elle revint d'Aldi pour trouver Teddy occupé à faire les cent pas dans le salon.

— Où étais-tu ? On doit y être à 18 heures !

Ah, oui. Le dîner du mercredi soir au Palmer, pour rencontrer sa « dulcinée ». À un moment donné, pour quelque raison, Teddy avait recommencé à fréquenter.

Elle pensait savoir pourquoi il voulait que sa fille rencontre sa bien-aimée, mais elle espérait se tromper.

— Donne-moi une minute, papa, la journée a été longue.

— Mets ta plus belle robe. Non, la deuxième plus belle. C'est elle la star, pas toi.

Teddy, naturellement, portait déjà son costume le plus coûteux, un modèle bleu métallisé avec rayures marine, et l'une de ses montres les plus scintillantes. Teddy Telemachus, lui, ne jouait jamais les seconds rôles.

— Et dépêche-toi ! Je ne veux pas la faire attendre.

La étant la « dulcinée ». Il n'avait pas encore expliqué pourquoi il tenait tant à ce qu'Irene les accompagne.

— D'accord. Tu pourrais au moins faire réchauffer une pizza Tombstone pour Matty ?

— Je ne peux pas cuisiner, protesta Teddy. Pas avec ce costume !

— Je suis sûr que j'arriverai à mettre une pizza dans le four, intervint Matty.

— Bon garçon, dit Teddy. Essaye de ne pas tout manger, d'accord ?

— Papa, arrête !

Elle monta mais n'avait qu'une envie : retourner à la cave et allumer l'ordinateur. Ces deux derniers jours, elle s'approchait prudemment de l'appareil, comme elle aurait jeté un regard par-dessus le bord d'une falaise puis reculé avant de basculer. Mais, une demi-heure plus tard, elle revenait à la charge pour se remémorer que la chute risquait de la tuer.

Elle imagina une boîte de réception pleine de messages confus signés Joshua. Ou pire, une boîte sans messages de Joshua. Se connecter à la salle de tchat était hors de question. Sinon, elle commencerait aussitôt à discuter avec lui, ce qui déboucherait sur la promesse de le retrouver à l'aéroport jeudi, et, une fois qu'elle serait face à lui, le processus recommencerait : premier contact, tsunami hormonal, puis la crainte soudaine que leur relation soit condamnée à l'échec. La seule chose logique à faire était de tuer ce cycle wagnérien dans l'œuf. Tuer le lapin, comme aurait dit Elmer Fudd.

Elle passa l'une des robes qu'elle mettait au travail, à l'époque où elle bossait dans un endroit où l'on ne portait pas de tablier en polyester. Le tablier était l'uniforme de ceux qui s'agrippaient aux derniers barreaux de l'échelle sociale, un parachute qui ne s'ouvrirait pas. Joshua disait parfois s'inquiéter au sujet de ses finances, mais lui ne risquait pas de tomber dans la pauvreté du jour au lendemain.

Elle émergea de sa chambre pour trouver Teddy qui sautillait sur place en bas de l'escalier.

— Ça ira ? lui demanda-t-elle.

— C'est ordinaire, excellent choix.

Il conduisit, maudissant les autres automobilistes tout le long du trajet. Elle ne l'avait jamais vu aussi nerveux.

— Alors, comment as-tu rencontré cette femme ? s'enquit Irene. Tu rôdes dans un foyer pour retraitées sans me l'avoir dit ?

— Tu le sauras quand on arrivera. C'est une bonne histoire. C'est presque le destin.

Il était 18 h 10 quand ils entrèrent dans le restaurant. Papa balaya du regard le vestibule et le bar à la recherche de la femme mystère, et fut visiblement soulagé qu'elle ne soit pas encore arrivée. Irene lui présenta encore ses excuses pour leur retard, mais il les balaya de la main.

— J'ai une réservation au nom de Telemachus pour 18 h 30, annonça-t-il à l'hôtesse.

— Dix-huit heures trente ? s'étonna Irene.

— Je savais que tu serais en retard.

Leur table était disponible. Teddy accrocha son fédora à une patère en laiton, et Irene ne fut pas surprise de voir qu'une demi-douzaine de chapeaux y étaient déjà suspendus. Palmer's Steakhouse était le restaurant préféré de Teddy parce que le faux-filet y était épais, les boissons corsées et les prix modiques. L'âge moyen de la clientèle se situait au nord de la soixantaine.

Teddy plaça Irene à sa gauche et réserva à son invitée la chaise à sa droite. La serveuse leur versa de l'eau avant qu'ils n'aient fini de rapprocher leur chaise. Son père avait un faible pour le personnel, un escadron intégralement composé d'Ukrainiennes aux pommettes saillantes, aux lèvres de fumeuses à la chaîne et aux jambes interminables. Elles apportaient et reprenaient les assiettes comme si c'était une compétition olympique. Chez Palmer, personne ne lambinait sur sa salade. Au moment où vous avaliez votre dernière gorgée de soupe, on vous enlevait le bol avant que vous ne puissiez reposer la cuiller.

— G et T ? proposa la serveuse.

— Tu me connais trop bien, Oksana. Mais je vais attendre que mon amie arrive avant de commander.

— Une *autre* amie ?

— Je suis sa fille, précisa Irene.

La serveuse haussa les épaules et s'en alla.

— Je ne sais même pas ce que je fais ici, dit Irene. Comment s'appelle cette femme ?

— La voilà.

Teddy se leva et boutonna sa veste. Il alla la retrouver au milieu du vestibule et lui prit le bras.

Irene s'attendait à ce que son père se soit épris d'une femme plus jeune – une sexagénaire, par exemple. Celle-là semblait s'accrocher résolument à la quarantaine avec l'aide d'un bon maquillage, de cours de Tae Bo et de beaucoup d'argent. Sa petite robe noire aurait engouffré l'intégralité du salaire d'Irene. Qu'est-ce qui se tramait ?

Papa l'escorta jusqu'à la table.

— Graciella, voici ma fille, Irene.

Graciella. Le nom lui évoquait quelque chose.

— Enchantée, dit Irene en lui serrant la main.

Elle n'avait plus qu'à attendre le premier mensonge. Trois… deux…

— J'aimerais dire que Teddy m'a beaucoup parlé de vous, répondit Graciella, sauf qu'il n'en a soufflé mot.

De l'honnêteté d'entrée de jeu… Tout arrive !

— Eh bien, papa ne m'avait pas révélé votre nom, jusque-là, répondit Irene.

— Ça ne m'étonne pas. Je pense qu'il aime jouer l'homme mystérieux sous son chapeau.

— J'ai fait une erreur, dit papa sur le ton de la plaisanterie. On annule le dîner. Content que vous vous soyez rencontrées.

La serveuse apparut à côté de la table.

— Des boissons ?

— Oh, ouais, dit Irene. On va en avoir besoin.

Le repas se déroula dans une efficacité toute palmerienne, propulsé par les prestes mains d'Oksana. La conversation glissait sur une rivière d'alcool parmi le vol des assiettes. Graciella buvait sec, et Irene se faisait un plaisir de l'imiter tout en essayant de deviner qui elle était et ce qu'elle fabriquait avec son père. Lorsque l'invitée mentait, c'était en général par politesse ; ses plus gros bobards, soupçonnait Irene, étaient des mensonges par omission. Elle mentionna ses enfants et dit qu'ils allaient tous très bien – les enfants ne vont jamais tous très bien –, mais le mari resta absent de la conversation, malgré son alliance ornée d'un diamant gros comme une météorite.

Papa se montrait courtois et plein d'attentions, du moins envers Graciella. Irene devait commander elle-même ses propres boissons. Teddy riait à tout ce que disait son invitée, ne cessait de lui toucher le bras, lui recommandait ses plats préférés comme s'il faisait partie du personnel. Après qu'ils eurent commandé le dessert – « Le mi-cuit au chocolat est exceptionnel », annonça Teddy – Graciella s'absenta aux toilettes.

— Alors ? demanda Teddy. Tu l'aimes bien ?

— À quoi tu joues, papa ?

— Essaye de te détendre. Je sais que c'est difficile pour les enfants quand leur veuf de père retombe amoureux, mais j'espérais que tu pourrais...

— Reviens un peu en arrière ; tu es amoureux d'elle ?

— Oui, je le suis, admit-il très formellement.

— Tu couches avec elle ?

— Ça ne te regarde pas.

— Papa, elle est mariée.

— Un mariage ni très malin, ni très heureux. Nick Pusateri ne la mérite pas.

— Qui est Nick... ?

Puis elle se rappela où elle avait entendu ce nom.

— Merde. Cette Graciella est la femme du mafieux ?

— Ce n'est pas très joli de porter des jugements.

— Tu baises une gangster ?

— Je ne la baise pas, corrigea Teddy. De plus, je suis presque sûr qu'elle n'a aucune pensée charnelle à mon égard. Elle me trouve…

Il fit un vague geste avec trois doigts.

— … mignon.

— Tu es aussi deux fois plus vieux qu'elle.

— Ne sois pas ridicule. Je ne tombe pas amoureux d'une femme si elle n'a pas au moins la moitié de mon âge plus sept ans. C'est le minimum.

— Alors comme ça, tu décides de qui tu tombes amoureux ?

— Tu devrais essayer, un jour. Entre dans une supérette – pas cet horrible endroit où tu travailles, je te conseille Dominick's – et choisis un inconnu. Cherche la beauté en lui. Regarde la façon dont il tâte un melon. Écoute la manière dont il parle à la caissière. Et répète-toi : j'aime cette personne.

— Tu fais ça souvent ?

— Tous les jours.

— Tu vas finir par te faire arrêter.

— Ça en aura valu la peine.

— D'accord. Tu es un casse-cou émotionnel. Tout ce que je dis, c'est que tu ferais mieux de ne pas chercher à te glisser dans la culotte de Lady Macbeth.

— Lady Macbeth ne porterait pas de culotte.

— Écoute-moi bien, papa. Tu ne dois pas sauter la femme d'un gangster. C'est du suicide.

— Et toi, tu ne m'écoutes pas.

Il jeta un regard vers les toilettes pour s'assurer que Graciella ne revenait pas.

— Ce n'est pas une question de sauter ou de baiser – d'ailleurs, depuis quand parles-tu comme ça ? Le sexe n'a rien à voir dans cette histoire. Je ne me suis pas servi de ma bite depuis si longtemps que je ne saurais même pas la retrouver. Je l'ai échangée contre un paquet de Camel en 1979 et je ne l'ai jamais revue.

— Je n'ai pas du tout envie de causer de la bite de mon père.

— Irene, je parle de trouver quelqu'un. Et d'en faire la personne la plus importante de ta vie, même si ça ne doit durer qu'un temps. Une journée ! Une heure, même ! Dis-moi en quoi c'est mal.

— Ce qui est mal, c'est quand le mari de cette personne si importante te colle une balle dans la tête.

— D'accord, tu marques un point.

Son regard restait braqué sur l'entrée des toilettes.

— Qu'est-ce que je fiche ici, papa ? Je suis la dernière personne que tu devrais amener si tu comptes rester avec cette femme.

— Elle revient. Je dois juste savoir une chose : est-ce que tu l'apprécies ?

Irene soupira.

— Oui, plutôt.

— Parfait.

Et soudain, elle se rendit compte qu'elle avait été victime d'une ruse. Laquelle, elle n'en avait aucune idée.

Tenir une caisse pendant des heures lui avait révélé l'une des vérités du monde moderne : un travail ne monopolisant aucun neurone pouvait malgré tout vous occuper l'esprit, comme de la friture dans un poste de radio. Tant qu'elle besognait – pousser les boîtes de conserve vers le bout de la caisse avec la main gauche tout en entrant les prix avec la droite, bavardant avec les clients, comptant les billets –, elle n'avait pas à songer au jour et à l'heure à laquelle un certain vol atterrissait, ni au fait qu'elle allait mourir seule.

— Tu as attrapé un rhume, trésor ? demanda Phyllis depuis la caisse voisine.

— Ça va, mentit Irene.

Phyllis grogna. Elle était la championne du grognement.

Irene était restée loin de l'ordinateur pendant quatre jours, un record depuis l'arrivée de la machine. Son père se trompait quand il parlait de choisir de qui on tombe amoureux, mais l'inverse était peut-être vrai : on pouvait choisir de ne pas tomber amoureux. Il suffisait de continuer à additionner les canettes d'Aldi Cola (vingt-deux *cents* pièce), à garnir les rayons et à saluer les clients qui partaient d'un joyeux « au revoir ».

— Tuer le lapin, dit-elle.

— Pardon ? s'étonna la cliente, une femme qui avait vingt ans de trop pour sortir avec Teddy.

— Rien, dit Irene en lui présentant le reçu comme s'il s'agissait du ticket gagnant de la loterie. Bonne journée !

Elle passa au client suivant.

Mais il n'y avait rien sur le tapis roulant. Irene leva les yeux, et le client suivant était un homme en costume.

— Joshua ? Qu'est-ce que tu… ?

Il posa le doigt sur ses lèvres.

Elle fit le tour de sa caisse, honteuse de son uniforme en polyester, de ses cheveux attachés. Elle ne s'était même pas maquillée.

— Tu n'aurais pas dû venir.

Sans dire un mot, il se rapprocha d'elle, haussa les sourcils et attendit.

Merde. Il avait raison. Fini, les mots.

Elle l'attira à elle et l'embrassa.

9

Frankie

Comment les entraîneurs résistent-ils à l'envie d'assassiner leur joueur-vedette ? se demandait Frankie. Au début, on adore tout ce qu'ils font pour nous. On rêve de gloire. On entend le rugissement de la foule. Puis on commence à dépendre d'eux. On a besoin d'eux. Et pour finir, à mesure que l'entraînement faiblit, la star commence à douter de vous. Elle a sa volonté propre. Et chaque fois qu'elle ne fait pas ce que vous demandez, vous avez l'impression qu'elle vous enlève quelque chose. Qu'elle vous vole votre gloire.

— Écoute, Matty, tout ce que je te demande, c'est de me regarder ouvrir le coffre, puis de venir me dire la combinaison. Si tu ne t'entraînes pas, ça ne marchera pas. Crois-moi, j'ai déjà vécu ça.

Matty était assis sur le coffre, les bras croisés sur le ventre, fixant le sol du garage.

— Je m'entraîne..., se défendit-il. Mais... pas devant toi.

— Tu ne me fais pas confiance ?

— Ce n'est pas à cause de toi. Je ne peux le faire devant personne.

— Comment tu le sais si tu n'as pas essayé ? Je commence à me dire que tu n'es pas à la hauteur, Matty.

— Je suis allé très loin, oncle Frankie. Ces deux dernières semaines. Tout seul. Alors, je suis prêt à essayer la Taverne de Mitzi.

Frankie n'en revenait pas.

— Là, tout de suite ?

— Ce soir. Ou demain soir. Ça dépend.

— De quoi ?

Le gamin vira à l'écarlate.

— Bon Dieu… d'accord. Fais ce que tu as à faire. Je crois en toi. Tu es mon Walter Payton[1], Matty. Je sais que tu pourras nous rapporter le magot.

Il se passa la main sur le visage. Il transpirait de nouveau. Avait-il l'air trop désespéré ?

— Dis-moi si je peux t'aider ou si tu as besoin de quelque chose.

— Il me faudrait juste un truc.

Oui !

— Dis-moi, l'encouragea Frankie.

— J'ai besoin d'argent. Cinquante dollars.

— Hein ? Pourquoi ?

— S'il te plaît. Tu pourras le déduire de ma part.

— D'accord, d'accord. Si ma star a besoin de cash, du cash elle aura.

*

Durant l'été 1991, il avait fait du garage son Caesar's Palace privé. Il avait déniché une vraie roulette, qui

1. Célèbre joueur de football américain (1954-1999), membre de l'équipe des Chicago Bears. *(N.d.T.)*

avait été utilisée par l'église Sainte-Marie pour sa Soirée de Levée de Fonds Las Vegas, ainsi qu'un tapis en feutrine au marquage réglementaire, et avait disposé le tout sur une table, à la bonne hauteur. Il avait même emprunté une boîte de jetons dans la réserve de son père, juste pour l'ambiance. Puis, heure après heure, il faisait tourner la roue, expédiait la bille le long de la piste et essayait de la pousser, à l'instar de la bille de flipper du Royal Flush.

Cependant, la maîtriser se révélait beaucoup plus difficile. Déjà, elle était plus légère de dix ou vingt grammes, et la moindre pression risquait de l'envoyer voler hors du cylindre. Pire, elle était en plastique. Frankie avait toujours eu un meilleur contact avec le métal.

Il n'avait aucune influence sur la petite sphère blanche. Elle rebondissait sur les cases, tombait sur un chiffre au hasard… et restait là, ignorant Frankie.

— Va te faire foutre, lui disait-il. Va te faire foutre, toi et ton petit cul blanc.

Sans la vision de Buddy, il aurait abandonné aussitôt. Loretta lui reprochait le temps qu'il passait dans le garage. Leurs deux bébés devenaient plus sauvages de jour en jour. Avec le salaire de Frankie, ils ne pouvaient pas se permettre d'avoir des jumeaux. Bellerophonics se cassait la gueule, et il empruntait auprès des Pusateri pour maintenir son entreprise à flot. Il n'en avait parlé à personne.

Il avait besoin de gagner. Il avait besoin de ces grosses piles de jetons.

Si, selon Buddy, le Frankie du Futur pouvait contrôler une roulette, cela signifiait qu'il suffisait au Frankie du présent d'apprendre à le faire, non ? En vain. Ce n'était pas une question de difficulté, parce que ça ne marchait pas du tout. La balle ne ralentissait pas. Cette foutue bille ne frémissait même pas.

— Va te faire mettre ! hurla-t-il. Sale petite merde en plastique pourrie !

Il alla voir Buddy et lui dit que l'affaire tombait à l'eau.

— Ta vision, c'est de la connerie.

Buddy ne répondit pas. Il était dans la cour arrière, et se livrait à son manège habituel avec le journal, parcourant les pages en tous sens, fronçant les sourcils et secouant la tête tel un vieillard qui n'arrive pas à croire ce qu'est devenu le monde.

— Buddy, regarde-moi. Hé !

Frankie passa la main devant la page. Buddy tourna son gros visage vers lui.

— Je n'y arrive pas, ajouta Frankie.

— Tu vas gagner, c'est garanti.

— Si c'est garanti, pourquoi est-ce que je m'emmerde à essayer ? Peut-être que je vais gagner par simple coup de bol.

Buddy secoua la tête.

— Non. Tu me conduis au casino. Tu joues pendant deux heures. Tu gagnes des piles de jetons. La seule façon d'y arriver, c'est de contrôler la bille, comme tu le faisais à la patinoire.

— Ça ne fonctionne pas. Je n'y arrive pas avec cette saloperie en plastique.

— Sois la balle, dit Buddy.

— Tu me cites *Le Golf en folie*, bordel.

Buddy avait vu ce film des dizaines de fois.

— Aime la balle.

Il se leva, plia le journal.

— Ouais, mais si je choisis de ne pas le faire ? insista Frankie. Ta vision ne peut pas m'y obliger.

— La ferme, dit Buddy.

— Mais…

Buddy fit volte-face vers lui et lui martela la poitrine de l'index.

— La ferme ! La ferme ! La ferme !

Trois coups pleins de colère. Il était au bord des larmes.

— Ben merde, marmonna Frankie. D'accord. Je vais essayer.

Il retourna dans le garage, écouta le cliquètement de la roue, le tiqueti-tiqueti-tink de la bille qui tombait dans sa case. Rien ne pouvait la persuader de ralentir, d'accélérer ou de rejoindre les cases désirées.

— Fils de pute !

Frankie avait toujours eu un problème d'assurance. Le simple fait que quelqu'un le regarde tandis qu'il travaillait suffisait à le rendre nerveux et à lui faire perdre son fluide. Et si l'un des spectateurs désirait le voir échouer, si des ondes négatives se braquaient sur lui, comme celles de ce connard d'Ahurissant Archibald, durant le *Mike Douglas Show, game over*.

Mais peut-être que c'était un problème différent.

Aime la balle.

Frankie ramassa la bille, la tint devant son visage, et prit une inspiration.

— Je m'excuse de t'avoir traitée de fils de pute.

Il commença à l'emporter partout où il allait. Il la faisait rouler dans sa paume jusqu'à ce qu'il la sente se réchauffer à son contact. Il la nettoyait avec une peau de chamois. Il lui parlait comme s'il racontait l'histoire de Castor et Pollux aux jumelles, encore dans le ventre de Loretta.

— La balle est ton amie, Castor, chuchotait-il alors. Et la tienne aussi, Pollux.

Ça n'avait pas plu à Loretta. Depuis l'autre côté de son ventre, elle avait rétorqué :

— Comment est-ce que tu viens de les appeler ?

— Castor et Pollux. Tu sais, les plus grands jumeaux de la mythologie grecque ?

— Pas question.

Il avait fini par la convaincre. Il allait devoir en faire autant avec la bille.

— Dis-moi où tu veux aller, chuchotait-il à la petite boule de plastique. Ou du moins dans quel secteur.

Prédire la case exacte dans laquelle elle allait atterrir rapporterait trente-cinq fois la mise, mais ce niveau de précision n'était pas requis, et ce n'était même pas le moyen le plus astucieux de faire sauter la banque. Il pouvait miser sur l'une des douzaines – disons, un numéro compris entre un et douze –, pour deux fois sa mise, et rester au-delà de tout soupçon. Une fois qu'il aurait gagné en assurance, il miserait sur une série de trois numéros consécutifs, pour onze fois sa mise, ou une paire pour dix-sept fois sa mise.

Le problème, naturellement, venait du fait que les numéros consécutifs n'étaient jamais adjacents. Le un et le deux, par exemple, étaient diamétralement opposés sur le cylindre. Cependant, un certain type de mise pouvait le tirer d'affaire.

— J'ai quelque chose à te proposer, dit-il nonchalamment à la bille, tandis qu'il s'apprêtait à la lâcher. Et si tu visais le panier ?

Le panier était une annonce spéciale qui rapportait onze fois la mise, du moment qu'on tombait sur le zéro, le un ou le deux. Or, le zéro et le deux étaient côte à côte sur la roue.

Il regarda la bille perdre son élan, sautiller sur les encoches comme les doigts d'un joueur de banjo. Enfin, elle s'immobilisa, tel un œuf sur un oreiller.

Zéro.

Après qu'il eut fini de danser et de pousser des cris de joie, il ramassa la bille et l'embrassa.

— Merci, dit-il. Beau travail.

*

Il était assis dans sa camionnette, à un demi-pâté de maisons de la Taverne de Mitzi, et regardait les gens entrer dans le bar et en ressortir plus tristes, tels des pénitents se rendant à un confessionnal et en revenant condamnés à réciter mille *Je vous salue Marie*. Le vendredi était le jour de la paye – ou plutôt, du remboursement. Beaucoup de types devaient la totalité de leur chèque aux Pusateri mais espéraient en rapporter une petite portion chez eux.

Frankie était l'un de ces types. Son problème, c'est qu'il n'avait pas le pognon dû. Une fois de plus.

La règle de Nick était : Ne m'oblige pas à venir te chercher. Alors, même si vous ne pouviez pas payer, il fallait au moins venir voir Mitzi, s'expliquer, et accepter la punition. La première fois, elle vous servait son discours « Je ne suis pas en colère mais je suis déçue ». La deuxième fois… Frankie n'en savait rien. Mais il allait bientôt le découvrir.

Il traversa la rue comme un kamikaze à la chemise bourrée d'explosifs.

Dedans, il faisait si sombre qu'il distingua à peine Barney derrière le comptoir. Il s'assit sur un tabouret et attendit que ses yeux s'habituent à la pénombre.

— Elle est disponible ? demanda-t-il.

Il savait que non. Il l'entendait crier après quelqu'un dans son bureau.

Barney ne leva pas les yeux. Il louchait sur un *Reader's Digest* par-dessus ses lunettes, ce qui le faisait ressembler encore plus à Droopy.

— Une Bud light, demanda Frankie.

Barney tourna une page.

— Tu n'auras pas le temps, répondit-il.

Frankie faillit protester, puis comprit qu'il ne gagnerait rien à se mettre Barney à dos.

— Bien vu, dit-il.

C'était ça, la différence entre Frankie et le pauvre con qui se faisait enguirlander, et tous les autres cons qui étaient passés avant lui : il faisait pratiquement partie de la famille. Teddy avait travaillé pour le frère de Mitzi, dans le temps, et Frankie fréquentait ce bar depuis qu'il était tout petit. Mitzi l'aimait bien. Cette affection, pensait-il, était un avantage qui pouvait lui valoir un sursis d'une semaine. Même si Teddy n'était pas au courant de ce qui se passait.

La porte du bureau s'ouvrit et un jeune type en jean serré et chemise encore plus étroite en sortit, un grand Rital de plus d'un mètre quatre-vingts aux cheveux surchargés de gel. Des larmes coulaient sur ses joues. Il s'empressa de rejoindre la porte et disparut dans la lumière.

— À toi, dit Barney.

Frankie se laissa glisser du tabouret. La pièce s'étira et la porte du bureau lui parut subitement se dresser à une distance prodigieuse, que ses jambes parcoururent contre son gré.

*

L'*Alton Belle* flottait dans les eaux peu profondes du Mississippi, tel un gâteau de mariage pailleté. Réplique d'un bateau à roue du XIXe décoré de guirlandes de lampes et parcouru de basses disco, il promettait la rencontre grandiose entre Mark Twain et Las Vegas. Frankie était tellement nerveux qu'il avait envie de vomir.

Buddy, toutefois, trépidait d'excitation.

— C'est ce que tu as vu, hein ? demanda Frankie.

Ils n'étaient pas encore sortis de la voiture. Frankie avait conduit tout au long des quatre heures et demie de route, bien sûr, puisque Buddy n'avait jamais passé son permis.

— Exactement, confirma Buddy. C'est exactement ça.

— Des tas de jetons.

— Des tas.

Ils se fondirent dans le flot de badauds qui attendaient sur la passerelle. Ils avaient une demi-heure à patienter avant que le bateau ne quitte le dock pour la première croisière de la soirée. Selon la loi, un casino devait se trouver sur un navire fonctionnel et en mouvement. À l'intérieur, il régnait un vacarme épouvantable, des clochettes tintaient en permanence comme si chaque foutu joueur gagnait et qu'il suffisait de récolter les pièces tombant des machines. Malgré ses innombrables miroirs, l'endroit était plus petit que Frankie ne l'avait imaginé. Le moindre recoin était occupé par une machine à sous, et la moindre machine à sous semblait accaparée par un vieillard voûté qui s'y accrochait comme à un système de survie.

— Où on va ? demanda Frankie sans que Buddy semble l'entendre. Où est la roulette ? insista-t-il, plus fort.

Buddy haussa les épaules.

— Je ne connais pas ce passage.

— Attends... il y a des passages que tu ne connais pas ?

— Par là, répondit Buddy en ignorant la panique de Frank.

Le gros homme se fraya un chemin au milieu de la foule, suivi de près par son frère. Ils se dirigeaient vers la partie centrale du bateau, mais progresser en ligne droite se révélait impossible ; ils ne cessaient de devoir contourner des rangées de machines qui cherchaient à attirer leur attention par leurs cliquètements, sifflements et clignotements. On se serait cru dans un minuscule casino de Las Vegas, n'eussent été les clients, qui étaient à 80 % des bouseux du Midwest : casquettes John Deere, t-shirt des Saint Louis Cardinals, tongs, shorts, et même quelques types en salopette. Si les contribuables d'Alton, Illinois, s'étaient attendus à voir débouler des flambeurs, ils devaient être déçus. Aucun de ces culs-terreux n'avait l'étoffe d'un James Bond.

Buddy consulta sa montre, puis les pilota vers le grand escalier qui menait au pont A, où se trouvaient plusieurs tables de black-jack, une longue table de craps, et deux roulettes. Au guichet, Frankie échangea les économies de toute une vie – deux mille cinq cents dollars – contre une pile désespérément modeste de jetons disposés sur un plateau en plastique. La totalité de ses rêves et de ses espoirs prenait moins de place qu'une boîte de cookies de girl-scouts.

— Et toi ? demanda Frankie à son frère.

— Il ne t'en faudra pas plus.

— D'après ta vision.

— C'est ça.

Jetons en main, ils se dirigèrent vers les tables.

— Laquelle ? demanda Frankie.

Buddy le regarda en fronçant les sourcils.

— Quelle table de roulette ?

Buddy les scruta, puis désigna celle de gauche.

— T'es sûr ? Tu n'en as pas l'air.

Son frère ne répondit pas.

Ils s'approchèrent de la table désignée, les doigts de Frankie crispés autour de son plateau de jetons. Il n'y avait qu'un seul autre joueur. La croupière, une grande Noire, annonça : « Faites vos jeux. » Frankie regarda la roue et se figea, le cœur battant la chamade. Il attrapa le bras de son frère et le ramena au milieu de la foule.

— Qu'est-ce que c'est ce bordel ? grogna-t-il à un Buddy perplexe. La roue ! Elle est trop grosse !

Son frère haussa les épaules.

— Et la bille aussi ! Je ne sais même pas combien elle pèse ! Pourquoi tu ne m'as pas dit que ça existait en différentes tailles ?

— Tout va bien se passer.

— À quoi ça sert de me dire la bonne fortune si t'es pas foutu de m'expliquer comment faire fortune ?

Buddy l'attrapa par les épaules.

— Écoute-moi…

— Quoi ?

— Des piles de jetons. Très hautes. C'est ce que j'ai vu.

Le sifflet à vapeur retentit et le sol frémit. Le bateau commençait sa croisière d'une heure.

— C'est maintenant, dit Buddy. Tout de suite.

Il se montrait tellement intense. Et bavard. Il avait à peine parlé depuis la mort de maman, et voilà qu'il donnait des ordres comme Patton réincarné.

— D'accord, dit Frankie avant de prendre une profonde inspiration. Tu as bien vu les jetons, hein ?

— La ferme.

Frankie alla se poster à la table mais ne misa pas. Deux autres joueurs étaient là, une femme au maillot de corps très échancré et son petit ami au front épais. Le Cro-Magnon plaça deux jetons de vingt dollars sur le rouge et la croupière appela les dernières mises.

Puis elle lança la roue. Au moins, le son était identique à celui du modèle de Frankie. Ce dernier ne quittait pas des yeux la bille blanche qui dansait le long de la roue.

— Sois la balle, lui dit Buddy dans l'oreille.

Aime la balle, pensa Frankie.

Bien sûr, le casino interdisait aux clients de toucher la bille. Frankie allait devoir faire ami-ami avec elle de loin.

— Qui est une gentille fille ? chuchota-t-il. C'est toi. Oh, oui, tu es gentille. Pose-toi sur le noir, tu veux bien ? Noir, noir, noir…

La croupière lui jeta un bref regard, puis revint à la table et annonça :

— Vingt-six noir !

Le Cro-Magnon grogna. Frankie sourit.

— Gentille fille, dit-il.

Quinze minutes après, Frankie et la bille étaient devenus les meilleurs amis du monde.

*

Mitzi était assise derrière son bureau, ne révélant presque rien d'autre que son visage fripé et sa tignasse. L'ensemble évoquait une tête réduite.

— Pas de cadeau, cette fois ? commença-t-elle.

Frankie essaya de sourire.

— Parce que je dois avouer que ce philo-ultra-magique-truc m'a régularisée comme une horloge suisse.

— Vraiment ?

Il ressentit une boule de chaleur, de la taille d'un œuf, dans sa poitrine. L'espoir, ou une brûlure d'estomac, ou les deux.

— Dans ce cas, je t'en apporterai la prochaine fois.

— Et aujourd'hui, qu'est-ce que tu as pour moi ?

Il ouvrit la bouche, mais les mots ne vinrent pas. Il leva les mains. Elles restèrent dans les airs une seconde, puis retournèrent se poser nerveusement sur ses genoux.

Mitzi ne semblait pas surprise. Elle l'avait sûrement vu à sa figure dès son entrée.

— Tu en es à quarante-quatre mille cinq cent onze, dit-elle.

Les intérêts le tuaient.

— Je sais.

— Et soixante-dix-huit *cents*.

Ses mains remontèrent encore, ne générèrent pas la moindre poussée et retombèrent brutalement.

— Je sais que ça fait beaucoup.

Il prit une inspiration.

— Je me demandais… peut-être que tu pourrais…

— Je ne peux rien faire pour toi, petit. Tu t'es mis là-dedans tout seul. Et maintenant, je n'y peux plus rien.

— Je me disais que, peut-être, je ne sais pas, puisqu'on se connaît depuis si longtemps, tu pourrais parler à Nick senior ? Lui en toucher un mot ?

Mitzi le fixa.

— Un mot ? Et quel genre de mot ? Abracadabra ?

— Entre nos familles, ça remonte à loin, non ? Teddy et Nick senior…

— Tu sais que dalle sur Teddy et Nick senior.

— Ouais, sûr. Papa ne m'a pas tout dit, motus et tout, hein ? Je ne demande pas de détails, et papa est un pro, il ne lâche rien. J'ai juste pensé que si tu demandais à ton frère de laisser le fils d'un vieux copain…

— Non, Frankie. C'est *toi* qui vas parler à Nick.

— Quoi ?

— Et il n'est pas d'humeur pour ces conneries. C'est pas le bon moment. Tu lis les journaux ?

— Le procès…

— On raconte que junior va témoigner contre son propre père. Les enfants se retournent contre leurs parents. Alors si tu veux vraiment faire appel à l'amitié passée, fonce, tente le coup. Mais si j'étais toi, je ne me pointerais pas avec mes gros sabots, sauf si j'y ai planqué dix mille dollars.

— Dix ?

— Dix, c'est le minimum pour que Nick ne pète pas un câble. Apportes-en plutôt vingt.

— Où est-ce que je vais dénicher deux briques ?

— Tu te débrouilleras bien, conclut Mitzi.

Tu peux compter là-dessus, pensa Frankie. Je vais me débrouiller.

*

Lorsque les gens évoquaient les meilleurs moments de leur vie – un sujet récurrent dans les bars que fréquentait Frankie, bien que la liste de bons moments des habitués reste désespérément courte – et que c'était au tour de ce dernier de mentir, il évoquait la naissance de ses jumelles. Cependant, l'événement en question se résumait à deux minutes d'émerveillement enrobé de mucus après dix-huit heures passées à voir Loretta ruer et hurler telle Linda Blair dans *L'Exorciste*. Non, le meilleur moment de sa vie, c'était la première heure de jeu à la roulette du casino flottant *Alton Belle* en septembre 1991.

Il commença par miser sur le panier, la combinaison zéro-un-deux. La croupière récolta ses jetons et plaça un pion dans la case correspondante. Buddy resta debout derrière lui tandis que la bille faisait le tour de la piste, et, lorsqu'elle tomba sur le zéro, il émit un grognement satisfait. Frankie, lui, put à peine se contenir. Peut-être même que, de joie, il se laissa aller à agiter le poing de haut en bas. Il n'avait misé que cent dollars mais, à onze fois la mise, il venait de récupérer un tiers de son magot.

— Prends ton temps, lui dit Buddy.

Le fait que Buddy ne cesse de consulter sa montre rendait le conseil peu crédible.

Frankie pensa qu'il était trop risqué de continuer à gagner avec les mêmes chiffres, aussi posa-t-il deux cents dollars sur la première douzaine. Les numéros de un à douze étaient répartis sur le pourtour de la roue, et, pour gagner, la bille devait tomber exactement au bon endroit : une case avant ou après, et c'était perdu. La première fois, il rata d'un chiffre. Cette fois, il avait senti la bille, presque comme s'il la faisait rouler dans le creux de sa main. Son poids avoisinait celui des billes de flippers avec lesquelles il entretenait de si bonnes relations, jadis.

— Il faut perdre de temps en temps, glissa-t-il à Buddy.

Son frère opina, pas inquiet le moins du monde.

Frankie misa encore deux cents sur la douzaine, comme précédemment, et la bille s'arrêta sur le six noir. Deux fois la mise, quatre cents dollars.

La bille l'aimait. Elle avait envie de lui plaire. Elle ralentissait ou accélérait selon son désir, bondissant joyeusement par-dessus les cases stériles et filant en cliquetant vers ses chiffres préférés. Frankie continuait de miser petit, afin de ne pas se faire remarquer, mais l'envie de mettre tous ses jetons sur, disons, le double zéro, était presque irrésistible.

Au bout d'une heure, le plateau de Frankie contenait cinquante-trois mille dollars en jetons. Les serveuses ne cessaient de lui apporter à boire – il commandait des gin tonics, la boisson préférée de son père – et une petite foule de clients s'était réunie autour de la table, espérant que sa chance déteindrait sur eux. Tout le monde essayait de jouer avec lui ; la table était pleine de jetons. Pourquoi n'avait-il pas fait ça plus tôt, merde ? pensa-t-il. Il aurait dû déménager à Reno depuis une éternité !

— Tu as un talent incroyable, Buddy, merci, dit-il, si reconnaissant qu'il en avait les larmes aux yeux – à moins que ce ne soit l'alcool.

Buddy semblait gêné.

— De rien.

Il prit une pile de jetons et commença à les compter.

— Qu'est-ce que tu fais ? demanda Frankie.

— J'ai besoin de ça. Exactement mille deux cent cinquante dollars.

— Pour quoi faire ? Attends… c'est une autre de tes visions ?

— Définitivement.

Au loin, le sifflet à vapeur retentit de nouveau ; le bateau se rapprochait du quai. La première croisière était terminée, et la deuxième commencerait bientôt. Frankie ne voulait pas que Buddy s'éloigne – il comptait sur son frère pour que tout cadre avec ses visions. Mais il devait bien admettre qu'il contrôlait parfaitement l'aspect roulette de l'opération. Et si Buddy avait un plan pour un autre secteur du bateau, les machines ou le keno ou le craps, Frankie ne devait pas le gêner. Tous les jeux de l'établissement étaient à la merci de son frère.

— Vas-y, Buddy, l'encouragea-t-il. Défonce-les.

Il lui donna encore cinq cents dollars. Buddy regarda les jetons supplémentaires, puis les reposa sur la table, devant Frankie.

— J'ai tout ce qu'il me faut. Continue à jouer. Ne t'arrête pas.

La croupière envoya la bille :

— Faites vos jeux !

— Attends, dit subitement Frankie à son frère. Je suis censé continuer pendant une heure, c'est ça ? Où est-ce que je te retrouve, après ?

Buddy regarda sa montre.

— C'est moi qui te trouverai, dit-il avant de disparaître dans la foule.

Ça ne plaisait pas à Frankie, mais il garda son calme. Et après quelques tours, il comprit que sa relation avec la bille restait intacte. D'autres joueurs commencèrent à imiter ses mises et il sentait l'attention des gens braquée sur lui. C'était comme se retrouver sur scène avec la Fantastique Famille Telemachus, mais encore mieux. Cette fois, il faisait son numéro en solo. Le clou du spectacle. La tête d'affiche. Si seulement sa mère pouvait le voir…

— Vingt-huit, annonça Frankie. Plein[1].

Un chiffre, trente-cinq fois sa mise.

La croupière lui lança un rapide coup d'œil et Frankie sentit sa désapprobation. Eh bien, allez vous faire voir, ma p'tite dame ! pensa-t-il. Je suis là pour gagner. Je le sais, et la foule le sait.

La bille tomba sur le vingt-huit et les spectateurs se répandirent en rires et en applaudissements. Quelqu'un lui donna une tape dans le dos. La femme à côté de lui, une rouquine joufflue aux yeux verts amicaux, gloussa et lui posa la main sur le bras.

Pour la mise suivante, Frankie annonça :

— Je laisse poster[2].

La rouquine hoqueta, ce qui était très satisfaisant. Des myriades de mains poussèrent des jetons sur le tapis, tout le monde voulant monter dans le wagon des fêtards. Il eut à peine à regarder la roue pour savoir où la bille allait atterrir.

Les cris s'élevèrent comme des feux d'artifice.

---

1. Le « plein » est une mise sur un seul numéro. *(N.d.T.)*

2. Par ce terme, le joueur indique qu'il laisse ses gains en jeu dans l'espoir de tomber une deuxième fois sur le même résultat. *(N.d.T.)*

Il réprima l'envie de s'incliner. Il avait devant lui plus d'argent qu'il n'en avait jamais rêvé.

Un homme en costume noir et badge doré était apparu derrière la croupière et chuchotait dans son oreille. La jeune femme opina puis recula d'un pas. L'homme fit venir un autre croupier, un Blanc costaud.

Le nouveau croupier appela les mises. Frankie prit une petite pile de jetons, juste mille dollars, et misa sur le rouge. Ça ne pouvait lui rapporter que deux fois sa mise, autant dire un coup pour rien, mais cela lui laissait du temps pour réfléchir. Cette fois, il essaya de ne pas contrôler la bille, l'autorisa à simplement rouler dans la glissière, sans sa laisse.

— Trente-deux rouge ! annonça le croupier.

Une autre victoire. Le directeur de salle, chef de fosse ou qui qu'il soit, n'avait pas quitté la table. Il fixait Frankie avec une expression neutre qui pouvait signifier n'importe quoi.

Merde, pensa Frankie. À présent, même le hasard lui faisait du tort. Il devait perdre, et vite. Il laissa la petite pile de jetons sur le rouge, et ajouta mille de plus. La foule semblait déçue : son champion passait d'un plein à une perte de temps.

Il ne pouvait toutefois pas quitter la table ; cela aurait brisé la vision, et que se passerait-il ensuite ?

— Tu veux un mouchoir, champion ? demanda la rouquine.

Il avait commencé à suer, façon Nixon contre Kennedy. Il prit la poignée de Kleenex offerte et s'épongea les yeux. La bille vrombissait autour du cylindre, et il pensa : noir noir noir noir…

— Rouge ! lança le nouveau croupier. Sept rouge, sept rouge.

— Merde, fit Frankie.
— Qu'est-ce qui se passe ? demanda la rousse.
— Choisis un chiffre.
Avec un peu de retard, il la gratifia d'un sourire.
— Je pense que tu ferais mieux de t'en charger.
— S'il te plaît. N'importe quel numéro.
— Vingt et un, dit-elle.
— Super.

Frankie mit cinq mille dollars sur le vingt et un, puis regarda avec effroi le croupier remplacer ses jetons par un pion. Le chef de fosse le dévisageait. Frankie consulta sa montre. Encore seulement cinq minutes. Cinq minutes ! Alors, il pourrait récupérer son argent et se tirer d'ici.

La rouquine lui serra un peu plus fort le bras tandis que la bille ralentissait.

— Allez ! Vingt et un ! s'écria-t-elle.
— Bon Dieu, ferme-la, souffla-t-il.
— Qu'est-ce que tu viens de dire ?
Elle retira aussitôt sa main.
— Rien, juste…

Son regard ne lâchait pas la bille. Des mois d'entraînement lui avaient permis de jauger sa vélocité. Et qu'il soit damné si elle ne se dirigeait pas vers le secteur du vingt et un : dix-neuf, trente et un, dix-huit, six… puis elle s'immobilisa. Vingt et un.

— PUTAIN DE MERDE ! s'écria Frankie.

Ultérieurement, il fit le parallèle avec l'explosion d'une bombe. Le cylindre bondit à au moins trois mètres dans les airs, sans cesser de tourbillonner comme une soucoupe volante. La bille se perdit au milieu de la foule. Tous les jetons de la table – les énormes piles de Frankie, la réserve du croupier, les gains de tous les joueurs présents – jaillirent vers le plafond et retombèrent. Dans un rayon de quinze mètres autour de la table, les clients se transformèrent en animaux avides, beuglants et délirants.

La rouquine le regarda, choquée :

— Qu'est-ce que t'as fait ?!

Des mains l'empoignèrent fermement. Deux colosses en costume noir s'emparèrent de lui.

— Par ici, connard, dit l'un d'eux, et ils l'entraînèrent vers une porte.

— C'est pas moi ! cria-t-il. J'ai rien fait !

*

Il quitta la Taverne de Mitzi en songeant à de gros chiffres. De gros chiffres et des plans de secours. Mince, comment allait-il trouver deux briques ? Il n'y avait qu'une seule façon.

— Bordel de Dieu !

Juste après s'être engagé dans l'allée de la maison paternelle, il percuta une ligne de seaux en plastique qui partirent rouler en tous sens. Non loin étaient posés des sacs de ciment, une pile de bois de construction doré et une palette dont la cargaison était masquée par une bâche. Il recula et se gara dans la rue.

Buddy était accroupi près de la porte d'entrée et donnait des coups de marteau sur un cadre en bois dressé autour de la marche en ciment. Frankie l'ignora et remonta l'allée, direction le garage. Buddy posa son marteau et se releva.

— Il n'est pas là, dit-il.

— Tiens, le bouddha parle, rétorqua Frankie. Qui n'est pas là ?

Buddy n'ajouta rien. Frankie obliqua vers lui. Apparemment, son frère construisait un coffrage dans l'idée de refaire la marche, qui s'affaissait depuis une décennie. Pourquoi maintenant ? La question valait pour toutes les activités de Buddy.

— Qu'est-ce que ça peut te faire, qui je cherche ? Peut-être que c'est Irene que je veux voir.

Buddy le regarda en plissant des yeux et Frankie se rendit compte que la voiture d'Irene n'était pas là.

— D'accord, admit-il. Où est papa ? Et ne t'avise pas de hausser les épaules, bordel.

Buddy resta très immobile, ne haussant ostensiblement pas les épaules. Au bout de trente secondes, il lâcha :

— Tout ira bien.

— Vraiment ? Bien ?

Frankie se rapprocha tout près de lui.

— Comme dans ce putain de casino ?

Buddy le fixa en clignant des yeux.

Pour l'amour du ciel ! Frankie n'avait qu'une envie : lui en coller une. Mais il n'avait jamais levé la main sur son frère. Quand ils étaient enfants, Buddy était trop petit pour être frappé puis, soudain, il était devenu trop grand. Quelle que soit sa taille, de toute manière, ça ne servait à rien. Ça reviendrait à frapper un golden retriever.

Le regard de Buddy devint vitreux, comme si une émission télé venait de commencer dans sa tête.

Frankie claqua des doigts sous son nez.

— Hé, gros débile.

Buddy revint à son frère. Il fronça les sourcils.

— Pourquoi tu m'as fait ça ? demanda Frankie. Allez. Vide ton sac.

Buddy ne lui avait jamais révélé où il s'était esquivé avec sa pile de jetons. Ne lui avait jamais dit pourquoi il avait tenu à ce qu'ils se rendent sur l'*Alton Belle* pour commencer. Frankie aurait dû être riche, merde. Bellerophonics aurait été sauvé, il ne se serait pas retrouvé en bisbille avec l'Organisation, et il n'aurait pas à se demander si, la prochaine fois qu'il ferait démarrer sa camionnette, elle n'allait pas exploser.

Buddy reprit :

— Tout ira b…

— Ouais, c'est ça. Évidemment.

AOÛT

10

Buddy

La Médium la Plus Puissante du Monde est morte depuis vingt et un ans. Vive le Médium le Plus Puissant du Monde.

Toutefois, Buddy ne se sent pas puissant. Les lames de fond du temps le promènent. Il s'efforce de s'accrocher au présent mais se retrouve toujours ramené au passé. Avant, sa mémoire de l'avenir était aussi étendue (et pleine de failles) que sa mémoire du passé. Mais désormais, l'avenir s'amenuise. Tout finit dans un mois, le 4 septembre 1995, à 12 h 06 précisément.

Zap.

Parfois, l'idée de ce jour le terrifie. Parfois, il en conçoit seulement de la tristesse. Il va rater tant de choses ; mais ce qui lui fait le plus mal, c'est qu'il ne reverra jamais son grand amour.

Pourtant, à d'autres moments encore, il éprouve de la reconnaissance. Après cet arrêt brutal, diverses choses horribles adviendront sûrement, et Buddy sera au moins dispensé de les revivre en boucle. L'avenir ne sera plus sa responsabilité. Quelqu'un d'autre deviendra le Médium le Plus Puissant du Monde, et il pourra enfin se reposer.

Cette portion réduite de futur, cependant, ne fait que renforcer l'attrait du passé. Il sait qu'il n'a pas le droit de s'abandonner à ce qui a été, mais parfois – comme en ce moment même, à cet instant précis de conscience – il aimerait se trouver à une autre époque, une saison froide, avec de la neige de l'autre côté de la fenêtre. Parce que dans *ce* maintenant, il fait trente-cinq degrés et la sueur ruisselle sur son torse nu. Penché sur la marche de l'entrée, il pose les carreaux de céramique en rangs et en colonnes, et ses sous-vêtements collent à son cul. Il est impératif qu'il dispose les carreaux à sec avant de les cimenter.

— C'est comme ça que tu le veux ? demande une voix.

Ah, oui, Matty – sa version de quatorze ans – lui donne un coup de main. Il mélange le ciment à prise rapide dans un des gros seaux en plastique.

Buddy hoche la tête. Mais alors, le gamin enchaîne sur d'autres questions. Il veut tout savoir sur la Fantastique Famille Telemachus. Où elle s'est produite, comment les gens l'ont accueillie. Buddy l'ignore. Moins Matty en sait, mieux ça vaut. Du moins, c'est ce qu'estime Buddy.

Son neveu continue de parler. Il aimerait vraiment avoir plus d'informations sur sa grand-mère. Qu'est-ce qu'elle faisait sur scène ? Est-ce qu'elle travaillait vraiment pour le gouvernement ?

— Mamie Mo arrivait à sortir de son corps ? demande-t-il.

À cette question, Buddy se retourne et considère l'enfant en fronçant les sourcils.

— Tu sais ? insiste Matty. Genre, passer à travers les murs…

Buddy le fixe.

— Parce que ça serait drôlement pratique, non ? Ça aurait fait d'elle l'espionne parfaite.

Il opine lentement.

— Tu crois qu'elle arrivait à partir loin ? Jusqu'en Russie, par exemple ? Frankie dit que les Russes avaient des espions, aussi. Tu penses qu'elle pouvait aller où elle voulait ?

Il secoue la tête. Elle n'avait pas de limites, songe-t-il. Rien ne pouvait l'arrêter. Sauf une chose : le temps.

*

Sa mère est assise en face de lui, à la table de la cuisine. Il y a de la neige dehors et son père reviendra bientôt avec une pizza pour le dîner ; son frère et sa sœur arriveront en courant, le jean trempé et le visage rougi par le vent parce qu'ils ont fait de la luge avec les autres grands enfants. Mais maintenant, juste *maintenant*, il est au chaud dans la cuisine avec ses feuilles et ses pastels – et maman. Elle vaque à ses affaires, lisant et relisant une liasse de papiers importants pleine de chiffres importants. Elle a pleuré, mais s'est arrêtée parce qu'elle voit bien que Buddy a peur.

— Montre-moi ce que tu dessines, demande-t-elle.

Il ne veut pas parce que c'est un dessin triste. Sauf qu'elle a déjà vu ses autres dessins tristes, aussi ôte-t-il le bras. Il a griffonné un rectangle noir entouré de vert, accompagné de gribouillis rouges et jaunes.

— Ce sont des fleurs ?

— Je sais pas très bien les faire, répond-il.

— Oh, mais si. Et je suis contente qu'il y ait des fleurs près de moi. C'est une très jolie tombe, Buddy.

Des mois se sont écoulés depuis l'émission de télé où tout est allé de travers. Maman parle toujours des dessins tristes de Buddy comme si ce n'était pas grave. Elle pleure rarement (du moins devant lui). Elle passe en revue ce qu'il a dessiné aujourd'hui, puis dit :

— Et si tu me dessinais quelque chose de quand tu as, disons, douze ans ?

Il essaye d'envoyer ses souvenirs jusqu'à ses douze ans. Il est assis dans un bâtiment. C'est l'été, la médaille est lourde et humide contre sa poitrine. Il la porte en secret, sous ses vêtements, comme le costume de Superman. Frankie est aussi dans l'immeuble, grand, maigre et coriace. L'un de ses Frankie préférés. Buddy dessine un autre rectangle et maman demande :

— Ce n'est pas une autre tombe, si ?

Il secoue la tête.

— C'est un flipper. Frankie est très fort au flipper. Il y joue toute la journée.

— Ah, c'est bien.

Elle n'est pas ravie, il le devine, mais elle ne sait pas à quel point Frankie va être doué.

— Et tu es là, aussi ?

— Je regarde, c'est tout.

Il se dessine près du flipper, et trace un cercle à l'emplacement de la médaille.

— Est-ce que papa est au courant ? Que vous traînez tous les deux dans une salle de jeux ?

Il hausse les épaules ; il voit ce qu'il voit, mais il ne lit pas dans les pensées des autres.

Elle prend l'une des feuilles vierges et y note quelque chose.

— Qu'est-ce que tu fais ? demande-t-il.

— J'ai juste écrit : « Quand Frankie aura seize ans, il sera très doué pour le flipper ».

— Ah.

— J'aime savoir ce que vous allez tous faire, plus tard.

— Après que tu seras morte ?

— C'est comme un journal de l'avenir. Tu dessines, j'écris, mais c'est la même chose.

— Ça te rend pas triste ?

Elle réfléchit à la question.

— Parfois.

Elle ne lui ment pas ; ça lui plaît.

— Mais, à d'autres moments, je suis heureuse, parce que vous allez grandir ensemble et que vous veillerez les uns sur les autres.

Il n'aime pas penser à l'absence de maman, dans l'avenir. Mais il sait depuis le *Mike Douglas Show* qu'elle va partir. De même qu'il sait qu'Irene va avoir un bébé, et que ce bébé deviendra un adolescent appelé Matthias, et qu'un jour Matthias et lui poseront du carrelage marron sur la marche d'entrée.

Soudain, la tête lui tourne. Son corps est à la fois si petit et si grand. Son bras, près de la fenêtre, est froid, mais il sent aussi le soleil sur son dos, la sueur couler sur ses flancs.

— Buddy ? dit maman. Buddy, regarde-moi.

Elle fait le tour de la table et s'accroupit à côté de lui. Elle prend son visage dans ses mains et le fait pivoter vers elle.

— Reste avec moi, petit.

Oui. Elle est là. Maman est là. Vivante. Vivante.

Elle passe la main sur ses cheveux humides.

— Tu transpires, dit-elle.

Il se cache un œil de la paume de la main et opine.

— Dis-moi ce que c'est, Buddy, demande-t-elle en montrant le dessin qui le représente.

— C'est une médaille. Je la portais tout le temps, à l'époque.

— Qu'est-ce que c'est, cette médaille ?

— Celle que tu vas bientôt me montrer.

Elle écarquille les yeux. Parler de sa mort ne l'a pas fait pleurer, mais ça, si. Puis elle a un sourire éclatant, spontané, et souffle :

— Ah, *cette* médaille.

Elle le conduit à l'étage, dans sa chambre, et ouvre un tiroir.

— On me l'a donnée il y a longtemps, mais elle sera bientôt à toi.

Elle est enveloppée dans une écharpe que maman ne porte pas parce qu'elle la trouve trop voyante, trop colorée. C'est Teddy qui l'a choisie, pas elle. Elle écarte les replis de tissu et l'or est aussi brillant que son sourire.

— Tu as un don merveilleux, lui dit-elle. Je sais que c'est dur, parfois. Je sais que tu t'inquiètes. Mais je sais aussi que tu feras ce qu'il faut, parce que ton cœur est noble et bon.

Elle attend qu'il rencontre son regard, puis elle pose le front contre le sien.

— Écoute-moi, chuchote-t-elle. Tout ira bien.

*

Irene s'arrête, la fenêtre ouverte, et il l'entend chanter à l'unisson de la radio. Même après avoir coupé le contact, elle continue : « Baaand on the run, daat-da-da-da-daaaa. » Buddy aime l'entendre. Elle chante tout le temps, quand elle est âgée de huit ou neuf ans, et presque jamais quand elle est plus vieille. Mais, durant les premières semaines d'août 1995, juste avant la fin, elle se transforme en Maria von Trapp. Elle chante chaque fois qu'elle prend une douche. Elle fredonne quand elle prépare le dîner. Et même quand elle n'émet pas un bruit, elle paraît osciller au rythme d'une musique que lui n'entend pas.

Elle voit la marche nouvellement carrelée, presque terminée – ne reste qu'à nettoyer – et, au lieu de lui crier après ou de lui demander à quoi il a encore perdu son temps, elle secoue simplement la tête.

— Buddy, ce sont des carreaux d'intérieur, ça.

— Et alors ? fait Matty.

— Alors, ça va être glissant comme tout, durant l'hiver.

— C'est pas glissant du tout. Essaye.

— Attends qu'il pleuve.

— Essaye, je te dis.

Irene cesse de protester. Elle grimpe la marche en affectant un grand sérieux, complimente Matty et Buddy sur leur travail et rentre sans cesser de fredonner du Paul McCartney.

Matty regarde Buddy.

— C'est bizarre, hein, de la voir de bonne humeur ?

Buddy hausse les épaules. Il est temps de nettoyer la poussière et de lisser les joints. Et il a encore du travail avant le coucher du soleil : des lettres à distribuer, des gens à qui parler, un repas à préparer. Qu'est-ce qu'il oublie ? Pas le froid. Il se souvient de l'hiver. Non, *maintenant* : papa rentre à la maison et demande ce qu'on mange. La couleur de l'écharpe de sa mère. Non. Matty partant acheter du lait à la station-service. Et quoi d'autre ? Frankie venant chercher Matty. Le contact du métal dans sa petite main.

— Oncle Buddy ? Tu vas bien ?

Buddy s'agrippe à cette voix. Le Matty de quatorze ans. Ils viennent de finir de carreler la marche.

— J'ai fait quelque chose de mal ? demande Matty.

Buddy secoue la tête et répond :

— On a besoin de lait.

— De lait ?

— Pour le dîner.

Buddy se dirige vers la maison.

— Il y a de l'argent sur le comptoir de la cuisine, ajoute-t-il.

— Mais…

Il lève la main. Il a déjà trop parlé et ça le met mal à l'aise. Les mots sont dangereux. Il monte à l'étage et y reste, même lorsque Frankie fait irruption, à la recherche de Matty. Mais le gamin est parti, alors à la place il raconte à Teddy, d'une voix trop forte, qu'il vend des tonnes de produits UltraVie. Il déroule ses chiffres et évoque les pourcentages qu'il réalise sur chaque vente. Il n'essaierait même pas de servir ces bobards à Irene, mais elle n'est pas là elle non plus. Comme de coutume, elle est à la cave, devant l'ordinateur, en ligne.

Il ne reste donc que Teddy pour encaisser les mensonges. Pauvre Teddy. Et pauvre Frankie, qui est embarrassé parce qu'il a déjà demandé un prêt à Teddy la semaine dernière, et se l'est vu refuser. Évidemment. Frankie n'a pas voulu dire pourquoi. Maintenant, il faut que tout le monde, à portée d'oreille, sache qu'il n'a pas besoin d'argent, en fait. Il a de grands projets, un moyen de se refaire à coup sûr. Buddy repense à leur journée au casino, aux jetons empilés devant son frère, comme il l'avait promis, et à la bille de roulette qui obéissait aussi docilement que les billes de flipper, avant. Cette heure de béatitude n'a-t-elle pas suffi à Frankie ? Certes, ce n'était qu'une heure, mais beaucoup de gens n'en ont pas tant. Buddy, lui, n'a eu que quarante-cinq minutes.

*

Il a vingt-trois ans quand il laisse son frère seul sur l'*Alton Belle*, franchit à pied les huit cents mètres qui le séparent de l'hôtel Days Inn et la voit, la fille de ses rêves. Parce qu'en fait, il rêve d'elle depuis des années.

Elle est assise sur un tabouret de bar, pas tout à fait face au comptoir, ses jambes nues et bronzées croisées. Une main remue paresseusement son cocktail. Et, oh, ces ongles d'un rose chaleureux, assortis à son rouge à lèvres ! Sa longue chevelure blonde – une perruque, mais ce n'est pas important, pas pour lui – revêt une autre nuance de rose sous le néon de l'enseigne Budweiser. Le cœur de Buddy bat la chamade et le pousse vers elle. Le propulse à travers la pièce.

Le bar est presque vide. L'hôtel, bien qu'à seulement quelques pâtés de maisons de l'*Alton Belle*, n'offre aucune des distractions d'un casino, et, si tôt dans la soirée, personne n'est encore venu noyer ses chagrins. Et pourtant, elle est là, elle attend. Presque comme si elle aussi avait eu une vision de cette rencontre.

Il est prêt. Sa poche est pleine d'argent, une petite portion des gains de Frankie à la roulette. Frankie est toujours sur le bateau et s'amuse – pour l'instant. Buddy regrette déjà ce qui va se passer, même s'il ne peut rien faire pour l'empêcher. Son autre poche contient la clef d'une chambre d'hôtel. Grâce aux trois Altoids qu'il a mâchés en chemin depuis le bateau, son haleine est fraîche et sent la cannelle.

Il s'assoit à un tabouret d'elle. Pas de barman en vue, et Buddy ne sait pas quoi faire de ses bras. Il envoie la main à l'aveuglette dans sa poche et pose un billet sur le comptoir. Se rend compte avec surprise que c'est une coupure de cent.

La femme demande :

— Vous avez passé un bon moment sur le *Belle* ? Ou vous n'y êtes pas encore allé ?

Il sourit. Elle est fine et bronzée, elle a peut-être trente ans. Ses yeux sont soulignés au mascara noir.

— J'ai eu de la chance, dit-il.

— Peut-être que c'était tout simplement votre tour d'avoir un peu de bonheur.

C'est ce qu'il n'a cessé de se dire ; n'est-ce pas son tour ? Et pourtant, ses propres paroles sonnent creux. Les maelströms du passé et d'avenir lui ont appris que l'univers ne doit rien à personne, et que, quand bien même il ne paye pas ses dettes. Buddy ne s'est jamais convaincu que ce moment lui était dû, mais en entendant les mots sortir de la bouche d'une femme aussi belle, il a envie de les croire. C'est son tour, ce soir, et pas celui de Frankie. Oh, mon Dieu. Le pauvre Frankie ne se doute pas de ce qui va lui arriver.

— Ne vous faites pas de souci, poursuit-elle. Rapprochez-vous donc un peu.

Comment ne pas obéir ? Il se glisse sur le tabouret voisin du sien.

— Dites-moi votre nom, demande-t-elle d'une voix légèrement rauque, plaisante.

— Buddy.

— Cerise, se présente-t-elle.

Elle pose la main sur la sienne – et la laisse là. Il sent son cœur battre dans sa gorge. Elle sourit.

— Pas la peine d'être nerveux, chéri. Tu as plus de vingt et un ans, n'est-ce pas ?

Il opine, ne sachant trop où regarder. Elle porte un court haut à paillettes, avec de fines bretelles, et une minijupe en skaï noir qui descend à peine jusqu'au haut de ses cuisses. Il a un souvenir futur de ses sous-vêtements – un string vert citron. Il doit absolument arrêter de penser à ce string vert citron.

Elle baisse les yeux vers le giron de Buddy.

— Oh, mon pauvre, dit-elle. Je crois bien que tu vas avoir besoin du traitement complet.

Il envoie encore la main dans sa poche mais elle l'interrompt.

— Pas maintenant. Tu as cinq cents dollars ?

— Et j'ai une chambre ici, répond-il. À l'étage.

Une précision probablement inutile ; il doute qu'il y ait des chambres à la cave.

— Alors, qu'est-ce qu'on attend ?

Elle vide son verre d'un trait, puis désigne du menton la note sur le comptoir.

— Un billet de vingt pour mon ardoise, trésor.

Il sort une liasse, la parcourt. Enfin, il trouve un billet de vingt.

Cerise rit et se penche tout près.

— Tu ne devrais pas agiter ton magot dans tous les sens. On n'est pas à East Saint Louis, mais tout de même…

— Tu as raison, répliqua-t-il.

Elle ne semble pas encore savoir que, dans quarante-cinq minutes, il va lui donner tout ce qu'il possède.

Ils prennent l'ascenseur vers l'étage. Elle lui demande le numéro de la chambre, et il lui répond :

— Trois cent vingt et un.

Elle l'y conduit sans même regarder les panonceaux, et à mesure qu'ils se rapprochent, il envisage le numéro de la chambre comme un compte à rebours : trois… deux… un…

Il la fait entrer. Elle regarde le placard ouvert, jette un œil par la porte de la salle de bains, et dit :

— Tu voyages léger.

Il ne comprend pas tout de suite, puis réfléchit. Ah, oui. Il n'a pas de bagage.

Elle pose son sac à main sur la commode, près de la télé. Lorsqu'elle se retourne vers lui, elle semble étonnée.

— Tu trembles, chéri.

Puis elle comprend. Il le voit à son expression. Elle s'avance vers lui, et lui touche la joue.

— Tu n'as pas à t'inquiéter, chuchote-t-elle.

Et c'est ce qu'elle dit juste après qui le fait tomber amoureux d'elle. Les mots sonnent comme des cloches, dans les deux sens, à travers tous les Buddy, à travers toutes les époques : assis près d'une fenêtre froide par un après-midi d'hiver, pendant qu'il se dispute avec son frère au cœur de l'été, couché dans l'herbe lors du dernier jour du monde.

Elle sourit et annonce :
— Tout ira bien.

*

Buddy s'accroupit à côté de son lit et tire une boîte en métal fermée par un cadenas caché dessous. Il compose la combinaison et l'ouvre. Il s'y trouve plusieurs enveloppes blanches retenues par un élastique rouge plié sur lui-même. Avant, il y avait tant de lettres que l'élastique était tendu presque au point de casser. D'ailleurs, celui qu'il utilisait au début s'est usé et s'est rompu, et Buddy a dû en trouver un autre, exactement de la même couleur et de la même épaisseur.

Ces enveloppes sont adressées à Teddy, sauf une bleue, au nom de Matty. Buddy n'est pas censé la lui remettre tout de suite. Il prend la première enveloppe destinée à Teddy et s'assure qu'elle est marquée de la date du jour. Il n'en reste qu'une seule autre. La mission de maman est presque terminée. Il referme soigneusement le cadenas et remet la boîte dans sa cachette.

L'enveloppe dissimulée dans sa chemise, il se faufile au rez-de-chaussée en essayant de rester hors de vue de la porte de la cuisine, où Frankie continue de harasser Teddy. Il s'esquive par la porte de devant.

Comme dans ses souvenirs, une camionnette est garée un peu plus bas, dans la rue. Une camionnette argentée, qui reviendra le 4 septembre.

Il glisse l'enveloppe dans la boîte à lettres et la referme en soupirant silencieusement. Une autre mission secrète touche bientôt à son terme.

Puisqu'on parle de devoir..., pense-t-il en se tournant vers le van. L'homme au volant, un Noir aux cheveux gris, le regarde s'approcher à travers ses lunettes de soleil. Il pense sûrement qu'elles constituent un déguisement adéquat. Après tout, ils ne se sont rencontrés qu'une seule fois, à l'enterrement de Maureen, lorsque Buddy avait six ans. Celui-ci lève une main amicale, comme s'il saluait un étranger, puis se rapproche de la fenêtre du conducteur. Il fait tourner son index et l'homme baisse la glace. Quelqu'un est assis sur la banquette arrière de la camionnette, mais Buddy ne voit pas son visage. Et il ne le verra pas avant le 4 septembre.

— Oui ? demande le conducteur.

Buddy possède un souvenir précis et limpide de ce moment, il n'a donc pas à chercher ses mots, un soulagement.

— Est-ce que vous avez vu un adolescent passer, par hasard ?

Le conducteur se retient presque de se retourner vers son passager. Puis il secoue la tête.

— J'ai envoyé mon neveu, Matty, à l'épicerie de la station-service pour acheter du lait, et il aurait dû revenir. Ce n'est qu'à quatre pâtés de maisons d'ici, et je commence à me faire du souci.

— On ne l'a pas vu, répond le conducteur.

— D'accord. Merci quand même.

Il fait demi-tour et repart vers la maison. Il est fier de lui, parce que non seulement il a remis la lettre, mais il a aussi parfaitement suivi la conversation qu'il était censé avoir avec cet homme, chaque mot à sa place et dans le bon ordre.

Derrière lui, le véhicule démarre, fait demi-tour et s'éloigne.

— Tout ira bien, se dit le Médium le Plus Puissant du Monde.

Il lui suffit de continuer à faire son travail – jusqu'à ce que ce ne soit plus son travail.

11

Matty

Il suffit d'une journée pour que Matty devienne un criminel, de trois semaines pour le transformer en super-espion psionique, et d'une courte marche à la station-service pour le faire renoncer à jamais au voyage astral.

Sa carrière de criminel commença le jour où il emprunta cinquante dollars à Frankie. Il serrait l'argent dans son poing tout en descendant lentement l'escalier qui conduisait à la chambre de Malice, et appela doucement cette dernière. Chaque pas lui révélait un peu plus le sous-sol. Malice vivait dans une porcherie. Ses vêtements ne jonchaient pas le sol, ils le recouvraient : un marécage de flanelle, de denim et de t-shirts profond de trente centimètres. Il n'y avait pas beaucoup de meubles – un lit, une bibliothèque, un fauteuil vert, une caisse retournée qui faisait office de table de chevet, une vieille télé – mais la moindre surface plane accueillait un puzzle de Tupperware sales, d'emballages de nourriture, de CD et de verres. Tant de verres.

Enfin, il atteignit le bas de l'escalier. Elle était assise sur le lit pliant, dos à lui, les écouteurs sur les oreilles et un carnet de notes posé sur les genoux.

— Malice ?

Elle baissa les écouteurs et se tordit pour lui faire face.

— Putain, qu'est-ce que… ?

Du bras, elle heurta une pile de livres, sur laquelle reposait une assiette contenant les restes d'un sandwich. L'assiette bascula et tomba face la première sur un tas de vêtements. Malice ne fit pas mine de la ramasser.

— Qu'est-ce que tu fous ici ?

— Pardon ! Je ne voulais pas te surprendre. Je voulais juste… mince !

Il ramassa le morceau de pain passablement avarié du bout des doigts et le regretta aussitôt.

— Je ne savais pas que les filles pouvaient être aussi bordéliques.

Elle descendit du lit.

— Tu peux partir, maintenant.

Elle portait un short de sport et un t-shirt sur lequel était écrit : NO EMPATHY. Il reposa sandwich et assiette au sommet de la pile de livres.

— C'est ce que je vais faire, mais je voulais te demander un service.

— Pas question que je t'emmène encore.

— Oh, je ne voulais pas… c'est pas…

Il secoua la tête.

— C'était pas ma faute, conclut-il.

— T'es une petite nature, mec. On aurait cru que t'étais sous acide. Tu étais complètement barré, puis t'as commencé à gueuler.

— C'était pas ma faute !

Naturellement, il n'avait pas pu expliquer ce qui lui était arrivé quand il avait fumé. Jusqu'à ce qu'il revienne à lui et que tout le monde le regarde, ça avait été une des meilleures soirées de sa vie.

— Alors, dit Malice, ça t'a calmé ?

— Pas exactement. C'est de ça que je veux te parler.

Il chercha du regard un coin où s'asseoir, mais même le fauteuil était encombré de détritus.

— Pas la peine de t'installer, répondit Malice, tu ne restes pas. Alors, c'est quoi ce service ?

— Je veux acheter de l'herbe.

Elle rit. Un peu trop sèchement, selon Matty.

— Te l'acheter à toi, précisa-t-il.

— Non. Pas question.

— J'en ai vraiment besoin.

— Tu en as besoin ? Bon, là, je te donne que dalle, c'est sûr. T'as treize ans.

— Quatorze.

— Je ne vais pas rendre mon cousin accro à l'herbe. Et puis, je pense pas que tu sois taillé pour ça. Je veux dire...

Elle tendit les bras et frémit, les yeux révulsés.

— Gadigagadigagadiga...

— Je n'ai pas fait ça.

— C'était encore pire, mec.

Il ouvrit le poing, révélant la liasse de billets.

— Tiens.

Elle regarda l'argent mais n'y toucha pas.

— Où est-ce que tu as trouvé quarante dollars ?

— Cinquante.

Il n'avait aucune intention d'avouer qu'il les avait empruntés au beau-père de sa fournisseuse.

— Si tu veux bien m'en acheter, je pourrai t'en donner encore plus. Après.

Elle écarquilla les yeux.

— Petit con ! Tu veux jouer au dealer ?!

— Hein ? Mais non !

— T'avise pas de me mentir, Matty.

— Je ne te mens pas. C'est juste que je vais gagner plus d'argent, après. Et je pourrais te payer.

— Combien ?

— Je sais pas. Dis-moi.

— Non. Combien tu auras, plus tard ?

C'était une bonne question. Combien d'argent contenait le coffre de Mitzi ? À quel montant s'élevait sa part ? Papy Teddy lui aurait reproché de ne pas avoir clarifié les modalités dès le début, oncle ou non.

— Je ne sais pas exactement.

— Je veux deux cents, dit-elle.

— Deux cents dollars ?

— Frais de mise en contact. C'est comme un droit de passage. À prendre ou à laisser.

Il n'avait pas vraiment le choix.

— D'accord. Deux cents…

— Trois cents.

— Oh, allez !

— Peu importe, je te crois pas, de toute façon.

— Oh, je vais l'avoir, cet argent.

Elle plissa les yeux.

— Grâce à votre projet secret ?

— Quel projet secret ?

Elle arracha les billets de sa main.

— J'en ai marre de vos conneries de Fantastiques Telemachus. Vous vous croyez spéciaux mais dès que ça merde, vous mettez ça sur le compte d'un « accident psychokinétique ».

Elle glissa l'argent dans l'élastique de son short ; un geste dénué de sous-entendus sexuels – du moins pour elle.

— C'est déjà assez dur avec Cassie et Polly à la maison, et maintenant, Frankie te fait radiner.

— Pardon ? Qu'est-ce qu'elles ont, les jumelles ?

Matty était perdu. Malice souleva la tête d'un singe en céramique et en tira une pochette en plastique.

— C'est tout ce que j'ai sur moi, mais je peux t'en avoir plus. Tu sais comment rouler ?

Il secoua la tête.

— Considère que mes frais couvrent aussi une partie pédagogique…

Sa progression vers le statut de super-espion psionique débuta le soir même, dans le garage de Frankie. La scène évoquait énormément l'entraînement de Luke Skywalker sur Dagobah, sauf que Frankie n'était pas Yoda et qu'il n'avait aucune idée de ce que faisait son apprenti. Le Jedi allait devoir se former tout seul.

— J'ai juste besoin d'être là, lui dit Matty. Et personne ne doit me regarder.

Ils étaient en train de bricoler un lit à même le sol, à l'aide de deux matelas de berceaux hérités des jumelles et de quelques couvertures.

— Je suis censé dire à Loretta que tu dors dans le garage ? demanda Frankie.

— Je sais que c'est bizarre, mais je suis sûr qu'elle a vu des trucs encore plus bizarres, non ?

— Tu n'as pas idée. Il te faut quelque chose d'autre ?

Matty hésita.

— Allez, crache la pilule.

— Je voulais te poser une question…

— Envoie.
— Il y a combien, dedans ?
— Dans le coffre ?
Frankie haussa les épaules.
— Tu vas me le dire, pas vrai ? Il te suffit de jeter un œil, répondit-il en remuant les doigts.
— Ah, oui. Mais, tu sais, juste une fourchette.
— Une fourchette ? C'est le vaisselier complet, tu veux dire. Dix briques, facile.
— Dix br…
Matty s'étrangla. Frankie rit.
— On ne fait pas ça pour des prunes. On va frapper le jour de la paye, Matty. Dès que les clients ont craché, boum.

Matty pensa soudainement : Ça veut dire qu'on va voler l'argent des victimes, non ? Peut-être que, du coup, il serait bon de le leur rendre. Mais dans ce cas, comment savoir quelle somme donner à qui ? Impossible, faute d'un registre contenant tous les noms et toutes les adresses. Et s'ils rendaient tout, alors peut-être que Frankie récupérerait ce qu'on lui devait, mais Matty n'aurait rien. Ou plutôt, maman n'aurait rien. Et il faisait tout ça pour sa mère, pas vrai ?

Tout était question de minutage moral. À quel moment les biens des innocents devenaient-ils les gains crapuleux des criminels ? Dès qu'ils étaient déposés dans le coffre ? Peut-être était-ce comparable au miracle de la consubstantiation, mais à l'envers. Une anticommunion.

— Hé, Matty. Tu as besoin de quelque chose d'autre ?
— Oh. Attends que j'y réfléchisse…

Il passa en revue son matériel : une carte de la région de Chicago, étalée par terre, avec de grosses flèches rouges indiquant le trajet entre chez Frankie et la Taverne de Mitzi, deux canettes de Coca et une glacière en polystyrène ; un coussin supplémentaire dans une housse Mon Petit Poney.

— Non, ça va, dit-il.

Vraiment ?

— Il est presque 22 heures, reprit Frankie. Il est temps de s'y mettre. Je te laisse faire… ton truc.

Frankie referma la porte du garage derrière lui. Matty puisa le sachet dans sa poche arrière.

La porte se rouvrit.

— Bonne chance, ajouta Frankie.

Matty resta très immobile.

Son oncle faillit dire quelque chose d'autre, se ravisa et referma la porte.

— Oh, purée, souffla Matty.

Il attendit cinq minutes avant de jeter un autre regard au sachet. Enfin, il en tira l'un des trois petits joints soignés que Malice lui avait préparés – lui-même n'avait pas réussi à en rouler un seul – et actionna le briquet Bic qu'elle lui avait prêté (« Compris dans le service », avait-elle dit).

Paré à décoller, pensa-t-il. Allumage.

Il n'y eut pas de décollage. Il resta assis durant plusieurs minutes sur cette rampe de lancement composée de matelas de bébé, inhalant et toussant, toussant et inhalant, et se dit que tout se passerait bien s'il arrêtait de se faire du souci. Et il avait raison. Au moment même où il se rendait compte qu'il ne s'inquiétait plus, il remarqua qu'il était assis à côté de lui-même.

— Salut, beau gosse, lança-t-il.

Son corps gloussa. Le joint pendait entre ses doigts.

— Tu ferais mieux de poser ce truc.

Son corps tira une dernière bouffée, puis posa le joint sur le sol de béton.

— Je reviens dans un petit moment.

Il flotta à travers le mur du garage et fila à quelques centimètres du gazon. Il caressa l'idée d'aller espionner Malice, mais renonça. Il fallait qu'il perde cette mauvaise habitude ; drogué, cambrioleur… pas la peine d'ajouter « pervers » à la liste.

Voler était merveilleux. Il rasa le toit d'oncle Frankie, remonta lentement dans les arbres, puis survola la rue, prenant peu à peu de l'altitude, jusqu'à ce qu'il puisse distinguer les tours de la cité qui scintillaient au loin. Des hectares de vide se déroulaient sous ses pieds et ça ne le perturbait qu'à peine.

Heureusement que je plane, pensa-t-il. (Planer. Hé hé.)

Se déplacer ne lui demandait aucun effort ; il se laissait tirer par les ficelles de sa propre concentration, ballotté au gré de sa fantaisie. Ce château d'eau brillamment éclairé près de l'I-294, peint comme une rose. Les jets qui rugissaient en direction d'O'Hare. Aussi rapide que l'éclair, il se retrouva près du hublot d'un avion, à quelques centimètres du visage las d'une femme rousse qui regardait dehors.

Matty ouvrit les bras comme des ailes.

— Je suis un planeur astral.

Au loin, son corps s'esclaffa ; il en ressentit l'écho.

— Reste concentré, Matt.

Où était la Taverne de Mitzi ? Il n'en avait aucune idée. Et il ne pouvait pas consulter la carte de Chicago sans zoomer sur le garage ou revenir à son corps.

D'ailleurs, où était son corps ?

Merde !

Il vira dans l'air, paniqué, perdu dans le ciel nocturne. En dessous de lui, des points de lumière délimitaient les rectangles sombres des toits et des cours. Lesquels étaient la maison de Frankie ? La seule fois où Matty s'était aventuré si loin de son corps, il avait été brutalement ramené par les gifles de Malice.

Il commença à voler au hasard, passant près des noms des rues, essayant de se remémorer la carte de Chicago. Pourquoi ne l'avait-il pas mieux étudiée ? Pourquoi n'avait-il pas demandé à Frankie de venir le réveiller ?

Son corps était l'ancre. Il s'en était éloigné en suivant la myriade de choses qui attiraient son attention. Peut-être qu'alors il lui suffisait de se concentrer sur son corps ? Il s'efforça de penser à ses bras, sa poitrine. Sa gorge. Les volutes de fumée dans ses bronches. Il toussa – et sentit son corps remuer. Le bruit semblait provenir de très loin.

— D'accord, Matty, dit-il à haute voix.

Sa voix lui parvint plus nettement, et il entreprit de la suivre au milieu du réseau de rues et de maisons.

— C'est parti.

Une minute après, il glissait à travers le toit du garage. Son corps dit :

— La prochaine fois, essaye de planer un peu moins…

Il ne réussit à atteindre la Taverne de Mitzi que dix jours plus tard. La principale difficulté consistait à trouver un endroit et un moment pour fumer. Il ne pouvait pas passer sa vie chez Frankie. La maison de papy

Teddy, elle, était pleine de gens et chaotique. La cave restait hors de question : maman en avait fait son deuxième chez soi, et y campait dès son retour du travail pour bavarder avec le Joshinator. Et le garage s'avérait trop risqué : son grand-père disposait d'une télécommande pour actionner la porte, et l'idée de la voir se lever tandis qu'il était étendu par terre, inconscient, le terrifiait.

Il finit par découvrir un coin derrière le garage, entre deux buissons mal taillés. Quand il s'asseyait en tailleur, dos au mur, on ne le remarquait pas à moins d'être planté devant lui. L'endroit lui faisait l'effet d'un nid. Mais il ne pouvait s'y faufiler qu'entre la fin du travail avec Frankie et le retour de sa mère.

Au moins, voyager de jour se révélait plus facile. Il mémorisa le trajet entre chez papy Teddy et la Taverne, et, après quelques parcours, fut capable de s'y rendre en une poignée de secondes, du moment qu'il ne laissait pas son esprit errer – littéralement. Tout pouvait le distraire : des sirènes, des cloches d'église, de vieilles dames, de jeunes filles, des animaux, surtout les oiseaux qui étaient *incroyables* et semblaient être partout où l'on posait les yeux, telle une nation de minuscules observateurs officieux qui non seulement percevaient la forme astrale de Matty mais la suivaient avidement.

Cette dernière remarque pleine de paranoïa, comprit-il plus tard, était le fruit de la marijuana. Il avait du mal à ajuster sa prise de cannabis. S'il fumait trop, il n'arrivait jamais à la Taverne, et s'il ne fumait pas assez, il avait à peine le temps de regarder autour de lui avant que son corps ne sorte de sa transe.

Or, le temps était un problème. Barney le Barman ne touchait jamais à l'alarme durant la journée. Enfin,

Matty put arriver d'assez bonne heure, le matin, pour le voir ouvrir l'établissement et entrer le code sur la console : 4-4-4-2.

Frankie fut fou de joie. Puis, presque aussitôt, il oublia sa joie pour s'inquiéter au sujet du coffre. Plusieurs jours passèrent sans que Matty puisse lui donner la combinaison.

— C'est quoi, le problème ? demanda son oncle, un après-midi, dans le van Bumblebee. C'est jamais que trois chiffres…

— La plupart des fois où je suis là-bas, elle ne quitte pas son bureau, expliqua Matty. Je ne l'ai vue ouvrir le coffre que deux fois – la première, elle était penchée dessus, presque collée contre, si près que je n'ai pas pu voir les chiffres. Et la suivante, j'ai essayé de zoomer, mais j'en ai trop fait : j'ai carrément traversé le mur, et alors… Woooosh.

— *Wooosh* ? C'est quoi, *wooosh* ?

Matty se sentit rougir.

— J'ai fini… ailleurs. Genre, très loin.

— À Glenbard ?

— Au-delà de l'eau, du lac Michigan.

— Bordel de merde !

Frankie avait parlé trop fort et se reprit, à voix basse :

— Bordel de merde ?

— Je sais… Ça m'a fait peur. J'ai paniqué. Coup de bol, le…

Il faillit dire que l'effet de l'herbe s'était dissipé mais se ravisa.

— … je suis revenu à moi et j'étais à la maison.

— D'accord, d'accord, c'est une bonne nouvelle. Tu progresses. Il te manque juste un meilleur contrôle.

C'est un problème classique chez les Telemachus. Trop de puissance.

Matty aimait cette idée.

— Dis-moi ce dont tu as besoin. Parle à ton coach.

Coach ? pensa Matty.

— Il faudrait que je passe une autre nuit chez toi, répondit-il.

— Pourquoi ?

En effet, pourquoi ? Parce que (a) il avait fumé la moitié de sa réserve et devait se ravitailler s'il voulait maintenir son niveau et (b) il avait besoin d'une excuse pour traîner avec Malice. La seule raison qu'il pouvait donner à Frankie, toutefois, était (c) :

— Maman commence à s'inquiéter de tout le temps que je passe seul.

— Ah, oui, évidemment. Je viens dîner chez vous dans deux jours, je lui demanderai.

— Merci, oncle Frankie.

— De rien.

Il donna une tape sur l'épaule de Matty.

— Ce n'est jamais qu'un petit obstacle. C'est comme les douze travaux. Tu vois de quoi je parle ?

— Bien sûr. Hercule.

— Héraclès, Matty. Apprends le grec. C'est ton héritage. Nous sommes les fils des dieux. Des demi-dieux, au minimum. Héraclès, Bellérophon, Thésée…

— Ouais…

— Qu'est-ce qui peut empêcher un héros d'accomplir la tâche qu'il s'est donnée ?

— Rien ? proposa Matty.

— Exactement.

Puis oncle Buddy lui demanda d'aller acheter du lait à la station-service.

Cette simple course déboucha sur une tentative de kidnapping par un pédophile – ou du moins, c'est ce que Matty crut au début. Dès l'âge de quatre ans, avec des rappels réguliers, sa mère lui avait précisément décrit la scène : un van aux vitres teintées s'arrêterait à côté de lui, un type louche se pencherait par la fenêtre pour lui proposer quelque chose de *super-cool*. Peut-être un chiot, ou une Game Boy. Qu'est-ce que Matty devrait faire, alors ? Courir, évidemment. S'enfuir et aller chercher maman.

Confronté à la situation, Matty resta cloué sur le trottoir, la bouteille de lait frais suant dans sa main. Le prédateur, un vieux Noir aux cheveux blancs, se pencha par la fenêtre du van métallisé et demanda :

— Hé, Matty, tu as un moment ?

Et qu'est-ce que fit Matty ? Il eut un sourire hésitant et répondit :

— Euh…

— Destin Smalls aimerait te parler.

Smalls ? Le type avec qui discutait papy Teddy au téléphone ?

— C'est un ami de ton grand-père. Et de ta grand-mère, Maureen.

Pas de chiot. Juste une accroche terriblement intrigante. N'empêche, ça restait une bonne raison de s'enfuir. Au lieu de cela, Matty attendit que l'homme descende de son véhicule et le contourne par l'avant. Il se déplaçait avec raideur, comme s'il souffrait de la hanche. Puis il fit signe à l'enfant de le suivre.

Celui-ci obéit ; le contraire aurait paru malpoli.

— Je la considérais comme une amie, moi aussi, ajouta le conducteur en lui tendant la main. Clifford Turner. J'ai eu la chance de servir avec elle.

Servir avec elle ? Mince, pensa Matty. Cette histoire de gouvernement était donc réelle.

Cliff ouvrit la porte arrière du van, comme un magicien tire un rideau pour révéler… un énorme Blanc en costume bleu, engoncé dans un siège pivotant à l'arrière.

— Matt. Ravi de te rencontrer en personne. Je suis l'agent Destin Smalls.

Il parlait d'une voix grave et confiante. Et il l'avait appelé Matt. Il désigna le siège vide à côté de lui.

— Entre donc. C'est climatisé.

La réplique sortait directement du Manuel de l'Apprenti Pédophile.

— J'ai du lait, dit Matty.

— Je vois ça.

— Je veux dire, ma famille m'attend. Ils vont venir me chercher.

— Ça ne sera pas long. Je veux juste me présenter.

Matty regarda Clifford.

— Ça ira, dit ce dernier. Je te le promets.

Matty entra et posa le lait sur la moquette de l'habitacle. Clifford referma la porte de l'extérieur, les enfermant dedans.

L'arrière du van, derrière les sièges, était plongé dans l'ombre, mais du matériel électrique y vrombissait et clignotait. La climatisation – qui était certes agréable – était sans doute nécessaire pour que ces machines puissent fonctionner.

Smalls remarqua que Matty regardait autour de lui.

— Du matériel high-tech, expliqua-t-il. Télémétrie avancée.

— Ça sert à quoi ?

— Ça nous aide à trouver des gens doués, Matt. Des gens comme…

Matty essaya de s'empêcher de tiquer.

— … ta grand-mère.

Les mots sortirent de la bouche de Matty une octave plus haut qu'il ne le voulait :

— Ah, vraiment ?

— En effet. Qu'est-ce que t'a raconté ton grand-père, au juste ? Savais-tu que Maureen Telemachus était notre meilleure agente durant la guerre froide ?

« La vraie guerre froide, avait dit Frankie. Opérations à hauts risques. »

— Cuba ? Maureen y était, reprit Smalls. Le détroit de Gibraltar ? Elle nous a raconté ce qui s'est passé lorsque l'USS *Scorpion* a cessé d'émettre et explosé. C'était une époque tendue. Les deux camps étaient si terrifiés l'un de l'autre qu'on a vraiment frôlé la fin du monde. Notre travail – le travail de ta grand-mère – consistait à trouver où les Russes cachaient leurs missiles et à garder un œil dessus. Le pire scénario était que l'ennemi pense pouvoir les tirer impunément.

À court de mots, Matty répondit :

— Waouh.

C'était sûrement la conversation la plus importante de sa vie ; pas question de l'interrompre uniquement parce qu'il ne comprenait presque rien à ce que disait Smalls. Il était au courant pour la crise des missiles, mais le reste était un mystère.

— En effet. Et les communistes avaient leur propre programme de psi-guerre. Nous devions constamment rester sur nos gardes contre les incursions psychiques.

— Alors, mamie Mo affrontait les Russes, en quelque sorte ?

— Affrontait ?

— Psychiquement, expliqua Matty. Sur le plan astral.

— D'où est-ce que tu sors ça ? D'une bande dessinée ?

— Non, répondit Matty sur la défensive.

Si maman était là, elle aurait su qu'il mentait. La notion de duel psychique sortait tout droit des X-Men.

— Mais tu n'es pas tombé loin. Les gens doués peuvent se sentir les uns les autres. En fait, Cliff a détecté des pics d'activité dans le secteur.

Matty sentit son cœur bondir dans sa poitrine. Cliff l'avait détecté ? Il perdit le fil de la discussion, assourdi par la panique. Savaient-ils ce qu'il mijotait avec oncle Frankie ? Allaient-ils le dénoncer à la police ? Smalls continuait de parler :

— Tu dois savoir que ta famille est spéciale, dit-il sur le ton de la confidence. Pas seulement ta grand-mère ; tes oncles, Buddy et Frankie, avaient aussi des pouvoirs. Ta mère également.

Matty joua les idiots.

— C'était juste un numéro. Un spectacle. Ils se sont fait démasquer.

— Vraiment ? Peut-être. Mais ça a seulement coulé leur numéro. La question, naturellement, reste : est-ce que tu as assisté à de nouvelles activités ? Peut-être chez tes cousines ?

— Comme quoi ?

— Ce pourrait être n'importe quoi. Déplacer des objets. Sentir la présence d'eau sous la terre. Voir des choses de loin.

— Je n'en ai aucune idée.

Grâce à Dieu, Smalls n'avait pas le don de sa mère. L'agent sourit.

— Tout ce que je te demande, c'est de garder les yeux ouverts. Tu peux faire ça pour moi ?

Il veut que j'espionne ma propre famille ? songea Matty.

— Les menaces qui pèsent sur l'Amérique n'ont pas pris fin avec la guerre froide, Matt. Loin de là. L'Union soviétique est morte, mais les Russes ont toujours leurs médiums, n'en doute pas. Combien d'autres gouvernements disposent d'agents ? Combien de groupuscules secrets et d'organisations terroristes ? Et combien de ces mauvais joueurs essaient de *débaucher* de vrais Américains doués ?

Smalls avait prononcé son discours avec une gravité biblique. Ou du moins, la gravité d'un vieux péplum biblique. Matty se rencogna sur son siège, le lait complètement oublié.

— Ça craint, dit Matty.

— Pire ; ces puissances étrangères risqueraient aussi de penser qu'elles ne peuvent pas se permettre de laisser ce genre de talents travailler pour nous. Elles pourraient décider de neutraliser les médiums.

— Vous voulez dire… les tuer ?

Il secoua la tête.

— Je suis sûr que ça n'arrivera pas, répondit Smalls sur un ton qui suggérait tout le contraire. Mais il existe d'autres façons de neutraliser un médium. Certains appareils peuvent effacer leurs capacités.

Il claqua des doigts.

— Comme une lumière qu'on éteint.

Bon Dieu, pensa Matty. Il menace de me neutraliser, moi.

Smalls envoya la main dans sa poche et Matty s'agrippa aux accoudoirs du siège, mais l'agent produisit seulement une carte de visite.

— Je suis de ton côté, Matt. Je veux protéger ta famille. Je veux vous aider. Ton grand-père refuse que je te parle parce qu'il pense que tu es trop jeune pour comprendre à quel point c'est important. Un autre Telemachus pourrait néanmoins prendre la place de ta grand-mère. La nation en serait soulagée.

Matty regarda la carte, puis la glissa dans la poche de son jean.

— N'hésite pas à me contacter si je peux faire quelque chose pour toi, conclut Smalls.

Matty sortit du van avec la sensation d'y être resté des heures et non quelques minutes. Le soleil était descendu. Les arbres murmuraient comme des conspirateurs. Même la bouteille de lait semblait plus pesante, lourde d'un sens caché.

Cliff lui serra encore la main.

— Ravi d'avoir fait ta connaissance, Matty.

— Je… Ouais.

— Un jour, je te parlerai d'une chose qu'a faite ta grand-mère pour moi. Elle m'a emmené durant l'un de ses voyages, plus loin que je n'aurais pu aller seul. Ça a été l'une des expériences les plus intenses de ma vie.

— J'adorerais, dit Matt.

À moins que Destin Smalls ne m'éteigne comme une lumière.

Il retourna chez lui et entra dans la maison. Il était sûr que le reste de sa famille remarquerait que ces nouvelles informations lui cuisaient les entrailles telles des radiations, mais non : papy Teddy leva à peine les yeux de son journal, tandis qu'en face de lui, assis derrière une haie de canettes de bière vides, oncle Frankie pérorait sur la ceinture de Van Allen.

— D'accord, des robots peuvent franchir la ceinture pour atteindre la lune, mais des humains ?

Maman s'affairait devant le four. Seul oncle Buddy, qui découpait des oignons et du poivron vert sur le comptoir, croisa son regard. Matty, soudainement embarrassé, rangea le lait dans le frigo ; mais, avant de pouvoir s'esquiver dans sa chambre, maman lui demanda de mettre le couvert sur la grande table.

Il dut convoyer assiettes et verres depuis le vaisselier jusqu'à la salle à manger, allant et venant comme un canard sur un stand de tir.

Matty alla voir sa mère et l'interrogea à voix basse :

— Est-ce qu'oncle Frankie reste manger ?

— Je ne sais pas. Demande-le-lui.

— Tu pourrais le faire, toi ?

Maman le regarda en fronçant les sourcils, comme pour s'enquérir de ce qui n'allait pas. Par-dessus son épaule, elle lança :

— Frankie, tu manges ici ou non ?

— Pas la peine d'en faire plus pour moi, répondit Frankie.

— Doux Jésus, il y a assez de pâtes pour tout le monde. Oui ou non ?

Il poussa un soupir artificiel.

— J'aimerais bien, mais Loretta et les filles m'attendent.

Il se leva, vida sa canette et la posa sur la table.

— De rien, dit papy Teddy.

Frankie salua tout le monde de la main.

— Hé, Matty, viens m'aider à sortir un truc de la camionnette.

Le garçon se figea.

— Viens, insista Frankie, déjà en mouvement. Vous autres, savourez votre festin. Chez moi, ça sera sûrement macaronis au fromage.

Matty hésita mais finit par suivre son oncle dans l'allée.

— Alors, il s'est passé quelque chose aujourd'hui ? demanda Frankie.

— Rien.

— Quoi ? Qu'est-ce qui t'arrive ? Ta mère t'en empêche ?

— Non, c'est pas ça. C'est juste que je ne crois pas…

— La confiance en soi. Je sais ce que c'est.

Il posa la main sur l'épaule de son neveu et se pencha vers lui.

— Je suis passé par là. Je sais ce que ça fait, de douter de soi-même. Il faut que tu ailles au-delà.

— Je voulais dire que je n'y arriverai jamais.

Il lutta pour regarder Frankie dans les yeux, en vain. Il se concentra alors sur l'oreille droite de son oncle.

— Je ne peux pas. J'arrête.

— Tu arrêtes ?

Frankie parlait trop fort.

— Putain, qu'est-ce que tu dis ?

Matty ne savait qu'ajouter. Les gens du gouvernement sont à mes trousses ? Ils peuvent me pister ? Ils peuvent m'effacer ? Frankie aurait réfuté le moindre argument.

— Tu ne peux pas laisser tomber, dit ce dernier. Tu es un Telemachus. On ne laisse pas tomber !

— Je sais, je sais.

Pourtant, laisser tomber était précisément l'un de leurs signes distinctifs, non ? La Fantastique Famille Telemachus avait quitté la scène pour entrer dans la médiocrité. Frankie l'avait entériné des années plus tôt, à Thanksgiving : « On aurait pu être les rois. »

— Je suis désolé, ajouta Matty.

Les larmes lui montaient aux yeux. Il ne voulait pas pleurer devant son oncle.

— Je suis vraiment désolé.

Frankie continua de jacasser, essaya de le réconforter, de le culpabiliser et de le supplier tout à la fois, comme un poids coq travaillant le punching-ball. Matty encaissa, incapable de parler, incapable de bouger. Il aurait voulu disparaître. Il aurait voulu s'envoler de sa tête et laisser son corps s'effondrer dans l'allée comme un sac d'herbe humide. Mais c'était précisément ce qu'il ne devait plus jamais faire.

12
Teddy

L'amour l'attendait dans la boîte aux lettres, prêt à jaillir tel un serpent à sonnette. Une enveloppe blanche toute simple. Il sut ce qu'elle contenait avant même de lire son nom, rédigé dans la cursive acérée de Maureen ; et, en un clin d'œil, le venin familier se précipita jusqu'à son cœur.

Oh, mon amour, pensa-t-il. Même depuis la tombe, tu me mets K.O.

Les lettres arrivaient plus fréquemment, désormais, sans qu'il sache pourquoi. Il y en avait eu une avalanche après la mort de Maureen, puis le flot s'était réduit, si bien que Teddy pensait, parfois pendant plusieurs années d'affilée, qu'il n'y en aurait plus. Mais celle-ci était la deuxième de l'été. Un signe de la fin des temps ? Il vieillissait. La rubrique nécrologique débordait d'hommes plus solides et plus jeunes que lui, victimes de crises cardiaques, de cancers de la prostate ou d'attaques. Le stress qu'engendraient ces lettres risquait d'avoir raison de lui. Mo allait le tuer par correspondance.

— Ça va ? demanda Irene.

Elle était près de la voiture, à six mètres de lui. Trop loin pour voir l'écriture sur l'enveloppe.

— Des balles de papier en pleine tête, souffla-t-il.

Il glissa l'enveloppe dans la poche de sa veste ; il aurait le temps de la lire plus tard.

— Comment ça se fait que tu reçois du courrier le dimanche ?

Face à n'importe qui d'autre, il aurait prétendu qu'il s'agissait sûrement d'une enveloppe égarée qu'un voisin avait rapportée – mais pas à Irene. La seule solution consistait à esquiver totalement la question.

— Allons-y. Graciella nous attend.

Sa fille ne fit pas mine d'entrer dans la voiture.

— On a un accord, hein ? dit-elle. Si je viens avec toi, quoi qu'il arrive tu garderas Matty, compris ?

— Oui, oui.

— Pendant quatre jours, de jeudi prochain à dimanche.

Il avait fait l'erreur de lui donner les clefs afin qu'elle puisse lancer la climatisation, mais elle les avait prises en otage. Elle restait près de la portière du conducteur, une main tambourinant sur le toit. Il frémit en imaginant ses bagues égratignant la peinture.

— Et tu le gardes vraiment, cette fois.

Elle ne comptait pas lui laisser oublier une certaine séance de baby-sitting, alors que Matty n'avait que deux ans.

— Ce n'est plus un bébé, c'est un adolescent, se défendit-il. S'il boit un verre de gin, c'est qu'il l'aura décidé.

Irene grogna mais lui remit les clefs.

Elle réussit à rester assise sans rien dire jusqu'au troisième feu rouge. Soit plus longtemps qu'il ne l'avait espéré.

— Tu fais confiance à cette femme ? s'enquit-elle.

— Et toi ? Tu es meilleure juge des gens que moi.

C'était même pour cette raison qu'il avait demandé à Irene de l'accompagner, une fois de plus.

— Elle se sert de toi.

— Je veux qu'elle se serve de moi. C'est la base de l'amitié, Irene.

— Ce n'est pas une amie si ce qui l'intéresse, c'est ton argent.

— Mon argent ? Quel argent ? Je dépend de l'aide sociale, pour l'amour du ciel.

— Cette voiture n'a pas un an. Tu en changes tous les dix-huit mois.

— C'est du bon sens. On peut toujours compter sur une voiture neuve. Si tu tombes en panne sur le Skyway, tu as de bonnes chances d'y laisser la vie.

— Et les costumes ? Et les montres ?

Il prit une inspiration. Que répondre à une femme capable de flairer les mensonges ?

— Ce n'est pas parce que je ne m'habille pas comme un clochard que je suis riche.

— Je suis au courant pour ATI, papa.

Il fit semblant de se concentrer sur la circulation dans le rétroviseur latéral.

— De quoi parles-tu ?

— On recevait déjà des chèques quand j'étais au lycée, et on en reçoit encore.

— Tu fouilles dans mon courrier ?

— Pas la peine. J'ai vu les enveloppes. Advanced Telemetry Inc. est une société d'électronique privée, mais on ne trouve pas grand-chose à son sujet.

— Tu enquêtes sur moi ?

— Sur eux. Il se trouve que c'est une sorte de cabinet de consultants.

— Tu es une fouineuse, c'est ton plus grand défaut.

— Je suis sûre que tu as dressé une liste complète de mes défauts. Alors, qu'est-ce que c'est, papa ? Tu travailles comme consultant ? C'est un vestige de ce que toi et maman faisiez ?

Elle haussa les sourcils et poursuivit :

— ATI, c'est la société-écran à travers laquelle Destin Smalls te paye, c'est ça ?

— Ne sois pas ridicule.

— Je m'inquiète, c'est tout. Je me fiche de l'argent, mais je n'ai pas envie que cette femme tire avantage d'un… de toi.

— D'un vieillard. Dis-le.

— Je n'ai pas à le dire, tu es manifestement sénile.

— Elle n'a pas besoin de mon argent puisqu'elle fait partie du gratin de la pègre.

— Dans ce cas, qu'est-ce qu'elle a à y gagner ? Tu as dit que tu ne l'intéressais pas romantiquement, alors elle attend forcément quelque chose. Pourquoi tu souris ?

Entendre son aînée disséquer les hypothèses lui réchauffait le cœur. Irene avait toujours été la plus futée de ses enfants. Elle avait reçu toute l'intelligence de Maureen et une bonne portion de sa ruse à lui. Sa femme tenait Buddy pour le génie de la famille, mais c'était la petite Irene qui jouissait d'un esprit aussi acéré qu'un couteau Ginsu. Le détecteur de mensonges humain. Et c'était la raison pour laquelle il devait l'avoir à ses côtés s'il voulait aider Graciella.

— Je croyais que tu l'aimais bien, rétorqua Teddy en essayant vainement d'avoir l'air blessé.

— La sympathie n'a rien à faire dans l'histoire. On parle d'argent.

Il rit jusqu'au feu suivant.

— Combien te paye ATI ? Donne-moi au moins une fourchette ? insista Irene.

Elle ne lâchait pas prise, comme un foutu bull-terrier.

— Ils ne me payent pas en fourchettes, répondit Teddy. Ni en cuiller ou en couteaux. Je me paye moi-même.

Elle émit un bruit perplexe, même si elle devait bien voir qu'il ne mentait pas.

— J'en suis à moitié propriétaire. Arrête de faire cette tête. C'est moi qui ai eu l'idée de cette société. Après avoir vu la manière dont fonctionne le gouvernement, comment résister ? Le gouvernement, c'est une boîte de tarés. Des pâtissiers maigrichons, à tous les niveaux.

— Tu dis ça comme si c'était un dicton.

— Les pâtissiers maigrichons ? Ne jamais faire confiance à un pâtissier maigrichon ? C'est un dicton.

— Et quel est le rapport avec le gouvernement ?

— Je vais t'expliquer. Les gens, à l'intérieur, n'ont pas le droit de manger du gâteau, mais ils compensent en jetant des gâteaux par les fenêtres. De pleins tonneaux de gâteaux. Le complexe militaro-industriel est entièrement composé de jeteurs de tonneaux et de mangeurs de gâteaux. Dans cette métaphore, les gâteaux représentent l'argent.

— Mettons un moratoire sur les métaphores.

— Un métatoire ?

— Et sur les néologismes.

— Bref, Destin Smalls est l'homme le plus crédule de la planète, et il est pourtant capable de lever des millions pour des projets douteux. Il a versé à G. Randall

Archibald des sommes outrancières pour les plus transparentes des arnaques. Générateurs de champs de torsion, pistolets à microleptons qui ne fonctionnaient pas vraiment à moins d'investir un demi-million de plus dans leur développement...

— Oh mon Dieu, glapit Irene. Tu cherches toujours à battre Archibald. Encore.

— Non, je cherche à gagner de l'argent, purement et simplement.

— Maman était au courant ?

Il faillit répondre, se ravisa.

— Ça veut dire non, traduisit Irene.

— Elle a su. Au bout d'un moment.

Il enchaîna avant qu'Irene ne puisse poser d'autres questions :

— Ta mère se montrait vieux jeu pour tout ce qui touchait à l'argent, très vieux jeu. Elle n'aimait pas l'incertitude. Les coûts de lancement de la société étaient importants, et il aurait fallu beaucoup de temps pour rentrer dans nos fonds. Que la société ne soit devenue rentable que bien après sa mort m'a beaucoup peiné.

— Si elle n'était pas d'accord, évite de dire « nous ».

Pourtant, elle a quand même participé, pensa Teddy.

— Aide-moi à trouver l'adresse, dit-il. Cent trente et un. Cherche un panneau d'agence immobilière.

Ils la trouvèrent rapidement. NG Group Realty. Le parking était vide, à l'exception du break Mercedes de Graciella. Teddy gara la voiture juste à côté et Irene posa la main sur son bras.

— Réponds : est-ce que Graciella t'a demandé de l'argent ?

— Non.

La pure vérité. Irene secoua la tête.

— Alors, je ne comprends pas.

— Tu ne poses pas la bonne question, dit Teddy. L'important n'est pas ce qu'elle va tirer de moi, mais ce que je vais tirer d'elle.

— Quoi donc ?

Il ne pouvait pas mentir, pas à sa fille, mais il pouvait choisir quelles vérités dire. Il faillit opter pour « la vengeance », mais cela sonnait trop mélodramatique. Il considéra « la justice », mais ç'aurait été à la fois trop mélodramatique et trop inattendu de sa part.

— Je vais revenir dans le jeu, dit-il simplement.

*

L'un des rares regrets de Teddy était de n'avoir pas parlé à Maureen d'ATI. Un autre : qu'elle l'ait découverte d'elle-même.

Il se souvenait de ce soir-là. Il était rentré à la maison à travers une tempête de neige et avait fait une entrée de Grand Chasseur rapportant la meilleure pizza de tout Chicagoland. Maureen ôta papiers et crayons de la table de la cuisine, et toute la famille se rassembla sous la lumière chaleureuse de la lampe. Frankie racontant avec excitation des accidents de traîneau qui les firent tous rire, même Buddy. C'était quand ils étaient tous réunis ainsi que Teddy était le plus heureux. Ils étaient des conspirateurs, de joyeux voleurs se partageant le butin, riant tandis que le monde ordinaire poursuivait sa terne course. C'était la meilleure chose qui soit, juste après monter sur scène ensemble.

Après le repas, Teddy alluma une cigarette et regarda Maureen laver la vaisselle. Par nature, il n'était pas homme à se contenter de ce qu'il avait, mais ce moment était bougrement près de le satisfaire pleinement. Il remarqua alors, sur le comptoir, la pile de feuilles que Maureen avait ôtée de la table. Ce n'était pas les pages de coloriage de Buddy, comme il l'avait cru à cause des crayons, mais des factures et des relevés bancaires. Il souleva quelques feuillets et vit le logo rouge de leur société de crédit immobilier. Teddy avait toujours insisté pour gérer personnellement leurs finances et les traites de la maison.

Il se repassa l'heure précédente en pensée, sachant que Maureen avait lu ces pages avant son retour. Avec le recul, son rire paraissait un peu forcé ; elle était distraite.

— Tu veux qu'on parle ? demanda-t-il.

Maureen ne se retourna pas pour répondre.

— De quoi veux-tu parler ?

Il connaissait bien ce ton aride.

Rétrospectivement, Teddy avait été idiot de croire qu'elle ne découvrirait jamais la supercherie. Comment un simple mortel pouvait-il cacher quoi que ce soit à Maureen Telemachus ? Il avait pioché dans les économies familiales – si l'on pouvait utiliser le mot « piocher » pour désigner une excavation – et il avait également pris une deuxième hypothèque.

— Dis-moi ce que tu en as fait. Tu as recommencé à jouer ?

Elle pensait qu'il avait repris ses mauvaises habitudes. Ironiquement, c'était bel et bien le cas, mais seulement pour compenser l'argent investi dans ATI.

— Je ne jouais pas, riposta Teddy.

Il ne put empêcher une pointe d'indignation de percer dans sa voix. À cette époque, il était encore plus fier qu'à présent. Maureen, sans même le regarder, lui fit comprendre qu'elle ne gobait pas ses bobards. Forcément : elle en avait assez avalé au fil des ans.

— Oh, Teddy, tu es en train de gaspiller tout ce pour quoi on a travaillé.

— Certainement pas. Je l'investis. Ça fait une énorme différence.

— Tu l'investis dans quoi ?

— Je vais te le dire. Mais assieds-toi, s'il te plaît.

Elle se sécha les mains et s'installa de l'autre côté de la table, en face de lui, aussi silencieuse qu'un bourreau.

— Une occasion de faire des affaires s'est présentée. J'avais déjà l'idée d'une entreprise, et un partenaire avec qui la monter. Cette société va générer un revenu continu, mais elle nécessitait un capital initial, afin de lancer la machine. Au début, les jeunes entreprises coûtent ; sur la longueur, elles rapportent.

— Un revenu continu, répéta-t-elle.

— C'est ça !

— Tu t'entends parler ? dit-elle doucement.

— Je veux que tu m'écoutes bien, répondit-il d'une voix raisonnable. J'essaye de mettre du pain sur la table. Est-ce que j'ai le choix ? Tout ce que j'ai essayé d'autre…

— Le numéro…

Elle posa la tête dans ses mains, comme le ferait leur fille des années après.

— … tu es encore en colère pour ça, poursuivit-elle. Tu n'arrives pas à lâcher prise.

— On avait un plan, Mo. Tout dépendait de ton arrivée, et tu n'es pas venue.

Teddy savait qu'Archibald allait interrompre leur numéro. Il avait délibérément offert aux sceptiques le vieux truc du pied contre la table, que les caméras pouvaient aisément saisir et révéler. Les Telemachus n'avaient pas été démasqués : au contraire, ce revers faisait intégralement partie du spectacle, c'était le prélude au grand retournement de situation. Mo allait se livrer au numéro du téléphone et laisser Archibald pantois. Le fameux sceptique aurait reconnu, sur une chaîne nationale, que les Telemachus n'étaient pas des charlatans, et leur fortune aurait été assurée.

— Qu'est-ce que tu voulais que je fasse ? reprit Teddy, exaspéré.

— Trouver un travail. Un vrai travail.

— C'est encore mieux qu'un travail. C'est une entreprise, tout ce qu'il y a de légitime.

— Tu rapportes une pizza de Nick Pusateri et tu me parles de légitimité ?

— Ça n'a aucun lien avec lui.

C'était la vérité.

— Je n'ai fait qu'acheter une pizza.

C'était un mensonge. Il s'était arrêté chez Pusateri pour parler de leur prochain boulot. Mais il ne pouvait pas l'avouer à Maureen, parce qu'il lui avait promis de ne plus jamais travailler pour cet homme, ni pour l'Organisation.

— Alors, dis-moi ce qu'est cet investissement. Pas de blabla ni de flou. Pas d'arnaque. Dis-moi exactement avec qui tu es en affaire, et ce que tu fais.

— Je ne peux pas, Mo. Je ne peux pas, tout simplement. Tu dois me faire confiance, et me croire quand je te dis que je fais tout ça pour notre famille.

— Te faire confiance, répéta-t-elle d'un ton amer.

Il hocha la tête.

— C'est tout ce qu'il me faut. Un peu de confiance.

— Et pourtant, toi tu ne me fais pas confiance, dit-elle, les lèvres tremblantes. À moi, ta femme.

— Pas tant que ça ne rapporte rien. Après, je te promets que tu comprendras pourquoi je…

Frankie fit irruption dans la cuisine, suivi par Buddy.

— Tu peux nous faire des cookies ?

— Je ne suis pas un de tes pigeons, lança Maureen à Teddy.

Elle avait rassemblé les relevés de compte, ignorant les garçons, qui faisaient de leur mieux pour attirer son attention. Teddy la regarda sans rien dire, croyant que la dispute était finie, et elle lui remit la pile de papiers.

— Mais c'est faux, conclut-elle. J'ai été ton premier pigeon.

Le lendemain matin, Maureen l'informa qu'elle avait accepté l'offre de Destin Smalls : travailler pour le gouvernement au sein d'un nouveau programme appelé Projet Star Gate. Et peu après, Nick Pusateri mit un terme à la carrière de joueur professionnel de Teddy.

*

Graciella déverrouilla la porte des bureaux depuis l'intérieur et les fit entrer. Pas d'étreinte – elle n'était pas ce genre de femme –, mais elle serra la main d'Irene.

— Bienvenue chez NG group.

— Le G, c'est vous ? demanda Irene.

— Le N aimait me laisser dans l'ombre, même si sur le papier c'était moi la propriétaire.

— Et maintenant, vous voulez devenir propriétaire dans les faits, dit Teddy.

— Il le faut. Je ne sais pas quelle proportion de cette entreprise est réelle, ni dans quelle mesure c'est une façade pour les trafics des Pusateri. Je ne sais même pas si je suis la seule propriétaire. Je ne serais pas surprise de découvrir des associés officieux.

Elle leur fit traverser une pièce pleine de box vides – aucun des autres agents n'était encore arrivé – jusqu'à un grand bureau fermé par des cloisons de verre, puis leur fit signe d'approcher de l'ordinateur et de son gros moniteur beige.

— Nick junior m'a donné le mot de passe du logiciel de comptabilité, mais je ne sais pas ce que je fais. Votre père m'a dit que vous étiez douée pour ce genre de choses.

Irene lança un regard à ce dernier et demanda à Graciella :

— Qu'est-ce que vous recherchez, au juste ?

— L'argent, dit Graciella, et Teddy s'esclaffa.

Irene se mit au travail comme une sorte… d'informaticienne. Elle lança la machine, et, pendant les cinq minutes qui suivirent, ne fit que grogner et soliloquer, balayant l'écran des yeux, pendant que Graciella regardait par-dessus son épaule. Teddy n'aurait jamais imaginé que sa télépathe de fille apprendrait la comptabilité, mais il devait admettre qu'avoir une enfant dotée de talents aussi ésotériques était agréable.

Enfoncé dans un fauteuil trop rembourré, manifestement conçu pour plonger les clients dans un état d'abandon enfantin, il observa les deux femmes jusqu'à ce que l'ennui l'envahisse. Il consulta sa Rolex ; ils étaient là depuis cinq minutes.

— Parlez-lui des dents, lança Teddy à Graciella.

— Je crois qu'elle est occupée.

Irene leva la tête.

— Des dents, vous dites ?

— Vous la distrayez, reprocha Graciella à Teddy.

— Ça a un rapport avec la situation, protesta ce dernier. C'est pour ça que nous sommes là.

— Des dents ? répéta Irene.

— Je veux qu'elle l'entende de votre bouche, expliqua Teddy à Graciella, avant de s'adresser à Irene. Ces dents prouvent que Nick junior n'est pas innocent.

— Il n'est pas *totalement* innocent, corrigea Graciella, mais c'est aussi le père de mes enfants. Je dois penser à eux.

— Les dents, insista Irene.

Graciella s'adossa au montant de la fenêtre, croisa ses longues jambes et fronça les sourcils, comme si elle se demandait par où commencer. Elle avait fière allure dans sa jupe étroite verte et son chemisier aussi orange qu'un esquimau Creamsicle, une combinaison que Teddy aurait cru maladroite, et qui pourtant ne l'était aucunement. Une nouvelle preuve que les femmes étaient plus courageuses que les hommes.

— Ça ne doit pas sortir de cette pièce, avertit Graciella.

Irene opina, attendant la suite.

— Vous savez que Nick junior est en procès pour le meurtre de Rick Mazzione. Et vous avez peut-être lu que Nick senior possédait une partie des affaires de Rick Mazzione. Il s'en est emparé, en fait, quand Rick a pris du retard dans le remboursement de son prêt. Rick a essayé de payer, mais la dette n'a jamais été réglée, et il a commencé à s'en plaindre ouvertement. Il était peut-être assez en colère pour aller voir la police. Peut-être qu'il l'avait déjà fait. Alors, Nick senior a décidé d'en savoir plus.

Irene encaissa l'information comme une pro. Pas de hoquet de fillette, pas de questions inutiles. Mais elle soupesait chaque phrase. Si Teddy avait raconté les faits, elle aurait seulement pu déterminer si celui-ci croyait au récit de Graciella. Avec elle, il fallait toujours prendre en compte le problème de l'histoire rapportée.

— C'est là que mon mari est impliqué, dit Graciella. Nick senior lui a demandé d'inviter Mazzione à une entrevue, puis de l'emmener sur un chantier. Ils ont commencé à… lui poser des questions. Les réponses n'ont pas plu à Nick senior, et il s'est mis en colère. Il a frappé Mazzione en pleine bouche.

Irene hocha la tête.

— D'où les dents.

— Il lui en cassé quelques-unes. Mais il s'est blessé à la main, ce qui l'a énervé encore plus.

— Il s'énerve facilement, expliqua Teddy à Irene.

— Apparemment, répondit celle-ci.

— Selon mon mari, enchaîna Graciella, Nick senior a un peu perdu les pédales. Il a commencé à arracher les dents de Mazzione avec des tenailles. Toutes. Sauf les molaires. Il n'a pas réussi à les déloger.

Irene regarda Teddy.

— Tu étais ami avec ce type ?

— On était collègues de travail, ce n'est pas la même chose.

— Puis Nick lui a tiré dessus. Pas mon mari, Nick senior.

— Votre mari vous a raconté ça ? !

— Vous ne me croyez pas ?

— Je crois que vous croyez votre mari.

Teddy faillit éclater de rire. Parfaite démonstration du problème de l'histoire rapportée.

— Nick senior a obligé mon mari à enterrer le corps tout seul, continua Graciella. Lorsqu'on l'a retrouvé, des mois après, il lui manquait ses dents, et elles n'étaient pas sur le lieu du crime. Mon mari les avait gardées. Dans une boîte à cigare, dans son tiroir à chaussettes.

— Rien de plus naturel que garder des bouts de cadavres en souvenir, glissa Irene.

— Les moines conservent les ossements des saints, objecta Teddy d'un ton conciliant.

— Pas la peine de le défendre, lui dit Graciella. Mon mari n'est pas parfait. Et il ne réfléchit pas toujours à ce qu'il fait. Mais dans ce cas, c'est une bonne chose.

Irene haussa un sourcil.

— Parce que… ?

— Le sang de Nick senior est sur les dents de Mazzione. Et c'est Nick junior qui est accusé du crime.

— La police ne croit pas junior sur parole ? demanda Irene.

— Mon mari refuse de témoigner contre son père. Il ne ferait jamais une chose pareille. Mais moi, ça ne me poserait aucun problème de remettre ces dents au procureur. J'ai déjà laissé entendre à la police que je détenais une preuve. C'était peut-être une erreur, parce que Nick senior semble se douter que j'ai quelque chose.

— On ne peut pas compter sur les flics pour la boucler, glissa Teddy. Sans compter que Nick senior en a peut-être quelques-uns dans sa poche.

— Ou beaucoup.

— Pourquoi vous ne l'avez pas fait ? s'étonna Irene. Donner les dents ? Faire inculper Nick senior ?

— Parce que les charges ne seront peut-être pas retenues, et je veux plus que sa simple arrestation. Je veux la liberté.

D'une manière ou d'une autre, Graciella pouvait verser dans la déclaration mélodramatique sans que cela choque. À l'instar de son mélange d'orange et de vert. Qui l'aurait cru ?

— Je veux ma propre vie, une fois que mon mari sera en prison. Je veux une société transparente, sans liens avec l'Organisation. Et je veux que mes enfants grandissent sans jamais revoir leur grand-père. Je compte lui échanger les dents contre tout cela.

Teddy observa le visage de sa fille. Elle avait plissé les yeux. C'était le regard que lui lançait Maureen quand il rentrait avec l'haleine alcoolisée. Mince, est-ce que Graciella avait menti ? Est-ce qu'elle leur avait menti à tous les deux ?

— Combien de photocopieuses y a-t-il dans ce bâtiment ? demanda Irene.

— Trois, dont une en couleur.

— Il va me falloir des copies de toutes les déclarations de revenus et de tous les livres de comptes que vous trouverez. Oh, et des disquettes vierges, aussi. Des tas de disquettes.

*

Il aimait la sensation des cartes dans ses mains. Il n'appréciait rien tant que s'asseoir à une table, boire, fumer et mentir à un groupe de richards, leur donner précisément les cartes qu'il voulait bien leur laisser. Bien sûr, ces hommes n'étaient pas ses amis et ne pourraient jamais l'être. Alors, son deuxième plus grand plaisir était de s'asseoir à une table, de fumer et de boire et de mentir à des gens qui le connaissaient assez bien pour ne pas le laisser distribuer, ni même couper.

— Parle-leur de Cleveland, dit Nick senior.

— Ça ira, atermoya Teddy.

Il n'était rentré de l'Ohio que depuis deux jours.

— Non, sans déconner. Les gars, vous allez pas en croire vos putains d'oreilles.

Les « gars » étaient en l'occurrence Charlie, Teppo et Bert l'Allemand. Les habitués. Leur rendez-vous traditionnel du mardi soir consistait à squatter l'arrière-salle du restaurant de Nick, manger des pizzas et boire du Canadian Mist jusqu'à l'aube. Ils jouaient, Teddy regardait.

— Qu'est-ce qui s'est passé à Cleveland ? demanda Charlie.

Charlie n'était pas le couteau le plus affûté du lot. Qu'il arrive à donner les cartes et à parler en même temps relevait du miracle.

— Rien, répondit Teddy.

Il jeta un regard à Nick, qui étalait de la pâte sur un grand plan de travail. Le principal avantage de jouer dans la cuisine était que Nick les nourrissait. L'inconvénient était que, du coup, la partie se déroulait toujours sur son territoire.

— Un petit souci avec une partie de cartes, ajouta-t-il.

— Allez, qu'est-ce que t'as foutu ? insista Charlie, qui se marrait déjà.

Charlie était le timbré officiel de la petite bande, une sorte de mascotte qui avait coûté à Nick presque autant d'argent qu'il lui en avait fait gagner. Teddy sentait que Nick était en colère. Quand il était de cette humeur, tous avançaient avec précaution, pour la même raison qu'on ne fait pas de geste brusque en manipulant de la nitroglycérine.

— Dis-leur, ordonna Nick.

Ses bras de docker étaient blancs de farine jusqu'aux coudes. C'était un type costaud, et bien décidé à rester aussi costaud qu'il l'était dans les années 1950. Ses cheveux gominés, noirs comme du pétrole, étaient soigneusement coiffés façon rocker, il portait les mêmes chemises et les mêmes pantalons moulants que lorsqu'il était ado, et il écoutait les stations rétro à la radio. Cette obsession pour ses jeunes années commençait à être ridicule mais, bien sûr, personne ne le lui aurait dit en face.

— C'était un beau bordel, ajouta Nick. J'ai mis Teddy dans une position délicate.

Ce dernier haussa les épaules. Il n'allait pas se plaindre de Nick devant les gars.

— On la fait, cette partie ? dit-il.

— Vous voyez, j'ai envoyé Teddy filer un coup de main à mon cousin Angelo, continua Nick. Angelo avait organisé une partie avec deux mecs de New York, des gars de Castellano.

— Castellano, répéta Charlie. Ben merde, pourquoi ?

— On l'a obligé à accepter poliment, expliqua Nick. Bordel, que je lui dis, si t'es obligé de jouer avec ces connards, le moins qu'on puisse faire c'est de leur prendre leur fric. Je t'envoie un type, que je lui dis. Je le paye moi-même, vingt mille de ma propre réserve. Ce mec, c'est le meilleur truqueur du circuit, que je lui dis.

Les gars regardèrent Teddy, qui eut un sourire humble. Charlie se marrait :

— Ils t'ont laissé donner, *toi* ?

Teddy secoua la tête.

— Non, je faisais la baleine.

— Je lui ai dit de mettre la putain de Rolex Newman, précisa Nick. Et de bien la faire voir.

Teddy la portait en ce moment même. Une Rolex Dayton « Paul Newman » de 1966, avec cadran en diamant. Elle coûtait dans les vingt-cinq mille dollars, et sa valeur n'allait que croître. C'était comme se promener avec un appart au bord du lac sur le poignet. Teddy laissa tomber la main sous la table.

— Mon job, c'était de perdre, mais surtout contre Angelo, expliqua Teddy. Angelo, cela dit, avait du mal à tenir la dragée haute aux New-Yorkais.

Nick renifla.

— Et pas pour rien, comme on l'a vu. Pour aggraver le truc, les mecs avaient deux types en renfort dans la pièce d'à côté, qui poireautaient avec ceux d'Angelo. Tout le monde était armé jusqu'aux dents.

— Ben merde ! s'exclama Charlie.

— Parle-leur du vrai problème, dit Nick.

Teddy garda le visage serein, une façade calme. De la bonne humeur.

— Allez, Teddy.

C'était un ordre.

— Le vrai problème, admit-il enfin, c'était que les New-Yorkais jouaient en équipe. Ils se faisaient des signes, essayaient de tricher contre Angelo et moi. L'un d'eux a même tenté de donner par le bas.

— Contre toi ? s'étonna Charlie. Il voulait arnaquer l'arnaqueur ?

— Le con, commenta Teppo.

Teppo était un cube d'un mètre cinquante de côté, pesant dans les soixante-dix kilos, mais Teddy l'avait vu écraser la trachée de types faisant le double de son gabarit.

— Alors, qu'est-ce que t'as fait ? Tu as triché deux fois plus fort ?

— Évidemment. Mais je ne pouvais pas tenter de gros coups quand je donnais, parce que je ne voulais pas qu'ils pigent que j'étais pas là par hasard. Mais je ne pouvais pas laisser le jeu suivre son cours, parce qu'Angelo perdait du pognon à chaque main.

Bert l'Allemand poussa un grognement appréciateur à l'énoncé du problème. Bert ne parlait presque jamais. Il était plus dangereux que Teppo, et d'une loyauté sans faille envers Nick.

— Ça te rongeait, aussi, pas vrai ? dit Nick. Reconnais-le. Ça t'a pas plu que ces mecs essayent de tricher contre toi, hein, Teddy Telemachus ?

— Évidemment, que ça le rendait dingue, commenta Charlie. N'importe qui aurait réagi pareil.

Ferme-la, bordel, pensa Teddy.

— La fierté, annonça Nick. La fierté pointe son nez.

Teddy regarda Nick dans les yeux.

— Oui. Un peu de fierté.

— Alors, tu as voulu les faire descendre de leurs grands chevaux.

Teddy hocha la tête.

Teppo et Bert s'étaient figés. Ils avaient perçu le changement d'atmosphère. Mais ce con de Charlie ne cessait de regarder tantôt Nick, tantôt Teddy, sans cesser de se marrer.

— Comment t'as fait ? Teddy ? Comment tu t'y es pris ?

— J'aimerais bien le savoir, renchérit Nick. Il s'est démerdé pour truquer la donne suivante, alors que c'est même pas lui qui a distribué. Comment t'as fait ça, Teddy ?

Teddy tapota la surface de la table, se remémorant la dernière main de la partie. L'un des New-Yorkais distribuait. Il avait poussé le paquet de cartes vers Teddy pour que celui-ci coupe. Teddy avait fait une coupe de débutant, avec les deux mains, et avait repoussé les cartes vers le donneur.

Cette simple manœuvre avait nécessité une préparation inouïe. Teddy était arrivé à Cleveland avec tous les jeux de cartes qu'ils allaient utiliser ce soir-là. L'un d'eux était réglo, mais les autres étaient marqués, de sorte qu'il pouvait sentir les repères sous ses doigts tout en distribuant. En plus, il possédait deux jeux supplémentaires, l'un dans sa veste et l'autre dans une poche de feutre cousue sous la table, classés en fonction de deux plans différents.

Personne ne remarqua lorsqu'il tira le jeu truqué de la poche. Personne ne remarqua lorsque, trente secondes après, il prit une carte dans sa veste pour la glisser dans le paquet qu'il tenait. Et personne ne remarqua que le jeu qu'il rendait après avoir coupé n'était pas celui qu'on lui avait donné.

Nick attendait une réponse. Teddy haussa les épaules.

— C'est si important que ça ?

Le vieux gangster sourit.

— Je suppose que non.

— Bon, mais, qu'est-ce qui s'est passé, après ? insista Charlie.

— Je ne sais que ce qu'Angelo m'a raconté, répondit Nick. Et avec tous ses bandages, c'était pas évident de piger. Un truc incroyable, apparemment. Tu vois, ces deux putains de tricheurs de New York se retrouvent avec des mains de dingue. Ils commencent à surenchérir l'un sur l'autre et Angelo est trop con pour laisser pisser. Bientôt, le pot déborde, et personne ne s'est couché. On retourne les cartes, et l'un des New-Yorkais a une quinte, l'autre un carré de deux. Dingue, non ? Mais voilà le hic : ils ont tous les deux l'as de pique.

Charlie riait, largué.

— Quoi ? ! Ben merde !

Bert et Teppo ne riaient pas, eux. Teddy soupçonnait que Nick leur avait déjà raconté l'histoire, et ce soupçon lui gelait les tripes.

— Vous imaginez dans quel état était Angelo, continua Nick. En temps normal, il est déjà pas bien calme, alors… Il se met à gueuler, les New-Yorkais pigent que quelqu'un vient de les baiser, et ça les rend dingues eux aussi. Les gorilles déboulent de la pièce d'à côté, et c'est là que ça part en couilles.

Nick regardait Teddy, à présent.

— Quelqu'un sort un flingue. Angelo lève la main ; la balle lui traverse la pogne et lui rentre dans la mâchoire. Le toubib pense pouvoir sauver sa mâchoire, mais sa main, bon, elle est foutue. Il va devenir gaucher.

— Ben merde ! s'écria Charlie, qui n'était pas très imaginatif au niveau des jurons.

— Je l'ai emmené jusqu'à l'hosto, dit Teddy, et je me suis excusé.

Les gars ruminaient la fin de l'histoire comme s'ils savouraient un repas. Puis Nick haussa les épaules.

— J'aurais surtout voulu que tu ne perdes pas mon fric.

Teddy sentit son cœur bondir une fois dans sa poitrine. Tout le monde regardait Nick.

Il ne faisait même plus semblant de travailler la pâte à pizza. Il actionna l'interrupteur du rouleau et les deux cylindres prirent de la vitesse en gémissant.

Bert l'Allemand posa une grosse main sur le bras de Teddy et tira sur sa manche pour qu'il se relève.

Mais Teddy n'arrivait pas à se lever. Ses jambes avaient cessé de fonctionner. De l'acide lui brûlait le fond de la gorge.

Teppo et Bert le mirent debout.

— Qu'est-ce qui se passe, les gars ? demanda Charlie.

Il était le seul dans la pièce à ne pas comprendre.

— Enlevez-lui sa montre, ordonna Nick.

*

Après trois heures passées sur les dossiers, Irene annonça à Teddy et à Graciella que deux choses étaient claires : il y avait trop de documents à copier, et les chiffres étaient résolument louches. Cependant, elle devait reprendre son poste à Aldi.

— On emporte tout, dit Graciella.

Elle estimait que les registres n'étaient plus en sécurité au sein du bureau, parce qu'elle ne savait pas lesquels de ses collaborateurs pouvaient avoir un double des clefs, ni de quel côté ils étaient. La seule solution consistait à récupérer tout ce qu'ils trouvaient et à l'emporter là où les deux femmes pourraient l'étudier à loisir. Ils remplirent le coffre de la Buick et l'arrière du break de Graciella. Elle suivit Teddy et Irene chez eux, où ils enrôlèrent Buddy et Matty pour les aider à décharger.

Pour Teddy, c'était une expérience étrange. Il avait projeté de tenir Graciella à l'écart des autres mâles de la famille, afin de ne pas lui faire peur. Mais elle parut charmée par la timidité de Buddy, et rit aux blagues hésitantes de Matty. Avec le recul, c'était logique : Graciella avait trois garçons, et Buddy était tout autant un gosse qu'eux. Par chance, c'était un gosse avec un hobby : il utilisait le bois qui lui restait pour construire de profondes étagères à la cave. Les boîtes de dossiers s'y encastraient parfaitement, comme si le mobilier avait été conçu sur mesure.

Graciella ne fit pas de commentaire sur les volets métalliques, mais posa une question sur une grosse structure qui prenait peu à peu forme à l'autre bout de la cave.

Buddy baissa la tête et s'en alla.

— Je crois que ce sont des lits superposés, dit Matty.

Irene avait enfilé sa blouse en polyester Aldi.

— Mieux vaut ne pas poser de questions, conseilla-t-elle. Je dois filer, je me pencherai sur les registres demain.

— Je ne vous remercierai jamais assez, dit Graciella.

Elle rejoignit Irene et prit sa main dans les siennes.

— Je suis sincère. Mais j'essaierai de vous renvoyer l'ascenseur, un jour.

Elles ont un moment d'intimité ! pensa Teddy. Les filles ont un moment d'intimité !

Graciella annonça qu'elle devait partir elle aussi, parce que sa mère en avait sûrement marre de garder ses enfants.

— Impossible, dit Teddy j'ai besoin de votre aide : j'ai trop de gin dans le frigo, un surcroît de tonic et un excès de concombres.

— Pas de citron ?

— C'est du Hendricks, très chère. Tranches de concombres ou rien.

— Les temps sont durs et je suppose que je vais devoir participer à l'effort.

Ils sortirent avec leurs boissons au soleil d'août, et Graciella demanda :

— Vous avez des hamacs ?

— Est-ce qu'on a des hamacs ?

Ils en avaient. Deux hamacs mexicains, suspendus à l'ombre entre les trois chênes. Un autre projet de Buddy, pensa Teddy, financé par votre serviteur.

— J'adore les hamacs, confia Graciella.

Elle contourna le carré de terre battue – Buddy ne s'était pas plus justifié quand il avait comblé le trou que quand il l'avait creusé – et s'installa dans un des hamacs en riant et en essayant de ne pas renverser son verre.

Teddy rapprocha l'une des chaises de jardin.

— Qu'est-ce que vous faites ? s'étonna Graciella. Prenez le deuxième.

— Je ne suis pas très hamac, personnellement.

Il disposa la chaise en face d'elle, ôta sa veste et la plia sur le dossier. L'enveloppe blanche en profita pour glisser sur le siège ; il l'avait oubliée. Il la ramassa nonchalamment et la glissa dans la poche latérale de sa veste. Graciella le remarqua mais ne fit aucun commentaire.

Il s'assit et ils sirotèrent leur verre. Son invitée le complimenta sur Matty, la maison, le jardin. Peut-être y avait-il quelques mensonges dans le lot, mais il s'en moquait. Ça faisait longtemps qu'il n'avait pas passé un si bon moment. Une chaude journée de fin d'été, une belle femme vêtue d'orange et de vert, telle une fleur tropicale s'épanouissant dans sa cour, une boisson fraîche dans la main. Il eut envie de dire des choses profondes. Il prépara mentalement un discours évoquant l'âge, l'amertume du gin et la douceur du tonic – le doux tonique de la jeunesse ! – mais perdit tous ses moyens lorsque Graciella se débarrassa de ses chaussures en deux coups de pied.

— Je vous ai déjà raconté comment le roi des émissions du soir m'avait volé mon numéro ?

— Je crois que je m'en serais souvenue, s'esclaffa-t-elle.

— Enfin ! Un public nouveau ! C'était en 1953. Un copain de lycée qui faisait de la magie, L. Ron Hubbard et moi buvions dans un bar de L.A.

— Le type de la Scientologie ?

— En personne. On discutait d'à quel point c'était facile de délester un pigeon de ses économies, en particulier quand le pigeon était un croyant. J'ai commencé à démontrer mes capacités de liseur de billet…

— Le truc des trois souhaits ?

— Exact une fois de plus, très chère. J'ai éberlué les piliers de bar locaux et, juste après, un gamin du Nebraska s'est présenté, m'a payé un verre, m'a dit qu'il travaillait à la radio mais qu'il faisait aussi ses débuts de magicien. C'est dur de faire des tours à la radio, lui ai-je répondu. Il m'a demandé de lui montrer le coup du billet, par politesse professionnelle. Bon, je ne suis pas du genre à révéler à un crétin débutant comment je gagne ma vie, mais il m'a harcelé, m'a offert d'autres verres, alors je me suis dit, pourquoi pas, il a bien mérité un petit tour. Je lui ai expliqué le numéro, et vous savez ce qu'il m'a demandé ?

— Aucune idée.

— À quoi sert le chapeau. Voilà sa question. *À quoi sert le chapeau ?* Je lui ai expliqué : « Le chapeau, *c'est* le numéro ! Non seulement il distrait le public et l'empêche de regarder vos mains ; mais il monopolise son attention. Le chapeau est le théâtre, la pièce ! »

— Je dois bien l'admettre…

— Et le gamin a dit : « Peut-être qu'il pourrait être plus gros. » Je l'aurais frappé. Il est sorti du bar et, dix ans plus tard, j'allume la télé et qu'est-ce que je vois ? Ce gosse présente son propre talk-show. Et qu'est-ce qu'il fait, pour rigoler ? Mon numéro, avec un foutu turban !

— Johnny Carson vous a volé votre tour ?

— Carnac le Magnifique, mon cul.

Il aimait la façon dont elle riait.

— Dans quelle mesure cette histoire est-elle vraie ? demanda-t-elle.

— Dans la mesure que vous voulez.

Graciella commença à se balancer vers lui, puis loin de lui. Les ongles de ses orteils étaient peints en rose.

— Vous avez entendu parler d'un type appelé Bert Schmidt ? demanda-t-elle. On l'appelait Bert l'Allemand.

— Il se pourrait que le nom me soit familier.

— Il a témoigné contre Nick junior cette semaine.

— Hum.

Teddy n'aurait jamais cru que Bert se retournerait contre un Pusateri.

— Il prétend avoir entendu Nick junior se vanter du meurtre de Rick Mazzione.

— Mais pas Nick senior.

— Non.

Peut-être que Bert demeurait loyal envers Nick senior, après tout. Est-ce que le père essayait vraiment de piéger le fils ? Ou est-ce que Nick junior avait été assez stupide pour se vanter d'un meurtre qu'il n'avait pas commis ?

— Apparemment, je vais bientôt me retrouver toute seule, dit Graciella. J'espère vraiment qu'Irene va découvrir ce qui se passe chez NG Group.

— Je lui fais totalement confiance. C'est une matheuse. C'est un crime qu'elle ne dirige pas sa propre boîte.

Il desserra sa cravate.

— Mais vous… Êtes-vous sûre de vouloir savoir ce qui se passe ?

Graciella émit un bruit perplexe.

— Admettons que NG ne soit qu'une façade, précisa Teddy. Vous la feriez quand même fermer par principe, et renonceriez à ses revenus ?

— Si Nick senior est impliqué, oui.

— Je pense que Nick senior y est même impliqué jusqu'au cou.

*

Il n'avait jamais été un gros dormeur. Esprit agité, doigts agités. Mais, après l'accident – car c'est ainsi qu'il le présenta lorsqu'il rentra de l'hôpital, les mains bandées, et c'est ce que dit Maureen aux enfants, même si elle-même n'en croyait rien –, ni ses doigts ni son esprit ne fonctionnaient, et il eut le plus grand mal à sortir du lit.

Ou plutôt, du canapé. Il avait emménagé à la cave après son retour, comme un chien blessé qui se cache pour lécher ses plaies. Les analgésiques rendaient toutes les heures semblables et, dans la cave, il pouvait regarder la télé ou dormir à n'importe quel moment du jour et de la nuit. Les garçons acceptèrent cet arrangement sans poser de question, hormis Frankie, qui demanda si lui aussi pouvait coucher au sous-sol. Irene tenta plusieurs interrogatoires de chevet, mais, même l'esprit embrumé par les pilules, Teddy savait qu'il valait mieux esquiver ses questions qu'essayer d'y répondre. Il ouvrait les yeux et elle était là, le fixant, sourcils froncés. Elle lui posait des questions directes telles que : « Pourquoi tu ne dors plus dans ton lit ? » ou « Pourquoi maman pleure ? » et il répondait des généralités comme « C'est là où est la télé » ou « Tout le monde pleure, parfois. » Quel choix avait-il ? La vérité n'était pas au programme. Il ne pouvait dire à une enfant de dix ans : « J'ai menti à ta mère, je l'ai trahie et j'ai mis en péril l'avenir de notre famille. » La vraie raison pour laquelle il s'était établi à la cave, c'était pour ne plus voir l'expression de Maureen quand elle le regardait. Il n'aspirait plus qu'à mariner et bouder dans le noir.

Il passa tout l'hiver et une partie du printemps au sous-sol et ne dormit dans un lit que lorsqu'il alla à l'hôpital pour se faire opérer des mains. Tous les matins, Destin Smalls passait prendre Maureen et la conduisait aux bureaux du gouvernement, en centre-ville. Elle était si vitale au projet qu'on ne l'obligea pas à déménager au D.C. ; la vision à distance, après tout, pouvait se faire à distance. Smalls la ramenait l'après-midi, mais pas toujours à l'heure. Parfois, Mo – ou son nouveau commis de cuisine, Irene – ne servait pas le dîner avant dix-huit heures. Souvent, le repas se résumait à des rations militaires à réchauffer : macaronis au fromage, soupe fayot-bacon, ou encore le repas préféré des enfants : le dîner-petit déjeuner.

Mo essayait de lui parler. Puisqu'elle n'y parvenait pas, elle le poussait à parler à quelqu'un d'autre : ses amis, son docteur, le chirurgien qui s'occupait de ses mains ou « n'importe qui à même de t'aider » sans jamais employer le mot « psychiatre » qui, comme elle le savait, l'aurait fait se refermer comme une huître. Les hommes de sa génération n'allaient pas voir un psy, certainement pas ceux qui étaient sortis de la guerre indemnes. Teddy avait eu cette chance, principalement parce qu'il n'avait jamais quitté les États-Unis. Il avait servi sur la ligne de front de l'administration, déployant sa machine à écrire à la vitesse d'une rafale de mitrailleuse, et lançant, la nuit, d'audacieux raids sur les bars locaux, qui se finissaient par de féroces mêlées de poker.

Mais, après l'accident, il sut qu'il avait épuisé sa chance. Il commença à voir son corps comme un véhicule mal fichu, prompt à caler ou à tomber en panne, et pas plus solide que du carton. Était-ce ainsi que se percevait Mo lorsqu'elle voyageait sur le plan astral ? Savait-elle à quel point son enveloppe était fragile ? Un jour, il remonta de la cave – aussi appelée la Fosse à s'Apitoyer – pour lui demander ce qu'elle ressentait dans ces moments.

Elle faisait la vaisselle après le repas, grattant les casseroles bon marché JC Penny qu'ils avaient achetées après leur mariage. C'était l'été, des mois après qu'elle lui avait révélé le diagnostic. Sa pâleur, son épuisement inquiétèrent Teddy.

— Tu es allée où, aujourd'hui ? demanda-t-il en se forçant à paraître joyeux. Tu sais, là-bas…

C'était la première fois qu'il lui posait une question sur son travail.

— Tu sais que je ne peux pas en parler.

Son ton restait neutre ; elle était trop fatiguée pour afficher sa colère.

— Je suis assermenté, moi aussi, tu sais.

— Tu l'étais.

Elle maniait l'éponge machinalement, comme si elle ne voyait pas ce que faisaient ses mains.

— L'agent Smalls doit se douter qu'il ne peut pas empêcher une femme de parler à son mari.

Elle lui lança un regard triste.

— J'étais dans l'océan, dit-elle.

— *Dans* l'océan ?

À chasser des sous-marins, pensa-t-il. Smalls était obsédé par les sous-marins.

— C'était beau ? Tu es descendue jusqu'où ?

— Très bas. C'était magnifique.

Elle s'essuya les mains avec une serviette en coton.

— Je dois te dire quelque chose.

Il se prépara. Il savait qu'il l'avait déçue. Mais il n'avait pas les mots pour s'excuser. Ni pour lui dire qu'il allait changer. Il n'avait pas de plan, pas de stratagème. Tout ce qu'il possédait, c'était deux mains inutiles, un canapé et une télé.

Elle s'assit près de lui.

— C'est à propos des enfants.

Il en fut aussitôt soulagé.

— Je veux que tu me promettes de ne jamais les laisser faire ce que je fais. Ne les laisse jamais travailler pour le gouvernement.

— Pas difficile, comme promesse.

Buddy avait cessé de prédire quoi que ce soit. Frankie ne pouvait même pas plier un trombone. Et Irene était trop honnête pour ce job.

— Nos petits-enfants non plus, ajouta-t-elle.

— Quels petits-enfants ?

— Un jour, nos enfants auront des enfants.

— Évidemment, mais…

— Ne discute pas !

La colère sembla jaillir de nulle part. Le corps de Mo paraissait trop usé pour pousser un tel cri, et le sursaut la vida encore plus. Ses yeux s'étaient emplis de larmes.

— Je te le promets, dit-il.

Il était doué pour faire des promesses ; les promesses lui venaient facilement.

— Tu peux compter sur moi.

*

Le spectacle de Graciella, endormie dans le hamac, l'émouvait. Après avoir fini son verre, il ne retourna pas le remplir de crainte de la réveiller. Il l'observa un moment, puis repoussa le Borsalino pour regarder les feuilles qui frémissaient dans la brise. Deux écureuils couraient sur les hautes branches. Le chapeau commença à glisser de sa tête et, lorsqu'il le remit en place en l'attrapant par le rebord, quelque chose dans le geste lui rappela la lettre.

Il la sortit de sa poche et lut encore son nom, rédigé par la plume acérée de Maureen. Puis il posa l'enveloppe, encore fermée, contre le bord de son chapeau, comme il le faisait traditionnellement, juste au cas où Graciella ouvrirait un œil à ce moment. Enfin, il décacheta le pli ; la colle était si vieille que le rabat s'ouvrit presque de lui-même. Il contenait une feuille de papier à dessin bon marché. Teddy la déplia et poussa un grognement surpris.

Graciella remua dans son sommeil sans se réveiller.

Il reprit l'enveloppe et pensa : Sois maudite, Mo. Toi et Buddy, soyez maudits.

Le dessin au crayon était aussi maladroit qu'on pouvait s'y attendre de la part d'un enfant de six ans. Sur un fond vert, deux silhouettes en bâtons reposaient à l'intérieur d'un rectangle. L'une d'elles était coiffée d'une sorte de triangle.

En haut à droite du dessin, Maureen avait écrit un message :

Mon amour, Buddy dit que le personnage au chapeau est toi, et l'autre « la chérie de papa ». Il ne sait pas pourquoi tu es dans une tombe, si c'en est une. Sois prudent, Teddy.

Je suis heureuse que tu aies trouvé quelqu'un. Non, ce n'est pas tout à fait vrai. Je veux être heureuse. Je serai heureuse. Au moment où j'écris ces lignes, je suis triste, mais j'essaie de voir à long terme. Comme Buddy.

Puisqu'on parle de lui, je te le demande encore : n'interfère pas avec lui. Laisse-lui de l'espace.

Je t'aime,
Maureen.

13

Irene

— Ce n'est pas tout à fait la maison de Barbie, dit-elle à Graciella.

Les deux femmes se tenaient dans la rue, devant un pseudo-ranch de 1967 ; dans la cour, les broussailles montaient jusqu'à hauteur de taille, l'allée était constellée de fissures et le garage s'affaissait sous l'effet de la gravité. Le panneau À VENDRE était posé contre la porte d'entrée alors que le bâtiment avait été vendu deux mois plus tôt. Personne n'avait encore aménagé et personne ne le ferait probablement jamais.

— Tu dis que NG Group l'a vendue ? demanda Graciella.

— Ouaip. Et tu sais pour quelle somme ?

Graciella scruta la maison par-dessus ses lunettes de soleil.

— Un virgule deux millions, annonça Irene.

Graciella examina de nouveau la bicoque.

— Il y a une nappe de pétrole en dessous ?

Irene rit.

— Non, c'est définitivement une maison à rénover.

— Alors mon mari est un génie de l'immobilier. Qui l'a achetée ?

— C'est là que ça devient intéressant. Toi.
— NG Group ?
— Pas tout de suite. Mais au final, ouais. Elle est de retour dans votre catalogue.
— Et tu meurs d'envie de me dire pourquoi.
— En effet.
— Loin de moi l'idée de t'interrompre.
— Disons que tu as un million en liquide, dont tu ne peux pas expliquer la provenance. Impossible de le déposer à la banque, parce que les banques doivent signaler les gros dépôts. Alors, tu te rends dans une agence immobilière bienveillante et achètes une petite maison à un million, histoire de démarrer dans la vie. Mais, une semaine ou un mois après, tu décides que tu n'as rien à faire d'une baraque pourrie. Alors, tu la revends à l'agence pour la même somme ; l'agent prend sa commission et vire le reste sur ton compte en banque.
— Et les banques ne bronchent pas quand il s'agit de ventes immobilières.
— En pratique, on n'achète pas pour revendre à la même boîte. Mais NG Group travaille avec une poignée de sociétés immobilières, qui s'échangent l'argent et les maisons comme des jetons dans une partie de poker – l'argent n'est pas réel tant que personne ne l'a encaissé.
— Tu veux dire, une fois qu'il est propre ?
— Tu as compris.
— Mince, fit Graciella. Ce n'est pas une société immobilière que je dirige, mais une blanchisserie.
Elle regarda Irene.
— Et ça te fait sourire.
— Je suis désolée, c'est juste que…

— Ne t'excuse pas ! Tu as adoré tout démêler, découvrir comment ils embrouillent tout le monde.

— Je ne peux pas m'en empêcher, se défendit Irene. J'ai été élevée par un joueur professionnel.

— Au moment où j'ai rencontré Teddy, j'espérais un miracle. Mais je crois que le vrai miracle, c'est justement de l'avoir rencontré. Et toi avec. Amusant, comme tout part du hasard. D'habitude, je ne fréquente même pas cette épicerie ; mais j'avais reçu une enveloppe pleine de coupons et de bons d'achat pour Dominick's. Sûrement envoyée par une petite fille, parce que l'adresse était rédigée au pastel rose.

— Quoi ?!

Graciella fronça les sourcils, étonnée par la réaction excessive d'Irene.

— Ça te dit quelque chose ?

— Non, non, répondit Irene en songeant à Buddy. Et… ?

— Je suis allée chez Dominick's, pour voir. C'est là que j'ai rencontré ton père, et il s'est avéré qu'il connaissait la famille de mon mari. Fantastique, non ?

— C'est le mot, oui.

Elle allait devoir parler à Buddy et découvrir ce qu'il mijotait. Elle changea de sujet :

— Je me remettrai à éplucher les comptes après mon voyage.

Elle s'envolait pour Phoenix le lendemain matin. Quand elle en parlait, elle disait « mon voyage ». Pas « mon voyage en Arizona » ni « mon entretien d'embauche très important » ni « mon long week-end de sexe torride ».

— Quand tu pourras, répondit Graciella. Je veillerai à ce que tu sois rémunérée pour le temps que tu y as passé.

— Pas la peine. Papa m'a demandé de l'aide et je pouvais me rendre utile, alors…

— Si gentil que soit ton père, il n'a pas à te louer comme une tondeuse à gazon. Tu disposes de talents précieux, Irene, et ça mérite récompense.

Avec surprise, Irene se rendit compte que Graciella ne se montrait pas seulement polie. Elle pensait dire la vérité.

*

C'était le gros défaut de son don, la raison pour laquelle il se révélait rarement utile ; elle ne détectait que les mensonges dont les gens étaient conscients. Dans le cas contraire, elle était incapable de les déceler. Or, la grande leçon qu'elle avait tirée de son enfance, c'était que la plupart des adultes, et en particulier son père, croyaient à la majorité des bobards qu'ils débitaient. Lorsqu'elle avait dix ans, elle alla le voir et lui dit :

— Maman ne va pas bien.

Il était assis sur le canapé, à la cave, son quartier général depuis l'accident de voiture, et regardait les Cubs sur Channel 9, habillé de sa tenue habituelle depuis les événements : maillot de corps, bermuda, chaussures de ville noires. C'était le milieu du mois d'août et, cette année, ils avaient eu droit à l'ABC : Averses, Brumes et Canicule. La cave était légèrement plus fraîche que le reste de la maison, mais pas de beaucoup.

— Maman va bien, répondit Teddy.

— Vraiment ?

Elle était soulagée, incrédule, mais elle voulait y croire. Des larmes brûlaient derrière ses yeux.

— Tu me caches la télé, ajouta son père.

Irene ne bougea pas.

— Elle a vomi dans la baignoire.

Enfin, il la regarda.

— Ce matin, précisa-t-elle. Et la nuit dernière.

Maman avait essayé de rester discrète, mais le bruit ne mentait pas.

— Ah, fit son père.

Il leva la main et se gratta la mâchoire, les quatre doigts serrés. Depuis l'accident, ses mains étaient devenues des pelles.

— Tu penses que c'est la grippe ? demanda Irene.

— Je lui poserai la question.

— Elle ne devrait pas travailler, si elle est malade. Tu devrais lui dire de rester à la maison.

Il sourit presque. S'il avait laissé ce sourire s'épanouir, elle lui aurait hurlé après.

— Tu n'aimes pas l'agent Smalls, hein ? demanda-t-il.

C'était un mois après que Smalls n'avait pas réussi à lui mentir. L'agent était amoureux de sa mère. Qu'elle continue à partir en voiture avec lui tous les matins, à travailler avec lui, demeurait inexplicable ; que son père n'intervienne pas rendait Irene folle.

— Qu'est-ce que tu vas faire, pour maman ?

— Je te l'ai dit, je vais lui poser la question.

Il croit vraiment qu'il va le faire, pensa Irene.

— Mais elle va bien ?

— Madlock est à la batte, répondit-il d'un ton las.

Plus tard, Irene prépara le souper tandis que Buddy lui indiquait les ingrédients notés sur la recette de leur mère. C'était du *chop suey*, un plat ultra-fade aussi chinois que le pain de viande. Lorsque maman revint, elle ne prit pas le relais, contrairement à son habitude. Elle s'assit sur une chaise, Buddy sur les genoux, et dit à Irene qu'elle s'en sortait très bien.

— Comment c'était, le travail ? demanda la fillette.

La phrase semblait terriblement adulte.

— Épuisant. Qu'avez-vous fait aujourd'hui, monsieur Buddy ? Vous avez dessiné ?

Ils continuèrent ainsi, tenant de menus propos pendant que le bœuf haché grésillait dans la poêle, jusqu'à ce qu'Irene appelle Frankie et leur père. Elle ne voulait pas demander à sa mère ce qui n'allait pas parce qu'elle était terrifiée à l'idée que celle-ci lui dise la vérité.

Une fois qu'ils furent assis, Frankie les divertit. À dix ans, il était un véritable moulin à paroles ; puis l'adolescence l'avait rendu maussade, mais son désespoir d'homme vieillissant lui avait redonné le goût du bavardage. Cet été-là, il avait découvert l'encyclopédie des dieux et des héros grecs dans un bibliobus et ne cessait de demander à papa qui la famille Telemachus devait vénérer. Il était le seul qui pouvait encore faire rire Teddy après l'accident.

— Pas de paganisme ici, répondit ce dernier. Ta mère ne le supporterait pas.

Maman tâtonnait le bœuf haché et le céleri râpé dans son assiette sans y toucher. Lorsqu'elle croyait que personne ne la regardait, son visage se vidait, comme si toute son énergie était mobilisée ailleurs. Mais Irene l'observait.

— S'il vous plaît, tenons-nous-en au Christ et à la Vierge Marie, coupa maman.

Elle se tamponna vaguement les lèvres de sa serviette et repoussa sa chaise.

— Excusez-moi un instant, dit-elle.

Elle était pâle et suait ; il faisait chaud. Buddy enfouit son visage dans ses mains.

Elle se leva et posa la main sur le dossier. Mais elle s'appuya trop et la chaise bascula. Maman tomba et le côté de sa tête frappa le linoléum avec un bruit sec.

Tout le monde se leva d'un bond. Tout le monde sauf Buddy, qui continuait de se cacher le visage. Maman semblait embarrassée.

— Je vais bien, ça va, rasseyez-vous, je vous prie. J'ai juste perdu l'équilibre.

Teddy l'aida à quitter la pièce et à monter l'escalier, direction la salle de bains.

Il ne revint à table que longtemps après.

— Maman va se reposer.

Il se tourna vers Irene.

— Tout ira bien, dit-il.

Menteur, pensa-t-elle.

*

Six heures du matin. Matty, réveillé mais le regard vitreux, proposa d'apporter les bagages d'Irene à la voiture et de l'accompagner jusqu'à l'aéroport. Elle savait qu'il se serait rendormi avant qu'ils n'aient quitté l'allée, mais l'intention la toucha.

— J'ai l'impression de t'abandonner parmi les loups, dit-elle.

— C'est ma meute, répondit-il. Ahouuuuu…

La plaisanterie n'abusa pas Irene. Depuis deux semaines, depuis qu'il avait laissé tomber Frankie, Matty se montrait à la fois morose et tendu.

— On a vingt minutes de retard ! On part ou quoi ? appela Teddy d'en bas.

— On part ! répliqua Matty.

— Une seconde, ajouta Irene.

Elle n'avait pas envie de le laisser. Elle avait déjà élevé des enfants sauvages – ses frères – et elle connaissait les risques. Pas étonnant qu'elle soit impatiente de retrouver un homme qui, pour une fois, s'occupait d'elle.

— À propos de ce Joshua, tu ne vas pas déménager en Arizona, hein ? s'enquit son fils.

— Tu as rangé ta chambre comme je te l'avais demandé ?

Elle avait appris à esquiver les questions à force de voir les autres esquiver les siennes.

— C'est bien ce que je pensais. Fais-le ce matin, d'accord ? Et, viens voir…

Avant qu'il ne puisse l'en empêcher, elle l'attira à lui pour l'étreindre.

— Je t'aime, Matty. N'oublie pas de…

Elle recula et fronça les sourcils.

— Quoi ? fit l'adolescent.

Elle se pencha et huma sa chemise. Il essaya de s'écarter, mais elle l'attrapa par le col et le renifla de plus belle.

— Merde.

Matty écarquilla les yeux.

— On y va ! lança papa.

— Tu fumes de l'herbe ? demanda-t-elle.

Matty ouvrit la bouche. Le mensonge mourut avant de pouvoir émerger.

— Tu veux dire en ce moment ?

— Oh, seigneur. Tu fumes de l'herbe. Tu fumes de l'herbe. Et tu me fais ça juste au moment où je dois partir ?

— Il a fait quoi ? s'enquit papa.

Il était au pied de l'escalier, prêt à accomplir son devoir : chapeau vissé sur la tête, veste de costume fermée, boutons de manchette étincelants. Moins irrité, il aurait fait un parfait chauffeur de limousine.

— Il passera le week-end dans sa chambre, dit Irene. Sans sortir.

— Ma chambre ? s'écria Matty.

Teddy regarda sa fille, son petit-fils, puis revint à Irene.

— Je suis censé assurer son incarcération, maintenant ?

— Ce n'est pas compliqué, répondit Irene. Tu le surveilles. Nuit et jour. S'il quitte la pièce, tu lui bottes le cul jusqu'à ce qu'il y retourne.

— J'ai l'impression d'être puni moi aussi.

— Seigneur ! Ça t'embêterait, de faire preuve d'autorité, pour une fois ?

— Ce n'est pas vraiment mon fort. Allons, ne fais pas ça…

Elle était sur le point d'éclater en sanglots.

— … on est déjà en retard.

— Promets-moi, insista-t-elle.

— D'accord, d'accord. Je te le promets. Et Matty le promet aussi. Il ne quittera pas sa chambre hormis pour soulager ses besoins naturels. On peut partir, maintenant ? Je dois retrouver quelqu'un pour le petit déjeuner.

— Je le promets, dit Matty.

Il savait qu'elle voulait l'entendre de sa bouche.

— La ferme, lui lança-t-elle.

Elle le contourna pour se diriger vers sa chambre. Il la suivit en poussant de petits couinements paniqués.

— Où ? demanda-t-elle. Où tu l'as cachée ?

Elle ouvrit la porte d'un coup de pied. Le sol était jonché de vêtements. À ses narines, récemment ajustées à l'odeur de la drogue, la pièce puait la marijuana.

— Donne. Tout de suite !

À ce point, tout adolescent doté d'une mère ordinaire aurait joué l'idiot. Attendu qu'elle se lasse. Mais Matty était assez avisé pour ne pas mentir ni atermoyer. Elle l'avait conditionné, depuis sa naissance, à accepter l'infaillibilité des instincts maternels. Il se dirigea vers la commode, ouvrit le troisième tiroir et y plongea la main. Sans un mot, il tendit à sa mère le sachet, qui contenait deux joints, un à moitié fumé.

— Si tu rates ton vol, ça ne sera pas de ma faute, lança Teddy depuis la porte.

— Où est-ce que tu as eu ça ? demanda Irene.

Matty rougit. Un rouge profond de betterave, digne de sa bêtise, pensa-t-elle.

— Le train va quitter la gare, insista Teddy. En route. Tchou-tchou.

Profitant de la diversion créée par son grand-père, Matty eut le temps de trouver les mots.

— Je l'ai acheté à quelqu'un d'un peu plus âgé que moi.

— Qui ? insista Irene. Où ? Je veux des noms !

— Je me charge de le découvrir en ton absence, la rassura son père. Irene. Regarde-moi. J'interrogerai le petit jusqu'à ce que tu obtiennes satisfaction.

Elle consulta sa montre. Si elle ne partait pas maintenant, elle allait rater son vol.

Elle poussa un cri.

Huit heures après, elle cria de nouveau, mais sur un mode différent.

— Mmmm, fit Joshua, quelque part au sud de son nombril.

Aucun des deux ne parlait ; Irene en avait bien besoin, et Joshua le lui avait accordé. La peau, la sueur, l'action fébrile des corps libérés des interventions d'un lobe frontal voué à transformer frénétiquement les expériences en noms, verbes et adjectifs. En étiquettes. Elle avait besoin des choses dans leur pureté, de flammes et non de « flammes », de chaleur et non de « chaleur ». Le corps de Joshua lui suffisait. Elle aimait son odeur, l'arôme de sa peau. Elle adorait l'humidité dans le creux de son dos. Ses tétons durs, si faciles à mordiller. Et même le petit bourrelet jovial sur son ventre. Ils avaient passé trois heures dans cette chambre d'hôtel sans échanger plus d'une poignée de phrases, et elle n'avait plus d'autre envie que vivre le reste de son existence dans cet état primitif, non verbal.

Mais, naturellement, c'était impossible. Tandis qu'ils reposaient côte à côte dans le lit gigantesque, pieds contre pieds, mains jointes, respirant à l'unisson, Irene laissa glisser un appréciatif et épuisé :

— Foutre…

— Conclusion logique de cette incroyable partie de baise, répondit Joshua.

C'était ça, le problème. Elle le voulait lui, en plus de son corps. Maintenant, en personne, pas derrière un écran, séparés par des satellites. Mais le seul chemin conduisant à lui passait par unc ruche bourdonnante de mots. Une médium plus douée qu'elle aurait pu y plonger la main et saisir le miel de ses pensées, mais Irene n'avait jamais su faire ça. Elle avait encore besoin des mots, des stupides mots.

— Baiser n'est pas le bon terme pour ce qu'on vient de faire, dit Irene. Il nous faut mieux. Quelque chose de plus festif.

— De plus baisetif ? proposa-t-il.

— Célébrellation ?

— Fun-nilingus !

Ils étaient à Tempe, à quelques kilomètres seulement de la maison de Joshua, mais celui-ci avait accepté de la retrouver dans un hôtel, comme ils le faisaient quand il passait par O'Hare (le mot « escale » avait pris un nouveau sens). À Chicago, elle n'avait pas voulu lui montrer sa maison ni le présenter à sa famille. Et maintenant qu'elle avait traversé le pays pour le voir, elle ne voulait pas voir son chez-lui. Ni ses meubles, qui étaient sans doute plus beaux que les siens, ni ses vêtements dans leur placard, ni ses assiettes dans l'évier. Ni la chambre de sa fille. Si Irene voyait comment il vivait, si elle rencontrait Jun, il n'y aurait que deux issues possibles : ça la rebuterait et elle l'aimerait un peu moins, ou elle s'imaginerait dans cette maison et voudrait y emménager. Elle ne pouvait risquer aucune des deux conclusions, pas encore. Leur relation avait fleuri dans la serre du Pays des Hôtels. Pourquoi tout compliquer ?

Et pourtant, ce voyage n'était que complications.

— Tu dois aller faire des courses ? lui demanda-t-il. Acheter des chaussures, par exemple, ou une tenue ?

— Tu penses que j'ai besoin d'une tenue ?

— Si c'était moi qui dirigeais l'entretien, tu n'aurais pas besoin de vêtements du tout.

— Réponds à la question.

Il réfléchit un instant.

— Tu te plaignais que ta tenue d'entretien d'embauche était démodée.

Bien esquivé, songea-t-elle.

— Je suis passée chez Talbot avant de venir. D'ailleurs, il faudrait que je mette tout sur cintre avant que ça se froisse.

Mais elle ne sortit pas du lit. Elle ne voulait pas penser à l'entretien. Il l'avait organisé pour elle, au sein de la société où il travaillait ; il avait transmis son CV aux ressources humaines et s'était même assuré que la rencontre se déroulerait un vendredi, afin de leur laisser tout le week-end. Tout cela agaçait Irene, mais elle ne pouvait pas le lui dire. Il ne faisait que se montrer serviable. Et pourquoi en parler, d'ailleurs, alors qu'il pouvait s'avérer, une fois le processus d'embauche terminé, que ces gens voulaient bien d'elle selon ses propres termes, et qu'elle-même voulait d'eux ? Néanmoins, le désespoir d'échapper à sa vie actuelle faisait fi de ces considérations. Son père fricotait avec des gangsters, son fils fumait de l'herbe, elle était fauchée et travaillait comme caissière pour à peine plus que le salaire minimal.

Il lui fallait changer la donne. Faire un *home run*. Le grand chelem de toutes les métaphores sportives.

— J'ai quelque chose pour toi, dit Joshua.

Il descendit du lit d'un bond, et elle admira les muscles de ses fesses en action. Il aimait être nu. Lorsqu'ils ouvraient la porte de la chambre, il retrouvait la liberté d'un enfant, et Irene pouvait à son tour se débarrasser de sa timidité. Les indigènes du Pays des Hôtels ne connaissaient pas la honte.

Il récupéra dans sa valise à roulettes quelque chose qu'il cacha derrière son dos avant de le brandir sous le nez d'Irene. Une boîte emballée dans du papier cadeau, un peu plus grosse qu'un étui à chemise, décorée par un ruban vert. Alors qu'elle hésitait à l'accepter, il remua les hanches pour faire gigoter son pénis, ce qui la fit rire.

Cette bêtise enfantine – qui semblait gravée dans l'ADN de Joshua – l'attirait, la repoussait, puis l'attirait de nouveau. Elle était une femme sérieuse qui avait grandi parmi des hommes frivoles ; elle avait tout à fait le droit de ne plus vouloir fréquenter de crétins, si adorables soient-ils. En ligne, il ne cessait de la taquiner, de faire des jeux de mots et se lançait dans des diatribes – toutes en majuscules – signées Irene et destinées à quiconque avait osé offenser cette dernière ce jour-là. En personne, il se rabattait sur des gags visuels quand elle le dissuadait d'utiliser les mots.

— Joli nœud, dit-elle. Tu l'as emballé toi-même ?

— M. Popaul m'a tenu le ruban.

Elle tira sur le papier scintillant, ouvrit la boîte. Il s'y trouvait un porte-documents dont le cuir brillait d'une lueur mielleuse. Ses initiales étaient brodées devant.

— Mets ton CV là-dedans, dit-il. Et, regarde : un carnet de notes jaune ! Un anneau à stylo !

— Et du beau cuir de Corinthe.

Elle attira Joshua à elle et fut surprise de sentir des larmes sur ses propres cils. Des larmes, Irene ? Vraiment ?

— Je sais que tu es inquiète, dit-il. Mais tu vas les épater. Tu le sais, non ?

Elle l'aimait quand il pensait dire la vérité. Mais est-ce qu'elle l'aimait assez, les autres fois ? Ils ne se connaissaient que depuis deux mois et il voulait déjà qu'elle traverse le continent pour le retrouver, telle une fiancée commandée en ligne. Il en parlait comme si c'était une broutille. Une grande aventure. Une virée. Il ignorait à quel point c'était difficile pour elle. Parce qu'elle ne le lui avait pas dit, essentiellement.

Il l'attrapa par le bras.

— Viens. Debout.

— Qu'est-ce que tu fais ?

Sans lâcher le porte-documents, elle se laissa entraîner vers le grand miroir mural.

— Mets-toi devant moi, dit-il.

Il posa la main sur ses épaules, colla sa joue contre la sienne, et ensemble ils regardèrent leur reflet.

— Répète après moi : moi, Irene Telemachus, je vais décrocher ce job.

Elle plissa les yeux.

— Moi, Irene…, insista-t-il.

— Je vais décrocher ce job, compléta-t-elle.

— Pas à moi. Prouve-toi que c'est la vérité.

Irene regarda la femme nue dans le miroir, qui serrait le porte-documents comme pour se protéger.

— Ils pourront s'estimer heureux de m'embaucher, ajouta-t-elle.

Impossible de savoir si l'Irene du miroir mentait. Elle ne trahissait rien.

Joshua glissa la main sous le porte-documents et lui chatouilla le téton.

— Oh oui.

L'entretien commença plutôt bien. Amber, la représentante des RH, une nymphette de vingt ans et quelques intégralement composée de taches de rousseur et d'énergie positive, lui fit faire le tour du bâtiment, vantant le bureau paysager où s'assiérait Irene si elle obtenait le poste. La pièce comportait plus de vitres que tous les autres endroits où elle avait travaillé, hormis le *drive-in* d'un Burger King. Tout le monde se montrait souriant et charmant, et Amber pérorait sur l'ambiance « amicale » de l'environnement de travail, ainsi que sur l'attitude « décontractée » et « cool » de l'équipe. Elle croyait le moindre des mots qu'elle prononçait. Et, certes, le code vestimentaire était plutôt détendu. Tout le monde était habillé *casual* à la sauce sud-ouest : polos, pantalons cargo, robes bain de soleil, et même quelques shorts et sandales ici et là. Seuls les échelons supérieurs de la hiérarchie semblaient porter des vêtements dotés de boutons, et Irene se sentit comme une snob de la côte Est, aussi austère qu'une missionnaire.

L'entretien à proprement parler commença dans une grande salle de conférences vitrée, munie d'une table en forme de planche de surf. Amber la présenta à Bob, son superviseur potentiel, ainsi qu'à Laurie et Jon, ses collègues potentiels. Tous deux avaient le même intitulé de poste, mais Laurie lui dit être là depuis quatre ans de plus.

Bob décrivit le travail des consultants, le genre de clients avec qui ils traitaient, l'arsenal d'experts que comptait le personnel, et le type de personne qu'ils cherchaient à intégrer à leur « famille ». Jon et Laurie fournissaient les détails. Tous prirent la peine de glisser qu'ils adoraient Joshua, Joshua était super, Joshua était malin comme tout.

Enfin vinrent les questions. Les autres ouvrirent leur dossier et firent semblant d'étudier le CV d'Irene en silence.

Celle-ci résista à l'envie d'ouvrir son porte-documents. Le monogramme lui semblait à présent prétentieux et absurde.

— Alors, Irene, commença Bob le Chef. Je ne vois pas de diplôme.

Comme s'il venait à peine de le remarquer.

— Non, répondit-elle. Mais j'ai de l'expérience en facturation, comptabilité et, eh bien, en gestion financière.

— Bien, dit Jon avant de ciller, l'air navré. Mais vous savez que ce poste requiert au moins un diplôme de premier cycle ? En affaires, comptabilité ou un autre domaine lié ?

— J'ai vu, dit Irene. Mais nous… je n'étais pas certaine que ce soit un prérequis obligatoire.

Joshua l'avait encouragée à postuler malgré tout.

— Mmm, fit Bob.

Un autre long silence, comme s'ils faisaient le deuil de leurs attentes.

— Quid des études supérieures ? demanda Bob. Peut-être quelques cours dans une école de commerce ?

Pensait-il vraiment qu'elle ne l'aurait pas indiqué sur son CV ?

— Je compte reprendre mes études dès que possible, dit-elle.

— Ça pourrait être difficile, dit Jon, l'air inquiet. Je veux dire, si je travaillais à plein temps et que je devais m'occuper d'un enfant…

Irene n'avait pas parlé de son fils, qui n'apparaissait pas non plus sur son CV.

— Vous avez de l'expérience avec les logiciels de comptabilité ? demanda Laurie.

— Je sais utiliser un tableur, répondit Irene. La société pour laquelle je travaillais, avant, employait un système papier maison, pour l'essentiel.

— Aldi utilise un système papier ? coupa Jon en feignant la surprise.

Connard, pensa-t-elle. Il savait très bien qu'elle ne parlait pas d'Aldi.

— Nous, nous utilisons quelque chose d'un tout petit peu plus complexe, glissa Bob.

Jon se fendit d'un rire de lèche-bottes. Même Laurie ricana.

L'entretien continua sur la pente descendante. Irene comprit qu'ils avaient accepté de la recevoir uniquement pour faire plaisir à Joshua, et qu'à présent ils voulaient lui faire comprendre qu'elle n'était pas à sa place ici et n'y serait jamais. Amber des RH ne lui posa pas une seule question, mais ne cessa de griffonner sur son carnet, comme un enfant de cinq ans qui s'ennuie à l'église.

Irene sentit sa peau se réchauffer. Elle garda son sourire cloué sur sa bouche. La voix ferme.

Dix minutes ou une heure après, selon que vous étiez du côté injurieux ou injurié de la table, Amber parla enfin. Elle sourit et lança l'obligatoire bénédicité.

— Avez-vous des questions ?

Irene se remémora être sur scène, clignant des yeux sous les projecteurs, scrutant les ténèbres où des inconnus attendaient qu'elle se plante. Elle avait été soulagée qu'Archibald les piège et que maman mette fin à leur carrière. Être constamment jugée avait fini par la dégoûter.

— Très bien, dit Amber, si vous n'avez rien à…

— J'ai oublié de mentionner l'une de mes expériences professionnelles, dit Irene.

Les autres lui lancèrent un regard neutre. Mentalement, ils étaient déjà passés à l'entretien suivant, au prochain candidat.

— Quand j'étais petite, ma famille avait monté un numéro de médiums. Teddy Telemachus et sa Fantastique Famille. Ça a l'air dingue, je sais, mais nous avons été célèbres, pendant un temps. Nous tournions dans tout le pays. Nous sommes même passés sur une chaîne nationale, une fois.

— Un numéro de médiums ? s'étonna Laurie.

— Très intéressant, intervint Bob le Chef, mais je ne suis pas sûr que ça ait un rapport avec…

— Je vais vous expliquer, reprit Irene. Chacun de nous avait un talent. Mon frère parvenait à déplacer des objets par la force de sa pensée. Ma mère était extralucide. Moi, j'étais le détecteur de mensonges humain.

Elle sourit, et Amber lui rendit automatiquement son sourire, malgré la panique qui envahissait ses yeux pétillants.

— À un certain point du spectacle, mon père choisissait un membre du public et lui parlait de ma capacité. Tout ce qu'avait à faire le spectateur, c'était me mentir sans se faire démasquer. Ce pouvait être à propos de quelque chose de simple ; par exemple, s'il tenait l'as de trèfle, il pouvait me dire qu'il s'agissait de l'as de pique. Ou alors, il mentait sur son âge, ou son poids. Puis papa lui demandait d'écrire deux vérités et un mensonge, comme dans le jeu.

» Ça devenait très intéressant, parfois. Quand le public était bon, papa poussait les gens à noter des choses embarrassantes, un peu osées. Je ne savais même pas ce que signifiaient certaines de ces phrases ; je n'avais que dix ans. Mais vous savez quoi ?

Tous l'écoutaient, à présent. Plus de vingt ans s'étaient écoulés depuis sa dernière apparition sur scène, mais elle n'avait pas perdu la main.

— Je ne me suis jamais trompée. Pas une seule fois.

Bob et Jon échangèrent un regard.

— Pas une seule fois ? demanda Laurie. Quelle était votre astuce ?

— C'était mon don. C'est mon don.

Bob eut un sourire hésitant, ne sachant trop si elle plaisantait.

— Dommage qu'on n'ait pas un jeu de cartes sous la main, dit-il.

— J'ai une idée, proposa Jon.

Il plongea la main dans sa poche et en sortit une pièce de vingt-cinq *cents*, qu'il fit sauter dans sa main avant de la couvrir et de la regarder.

Irene attendit.

— C'est face, dit-il.

— Non.

Jon rit.

— Bien vu. Une autre.

— Et si on passait à la suite ? intervint Bob. Si vous n'avez pas de questions, je suppose qu'on peut...

— J'ai quelques questions, en fait, dit Irene.

Bob prit une inspiration.

— Bien sûr, je vous écoute.

Elle fit semblant d'étudier ses notes.

— Tout ce que vous m'avez dit laisse imaginer l'entreprise idéale, dit-elle. Est-ce que l'un d'entre vous a cherché un autre travail, disons dans les six derniers mois ?

Personne ne parla, jusqu'à ce qu'Amber des RH dise :

— Je ne crois pas que cette question soit…

— Bien sûr que non, dit Bob.

— Pas moi, dit Jon.

Laurie secoua la tête.

— Je compte bien rester ici longtemps.

— Ah, fit Irene comme si elle réfléchissait. Bob et Laurie disent la vérité, mais Jon…

Amber écarquilla les yeux.

— Où avez-vous postulé ? demanda Irene.

— Je ne sais pas de quoi vous parlez, répliqua Jon avec un sourire un peu forcé.

— Vous voyez, reprit Irene, ça aussi, c'est un mensonge. Bob, saviez-vous que Jon ne se plaisait pas ici ?

Bob cligna des yeux, confus. L'entretien dérapait et il avait du mal à le remettre sur ses rails.

— Laissez tomber ; autre question, enchaîna Irene. Bob, à poste égal, est-ce que vous payez autant les femmes que les hommes ?

— Bien sûr.

C'était un mensonge, mais Irene ne faisait jamais que préparer le clou du spectacle.

— Parlons de Jon et Laurie, ici présents. Tous deux sont assistants managers, mais Laurie a plus d'ancienneté. Gagne-t-elle plus d'argent que Jon ?

Laurie sc pencha en avant et s'accouda à la table. Elle connaissait déjà la réponse.

— Je dois vous prévenir que je ne me trompe jamais, dit Irene à Bob.

— Qui êtes-vous, à la fin ? dit ce dernier.

— Je prendrais ça pour un « non », dit-elle avant de se tourner vers Laurie. Si j'étais vous, je chercherais un autre travail. Ou je prendrais le poste de Jon quand il partira. Pensez à demander son salaire.

Irene ramassa son joli porte-documents et se leva. Elle avait le vertige, mais elle ne tomba pas. Elle ne s'autoriserait pas à tomber.

— Ça a été un plaisir de vous rencontrer, lâcha-t-elle.

Aucun d'eux n'était un détecteur de mensonges humain, mais le degré de véracité de cette remarque allait de soi. Elle partit sans attendre les applaudissements.

Six heures après, Teddy la retrouva sur le trottoir d'O'Hare.

— Je dois t'avouer une chose, dit-il. Je suis assez content que tu aies décidé de rentrer plus tôt.

Irene regardait par la fenêtre tandis qu'ils s'éloignaient de l'aéroport. Elle ne voulait pas parler. Elle s'était exilée du Pays des Hôtels, mais elle souhaitait en rapporter l'absence de mots.

— J'ai besoin de ton aide. Pour Graciella. Tu l'aimes bien, non ? Vous semblez vraiment vous entendre.

Papa ne lui avait pas demandé pourquoi elle était rentrée un jour plus tôt que prévu, pas plus qu'il n'avait remarqué qu'elle ressemblait à une épave. Mais en quoi était-ce surprenant ? Avant son départ, il ne lui avait pas demandé non plus pourquoi elle se rendait en Arizona ni qui elle allait voir. Il avait ignoré sa nervosité, sa trépidation, et à présent il ne voyait pas son chagrin. Le seul intérêt qu'il avait accordé à ce voyage concernait l'heure du départ et du retour, et uniquement pour déterminer combien de temps il allait être responsable de Matty.

Mon père est narcissique, pensa-t-elle. Ce n'était pas nouveau. Elle avait compris dès l'âge de dix ans que quand on ne fait pas partie du numéro, on fait partie du public.

Sur North Avenue, il prit la mauvaise sortie et elle lui lança un regard interrogateur.

— Une dernière course, expliqua-t-il.

— Contente-toi de me ramener à la maison, protesta-t-elle.

Elle n'avait fait que trop de trajets en voiture avec Teddy, récemment, et elle aurait été ravie de ne plus en faire un seul.

— Je t'ai aidée, tu m'aides, dit-il. Il faut absolument que tu sois à mes côtés dans la demi-heure qui vient.

— Dans quelle arnaque tu t'es encore lancé ?

— J'essaye seulement de faire quelque chose de gentil pour une femme.

Son indignation feinte n'était pas convaincante.

— Pour Graciella, évidemment. Regarde-toi. Tu trépignes presque.

— J'aime aider les gens.

Elle émit un bruit grossier.

— Quoi ? demanda-t-il. Pourquoi réagis-tu comme ça ?

— Pour l'amour du ciel, papa… Je n'en reviens pas d'en être encore là. Je suis censée être adulte et je continue à… Laisse tomber.

— À quoi ? Je t'en prie, éclaire-moi.

— Je passe le plus clair de mon temps à attendre que tu me remarques, dit-elle en secouant la tête. Quel gâchis.

— Te remarquer ? Comment veux-tu que je ne te remarque pas ? Tu grimaçais dès que je faisais quelque chose que ta mère n'aurait pas fait.

— Et voilà. En une seule petite phrase, te voilà devenu la victime.

— Tu fais la même grimace en ce moment même.

— Il t'est venu à l'esprit de me demander pourquoi j'avais besoin que quelqu'un garde Matty ?

— Je suis sûr que c'était important.

— Incroyable…

— Si tu voulais me le dire, tu me l'aurais dit ! Désolé d'avoir voulu respecter ta vie privée. Bon, voilà le bar.

— Un bar ? On va dans un bar ?

— Techniquement, c'est une taverne. Tu ne te souviens pas de cet endroit ? Je t'y emmenais, parfois.

— Tu ne m'as jamais emmenée ici. Tu confonds sûrement avec Frankie.

— Peut-être, peut-être…

Il se gara sur la place de parking la plus proche de la porte, qui était réservée aux handicapés. Irene voulut protester mais il la fit taire.

— C'est légal, c'est légal. Ouvre la boîte à gants.

Elle trouva le macaron handicapé et l'attrapa avec deux doigts, comme un poisson mort ou une arme chargée. Teddy leva les yeux au ciel et le suspendit au rétroviseur.

— Fais le tour et aide-moi, dit-il.

— Quoi ?

— Aide-moi à sortir de la voiture.

— Démerde-toi !

— Mince, Irene, ce n'est pourtant pas compliqué. Tiens-moi le bras comme si j'arrivais à peine à marcher. Aide-moi à m'asseoir, fais du cinéma…

— Bon Dieu, pourquoi ?

— Je ne peux pas t'expliquer, pour l'instant. Mais ne t'inquiète pas…

— Je suis sûre que c'est important, lui renvoya Irene.

— En effet ! Exactement !

Le sarcasme n'avait aucune prise sur lui.

— Et rappelle-toi : je suis faible.

— D'esprit, compléta Irene assez fort pour qu'il l'entende.

Ils exécutèrent ce petit numéro gériatrique jusqu'à la porte d'entrée ; Teddy posait prudemment un pied devant l'autre, tout en se cramponnant au bras de sa fille. Il était plutôt doué. Irene imaginait presque sa hanche artificielle.

— Une canne aurait complété l'effet, lui chuchota-t-il. Peut-être le modèle avec trois pieds en caoutchouc ?

Elle n'en revenait pas de participer à ce cirque.

— C'est la plus triste des cannes, poursuivit-il. On ne peut même pas faire semblant de l'avoir pour le style. Fred Astaire n'a jamais dansé avec une canne à trois pieds.

Irene tira la porte et il entra tant bien que mal. La salle mal éclairée sentait la bière éventée et l'absence de détergent.

— Comme d'habitude, Teddy ? demanda une immense forme indistincte derrière le comptoir.

Teddy ricana. Se tournant vers Irene, il lui dit :

— Vingt ans que je ne suis pas venu et Barney se rappelle encore ce que je bois.

Il chevrotait d'une manière très convaincante, comme s'il avait vraiment besoin d'une canne à trois pieds.

— Asseyons-nous au bar, proposa-t-il.

Ils étaient les seuls clients. Peut-être était-ce encore trop tôt pour les ivrognes, surtout un samedi.

— D'accord, papa, répondit-elle platement. Je vais te chercher un tabouret.

— Ne lui sers rien, lança Teddy au barman. Tu utilises le même torchon depuis 1962 et elle n'a pas les anticorps nécessaires.

— Je prendrais une bière, coupa Irene. En bouteille.

Barney hocha la tête. Il avait à peu près le même âge que papa mais faisait trois fois sa taille.

— Alors, ça tourne bien, ici ? demanda Teddy.

Il chevrota de plus belle, vieillard tentant de paraître jovial. Ils commencèrent à parler de gens qu'Irene ne connaissait pas et, elle l'espérait, ne rencontrerait jamais.

Elle regarda son reflet siroter sa bière. Cette femme vivait dans un univers alternatif appelé Arizona, avec un homme qui l'aimait.

À son retour de l'entretien, Joshua avait bien vu qu'elle était perturbée – à la différence de son père, il n'était pas obnubilé par lui-même – et chercha à obtenir des réponses. Des mots. Elle n'arriva pas à expliquer pourquoi elle s'était énervée, ni par conséquent pourquoi elle avait failli démolir la salle de conférences. Elle ne pouvait pas lui dire à quel point elle lui en voulait.

— Ne cherche plus jamais à me rendre service, grogna-t-elle avant de commencer à faire ses bagages.

Il essaya de lui parler tout au long du trajet vers l'aéroport, continua pendant qu'elle échangeait son billet d'avion. Il régla même les frais d'échange, tout en lui demandant « Mais qu'est-ce que tu veux dire ? » comme si elle parlait une autre langue.

Seule la porte d'embarquement l'arrêta.

— Tu ne quitteras jamais l'Arizona, dit-elle.

La colère d'Irene était devenue chagrin et elle fondait en sanglots.

— Tu ne peux pas partir d'ici, pas avec la garde alternée de ta fille. Et je ne peux pas vivre des miettes de toi que tu me laisseras. Il n'y a pas d'avenir pour moi, ici.

Comment pouvait-elle s'expliquer ? Elle aimait le temps passé au Pays des Hôtels, mais elle ne pouvait y vivre pour toujours. La solution la plus sage était donc de partir sans attendre.

— Alors, dit papa au barman. Mitzi est là ou pas encore ?

Barney donna un coup de menton par-dessus l'épaule de Teddy. Une femme dont l'âge se situait dans la même tranche que celle des deux hommes se dirigeait vers lui, bras ouverts.

— Quel bon vent t'amène ? dit-elle.

— Le bon vent en question est ma fille, répliqua Teddy en souriant.

— Et toi, tu ne manques pas d'air, dit Mitzi en l'embrassant sur la joue. Voilà que je me sens vieille, ajouta-t-elle pour Irene. Ton père parlait souvent de toi.

— Enchantée, répondit Irene.

— C'est une super-fille, dit Teddy. Elle me promène partout.

— C'est bien, d'avoir une femme solide à tes côtés.

— Puisqu'on parle de femme solide, lança Teddy à sa fille, si tu cherches un modèle, ne va pas plus loin. Mitzi règne sur cet établissement depuis toujours, envers et contre tout.

— Vieux séducteur.

C'était une vieille femme décharnée, avec des yeux d'étourneau.

— J'espère que tu ne viens pas me vendre de l'UltraVie ? s'enquit-elle.

— Pardon ? demanda papa avec une authentique perplexité.

— Frankie s'est mis à m'en apporter. Mais faut dire que ça m'a bien retapée.

Irene lança un regard sévère à son père. Cette visite concernait-elle Frankie ou Graciella ? Non, Teddy ne savait vraiment pas de quoi parlait Mitzi.

— Alors comme ça, Frankie passe, de temps en temps ? s'étonna-t-il.

— Oh, ouais. Toutes les semaines. Presque. Il a raté quelques rendez-vous.

Papa semblait sonné.

— Désolé que le petit ait essayé de te refiler sa came. Il est à fond dedans.

— Tu veux venir dans mon bureau pour qu'on en parle ?

Papa hésita avant de répondre.

— On peut parler devant Irene. Elle sait tout des affaires de Frankie.

Un mensonge absolu. Irene n'avait aucune idée de ce qui se passait. Teddy non plus, apparemment, ce qui n'avait rien de rassurant.

— D'accord, concéda Mitzi, sceptique.

Elle prit le tabouret à côté de Teddy. Tous étaient à présent assis dos au bar. Barney avait disparu dans la réserve.

— Bon, concernant les visites de Frankie, de combien est-ce qu'on parle ? commença Teddy.

— Tu sais qu'en général les chiffres sont confidentiels.

— Combien, Mitzi ?

— Hier, on en était à quarante-neuf mille soixante-quatorze dollars et vingt-quatre *cents*.

Irene comprit subitement ce que signifiaient ces chiffres. Papa aussi était sous le choc, à en juger par son expression glacée.

— Je lui ai demandé de ne pas te mêler à tout ça, dit Mitzi. Il doit parler à Nick la semaine prochaine. Ils vont trouver un arrangement.

Merde, pensa Irene. De vilaines images tirées d'une dizaine de films violents lui vinrent à l'esprit. Elle imagina son frère essayant de se tirer d'affaire en usant de son bagout, comme toujours. Il n'avait jamais compris que lorsqu'on se noie, on a intérêt à garder la bouche fermée.

— Non, dit papa. C'est moi qui vais parler à Nick.

Irene regarda son père. Un instant plus tôt, il ne savait pas que Frankie avait des dettes, mais à présent il faisait croire à Mitzi que non seulement il savait tout, mais aussi qu'il avait un plan. Teddy Telemachus, bluffeur de renommée mondiale. Son talent pour le poker faisait de lui le seul membre de la famille capable de cacher ses secrets à Irene. Il lui parlait aussi prudemment qu'il lui aurait donné une main de cartes.

— Tu veux discuter avec Nick ? demanda Mitzi. C'est peut-être pas une bonne idée.

— Ton frère a plus de chances de récupérer l'argent avec moi qu'avec Frankie, dit Teddy.

— C'est pas ça le problème, et tu le sais.

— C'est mon fils, Mitzi. S'il te plaît. Arrange un rendez-vous.

Irene ne dit rien jusqu'à ce qu'ils aient regagné la voiture. Il la laissa prendre le volant, pour sauver les apparences.

— Qu'est-ce que c'était cette histoire, mince ? demanda-t-elle enfin.

— Je suis aussi surpris que toi.

C'était la vérité. Une fois sorti de la taverne, il avait laissé tomber le bluff.

— Je voulais un rendez-vous avec Nick pour parler de Graciella, mais ça…

N'empêche, Irene voulait s'assurer qu'ils avaient compris la même chose.

— Frankie doit cinq briques à la mafia, dit-elle.

— Apparemment.

— Ça explique comment il a pu garder Bellerophonics à flot pendant si longtemps alors qu'il n'avait pas de clients.

— Il me demandait tout le temps de l'argent. La troisième fois, je lui ai dit que je n'avais plus rien et qu'il allait devoir fermer boutique, travailler pour quelqu'un d'autre et toucher un vrai salaire. Je ne pensais pas qu'il serait assez idiot pour aller voir ce foutu Pusateri. Quand on élève des enfants, on fait tout pour qu'ils ne commettent pas les mêmes erreurs que nous.

Il y avait derrière tout cela une histoire qu'Irene n'avait pas envie de connaître.

— Tu ne vas pas payer, n'est-ce pas ?

— Ramène-moi à la maison, Irene. Non, attends. Allons au Walmart.

Elle haussa les sourcils.

— Je dois acheter une canne et une batte de baseball.

— Pour la canne, je comprends.

— La batte, c'est pour assommer ton frère.

— Prends-en deux, dans ce cas.

14

Frankie

Loretta l'appelait depuis la maison. Enfin, elle eut l'idée de venir voir au garage.

Le bloc de métal noir nichait au milieu du capot de la Toyota comme un œuf posé sur un coussin. L'impact avait également fissuré le pare-brise. La porte de ce putain de coffre-fort, cependant, était encore fermée. Toujours fermée.

Loretta le rejoignit. Il était assis sur une chaise pliante près du pare-chocs avant de la voiture. Le sol était jonché de canettes de Budweiser écrasées et de cadenas. Des cadenas de toutes les tailles et de toutes les formes, éparpillés par terre, tous fermés.

— Je peux t'aider, Loretta ?

Elle ramassa le bas de survêtement, le maillot de corps, le sachet de Doritos vide. Elle regarda de nouveau sa voiture, le coffre-fort noir, son mari.

— Tu vas travailler, aujourd'hui ? demanda-t-elle d'une voix étonnamment douce.

— Sûr. Quelle heure est-il ?

— Plus de neuf heures.

— Ah.

En temps normal, il serait déjà parti depuis deux heures. C'était probablement ce qu'il aurait dû faire. Travailler l'aurait occupé. L'aurait empêché de penser à ce qui l'attendait cet après-midi. À *qui* l'attendait.

— Je vais à l'épicerie, ajouta Loretta.

— Ouais.

Elle le fixa.

— Je crois qu'on n'a plus de lait, dit-il.

— Je me demande quelque chose, par rapport à la voiture.

Il hocha lentement la tête, comme si la remarque était pertinente.

— Elle roule encore ?

Il plissa les lèvres et réfléchit un instant.

— Dur à dire.

— Je vais appeler l'une des voisines et voir si je peux emprunter la sienne.

— Ouais. C'est sûrement une bonne idée.

— Ah, ton père a téléphoné. Il veut que tu le rappelles. Il dit que c'est important.

Le rappeler ? Mon cul. Si Frankie se trouvait dans ce merdier, c'était à cause de Teddy. Il lui avait demandé de l'aide quand Bellerophonics coulait, et, après lui avoir fourni l'assistance financière minimale, son père lui avait coupé les vivres. Le grand Teddy Telemachus misait sur les cartes, jamais sur ses propres enfants.

— Est-ce que Matty a appelé ? s'enquit Frankie.

C'était Matty, le Telemachus dont il avait besoin en ce moment. Mais Loretta était déjà partie. Quelle heure était-il ? Il aurait dû écouter. Il n'y avait pas tant d'heures que ça à remplir avant son rendez-vous avec Nick Pusateri senior.

*

La première fois que Frankie crut qu'il allait mourir, c'était en 1991, dans une petite pièce de la cale de l'*Alton Belle*, juste après s'être fait casser le nez. Le poing fautif était celui d'un Blanc sec et noueux, avec des dents de lapin et la peau craquelée par le soleil, comme une chaise en vinyle abandonnée dans un terrain vague. Il portait un uniforme de concierge, mais on n'aurait su dire s'il était le gros bras officiel du casino ou un simple employé dont la description de poste incluait « Autres missions selon nécessité ». En tout cas, il semblait apprécier la mission consistant à cogner son prochain.

Les deux autres occupants de la pièce – un chef de sol et un homme au visage étroit que Frankie pensa être le directeur du casino – jaugeaient le travail du concierge et semblaient le trouver satisfaisant.

— Une dernière fois, dit le directeur.

C'était un type blanc, nerveux, dont les cheveux noir pétrole dessinaient un V sur le front, ce qui le faisait ressembler à un Eddie Munster adulte.

Le chef de sol, un Noir dont le costume brillant semblait plus coûteux que celui du directeur, demanda :

— Dis-nous ce que tu as fait à ma table.

Tout le monde semblait très perturbé. Durant la première demi-heure où Frankie avait été retenu ici, les autres s'étaient repassé une vidéo des événements sur une petite télé. Ils n'avaient pas laissé Frankie voir les images, mais celui-ci avait compris, d'après leur discussion, que la bande prouvait, sous plusieurs angles, que les mains de Frankie se trouvaient à plusieurs centimètres de la table lorsque la bille, le cylindre et les jetons s'étaient envolés.

— C'était des aimants ? demanda le directeur.

Frankie était trop occupé à hoqueter de douleur pour nier sur-le-champ. Couché sur le côté, il observait une quantité alarmante de sang couler en travers de sa joue et dessiner une flaque par terre. Des aimants ? pensa-t-il. Ils en sont encore à cette connerie de théorie des aimants ? C'était manifestement leur première et leur dernière hypothèse.

Frankie porta la main à sa lèvre supérieure fendue, n'osant pas se toucher le nez. Ses doigts en revinrent aussi rouges que s'il les avait trempés dans un pot de peinture. Seigneur. Et où était Buddy, merde ? Pourquoi sa vision ne lui avait pas révélé ça ?

Une horrible pensée lui traversa l'esprit. Et si son frère avait tout vu mais n'avait pas pris la peine de le prévenir ?

— C'était pas des aimants, dit Frankie. Ou du moins, c'était pas les miens.

Sa propre voix lui paraissait geignarde, en raison de la gêne nasale. Essentiellement.

— Pour qui tu travailles ?

— Je…

Il cracha du sang.

— … je suis à mon compte.

Le concierge se pencha et l'empoigna par la chemise pour le relever. Frankie posa les mains sur ses avant-bras, étalant son sang sur une des manches de l'homme, et émit des grognements de protestation.

— Vire-le du bateau, dit le directeur.

Merci, mon Dieu, pensa Frankie.

Le concierge et le chef de sol l'attrapèrent chacun par une aisselle et, le faisant avancer en crabe, sortirent de la pièce, puis descendirent un couloir inexplicablement moquetté de gazon synthétique. Le directeur, qui marchait devant eux, alla ouvrir une lourde porte.

Frankie fut poussé sur un quai latéral, au ras de l'eau scintillante. La roue à aubes battait sur leur gauche, mais le son était presque noyé par les rires, les sonneries, les cloches, le rugissement aigu d'un casino bondé. Une grosse vedette rouge et blanc, couverte de lumières de Noël, tournait au ralenti au bout du quai, au milieu d'un nuage de gaz d'échappement. À la barre se tenait un homme en chemise blanche et veste noire dont l'allure évoquait un donneur de black-jack. Autres missions selon nécessité.

— Emmène-le au garage, dit le directeur. Que personne ne te voie.

— Attendez… au garage ? fit Frankie.

Ils le poussèrent en avant et il tituba dans le navire pour tomber lourdement sur un banc. Le concierge et l'autre type montèrent à sa suite.

— Où est-ce que vous m'emmenez ?

— Ferme-la ou on te bâillonne, répondit le concierge.

Frankie la ferma. Un froid glacial lui envahit l'estomac. Il s'agrippa au banc tandis que le bateau à moteur contournait l'arrière de la roue à aubes et pivotait vers le large. Ils ne retournaient pas vers le quai illuminé où Buddy et Frankie avaient embarqué, mais se dirigeaient plus au sud, où une ligne irrégulière de lampadaires signalait la rive.

Ils m'éloignent de la foule, pensa Frankie, et des témoins. Dans ce « garage », ils allaient lui faire ce qu'ils voudraient. Toute sa vie, Teddy avait parlé des gangsters qu'il avait côtoyés : des gorilles armés de poings américains, des porte-flingue, des pépées dont le porte-jarretelles dissimulait un cran d'arrêt. Des personnages de film. Teddy était le héros de ces histoires, le renard aux mains habiles et à la bouche plus habile encore. Frankie avait voulu être ce type, l'escroc sûr de lui à la langue bien pendue mais, le temps qu'il soit devenu adulte, plus personne ne tournait ce genre de films. Il ne restait que des histoires de seconde main, des souvenirs ratés, des images d'archive mal montées.

Il en était là : tricheur raté dans un bateau plein de malfrats… et il n'avait pas la moindre idée de ce qu'il pouvait dire. Il allait mourir en pleurnichant, la chemise tachée par son propre sang.

Le bateau s'élançait vers une jetée faiblement éclairée. Au dernier moment, le pilote lança la marche arrière, fit tourner la barre et les amena contre la jetée avec le plus léger des chocs. Frankie se corrigea : l'homme était avant tout batelier, et donneur de black-jack occasionnel.

Le concierge attrapa Frankie par la nuque et se pencha tout près de son oreille.

— Tu vas parler, maintenant, connard.

Le chef de sol grimpa sur la jetée, puis se retourna pour hisser Frankie. Alors, une paire de phares s'alluma, réduisant l'employé du casino à une silhouette, et une voix puissante lança :

— On prend le relais, les gars.

Une forme massive fendit le faisceau de lumière et brandit un badge dans la direction du chef de sol, avant de baisser la tête vers le bateau.

La main du concierge se resserra sur le cou de Frankie.

— Vous êtes qui, vous ? demanda ce dernier.

L'homme rit.

— Tu préférerais rester avec eux ?

Certes non. Frankie chassa le bras du concierge et s'extirpa du bateau.

— Je suis l'agent Destin Smalls, dit le grand type en lui tendant la main.

Le nom lui rappelait vaguement quelque chose. Frankie serra la main tendue, et des menottes apparurent comme par magie sur son poignet.

— Tu es en état d'arrestation, ajouta l'agent Smalls.

*

Il se rendit chez son père avec la climatisation à fond, braquée en plein visage.

— Étreins la vie, se dit-il.

Étreindre le fait que Matty l'avait lâché, et qu'il allait donc devoir laisser tomber ses plans, ou apprendre à les exécuter tout seul. Étreindre les semaines passées à tenter d'ouvrir des serrures par la force de son esprit, sans y arriver une seule fois. Étreindre son impuissance à faire tourner la molette de combinaison d'un petit centimètre.

L'incapacité à accepter la réalité ne pouvait que conduire à la frustration, et la frustration à la colère. Et qu'est-ce qu'apportait la colère ? Un adulte empoignant un coffre-fort pour le jeter par terre, trahi par son dos. La colère était un coffre-fort broyant le capot d'une Toyota Corolla dont les dernières traites seraient payées dans deux ans.

D'accord, oublions tout ça. Ce qui est fait est fait. C'est la vie. Étreins-la.

Mais Frankie voulait plus. Et il avait grand besoin de l'expliquer à Matty.

La porte du garage était ouverte et la Buick de Teddy absente, grâce à Dieu. Pas trace de la voiture d'Irene non plus. Frankie se rendit jusqu'à la porte d'entrée, avec sa ridicule marche carrelée de frais. Un extincteur avait été installé près de la porte, sur un support vissé directement dans les briques. Pourquoi mettre un extincteur dehors ? Qui sait… C'était Buddy. Parmi ses projets de dingue, peut-être qu'il prévoyait de brûler la maison. À la place de Teddy, Frankie aurait viré son frère des mois plus tôt.

Dans la maison, il faisait plus frais, mais pas beaucoup. Ce radin de Teddy n'avait jamais installé l'air conditionné, et le seul climatiseur de fenêtre se trouvait dans sa propre chambre.

— Matty ? appela Frankie.

Personne dans le salon et la cuisine. Puis il entendit un bruit en bas.

La cave n'avait plus de porte ; l'ensemble avait été arraché, jusqu'au cadre. Les fenêtres étaient surmontées de plaques de métal prêtes à être abaissées, comme le blindage d'un cuirassé de la guerre de Sécession. Des lits superposés inachevés étaient appuyés contre le mur opposé, presque prêts à accueillir des… matelots ? Mince, si Buddy inondait la cour, il pourrait recréer l'affrontement entre le *Monitor* et le *Merrimac*.

Matty, lui, était plongé dans un acte de déconstruction. Agenouillé près du bureau, il tirait des cordons de derrière le moniteur.

— Matty, il faut qu'on parle, dit Frankie.

— Oh ! Oncle Frankie. Salut.

Le gamin avait l'air misérable.

— Qu'est-ce que tu fais ?

— Maman dit que je dois le démonter. Elle ne le veut même pas dans la maison.

— Je croyais qu'elle adorait ce truc.

— Ouais, mais ces derniers temps, elle est perturbée. Elle pleure tout le temps. Elle a rompu avec Joshua.

— C'est qui, Joshua ?

— Son copain de Phoenix, tu sais ? Bref, c'est fini et elle ne veut pas que je me serve de l'ordinateur.

— Ça fait partie de ta punition pour l'herbe ?

Matty fit la grimace.

— Elle t'en a parlé ?

— C'est papy Teddy. Et si tu veux mon avis, c'est de l'hypocrisie pure. Irene fumait pas mal, au lycée. Sûrement parce que Lev était pratiquement un dealer.

— Quoi ?!

— Peu importe. Laisse tomber l'ordinateur. Il faut qu'on cause d'homme à homme.

— Oncle Frankie, je suis désolé de ne pas pouvoir…

— Je ne suis pas là pour te convaincre de revenir travailler.

— Ah ?

— Viens par ici.

Frankie le conduisit au canapé avachi, qui reposait au milieu d'un îlot de meubles ordinaires que Buddy avait regroupés au centre de la pièce.

— Assieds-toi un peu, Matty.

Le gamin s'exécuta, fixant ses pieds.

— Je suis venu te présenter mes excuses.

Matty voulut protester mais son oncle leva la main.

— Non, non. Je t'ai déçu. Quelque chose t'a poussé à me tourner le dos, et je veux savoir quoi, afin de me faire pardonner.

— Tu n'as rien fait de mal.

— Ta mère a découvert quelque chose ? Elle te punit pour autre chose que l'herbe ?

— Non. Je ne lui ai rien dit. Elle n'a aucune idée de… ce qu'on fait.

— Alors, je suis largué. Qu'est-ce qui t'a fait changer d'avis ?

Matty ne dit rien pendant un long moment.

— Je suppose que j'ai eu peur, avoua-t-il enfin.

— De quoi ?

Pas de réponse.

— Tu as cru que tu te ferais pincer ?

Matty s'écarta légèrement, ce que Frankie prit pour un hochement de tête.

— C'est impossible. Parce que tu ne fais rien. Tu flottes, invisible. C'est moi qui m'occupe du gros du travail et qui prends les risques.

Bon Dieu, il faisait tellement chaud, ici. Simplement rester assis le faisait transpirer.

— Tu dois savoir que si je me fais choper, je ne parlerai jamais, jamais, du rôle que tu as joué.

Matty leva les yeux, surpris. Merde. Il n'avait même pas envisagé cette possibilité.

— Et s'il y avait des gens qui pouvaient me voir ? demanda Matty.

— Qui ? Quels gens ?

— Je ne sais pas… Le gouvernement, par exemple ?

— D'accord, je pige. C'est de ma faute. Je t'ai parlé de mamie Mo et de ses histoires d'espions. Mais qu'est-ce que je t'ai dit d'autre ? Que la guerre froide était terminée. Le gouvernement en a fini avec tout ça.

— Vraiment ?

— Bien sûr. Mais ce n'est pas ça qui t'effraie, en fait.

Matty attendit la suite.

— Tu as peur d'utiliser tes pouvoirs. Tu sais que j'ai raison. Tu n'oses même pas dire le mot. P-O-U…

Matty retourna à la contemplation de ses pieds.

— Dis-le. Essaye.

— Pouvoirs, souffla Matty.

— Oh oui. Tu as de vrais pouvoirs, et tu es puissant. De quoi as-tu peur ? Tu ne peux pas passer ta vie à craindre ce que Dieu t'a donné. Tu veux toujours aider ta maman, non ?

L'enfant ne répondit pas.

— Elle travaille dans une supérette merdique, avec un uniforme merdique, pour un salaire merdique. Elle n'a même pas les moyens de vous payer un logement ! Tu penses aller à l'université ? Comment va-t-elle la payer ? Parce que tu es intelligent, Matty. Tu voudras aller à l'université, et tu as intérêt à y aller. Ou pas. Avec un pouvoir comme le tien, tu n'es pas obligé. Le truc, c'est que tu ne dois pas finir avec un job pourri et une brassée de gamins ingérables, à te demander ce qui est arrivé à ton…

Frankie agita la main comme pour effacer un tableau noir.

— Laisse tomber. Concentre-toi.

— Tu veux que je me concentre ? demanda Matty.

Frankie n'était pas tout à fait sûr de lui, mais il fallait bien que l'un des deux le soit.

— Je sais que tu veux aider ta maman, dit Frankie en baissant la voix. Et je sais que tu veux m'aider. Mais tu dois aussi réfléchir à ce qui va t'aider *toi*. Il n'est pas seulement question de… de ce pour quoi on s'est entraîné. Imagine que ce n'est qu'un premier pas. Tu vas faire beaucoup d'autres pas, Matty, tellement que je ne sais même pas jusqu'où tu vas aller. De l'autre côté de la lune, peut-être ! Cependant…

Il passa le bras autour des épaules de Matty.

— Tu dois aussi réfléchir à qui tu es. Tu es un Telemachus.

— Je sais, mais…

— Pas de « mais ». Est-ce que tu sais quel jour on est ?

— Jeudi ?

— Le dernier jeudi du mois. Qui tombe juste avant le dernier vendredi du mois. Et tu sais ce que ça signifie.

— Euh…

— Le jour de la paye, Matty. La grosse paye. Et, en raison de circonstances qui échappent à mon contrôle, c'est la dernière fois que je… que nous pourrons essayer de prendre ce qui se trouve dans ce coffre.

— Qu'est-ce qui se passe ?

— C'est trop compliqué à expliquer.

Frankie consulta rapidement sa montre, et remarqua qu'il avait oublié de la mettre ce matin. Il se leva d'un bond.

— Je dois voir quelqu'un. Je repasserai plus tard. Mais entre-temps, pense à ton avenir, Matty. À étreindre ce que tu es. À étreindre la vie.

— L'UltraVie, souffla Matty.

— Oui ! Exactement ! Je savais que je pouvais compter sur toi.

*

Frankie passa sa première heure de détention seul dans une chambre de motel, à essayer d'ouvrir ses menottes par la pensée. L'agent Smalls l'avait laissé là et lui avait ordonné « d'attendre que tout soit installé ». Frankie ignorait ce qu'il voulait dire par là. Installer quoi ? Des instruments de torture ?

Il était assis au bord du lit jumeau le plus proche de la porte et fixait ses poignets tout en ordonnant muettement aux menottes de s'ouvrir. Ou de se déverrouiller. Ou au minimum de frémir. Mais il ne pensait qu'aux jetons qui s'envolaient, aux bras qui l'agrippaient. Il doutait même de pouvoir faire remuer un trombone.

Sa chemise était encore humide, non pas à cause du trajet en bateau, mais de ses sueurs froides. Il avait cru que les hommes du casino l'emmenaient à l'écart pour le passer à tabac ou le tuer. L'arrivée de Destin Smalls l'avait tout d'abord soulagé, mais il était encore menotté, poireautait sur un couvre-lit à fleurs qui sentait la lessive industrielle et commençait à se dire que, dans le meilleur des cas, il avait effectué un mouvement latéral : il était sorti de la casserole pour tomber dans la friteuse.

La porte s'ouvrit et Frankie se redressa d'un bond. L'agent Smalls emplissait le cadre. Il approchait les soixante-dix ans, mais Frankie ne songea même pas à essayer de s'enfuir. Foncer sur un mur, si vieux soit-il, reste le meilleur moyen de se faire mal.

— Je veux parler à mon avocat, dit-il.

— Bien sûr, répondit Smalls en l'attrapant par le coude.

L'aube approchait, mais il n'y avait pas une lueur dans le ciel, à l'exception du petit visage jaune du logo Super 8. Le parking était plongé dans l'ombre. Frankie sentit un nouvel espoir mourir. Personne ne pourrait témoigner de sa détention illégale.

— Tu ne te souviens pas de moi, n'est-ce pas ? demanda l'agent. Je suis venu chez toi des dizaines de fois, avant la mort de votre mère.

— Pour faire quoi, emmerder mon père ?

— Ça, c'était un bonus.

Ils ne marchèrent que jusqu'à la chambre voisine. Smalls ouvrit la porte et poussa Frankie à l'intérieur.

— Et lui, tu te le rappelles ? demanda-t-il.

Un gnome chauve était assis derrière une table ronde chargée de matériel électrique. Ses bacchantes cirées et bouclées avaient viré au gris au cours des vingt dernières années, mais Frankie le reconnut facilement.

— Fils de pute, grogna-t-il.

— Moi aussi, je suis ravi de te revoir, Franklin, rétorqua l'Ahurissant Archibald. S'il te plaît, assieds-toi.

L'agent Smalls défit les menottes de Frankie et lui indiqua la chaise disposée en face d'Archibald. Les appareils électriques vrombissaient et frémissaient. Des câbles descendaient de la table et serpentaient jusqu'à une pile de gros boîtiers en métal noir. L'air sentait l'ozone et l'après-rasage.

G. Randall Archibald prit l'une des mains de Frankie telle une manucure et lui enfila au bout des doigts des dés à coudre en latex dont dépassaient des faisceaux de fils relié à l'une des machines.

— Qu'est-ce que c'est ? Un genre de détecteur de mensonges ?

— En quelque sorte, répondit Archibald. Ces appareils comptent un détecteur de champ de torsion, version portable. Grâce à lui, je peux mesurer le potentiel psionique dans une fourchette de deux virgule trois taus.

Frankie essaya de pousser un reniflement moqueur, mais il n'en sortit qu'un grognement. Il n'avait aucune idée de ce qu'était un tau, mais pas question de l'admettre.

— Je t'assure que l'appareil est tout à fait précis. Pas autant que la version plus grosse de mon laboratoire, bien sûr. Le DCT Prime, lui, est assez sensible pour détecter zéro virgule trois taus.

Le gnome parlait avec la diction précise et syncopée d'un vrai *nerd.*

— Dans ton cas, une mesure plus précise ne sera pas nécessaire. J'ai cru comprendre que tu avais été trèèès actif ce soir.

— Quoi que ces types prétendent avoir vu, ils mentent.

— Ou, rétorqua Archibald, ils ne savent pas ce qu'ils ont vu. Mon travail, ce soir, est de déterminer si cette activité est réellement d'origine psionique ou s'il s'agit de simples tours de passe-passe, œuvre du fils d'un charlatan patenté.

— Hé ! Je vais pas rester là sans rien dire pendant que…

Smalls posa deux grosses mains sur ses épaules et le renfonça dans le siège.

— Assis.

— Je vous prenais pour un sceptique, dit Frankie.

Il avait presque craché le mot ; dans sa famille, rien n'était plus méprisable.

— C'est certainement le cas, dit Archibald.

— Je vous ai vu chez Johnny Carson. Quand vous avez humilié cette pauvre Australienne comme vous nous avez humiliés… C'était cruel.

— Apparemment, ça n'a pas nui à sa carrière. Elle a gagné beaucoup d'argent, par la suite.

— Et avec le guérisseur qui savait où ses patients avaient mal ? Les gens croyaient en lui et vous l'avez détruit.

— Il avait une radio dans l'oreille, censément pour recevoir ses diagnostics de Dieu, qui étrangement avait la même voix que sa femme. C'était un charlatan. Un escroc. Es-tu un charlatan ?

Si je réponds oui, se demanda Frankie, est-ce que ça va atténuer ou aggraver ma culpabilité dans ce qui s'est passé plus tôt ?

Archibald n'attendit pas sa réponse.

— Je conseille au gouvernement de se baser sur la science, et non sur la foi, pour séparer le bon grain de l'ivraie. N'as-tu pas envie de savoir si tu as hérité du don de ta mère, Frankie ?

— Je n'ai pas besoin de vous et de vos machines pour le savoir.

— Bien sûr que non. Tu crois en toi ! De même que ta mère croyait en toi et te transférait cette foi, comme dans toutes les religions familiales. Cependant…

Il se pencha sur un panneau de contrôle couvert de jauges et de compteurs.

— … n'aimerais-tu pas disposer d'une preuve objective, scientifique de tes capacités ? Un sceau d'approbation, si tu veux. Un diplôme à accrocher sur ton mur.

Oh, si, Frankie le voulait. Plus que tout. Il avait grandi en ayant le sentiment d'être un prince en exil, dont la famille entière s'était vue privée de sa place légitime par des incrédules, des scientifiques bornés et un gouvernement occulte qui craignait ses pouvoirs.

— Ça ne marchera pas, dit Frankie.

Les dés en latex étaient encore attachés au bout des doigts de sa main gauche ; il ne chercha pas à les enlever.

— La méthode scientifique limite nos pouvoirs.

— Tu cites ton père, dit Smalls.

— Le scepticisme agit comme un brouilleur. C'est comme ça que vous nous avez fait tout fait rater pendant le *Mike Douglas Show*.

— C'est vraiment ce que tu penses ? s'étonna Archibald. Que ma simple présence sur scène a saboté votre numéro ?

— Ce n'est pas un numéro.

Archibald lui tendit un autre dé.

— Alors, prouvons-le. Je veux que tu réussisses, Franklin. L'agent Smalls le veut aussi, à coup sûr. En 1974, à la mort de ta mère, ton pays a perdu son arme la plus efficace.

Frankie le fixa.

— C'est vrai ?

Smalls fit le tour de la table et s'accroupit de manière à regarder Frankie dans les yeux.

— Écoute-moi. Maureen Telemachus était l'espionne la plus puissante du monde.

Toute sa vie, Frankie était resté collé aux basques de son père, récoltant les indices que lâchait Teddy à propos du travail de Maureen : une référence oblique à la guerre froide, une plainte à propos des programmes secrets, un commentaire cryptique quant aux sous-marins et aux psychonautes. Frankie avait réuni ces bribes pour monter le film d'espionnage surnaturel qui passait dans sa tête. Maureen Telemachus dans le rôle d'un James Bond avec sac à main et pouvoirs mentaux. Se dire que sa Fantastique Famille restait puissante, même loin des projecteurs, elle, l'enchantait. Ce ne fut qu'en grandissant, après qu'Irene lui eut fait remarquer que beaucoup d'histoires de leur père n'étaient pas exactement vraies, qu'il s'était permis de songer que Teddy avait peut-être exagéré au sujet de leur mère. À présent, il se haïssait d'avoir douté de lui.

— Je le savais, dit-il, la gorge serrée par l'émotion. Je savais qu'elle était super.

— Mais elle n'est plus là, répondit Smalls. Et nous avons besoin de ton aide.

Ignoraient-ils qu'il n'avait aucun don d'extralucidité ? Lui, il déplaçait des objets. De petits objets.

— Nous avons fait un long chemin, et tout ce que nous voulons, c'est cinq minutes de coopération.

Frankie désigna du menton les machines, le détecteur de champ de torsion.

— C'est comme ça que vous m'avez trouvé ?

— Pardon ? demanda Smalls.

— Que vous m'avez trouvé, ce soir. Je veux dire, vous auriez pu me repérer à Chicago, à n'importe quel moment, mais vous vous pointez ce soir, au milieu de nulle part, juste après que j'ai… juste après le problème au casino.

Ce qui soulevait une autre question : comment étaient-ils arrivés si vite ? Chicago était à plus de quatre heures de route.

— Vous venez de Saint Louis ? demanda Frankie.

Saint Louis n'était qu'à quarante-cinq minutes. Smalls et Archibald ne se regardèrent pas tout à fait.

— Nous gardons un œil sur toi depuis longtemps, dit Smalls.

Ce qui ne constituait aucunement une réponse.

— Maintenant que j'y pense, comment vous avez trouvé le bon quai, en pleine nuit ?

— Pourquoi ne pas commencer par le test, puis nous pourrons répondre à toutes tes questions ? proposa Archibald

Des phares illuminèrent les rideaux. L'agent Smalls regarda la fenêtre et fronça les sourcils.

— Vous avez commandé chinois ? demanda-t-il à Archibald.

Le gnome secoua la tête. Smalls envoya la main dans son dos et en sortit un pistolet.

— Hé là ! fit Frankie en se relevant.

— Assis, répéta Smalls. Tais-toi.

Frankie avait de plus en plus l'impression d'être un chien. Quelqu'un tambourina à la porte.

— Ouvrez, nom de Dieu ! Je sais que tu es là, Smalls !

C'était Teddy.

— Papa, il a une arme ! cria Frankie.

Teddy ne sembla pas l'entendre, parce qu'il continua de marteler la porte. Smalls ouvrit, le pistolet contre la cuisse.

— Teddy, comment est-ce que tu nous as trouvés ?

— Hors de mon chemin, foutu grizzly ! Mon fils est là ?

Teddy entra ; il avait belle allure malgré l'heure tardive, costume en peau d'ange et chapeau assorti. Jetant un bref regard dans la pièce, il se figea.

— Archibald ? Tu travailles avec Archibald ? !

Frankie se leva d'un petit bond et s'éloigna de la table.

L'Ahurissant Archibald se leva aussi, ce qui ne changea pas grand-chose à sa hauteur.

— Bonsoir, Teddy.

— Je m'attendais à ce genre de saloperies de sa part, dit Teddy. Mais toi, Smalls ?

Il fit volte-face vers le colosse.

— Tu avais fait une promesse…

— Je l'ai tenue, dit l'agent. Elle m'avait demandé de ne pas impliquer les enfants. Mais ils sont grands, à présent. Frankie est un adulte qui peut prendre ses propres décisions.

Teddy pointa le doigt sur lui.

— C'est la phrase la plus sournoise, la plus traîtresse et la plus égoïste que je n'ai jamais entendue sortir de la statue d'île de Pâques qui te sert de tronche. Tu devrais avoir honte de toi, Destin, parce que s'il est une chose sûre et certaine, c'est que Maureen aurait honte de toi.

Smalls ne répondit pas.

— Va dans la voiture, Frankie. On s'en va.

— Nous n'avons pas fini le test, protesta Archibald. Frankie, tu ne veux pas savoir où tu te situes ?

— Où il se situe ? répéta Teddy d'un ton moqueur. En tout cas, je sais où il va, et c'est chez lui. Allons-y.

Frankie suivit son père hors de la pièce. Le ciel avait pris la couleur d'une pêche, mais le soleil restait caché derrière le motel, attendant que la tension retombe. Ils marchèrent jusqu'à la dernière Buick en date de Teddy, une Park Avenue turquoise. La porte du passager était verrouillée.

Teddy ne fit pas mine de monter dans la voiture ni de l'ouvrir.

— Qu'est-ce que tu foutais avec ces vampires ? Tout au sud de l'Illinois ?

Frankie hésita. Est-ce que son père était au courant, pour le casino ?

— Je ne sais pas comment ils m'ont trouvé, dit-il en toute sincérité. Smalls m'a arrêté, m'a amené ici et tout à coup, Archibald me branche des trucs aux doigts.

— Il n'y a pas de hasard. Qu'est-ce que tu as fichu ?

— Attends… Comment tu m'as retrouvé ?

Avant que Teddy ne puisse répondre, un taxi blanc entra dans le parking et se gara juste derrière eux. Le chauffeur baissa sa glace et Buddy descendit de l'arrière du véhicule. Il tira une pile de jetons de casino de sa poche droite et la posa dans la main du chauffeur, puis il se livra au même manège avec sa poche gauche. Le taxi repartit.

— Bordel, où t'étais ? lui lança Frankie.

Buddy se dirigea vers eux à pas chaloupés, un sourire endormi sur le visage. Il se posta près de la portière arrière de la Buick et attendit, les mains dans ses poches désormais vides.

— Bon Dieu, dit Teddy. Je suis vraiment béni.

*

L'arrière-boutique du Laundromat sentait le détergent parfumé, l'eau de Javel et l'huile de moteur. Nick Pusateri senior était debout derrière une grande table en bois, un monceau de *quarters* devant lui, et un tas de rouleaux de pièces non loin. Au premier regard, Frankie avait cru que Nick emballait les pièces, mais c'était le contraire : il ouvrait les rouleaux et les vidait sur la pile. Il fit signe à Frankie de s'asseoir sur une chaise en plastique et ouvrit un autre rouleau sans un mot. Enfin, il lui lança un bref regard et dit :

— T'as pris un coup de chaud ou quoi ?

Frankie ricana. Un rire pas très convaincant, mais il ne pouvait pas faire mieux. Était-il rouge ? Il se sentait suer dans son boxer. Comment suivre le plan si son corps le trahissait ?

Or, le plan était simple : atermoyer, supplier et charmer. Il n'avait besoin que de quatre jours supplémentaires. Frankie serait capable d'encaisser les menaces, d'accepter n'importe quelle punition, d'agréer à toutes les conditions de remboursement, si shylockiennes soient-elles, du moment qu'elles prenaient effet après lundi. Après la fête du Travail, le travail de Frankie serait terminé, et il rembourserait Nick avec son propre foutu pognon.

— C'est rien, dit Frankie. La chaleur me tue, c'est tout.

— C'est l'humidité, ça, renifla Nick.

Il prit un autre rouleau de pièces, le soupesa et jura. Il l'ouvrit et versa les *quarters* sur le tas.

— Chicago en été me donne envie de déménager en Islande, merde.

Sa banane était parsemée de gris, mais il s'agrippait à son look Fonzie. Il portait une chemise Tommy Bahama bleu canard ouverte sur une touffe de poils gris parmi lesquels se dissimulait une chaîne en or. Ses bras étaient noueux, et ses jointures paraissaient anormalement larges. Il regarda un autre rouleau en fronçant les sourcils, l'ouvrit à son tour.

Qu'est-ce qu'il foutait avec ces piécettes ?

— Ton père, il savait faire plein de trucs avec les pièces, dit Nick. Les jetons, aussi. Il les faisait rouler sur le dos de sa main, ou apparaître de nulle part. Un sacré bonhomme.

Frankie faillit demander quel était le problème avec ces rouleaux mais se ravisa. Atermoyer, supplier et, par-dessus tout, charmer.

— Ça m'étonne que tu l'aies pas fait venir, dit Nick.

— Qui ? Mon père ? Pourquoi ?

Nick leva les yeux.

— Vous causez pas souvent, tous les deux, hein ?

— Si, répliqua Frankie, sur la défensive.

Pendant ce temps, une autre partie de son cerveau se demandait : Qu'est-ce qu'a dit Teddy ? Qu'est-ce qu'il sait de tout ça ?

— On parle, mais pas affaires. Je ne l'implique pas du tout là-dedans. Il est à la retraite.

Nick hocha la tête.

— Il paraît qu'il est plutôt fragile, en ce moment.

— Je suppose qu'il a un peu baissé, concéda Frankie.

Il n'aurait pas utilisé le mot fragile à propos de son père, mais puisqu'il fallait charmer…

— Le temps finit par tous nous rattraper, dit Nick avant de saisir un autre rouleau, de le serrer dans son poing et de grogner :

— Les connards !

— Qu'est-ce qui se passe ? demanda Frankie, incapable de se retenir plus longtemps.

— Ces fils de pute d'escrocs, grogna Nick. Faut vérifier le moindre rouleau. Parfois, il manque un *quarter*, ou ils mettent un nickel à la place, ou une saloperie canadienne. Quand on veut que quelque chose soit bien fait, faut le faire soi-même.

— Mais…

— Mais quoi ?

Frankie s'apprêtait à lui demander si ça valait vraiment la peine de défaire personnellement le moindre rouleau de pièces, pour le refaire après, mais il se contenta d'opiner :

— Mais chacun fait ce qu'il a à faire, hein ?

Nick le fixa.

— Qui aurait dit que le petit Frankie se retrouverait un jour assis sur cette chaise ?

Il serra le poing autour du rouleau.

De la bile chaude remonta dans la gorge de Frankie. Il se crispa, se prépara. Atermoyer, supplier, charmer. Le vrombissement des énormes sèche-linge lui parvenait depuis la pièce principale. Il y avait des clients, là-bas, qui accourraient si Frankie se mettait à hurler. Ou s'enfuiraient. Dans tous les cas, s'il était assassiné ici, la police ne manquerait pas de témoins potentiels.

Enfin, il réussit à prendre une bouffée d'oxygène.

— J'aimerais dire, avant toute chose, que je ne voulais pas manquer de respect à votre sœur ou à vous en prenant du retard sur mes remboursements. Je sais que c'était mal, et je veux sincèrement m'amender. Je veux aussi vous assurer que je pourrai vous payer intégralement dès lundi.

Nick le toisa.

— Vraiment ?

Frankie hocha la tête.

— Eh ben, ça serait la nouvelle du siècle.

Il reposa le rouleau et passa les mains dans la pile de pièces.

— D'où tu tirerais cet argent, à part de Teddy ?

— J'ai des amis, répondit Frankie.

— Ouais, mais tu as des avoirs ? C'est ça, qui m'intéresse. Dis un peu.

— Des avoirs ?

— La camionnette dans laquelle t'es venu. À l'argus, elle doit bien valoir dans les quinze mille. Elle t'appartient ?

— Je dois encore seize mille dessus.

— Ouch. D'accord, mais n'empêche. Faisons l'inventaire. La voiture familiale, c'est quoi ?

— Une Toyota Corolla de 91.

— En bon état ?

— Elle a un gros creux sur le capot.

— Je connais un mec qui répare les creux. Disons cinq mille. Et la maison ?

Frankie essaya de sourire.

— Je ne vois pas en quoi la maison est importante, puisque j'aurai l'argent lundi.

Nick lui fit signe de répondre.

— Combien tu crois qu'elle vaut ?

— Euh, je ne sais pas.

Il n'aimait pas le tour que prenait la conversation.

— On l'a payée soixante-huit mille il y a six ans. Alors, peut-être soixante-dix ? Soixante-quinze si on a de la chance ?

— Tu dois encore combien de traites ?

— Monsieur Pusateri…

— Combien ?

Frankie essaya de réfléchir. Quelque chose se resserrait autour de sa poitrine, ouvrant de force tous les pores de son corps. Criblé de trous, il ruisselait comme un asperseur de pelouse.

— Les parents de Loretta nous ont prêté vingt-cinq mille pour l'avance, alors…

— Ça, c'est la famille. À la banque ?

— Trente-cinq ? Peut-être trente-quatre ?

— Et voilà. Tu as du pognon sous la main.

Nick se rendit à un bureau de métal posé dans un coin et décrocha un téléphone.

Frankie essaya de respirer. Encaisser les menaces, se dit-il. Encore quatre jours. Après lundi, après la fête du Travail, tout ça n'aura plus aucune importance.

— C'est moi, Lily, dit Nick. Passe-moi… Non, bon Dieu, pas Graciella. Passe-moi Brett.

Frankie regarda les rouleaux de pièces. Chacun contenait vingt-cinq dollars. Pusateri senior était-il paranoïaque au point de tous les vérifier ? Ou peut-être aimait-il seulement le contact de l'argent, tel Smaug ou Oncle Picsou ?

— Brett, dit Nick. J'ai besoin d'une estimation.

Il regarda Frankie.

— Ton adresse ?

Frankie la récita et Nick répéta dans le téléphone :

— C'est ça, Norridge. Deux chambres, cave… Frankie, le sous-sol est aménagé ?

Frankie secoua la tête.

— Cave non aménagée. Une salle de bains. Bon état général, je suppose. D'accord. Fais vite.

Nick posa le combiné contre sa poitrine et dit à Frankie :

— Quand mon fils a commencé son affaire, tout était dans des classeurs, mais maintenant, il suffit de consulter un ordinateur. C'est moi qui ai poussé le truc. Nick junior n'avait pas la moindre putain d'idée de ce qu'il fallait faire.

Il est tellement innovant qu'il est en procès pour meurtre, d'ailleurs, pensa Frankie.

Brett revint en ligne. Nick l'écouta une minute puis dit :

— Ah, ils sont tous les deux sur l'acte ? D'accord, c'est quand même faisable. Si on l'a pour soixante, qu'on dépense le moins possible sur la moquette et la peinture… Mmm. C'est ça. Frais de gestion habituels. Pigé.

Nick raccrocha.

— J'ai de bonnes et de mauvaises nouvelles, dit-il à Frankie. Tu vas pouvoir me rembourser trente mille. Tu me devras encore vingt mille, mais tu gardes le van, tu continues à bosser – et tu continues à me payer.

— Vous me prenez ma maison ?

— Non, je t'achète ta maison. Et la Toyota. Maintenant, voilà la mauvaise nouvelle.

Un son s'échappa de la poitrine de Frankie, mi-couinement, mi-hoquet. Un bruit qu'il ignorait que son corps pouvait faire.

— Ta femme est sur l'acte de vente, alors il va falloir qu'on passe la prendre.

— D'accord, d'accord, dit Frankie en luttant à respirer. Je peux la faire venir la semaine prochaine, et…

— Non, Frankie. Maintenant.

— Maintenant ? Mais, lundi je pourrai…

— Lundi, tu pourras me payer le reste, quand tes *amis* t'auront donné leur pognon.

— D'accord, dit Frankie en prenant une profonde inspiration. D'accord.

— Pourquoi tu regardes la porte ?

Frankie guettait Teddy. Ou l'agent Smalls. Ou Irene. Quelqu'un qui pourrait le tirer du pétrin pile au bon moment.

LE PRÉCIPICE

15

Buddy

Il fixe l'horloge, attendant que les losanges de lumière se reconfigurent pour lancer le compte à rebours du Zap. Les LED dessinent les chiffres 1-1-5-9 qui frissonnent, lourds de sens.

Il ne se passe rien.

Et s'il était piégé dans ce moment ? Et si sa conscience, se révoltant enfin contre les oscillations de son existence, avait décidé de nicher ici, sur cette seconde, pour toujours ? Il n'aurait pas choisi ce moment – il aurait préféré le 1er septembre 1991, à 23 h 32, presque quatre ans plus tôt jour pour jour, alors qu'il était couché sur un lit d'hôtel – mais une partie de lui serait soulagée de se poser n'importe où. De ne pas avoir à continuer, d'abandonner ses préparatifs pour l'apocalypse. D'arrêter de se faire du souci. Parce que dès que l'horloge passera à minuit, le Compte à Rebours vers le néant commencera.

Quatre jours avant l'anniversaire de la mort de sa mère. Quatre jours avant le Zap.

Il lutte contre la panique. Incapable de tout lâcher, il ne peut pas se permettre de perdre la mesure du présent. Il reste tant à faire. Pourtant, pourtant, les lumières rouges du réveil refusent de bouger. Est-on encore maintenant ? Les LED lui font songer aux électrons et aux trous d'électrons, et soudain, c'est le 14 novembre 1983. Il a quinze ans et se cache dans un box de la bibliothèque Elmhurst, lisant un article du *Scientific American* sur la manière dont fonctionnent les diodes lumineuses. L'étape clef est le moment où un électron est poussé dans un des trous du réseau atomique, comme l'une des billes de Frankie tombant dans un des trous du flipper. Ce plongeon soudain ne donne pas de points bonus, mais de l'énergie sous la forme de photons.

Il tourne une page en souriant. Chaque chute est un événement quantique. C'est tellement beau…

Puis il est de retour et fixe le réveil. Même le Médium le plus Puissant du Monde ne peut deviner si un électron va tomber dans un trou particulier, ou même tomber tout court. Les appareils électroniques dépendent de probabilités statistiques. Beaucoup de trous, beaucoup d'électrons. Appliquez un voltage adéquat et un nombre suffisant d'électrons va sûrement tomber à la place voulue et permettre à la diode d'émettre de la lumière.

Buddy n'a essayé d'expliquer son travail qu'à une seule personne. Son nom était Cerise – est Cerise. « Je ne devine pas tous les détails, mais je remarque les tendances, lui dit-il. Et parfois, je donne un petit coup de pouce. » Cerise ne comprend pas. Forcément. Comment pourrait-il lui expliquer que ça revient à suivre un trillion de billes de flipper rebondissant le long d'une infinité de trajectoires ? Il faut les envoyer sur les bonnes rampes, sur les bons bumpers, et exactement au bon moment. Existe-t-il une métaphore – à base d'électrons ou de billes de flipper ou de roulette – adéquate pour expliquer à quel point son travail est stressant ? « Oh, chéri, lui dit Cerise. Te voilà tout stressé. »

Se secouant, il revient à 1995, aux derniers instants du mois d'août.

11 h 59. Le réveil digital n'indique pas les secondes. Impossible de savoir si 0 h 00 se rapproche ou ne viendra jamais.

En bas, la porte d'entrée s'ouvre et le bruit le rassure : le temps continue de s'écouler – à moins que ce ne soit... le souvenir d'une porte qui s'ouvre ? Le visiteur est Frankie, sac marin dans les mains. Un rebut, un exilé, un réfugié de la mère patrie domestique. Irene est à l'étage – elle dort moins que Buddy, ces temps-ci – et demande à Frankie ce qui se passe. Frankie marmonne une réponse, et ce n'est pas grave si Buddy ne saisit pas les mots tout de suite ; plus tard, ils parleront davantage, et il y aura des beignets et du café malgré l'heure tardive. Irene va lever sa tasse et dire...

Non !

Il ne peut pas glisser dans l'avenir. Il doit veiller. Ici. Maintenant.

Il jette un bref regard au réveil. Les volts poussent des électrons dans leur tombe, et soudain c'est...

SEPTEMBRE

16

Buddy

…et il descend l'escalier, rejoint la cuisine, où sa sœur et son frère sont attablés, sans beignets. Les beignets arriveront plus tard. Frankie est muet, il lutte pour trouver les mots. Buddy les observe depuis l'ombre pendant une minute entière, de tout son cœur, jusqu'à ce qu'Irene le voie.

— Buddy, dit-elle. Tout va bien ?

Mais il ne va pas bien. Qui va bien ? Personne dans cette maison, c'est sûr. Frankie fixe le vide, perdu. Buddy erre jusqu'à la table et agite les doigts, paume vers le ciel.

Frankie le remarque à peine.

— Je crois que tu bloques l'allée, traduit Irene.

Buddy remue les doigts de plus belle. Son frère soupire – pas un soupir feint, un vrai soupir, profond comme un Blues du Delta – et plonge la main dans sa poche.

Buddy se dirige vers la porte d'entrée, les clefs pendant de sa main ; derrière lui, Irene demande :

— Commence par Loretta. Pourquoi elle t'a foutu dehors ? C'est à propos de tes dettes ?

— Tu es au courant ? répond Frankie d'une petite voix.

Buddy marche jusqu'à l'allée et ouvre le hayon de la camionnette Bumblebee. Il fouille dans le noir jusqu'à ce qu'il trouve la boîte qu'il s'est vu trouver, une fois, puis utilise une clef pour l'ouvrir. Elle contient, comme il s'y attendait, quatre énormes pots de jus de goji en poudre Go ! Il en ouvre un, révélant son contenu qui, sous cette lumière, paraît noir, puis y plonge le doigt et le porte à sa bouche, façon *Deux Flics à Miami*. Ça a un goût de craie et de sirop contre la toux. Il le recrache plusieurs fois.

Il s'en veut pour ce qu'il s'apprête à faire. Il aimerait ne blesser personne et, la plupart du temps, il se remémore assez de détails pour comprendre que la souffrance ne dure pas éternellement, ou du moins pas autant qu'il y paraît. Comme avec Frankie. Oui, son frère était terrifié quand les employés du casino l'ont attrapé, mais il ne s'est rien passé de grave, Frankie ayant déjà appris à encaisser un ou deux coups. Mais là, c'est différent. Buddy ne se souvient pas de ce qui va se produire après le 4 septembre. Ce qu'il fait ce soir aura peut-être des répercussions profondes au-delà de cette date.

Malgré tout, il doit agir, comme sa mémoire future le lui dicte.

Buddy plonge la main dans sa poche et en sort le paquet d'insecticide DUSTED. Il le verse sur la poudre Goji, remue le tout avec le gros Magic Marker qu'il a apporté. Pas trop, cependant. La première dose sera piochée au sommet. Puis il revisse le couvercle et écrit « Étreins la vie ! » sur la boîte.

La livraison ne lui prend que vingt minutes – à cette heure de la nuit, le trafic est fluide – et il se souvient qu'il doit s'arrêter chez Dunkin'Donuts. Il commande une douzaine de beignets, la plupart aux pépites de chocolat – il adore les pépites –, et choisit une griffe d'ours comme friandise gratuite. Il apporte la boîte dans la maison lorsqu'il se rappelle qu'il doit faire quelque chose, avant. À propos du garage. Ah, oui !

La grosse Buick de Teddy est endormie. Buddy ouvre la portière et tressaille en entendant le tintement absurdement puissant qui accompagne l'opération. La boîte de beignets en équilibre sur une main, il se penche et fouille sous le siège du conducteur. Il en ressort sa proie, un sachet zippé contenant deux cigarettes de marijuana, dont une à moitié consumée. Mieux vaut ne pas les mettre avec les donuts. Il glisse le sachet dans sa poche, pour plus tard.

Frankie et Irene sont encore à table, mais ils ne parlent plus. Frankie a la tête dans les mains. Irene fixe la surface de la table, les bras croisés sur le ventre. Comme s'ils jouaient aux échecs avec des pions invisibles.

Buddy ouvre la boîte de beignets et laisse Frankie se servir en premier. Un léger « Oh » surpris s'échappe de la bouche de son frère. Il tend la main vers la griffe d'ours. Les griffes d'ours sont ses préférés. Depuis toujours et pour toujours.

*

Le monde ne recèle pas assez de beignets pour compenser ce qu'il a fait à son frère à Alton. C'est un acte égoïste. Né d'un grand besoin, oui, et d'une curiosité brûlante, mais de l'égoïsme quand même.

Il est couché dans le lit à côté de Cerise, dont les cheveux sont longs, blonds et totalement artificiels. Ce qu'il vient de vivre est réel, toutefois, et c'est même la chose la plus réelle qu'il a jamais connue. Pendant de longues minutes d'affilée, il s'est trouvé totalement ancré dans son corps, dans l'instant. Son esprit ne rôdait pas dans le passé ou l'avenir. Il ne fixait pas un réveil figé sur 11 h 59.

— Tu te sens bien, chéri ? demande Cerise.

— Je ne me suis jamais senti mieux.

— Ça se voit à ton sourire niais.

Elle ricane, d'une voix rauque et sexy. Elle lui mordille le lobe de l'oreille et il rit avec elle. Toujours près de son oreille, elle chuchote :

— C'est ta première fois avec une fille comme moi ?

Ses oreilles le brûlent. Il rougit.

Elle envoie la tête en arrière et rit de plus belle.

— J'en étais sûre ! Tu étais tellement… enthousiaste.

— Je n'ai jamais rencontré quelqu'un comme toi, avoue-t-il. N'empêche…

Il attend qu'elle le regarde de nouveau. Que ses yeux s'adoucissent. Il reprend :

— Je t'ai toujours connue. Et je t'ai attendue toute ma vie.

— Oooh.

Elle lui embrasse le front et repousse ses cheveux en arrière.

— T'es mignon.

Il ferme les yeux.

— J'aimerais rester couché ici pour toujours, dit-il. Chez moi, je dois… Ah, j'ai un travail stressant.

— Qu'est-ce que tu fais ?

Il a envie de tout lui dire, du premier score de base-ball deviné jusqu'au jour où sa mère lui a donné la médaille.

— Mon travail, c'est de prédire l'avenir.

— Ah. Tu es courtier ?

— En quelque sorte. J'essaye de deviner ce qui va arriver, et de trouver le chemin qui conduit à la meilleure issue. Je ne peux pas deviner tous les détails…

— Personne ne peut, dit Cerise.

— C'est ça.

Il s'assied.

— Mais je remarque les tendances. Et parfois, je donne un petit coup de pouce.

— Ah. Tu es l'un de ces « maîtres de l'univers », c'est ça ? Tu fais dans le délit d'initié ? le taquine-t-elle.

— Non, ce n'est pas ça.

Vraiment ? Les autres vivent hors de la machine, alors que lui évolue sous sa coque de verre et pousse les billes en veillant à ne pas se faire écraser. Il a envie de le lui dire. Il veut tout lui expliquer, mais son habitude du silence se met en travers de son chemin. Il aimerait lui révéler que, de l'autre côté de la ville, son frère passe d'un bateau à un autre.

— Oh, chéri, dit Cerise. Te voilà tout stressé. Pas question de rester comme ça.

Elle prend sa main et la pose sur la sienne.

— Tu as tout le temps qu'il te faut.

— J'aimerais que ce soit vrai, dit-il.

Elle le fait taire :

— Ne pense pas comme ça.

Elle se tourne vers lui et Buddy sent sa queue durcir entre ses doigts. Même s'il voit cette nuit depuis des années, le fait d'être avec quelqu'un d'autre ne cesse de l'étonner. Il pensait que ce serait comme la masturbation, en un peu mieux.

Il avait tort. Complètement tort.

Elle dit :

— Qu'est-ce que tu aimerais essayer d'autre, puisque c'est ton premier jour au volant ?

— Tout, dit-il.

Lentement, elle lui apprend à donner du plaisir. Oui, ils disposent du même équipement, mais ils sont différents. Cerise est Cerise. Un miracle et un mystère.

*

Il se retrouve à la table de la cuisine, les cartes dans les mains, quatre jours avant le Zap. Ils font assez de bruit pour que Matty arrête de faire semblant de dormir et descende. Personne ne s'inquiète de réveiller Teddy. Il ronfle comme un homme qui ferait le double de son poids, et son sommeil est impénétrable.

Irene a préparé une pleine cafetière, mais Frankie est passé à la bière et Buddy en est à son deuxième grand verre de lait. Matty attrape le dernier donut glaçage chocolat – son préféré à lui – et demande :

— Alors, vous faites la fête ?

— Je croyais que tu étais puni, répond Frankie.

Matty lui lance un regard inquiet, mais Irene n'est pas d'humeur à faire la police.

— On joue au stud à sept cartes, dit-elle à son fils. Mise d'un nickel, partage *hi-lo*.

— Un nickel ? s'étonne Matty. Vous jouez gros.

— C'est pour ça qu'il te faut un job.

— Pour que tu me plumes ?

— Ou pour gagner gros, précise Frankie.

Matty évite le regard de Frankie, embarrassé. Cache son embarras en remontant son short et en adoptant une voix désabusée.

— Je suppose qu'il faut risquer un peu de blé pour se faire du blé.

Irene rit, charmée par son fils, et Matty ne cache pas le plaisir qu'il en tire. Ce qui rappelle encore à Buddy que ces deux-là ont fonctionné tout seuls pendant des années, en unité autosuffisante.

Dans une heure, Buddy disparaît à l'étage. Il récupère l'enveloppe bleue dans la boîte verrouillée de sa chambre, celle au nom de Matty. Puis il se rend dans la chambre de ce dernier, au grenier, défait son lit et y met des draps propres. Frankie devra y dormir parce que les lits superposés de la cave sont trop petits pour lui. Pas pour Matty, cependant. Il descend, ouvre un emballage de draps Kmart et fait l'un des quatre lits superposés. Dans les ressorts du lit du dessus, il glisse l'enveloppe et la pochette zippée.

Puis il monte dans sa propre chambre. Il espère dormir quelques heures avant de reprendre les préparations du Zap, qui incluent l'installation d'une nouvelle porte pare-feu dans la cave.

Mais ce sera dans une heure. Maintenant, Irene lui donne ses cartes. Il n'y a pas vraiment d'argent en jeu, cependant ; tout le monde s'est partagé une poignée de piécettes prises dans le bocal à monnaie de Teddy.

Buddy joue plusieurs parties à la fois, à différentes époques. Sa mère lui demande s'il a des sept. Teddy se penche tout près, ses mains couvrant celles, minuscules, de Buddy, et lui explique comment regarder la deuxième carte durant la donne. Une Irene de quatorze ans, lasse de son baby-sitting, prépare une partie de spider solitaire et il la regarde. Frankie lui demande :

— Tu suis ou non ?

— J'ai deux sept, dit Buddy.

— Quoi ?

Mauvaise réponse. Soudain, il est de retour en 1995, trois jours avant le Zap. La fin de l'histoire. Il n'a aucun souvenir des parties de poker de l'avenir. C'est la dernière fois qu'il joue. Il ne gagnera jamais une autre main contre son frère, ni ne verra sa sœur froncer les sourcils en scrutant ses cartes. Et il ne reverra jamais Cerise.

Irene lui touche le bras.

— Buddy ?

Il essaye de se concentrer. Sa main ne contient aucun sept, seulement une série de cartes vaguement liées qui ne deviendront jamais une suite ou un flush, et il sait qu'il ne peut pas bluffer face à Irene. Il rassemble ses cartes et se plie.

Ce n'est pas grave. Une distraction de moins. Il peut regarder sa famille, les uns et les autres, jouer à travers les décennies.

17
Matty

L'enveloppe bleue était glissée dans les ressorts du lit situé au-dessus du sien. Adressée à Matty dans une écriture noire qu'il ne reconnut pas, elle ne contenait qu'une page de papier jaune, arrachée à un bloc-notes, couverture d'une écriture irrégulière et décolorée par endroits.

Cher Matty,

Nous ne nous sommes jamais rencontrés, et à ma grande tristesse, nous ne nous rencontrerons jamais. Hélas, trois fois hélas, comme disait ma mémé. C'est d'ailleurs le moment idéal pour parler comme une grand-mère.

Mes excuses pour ce stylo lamentable, mais je ne veux pas en demander un autre à l'infirmière.

Je regrette d'en savoir si peu sur toi. On m'a dit que tu étais très futé, que tu travaillais dur et que tu avais bon cœur. Je sais aussi que tu es le fils de ma fille ; du coup tu as été élevé par une personne brillante, aimante et farouchement protectrice, qui peut aussi être un enfer à côtoyer. J'espère qu'elle n'a pas été trop dure avec toi. Si ma propre mère avait pu deviner quand je mentais, je ne me serais jamais échappée pour rencontrer ton grand-père.

On m'a aussi dit que tu avais récemment vécu une chose sur laquelle j'en sais un bout. Tu te demandes sûrement où vont te conduire tes dons, mais n'aie pas peur. J'ai un conseil à te donner.

Tout d'abord, puis-je te dire un secret ? Je n'en ai parlé qu'à une seule autre personne, ton grand-père. Mais tu mérites de savoir.

J'ai travaillé pour le gouvernement de 1962 à 1963, et encore l'année passée (1974). J'étais une « observatrice à distance », bien que l'intitulé ne soit pas exact. Je n'étais pas « à distance » du tout. Je volais. Dans les cieux, sous terre, dans les océans. Il n'y avait pas un seul endroit où je ne pouvais aller. Mon travail consistait à découvrir les secrets de nos ennemis. J'aimais voler. Et toi ? Sûrement.

Tout cela est techniquement « top secret », mais le secret que je veux te révéler est le suivant : je suis presque aussitôt entrée en contact avec le camp adverse. Mon homologue soviétique, et collègue médium, s'appelle Vassili Godounov. Il est – était ? – quelqu'un de bien qui aimait son pays autant que j'aimais le mien. Nous avons compris qu'à nous deux, nous pouvions localiser tous les silos à missiles de nos deux pays, trouver tous les sous-marins, pister tous les bombardiers. Nous nous sommes aussi rendu compte que si nous donnions ces informations à nos gouvernements respectifs, ils risquaient de détruire le monde.

Je sais que ça paraît excessif, mais c'est vrai. Aucune des deux superpuissances ne pouvait se permettre un excès de confiance. Aucune ne pouvait être sûre d'être à même de frapper la première et d'éliminer l'arsenal ennemi (renseigne-toi sur le concept de « Mutually Agreed Destruction » – les Encyclopaedia Brittanicas que j'avais achetées sont-elles encore à la maison ?)

Alors, nous avons menti. J'ai menti à Destin Smalls, l'homme pour qui je travaillais. Vassili a menti à ses supérieurs. Nous avons rapporté des images insignifiantes mais riches en détails, afin de continuer à les impressionner par nos capacités. Mais pour ce qui était des cibles prioritaires, les informations que nous livrions restaient trop vagues pour engendrer la moindre action (j'ai appris cette ruse de ton grand-père). Nous avons laissé le monde dans l'ignorance pour garantir sa sécurité.

Je te raconte cela non pas pour te faire peur, mais parce que tu mérites de connaître les enjeux, et je suis la seule à pouvoir te les révéler. Mon conseil est donc le suivant : ne laisse pas ces salauds se servir de toi. Si, plus tard, tu veux te servir d'eux, ne te gêne pas. Teddy approuverait. Ton seul devoir, désormais, est de prendre soin de toi et de ta famille, et de la laisser veiller sur toi.

Je dois te laisser. Je suis fatiguée, je griffonne avec un Bic bon marché sur un lit inconfortable, et il me reste une lettre à écrire avant de m'endormir.

Beaux voyages,

Sa signature était élégante : un M majestueux, un T vertigineux, et de belles lettres pointues après chaque initiale.

Tout au bas de la page se trouvait ceci :

P.-S.

Comment puis-je aimer quelqu'un que je n'ai jamais rencontré ? Mystère.

Dans les ressorts était également glissé le sachet en plastique qui contenait les deux joints, confisqués par Irene : un entier, un à moitié consumé.

Ma grand-mère me fournit de la drogue par-delà la tombe, pensa Matty.

Comment savait-elle ce qu'il vivait ? Pouvait-elle voyager dans le futur ? Et aussi, qui lui avait remis cette enveloppe et ce sachet on ne peut plus tangibles ?

La lettre et l'herbe l'effrayaient, mais le sens de leur apparition simultanée était clair : il devait aider Frankie.

Une demi-heure plus tard, il se glissa dans son nid, derrière le garage de papy Teddy, et alluma l'un des joints. Il devait inhaler autant que possible avant de ne plus pouvoir fumer. Il songea : Ce n'est pas très bon pour la santé. Puis : Le devoir m'appelle.

Il demeura hors de son corps pendant des heures ; c'était son plus long voyage à ce jour. Il flotta dans la Taverne de Mitzi, dans le bureau de Mitzi, pratiquement dans l'ombre de Mitzi. C'était vendredi – le jour de la paye – et la pièce se révélait bien plus intéressante que lors de ses précédentes visites. Il observa la vieillarde recevoir un visiteur après l'autre, tous des hommes, blancs pour la plupart, qui lui apportaient des enveloppes pleines de billets. Elle mettait les enveloppes dans le tiroir de son bureau, bavardait une dizaine de secondes, puis renvoyait ses débiteurs.

Dès qu'ils quittaient la pièce, elle rangeait leur enveloppe dans le coffre. C'était à ce moment que Matty plongeait, amenant sa bouille spectrale tout près de celle de Mitzi, et essayait de voir la combinaison du coffre. Mais Mitzi s'évertuait à la lui cacher. Elle se penchait sans quitter son fauteuil, dissimulant de sa patte d'oiseau la molette qu'elle faisait pivoter rapidement, en regardant à peine les chiffres. Autant qu'il sache, elle utilisait la même combinaison depuis des décennies et pouvait la composer les yeux fermés. Au bout de deux heures, il crut avoir le premier numéro – 28 – mais ce n'était encore qu'une supposition, parce que la molette n'était graduée que tous les cinq chiffres ; il pouvait tout autant s'agir du 27 que du 29.

Mitzi quittait très rarement la pièce. Entre deux visites, elle fumait, mangeait des cacahouètes en boîte, lisait le journal et buvait du café. Matty lisait par-dessus son épaule et lui suggérait mentalement des solutions pour les mots croisés – en général, il se trompait ; Mitzi était très douée pour les mots croisés. Il tuait le temps en flottant dans toute la pièce, auscultant ses moindres recoins. À quel point son fantôme était-il malléable ? Pouvait-il adopter la taille d'une souris, et aller regarder entre les murs ?

Il s'occupait aussi en se demandant s'il était bien moral de cambrioler cette vieille femme, et si c'était vraiment ce que mamie Mo avait voulu dire en lui suggérant d'aider sa famille. D'après Frankie, Mitzi était une criminelle endurcie, mais elle évoquait à Matty une vieille dame qui s'ennuyait en exerçant un travail ennuyeux.

La routine fut soudain bouleversée : elle remplit un verre d'eau pour se préparer une boisson qui n'était pas du café. Elle ouvrit une boîte de Goji Go ! posée par terre et se versa une bonne portion de poudre. La boîte n'était pas là la veille. « Étreins la vie ! » était écrit au marqueur sur le couvercle. Frankie, évidemment, pouvait vendre son truc à n'importe qui, y compris son pire ennemi.

Un autre homme entra et paya. Matty essaya encore de voir au-delà des mains de Mitzi, et une fois de plus il ne distingua rien. Il sentit son corps – son vrai corps – assailli de crampes à force de rester immobile. L'effet de l'herbe s'amenuisait.

Il était soulagé de ne pas avoir annoncé à Frankie qu'il allait réessayer. Un autre échec aurait tué son oncle. Il semblait si triste, la nuit dernière… Loretta s'était mise en colère contre lui et l'avait jeté dehors. Il n'en avait pas parlé devant Matty, mais ça avait visiblement un lien avec ses problèmes d'argent. Du coup, Matty était allé se coucher en se reprochant encore plus que de coutume sa défection.

Puis étaient venus la lettre et le moyen de l'aider. Quel choix avait-il ?

Mitzi se leva et se rendit aux toilettes. C'était la troisième fois en une demi-heure. Il ne l'avait jamais suivie là-bas, pas question. Lorsqu'elle revint, elle était pâle. Elle se rassit juste au moment où un autre client, un vieux type blanc grisonnant et ébouriffé, lui remettait son paiement hebdomadaire. Mitzi semblait à peine l'écouter, et ne prit même pas la peine de glisser l'enveloppe dans le tiroir. Lorsqu'il sortit, elle se pencha vers le coffre.

Matty s'approcha lentement, impatient d'essayer sa nouvelle idée. Il imagina son corps devenir plus étroit. Il s'étira, tel Mr Fantastic, devint aussi fin qu'une feuille de papier, et glissa son moi transparent entre Mitzi et le coffre. Il se trouvait à moins d'un pouce de sa main lorsqu'elle toucha la molette.

Elle la fit tourner et s'interrompit. Elle n'avait encore jamais fait ça, mais il ne risquait pas de le lui reprocher. Il compta les encoches et vit que le premier nombre était définitivement le 28. Un de moins ! Puis elle refit tourner la molette, et s'interrompit encore. Sa main glissa. Un instant plus tard, une bouillie rouge vint éclabousser la porte du coffre.

Matty se replia, paniqué. Le reste de la pièce redevint visible. Mitzi avait basculé de son fauteuil et était couchée par terre, du Goji Go ! régurgité partout. Elle avait cessé de vomir, et sa bouche remuait mais il n'entendait pas ce qu'elle disait.

Il se rapprocha d'elle.

— Vous allez bien ? lui demanda-t-il.

Naturellement, elle ne l'entendait pas. Il ne pouvait pas appeler à sa place, ni l'aider à se relever. Il n'avait rien de plus qu'une voix fantôme et une paire de mains fantômes. Inutiles ! Il allait devoir retourner à son corps et appeler les urgences. Et après ? *Bonjour, je sais avec certitude qu'une vieille femme est très malade dans un bar à des kilomètres de chez moi.*

La porte du bureau s'ouvrit. Le barman, un vieil homme affublé d'une énorme tête et de nombreux mentons, tel Jabba le Hutt, entra, se pencha et aida Mitzi à se relever. Il l'escorta jusqu'aux toilettes et

Matty attendit dix, quinze minutes qu'elle réapparaisse. Elle avait encore une mine affreuse. Enfin, le barman l'aida à sortir par la porte de derrière, la fit monter dans une voiture et ils s'en allèrent.

Qu'est-ce qu'il était censé faire, à présent ? Mitzi était partie sans même ranger la dernière enveloppe. Il connaissait un seul chiffre de la combinaison. Sur place, il ne restait que la serveuse, et il était sûr qu'elle n'allait pas ouvrir le coffre.

Il avait échoué.

Il trouva Frankie à la cave, lequel interrogeait Buddy sur les dégâts que ce dernier causait dans la maison. Puis Frankie remarqua enfin Matty, debout dans l'escalier, et lança :

— Quoi ?

— C'est à propos de notre truc, dit Matty.

Le visage de son oncle s'illumina, et Matty frémit intérieurement. Ils se rendirent dans la cuisine, loin des oreilles de Buddy. Le garçon expliqua :

— J'ai recommencé. À aller voir la Taverne. J'en viens à l'instant.

— Oh mon Dieu, mais c'est génial ! Tu as la combinaison ?

— C'est ce que je voulais te dire. Je ne l'ai pas. Et je ne pourrai pas l'avoir. Le jour de la paye est annulé.

Le téléphone sonna. Frankie l'ignora.

— De quoi tu parles ?

— Il y a eu un problème. Mitzi est tombée malade et elle est partie.

— Malade ? Malade ? ! Mitzi n'est jamais malade.

— Ça avait l'air grave. Elle a vomi partout.

Le téléphone continuait de sonner.

— Je devrais peut-être décrocher.

— Laisse, ça pourrait être n'importe qui, dit Frankie. Raconte-moi ce qui s'est passé.

Matty ne voulait pas lui révéler ce que Mitzi avait bu avant de vomir. À la place, il dit :

— Je ne pense pas qu'elle revienne. Il n'y a plus personne dans le bar à part la serveuse.

— Le jour de la paye n'est jamais annulé, dit Frankie. Ce serait comme annuler…

Il souffla entre ses lèvres, cherchant les mots.

— … la gravité. Ça irait à l'encontre de toutes les lois de la physique.

Buddy apparut à l'entrée de la cuisine. Il désignait la porte du doigt.

— Quoi ?! s'emporta Frankie.

La sonnette tinta.

— Eh bien, va ouvrir, crétin !

Buddy secoua lentement la tête. Frankie le contourna rapidement, fonçant vers la porte. Matty profita de cette diversion pour répondre au téléphone. Tout valait mieux que se faire crier après.

— Allô ?

Un silence, puis un homme dit :

— Oh ! Salut. C'est Matty ?

Matty ne reconnaissait pas cette voix.

— Oui ?

— Content de t'entendre. Ta mère m'a beaucoup parlé de toi.

— Euh…

— Je me demandais… est-ce qu'elle est à la maison ?

— Qui est à l'appareil ?

— C'est Joshua. Joshua Lee.

Le petit ami. Ou, comme Matty avait commencé à l'appeler mentalement, le Pénis de Phoenix.

— Non, pas en ce moment. Elle est au travail.

— Je n'arrive pas à la joindre. Tu sais quand elle rentre ? Ou s'il y a une meilleure heure pour appeler ?

— On est plutôt occupés, là.

— Ah, d'accord. Je rappellerai ce soir…

Il parlait sur un ton désespéré. Non, sur le ton d'un type désespéré qui essaye de le cacher.

— Si tu la vois, dis-lui… Attends. Non, rien. Je rappellerai.

Matty raccrocha. Buddy le regardait.

— Il appelle souvent ? demanda le garçon.

Buddy hocha la tête.

— C'est Malice ? demanda soudain Matty. Enfin, Mary Alice ?

Il avait cru entendre sa voix. Il sortit ; Frankie, sur la pelouse, suppliait :

— Allez, Loretta, s'il te plaît, sors de la voiture !

Malice, non loin, tenait un sac-poubelle pesant et plein à craquer. Apercevant Matty, elle vint à sa rencontre.

— Tu veux bien prendre ça ? demanda-t-elle. Lui, il veut pas.

— C'est quoi ?

— Des vêtements. Et d'autres trucs dont il aura besoin.

— Mince, ta mère est vraiment en pétard.

Matty ne reconnaissait ni la voiture, ni la personne au volant. Une des amies de Loretta, apparemment. Cette dernière était assise sur le siège passager et regardait droit devant elle, la vitre résolument montée.

— Qu'est-ce qui s'est passé ?

— Il te l'a pas dit ? On doit vendre la maison. Genre, aujourd'hui.

— Hein ? C'est dingue. Pourquoi ?

Malice le dévisagea, les yeux mi-clos.

— Comme si tu le savais pas. Tu vas me dire sur quoi vous travaillez, tous les deux ?

— Je… je ne peux pas, dit-il, terriblement embarrassé. Mais j'aimerais.

Loretta finit par descendre la vitre, mais seulement pour appeler Mary Alice.

— Attends, dit Matty.

Il s'approcha de Malice et réduisit sa voix à un chuchotement.

— Est-ce que tu as… euh… de l'herbe, sur toi ?

Malice fit un pas en arrière.

— Tu te fous de ma gueule ?

— Je ne te l'aurais pas demandé, normalement, mais il ne me reste qu'un demi-joint, et c'est vraiment…

— Mary Alice ! beugla Loretta. Dans la voiture !

Matty prit le mégot du joint entre son index et son pouce, actionna le briquet, et tira pour le faire prendre. Sa dernière réserve de carburant…

Il retourna à la Taverne de Mitzi sans flâner en chemin. Il y régnait un silence d'équipe de déminage malgré une foule inhabituelle. Une dizaine d'hommes de tous âges étaient assis au bar ou aux tables rondes vérolées, fixant leur boisson comme s'ils hésitaient entre couper le fil rouge et le fil vert.

Matty longea plusieurs fois les murs de la pièce ; il ne voulait pas être là, mais il ne pouvait pas retourner voir Frankie sans au moins lui confirmer que le jour de paye était maintenu. Jabba le Barman était de retour, mais lui non plus ne parlait pas.

Matty sentait l'attraction de son corps, à la maison. Il avait fait promettre à son oncle d'empêcher maman de se rendre dans la cour lorsqu'elle reviendrait du travail. Frankie avait presque demandé pourquoi, puis s'était brusquement ravisé :

— T'inquiète pas, je m'en occupe. Fais ce que tu as à faire.

Le bar déprimait Matty. La porte du bureau de Mitzi était fermée, et personne ne faisait mine de vouloir y entrer. Il décida d'y faire un bref passage, juste pour être sûr que le coffre n'était pas grand ouvert, puis il retournerait à la maison affronter la colère de son oncle. Il flottait vers la porte lorsque le barman désigna un client du doigt ; l'homme se leva et se dirigea vers le bureau. Est-ce que Frankie avait vu juste, malgré tout, et que le jour de paye était maintenu ?

Matty glissa à travers le mur et eut la surprise de voir un nouveau visage derrière la table. Le type était au moins aussi âgé que Mitzi et papy Teddy, mais ressemblait à un Elvis qu'on aurait laissé trop longtemps au soleil : banane grise, dents blanches, biceps pareils à de la viande séchée. Ses vêtements étaient d'époque, aussi. Sa chemise noire à manches courtes était décorée de flammes, comme s'il aspirait moins à bondir dans une Chevrolet 57 qu'à en devenir une.

Le client ne s'assit pas. Il donna l'enveloppe, et l'Antique Elvis sortit les billets en les faisant claquer sur le bureau, puis les tria comme s'il était sûr que le client tentait de l'arnaquer.

Mitzi n'était pas comme ça. Elle regardait à peine l'argent, passait simplement le doigt sur les billets alors qu'ils se trouvaient encore dans l'enveloppe, puis parlait poliment avec le client. Parfois, tout le monde souriait. Parfois, son visiteur se justifiait.

Évidemment, il y avait le compte. Elvis fit signe au type de partir et se tourna vers le coffre avant qu'il ne soit sorti. Puis il produisit un morceau de papier et commença à composer la combinaison.

Matty s'élança.

Elvis ouvrit le coffre sans lâcher le morceau de papier. Matty s'étira, poussant ses globes oculaires invisibles devant lui.

28. 11. Et… un pouce. Le gros doigt taché de gras d'Elvis couvrait le seul chiffre qui importait à Matty.

— Pouce, pouce, pouce…, chantonna Matty.

Elvis tourna brusquement la tête vers la porte – peut-être que quelqu'un avait frappé ? – puis lâcha le papier. Matty plongea, essayant de se concentrer sur les chiffres, mais le vieillard le ramassa prestement.

— Oh, allez ! s'écria Matty.

Il aurait tout donné pour une paire de pincettes spirituelles. Tout.

La porte s'ouvrit et M. Banane commença à parler au client suivant. Matty regarda maussadement le coffre – et se rendit compte qu'il était encore ouvert.

Encore ouvert.

Matty vola sur quelques pas et pivota de manière à faire face à la porte du coffre. La molette était encore sur le dernier chiffre de la combinaison :

33.

— Vingt-huit, onze, trente-trois, dit Matty.

Il se retourna en levant ses mains fantômes.

— Vingt-huit, onze, trente-trois !

Banane et son nouvel invité parlaient, inconscients de sa présence.

Il fila à travers le toit, psalmodiant les chiffres pour ne pas les oublier. Il tendit les bras tel Superman et se rua chez lui. Bon Dieu, il aimait voler. Et maintenant, il savait que mamie Mo aimait aussi. Merde à Destin Smalls. Que les maléfiques agents du gouvernement essayent un peu de venir le chercher ! Il allait sauver Frankie ! Et sa mère !

À deux blocs de chez lui, il descendit au ras des toits et fonça le long d'une file de voitures garées. L'un des véhicules fit tinter quelque chose dans son cerveau embrumé par le cannabis. Il s'immobilisa et revint sur ses pas.

Un van métallisé était garé sous un arbre. La portière du conducteur s'ouvrit et un Noir aux cheveux gris en descendit. Clifford Turner. Il posa les mains sur ses hanches, regarda l'arbre, puis se retourna et croisa le regard de Matty.

Turner hocha lentement la tête et le salua de la main.

Matty, paniqué, fut ramené à son corps comme un yo-yo. Il cria, ouvrit les yeux et vit…

… papy Teddy.

Son grand-père était assis sur une chaise de jardin, les jambes croisées, le chapeau sur un genou.

Matty se redressa d'un bond.

— Papy !

Ce dernier leva la main.

— Du calme. Tu n'es pas…

Matty fit volte-face. Le van métallisé était tout près. Il pouvait surgir d'un instant à l'autre.

— Qu'est-ce qui t'arrive ? demanda papy Teddy.

Matty essaya de se calmer.

— Rien.

— Tu sais, la marijuana rend paranoïaque, parfois, dit Teddy en brandissant le mégot entre deux doigts. J'ai dû l'éteindre. Ça serait bête de gaspiller. Ça coûte cher.

— Je suis désolé. Je sais !

Ni sirènes, ni hurlements de pneus dans l'allée. Juste une cour paisible, deux hamacs vides, et son grand-père. Depuis combien de temps l'observait-il ? Assez pour avoir sorti une chaise, en tout cas. Grâce à Dieu, Matty n'avait pas utilisé sa méthode de voyage habituelle.

— Du calme, tu n'es pas en danger, dit papy Teddy. Depuis quand tu fais ça ?

— Juste une ou deux fois, pour essayer.

Il ricana.

— Non, je ne parle pas du joint. J'ai déjà vu ce regard, Matty.

Ce regard. Évidemment, papy Teddy savait reconnaître une transe. Il avait été marié à la plus grande extralucide, à la plus grande voyageuse astrale de tous les temps. Si ça se trouve, c'était même lui qui avait remis la lettre à Matty.

— Tu semblais profondément enfoncé en toi-même, dit papy. Tu es allé loin ?

— Non, pas trop.

Matty ne savait pas quoi faire de ses mains. Est-ce qu'il devait s'asseoir ? S'adosser nonchalamment au mur du garage ? Non. Il n'aurait jamais réussi à paraître nonchalant. Dans le meilleur des cas, il pouvait avoir l'air chalant.

Papy Teddy, lui, semblait totalement à l'aise.

— Quelle est la plus grande distance que tu aies parcourue ?

— Euh…

Matty avait du mal à se concentrer. Est-ce que Turner et Smalls étaient en chemin en ce moment même ?

— À la louche, insista papy.

— Le lac, ça fait loin ?

— C'est plutôt bien.

— Vraiment ?

— Pour un garçon de treize ans, c'est même foutrement fantastique.

Fantastique. Il était fantastique. Il ne prit même pas la peine de préciser qu'il avait quatorze ans.

— Alors, dis-moi, reprit papy. Pourquoi est-ce que tu trembles comme une feuille ?

Matty ne voulait pas répondre. Mais il avait trop peur pour se taire.

— Le gouvernement. Ils m'ont repéré. Pendant que j'étais…

— Le gouvernement ? Qui ?

— Il s'appelle Clifford Turner. Il travaille avec Destin Smalls, je crois. Il m'a regardé droit dans les yeux. Il m'a vu.

— Ben mince, que je sois damné… Cliff a donc un talent ?

— Tu le connais ?

— Oh, oui, je le connais. C'est un bon gars. Je ne pensais pas qu'il savait faire ça, c'est tout.

Papy Teddy ne semblait pas aussi choqué qu'il aurait dû l'être. Mais n'était-il pas le maître du bluff ?

— Comment connais-tu leur nom ? reprit le vieillard. Ils t'ont parlé ?

— Pas cette fois.

— Cette fois ? C'est déjà arrivé, avant ?

— Non, pas comme ça.

Matty lui raconta rapidement sa rencontre avec Turner et Smalls, quelques semaines plus tôt, lorsqu'ils l'avaient intercepté sur le trottoir. Il parla vite, imaginant que les SWAT convergeaient déjà sur leur position.

— Est-ce que Smalls t'a menacé ? demanda papy Teddy.

— Non ! Enfin, pas physiquement. Il a juste dit qu'il pouvait m'éteindre. Me couper le courant. Comme une lumière, selon ses mots.

— Seigneur, dit Teddy. Ce foutu pistolet à microleptons…

— C'est quoi un pistolet à microleptruc… ?

— Un gaspillage d'un million de dollars. Ne t'inquiète pas. Est-ce que quelqu'un d'autre sait ce que tu peux faire ?

— Oncle Frankie.

— Tu en as parlé à Frankie ? À ta mère, j'aurais compris, mais…

— Je ne pourrai jamais en parler à maman. Mais avec Frankie, je savais que… ça lui plairait.

Teddy eut un grognement approbateur.

— Tu as sûrement bien fait de ne rien dire à ta mère.

Il regarda le joint.

— Et ça, ça t'aide, non ?

Matty opina.

— Quelqu'un devrait faire des recherches là-dessus.

— Qu'est-ce qu'on fait ? demanda Matty.

Teddy sourit. À cause du « on » ?

— Ta couverture est morte, fiston. Destin Smalls va t'utiliser pour revenir dans le jeu.

— Quel jeu ?

— Le seul dont les hommes de mon âge se préoccupent : être utile. Mais ne t'inquiète pas, je me charge de lui. Dès que je serai allé voir un ami.

Il rendit le joint à Matty.

— Mieux vaut cacher ça.

Puis il se leva et lissa son pantalon.

— Entre-temps, tu ferais bien de rentrer et de changer de vêtements, ta mère va bientôt revenir.

Ah, oui. Et de prendre une douche, aussi.

Teddy partit au volant de sa voiture. Matty rentra dans la maison mais fut interrompu avant d'atteindre la salle de bains.

— Alors ? demanda Frankie.

— Vingt-huit, onze, trente-trois, répondit Matty.

18
Teddy

Sans s'en rendre compte, il avait cessé de tomber amoureux d'une nouvelle femme chaque jour. Il avait abandonné cette habitude comme on oublie au restaurant son parapluie, qui ne manque pas parce qu'il ne pleut plus. Il s'était rendu compte très tard, absurdement tard – dans l'été, dans sa vie – qu'il avait cessé de chercher sa dose quotidienne. Et pourtant, il était là, seul dans cette cuisine pareille à une forteresse rutilante, un dimanche matin, avec l'impression d'être assis au soleil. Et tout cela à cause d'une rencontre fortuite avec une femme dans une supérette.

Après la mort de Maureen, il n'avait pas ressenti le besoin de vraiment connaître une autre femme, seulement de l'aimer, brièvement et intensément, puis de passer à autre chose. Et il comprenait, depuis qu'il était entré dans cette maison, que même si Graciella en venait à lui rendre son amour, elle ne se satisferait pas de partager le chaos de sa vie. Cette pièce, par exemple, contenait assez de granit pour vider une carrière, et la pierre n'était interrompue que par des gros affleurements d'acier brossé, le tout au milieu d'une plaine de céramique. La tasse à café de Teddy reposait sur une planche de teck aussi vaste qu'un pont-levis. Dans ces demeures modernes, la cuisine était autant atelier que salle d'exposition, telle l'une de ces usines Toyota tenues par des robots. Même le téléphone dans lequel il parlait lui paraissait plus coûteux que ses montres.

— C'est ma dernière offre, dit-il. Un test et un seul.

— Je fais venir Archibald, répondit Destin Smalls. Et ce n'est pas négociable.

Un enfant entra en courant dans la pièce, criant quelque chose au sujet de piles, et se figea en voyant Teddy. C'était le plus petit, celui qu'il avait aperçu au match de football ; il avait dans les huit ans. Alex ? Non, Adrian. Teddy n'avait ni vu ni entendu les deux autres garçons depuis qu'il était entré dans la maison. Il doutait de pouvoir les retrouver même s'il les cherchait ; la propriété s'étendait sur plusieurs fuseaux horaires.

— Tu es Teddy, dit Adrian.

— Appelle-moi monsieur Telemachus. Et je suis au téléphone.

À Smalls, il répondit :

— Alors, on a un accord ?

L'agent hésita. Il flairait un piège ? Peut-être, mais il était tellement affamé.

— D'accord.

Teddy raccrocha, satisfait. Une tâche terminée – ou du moins en suspens, pour le moment.

— Maman dit que tu fais de la magie, reprit le garçon.

— Je fais des *tours* de magie. Il y a une différence. Mais je ne les fais que pour de l'argent.

— J'ai pas d'argent.

— Oh, si, tu en as. Regarde cette maison.

Le gamin ne comprit pas.

— Tu peux m'en montrer un gratuitement ?

— Désolé. Pas d'argent, pas de tour.

— C'est pas gentil.

— Oui, mais c'est le genre de méchanceté qui a valeur de leçon.

Graciella revint de la cave avec une boîte à goûter verte décorée de personnages de dessins animés. L'enfant se tourna brusquement vers elle pour se plaindre :

— Il veut pas me montrer de tour !

— Laisse M. Telemachus tranquille. On doit partir au taekwondo. Va chercher ta tenue.

— Qu'est-ce qu'il y a, là-dedans ? demanda le mouflet en tendant les mains vers la boîte.

Graciella la souleva hors de sa portée.

— Tenue et ceinture. File !

Elle le regarda quitter la pièce en courant.

— Il ne comprend pas ce qui se passe. J'essaye de faire pour le mieux, mais je ne sais pas ce qu'ils seront capables d'encaisser. S'ils étaient plus âgés, je pourrais tout leur dire.

— On ne cesse jamais de se faire du souci, acquiesça Teddy. On ne cesse jamais d'être leurs parents.

Elle s'assit, préoccupée, évaluant encore les dégâts. Sa présence, toute proche, enivrait Teddy. Il aimait son odeur. L'éclat de ses jambes bronzées. Ses ongles des pieds peints. Il aimait même la façon dont elle plissait le front.

— Prenez mon aîné, dit Teddy pour lui changer les idées. Il s'est mis dans un sacré pétrin.

— Buddy ? Il m'a semblé un peu…

Elle ne voulut pas finir sa phrase, et Teddy la laissa en l'air.

— Non, Buddy est juste un peu dingue ; c'est Frankie, l'aimant à problèmes. J'espère juste que ses sales manies n'ont pas déteint sur Matty.

— Il a des ennuis, lui aussi ?

— Il tente diverses expériences. Il s'est acoquiné avec de mauvaises fréquentations et a attiré l'attention des autorités.

C'était sans doute la meilleure non-explication qu'il ait jamais débitée.

— C'est pour ça qu'Irene est perturbée ?

— Irene est perturbée ? Elle a dit qu'elle était perturbée ?

Il avait laissé sa fille en dehors de l'affaire Matty. Il voulait qu'elle se concentre sur l'affaire Nick, sans se laisser distraire par des histoires d'espions et d'agents secrets.

— Elle ne m'a pas appelée depuis son retour, alors j'ai téléphoné chez vous, expliqua Graciella. Elle m'a dit ce qu'elle avait tiré des papiers de la société, mais elle avait l'air… blessée.

— Irene est sensible. Je suis sûr que ce n'est rien.

Le front de Graciella se plissa fugitivement. Teddy ne sut pas comment l'interpréter. S'ils avaient été en train de jouer au poker, elle aurait manifestement tiré une mauvaise carte, et il aurait misé contre elle. Toutefois, au jeu des Femmes Réelles, il restait un novice.

— Elle travaille dur sur cette paperasse, en tout cas, c'est sûr, dit-il.

— J'imagine que c'est déjà pas mal.

Elle lui tendit la boîte à goûter.

— Tenez-moi ça une seconde, je dois regrouper les petits.

Elle alla à l'interphone et enfonça un bouton.

— Adrian ! Luke ! On va au taekwondo ! Julian, tu as intérêt à avoir fini tes devoirs avant que je revienne !

Un rot de friture, puis une voix ennuyée répondit :

— C'est un week-end de trois jours, maman.

— Devoirs finis avant dimanche soir, c'est la règle. Vous autres, je pars dans trente secondes. Vingt-neuf !

Elle regarda Teddy.

— Les cours n'ont repris que depuis une semaine, et Julian est déjà à la traîne.

— Ça ira. Vous disiez que sa nouvelle école était plus adaptée, non ?

Graciella escorta Teddy jusqu'à la porte d'entrée. Elle jeta un bref regard à la boîte et cilla.

— L'idée de les lui montrer ne me plaît pas, dit-elle.

— Il ne vous croira pas s'il ne les voit pas. Ça paraît trop dingue, sinon.

— Admettons qu'il me croie, et qu'il donne sa parole. Comment est-ce que moi, je peux le croire ?

— C'est pour cette raison que vous devez me laisser négocier. Je saurai s'il ment. J'ai mon arme secrète.

— Irene adorerait vous entendre parler d'elle comme ça.

— Il faut bien admettre qu'elle est drôlement affûtée. Et pas seulement dans le domaine de la lecture d'esprit. Cette fille est un génie de la finance.

— J'ai besoin d'elle. Peu importe ce que donnera le procès, mardi, l'agence immobilière doit être propre.

La défense était prête à conclure. Bert l'Allemand et plusieurs autres avaient déjà impliqué Nick junior dans le meurtre. Si ce dernier ne témoignait pas contre son père – il lui restait une ultime occasion d'aller à la barre, ce mardi – alors on passerait aux ultimes plaidoiries. Le jury pouvait rendre son verdict d'ici à la fin de la semaine.

— Si Nick ne va pas en prison, ce sera son père, dit Graciella. Dans tous les cas, je ne retournerai pas avec lui. Pas question que ça suive mes enfants pour le reste de leur vie, comme une mauvaise odeur.

Teddy doutait que les petits-fils de Nick Pusateri senior sentent un jour la rose, mais il le garda pour lui.

— Vous agissez pour le mieux, la rassura-t-il.

Elle ouvrit la porte, désigna du menton la boîte.

— Vous croyez que si je la gardais, il viendrait me cambrioler ?

— N'y pensons pas.

Parce que Nick senior viendrait. Il ne pourrait pas la laisser ici et se contenter d'espérer que Graciella ne changerait pas d'avis à propos des flics.

— Bon… Est-ce que quelqu'un vit avec vous, en ce moment ?

— À part les garçons ? Non. Mais j'ai un système d'alarme très coûteux.

Il hocha la tête comme si ça faisait la moindre différence. Les hommes de Nick senior avaient abattu des gens dans leur propre maison. Ils avaient fait sauter des voitures au beau milieu des banlieues. Tout au long du procès, le *Sun-Time* avait rapporté divers meurtres potentiellement mafieux.

Graciella sembla deviner ce qu'il pensait.

— Il ne prendrait pas le risque de blesser ses petits-enfants, dit-elle.

— Oui, oui. Mais n'empêche…

Et vous ? pensa-t-il.

— Je dois les sortir de tout ça, Teddy. Je ne veux plus aucun contact avec les Pusateri et leurs affaires de famille.

— Je vous promets que ça va marcher.

Adrian descendit l'escalier au galop, son costume blanc et sa ceinture verte traînant derrière lui, suivi par un grand escogriffe plus vieux de quelques années. Celui-là était Luke. Sa ceinture était soigneusement nouée et une mèche brune lui tombait sur l'œil, comme sur un mannequin des années 1960. Sur le ton de la délation, Adrian dit à son frère :

— C'est lui. Il veut pas faire de magie.

— Pas de magie, on est en retard, coupa Graciella.

Teddy fit signe à Adrian de s'approcher.

— Viens voir ici. Ton lacet est défait.

Adrian s'approcha à contrecœur, avançant une basket éraflée décorée d'animaux verts brandissant des épées et autres armes, chacun ayant probablement ses pouvoirs particuliers et son histoire propre. Teddy se mit à genoux.

— Je connais des gens qui savent faire de la magie. De la vraie magie. Et qu'est-ce que ça leur apporte ? Rien.

Il avait du mal à tenir le lacet entre l'index et le pouce. Ses doigts s'étaient transformés en cisailles rouillées. Avant – des décennies plus tôt, avant Nick senior –, ces mains faisaient danser les cartes. Pièces, papiers et même bagues de fiançailles apparaissaient et disparaissaient entre ces doigts aussi silencieux et vifs qu'un rayon de soleil dans un miroir. Avant, Teddy était le fantôme des tables de jeu. Peut-être était-il temps que le fantôme contre-attaque.

— Faire de la vraie magie, poursuivit-il comme un camelot professionnel, ça rend ces gens plus malheureux que s'ils n'avaient aucun pouvoir, parce que ça ne leur apporte rien de bon, rien de rien. Mais si tu sais faire un *tour* de magie, là tu peux gagner de l'argent. Est-ce que tu veux gagner de l'argent ?

Adrian hocha la tête.

— L'autre chaussure. Bien. Voilà le truc…

Graciella, dans l'embrasure de la porte, tendait l'oreille.

— La magie, c'est facile. Les tours, en revanche, c'est dur. Il faut être malin, il faut être prêt, et il faut être patient. Parfois, un bon tour met du temps à payer. Des années, parfois. La plupart des gens ne sont pas capables d'attendre aussi longtemps. Ils veulent juste un peu de magie, là, tout de suite. Pouf !

— Je suis patient.

— On verra.

— Alors, quand est-ce que vous me montrez le tour ?

— Emprunte, vole ou gagne un beau billet d'un dollar, et on en reparlera.

Graciella éclata de rire.

— Allez, dans la voiture, ouste !

Teddy se releva au son embarrassant de ses rotules qui craquaient.

— Vous ne devriez pas dire à un enfant de voler de l'argent, Teddy. Cependant…

Elle l'embrassa sur la joue.

— … je suis heureuse d'être tombée sur vous, l'autre jour, à Dominick's.

— Je dois vous avouer quelque chose. Je ne vous ai pas rencontrée par accident. Je vous ai vue, je me suis dit que vous étiez très belle, et je me suis débrouillé pour m'approcher et vous faire mon tour de télépathie.

— Oh, ça, je le sais.

— Ah ?

— Combien de femmes se sont laissé avoir ?

— Vous êtes la cinquième, très chère.

— En tout cas, ce n'est pas ça, le miracle. C'est que vous ayez été là. Qu'il se soit avéré que vous connaissiez Nick senior, que vous vouliez bien m'aider – et Irene aussi. Vous êtes ma paire d'as.

Elle savait qu'il apprécierait cette métaphore, et ça plut à Teddy. Il marcha tranquillement jusqu'à sa voiture, chantonnant, balançant au bout de son bras une boîte à goûter pleine des dents d'un mort.

*

Il n'avait aucun mal à faire des promesses, avant. Lorsqu'il avait demandé Maureen en mariage, il lui avait assuré : « Tu ne le regretteras pas. » Lorsque leur fille était née, il lui avait dit : « Je serai le meilleur papa de tout l'Illinois. » Et quand Maureen lui avait appris qu'elle était malade, il lui avait répondu : « Tu vas t'en sortir. »

C'était un matin glacial, à la fin de l'hiver. Il l'avait trouvée dans la chambre à coucher, affichant l'expression particulière de l'extralucide en action : tête inclinée, bouche pincée, yeux tressaillant sous ses paupières comme si elle rêvait.

— Il y a une tumeur, dit-elle.

Elle l'avait découverte toute seule. Souffrant du ventre depuis des semaines, elle ne mangeait plus. Puis, suite à ce qu'elle appelait une « intuition », elle avait tourné son attention vers son propre corps. Intralucidité.

— Tu n'es pas docteur, Maureen. Ne crie pas au drame.

Il n'était pas au mieux de sa gentillesse. C'était 7 heures du matin, il était fatigué, au chômage et souffrait. Il avait passé la majeure partie de la nuit à la cave, à regarder la télé et à suivre un programme de rééducation physique qui consistait à soulever de manière répétée de ses mains bandées une bouteille d'alcool.

— Je suis déjà allée voir un docteur, répondit-elle.

Plusieurs, en fait. Quelques semaines plus tôt, elle avait pris des rendez-vous tout d'abord avec leur médecin de famille, puis avec son gynécologue, puis avec un oncologue.

— Je ne pouvais rien te dire tant que je n'étais pas sûre.

— Mais on ne peut être sûr de rien tant que tu n'as pas fait de biopsie. Est-ce que c'est le cas ?

— La semaine prochaine.

— Alors, ce n'est peut-être rien.

Après que les résultats du test furent arrivés, prouvant indéniablement l'existence de tumeurs cellulaires épithéliales, il renchérit : les docteurs se trompaient forcément, et même si ce n'était pas le cas, elle pouvait se rétablir à n'importe quel moment.

Elle se tenait à l'entrée de la cave, les bras croisés, retenant ses larmes.

— Il faut qu'on discute de ce qu'on va dire aux enfants.

— Leur dire quoi ? répondit Teddy depuis le canapé. Il n'y a rien à leur dire. On va le battre.

En 1974, personne de sa connaissance n'avait « battu » un cancer. Une demi-douzaine de ses amis avaient attrapé le cancer des poumons – ils étaient une génération de fumeurs-pompiers – et cané au bout de quelques années. L'un était mort d'un cancer du côlon, un autre d'une sorte de mélanome. Le cancer des ovaires, c'était encore autre chose. On l'appelait le « tueur silencieux » parce que les premiers symptômes – maux de ventre, envie d'uriner, perte d'appétit – étaient souvent négligés. Les tumeurs grossissaient, et ce n'était que lorsque les saignements survenaient que vous découvriez que quelque chose allait très mal. Mais à ce point, c'était déjà trop tard.

Au cours du printemps et jusqu'à l'été, il évita toute mention du crabe. Il ne voulait pas en parler avec Maureen. Elle était persuadée de sa fin prochaine, ce qui enrageait Teddy. Pour lui, c'était une forme de capitulation. De la pensée négative. S'ils évoquaient la mort, s'ils l'envisageaient, ils ne feraient que lui accorder du pouvoir sur eux. Pourquoi inviter le spectre chez eux, lui servir un café et le laisser poser ses pieds squelettiques sur le canapé ?

Non. Ils allaient battre le cancer, quitte à tricher. Teddy s'y était entraîné toute sa vie.

Mais même lui ne pouvait rester aveugle aux changements qui ravageaient le corps de Maureen. Elle perdit du poids tout au long de l'été. Leur différence d'âge avait autrefois frisé le scandaleux, mais à présent elle vieillissait trois fois plus vite que lui, le rattrapait et s'apprêtait à le dépasser. En août, elle revenait du travail épuisée. Irene cuisinait, Maureen s'asseyait avec Buddy sur les genoux et regardait par la fenêtre comme si elle était déjà passée de l'autre côté.

Une nuit, vers la fin du mois, elle se força à faire la vaisselle. Teddy regardait ses bras grêles tandis qu'elle récurait les plats. C'était le soir où elle lui fit promettre de ne jamais laisser leurs enfants travailler pour un gouvernement. Il s'était moqué d'elle et elle lui avait crié après, gaspillant ses dernières réserves d'énergie. Il s'en voulut horriblement. Il s'excusa, et lui promit de faire tout ce qu'elle lui demandait – sans jamais s'autoriser à penser qu'il devrait un jour s'occuper des enfants sans elle.

— Je veux que tu reviennes, dit-elle ce soir-là. Dans la chambre.

— Tu es sûre ?

— Pour l'amour du ciel, Teddy.

Elle était exaspérée. Elle s'appuya contre lui et il posa les mains sur ses épaules. Elle semblait si légère, ses os aussi fragiles que des coquilles d'œuf.

Ils allèrent dans la chambre et se couchèrent côte à côte, sur le dos, comme s'ils essayaient une tombe.

— Je dois te parler, commença-t-elle.

La poitrine de Teddy se glaça.

— J'ai fait quelque chose de mal.

Il en fut soulagé. Aucun des péchés de Maureen ne faisait le poids face à ceux de Teddy, rien ne pouvait être pire que ses propres erreurs, et il appréciait que la balance remonte un peu.

— Tu peux tout me dire, l'encouragea-t-il.

Il n'arriva pas à la croire, au début. Elle dut répéter certains passages.

Après qu'elle eut fini, il réfléchit pendant une longue minute, et dit :

— Tu as trahi le gouvernement américain.

— Oui.

— Et tu as court-circuité les réseaux de renseignement de notre nation.

— Oui.

— Quoi d'autre ? Ah, tu t'es associée à un dissident russe pour faire s'écrouler le programme de guerre psionique soviétique, aussi.

— Mmm.

— Mon Dieu, Mo, tu es une criminelle *internationale* !

— Je crois, oui.

Ils s'esclaffèrent ensemble, comme avant.

— Je suis fier de toi.

Elle le supplia d'arrêter de la faire rire parce qu'elle avait mal à l'estomac. Non, très mal. Il roula sur le flanc pour la regarder. En un éclair, elle avait oublié son mari pour s'enfoncer dans la douleur.

Une minute ou presque après, elle reprit, sans ouvrir les yeux :

— On doit décider comment on va le présenter aux enfants.

— À propos du gouvernement ? Je te l'ai promis, ils ne travailleront jamais pour l'État.

— À propos de moi. Buddy est déjà au courant, mais…

— Tu le lui as dit ? !

— Il le savait déjà. Il a dessiné ma tombe.

— Ah.

Selon Teddy, c'était ça qui avait tout coupé à Buddy. Mais peut-être conservait-il un soupçon de ses anciens dons. Il était difficile à cerner, celui-là.

— Irene et Frankie doivent savoir ce qui va arriver, aussi.

— Je t'aiderai à leur dire.

Il posa sa main abîmée sur la joue de sa femme.

— Demain. Je te le promets.

Teddy était très doué pour faire des promesses, parce qu'il s'était beaucoup entraîné.

*

Depuis la cave montait le gémissement aigu d'une perceuse s'enfonçant dans des montants de bois. Est-ce qu'il avait vraiment envie d'aller voir ? Pendant des semaines, il avait redouté d'y descendre, craignant que le spectacle des dégâts ne lui provoque un infarctus. Mais la montagne ne viendrait pas à Teddy, si bien qu'il dut aller à la montagne.

Buddy était en bas de l'escalier et perçait le mur des deux mains, autour de la porte. Le nouveau chambranle était fait de métal et le vieux panneau de bois avait été remplacé par de l'acier. Une putain de porte en acier.

Pour l'amour du ciel.

Aux pieds de Buddy, un réveil désossé débordait des fils électriques. Une bobine de câble neuf était posée à côté.

Teddy prit une inspiration avant de parler.

— Buddy. Buddy, hé !

Le grand couillon finit par l'entendre et lâcha la détente de la perceuse, mais ne se retourna pas.

— Tu pourrais poser cet engin un instant ?

Buddy regarda par-dessus son épaule, la perceuse relevée, cow-boy brandissant son six-coups.

— Je ne vais pas te demander ce que tu fais, dit Teddy. Je suis sûr que tu as de bonnes raisons de le faire.

Buddy ne répondit pas et attendit simplement la fin de cette interruption.

— J'aimerais avoir ton conseil sur quelque chose.

Il tressaillit.

— Allez, insista son père. Viens t'asseoir avec moi, juste une foutue seconde.

Buddy posa la perceuse, à contrecœur, et Teddy franchit la porte d'acier pour gagner la cave. Il y faisait sombre, plus sombre que jamais. Les soupiraux étaient obstrués.

Il actionna l'interrupteur ; les ouvertures étaient condamnées par des plaques d'acier.

— Merde, qu'est-ce que tu... ?

Il s'interrompit. Il n'allait pas critiquer. Ni remettre en question quoi que ce soit.

Buddy ne s'était pas contenté de reconfigurer et de fortifier : il avait aussi redécoré. Une causeuse d'occasion et trois fauteuils miteux, tous d'une couleur différente, étaient disposés autour d'une télé de soixante centimètres à laquelle était reliée une sorte de jeu vidéo. Des lampes de diverses époques étaient installées mais pas encore branchées. Le bureau qu'utilisait Irene avait été repoussé sur le bord de la pièce et l'ordinateur avait disparu. Et contre le mur opposé étaient dressés quatre lits superposés non peints.

— Assieds-toi, dit Teddy.

Ils prirent chacun un fauteuil.

— Je dois aller quelque part, cet après-midi, pour parler à quelqu'un avec qui je ne veux pas parler. Tu sais quelque chose là-dessus ?

Buddy regarda sur le côté.

— Si ça va mal se passer, j'aimerais autant le savoir. Est-ce que tu as des... flashs ? Tu sais ? Comme avant ?

Buddy refusait toujours de croiser son regard.

— D'accord, bon, tu ne veux pas en parler. Je comprends. Toi et moi, on n'a pas beaucoup discuté, ces derniers temps. Je sais que je te mettais une sacrée pression, à l'époque. Et je sais que ce n'était pas bien.

Son fils semblait mobiliser toute sa volonté pour rester assis.

— Mais à présent, j'ai un vrai problème sur les bras, et les enjeux sont élevés. Qu'est-ce que tu dis de ça ?

Teddy envoya la main dans sa poche et en tira une enveloppe en papier kraft.

— Tu n'as même pas à parler. Tu hoches ou tu secoues la tête, d'accord ? Hoche ou secoue.

Il se pencha en avant tout en fixant Buddy.

— Est-ce que ça va suffire ?

Les yeux de Buddy partirent vers l'enveloppe pour s'en détourner aussitôt, comme face à une lampe trop puissante.

— Tout ce que je te demande, c'est de hocher ou de…

Il bondit de son fauteuil et s'enfuit. Teddy l'écouta monter l'escalier en courant et sortir bruyamment par la porte de derrière.

— Nom de Dieu.

Il allait devoir avancer à l'aveuglette.

Il monta dans sa chambre, ouvrit la porte du placard et composa la combinaison de son coffre. L'étagère du haut accueillait les lettres de Maureen ; celle qu'il avait ouverte le mois dernier, pendant que Graciella dormait dans le hamac, trônait au sommet de la pile.

Il les avait dévorées à mesure qu'elles lui parvenaient, au fil des ans, chaque ligne une estafilade au cœur qui dans le même mouvement la ramenait à la vie et la tuait de nouveau. Les mots de Maureen l'avaient tantôt guidé, apaisé et réprimandé, l'avaient aidé à négocier le champ de mines des années. Avaient fait de lui un meilleur père, un homme plus sage. Chaque lettre était un as fermé.

Mais elles ne lui avaient pas dit quoi faire maintenant, et aucune nouvelle missive n'était arrivée aujourd'hui. Il avait pris de vitesse les conseils de Maureen. Il avait quitté les foutues limites de la carte et allait devoir avancer dans le noir, s'orienter à l'aide de ses propres lumières. Improviser.

En bas du coffre reposait un plateau de velours noir, qu'il sortit et posa sur le lit.

Deux jeux de boutons de manchette en or y étaient disposés, ainsi que la bague de fiançailles de Maureen, une épingle à cravate ornée de diamants, et quatre montres de valeurs diverses : une Tag Heuer, une Citizen ordinaire, une Audemars Piguet Royal Oak et celle qu'il cherchait. C'était presque la jumelle du modèle qu'il portait actuellement, une Daytona Rolex « Paul Newman » de 1966, avec cadran en diamant. Un novice l'aurait trouvée redondante ; Teddy, cependant, était attaché à l'exemplaire du coffre pour des raisons sentimentales. S'il devait aller voir Nick Pusateri senior, il ne pouvait en mettre une autre.

Il la remonta, la régla et se rendit compte qu'il était temps de s'en aller.

Il partit chercher Irene, qui ne fut pas difficile à trouver. Quand elle n'était pas au travail, elle était installée à la table à manger. Elle avait fait de la pièce le centre de commandement où elle disséquait les finances de NG Group. Des boîtes de dossiers étaient empilées par terre, et son nouvel ordinateur trônait au milieu de la table, endommageant probablement sa surface. Frankie bavardait tandis qu'elle gardait les yeux rivés sur l'écran.

— Ça ne serait pas qu'une salle d'arcade, lui disait-il. On vendrait aussi de la nourriture, de la bière, on retransmettrait les événements sportifs…

— Je croyais que tu en avais fini avec les ordinateurs, lança Teddy à Irene.

— Celui-là n'est pas connecté aux Autoroutes de l'Information.

— Aux quoi ?

— Papa. Papa, coupa Frankie. Dis à Irene qu'il vaut mieux investir son argent que le laisser dormir, pas vrai ?

Il parlait vite, le signe d'un homme désespéré. Loretta l'avait fichu dehors et Teddy devinait assez bien pourquoi.

— Quel argent ? Tu es fauché, répondit Teddy.

— Et si je ne l'étais pas, hein ? Je parle d'une salle d'arcade, un truc familial, comme un Chuck E. Cheese mais sans les putains de robots et les personnages costumés.

Frankie avait toujours eu peur des gens déguisés. Au centre commercial, il ne s'était jamais assis sur les genoux du père Noël et s'enfuyait dès que le lapin de Pâques approchait.

— On servirait de la bonne nourriture, de la bonne bière, on passerait de la bonne musique… et le plus beau, ça serait qu'il n'y aurait pas de jeux vidéo.

Irene leva enfin les yeux de son ordinateur.

— Tu vas ouvrir une salle d'arcade sans jeux vidéo, dit-elle d'une voix plate.

— Uniquement de vrais flippers, dit Frankie. Le flipper est prêt à faire son grand retour. Ça rendra les gamins dingues.

— Tu es stupide.

Elle lança un regard presque indétectable à Teddy.

— Est-ce que tu sais ce que ta famille est prête à faire pour toi ? Tu gaspillerais tout sans même savoir ce que l'un ou l'autre d'entre nous…

— Irene, l'interrompit Teddy. Il est l'heure.

— Où vous allez ? demanda Frankie.

— Faire une course. Apporter à manger à un ami malade. Irene, tu es prête ?

— Attends que je mette mes chaussures.

Elle pianota un instant, puis se leva.

— Ne touche pas à ma machine, dit-elle à Frankie. Tu veux bien réveiller mon fils ? Sinon, il va passer la journée à dormir.

— Laisse-le dormir, dit Frankie, il le mérite.

— Pourquoi ?

Frankie hésita avant de répondre :

— Parce que c'est un bon garçon qui aime sa mère.

Elle renifla et partit dans sa chambre. Frankie se tourna vers Teddy :

— C'est bien d'Irene, ça. Elle est conventionnelle. Elle ne prend pas de risques. Mais toi, tu comprends, pas vrai ? Je ne peux pas continuer à bosser dans la téléphonie. Comment tu veux que Loretta me respecte alors que je ne suis que *technicien* ? Qu'est-ce que mes filles pensent de moi ? Je dois travailler à mon compte. Je dois faire quelque chose qui me passionne. Si tu savais toutes les idées que j'ai, pour cette salle. Je pense en faire une vraie salle d'arcade à l'ancienne, avec décor des années 1950, par exemple. Tu pourrais la gérer avec moi !

— Mon garçon, mon garçon…, répondit Teddy.

Il s'avança, les mains écartées, comme pour l'étreindre. Frankie leva vers lui un regard avide.

— Tu pourrais être mon associé ! Un associé silencieux, peut-être, puisque tu n'as jamais mis les pieds dans une salle d'arcade, mais tu pourrais investir…

Teddy attrapa la tête de Frankie entre ses mains.

— Arrête. Juste…

Il ne savait pas quoi faire de son fils. Il n'avait jamais su. Frankie était le genre de gamin qui veut tout et ne sait pas comment l'obtenir. Toutes ces heures passées dans son coin, à essayer de faire léviter des trombones…

— … arrête.

Il essaya de parler malgré ses joues écrasées.

— Non, dit Teddy. Je t'aime, mais tu me tues. Tu me tues.

*

Le matin, après qu'il eut conduit Maureen à l'hôpital et passé la nuit à ses côtés, il rentra prendre une douche et récupérer quelques affaires qu'elle avait demandées. Mme Klauser, leur voisine, avait dormi chez eux et préparait des pancakes pour les enfants.

Teddy réunit ces derniers dans le salon et essaya de les faire s'asseoir, mais Frankie refusait de rester tranquille et tenait à expliquer le miracle qui s'était produit dans la cuisine.

— C'était les meilleurs pancakes de l'univers. Mme Klauser est la meilleure. Je veux de pancakes tous les jours.

Buddy était plus calme que de coutume, sur sa propre planète, accroupi devant une voiture Hot Wheels qu'il faisait rouler sur le tapis. Seule Irene semblait comprendre ce qui se passait. Elle avait dix ans, seulement une année de plus que Frankie, mais paraissait plus mûre d'une décennie, membre à part entière du Parlement Sérieux. Au sein de cette vénérable institution, elle était probablement plus gradée que Teddy.

— Maman est à l'hôpital ? demanda-t-elle.

Il voulait éviter d'utiliser le mot en H, mais Irene avait pris de l'avance sur le script.

— C'est de ça que je voulais vous parler. Elle ne se sentait pas très bien, alors on s'est dit que le docteur devrait…

— Elle va mourir ?

Ça, ça ne figurait pas du tout dans le script de Teddy.

— Non, bien sûr que non ! On fait juste quelques examens, et… mince.

Des larmes coulaient déjà sur les joues d'Irene. Il aurait dû faire attention.

— Elle est très malade, reprit-il. C'est vrai. Mais les médicaments qu'on a de nos jours, les appareils… C'est fantastique, tout simplement. Ils ont une machine, là-bas, qui efface les mauvaises choses. Piouw, comme un laser.

— Je sais, pour les radiations, dit Irene. Elle y va depuis des mois.

— Oui, mais…

Bon sang, comment était-elle au courant ?

— … il faut laisser à tous ces médicaments le temps d'agir. On n'abandonne pas, parce que ce n'est pas notre genre. Frankie, arrête.

Le gamin se tenait devant Buddy et empêchait la Hot Wheels d'avancer avec son pied.

— Laisse Buddy tranquille. Tu as entendu ce que je disais ?

— Maman est à l'hôpital, répondit Frankie.

— C'est ça. Tout à l'heure, je repasserai vous prendre. Mme Klauser vous fera vous habiller, puis on ira voir maman, d'accord ? Je veux que vous vous laviez les cheveux. Tous. Et mettez de beaux habits.

— Tu pourrais demander un truc à maman ? s'enquit Frankie.

Buddy entreprit de faire rouler sa voiture dans une autre direction et leur tourna le dos.

— Oui, bien sûr, répliqua Teddy en s'accroupissant pour regarder son fils dans les yeux. Qu'est-ce que tu veux dire à ta mère ?

— Elle devrait acheter du sirop de myrtille, comme Mme Klauser. Ça donne le même goût qu'à l'International House of Pancakes.

— Du sirop, répéta Teddy.

— De myrtille. Je peux aller jouer, maintenant ?

Irene n'avait pas fait un geste, même pas pour essuyer ses yeux.

— J'ai besoin de toi, lui dit Teddy. Tu peux aider les garçons à se préparer ?

Il se releva et lissa les plis de son pantalon en laine. Elle hocha la tête.

— C'est bien. Je peux toujours compter sur toi.

*

À présent, il s'appuyait littéralement sur elle. Il boitilla jusqu'à la porte de la Taverne de Mitzi en utilisant sa canne trifide achetée pour l'occasion et, histoire d'enfoncer le clou, il demanda à Irene de garder la main posée sur son bras, comme s'il risquait à tout moment de basculer. Il lui avait dit de ne pas l'ôter, et lui avait rappelé de rester polie.

Un autre matin de week-end, une autre taverne vide. Barney ferma la porte derrière eux.

— Je veux pas que les poivrots se ramènent, expliqua-t-il.

Il désigna du menton la porte du bureau, ouverte. Teddy et Irene mirent un moment à s'y rendre.

Nick Pusateri senior était assis derrière la table. Contrairement à Barney, qui évoquait un matelas pneumatique qu'on a trop souvent gonflé et dégonflé, Nick n'avait pas changé, dans l'ensemble ; il était juste un peu plus buriné. Dieu nous garde de la longévité des fumiers, pensa Teddy.

— Content de te voir, dit-il.

Nick fit le tour du bureau et vint le saluer en lui broyant la main. Teddy n'eut pas à faire semblant de ciller, et il vit que Nick savourait ce signe de faiblesse. Teddy, lui, dut dissimuler son désir de lui enfoncer sa canne dans la gorge. Certes, ça aurait demandé plus de travail qu'avec un modèle ordinaire, mais ça en aurait valu la peine.

— Tu dois être la petite Irene, répondit Nick.

Celle-ci eut un sourire pincé. Teddy espérait qu'elle réussirait à jouer la gentille fille serviable tout au long de l'entretien. Elle était intrinsèquement honnête, comme sa mère ; la duperie était le rayon de Teddy.

Ils s'assirent. Nick avait aligné six crayons à papier sur la surface cerise du bureau, perpendiculairement au bord du meuble. Tous avaient été taillés de manière à faire exactement la même taille. Ah, pensa Teddy. Il est stressé. Le TOC de Nick se manifestait toujours quand il était stressé. La pression du procès.

— Tu as bonne mine, Teddy, dit le gangster.

La main d'Irene se crispa sur son bras. Teddy sourit, sans lâcher Nick du regard.

— Et ta coiffure ne vieillit pas, rétorqua-t-il.

Il se pencha vers Irene.

— Littéralement, elle ne peut pas vieillir.

Irene conserva son sourire.

— Parce qu'elle est fausse, ajouta Teddy.

— Mmm, dit-elle sans bouger les lèvres.

— C'est une perruque.

— J'avais compris, papa.

Nick rit comme s'il reproduisait un son entendu dans un film.

— Tu me cherches toujours des crosses après toutes ces années ? Content que tu aies encore des couilles, Teddy.

Celui-ci haussa les épaules.

— Mitzi n'est pas là ?

— Elle se sent pas très bien. Elle a chopé un microbe.

— Navré d'entendre ça, dit Teddy en toute sincérité. Elle avait pourtant l'air en forme, l'autre jour.

— Elle va se remettre. C'est une coriace.

Sur ce point, ils étaient d'accord. Teddy raconta la fois où Mitzi avait cogné un ivrogne récalcitrant en pleine tête avec un téléphone.

— Comment il s'appelait, déjà ? Je l'ai sur le bout de la langue.

Il fit un geste tremblotant de la main gauche, jouant le vieillard gâteux, l'ancêtre grabataire. Le nom de la victime était Ricky Weierbach, et il était électricien au Candlelight Dinner Playhouse avant de se blesser le dos.

— Bref, c'était un gros type, qui faisait deux fois la taille de Mitzi, et bam, en plein sur la tempe !

Nick eut un rire presque humain, cette fois.

— En plus, le téléphone était un de ces monstres en bakélite qui pèsent cinq kilos, expliqua Teddy à Irene. Elle l'a envoyé à l'hosto !

Teddy vit que Nick était ravi. Il aimait les anecdotes terrifiantes qui entouraient les Pusateri. Du moins celles qui n'étaient pas en première page du *Sun-Times*.

— Bon…, dit Nick.

Il regarda l'un des crayons, fronça les sourcils et l'ajusta d'un millimètre.

— … si je te reçois, c'est par respect pour notre histoire.

— J'apprécie, répondit Teddy.

— Mais ton gamin est déjà passé, et on a établi un plan de paiement.

Frankie était venu tout seul ? Merde. Teddy avait pris soin de ne pas dire à son fils ce qu'il préparait, afin de l'empêcher de tout faire merder. Et voilà que Frankie s'était débrouillé pour créer son propre merdier. Teddy laissa apparaître son agacement.

— J'avais dit à Mitzi que je voulais m'occuper personnellement de l'accord.

Nick haussa les épaules.

— C'est un adulte. Et si tu es venu récupérer la maison, autant que tu saches que ça n'arrivera pas.

C'était la première fois que Teddy entendait parler d'une maison. Mais cela pouvait expliquer pourquoi Frankie avait emménagé chez lui.

— Pourquoi prendre la maison d'un type alors que tu pourrais avoir de bons vieux billets ? demanda Teddy.

Il plongea la main dans la poche de sa veste – un geste que scruta soigneusement Nick. Ses doigts arthritiques en revinrent avec l'enveloppe. Il la posa sur le bureau, prenant soin de ne pas faire bouger les crayons.

— Voilà cinquante mille. Mitzi m'a indiqué le montant total quand je suis venu la voir.

— Le montant total, répéta Nick d'un ton sceptique.

— Il y a un problème ?

— C'était il y a plus d'une semaine.

— Ah.

Teddy fit semblant de réaliser seulement maintenant que ce délai impliquait des intérêts supplémentaires.

— Combien ?

— C'est pas juste une question d'intérêts, répondit Nick. Beaucoup de choses ont changé. Le marché de l'immobilier, par exemple.

— Comment va le marché ?

— En plein boom, Teddy. En plein putain de boom.

Irene serra le bras de Teddy.

— Combien pour tout arranger ? demanda ce dernier. La maison, la dette de Frankie, tout.

— T'as pas ce genre de blé, Teddy.

— Dis toujours ?

— Cent mille.

Teddy laissa son visage s'affaisser.

— Plus la montre.

— Quoi ?

La main de Teddy vint voleter près de son poignet, comme s'il la protégeait inconsciemment. Irene eut l'air choquée.

— Comment ça, la montre ? fit-elle. C'est… c'est sa fierté et sa joie !

— Il me la doit, dit Nick. Ça fait vingt ans qu'il me la doit. J'aurais dû la reprendre à l'époque, mais je l'ai rattachée à son putain de poignet et je l'ai laissé partir.

— On s'en va, dit Irene. Viens, papa.

— Non.

Teddy leva la tête. Il tira une deuxième enveloppe et la posa sur la première. Puis, sans la regarder, il défit le bracelet de sa montre et la fit glisser par-dessus sa main. Enfin, il la lâcha au milieu du bureau, envoyant les crayons rouler en tous sens.

Nick les rattrapa rapidement. Il ne prit la montre qu'après les avoir tous remis à leur place.

— Merde, elle est belle. Paul Newman en portait une comme ça quand il courait.

— Sans blague, dit Irene.

— Elle valait vingt-cinq mille quand ton paternel l'a gagnée au poker. Et maintenant ? Qui sait ?

— D'accord. Allons-y, papa.

Teddy posa la main sur la sienne pour l'empêcher de la retirer.

— Une dernière chose, dit-il.

Nick haussa les sourcils.

— C'est à propos de ton fils. Et de ta belle-fille.

— Graciella ?

Le vieux mafieux semblait authentiquement perplexe.

— Elle ne veut plus jamais te voir. Et que tu ne voies plus ses garçons.

— Qu'est-ce que ça peut te foutre ?

— Je lui ai dit que je te parlerai de sa part.

— Quoi ?! Tu causes avec ma famille ?

— Et elle veut que tu lâches l'agence immobilière de Nick junior. Ça ne sera plus ta façade. Plus de blanchiment.

Nick ne semblait toujours pas comprendre.

— Graciella t'a dit ça… à toi, un inconnu.

— Nous ne sommes pas des inconnus. On s'est rencontrés dans une épicerie. Par hasard.

Teddy leva la main avant de reprendre.

— Peu importe. Le truc, c'est qu'elle t'offre quelque chose en échange.

— Et qu'est-ce que ça pourrait bien être, bordel ?

— Ta liberté.

Teddy hocha la tête en direction d'Irene. Celle-ci ouvrit son sac à main et en sortit la boîte à goûter. Nick semblait impatient. Elle sortit le sachet transparent qui contenait les dents et le posa à côté des enveloppes pleines de billets. Elle eut la politesse de ne pas déranger les crayons.

— Ces dents occupaient jadis la bouche de Rick Mazzione, expliqua Teddy, avant que tu ne les en expulses. Selon Nick junior, une partie du sang qui se trouve encore dessus t'appartient ; cela dit, le FBI n'aura pas à le croire sur parole, puisque n'importe quel laboratoire peut le prouver.

Nick ramassa le sachet et en tapota le fond, comme pour vérifier que les dents tressautaient de manière réaliste.

— Graciella ne prendra aucune mesure contre toi, dit Teddy. Elle n'a pas dit un mot aux flics. Tout ce qu'elle te demande, c'est que tu promettes que tu ne les contacteras plus jamais, elle et ses enfants.

Nick n'arrivait pas à détacher le regard du sachet.

— Elle veut quitter cette vie, et ses enfants avec.

— Ce crétin les a gardées, dit Nick d'une voix lointaine. Pourquoi ? Putain, pourquoi il les a gardées ?

— Pourquoi les enfants font ce qu'ils font ? répondit Teddy. Ils nous déçoivent. La moitié du temps, ils cherchent notre approbation, l'autre moitié ils essayent de nous enterrer.

Irene enfonça ses ongles dans son bras. Ce n'était pas un signal, à moins que le signal ne signifie : « Arrête tes âneries ».

— Alors, qu'est-ce que tu en dis ? demanda Teddy.

Nick se frotta le visage.

— Où sont les autres dents ? demanda-t-il.

— Je n'en sais rien. Je lui ai dit de les mettre en lieu sûr. Pas chez elle.

— C'est toi qui les as, hein ?

— Je ne suis pas bête à ce point.

— Oh si. Si tu crois que tu peux te mettre entre moi et mes petits-enfants, tu n'as rien dans le crâne.

— Peut-être bien, mais je me suis senti obligé de l'aider. Elle avait peur de te parler.

— Pourquoi ? murmura Nick, désemparé. Je suis leur pépé. Leur putain de pépé.

— Tout ce qu'elle demande, c'est ta parole, reprit Teddy. Si tu promets de renoncer à tes parts de l'agence, et de ne pas chercher à voir les garçons ou à lui faire du mal, elle te remettra le reste des dents.

Nick secoua la tête, incrédule.

— Ta parole, c'est tout.

Il se pencha par-dessus la table. Teddy distinguait des larmes dans ses yeux. Le vieux Nick ne pleurait jamais. Le vieux Nick n'avait même pas de canaux lacrymaux. Alors, peut-être que Graciella avait raison et que ses petits-enfants avaient vraiment changé le vieux diable. Teddy n'avait pas dit à Graciella qu'il pensait la chose impossible, mais il était prêt à se tromper.

— Je jure sur la tombe de ma mère, dit Nick d'une voix que l'émotion rendait rauque, que je ne ferai jamais de mal à Graciella. Elle est comme ma propre fille. Mais si elle…

Sa voix se brisa.

— … si elle ne veut pas que je voie les petits, si elle pense que c'est vraiment ce qu'il y a de mieux pour eux… Alors, d'accord. Pour eux, je le ferai. Parce que j'aime ces gosses.

Irene serra le bras de Teddy, fort.

— Je suis ravi d'entendre ça, dit ce dernier. Je lui annoncerai la bonne nouvelle.

Nick ne lui serra pas la main lorsqu'ils partirent. Il fixait le bureau. Les six crayons, les deux enveloppes, et la boîte de souvenirs.

Irene aida Teddy à s'installer sur le siège du passager. Aucun d'eux ne parlait.

Le numéro du vieillard fragile, inauguré ici même deux semaines plus tôt, n'était qu'un prétexte pour justifier la présence d'Irene lors de l'entretien avec Nick. Il fallait qu'elle soit là et écoute le gangster. Chaque pression sur le bras de Teddy signifiait que le salaud mentait.

Ils étaient à trois kilomètres de la taverne lorsque Teddy demanda enfin :

— Alors ?

— Il a menti, du début à la fin.

Teddy soupira. Évidemment. Dommage qu'il ne se soit pas trompé.

— Allons-y, dit-il. On doit prévenir Graciella.

19

Irene

Au final, ils ne pouvaient les emmener ailleurs. Irene ouvrit la porte d'entrée de la maison, jeta un œil dedans pour s'assurer que Buddy ne se promenait pas nu, et dit à Graciella :

— Ça tombe bien, on a beaucoup de lits libres.

Graciella avait refusé de quitter sa maison, au début. Papa, cependant, avait réussi à l'en convaincre sans la faire paniquer. Il lui avait présenté l'idée de venir dormir chez lui comme une fantaisie, une source d'amusement pour les enfants, tout en réussissant d'une manière ou d'une autre à lui faire comprendre que son sociopathe de beau-père risquait fort de venir la dévaliser, kidnapper ses petits-enfants et lui coller une balle dans la tête. Graciella encaissa la nouvelle implicite bien mieux qu'Irene ne l'aurait cru. Plus que de la peur, elle semblait éprouver de la colère. Elle en voulait à Teddy, ou s'en voulait d'avoir suivi le plan du vieil homme. Irene comprenait très bien ce qu'elle ressentait.

Et puis, qui aurait voulu quitter ce palais ? Irene savait Graciella riche, mais elle n'avait pas réalisé à quel point avant de voir sa maison.

Et maintenant, malheureusement, Graciella visitait la leur. Irene la fit entrer. Buddy était invisible, mais il avait laissé son chevalet au milieu du salon, au milieu d'un tapis de sciure.

— Euh, on fait quelques travaux de rénovation, expliqua-t-elle.

— Je sais, je suis déjà venue.

— C'est vrai. Entre.

Ses fils regardèrent la pièce sans dire un mot. Les faire quitter leur maison n'avait pas été une mince affaire. Les deux plus jeunes, Adrian et Luke, ignoraient totalement comment faire leurs bagages, et l'adolescent, Julian, semblait croire que s'il se cachait dans sa chambre, les autres l'oublieraient et il pourrait rester chez lui. Heureusement, Graciella et Irene savaient toutes deux comment gérer de jeunes mâles.

Et les invoquer.

— Matty ! appela Irene. On a de la visite !

Pas de réponse à la cave. Dormait-il encore ? De combien de sommeil a besoin un adolescent ?

Papa arriva par la porte de derrière.

— Le break est planqué, annonça-t-il.

Par précaution, il avait tenu à rentrer la Mercedes de Graciella dans le garage, hors de vue.

— Je sais que c'est idiot, et sans doute inutile, mais pourquoi pas ? Pas la peine de dire à tout le monde que vous êtes là.

Adrian, le cadet, tendit alors un billet d'un dollar à Teddy.

— Et maintenant, vous pouvez me faire un tour ?

Papa prit le billet.

— Tu penses avoir été patient, hein ?

Le petit hocha la tête.

— D'accord. Tu as déjà entendu parler de la banque des chaussures ?

Papa s'assit sur le pouf et enleva son mocassin Oxford noir brillant.

— Le premier pas, si je puis dire, est d'y faire un dépôt.

Il plia le billet de ses doigts raides et le glissa dans la chaussure. Même des outils primitifs restaient capables d'effectuer des tâches primitives. De quoi abuser un enfant, peut-être.

— Puis on attend que les intérêts se développent. Ne t'inquiète pas, petit, un jour tu comprendras ces blagues et tu te marreras.

Il remit la chaussure et se releva.

— Maintenant, passons à l'étape délicate. Comment réaliser un transfert d'une chaussure à une autre ?

Il avança le pied dont la chaussure contenait l'argent.

— Procédons pas à pas, d'accord ? Non, l'autre pied, le droit contre le droit. Appuie le bout de tes orteils contre le mien. Pas le talon, puisque ce n'est pas un chèque. Non ? Ça ne te fait pas rire ? D'accord, maintenant, on chasse l'argent. On le vire.

Graciella émit un grognement consterné.

— Comme je le disais, un jour, tu trouveras ça hilarant. Tu es prêt ?

Adrian regarda ses frères, puis hocha la tête.

— Répète après moi : vire ! dit Teddy.

— Vire, dit Adrian.

— Transfert !

Papa donna un léger coup de sa chaussure contre les orteils d'Adrian. Le garçon fit un bond en arrière, comme s'il avait reçu une décharge.

— Et maintenant, voyons si le virement a fonctionné. Enlève ta chaussure, mon garçon.

Adrian se laissa tomber sur les fesses et s'exécuta.

— Sous la semelle, précisa Teddy. C'est ça, sors-la complètement.

Le garçon tira sur la semelle en latex. En dessous se trouvait un billet plié.

— Ça a marché ! cria Adrian en le dépliant. Et c'est un billet de cinq !

— Ben merde ! souffla Graciella.

— Maman ! s'indigna Adrian.

Celle-ci éclata de rire.

— Comment avez-vous fait ?

— Il ne te le dira jamais, répondit Irene.

Elle ne connaissait pas ce tour, qui était plutôt réussi ; son père n'avait pas touché la chaussure du petit, sinon pour la tapoter du bout de son pied.

— Et maintenant, le meilleur, dit papa. Vous aimez les jeux vidéo, les garçons ? Parce que j'ai toute une installation, en bas.

— Quel genre de jeux vidéo ? demanda Adrian.

— Une machin chose flambant neuf.

— Une Super Nintendo ?

— Sûrement. C'est par là…

— Si vous croisez un jeune homme en bas, réveillez-le, ajouta Irene.

Adrian, une chaussure en moins, descendit l'escalier en bondissant. Ses aînés l'imitèrent.

Papa était excité par toute cette agitation, malgré le danger. Ou peut-être à cause du danger. Irene savait que son père jouait, autrefois, ce que Frankie désignait par l'euphémisme « prendre des risques », mais elle croyait qu'il avait laissé tout cela derrière lui.

Après la mort de maman, il s'était montré déprimé et indifférent, puis frustré et indifférent, puis seulement indifférent. Tout ce temps, elle avait cru qu'il n'aimait pas les enfants, mais peut-être était-ce simplement qu'il n'aimait pas *ses* enfants. Il ne faisait son numéro que face à un public d'étrangers.

— Qu'est-ce qu'on fait, pour le dîner ? demanda-t-il à Irene.

— Ne me regarde pas. Où est Buddy ? Et Frankie ?

— Buddy est derrière, il nettoie le barbecue. Frankie, aucune idée.

Il frappa dans ses mains.

— J'imagine qu'on va devoir commander à manger. Qu'est-ce qu'aiment les enfants ?

Ses yeux s'illuminèrent subitement.

— Du poulet frit ? Les enfants adorent tout ce qui est servi dans un seau. Je vais le chercher. Vous, les filles, mettez-vous à l'aise. Prépare une boisson à Graciella, Irene. Elle aime l'Hendrick's.

Et il disparut.

— Waouh, fit Irene.

— J'ai l'impression que tout ça lui plaît, dit Graciella.

— Et qu'il a un peu peur de rester dans la même pièce que toi.

— Tu crois ?

— Il ne veut pas te décevoir. Mais, ne t'inquiète pas, ça arrivera tôt ou tard.

Graciella lui lança un regard interrogateur.

— Et cette boisson ?

Elles s'assirent à la table de la cuisine, parmi les cartons de dossiers et les boîtes de NG Group. Graciella prit l'une des listes qu'Irene avait marquées au feutre rouge.

— Alors, c'est grave ?

— Ça pourrait être pire, répondit Irene.

Elle lui détailla ce qu'elle avait trouvé parmi les archives des deux dernières années. En regard du nombre de propriétés gérées, la société était majoritairement légale. Mais les marges se faisaient essentiellement sur les transactions louches – dont presque toutes étaient l'œuvre du même agent.

— Si tu veux que ton affaire soit propre, dit Irene, tu dois virer ce Brett. Et si tu veux faire des bénéfices, les autres vont devoir vendre beaucoup plus de maisons.

— Tu ne prends pas de gants, j'apprécie.

— Qui a le temps pour ça ?

— Je bois à ta philosophie.

Ce qu'elles firent toutes les deux.

— À ce connard de Nick.

— Père et fils, précisa Irene.

— Et avec ton mec ? demanda Graciella. Comment ça se passe ?

— Comme un accident d'avion.

— Tu avais l'air abattue, après ton voyage. Tu as rompu avec lui ?

Rompu. Avec Lev, son quasi-mari, et avec ses autres copains, le terme semblait approprié ; elle rompait le lien qui les reliait à elle, les lâchait comme les étages inutiles d'une fusée Apollo. Elle était plus forte sans eux et ne regardait jamais en arrière. Avec Joshua, cependant, elle avait l'impression d'avoir abandonné une partie d'elle-même. C'était elle qui se retrouvait endommagée, incomplète, à la dérive. Vouée à mourir seule dans le froid du vide.

Elle devait cependant répondre à la question de Graciella, aussi invoqua-t-elle une destinée différente.

— Ça n'aurait pas fonctionné. Il ne peut pas quitter Phoenix. Il a la garde alternée de sa fille. Il voulait que je le rejoigne, que je trouve un boulot dans la même boîte que lui, mais je n'ai même pas franchi le cap de l'entretien d'embauche.

— Qu'est-ce qui s'est passé ?

— J'ai découvert qu'ils prélevaient une taxe utérine.

Graciella s'esclaffa.

— Ah, je vois le genre.

— Disons que je ne travaillerai jamais pour ces connards. J'espère juste que je n'ai pas fait virer Joshua.

— Il t'en veut ?

— Non ! Il se sent coupable. Il dit qu'il aurait dû se renseigner avant de m'envoyer là-bas. Il trouve que je suis géniale et que le reste du monde n'est pas digne de moi.

— On dirait qu'il t'a mise sur un piédestal, comme tu le mérites. Où est le problème ?

— Le problème, c'est qu'il se berce d'illusions.

Graciella posa deux doigts sur ses lèvres plissées et se pencha en avant – la pantomime utilisée par les gens sains d'esprit pour indiquer qu'ils auraient volontiers recraché leur boisson, de rire, s'ils avaient été adolescents ou Lou Costello. Irene aima ce geste. Graciella avala sa gorgée et, en souriant, demanda :

— Tu veux bien m'expliquer ?

— On ne se connaît que depuis quelques mois. On s'est à peine vus. Il n'a même pas rencontré ma famille !

Et je n'ai même pas rencontré la sienne, n'ajouta-t-elle pas.

— Il ne cesse de dire que tout se passera bien, que ça sera magnifique, qu'on aura des licornes plein le jardin. Il ne sait pas du tout ce que c'est de vivre avec moi au quotidien.

— À cause du truc psychique.

— Ah. Teddy t'en a parlé ?

— Il n'en a pas honte pour un brin.

— Eh bien, je sais juste que, quand il commencera à me mentir, je ne pourrai pas le supporter.

— Ce que tu peux supporter te surprendrait, dit Graciella. Je savais ce qu'était Nick quand je l'ai rencontré. Ça faisait partie de son charme. Et pendant presque vingt ans, ça s'est bien passé. Je ne pensais jamais à ce qu'il fabriquait avec son père. Je savais qu'il continuait à mener ses affaires, et que ce n'était pas très joli, mais *notre* famille était chouette. S'il n'avait pas été arrêté, je serais encore une femme au foyer heureuse.

— Ça doit être bien, dit Irene.

— D'être heureuse ?

— De vivre comme ça. De ne pas remarquer les mensonges.

— Oh, je les remarquais.

— Vraiment ?

— Tu n'as jamais été mariée, si ?

— On m'en a déjà menacée, une fois.

— Voici le secret : pour que ça fonctionne, les deux parties doivent mentir de temps à autre. Il te dit : « Oh, cette tenue te va merveilleusement bien. » Toi, tu lui dis qu'il a raison à propos de Clinton. Et quand il rentre à 3 heures du matin avec un sachet plein de putains de dents, tu prends soin de ne pas lui demander à qui elles appartiennent.

— Seigneur, souffla Irene.

Graciella lorgna sur son verre.

— Tu as raison. C'est affreux. Comment j'ai pu vivre comme ça ?

Ses yeux brillaient. Irene n'avait jamais vu Graciella céder à l'émotion.

— Je savais, quand Nick n'était pas où il prétendait être. Ou quand il disait travailler avec son père. Et… je laissais filer, c'est tout.

— Tu pensais aux enfants.

— C'est à moi que je pensais. À tout ce que j'avais.

— Ta maison est plutôt jolie, oui.

Graciella haussa les épaules, sans démentir.

— Et Joshua, il est à l'aise, financièrement ?

— Plus que moi.

— Et tu le connais depuis deux mois.

— Presque trois. On s'est rencontrés en ligne.

— En ligne. Je ne comprends pas. Combien de temps as-tu passé avec lui, en personne ?

Irene essaya de compter les jours.

— En tout, peut-être une semaine ? Dix jours ?

— C'est dingue ! Au bout de dix jours il veut que tu déménages en Arizona ?

— Je sais. Ça ne me ressemble pas.

Qu'est-ce qui lui ressemblait ? Rester à la maison et s'occuper des garçons, c'est sûr. Être l'Adulte de Service. Toujours passer après eux.

— Je ne sais plus vraiment quel genre de personne je veux être, expliqua-t-elle.

— Reste ici, alors. Travaille pour moi. Occupe-toi de l'argent.

— Tu veux que je devienne ta comptable ?

— Non, le putain de comptable, on l'engagera. Je veux que tu sois ma chef des finances. Celle qui sait où sont enterrés les corps.

Irene fit la grimace.

— Monétairement parlant, précisa Graciella.

— Tu es sérieuse ?

— Mortellement sérieuse.

Elle se reprit :

— Il faut vraiment que je change de manière de m'exprimer.

— Je vais y réfléchir, dit Irene.

— Je vois. Tu es une adulte qui ne réagit pas de manière impulsive. Buvons encore.

Quelques minutes après, la Buick de papa passa devant la baie vitrée, direction l'allée.

— Appelons les enfants, proposa Irene.

Matty n'était pas dans un des lits superposés. Elle se rendit dans le grenier et frappa à la porte de sa chambre.

— C'est l'heure du dîner !

Faute de réponse, elle frappa encore.

— Matty ?

Elle essaya la poignée, qui ne tourna pas, ce qui signifiait que Matty avait verrouillé la porte de l'intérieur, mais celle-ci n'était pas exactement alignée sur le chambranle. Irene la poussa.

Matty était couché sur le lit, immobile, les mains sous les couvertures. Bon Dieu, pensa-t-elle, encore ! Elle allait faire demi-tour lorsqu'elle se rendit compte que les yeux de son fils étaient grands ouverts.

— Matty ?

Elle alla agiter la main devant son visage.

— Matty, tu m'entends ?

Il ne bougea pas. Elle posa la main sur son cou et vérifia qu'il respirait.

— Bordel, dit-elle.

Son fils était un putain de voyageur astral.

*

C'est durant le trajet en limousine vers le cimetière qu'elle pensa : Peut-être que, maintenant, on va être normaux. À la fin du service, elle avait compris. Non. Ça n'arrivera pas.

En route, son père semblait en transe. Assis sur la banquette arrière, son chapeau à côté de lui, il regardait les poteaux téléphoniques défiler. Il revenait à Irene de s'occuper de Frankie et Buddy. Buddy avait refusé de s'asseoir sur la banquette et, couché sur le tapis de sol, dessinait au crayon de couleur sur son gros carnet de croquis. Frankie ne cessait de poser les pieds sur lui en répétant : « Ouah, ce repose-pieds est drôlement confortable ! » Buddy le repoussait, Irene leur criait après, et, dès qu'elle détournait les yeux, ça recommençait.

Teddy les ignorait, et elle lui en voulait encore plus. Elle était furieuse qu'il ne soit pas revenu de l'hôpital pour les emmener voir maman. Mme Klauser leur avait donné le bain, leur avait fait revêtir de beaux habits, comme s'ils s'apprêtaient à monter sur scène. Puis ils avaient dû patienter dans la maison, sans avoir le droit d'aller jouer dehors de crainte de se salir. Au bout de trois heures, le téléphone avait sonné. Mme Klauser leur avait dit qu'ils n'iraient pas à l'hôpital. Seule Irene avait compris ce que cela signifiait.

Leur père aurait dû les emmener, ce matin-là. Maman se serait fichée de ce qu'ils portaient. Mais il était tellement à cheval sur les *apparences* qu'Irene n'avait pas eu l'occasion de dire au revoir à sa mère. Ses frères non plus.

Eh bien, au moins le numéro était terminé. Sans maman, il n'y avait plus de Fantastique Famille Telemachus. Désormais, ils seraient comme tout le monde.

Le service réunit moins de monde que la veillée, le jour précédent, ou que la cérémonie à l'église, le matin même, mais plus d'une centaine de personnes étaient rassemblées autour du cercueil. Papa sortit de la limousine sans se retourner, abandonnant les garçons à Irene.

— Laisse tes coloriages dans la voiture, dit-elle à Buddy. Rentre ta chemise, ajouta-t-elle pour Frankie.

— C'est pas toi le chef, se défendit ce dernier.

— Arrête, siffla-t-elle. C'est l'enterrement de maman.

— Vraiment ? J'avais pas remarqué.

Frankie se comportait en débile depuis l'instant où on lui avait passé une cravate.

Les employés des pompes funèbres les conduisirent sous une tente dressée à côté de la tombe, puis au premier rang de l'assemblée, juste à côté de la fosse. Ils étaient assis sur des chaises pliantes blanches alors que la plupart des autres restaient debout.

Quelqu'un posa la main sur l'épaule d'Irene. Elle leva brièvement les yeux et vit une femme aux cheveux roux qu'elle ne connaissait pas.

— Je suis sincèrement désolée, trésor, dit cette dernière. Si tu as besoin de quoi que ce soit, tu peux compter sur nous.

— De quoi que ce soit, renchérit l'homme qui l'accompagnait.

C'était Destin Smalls, aussi immense que de coutume.

Ultérieurement, Irene regretta de ne pas lui avoir dit : « Tout ce que je veux, c'est que vous laissiez notre famille tranquille. » Mais, sur le moment, elle se contenta de les remercier avant de leur tourner le dos.

Le curé prononça encore quelques mots, mais Irene avait dépassé le stade de l'écoute. Que dire d'autre ? Maman était partie, Irene était coincée ici, fraîchement promue Seule Adulte Responsable.

Enfin arriva l'heure de mettre le cercueil en terre. Irene prit la main de Buddy, pour elle-même autant que pour lui. Deux hommes en costume noir vinrent s'accroupir à côté du cadre en métal qui entourait la bière et soulevèrent des loquets. Le prêtre continuait de parler tandis que les hommes manipulaient les épaisses cordes qui tenaient le cercueil nickelé. Celui-ci descendit de quelques centimètres, puis s'arrêta.

Les employés se regardèrent. Ils abaissèrent un peu plus les lanières, mais le cercueil ne descendit pas. Il flottait sans support. Un murmure traversa la foule. Papa ne semblait pas remarquer qu'il se passait quelque chose de bizarre. Il regardait au loin en se mordillant la lèvre.

Irene se tourna vers Frankie. Des larmes coulaient sur ses joues. Sa posture était raide, ses poings serrés. Elle se pencha tout près de lui :

— Arrête.

Il secoua la tête.

— Ça va, dit-elle. Ça va. Juste… fais-la descendre doucement.

Le cercueil plongea soudainement d'une soixantaine de centimètres, et le cadre de métal frémit. Au milieu de la foule, quelqu'un cria.

— Arrête de me donner des ordres ! cria Frankie avant de s'enfuir vers la voiture.

*

Irene ne pouvait rien faire de plus que refermer la porte et attendre que Matty revienne dans son corps. Graciella devina que quelque chose la perturbait.

— Tout va bien ? demanda-t-elle.

Papa était occupé à distribuer le poulet.

— Un pilon pour le jeune homme aux chaussures Tortues Ninja ! Du blanc pour le grand gaillard d'en face. Et une belle paire de cuisses pour Luke la Main froide.

Irene l'attrapa par le bras.

— Tu veux bien sortir une seconde ?

— Attends ton tour, très chère, ces jeunes gens sont…

— Tout de suite.

Papa la regarda enfin dans les yeux et remarqua son humeur.

— Graciella ? Pourriez-vous introduire ces gentilshommes aux délices du coleslaw de chez Brown ? Nous revenons après cette brève interruption.

Irene l'emmena dans la cour. Buddy déroulait un câble rouge en travers de la pelouse, comme pour installer un système d'arrosage. Lorsqu'il les remarqua, il lâcha son câble et partit vers le garage.

— Arrête ! lui lança Irene. Ça vous concerne tous les deux. Vous étiez au courant, pour Matty ?

Buddy leva les mains et recula.

— Reviens ici, Buddy !

Celui-ci s'enfuit dans le garage en empruntant la porte latérale.

— Merde.

— De quoi parles-tu ? demanda papa.

— Le voyage astral. La vision à distance. Quoi que ça s'appelle… Le vieux truc de maman.

— Tu veux dire que Matty est médium ?

— On ne joue pas au Jeopardy, papa.

— De quoi parles-tu ? demanda-t-il sur un ton innocent.

— Tu continues !

Il jeta un bref regard vers la maison.

— Peut-être qu'on devrait parler un peu moins… ? Je veux dire, hum, parlons plus bas.

— Est-ce que tu étais au courant ?

— J'ai appris récemment que, oui, ce garçon disposait de certaines capacités. Il a eu quelques expériences, de toute évidence.

— Il est en haut en ce moment même…

Elle désigna à la fois le grenier et le ciel.

— … et vole dans l'espace ! Tu comptais me le dire quand, au juste ?

— Bientôt. Matty pensait que tu ne l'aurais pas bien pris. Il a demandé des conseils à Frankie et je…

— Il l'a dit à Frankie ? !

Soudain, les visites chez son oncle paraissaient plus logiques.

— Et après, quoi ? Ils comptent remonter le numéro ?

Teddy haussa les sourcils.

— Tu crois que Matty voudrait bien ?

— Non ! Peu importe ce qu'il veut. Il a quatorze ans !

— Tu en avais neuf quand on a commencé, et Buddy seulement cinq.

— Et ce n'est pas ça qui t'a valu la médaille du père idéal.

Graciella ouvrit la porte de derrière.

— Le poulet refroidit, lança-t-elle.

— On n'a pas fini d'en parler, dit Irene à son père. Loin de là.

Elle retourna à toute allure dans la maison.

— Graciella, j'aimerais commencer lundi après-midi. Parce que lundi matin, je déménage, lança-t-elle.

— D'accord…

— Lundi est un jour férié, fit remarquer son aîné, Julian.

— Je travaille aussi les jours fériés, dit Irene.

— Qui est-ce qui va déménager ?

Matty était apparu à l'entrée de la cuisine. Toutes les têtes se tournèrent vers lui.

— Quoi ? fit-il. Qu'est-ce que j'ai raté ?

— Toi et moi, dehors, tout de suite, dit Irene.

— Je peux avoir un bout de poulet, d'abord ? Je meurs de faim.

Irene prit une inspiration.

— D'accord, mais un seul.

Irene était assise sur le porche de devant – le nouveau porche, avec son carrelage trop lisse – et aurait aimé fumer l'un des joints de son fils.

Le père de Matty appréciait l'herbe. Irene aussi, à l'époque. Mais ce n'était qu'une sale habitude qu'elle avait fini par laisser tomber en même temps que Lev Petrovski. Elle n'avait pas dit à Matty pourquoi elle n'avait pas épousé son père. Peut-être qu'il était temps d'y remédier.

Elle n'avait jamais attendu que deux choses de cet homme – un homme ? à peine ; il avait dix-neuf ans, alors, même pas l'âge légal pour boire, hormis dans le Wisconsin. La première était une certaine quantité d'ADN – un ADN normal, sans trait particulier, plein de gènes dominants qui écraseraient les traits bizarres que l'enfant risquait d'hériter de sa mère et de sa grand-mère. Elle ne voulait pas d'un enfant doué, d'un Fantastique Telemachus. Elle désirait un fils ou une fille ordinaire qui ne serait jamais tenté d'aller faire de l'esbroufe sur une chaîne nationale.

La deuxième était la présence de Lev. Sa présence continue. Ce n'était pas trop demander qu'il reste après la naissance de l'enfant, mais Lev n'avait même pas réussi cette mission toute simple. La nuit de l'accouchement, il demeura introuvable. À 1 heure du matin, il était toujours avec ses potes, injoignable. Elle lui avait demandé d'acheter un pageur, mais naturellement il ne l'avait jamais fait.

C'était donc papa qui l'avait conduite à l'hôpital. Teddy n'avait cependant aucune intention de la suivre dans la salle d'accouchement. « Je ne suis pas fait pour ça », avait-il dit, comme si un simple coup d'œil au vagin de sa fille en action risquait de le plonger dans la démence. Elle entra seule et resta seule dans cette pièce que son odorat, aiguisé par la grossesse, avait transformée en un bain de vapeur de désinfectant.

Sa mère ne lui avait jamais autant manqué. À certains moments importants – ses anniversaires, la mort de son chat, ses premières règles, son diplôme d'études secondaires – Irene allait regarder la photo de sa mère en secret et tenait des conversations maternelles à sens unique. Mais cette nuit-là, à l'hôpital, tandis qu'elle délivrait un enfant dans les mains d'inconnus, le regret la rendait malade. Même lorsqu'on finit par poser son bébé à côté d'elle, ne pas pouvoir le montrer à Maureen fut une deuxième souffrance.

Lev réapparut plus tard dans la matinée. Il se répandit en excuses, exprima son admiration pour le bébé et dit toutes les choses qu'on doit dire quand on a fait des choses qu'on ne doit pas faire, mais le cœur d'Irene s'était refermé. Lev était revenu directement de sa tournée des bars, empestant la cigarette, et elle toléra à peine qu'il prenne son fils dans ses bras. Avant même qu'il n'ait quitté la pièce, elle décida qu'il ne le toucherait plus jamais. Sa présence n'était plus requise.

Et quatorze ans plus tard, il s'avérait que Lev avait également raté l'aspect génétique de l'épreuve. L'ADN Petrovski était impuissant face à la magie des McKinnon.

Il était donc temps d'imposer à Matty la conversation tant redoutée. Expliquer comment on fait les bébés n'était rien comparé à expliquer comment gérer des pouvoirs de médium. Irene avait trente et un ans, le même âge que sa mère à sa disparition, et une partie d'elle avait toujours pensé qu'elle mourrait avant d'avoir à affronter ce moment. Sauf que non.

Vous parlez d'une veine.

Elle s'apprêtait à aller chercher Matty lorsque la camionnette Bumblebee jaune de Frankie tourna dans l'allée et s'arrêta dans un crissement. Un instant plus tard, un fourgon U-Haul de six mètres grimpait sur le trottoir et se garait devant la maison.

Loretta sortit de la camionnette et monta le perron, grimaçant comme un démon. Les jumelles trottinaient derrière elle.

— Salut, Loretta, dit Irene. Qu'est-ce qui se passe ?

— On emménage, voilà ce qui se passe. On est des putains de réfugiés.

Irene s'écarta avant que Loretta ne la renverse. Les jumelles se jetèrent sur elle pour une étreinte à quatre bras.

— Tante Reenie ! On s'est fait virer de la maison !

— Des gens sont arrivés et ont mis toutes nos affaires sur la pelouse !

— Papa a un camion !

— Vraiment ? Eh bien, entrez et prenez un morceau de poulet, les filles.

Mary Alice descendit du fourgon et traversa la pelouse, suivie de Frankie ; celui-ci n'avait pas tant l'air d'un chauffeur de camion que de quelqu'un qui vient d'être renversé par un camion.

Mary Alice croisa le regard d'Irene, secoua la tête et entra. Frankie dévisagea sa sœur.

— Un petit revers temporaire, dit-il.

— Qui t'a mis dehors ? demanda-t-elle.

— C'est compliqué. Matty est là ?

— Ne t'approche pas de Matty !

— Hein ? Pourquoi ?

— Tu m'as entendu. Tu n'es pas son putain d'entraîneur. Attends ici. Ne bouge pas.

— Tu n'as pas à me dire ce que je dois faire, je suis un ad…

Elle lui claqua la porte au nez avant qu'il n'ait pu terminer. Matty, dans le couloir, parlait à voix basse avec Mary Alice. Il tenait une assiette en plastique blanc surchargée de poulet frit et de purée.

— Toi, dit Irene en pointant le doigt vers lui. Dans ta chambre.

— Je croyais que tu voulais me parler.

Ce gamin ne savait pas apprécier un sursis, visiblement.

— Dans ta chambre !

— Je peux emporter mon assiette ?

— Considère que c'est ton dernier repas, lança-t-elle d'une voix glaciale.

Matty échangea un regard sombre avec Mary Alice, puis monta avec son assiette. Irene leva la voix :

— Papa ! Viens ici !

Teddy sortit de la cuisine, continuant de plaisanter avec quelqu'un qu'elle ne voyait pas. Lorsqu'il remarqua l'expression d'Irene, il fronça les sourcils.

— Tu dois entendre ça, dit-elle en rouvrant la porte d'entrée.

Frankie était encore sur le porche.

— Ne mêle pas papa à ça, dit-il. Je m'en occupe.

— Tu ne crois pas si bien dire, grogna Irene.

Teddy sortit à son tour, ce qui obligea ses enfants à descendre d'une marche.

— Qu'est-ce qui se passe ? s'enquit Teddy.

— Nick a quand même pris sa maison, répondit Irene.

— Eh bien, tu as dit qu'il mentait à propos des dents, répondit papa.

Frankie n'en croyait pas ses oreilles.

— Vous êtes au courant pour Nick ?

— Quel Nick ? demanda Graciella, qui avait suivi Teddy dehors.

— On a un problème, répondit papa.

— Il va nous falloir plus de poulet, constata Graciella.

— Bon Dieu, souffla Irene. J'en ai fini.

— Au moins quarante-huit morceaux, continua Graciella.

— J'en ai fini avec ce foutu cirque.

Teddy parut enfin l'entendre.

— Tout le monde se calme, je vais arranger ça.

— Personne ne va arranger quoi que ce soit, rétorqua Frankie. Je m'en occupe. Je m'en occupe !

Irene poussa un cri inarticulé. Les autres la regardèrent, attendant une traduction.

Ils comprenaient sûrement : impossible d'élever son fils dans cette maison, et dans ces conditions ! Matty devait absolument devenir normal ! Et ennuyeux, même s'il le fallait.

Elle se tourna vers Frankie :

— Où est-ce que tu as loué ce camion ?

20
Frankie

Le plan était simple. Faire semblant de s'endormir. Sortir de la maison en douce. Vider le coffre de Mitzi et Nick.

La première étape s'effondra lorsque Frankie se rendit compte qu'il était incapable de rester immobile. À cause de ses nerfs, mais aussi de cette putain d'humidité. Il avait été relégué au salon, où seules les fenêtres ouvertes apportaient un peu de fraîcheur.

Les occupants de la maison mirent une éternité à s'endormir. Les jumelles étaient censées coucher avec Loretta dans une des chambres du grenier, mais elles étaient trop excitées de se retrouver chez papy Teddy, avec tous ces enfants inconnus courant dans tous les sens. Elles trouvèrent mille excuses pour se lever. Elles visitèrent la salle de bains tour à tour, descendirent à la cuisine pour boire de « l'eau fraîche » (celle de la salle de bains était trop chaude ?) puis apparurent à côté du canapé pour demander du « lait chocolaté ». Les fillettes mouraient d'envie de savoir ce que faisaient les autres enfants à la cave. Irene et Graciella y étaient descendues à 23 heures et leur avaient ordonné d'éteindre, mais Frankie ignorait s'ils avaient obéi.

Buddy avait installé une sorte de porte blindée, et, quand elle était fermée, ni son ni lumière ne s'en échappaient.

Vingt minutes ou presque s'écoulèrent sans nouvelle irruption des jumelles. Il avait l'intention d'attendre encore quarante-cinq minutes, jusqu'à minuit, qui lui semblait être une bonne heure. Personne, hormis Matty, ne savait ce qu'il mijotait. Le plan allait fonctionner, merde. D'accord, son père avait « parlé » avec Nick Pusateri. Teddy refusait de lui en dire plus, mais manifestement ça n'avait servi à rien. Des types de l'Organisation étaient quand même venus chez lui pour mettre sa famille à la porte et jeter leurs affaires sur la pelouse : les jouets des enfants, les casseroles et les poêles, les piles de vêtements. Frankie était revenu juste à temps pour empêcher Loretta d'attaquer l'un des gorilles. Il savait qu'il valait mieux ne pas interrompre les « déménageurs » ou tenter de raisonner avec eux ; s'en prendre à des gangsters sûrement armés était le meilleur moyen de se faire descendre. La colère de Loretta l'avait rendue téméraire, cependant. Sans ses enfants (terrifiés, en larmes), elle se serait jetée sur eux. Et sur son mari. Elle n'avait pas oublié que tout était de sa faute.

Une autre poignée de minutes s'écoula. Les yeux de Frankie s'étaient habitués à la pénombre, mais il n'arrivait toujours pas à distinguer le cadran de sa montre. Il écouta les sons de la maisonnée et fut soulagé de constater que le silence régnait à l'étage.

Il s'assit, le dos de sa chemise trempé malgré le drap que Buddy avait posé sur le canapé en cuir.

— Tu es prêt ? se chuchota-t-il pour lui-même. Il est temps, Frankie, temps de…

Il faillit dire : « d'étreindre la vie ». Mais il en avait fini avec UltraVie. S'il buvait encore une goutte de jus de goji, il allait vomir ses tripes.

Tâtonnant au gré des formes vagues qu'il percevait, il récupéra son pantalon, ses chaussettes, ses chaussures. La poche de son pantalon contenait un morceau de papier crucial. Le sac à outils vide était dans sa main. Il lui restait deux choses à faire avant de quitter la maison.

Il descendit l'escalier et faillit trébucher sur l'énorme perceuse industrielle que Buddy avait laissée par terre – et que Frankie cherchait, justement. Son frère l'avait utilisée pour visser une horloge digitale sur le mur, à côté de la porte de la cave. Pourquoi ? Qui pouvait le savoir ? Les chimpanzés étaient plus loquaces que Buddy. Au moins, les chiffres rouges donnaient l'heure exacte : 11 h 25. Seigneur. Frankie n'avait même pas réussi à tenir jusqu'à la demie.

Il poussa la porte en métal. Elle s'ouvrit en frottant contre le sol dans un bruit qu'il n'aurait pas remarqué de jour, mais dont le Volume Nocturne grimpait jusqu'à onze. À l'intérieur, la pièce était seulement illuminée par les veilleuses de la Super Nintendo. D'une certaine manière, ça accentuait la pénombre.

— Matty ? chuchota-t-il.

Il entra. Lequel des nouveaux lits superposés occupait son neveu ?

— Hé, Matty.

Son pied se prit dans un câble électrique invisible, mais il réussit à ne pas s'étaler.

— Il est là-bas, répondit une petite voix.

— Merci.

Ouah, il faisait bon, ici. Est-ce que Buddy avait installé la climatisation ? Pourquoi est-ce que lui devait suer comme un putain de bœuf au rez-de-chaussée ?

— Oui ? fit une voix familière.

Frankie se dirigea vers elle en disant :

— Où ?

— Là, répondit Matty.

Tous deux murmuraient encore. Le garçon semblait être sur l'un des lits du bas. Frankie se pencha et rampa, une main tendue devant lui pour ne pas se cogner au bois.

— J'aimerais que tu fasses le guet, dit Frankie.

— Quoi ?

— Que tu surveilles mes arrières… Depuis là-haut.

— Tu vas quand même y aller ?

— Oui. Bien sûr que oui. On est des Telemachus, non ? Des Telemachi ?

— Ouais, mais…

— J'ai besoin de toi, Matty. Tu es mon…

Il essaya de trouver un fameux bras droit de la mythologie grecque, mais Castor et Pollux étaient le seul Duo Dynamique qui lui venait en tête, et Frankie n'avait pas vraiment envie de penser à ses filles en ce moment.

— Tu es mon guetteur.

Les lumières de la pièce s'allumèrent. Frankie se redressa, se cogna la tête contre le lit du dessus, retomba en arrière et faillit atterrir sur les fesses.

— Qu'est-ce que tu fous ici ? !

Irene était près de la porte, en short et t-shirt, la main sur l'interrupteur. L'aîné de Graciella se redressa sur le lit supérieur, et le plus jeune, celui qui avait répondu à

Frankie dans le noir, se cacha instinctivement sous sa couverture.

— J'essaye d'avoir une conversation, répondit Frankie en rassemblant toute sa dignité.

— Ce n'est pas le moment.

— Je voulais seulement…

— Dehors.

— D'accord, d'accord.

Il essaya de lancer un regard plein de sous-entendus à Matty, mais le garçon était tourné vers sa mère.

— Je pars, annonça-t-il. Pas la peine de *guetter* mon retour.

Irene le rattrapa alors qu'il se dirigeait vers la porte d'entrée.

— Qu'est-ce qui t'arrive ? Où est-ce que tu vas ? Et qu'est-ce qu'il y a dans ce sac ?

— Rien. Il fait chaud, Irene, et j'arrive pas à dormir.

— Je veux parler de Matty. Accorde-moi deux secondes, merde.

— Je dois vraiment y aller.

— Où ? demanda-t-elle, exaspérée. Dehors ?

Il se contenta de grogner.

— Je ne veux pas que tu parles à Matty pour l'instant, dit-elle. Pas tant que je n'ai pas compris ce qui se passe.

Le porche était allumé, mais la moitié de son visage restait plongée dans l'ombre. Elle avait l'air à la fois plus jeune et plus vieille.

— Allons, dit Frankie. Tu sais ce qui se passe.

— Non. Mais une fois que j'aurais parlé à Matty, quand on ne sera plus cinquante ici…

— Tu vas vraiment nous l'enlever ? Tu vas l'emmener à Phoenix ?

Irene le regarda en clignant des yeux.

— Non, répondit-elle. Probablement pas. Mais je ne peux pas rester ici. Pas avec… tout ça.

— Tu vois, c'est pour ça que Matty ne voulait pas te parler. Tu détestes tout ce qui touche à notre famille.

— Absurde. Je ne déteste rien du tout.

— Si, les traits importants. Écoute… Matty avait besoin de parler à quelqu'un qui ne lui reprocherait pas son don, tu piges ? Ça devrait être une source de fierté. Il est très doué pour la vision à distance, peut-être même qu'il le sera encore plus que maman, un jour. Mais ça fait peur et, quand ça lui est arrivé, il est venu me voir, parce qu'il savait que je trouverais ça super.

— Et je suis contente qu'il l'ait fait.

— Quoi ?

— Je suis contente qu'il t'ait parlé. Il avait besoin de se confier à quelqu'un, et si ça ne pouvait pas être à moi, je suis heureuse que ça ait été quelqu'un de la famille.

— D'accord…

Frankie ne savait plus quoi dire.

— Mais c'est terminé, reprit Irene. Plus question de lui farcir le crâne avec la gloire qu'il pourra tirer de ses perceptions extrasensorielles, pas tant que je ne connais pas toute l'histoire… et de sa bouche.

— D'accord. Toute l'histoire.

Irene plissa les yeux.

— Parce que c'est ce qu'il te faut ! dit Frankie. Tout. Du début à la fin.

— C'est toi qui lui as donné l'herbe, hein ?

— Tu utilises ton pouvoir sur moi, Reenie ?

— Je ne sais pas. Et toi, tu joues au Jeopardy ?

Il rit.

— D'accord, écoute-moi. Je n'ai pas donné de marijuana à ton fils. Tu m'entends ? Jamais de la vie.

— Je t'entends.

— Bien. Maintenant, si tu veux bien m'excuser, je vais prendre le frais.

Il sortit sur le porche et faillit glisser sur le carrelage couvert de rosée. L'air était aussi humide et dense que des gaz des marais.

— Bon Dieu, cette humidité, dit-il. C'est… quel est le mot ? Gluant ?

— Comme la vidéo de *Heal the World*.

— Exactement.

Irene trouvait toujours la chose spirituelle à dire.

— Désolée pour ta maison, lança-t-elle.

— Un revers temporaire, répondit-il avant de monter dans la camionnette.

Cette Irene, elle avait toujours été la plus futée. Elle n'avait qu'un an de plus que lui, mais Frankie avait l'impression qu'elle comprenait des choses qui lui échappaient, qu'elle parlait une langue qu'il ne saisissait pas. La langue des adultes. Des femmes. Quand ils étaient petits, il suffisait à maman et elle d'échanger un simple regard pour se transmettre des informations sur une fréquence à laquelle seules les femelles de l'espèce avaient accès. Frankie avait grandi avec deux mamans, et au final il n'avait pas été capable de contenter l'une ou l'autre.

Contrairement à Buddy. Buddy était, mentalement, une catastrophe, ce qui ne l'empêchait pas d'être aimé. Maman et lui, en particulier, partageaient un lien qui restait inaccessible à Frankie. Il les voyait se faire des câlins, se chuchoter, et savait qu'il n'avait pas sa place avec eux.

Il reporta donc son attention sur papa. Teddy était dur à situer, mais c'était lui qui détenait la clef de toutes les pièces fermées. Frankie ne voulait pas ressembler à son père, il voulait *être* son père. Il voulait porter de beaux costumes, incliner un Borsalino sur ses yeux, et poser un rouleau de billets sur la table. Teddy Telemachus était tout le contraire d'invisible. Il attirait votre regard, aiguillant votre attention sur ce qu'il voulait que vous voyiez – une main vide, une montre décorée de diamants, le rebord de son chapeau – et pratiquait de l'autre sa magie.

Selon Irene, papa ne s'intéressait qu'à leur numéro. Mais ça ne signifiait pas qu'il ne se souciait pas de son petit clan. La famille était le numéro, et le numéro était la famille. Pourtant, à l'époque où ils tournaient, Frankie savait au fond de lui ne pas être à la hauteur, ni en tant qu'artiste ni en tant que fils. Il n'était pas fichu de plier un trombone. Il ne pouvait pas faire léviter un verre d'eau. Pas étonnant que l'Ahurissant Archibald ait prouvé que le don de Frankie se résumait au pied de Teddy glissé sous une table. Papa exécutait tous les tours de Frankie depuis qu'ils avaient commencé à donner des spectacles. Irene, elle, n'avait pas besoin d'aide ; elle jouissait d'un vrai pouvoir. Buddy, lorsqu'il n'était pas en crise, devinait à tous les coups où allait s'arrêter la Roue des Merveilles. Et bien entendu, maman était la meilleure d'entre eux, un talent de rang mondial au sein d'un grotesque numéro de seconde classe.

Et Frankie ? Frankie était un imposteur.

Il réussit enfin à déplacer un objet lors de l'enterrement de maman. Mais même alors, le mérite ne lui revenait pas. L'énergie avait semblé provenir de l'extérieur de son corps et débouler de son propre chef tandis que

Frankie regardait sa mère descendre dans sa tombe. Puis rien, pendant des années, jusqu'à ce qu'il découvre le flipper, et une fois de plus il eut l'impression qu'il communiait avec la machine plus qu'il ne la dirigeait. Leur lien risquait de se rompre à tout moment. Son pouvoir n'était pas quelque chose qu'il possédait, mais un compagnon peu fiable qu'il devait gagner à sa cause et s'esquivait dès que Frankie perdait son sang-froid.

Il aurait passé sa vie entière à courir en rond après cette impression s'il n'avait pas mis les pieds dans le bar de Rush Street où il avait rencontré Loretta. Elle fut la première à le trouver spécial. Le lendemain matin de leur première nuit, il commençait à se rhabiller pour partir lorsqu'elle l'attrapa par la taille de son jean et le ramena dans le lit.

— Tu n'as peut-être pas compris, lui avait-elle dit, mais tu es mon mec, maintenant.

Il n'avait pas su quoi répondre. Elle avait ajouté :

— Tu vas t'y faire.

Il s'y fit. Et resta. Loretta avait dix ans de plus que lui mais, en lui accordant le titre de « son mec », elle l'avait promu adulte. Elle voulait qu'il l'aide à élever sa fille et lui fasse d'autres bébés. Elle voulait que ses enfants soient des enfants Telemachus. Et lorsqu'il lui annonça qu'il voulait monter sa propre société, elle crut en lui. Elle se laissa pigeonner.

C'était son erreur à elle. Celle de Frankie était d'avoir réussi à se convaincre lui-même. À présent, la seule manière de s'extraire de cette situation, de ce bordel qu'il avait provoqué, était de transformer les mensonges en vérité.

Il allait devoir accomplir un exploit.

La paranoïa qui accompagnait un exploit, cependant, était épuisante. Il avait l'impression que des phares le suivaient. Sur North Avenue, il eut la certitude qu'une voiture de police était à ses trousses, mais le véhicule le dépassa et il se rendit compte que ce n'était qu'un break avec une galerie pleine de bagages. Une galerie pleine de bagages ! Pourquoi ce genre de truc était-il autorisé ?

Frankie se gara dans la rue, à environ quinze mètres de l'entrée de l'allée qui passait derrière la Taverne de Mitzi. Hors de vue de toute caméra de sécurité potentielle, mais à moins de cent mètres de la porte de derrière. Une distance assez courte, même en courant avec une besace pleine d'argent. Son sac à outils ferait l'affaire.

L'idée des caméras lui rappela le déguisement. Il envoya la main sous son siège et en sortit une casquette des White Sox achetée à Osco. Personne ne soupçonnerait que le type sous la putain de casquette des Sox était Frankie Telemachus. Il repassa mentalement sa liste : déguisement, sac à outils… quoi d'autre ? Ah, oui. Les clefs du royaume. Il alluma sa lampe de service Maglite et vérifia le morceau de papier qu'il gardait sur lui. Il y était noté deux séries de chiffres : une pour l'alarme, l'autre pour le coffre. Toutes deux fournies par Matty.

Il se tourna vers le ciel au-dessus de la camionnette :

— Matty, tu ouvres l'œil ?

Pas de réponse. Et ceci, pour résumer, était le principal défaut de la vision à distance : elle ne fonctionnait que dans un sens. Quelqu'un aurait dû inventer un téléphone mobile pour extralucides. On aurait pu l'appeler…

Une Chevelle de 1960 passa lentement près de lui et bifurqua dans la rue suivante.

Trop lentement ?

Non. La paranoïa lui embrouillait les idées. Le forçait à atermoyer. Et, pire, il avait déjà oublié le nom du service téléphonique pour extralucides. Un très bon jeu de mots, pourtant, qu'il avait eu sur le bout de la langue, puis perdu. Il prit un instant pour essayer de se le remémorer. C'était un nom de société…

Merde ! Voilà qu'il atermoyait encore.

— D'accord, Matty, dit Frankie dans le vide. J'entre. Si je me retrouve dans le pétrin, n'appelle pas les flics ! Va trouver papy Teddy. S'il ne se réveille pas, essaye avec Buddy. Ou, en dernier recours, ta mère.

Il aurait vraiment dû lui dire tout ça avant de partir. Sale petite fouineuse d'Irene.

Il rabattit la visière de la casquette au ras de ses yeux, empoigna le sac et s'engagea dans l'allée. Il y faisait si noir qu'il craignait de trébucher et de s'empaler sur quelque chose. Enfin, il alluma la lampe. Quelle lumière ! Une lumière de cambrioleur. Il se dépêcha de gagner la porte de derrière et braqua le faisceau sur la serrure.

C'était la partie la plus incertaine du plan, l'étape qui le terrifiait. Il prit une inspiration et agrippa la poignée.

Cambrioler Mitzi nécessitait trois choses : le code de l'alarme, la combinaison du coffre et un moyen de forcer la porte. Lorsque Matty lui avait révélé ce dont il était capable, les deux premières conditions s'étaient résolues d'elles-mêmes. Frankie n'avait plus qu'à trouver un moyen d'entrer.

Il avait passé des semaines à s'entraîner dans le garage, comme pour l'*Alton Belle*. Il se concentrait sur des cadenas, focalisait son esprit sur l'intérieur des serrures, fixait longuement des portes de toutes sortes. Il invoquait les moindres bribes de psychokinésie qu'abritait son corps.

Et il ratait. À chaque putain de fois.

Buddy Telemachus, cette nuit-là au casino, avait détruit ses derniers vestiges de confiance en lui. Et sans confiance, il n'était rien. Au moins, Frankie lui avait volé quelque chose en retour.

Il ouvrit le sac à outils et en sortit la gigantesque perceuse de son frère. La mèche ressemblait à un obus de la Seconde Guerre mondiale. Il pressa la détente, fit tourner le moteur à vitesse maximale et posa l'outil contre la serrure.

Le bruit faillit lui faire lâcher l'outil pour partir en courant, mais il savait qu'il n'aurait pas de deuxième chance s'il se dégonflait maintenant. Il serra l'appareil vrombissant des deux mains et appuya. Dans un bruit sourd, le foret traversa la serrure.

Ouais ! Faute de compter sur son pouvoir, il pouvait au moins compter sur Black & Decker.

Il glissa deux doigts dans le trou pour chasser les restes du barillet et tira la porte vers lui.

Elle ne s'ouvrit pas. Puis s'ouvrit soudainement.

La console d'alarme. À un pas de la porte, le clavier s'illumina et sonna.

Frankie s'engouffra dans l'ouverture. Le bar était sombre, mais il le connaissait bien. Et le code de l'alarme était simple, si simple qu'il l'avait mémorisé. Ou du moins le croyait-il.

Sur la console s'égrenait un compte à rebours : 28, 27…

Merde, où était ce bout de papier ? Il avait disparu. La combinaison commençait par un quatre, pensait-il.

Il la trouva dans son autre poche et la brandit sous le faisceau de la lampe. 4-4-4-2. En voyant les chiffres, il se les rappela.

Il entra la combinaison. La console considéra sa proposition, puis clignota deux fois. Frankie braqua la lampe sur l'écran à cristaux liquides. Le compte à rebours continuait. 18, 17…

— Merde.

Il consulta de nouveau le papier. 4-4-4-2, les chiffres qu'il venait de taper. Il recommença, plus lentement.

Il fixa la console de plus belle, malgré la panique qui l'aveuglait. Bordel, qu'est-ce qui foirait ?

— Putain, Matty ! dit-il à haute voix. Tu as merdé ? Tu as essayé de me baiser ?

La console afficha 8, puis 7. Tous ces chiffres à la con !

Puis il remarqua la touche « Entrée ».

Il l'enfonça.

Le compte à rebours céda la place aux mots : DÉSACTIVÉE.

Il s'effondra contre le mur, soufflant comme un bœuf, et attrapa un pan de sa chemise pour éponger la sueur qui lui couvrait le visage.

— Je suis entré, dit-il au Matty Hypothétique. Désolé d'avoir juré.

Il devait conserver une façade calme pour son neveu mais, au fond de son cœur, il savait qu'il ne referait jamais une chose pareille. Peut-être que les vrais voleurs aimaient le risque. Peut-être que les gens comme son père étaient capables de s'asseoir à une table de poker pour dépouiller des gangsters en les regardant droit dans les yeux. Mais Frankie n'était pas de cette trempe.

S'il partait maintenant, il s'en irait libre. Et après ? Il ne récupérerait pas sa maison et Loretta ne le pardonnerait jamais. Il risquait de tout perdre : son mariage, les jumelles et définitivement Mary Alice, qui n'avait jamais vraiment apprécié sa présence. Or, il voulait être cette présence. Il voulait être le gars qui reste même quand elle préférerait qu'il parte, parce qu'il voulait être meilleur que le bon à rien qui lui servait de père biologique.

Non. Le seul moyen de s'en sortir était de continuer.

Il rangea la perceuse dans le sac, puis suivit la lueur de la Maglite le long du couloir, jusqu'à la salle. L'enseigne Bud Light luisait de l'autre côté de la fenêtre, baignant le bar d'une lueur rouge. Est-ce que les tireuses restaient branchées, la nuit ? Avant de partir, il devrait au moins prendre une bouteille de scotch.

La porte du bureau de Mitzi n'était pas verrouillée. Frankie contourna la table et éclaira le coffre-fort noir.

— Okay, Matty. C'est parti.

Il s'accroupit et consulta le papier. La deuxième série de chiffres était la combinaison du coffre : 28-11-33. Ses oreilles étaient pleines du rugissement de son propre sang.

— Je m'excuse d'avance pour les jurons, annonça-t-il.

Il fit tourner la molette pour la réinitialiser, puis composa les numéros, gauche, droite, gauche. Rien n'indiquait que la combinaison était correcte. Il baissa la poignée et tira.

La porte s'ouvrit.

— Merci, putain de Dieu, dit-il après avoir décidé que les jurons de soulagement étaient autorisés. Et merci, Matty.

Soudain, il se souvint du nom du service téléphonique imaginaire : Astral Travel & Telephony. AT & T ! Ah, il allait devoir la raconter au gamin, celle-là.

Il braqua la torche vers l'intérieur du coffre et ne comprit pas tout à fait ce qu'il voyait. Il baissa la lampe, la releva, lui fit balayer les moindres recoins à la recherche d'un double fond ou d'un jeu de miroirs. Un gémissement haut perché monta de l'arrière de sa gorge, l'air comprimé chassé d'un ballon.

Le coffre était vide. Ou presque. Une boîte à goûter était posée sur l'étagère du haut, trop petite pour contenir ce dont il avait besoin.

L'intérieur de la tête de Frankie retentissait de trois syllabes répétées en boucle : PAS D'ARGENT PAS D'ARGENT PAS D'ARGENT…

Il sortit la boîte à goûter, un modèle souple estampillé Tortues Ninja. Argent ? demanda-t-il à la boîte. Il tira sur la fermeture Éclair. Elle contenait un sachet en plastique renfermant des restes de pop-corn, ou peut-être des dragées de chewing-gum.

Mais pas d'argent.

Pas même une putain de Thermos.

— Putain de Dieu ! hurla-t-il. Arrête de t'acharner sur moi, merde ! Juste une foutue minute !

Cet été, alors qu'il s'efforçait vainement d'ouvrir des serrures par la pensée, il avait appris quelque chose : quand il était très, très en colère, il était assez fort pour soulever un coffre-fort à bout de bras. Bien sûr, il avait aussi appris qu'en cas de perte d'équilibre, il risquait de le lâcher accidentellement sur la voiture de sa femme.

Cette fois, lorsqu'il souleva le coffre – tout d'abord au niveau de la taille, puis de la poitrine – il choisit sa cible. Il le jeta sur le bureau de Mitzi, et le craquement du bois qui explosait s'avéra si libérateur que Frankie retrouva presque son calme.

Puis il pensa : J'ai intérêt à filer d'ici.

Il se dépêcha de remonter le couloir vers la porte de derrière. Pourquoi Mitzi avait-elle déplacé le pognon ? Il était déjà en sûreté dans un coffre-fort, après tout ! C'était même pour ça qu'on l'y mettait, merde ! Il aurait dû y trouver des piles de billets qui n'attendaient que lui. Il aurait dû racheter la maison – non, acheter une nouvelle baraque, avec deux salles de bains et l'air conditionné. Et une nouvelle voiture, aussi. Il aurait dû revenir à la maison tel un héros grec sur son char Toyota, et les jumelles se seraient jetées à son cou. Même Mary Alice aurait souri. Et Loretta… Loretta ne l'aurait pas quitté.

La porte ne fermait plus, naturellement. Il la poussa autant qu'il put, puis remonta l'allée, fulminant encore. À quel moment les Pusateri avaient-ils déplacé les billets, et pourquoi est-ce que le gamin ne les avait pas vus faire ? Peut-être qu'en espionnant la maison de Nick, il découvrirait où était le magot ? Un gangster comme lui ne mettait pas son argent à la banque.

Des phares illuminèrent soudainement le mur qu'il longeait, et même l'ombre de Frankie parut surprise. Les flics ! Pendant un long moment, il resta paralysé, guettant le ballet des gyrophares au son des sirènes. Mais rien, rien de plus que le bruit d'une portière de voiture qui s'ouvrait et redonna vie à ses jambes. Il s'enfuit à toute allure dans la ruelle, le sac claquant contre son flanc, et se jeta derrière l'angle du bâtiment.

Au niveau de sa camionnette, il se cogna le coude contre le rétroviseur en essayant de s'arrêter. Il ouvrit la portière, jeta le sac à outils et la putain de boîte à goûter à l'intérieur. Où étaient les clefs ? Il fouilla sa poche, ne trouva rien. Les avait-il lâchées ? Où était sa lampe ? Il essaya une autre poche.

Les clefs !

Faisant démarrer la camionnette, il regarda dans les rétroviseurs. Celui de gauche était de travers, mais dans celui du passager, l'ombre d'un géant émergeait de l'allée. L'homme se tourna et leva le bras. S'il n'avait pas d'arme, le mime était très convaincant.

Barney, pensa Frankie. Comment était-il arrivé si vite ? Et surtout, bordel, qu'est-ce qu'il foutait là ?

Frankie déguerpit, trois syllabes résonnant dans sa tête jusqu'à ce qu'il arrive chez lui :

Pas d'argent.

Pas d'argent.

Pas d'argent.

4 SEPTEMBRE

21

Buddy

Le Médium le plus Puissant du Monde examine le calendrier, un pastel à la main. Chaque case numérotée est par convention une boîte contenant tout ce qui va survenir au cours des vingt-quatre heures qu'elle représente. La page est pleine de ces boîtes, mais regarder avant ou après n'a aucun intérêt. Pas pour lui. La seule case qui signifie quelque chose, à présent, est celle d'aujourd'hui.

Un cercle rose violacé l'entoure déjà. Il l'a tracé des mois plus tôt, avec ce même pastel.

Zap.

Il se sent pris de vertige, comme s'il se tenait au bord d'une piscine avec un bandeau sur les yeux. La chaîne infinie des jours passés le bouscule, le pousse vers l'avant. La piscine est-elle vide ou pleine ? Lorsqu'il tombera – et il va tomber, ça au moins il le sait –, va-t-il s'écraser sur le béton ou être accueilli par l'eau ? Il l'ignore. Et le fait de l'ignorer le remplit d'effroi. C'est ce que vivent les autres, tous les jours, et Buddy ne comprend pas comment ils arrivent à le supporter.

Il est 6 h 30 du matin, et il a tant à faire avant que l'avenir ne cesse, à 12 h 06. Il pense à certaines de ces tâches depuis des années. Il a conservé les images des événements du jour comme des photos dans un portefeuille. Il en a même dessiné certaines des années plus tôt, à la table de la cuisine, sous les encouragements de sa mère. Certains détails restent néanmoins dans l'ombre. Il ne les a pas examinés de trop près, parce que s'il se les remémore clairement, il va transformer les possibilités en certitudes, et il souhaite garder une marge de manœuvre.

Comme ces zones d'ombre sont terrifiantes ! L'idée des ricochets le hante.

Il lève la main et constate sans surprise qu'elle tremble. Il se calme en se concentrant sur le pastel. C'est sa couleur préférée, une nuance particulière de rose. Une fois que ses doigts ont retrouvé leur assurance, il trace une croix dans la boîte d'aujourd'hui.

— Tu es tombé du lit ? lui demande Irene.

Il baisse le pastel. Sa sœur est encore à moitié endormie, toujours fatiguée. Elle n'a sans doute pas très bien dormi dans la chambre du grenier, parce qu'elle a dû partager le lit avec Mary Alice. Elle met un filtre dans la cafetière et tend la main vers la boîte de café.

— On pourrait faire un pique-nique, dit Buddy. Ici. Hot-dogs pour les enfants. Hamburgers et saucisses pour les adultes.

Elle le regarde, un sourire curieux aux lèvres.

— Ben dis donc, tu parles, maintenant ?

— Je pensais prendre deux paquets de hot-dogs. Et trois ou quatre livres de bœuf haché, mais… je ne sais pas. Je ne sais pas quelle quantité les gens vont manger.

Le pique-nique, s'il a lieu, se déroule de l'autre côté de l'histoire.

— Tu pourrais faire la saucisse à l'agneau de maman ? propose Irene. Tu sais, avec la feta et la menthe ?

— Oh.

Il s'est rappelé avoir préparé des pâtés de viande hachée, mais est parti du principe que c'était pour les hamburgers. Bah.

— Tu n'es pas obligé, si tu préfères faire des burgers, dit Irene.

— Non, ça va.

Sous l'impulsion de Frankie, Maman avait appris quelques recettes grecques, et Buddy les a retenues. Ce serait bien d'en réaliser une pour l'anniversaire de sa mort.

— Tu pourrais aller à l'épicerie pour moi ? demande-t-il.

Il note les ingrédients, en triplant les quantités habituelles afin de nourrir tout le monde. Puis il commence à écrire la recette.

— Au cas où, explique-t-il. Je risque de ne pas pouvoir…

Il ne termine pas sa phrase.

— Tu as l'air drôlement tendu, dit Irene. T'inquiète pas, tout ira bien.

— Qu'est-ce que tu as dit ?

Il lève la tête. Ses yeux sont pleins de larmes. Inattendues, involontaires. L'une des premières surprises de la journée.

— Oh, Buddy, fait Irene en lui posant la main sur le cou. Je suis désolée. Je sais que tu es stressé quand il y a beaucoup de monde.

Il prend une inspiration. Il jongle avec tant d'assiettes, et certaines d'entre elles commencent à dévier de leur course.

— Ça fait beaucoup à gérer, oui, avoue-t-il.

MATTY

Il volait au-dessus de l'eau bleu ardoise qui s'étirait jusqu'à l'horizon, jusqu'à la tache dorée du soleil levant, longeant la route brillante, ondoyante du chemin de l'aube. Il ne sentait rien, n'entendait rien. Il n'y avait pas de vitesse. Peut-être qu'il ne se déplaçait pas du tout et se contentait de flotter sur place pendant que la planète tournait sous lui. Et lorsqu'il pensa à la planète, elle apparut, un orbe vert bleu luisant sous ses pieds. Si belle. Il leva les yeux vers le noir de l'espace et remarqua une étoile qui lui faisait des clins d'œil. Ou Mars, peut-être ? Il se rapprocha…

… et se réveilla en glapissant.

Un rêve. Vraiment ? Est-ce que son moi astral s'échappait pendant qu'il dormait ? Et s'il ne retrouvait pas le chemin du retour ? Un souci de plus… Mince, il avait envie de faire pipi.

Couché sur le lit du bas, il fixait les ressorts et les lattes de la couchette supérieure. Pas de nouvelle livraison, grâce au ciel. La pièce était sombre, à l'exception d'un rai de lumière qui se faufilait par une fine anfractuosité des nouveaux volets en métal de Buddy. Quelle heure était-il ?

Enfin, sa vessie le força à quitter le lit. Lorsqu'il se leva, le sommier entier grinça et vacilla. Buddy ne l'avait pas construit pour durer.

— Eh, merde ! dit une voix au-dessus de lui.

— Pardon, répondit Matty.

Julian, l'aîné des Pusateri, souffla entre ses dents. Même dans le noir, il arrivait à faire savoir qu'il roulait des yeux. Matty avait décidé, la veille, qu'il ne l'aimait pas, et pas seulement parce que le garçon, plus âgé, lui avait botté le cul à Super Mario. Chaque fois qu'oncle Buddy entrait, Julian faisait la grimace. Quand Malice était descendue, il l'avait regardée en fronçant les sourcils et avait dit : « Une Goth, manquait plus que ça. »

Les autres lits, qui accueillaient les Pusateri plus jeunes, se trouvaient sur sa droite, ce qui signifiait que la salle de bains de la cave était à gauche. Il prit cette direction.

— C'est quoi, ton problème ? insista Julian.

— Rien, répondit Matty sans se retourner.

Il avait appris à composer avec les attaques gratuites de garçons plus âgés que lui. L'école était un parc canin : les molosses étaient détachés et les chiots devaient se débrouiller seuls pendant que les professeurs, au loin, se gardaient d'intervenir. L'astuce était de garder la tête baissée et d'être toujours en mouvement.

— Votre problème à vous tous, je veux dire, insista Julian.

De colère, Matty fit volte-face.

— Hé ! Tu nous connais même pas !

— Je sais ce que vous êtes.

Mais Julian n'avait pas l'air si sûr de lui. Il semblait surpris que quelqu'un de plus jeune et de plus pauvre ose le contredire. Matty aussi.

— Tu sais que dalle. On est passés à la télé. On est la Fantastique Famille Telemachus.

— Ouais ? Fais un truc fantastique, alors…

Julian descendit du lit d'un bond.

— Sérieux. Fais quelque chose. Maintenant.

Matty ne se défila pas.

— Demande-moi si j'ai la monnaie sur cinq dollars.

— Quoi ?

— Demande-moi. Puis file-moi un billet.

— Va te faire foutre.

Matty haussa les épaules.

— D'accord. Tant pis pour toi.

— Non, attends.

Julian plongea la main dans la poche de son jean et en sortit un portefeuille en Nylon.

— J'ai un billet de dix. Ça ira ?

Matty fit semblant d'y réfléchir.

— D'accord. Maintenant, pose la question.

— Tu as la monnaie sur dix dollars, mange-bite ?

— Bien sûr, sac à merde.

Matty plia le billet, le fit glisser dans la paume de sa main et déplia à la place le billet de deux. Il lui donna une pichenette avant de le montrer à Julian. La grimace hébétée de ce dernier le ravit.

— Qu'est-ce que c'est, ces conneries ? Où est mon billet ? Comment t'as fait ça ?

— Pour vingt dollars, je t'explique.

— D'accord.

— Plus tard ; faut que j'aille pisser.

Après être allé aux toilettes, il monta au rez-de-chaussée. Oncle Buddy était aux fourneaux et disposait des torsades de pâte à la cannelle sur un plat à cookie.

— Ça sera prêt dans une minute, dit Buddy. Ta maman est allée à l'épicerie.

— Merci.

C'était bizarre d'entendre oncle Buddy parler sans qu'on ait besoin de l'aiguillonner. Bizarre, mais agréable.

La maison était silencieuse ; tout le monde, sauf Buddy, était encore au lit. Tant mieux, parce que Matty avait besoin d'un peu d'intimité. Il se rendit dans le salon, où oncle Frankie, à moitié nu, reposait sur le canapé, tel un matelot ivre entortillé dans une voile. Matty s'accroupit près de lui et lui toucha l'épaule. Puis lui enfonça l'index entre les côtes.

Frankie ouvrit un œil. Le reste de son visage mit longtemps à s'animer.

— Alors ? demanda Matty.

— Pas d'argent, croassa Frankie.

— Quoi ?

Il ouvrit un deuxième œil.

— Pas. D'argent.

— Mais, le coffre…

— Vide. Du moins…

Il referma les yeux.

— … rien d'utile.

— Pas d'argent, répéta Matty sur un ton dubitatif.

— Quelle heure il est ?

— Je sais pas. Un peu plus de huit heures ?

— Putain. Hum, désolé.

Il se redressa et toussa, fort. Puis il regarda Matty droit dans les yeux.

— Tu ne les as pas vus mettre l'argent ailleurs ?

— Non ! Chaque fois que quelqu'un est venu payer, ils ont tout rangé dans le coffre. Juré.

Frankie fixa le sol. Au bout d'un moment, Matty demanda :

— Qu'est-ce qu'on va faire ?

— On va rien faire du tout. Il n'y a rien à faire. On est baisés.

Tout ce travail, pensa Matty. Tous ces ennuis, et rien à en tirer ? Rien qu'il puisse offrir à maman ?

Frankie regardait quelque chose par-dessus l'épaule de son neveu. Celui-ci se retourna ; Malice les fixait. Sans son maquillage, elle semblait beaucoup plus jeune, plus fragile.

— Qui sont ces types ? demanda-t-elle en tendant le menton vers la fenêtre.

Matty se releva. Un van métallisé s'était garé dans l'allée.

— Ne les laisse pas entrer ! lança-t-il à Malice.

Il courut à l'étage, sans cesser de se dire : *Ils viennent me chercher !*

TEDDY

Quelqu'un martelait la porte de sa chambre.

— Papy Teddy ? appela Matty d'une voix paniquée. Tu es là ? L'agent Smalls est ici !

Déjà ? pensa Teddy. Ils s'étaient mis d'accord sur 9 heures.

— J'arrive tout de suite, répondit-il.

Par chance, il était déjà douché et habillé. Il avait revêtu l'un de ses plus beaux costumes, un modèle en flanelle à rayures anthracite et noires, taillé sur mesure par nul autre que Frank DeBartolo. Sa cravate en paisley pourpre était rehaussée d'une épingle sertie de diamants. Ses boutons de manchette en or étaient une récompense pour service distingué qu'il avait soutirée à un *shriner*[1] en 1958. Ne restait qu'à choisir l'ultime accessoire, sur le plateau tendu de velours noirs. En fait, ce n'était pas vraiment un choix.

Il prit la Rolex Daytona, la jumelle de celle que Nick Pusateri lui avait volée. Le truc avec les jumeaux, cependant, c'est qu'ils ne sont jamais tout à fait identiques, même s'ils en ont l'air. L'une des montres pouvait valoir vingt mille dollars, l'autre vingt. Quelqu'un qui ne s'y connaissait pas en montres aurait eu du mal à faire la différence. Ce qui était le cas de Nick, évidemment, qui n'avait pas tant été abusé par les faux diamants que par le trophée qu'elle représentait. Il avait suffi à Teddy d'adopter un air meurtri lorsque le gangster la lui avait prise pour que ce dernier ait l'impression de s'emparer d'un trésor inestimable – pour la seule raison que son ennemi paraissait en souffrir. Il ne soupçonnerait jamais qu'elle était bidon, parce que cela le forcerait à admettre que sa victoire l'était tout autant. Une fois qu'un pigeon commençait à s'impliquer émotionnellement, il lui était presque impossible de revenir à l'objectivité.

Teddy attacha la montre à son poignet et sentit sa qualité irradier le long de son bras. Les trophées ne pouvaient vous aveugler quand vous connaissiez précisément leur valeur.

Il remit le plateau dans le coffre et le glissa sous les lettres de Maureen.

---

1. Un *shriner* est un membre de l'Ancient Arabic Order of the Nobles of the Mystic Shrine, société maçonnique américaine. *(N.d.T.)*

En bas, Frankie était à la porte d'entrée et barrait la route à Destin Smalls. Matty attendait, inquiet, derrière son oncle.

— Laisse-les entrer, lança Teddy. Qu'on en finisse.

Il tapota l'épaule de Matty.

— Il n'y a rien à craindre. Fais-moi confiance, d'accord ?

Frankie s'écarta et Smalls se pencha pour franchir la porte.

— Ça ne prendra pas longtemps, annonça-t-il.

— Tu savais que Smalls allait venir ? demanda Frankie, outré. Avec *lui*, en plus ?

Lui n'était autre que G. Randall Archibald. Le magicien entra à son tour, chargé d'une valise métallique. Cliff Turner les suivait, d'autres valises dans les mains, et un rouleau de câble électrique passé sur l'épaule.

Archibald tendit la main à Matty.

— Ravi de faire ta connaissance. Je t'assure que le processus n'est aucunement douloureux.

— Quel processus ? demanda Matty.

— Un simple test de potentiel psionique. On va s'installer ici, près du canapé.

Buddy déboula dans la pièce, portant un plateau de roulés à la cannelle mouchetés d'un liquide blanc poisseux, exactement comme au supermarché. Il le déposa sur la table basse et disparut sans un mot.

— Du café ? proposa Teddy. Cliff ?

— Volontiers, Teddy, répondit ce dernier.

Archibald haussa ses sourcils broussailleux.

— D'accord, vous aussi, dit Teddy avant de se tourner vers Frankie. Fils, tu pourrais demander à Buddy d'apporter du café aux gars, et une tasse d'eau chaude pour l'agent Smalls ? Aussi – et ce n'est qu'une suggestion –, profites-en pour mettre un pantalon.

Frankie semblait souffrir d'une gueule de bois carabinée. Teddy ne lui aurait pas reproché d'avoir forcé sur la boisson, la nuit précédente.

— J'allais monter, protesta-t-il.

— D'accord. Matty, tu peux parler à Buddy ? Après, va attendre à la cave que tout soit prêt, d'accord ?

Le garçon n'était que trop heureux de pouvoir décamper. Mary Alice lui emboîta le pas.

Cliff alla chercher d'autres valises dans le van, et Archibald sautilla dans toute la pièce, branchant des câbles, installant des appareils et allumant des ampoules colorées tel un lutin de Noël. Teddy s'assit pour savourer le spectacle. Bon Dieu, il aurait aimé fumer une cigarette, mais la maison était trop pleine de femmes contrariantes et d'enfants impressionnables.

Graciella descendit, simple et élégante comme toujours, vêtue d'une légère robe d'été, les cheveux attachés.

— Quelqu'un tourne un documentaire ? s'enquit-elle.

Teddy la présenta à Cliff, qui ne savait pas qui elle était, et à Smalls, qui fit semblant de ne pas le savoir. Archibald la gratifia d'un baisemain.

— Oh, moi, j'ai entendu parler de vous, en tout cas, dit Graciella.

— Hélas, la publicité qui me précède ne m'est plus d'aucune aide, dit le gnome blanc. Je me suis retiré de la scène. Et pourtant…

Il fit disparaître, puis réapparaître son mouchoir.

— … face à tant de grâce, je ne puis m'empêcher de faire mon numéro.

— Vous êtes pire que Teddy, rétorqua Graciella. Ne montrez pas ça à mes enfants ou ils vont vous harceler toute la journée.

Elle prit Teddy à part.

— Qu'est-ce qu'ils fabriquent ici, bon sang ?

— J'ai passé un accord. Un test, un seul. Si Matty obtient de bons résultats, Destin pourra rédiger un rapport et continuer à faire tourner son programme jusqu'à ce que le petit ait dix-huit ans. Alors, Matty prendra sa décision.

Il ne mentionna pas qu'il avait fait la promesse de tenir les enfants à l'écart de Smalls, ce qui aurait nécessité d'expliquer qu'il ne la rompait pas vraiment.

— Je voulais dire : aujourd'hui, précisa Graciella. Si Nick vient et que...

— Il ne pourra rien faire du tout. Regardez tous ces gens ! Tous ces témoins ! Et puis, ce type-là, fit-il en désignant Destin Smalls du menton, cet homme est un agent du gouvernement. On ne pourrait rêver meilleure compagnie au cas où votre criminel de beau-père se radine.

Elle ne semblait pas rassurée.

— Je vous promets qu'aucun lieu au monde n'est plus sûr, insista-t-il.

À mesure qu'Archibald et son équipe installaient leur matériel, des enfants commencèrent à sortir du néant, pour la plupart armés de pistolets à eau. Les plus jeunes ne cessaient de demander ce que faisaient les nouveaux venus. Teddy racontait une histoire différente à chaque fois : ils enregistrent le chant des insectes ; ils gèlent le temps ; ils installent un karaoké. Cette dernière plaisanterie était une erreur : les trois fillettes devinrent folles.

Trois ? pensa Teddy.

— Où est le micro ? demanda une petite Asiatique.

Elle pouvait avoir n'importe quel âge entre sept et douze ans. Teddy parcourut mentalement la liste des enfants qu'il savait être ici, les tria par âges, sexes et races, et revint bredouille. Graciella et Irene n'étaient pas dans la pièce.

— À qui ai-je l'honneur ? demanda Teddy.

— June, répondit la fillette.

— Bonjour, June.

— Non, June, dit-elle sur un ton légèrement différent.

— June.

Elle en avait déjà marre d'essayer de le corriger.

— C'est pas vraiment un karaoké, si ?

— Non, c'est vrai, admit-il. C'est de la psychométrie très avancée. Tu vis dans le quartier ?

Il n'obtint pas de réponse. L'une des jumelles hurla de joie et sortit de la pièce en courant, et Pas-tout-à-fait-June se lança à ses trousses.

C'est alors qu'Irene entra, chargée de deux sacs en papier contenant des provisions.

IRENE

— Qu'est-ce que c'est que ce bordel ?

Le salon s'était transformé en laboratoire : des boîtiers noirs dont dépassaient des fils et des câbles, une demi-douzaine de petites antennes paraboliques sur trépied, pareilles à des parapluies retournés, des consoles de contrôle sur la table basse et par terre.

Destin Smalls la salua joyeusement, et G. Randall Archibald, l'Ahurissant Archibald en personne, non loin du canapé, lui fit signe.

Teddy l'entraîna vers la cuisine.

— Tu n'as pas de soucis à te faire, Irene, c'est juste une expérience scientifique.

— Où est Matty ?

— Il joue à la cave, en toute sécurité.

Elle lui lança un regard sombre.

— C'est toi qui as manigancé tout ça, hein ?

— Je trouve ta question insultante. Allez, ouste.

Buddy passa près d'elle avec un plateau plein de tasses de café. Irene se rendit à la cuisine avec les provisions, où quelqu'un coupait déjà les légumes. Ce quelqu'un était Joshua.

Il posa le couteau et plongea vers elle juste à temps pour rattraper le sac qu'elle venait de lâcher.

— Salut ! dit-il.

Une réaction chimique totale s'empara du corps d'Irene. Elle voulait se jeter contre lui. Elle voulait s'enfuir. Elle voulait que lui s'enfuie, afin qu'elle le rattrape, le tacle et le plaque au sol.

Sa bouche finit par réussir à articuler quelques mots :

— Qu'est-ce que tu fais ici ?

Il posa le sac sur le comptoir.

— Tu ne savais pas que je venais ?

— Comment aurais-tu voulu que je le sache ?

Sa colère, même feinte, était agréable. Elle lui donnait quelque chose à quoi se raccrocher.

— Ton frère nous a invités à pique-niquer.

— Buddy ? *Nous* ?

Elle repensa brièvement à l'enfant la plus âgée de la petite meute qu'elle avait croisée en entrant.

— Jun est ici ?

— Ouais. C'était mon week-end de garde, et je me suis dit, hop, à l'aventure !

Irene ne savait pas quoi répondre.

— Il ne t'a pas prévenue, comprit Joshua.

— Non.

Il souffla à travers ses lèvres.

— D'accord. Je suis vraiment désolé. On va s'en aller.

— Impossible. J'ai deux kilos d'épaule d'agneau hachée dans la voiture.

— Deux kilos ? !

— Je croyais que Buddy avait vu trop grand, mais il se pourrait que non, apparemment.

— C'est vrai. Entre nous et les types du karaoké…

Il l'aida à rentrer les courses et rangea les produits frais dans un réfrigérateur déjà plein. Chemin faisant, Irene s'efforça d'analyser ce qui se passait dans son corps et dans son cerveau.

— Alors…, dit Joshua.

— Où est Buddy ? le coupa-t-elle.

— Dehors ?

Elle le prit par la main et l'entraîna dans la cour. Buddy était accroupi sur l'appareil qu'il bricolait déjà la veille. Deux câbles, un rouge et un bleu, en sortaient pour courir sur environ deux mètres, puis disparaissaient dans la pelouse.

— Buddy, appela-t-elle.

Pas de réponse.

— Buddy, regarde-moi.

Il se leva à contrecœur. Il était en train de travailler sur une sorte de réservoir orange. Les câbles s'arrêtaient à une jonction surmontée d'un gros bouton rouge.

— C'est quoi, une bombe ?

Buddy écarquilla les yeux. Puis secoua la tête.

— Je plaisante. Buddy, je te présente Joshua, en personne. Tu vois, sa fille et lui ont fait tout le chemin depuis l'Arizona.

— On s'est déjà vus, dit Joshua. Il était dans la rue quand on est arrivés.

— C'est bien aimable de sa part.

— Ne lui en veux pas, lui glissa Joshua à l'oreille.

— Est-ce que quelqu'un d'autre doit venir à mon insu ? reprit-elle à l'attention de son frère. Ou seulement passer ? Juste au cas où on aurait besoin de plus d'épaule d'agneau, tu sais ?

Buddy fit la grimace.

— Qui ? exigea Irene.

— Surprise, répondit-il à voix basse.

— Oh, Seigneur.

Les enfants repassèrent en courant. Ils avaient réussi à se procurer des pistolets à eau ; les plus âgés maniaient des Super Soaker, l'AK-47 de ce type de jouet. Jun souriait et hurlait à l'unisson des autres. Tôt ou tard, quelqu'un pleurerait, mais pour l'instant, ils semblaient tous heureux. Buddy les regarda, puis recouvrit le bouton rouge d'une sorte de cache en métal qui cliqueta en se fixant.

— Au garage, ordonna-t-elle à Joshua en lui prenant de nouveau la main.

Elle n'avait aucune raison logique de le traîner physiquement en tous sens, mais une décharge faisait crépiter son système sanguin chaque fois qu'elle le touchait.

Le break Mercedes occupait la majeure partie de la pièce. Irene ouvrit le hayon arrière et fit signe à Joshua de venir s'asseoir à côté d'elle.

— Belle voiture, commenta-t-il.

— Elle appartient à la mafia, répondit-elle, mais c'est une longue histoire.

Ils ne parlèrent pas pendant peut-être trente secondes. Entre eux, l'air se réchauffait.

— Tu es partie un peu précipitamment, dit-il enfin.

— J'espère que tu ne t'es pas fait virer.

— Moi ? Non. Les autres, en revanche…

— Vraiment ?

— Le coup de l'écart de salaire hommes-femmes a fait mouche. Le directeur qui était là à ton entretien, Bob Sloane, est déjà parti. Techniquement, il est en congés, mais ça ne durera que le temps de terminer la paperasse.

— Ouah.

— Mais je doute quand même qu'ils t'embauchent.

— Merci d'être honnête.

— J'essaye.

Ne l'embrasse pas, pensa-t-elle. L'embrasser gâchera tout.

— Qu'est-ce que tu fais là ? demanda-t-elle.

— J'ai tenté de te joindre par téléphone. Tu as eu un seul de mes messages ?

Elle détourna les yeux, gênée.

— Quelques-uns.

— Et tu n'étais pas en ligne, non plus. Tu ne m'as pas laissé le choix. Il fallait que je vienne.

— Je t'ai dit que c'était terminé.

— Oui, mais justement, tu n'as rien dit de plus ! Après l'entretien, tu étais folle de colère. Tu as commencé à faire tes bagages, et le seul truc que tu m'as expliqué, c'est que ça ne marcherait pas, qu'on n'avait pas d'avenir et que tu devais partir.

— Parce que c'est vrai, répondit-elle. On s'amuse, c'est tout. Tu ne vas pas quitter Phoenix. Tu ne peux pas. Et je ne te le reproche pas.

— Alors, rejoins-moi.

— J'ai un travail, ici.

— Chez Aldi ?!

Elle n'aima pas la façon dont il prononça cette phrase, même si elle en faisait autant d'ordinaire, avec la même incrédulité : *Aldi ?!*

— Non, j'ai une offre d'une autre société. Pour un poste de…

Ça semblait ridicule de dire « chef des finances ».

— … directrice financière.

— Sans rire ? Mais c'est génial !

— Et je vais accepter.

— Évidemment ! Je veux dire… Je suis très content pour toi, ajouta-t-il après avoir pris une inspiration.

Il disait la vérité. Alors qu'elle faisait passer son travail avant lui.

— Tout ce que je veux, c'est que tu sois heureuse. Tu mérites d'être heureuse.

La vérité, encore. Et elle s'en voulait tellement.

— Ce qu'on avait, c'était bien, répondit-elle. Les nuits au Pays des Hôtels… j'aimais ça. Mais ce n'était pas la vraie vie. Ce n'était pas sérieux.

— Pour moi, c'était sacrément sérieux.

— Tu dois trouver quelqu'un qui pourra vivre avec Jun et toi. Et moi, j'ai besoin de quelqu'un qui puisse nous gérer, Matty et moi. Ça n'aurait pas marché.

Elle l'embrassa sur la joue.

— J'ai aimé chaque seconde de ce qu'on a vécu, mais c'est fini.

— Fini ?

— Je suis désolée.

Elle l'embrassa encore.

— Tellement désolée.

FRANKIE

Aux yeux de sa femme, Frankie était devenu un fantôme. Loretta se coiffa et se maquilla pendant qu'il parlait. L'ignora tandis qu'il s'habillait. Puis elle se leva et le traversa – ou presque.

Il la suivit au rez-de-chaussée. Elle dit bonjour à Teddy, lui posa des questions sur les inconnus qui occupaient le salon – « Simple test de radons », lui expliqua ce dernier –, se servit une tasse de café et se rendit dans la cour.

Tout ce temps, elle n'adressa pas un regard à Frankie, même lorsqu'il lui répétait : « Loretta, je suis désolé. »

Buddy avait transformé le patio en cuisine extérieure. De l'agneau haché était disposé dans de grands saladiers en acier brossé, et une assiette accueillait une montagne de menthe fraîchement coupée. Bon Dieu, Frankie adorait la saucisse à l'agneau de maman. Buddy, devant le barbecue, enveloppait des pommes de terre dans du papier aluminium. Loretta le remercia pour les roulés du petit déjeuner. Il hocha la tête et poursuivit sa tâche.

Elle alluma une cigarette, sa première et sa préférée de la journée. Il resta à côté d'elle et ils firent semblant de regarder les enfants jouer. Le Pusateri taille moyenne avait perdu son Super Soaker et grimpait à un arbre, tandis que les modèles plus jeunes essayaient de l'atteindre avec leurs pistolets à eau de calibre moindre.

Par chance, ils ne prêtaient pas attention au réservoir orange qui reposait sur le gazon à quelques pas seulement de l'arbre. Le vestige d'un des projets de Buddy, sûrement, qui pouvait contenir n'importe quoi, de l'air comprimé comme du gaz moutarde.

Au bout de deux minutes, Frankie craqua et le silence avec.

— Allons, chérie. S'il te plaît, parle-moi.

Si elle acceptait seulement de lui répondre, il avait une chance de la reprendre. Elle avait déjà été en colère contre lui, par le passé – oh oui, des centaines de fois – mais jamais aussi totalement, aussi exhaustivement qu'à présent. Toutefois, si elle acceptait de l'écouter, il pourrait trouver une faille dans son courroux et y glisser quelques mots. Se frayer un chemin vers son cœur.

Frankie avait toujours redouté l'exil plus que tout ; le jour où Loretta en aurait marre de lui et le quitterait, emportant son amour et les filles au loin. Il savait que, seul, il ne valait rien. Moins que rien : il était une soustraction. Un trou noir. Quelqu'un qui prend. Si prendre ne servait à rien, s'il n'arrivait pas à inverser la situation pour tout rendre à sa famille, il était perdu.

— J'ai fait tout ça pour toi, tu sais, dit-il.

Ça l'atteignit enfin. Elle lui lança un regard de dégoût qui fendit la fumée de sa clope.

— Pour toi et les filles, ajouta-t-il.

— Tu as perdu la maison pour *nous* ?

Elle lui avait parlé ! Il essaya de dissimuler son soulagement.

— C'est vrai. Mais parce que…

— À cause de toi, tes enfants sont SDF.

— Temporairement. Je vais tout arranger.

Elle secoua la tête, fixant le vide. Prit une bouffée de sa cigarette. Exhala. Il était redevenu invisible.

— Loretta…

— Personne ne pourrait me reprocher de partir, dit-elle doucement. Lorsque tu as fait faillite et perdu ta boîte, mes amies m'ont dit que je ferais mieux de te quitter. Quand tu as passé une année à faire semblant de diriger un casino dans notre garage, je n'ai rien dit. Je n'ai rien dit non plus quand tu as lâché un coffre-fort sur ma voiture.

— L'histoire du casino, ça n'a duré que quelques mois, protesta-t-il. Et le coffre-fort, c'était un accident.

— Et maintenant, ça. Tu empruntes de l'argent à la mafia. Pourquoi, Frankie ? Merde, qu'est-ce que tu cherchais à faire ?

Polly les remarqua et accourut, suivie par Cassie et une Chinoise plus âgée. Toutes étaient armées de pistolets à eau de couleur vive.

— On peut dormir à la cave, ce soir ? Avec Jun ?

— Jun vit dans le désert, précisa Cassie. Elle voit des scorpions tout le temps.

— C'est quand, le pique-nique ? demanda Polly.

— Vous venez de manger des roulés à la cannelle, répondit Loretta.

— On veut des hot-dogs.

Le plus jeune des Pusateri, qui semblait avoir le même âge que les jumelles, se lassa d'essayer d'atteindre son frère et les rejoignit en courant :

— C'est quand, les hot-dogs ?

— Allez jouer, ordonna Frankie. Les adultes doivent parler.

Smalls et le reste de la famille étaient dedans, et Buddy ne bougeait pas. Frankie désigna le garage du menton.

— Accorde-moi deux minutes, Loretta. S'il te plaît.

Il entra dans le garage par la porte latérale et s'étonna d'y trouver un long break Mercedes au hayon ouvert.

Loretta referma la porte et le surprit en prenant la parole.

— Je sais que tu aimes les filles. Et Mary Alice autant que les jumelles.

— C'est vrai. Et je t'aime. Je vais tout arranger. J'ai des plans. Je vais récupérer la maison, et tout sera super.

— Je n'ai pas besoin de choses super, dit Loretta. Je ne te demande même pas d'être super. Je veux juste que tu sois *là*.

— Je suis là ! Je suis là pour notre famille !

— Non, je ne sais pas où tu es. Et je n'irai pas, où que ça soit. Je ne peux pas vivre comme ça. Je ne supporterai pas de…

Ils entendirent le bruit tous les deux. Un grognement animal.

Loretta regarda la portière du break en fronçant les sourcils. Frankie se retourna. À l'arrière du véhicule, deux formes. Il se pencha et posa la main contre la vitre.

Irene et un Chinois lui renvoyèrent son regard. Ils étaient couchés dans le coffre et leur ratio peau/vêtements tendait nettement vers la nudité.

Bordel. Il n'y avait donc pas moyen d'être tranquille, même ici ?

Loretta sortit du garage.

— Et c'est *maintenant* que tu décides de tirer un coup ?! s'écria Frankie. Merde à la fin, Reenie…

Il suivit sa femme dans le jardin, en espérant qu'elle le serait toujours à la fin de la journée.

22

Buddy

Le Médium le Plus Puissant du Monde n'aura jamais vingt-huit ans. Il se demande si c'est le stress occasionné par cette journée qui va le tuer. Par exemple : les fichus volets. Les soupiraux courent le long du patio et, une fois de plus, les volets métalliques qu'il a installés ont été ouverts.

Il ne pourra pas non plus manger ces saucisses à l'agneau. Avec l'aide de Joshua, il a réussi à hacher l'oignon, et à lui tout seul, il a mélangé quatre livres de viande et une pile de mélange feta-menthe, mais à présent le temps va lui manquer, et il doit encore faire les pâtés. Il prépare la nourriture dehors parce que c'est là que (a) il y a le plus de place et (b) qu'il se souvient d'avoir cuisiné durant la matinée.

Loretta sort du garage, l'air triste, et Frankie en émerge à sa suite, parlant, parlant, parlant. Il aimerait leur dire, à tous deux, que tout ira bien, mais il ne le sait pas, pas vraiment. Au-delà de 12 h 06, aujourd'hui, ils se retrouveront en territoire non cartographié.

Il a de plus en plus de mal à se concentrer à mesure que l'heure approche. Et la minute, et la seconde. Encore que, la seconde en question est toujours restée un mystère. Les connaissances dont il dispose sont exactes, mais pas précises. Les infimes détails lui échappent.

Il sort sa liste rédigée au pastel et la passe en revue pour la troisième fois en dix minutes :

✓ *Nettoyer le barbecue*
✓ *Pistolets à eau*
✓ *Perceuse (sac de F)*
✓ *Compresseur*
✓ *Volets*
✓ *Patates*
Pâtés d'agneau
Porte d'entrée
Salade de pommes de terre ?
Porte de la cave
Hot-dogs
Chien
✓ *Volets ENCORE*

Tout en bas, il griffonne :

FERMER VOLETS !!!

Il consulte sa montre. Les pâtés devront attendre. Il rentre, se lave les mains à l'évier de la cuisine et se rend dans le salon.

Graciella le remarque et lui demande :

— Vous êtes sûr que vous n'avez pas besoin d'aide ?

Il refuse d'un geste de la main, puis se rappelle quelque chose :

— Quand on sonnera à la porte, demandez à Teddy d'aller ouvrir.

Puis il attrape sa boîte à outils dans le placard du couloir et récupère sa perceuse dans le sac de Frankie.

— On peut avoir le petit, maintenant ? lance Archibald.

— Vous pouvez le demander de manière un peu moins inquiétante ? riposte Teddy.

Ce dernier appelle néanmoins Matty, qui remonte de la cave, douché et changé, mais méfiant.

— Assieds-toi là, lui dit Archibald. Juste ici, sur le canapé.

Pour Buddy, ça ne semble pas moins inquiétant. Destin Smalls se tourne vers Matty :

— Tu te rappelles ce que je t'ai dit, à propos de ta grand-mère ? Plus tard, tu repenseras à ce moment comme l'instant où tu as commencé à marcher dans ses pas.

— Chaussures à talons incluses ? grommelle Teddy.

Graciella pousse son rire bas et rauque. Teddy aime avoir un public.

Archibald fixe des électrodes sur le dos des mains de Matty tout en fredonnant. L'adolescent reste très immobile, comme un prisonnier qu'on prépare pour la chaise électrique. Buddy a beaucoup à faire, mais il veut assister à cette scène. Et puisqu'il se souvient de l'avoir vue, il sait qu'il dispose d'assez de temps avant d'aller vérifier la boîte à fusibles, à la cave.

— Maintenant, je te prie de te concentrer, dit Archibald à Matty. Focalise-toi sur le van argenté, dehors. Tu le vois ?

— Non, répond Matty.

— Ferme les yeux, et fais ce que tu fais, d'ordinaire, quand tu vois à distance.

— C'est ce que j'essaye de vous dire : je ne sais pas faire ça.

Il lance un regard à Teddy.

— J'ai… j'ai une sorte de rituel, ajoute-t-il.

— Quel genre de rituel ? demande Smalls. De la méditation ? Certains de nos agents…

— Inutile de le faire sortir de son corps, intervient Teddy. Mesurez simplement son niveau de taus au repos et on pourra passer aux choses sérieuses.

— Ça nous donnera les informations nécessaires ? demande Smalls à Archibald.

— Il n'y a qu'un moyen de le savoir, répond le gnome dégarni.

Il abaisse deux interrupteurs du tableau de contrôle, et pose le doigt sur un bouton.

— Début de la mesure… maintenant.

Il enfonce le bouton. L'aiguille de la plus grosse jauge file vers le rouge et y reste. Un gémissement émane de l'une des machines, de plus en plus aigu.

— Oh, fait Archibald.

Un autre appareil émet un flash. Une détonation retentit au sous-sol et toutes les lumières de la maison s'éteignent.

Buddy s'empresse de descendre à la cave, où Mary Alice et Julian, l'aîné de Graciella, sont assis devant une télé maintenant éteinte, des manettes de console dans les mains.

— Qu'est-ce qui s'est passé ? demande-t-elle.

Buddy se dirige vers le mur du fond, ouvre la boîte à fusibles et remet les plombs. Les lumières reviennent, ainsi que l'image de la télé.

Buddy contourne les enfants et s'attaque aux volets à l'aide de la perceuse qu'il a récupérée dans le sac à outils de Frankie. Chaque panneau de métal est doté d'une bride qui repose contre le bois. Il n'a pas le temps de faire dans la finesse, alors il enfonce des vis directement à travers la bride, dans le bois. Il aurait vraiment aimé se le rappeler avant. Il aurait pu fabriquer des crochets de verrouillage – sauf que non, parce qu'il ne se souvient pas avoir fait une chose pareille. Il en a marre de la bêtise de son moi futur.

— C'était… bruyant, commente Julian après qu'il a terminé.

Buddy repose la perceuse.

— Et il fait drôlement sombre, ici, ajoute l'adolescent.

— C'est parfait, répond gentiment Mary Alice. Ça fait moins de reflets sur l'écran.

Buddy se rend dans la buanderie pour y prendre le matériel acheté quelques semaines plus tôt, dont un plat en métal peu profond. Il le remplit au lavabo et rapporte tout dans la cave. Il pose le plat par terre, et tend le sac en plastique à Mary Alice. Celle-ci semble perplexe.

Buddy compatit. Ce souvenir l'a longtemps confondu. Mais à présent, tout est parfaitement logique.

— Je reviens tout de suite, annonce-t-il.

Il se rend rapidement chez Mme Klauser et frappe à la porte d'entrée. Il entend Miss Poppins aboyer, excitée, et un deuxième bruit, encore plus aigu. Les jappements croissent en intensité lorsque Mme Klauser ouvre la porte.

— Je me demandais si je pouvais vous emprunter Mr Banks, s'enquiert-il.

Elle rit.

— Tu peux même le garder toute la journée ! Je ne sais pas comment tu as réussi à me convaincre de le recueillir, c'est une vraie terreur !

Mais elle sourit. Ça fait des mois qu'elle n'a pas eu autant d'énergie.

Buddy salue Miss Poppins en lui tapotant la tête, mais ramasse la boule de poils blancs à côté d'elle. Mr Banks n'a que deux mois, ce n'est qu'une grosse tête avec de grosses pattes, et son pelage est très doux. Buddy rapproche le visage de la petite créature du sien, et le cabot lui lèche la figure. Mr Banks possède encore cette adorable odeur de chiot.

Il ramène l'animal chez lui. Sitôt dans la cour, tous les enfants se jettent sur lui. En couinant.

— Ne lui faites pas peur, dit Buddy. Voici Mr Banks. Je me demandais si vous pouviez vous occuper de lui pour moi, pendant un petit moment ?

Question rhétorique. Ils le suivent comme s'il était le joueur de flûte de Hamelin, direction la cave. Même Matty, délivré des appareils fumants et de l'attention des hommes du gouvernement, est attiré par toute cette agitation.

Buddy demande à Jun :

— Tu t'es déjà occupée d'un animal ?

Elle hoche la tête avec enthousiasme :

— J'ai un chat.

— Alors, c'est toi qui commandes. Empêche les autres de l'écraser.

Il lui pose le chiot dans les bras.

Il compte rapidement les enfants : trois Pusateri, les jumelles, Mary Alice, Matty et Jun Lee. Huit ; c'est le bon chiffre, et c'est un soulagement.

Les enfants ne remarquent pas qu'il repart, et personne ne proteste lorsqu'il ferme la porte en acier. Il consulte sa montre. 11 h 32. Si peu de temps ! Il règle le compteur, à côté de la porte, sur trente minutes, et appuie sur « Entrée ». Le verrou magnétique se referme avec un bruit rassurant.

MATTY

Il tremblait encore d'avoir fait sauter le circuit électrique de la maison, mais il devait reconnaître que la présence du chiot le rassérénait. Lorsque les lumières s'étaient éteintes, papy Teddy s'était précipité sur lui pour le débrancher, malgré les objections de Destin Smalls.

— Un seul test ! avait dit Teddy. C'était notre accord.

Ils avaient continué à se disputer et Matty en avait profité pour s'échapper à la cave, avec les autres enfants, afin de jouer avec le chiot.

Même Malice s'amusait. Elle avait déniché un sac plein de jouets pour animaux qui contenait un véritable os, une balle en caoutchouc, et diverses bestioles sonores en latex que Mr Banks se ferait censément une joie de tuer. Elle les distribua aux enfants plus jeunes, qui semblaient encore plus excités par les jouets que le chien.

Après avoir joué au Père Noël, Malice s'assit à côté de Matty. Il se rendit compte que l'odeur de sa cousine l'apaisait aussi.

— Alors, dit-elle en parlant de sorte que lui seul puisse l'entendre. Ma mère et Frankie vont sûrement divorcer.

— Ouah. Vraiment ?

— C'est mal barré.

— Je suis désolé.

— Maintenant, tu peux me dire ce que vous mijotiez, lui et toi ?

— Euh…

— Parce que, quoi que ça soit, ça nous a coûté notre maison.

— Je ne sais pas ce qu'il…

— Ne dis pas ça, merde. Jamais. Je ne supporterais pas que tu me mentes.

— Je ne veux pas te mentir.

— Alors ne mens pas. Dis-moi. S'il te plaît.

Matty n'avait aucune intention de lui parler de son père et de ses rapports avec la pègre. Mais il aurait aimé avoir quelqu'un de son âge à qui confier ce qu'il traversait. Surtout si ce quelqu'un était Malice.

Il regarda autour de lui. La pièce était pleine de gosses, mais tous étaient obnubilés par le chiot.

— Il m'aidait, dit Matty. À faire des trucs.

Elle attendit qu'il s'explique.

— Je suis comme mamie Mo. Je peux sortir de mon corps et voir des choses.

— Tu te fous de ma gueule ?

De la part de quelqu'un d'autre, la remarque aurait pu le vexer, mais à la manière dont elle le prononçait, ça signifiait : *C'est fantastique !*

— Tu me crois ? demanda-t-il.

Elle leva les yeux au ciel.

— Bon Dieu, Matty, je suis de la famille. Tu sais le genre de trucs auxquels j'ai assisté ?

Le soulagement submergea Matty comme de l'eau fraîche. Il ignorait ce qu'elle voulait dire par là, n'ayant lui-même rien vu jusqu'à ce que quelque chose lui arrive. Avant, tout se résumait à des anecdotes familiales et des rumeurs.

— Au début, j'ai cru que je devenais fou, continua-t-il. Je m'améliore, mais j'ai encore besoin… d'aide. Pour le déclencher. Psychologiquement et, euh… physiquement.

— Et c'est à ce niveau que je rentre en jeu, compléta Malice.

Il se sentit rougir.

— C'est pas grave, dit-elle. Pas de quoi avoir honte. D'accord, t'es un peu jeune…

— Tu crois ?

— Sûr. Mais maintenant, je comprends pourquoi t'avais l'air si désespéré. Tu avais besoin de planer.

Il lui fallut un moment pour reprendre le fil de la conversation.

— C'est ça. C'est à ce niveau que tu entres en jeu.

— N'empêche, je dois dire que j'ai jamais vu quelqu'un bander autant en fumant.

Matty s'étrangla.

— Tu te rappelles, au parc ? insista-t-elle en ignorant sa détresse. Merde… À un moment, on s'est tournées vers toi, Janelle et moi, et tu étais genre… schwing !

Il se couvrit le visage. Elle s'appuya sur son épaule.

— C'est pas grave, mec. De toute façon, Janelle pense que tu es un pervers intégral depuis la soirée au grenier.

Heureusement qu'elle parlait à voix basse.

— C'était la première fois, avoua-t-il.

— La première fois que tu te branlais ?

Il se découvrit le visage.

— Non !

Cette révélation le faisait-elle paraître plus ou moins pervers ?

— La première fois que j'ai quitté mon corps et que j'ai voyagé.

— Vraiment ? Dire que j'étais juste à côté...

— Parfois, c'est ça, le truc qui me fait voyager.

Il n'arrivait pas à croire qu'il lui avouait ça, mais elle se montrait tellement franche avec lui, tellement impassible, qu'il avait envie de tout lui raconter.

— J'éprouve certaines émotions, et boum.

— Des émotions sexuelles.

— Euh... ouais.

— Alors, t'es un peu comme Hulk, mais avec le gourdin.

— Oh...

— Hulk la Trique.

— Arrête, s'il te plaît.

Elle lui sourit.

— Y a pas de quoi avoir honte, dit-elle.

— Tu es tellement cool avec tout ça.

— Je voulais juste piger ce qui se passe. Maintenant, tu n'as plus qu'à m'expliquer comment Frankie t'a aidé à nous faire virer de chez nous.

Et le piège se referma en un clin d'œil.

— Allez, balance, insista-t-elle.

TEDDY

Il fallait accorder à Destin Smalls qu'il ne manquait pas de ténacité. Pendant qu'Archibald et Cliff débranchaient les appareils démontés, il essayait encore de négocier un deuxième test.

— Ça n'arrivera pas, dit Teddy. Pas aujourd'hui.

La sonnette retentit.

— Je crois que c'est pour vous, dit Graciella à Teddy.

— Alors, dans la semaine ? reprit Smalls. Le petit et toi, venez à mon bureau. On a besoin d'un chiffre, Teddy, un vrai niveau de taus. Cette fois, on utilisera une installation électrique industrielle.

— D'accord, promis.

— Vous pouvez lui faire confiance, ajouta Graciella.

Ça lui réchauffait le cœur : une dame défendait son honneur. Sauf que son honneur ne méritait pas une femme pareille.

La sonnette tinta de nouveau.

Smalls se tourna vers Graciella :

— Vous vous souvenez de votre rencontre ? Il était en train de vous arnaquer. On l'appelait Teddy le Grec, dans le temps. Il tient ce surnom de la donne à la grecque, une forme de tricherie qui était sa spécialité. Il n'a changé de nom officiellement que lorsque…

— Assez ! s'écria Teddy.

Smalls n'avait pas perdu son envie de le démasquer, de l'humilier. Bah, Teddy avait eu la fille, malgré tout, non ? Tout le monde tombait amoureux de Maureen, mais il était le seul qu'elle aimait en retour.

Tel était l'atout que Destin n'avait jamais pu battre.

Teddy alla ouvrir la porte et son cœur se glaça.

Nick Pusateri senior.

Il était debout sur la marche carrelée, en sueur, les yeux brillant d'une lueur démente. Sa perruque retenait la chaleur comme un casque de la Seconde Guerre mondiale, sans doute. Derrière lui, Barney patientait, l'air mécontent.

Teddy batailla pour afficher un sourire :

— Qu'est-ce que je peux faire pour vous, les gars ?

Seul un long entraînement empêcha sa voix de se fissurer.

— On peut entrer ? fit Nick.

— J'adorerais vous inviter, mentit désespérément Teddy, mais on a une réunion de famille.

— C'est pour ça que je suis là. La famille.

Il poussa du plat de la main Teddy, qui recula en titubant. Quand le vieillard recouvra son équilibre, Nick lança :

— Ma parole, t'as retrouvé tes forces, hein ?

Oh, Seigneur. Il était entré. Le diable n'avait encore jamais mis les pieds dans cette maison. En dépit de tous ses échecs, au fil des ans, Teddy avait toujours réussi à l'en empêcher.

Smalls et Graciella s'étaient levés. Archibald observait la scène sous ses épais sourcils. Barney s'efforçait de compter les têtes et les menaces potentielles. Nick, lui, fixait Graciella.

— Qu'est-ce qu'elle fout là ?

L'outrage l'étranglait. Teddy ne l'avait jamais vu aussi en colère, aussi incapable de se maîtriser.

— *Elle* est dans la pièce, répondit Graciella.

— C'est mon invitée, répliqua Teddy.

Il réfléchit à cent à l'heure. Si Nick n'était pas là pour récupérer sa belle-fille et ses petits-enfants, ça signifiait qu'il était là pour la famille de Teddy.

— Qu'est-ce que tu veux, Nick ? demanda-t-il.

— Je suis venu rapporter un truc.

Il hocha la tête vers Barney. Le gros barman leva la main, et Teddy se crispa. Mais il ne tenait pas une arme, juste une grosse lampe torche jaune frappée d'un logo représentant une abeille.

— Ça te rappelle quelque chose ? Ça ressemble drôlement à la putain d'abeille peinte sur la putain de camionnette de Frankie, non ?

Teddy afficha un sourire confus. Qu'est-ce que Frankie avait foutu ? Était-il allé raconter des idioties à la Taverne ? Balancer des menaces stupides ?

— Eh bien, merci de nous l'avoir rapportée. Je ne savais pas qu'il l'avait perdue, mais je suis sûr qu'il appréciera de…

— Tu me prends pour un con ?! gronda Nick.

Destin Smalls s'avança. Il était le seul homme de la pièce à dépasser Nick et Barney en taille, et Teddy était heureux de sa présence. Barney et lui se regardèrent droit dans les yeux, comme deux locomotives à vapeur lancées sur la même voie.

— Je ne sais pas de quoi tu parles, répondit Teddy. Honnêtement.

— Tu crois que tu peux cambrioler mon putain de bar et que je pigerai pas que c'est toi ? Que tu aies envoyé ton débile de fils, ça change rien !

— Je n'ai envoyé Frankie nulle part. Calme-toi, Nick, et discutons-en comme des…

— Va te faire mettre, Teddy.

— … gentilshommes.

Le seul hic, c'était que Nick n'était pas un gentilhomme, mais un sociopathe. Un sociopathe armé : le renflement de sa chemise trahissait le pistolet glissé dans sa ceinture.

— Il y a des enfants, ici, dit Teddy en baissant la voix. Dont tes petits-enfants.

— Rends-les-moi ! hurla le gangster.

Ses yeux volaient en tous sens, et sa main descendit se poser sur la bosse de tissu. Qu'est-ce qu'il espérait, en venant ici en plein jour, prêt à exploser ? Il perdait les pédales. Peut-être à force de redouter le jour où les fédéraux viendraient frapper à sa porte ? Ses affaires – non, tout son mode de vie – pouvaient s'envoler d'un simple coup de maillet.

— Tout de suite, bordel !

— Te rendre quoi ? s'étonna Teddy. Je suis d'une sincérité totale. Je ne sais pas de quoi tu parles.

— Mes putains de dents.

— Des dents ? fit Archibald.

— C'est une longue histoire, intervint Graciella.

Elle se dirigea vers Nick, et Teddy fut fier du calme qu'elle arborait. Le vieux gangster la terrifiait – elle l'avait avoué – mais elle ne le montrait aucunement. Elle ouvrit son sac à main et en sortit un sachet en plastique.

— Tiens. Voilà la deuxième moitié. Maintenant, tu as toutes les preuves. Je voulais seulement que mes fils restent en dehors de tout ça.

— Et maintenant, les autres ! Rendez-moi ma boîte à goûter !

— C'est tout ce qu'il y a, promit Teddy. Celles que je t'ai apportées, et celles-là. Il n'y en a pas d'autres.

— Frankie, rétorqua Nick. Ramène son cul ici, tout de suite !

— Pas question, Nick.

Destin Smalls avait contourné la table basse.

— Il est temps de partir, dit-il aux intrus. Maintenant.

— Qui c'est, ce connard ? fit le mafieux.

— Destin Smalls, agent fédéral, répondit ce dernier. Je vous le répète, il est temps…

— Ta gueule.

Nick tendit subitement le bras et une détonation fit trembler les murs. Smalls s'écroula sur la table basse, qui vola en éclat. Cliff cria, Graciella hurla, mais Teddy les entendait à peine par-dessus le sifflement de ses propres oreilles.

— Mon cul, dit Nick sans ranger son arme. Je vais le chercher moi-même.

IRENE

— Qu'est-ce que c'était ?

Le cri de Teddy avait porté jusque dans le garage, suivi d'un « pop » bruyant. À présent éclataient d'autres cris de colère, des voix qu'elle ne reconnut pas.

— Tout se passait si bien…, fit Joshua.

En effet, tout se passait bien – et même *très* bien – du moins jusqu'à ce que Frankie et Loretta ne les interrompent. À ce moment, elle avait été renvoyée à l'époque du lycée, sur la banquette arrière de la Machine Verte avec Lev Petrovski, lorsque l'agent de police avait tapé à la vitre. Joshua, cependant, était bien meilleur amant que Lev. Après cette interruption, ils avaient repris où ils en étaient – inutile d'annuler la course quand on est si près de la ligne d'arrivée –, et voilà qu'ils étaient encore coupés dans leur élan. On aurait dit qu'une dispute avait éclaté.

Naturellement, sa famille ne pouvait pas passer un pique-nique ordinaire. Pourquoi attendre d'eux un comportement normal le jour où son petit ami venait lui rendre visite ? Joshua n'accepterait jamais de se mêler à ces cinglés. Il refuserait d'exposer sa fille à ces gens. Il quitterait Irene, si doué soit-il pour faire l'amour dans une voiture.

— Ça ne change rien, dit Irene.

Elle remit son short. Dehors, Loretta hurla.

— Bien sûr que non, répondit Joshua.

Il réussit à passer son pantalon avant qu'elle n'ouvre la porte latérale du garage.

La cour était pleine de colère. Loretta gueulait après deux hommes qui tournaient le dos à Irene, et Frankie essayait de s'interposer. Enfin, elle comprit qui étaient ces deux types.

— Putain de merde, souffla-t-elle. Nick Pusateri.

Avant qu'elle ne puisse expliquer de qui il s'agissait à Joshua, la porte de la cuisine s'ouvrit à la volée et d'autres personnes déboulèrent : d'abord son père, puis Graciella et, un instant après, G. Randall Archibald.

Pusateri tenait quelque chose. Il s'avança et en donna un coup à Frankie, en plein visage. Son frère s'effondra.

— Il a une arme ! l'avertit Joshua.

Oh, Seigneur, pensa-t-elle. Où étaient les enfants ? Elle devait veiller à ce qu'ils ne sortent pas.

— Va devant la maison, dit-elle à Joshua malgré ses protestations. Écoute-moi ! Rassemble Jun et les filles. Merde, tous les petits, même.

— D'accord.

Il s'élança entre le garage et la maison.

Trop tard, elle ajouta mentalement : Et appelle la police !

Nick Pusateri braquait son pistolet vers Frankie, qui était couché sur le flanc, une main sur son nez ensanglanté.

— Hé ! cria Irene en traversant la pelouse. Pusateri ! Regarde-moi !

Nick jeta un bref regard derrière lui.

— Jésus, dit-il, pas toi aussi.

— Dis-moi ce que tu veux, et on te le donnera.

— Je veux ce que ce fils de pute m'a volé.

Elle continua à marcher vers lui, lentement.

— Rendez-le-moi et personne ne sera blessé, ajouta le vieillard.

Nick Pusateri, à la totale absence de surprise d'Irene, mentait une fois de plus.

FRANKIE

Il avait l'impression qu'on lui avait jeté un seau de peinture au visage, d'une couleur appelée « Douleur aveuglante ». S'il avait lu le terme « coups de crosse en pleine tronche » dans plusieurs polars, et il n'avait jamais précisément envisagé ce que cela impliquait. En tout cas, il n'avait certainement pas imaginé en recevoir un.

Le plus douloureux restait l'injustice de l'attaque. Il n'avait pas l'argent de Nick ; comment pouvait-il le lui rendre ? Frankie n'avait rien volé, et pourtant on allait tout lui prendre. Il était de retour dans le parking de White Elm, après qu'on l'eut interdit de Royal Flush. Nick et Barney étaient comme Lonnie : des brutes.

Pire encore, cette fois il n'était pas seulement humilié devant son frère et sa sœur, mais aussi devant la femme qu'il aimait. Il espérait seulement que les filles n'assistaient pas à la scène.

Loretta s'accroupit et passa les bras autour de lui. Irene et Nick senior échangeaient des cris à propos d'une histoire de dents. Ça n'avait aucun sens.

— Ta gueule ! hurla Nick à Irene avant d'agiter de plus belle son flingue en direction de Frankie. Où elle est ?

— Où est quoi ? demanda Frankie.

Malgré le sang et le cartilage rompu qui gênaient sa diction, il essayait de paraître sincère – parce qu'il n'avait sincèrement aucune idée de ce dont Nick parlait.

— Ma putain de boîte à goûter !

Ça lui rappela quelque chose.

— Une boîte à goûter ?

Dans sa bouche, ça ressemblait à « moîte à moûter », mais Nick comprit.

— Qu'est-ce que je viens de dire, ducon ?

— Baissez votre arme, lança une autre voix.

C'était G. Randall Archibald, qui avait dégainé son propre pistolet. Nick le regarda en clignant des yeux.

— C'est quoi cette merde, un jouet ?

Il se tourna vers Barney pour s'assurer que ce dernier voyait bien la même chose.

— T'as sorti ça de chez Buck Rogers ?

— Je vous assure que ce n'est pas un jouet, répondit Archibald. Ceci, mon ami, est un pistolet à microleptons.

— C'est quoi, un lepton, bordel ? fit Nick.

— Le pistolet à microleptons, expliqua Archibald d'une voix calme et docte, perturbe les champs de torsion, le biais par lequel les énergies psychiques se propagent. Lorsqu'il est pointé sur un individu psionique, il détruit de manière permanente sa capacité à générer un champ similaire. Mais lorsqu'il est dirigé sur un non-psionique, il provoque une attaque instantanée et paralyse.

Nick le dévisagea.

— Vous êtes des putains de jobards.

Frankie ne pouvait pas vraiment lui donner tort.

— Écoutez, j'en veux pas de votre boîte à goûter, dit-il à Nick. Vous pouvez la reprendre, elle est dans ma camionnette.

Du moins, c'était là qu'il se rappelait l'avoir vue pour la dernière fois. Il était plutôt perturbé, la nuit passée.

— Je vais la chercher, proposa Buddy.

Celui-ci était sorti de derrière un arbre. Frankie ne savait même pas qu'il était là.

— Vas-y, lui lança Pusateri avant de se tourner vers Frankie. Toi, non. Toi, tu bouges pas. S'il se passe quelque chose, c'est toi que je bute en premier, connard.

Alors, Loretta se mit à abreuver d'injures le chef de la mafia des banlieues ouest.

23
Buddy

Il dépasse la camionnette à vive allure. Il a dit à Nick Pusateri qu'il allait y récupérer la boîte à goûter Tortues Ninja, mais c'est un mensonge. Dans l'allée, il trouve un Super Soaker jaune. Il le ramasse ; le jouet est plein d'eau, comme dans ses souvenirs. Grâce au ciel.

Il ne pensait pas que la fin serait aussi dure. Essentiellement parce qu'il a tout fait pour ne pas y penser. Par chance, ses derniers instants sont si chaotiques, si pleins de détails, qu'il n'a pas pu ruminer. Pondérer. Même maintenant, il a tant à faire qu'il n'a pas le loisir de penser au Zap.

Mais le Zap est là. Il entend un bruit, et c'est la dernière chose dont il se souvient avant que l'avenir ne devienne noir. Son cœur se racornit de désespoir. Le monde va continuer sans lui.

Il consulte sa montre. 11 h 55. Encore onze minutes, peut-être moins. Il ne se souvient que de la position de l'aiguille des minutes. Pourquoi n'a-t-il pas plus prêté attention à ce dernier moment ? Savoir exactement à quelle seconde cette histoire s'arrête serait pourtant très utile.

Il pointe le Super Soaker sur le carrelage du perron et presse la détente. Il vide la totalité du réservoir. L'eau ne s'écoule pas. Il a refait la marche de sorte qu'elle soit légèrement concave, afin qu'une flaque peu profonde se forme à sa surface.

Il enjambe la marche et se rend dans le salon. Clifford Turner est agenouillé près de Destin Smalls et presse sa veste, roulée en boule, contre l'épaule de l'homme. Smalls gémit de douleur. Buddy s'en veut beaucoup pour Smalls. Mais il n'a pas vu le moindre moyen d'éviter le drame ; c'est l'un des faits immuables de la journée.

Il retourne dans la cuisine, se dirige vers le téléphone mural et compose un numéro. Avant que quelqu'un n'ait décroché, Joshua Lee arrive. Il a fait tout le tour de la maison en courant et entre par la porte de devant.

— Les enfants ! dit-il, presque à bout de souffle. Où sont les enfants ?

— En sécurité, répond Buddy.

Il pose son index sur ses lèvres pour demander le silence. Au bout du fil, l'opératrice répond :

— Neuf cent onze, quelle est la nature de l'urgence ?

Il a envie de lui dire : L'avenir est mourant. Ou : Je vais être effacé. Au lieu de cela, il répète la phrase qu'il se rappelle prononcer :

— Il y a eu des coups de feu. Le tireur est encore ici. Envoyez la police, s'il vous plaît.

— Où est Jun ? demande Joshua. Où sont les enfants ?

— En bas, dit Buddy.

En fait, il entend même l'un d'eux cogner à la porte de la cave. Il tend le téléphone à Joshua :

— Dis à l'opératrice ce qu'elle veut savoir.

Il retourne dans la cour et contourne la foule de gens en colère sans les regarder.

— Hé ! lance Nick Pusateri. Où est la boîte, bordel ?

Buddy se dirige vers l'arbre sans lui prêter attention. Son cœur bat la chamade. Enfin, il atteint l'endroit dont il se souvient, à côté du compresseur. Ce point fait partie d'un triangle particulier. L'un de ses sommets est un mafieux septuagénaire armé d'un .45 automatique. L'autre est un prestidigitateur à la retraite équipé d'une arme à rayons psi. Et le troisième est constitué par le Médium le Plus Puissant du Monde et un réservoir d'air comprimé.

Au milieu de ce triangle, Irene, Frankie et Loretta. Celle-ci est en train de menacer le chef de la mafia des banlieues ouest de lui couper les couilles.

Buddy ouvre le capuchon en métal de la valve de pression, révélant l'interrupteur, et consulte sa montre. Il est 11 h 57 ; la deuxième aiguille file vers le côté droit du cadran.

MATTY

— Ça s'ouvre pas, se plaignit Julian. Qu'est-ce qui se passe, ici ?

— Boucle-la, Julian, rétorqua Malice.

Elle était à l'un des soupiraux, l'oreille collée contre le volet métallique.

Ils avaient tous entendu la détonation, au rez-de-chaussée. Matty avait expliqué aux enfants plus âgés que c'était l'équipement d'Archibald qui sautait encore, mais il n'en était plus si sûr.

— Des tas de gens gueulent en même temps, et je comprends pas à propos de quoi, rapporta Malice.

— Ne fais pas peur aux enfants, dit Matty.

Il n'avait cependant pas de raison de s'inquiéter. Les cinq petits étaient fascinés par Mr Banks – et le chiot le leur rendait bien. Perché sur la poitrine de Luke, il lui léchait agressivement le visage, ce qui faisait tordre de rire Adrian et les filles. Cassie et Polly, particulièrement hilares, frôlaient l'hystérie. Un Beanie Baby avait pris vie ! Un miracle de fête du Travail !

Matty fit tourner la poignée de la porte et tira, mais elle ne bougea pas d'un pouce.

— Bizarre.

— Je te l'avais dit, répondit Julian.

Il poussa Matty pour retenter de l'ouvrir.

— Faut qu'on sorte d'ici, renchérit Malice.

Elle paraissait inquiète et Matty ne l'avait jamais vue comme ça. Par défaut, hormis lorsqu'elle était en compagnie de ses amis, elle arborait une profonde indifférence à tout.

— Je suis sûr que quelqu'un va finir par nous entendre, la rassura-t-il.

— Mon cul.

Elle l'entraîna dans la buanderie et ferma la porte derrière eux.

— Tu dois aller voir. Dehors.

Il finit par comprendre.

— Je ne peux pas y aller juste comme ça. Il me faut… de la préparation.

— Ils sont en train de faire du mal à mon père !

— D'accord, d'accord. Tu as de l'herbe ?

— On n'a pas le temps. Donne-moi ta main.

Elle saisit la main de Matty et la posa sur son sein gauche.

— Wouah !

— Comme ça, ça va ? demanda-t-elle.

Drôlement bien, pensa-t-il. Mais ce n'était pas ça qu'elle voulait savoir. Elle scruta son visage.

— T'inquiète pas, je te tiens.

— D'accord, mais je ne peux pas juste…

Elle lui empoigna l'entrejambe.

Il sursauta. Son corps, toutefois, n'avait pas bougé. Soudain, il volait à trois pas de lui-même, sa psyché confondue avec une étagère pleine de produits ménagers. Malice avait encore la main sur son entrejambe. La mâchoire de son corps s'affaissa, et il commença à glisser. Sa cousine attrapa ses poignées d'amour et l'aida à s'asseoir, dos contre la machine à laver.

— Va voir ce qu'il se passe, dit-elle au corps.

Les yeux de Matty étaient révulsés mais son visage avait conservé son expression ahurie.

Il pirouetta dans l'air et fila à travers la pièce pleine d'enfants, traversa les volets en métal et rejoignit la cour. Sa famille était rassemblée près de l'arbre. Maman et Frankie essayaient de retenir Loretta, tandis que Buddy, inquiet, restait en retrait, la main posée sur une machine. En face d'eux, deux hommes : le barman de la taverne et le vieux type à la coiffure de rocker qu'il avait vu dans le bureau de Mitzi. L'Antique Elvis. Celui-ci agitait un pistolet et Matty pensa : il va tirer sur Loretta.

Alors, Teddy vint s'interposer et Matty se dit : Non, Elvis va descendre mon grand-père.

Lorsqu'il était plus jeune et plus idiot, Teddy pensait que se faire tirer dessus serait le point culminant de sa carrière. Le *Sun-Times* écrirait sa biographie, et le monde apprendrait enfin l'existence du plus grand joueur de cartes de tout Chicago. Mais c'était avant qu'il ne rencontre Maureen et qu'elle ne lui donne tous ces enfants. Lesquels, malheureusement, avaient décidé de se regrouper devant un timbré armé.

— Tu ne peux pas gagner, dit Teddy. Tu es surclassé.

Nick éclata de rire.

— Tu veux parler de ce mec ?

Archibald braquait toujours le pistolet à microleptons. Hélas, contre un non-médium, l'arme était pire qu'inutile. Le magicien bluffait lorsqu'il avait dit qu'elle pouvait provoquer une attaque et paralyser. Teddy croyait au pouvoir de la suggestion, mais Nick était au-delà de la suggestion ; il était entré au royaume de la folie.

— Non, je veux parler de…

Un flash lumineux, tel un reflet sur la glace d'une montre, lui fit oublier ce qu'il allait dire. La lueur glissa depuis la maison jusqu'à un point situé devant lui, dans l'air. Ce qui n'avait aucun sens, parce qu'une lumière doit être projetée sur quelque chose pour être visible, et ce feu follet… avait déjà disparu. Une illusion d'optique. Ou le fruit d'un cerveau vieillissant.

— Il parle de nous, dit Irene. On est la Fantastique Famille Telemachus, connard, et tu es foutu.

— Écarte-toi, ordonna Nick.
— Pas question, répondit Teddy.
Soudain, Graciella apparut à côté de lui.
— Trésor, laissez-moi…, commença Teddy.
— *Trésor* ?! s'étrangla Nick.
— Rentre chez toi, lui rétorqua Graciella.
— Oh, je vais rentrer chez moi. Va chercher les enfants. Ils viennent avec moi.
— Pas question.
— Je vais te tuer. Je vais tous vous tuer.
Sans tourner la tête, Teddy demanda :
— Irene ?
Elle posa la main sur son épaule, mais ne la serra pas. Il ne bluffait pas. Nick avait donc complètement perdu les pédales. Teddy allait devoir s'en remettre à une intelligence supérieure.
— Barney, tu vas vraiment aller sur la chaise pour ce type ?
Le barman poussa un profond soupir et lança :
— Allez, Nick. Partons.
Nick fit volte-face vers son acolyte.
— Qu'est-ce que t'as dit ?
Barney attrapa le pistolet des deux mains, et le lui arracha. C'était la chose la plus courageuse qu'ait jamais vue Teddy.
— On en a fini, ici, insista Barney.
— Putain de merde ! hurla Nick en se jetant sur le barman.
Les deux hommes empoignaient le pistolet, Barney tirant sur la crosse et Nick sur le canon, des deux mains. Le gangster réussit à s'en emparer et, pendant un horrible moment, l'arme fut pointée sur Teddy. Puis, encore pire, sur Graciella. Teddy l'attira à lui…

… et le sol explosa sous leurs pieds.
Il n'eut même pas le temps de crier.

IRENE

Plus tard, lorsqu'elle eut l'occasion de repenser aux événements, elle ne comprit pas tout à fait ce qui s'était passé, ni dans quel ordre. Sur l'instant, cependant, tout lui parut survenir en même temps : elle hurla, son père et Graciella disparurent, et un coup de feu retentit.

Le pistolet. Nick et Barney se le disputaient encore, grognant comme des ours. Elle n'aurait su dire qui allait l'emporter. Les deux hommes se réduisaient à une mêlée, une masse furieuse qui tanguait en tous sens.

Qu'est-ce qui était arrivé à son père ? Un trou dans le sol était apparu à sa place.

Non, pas apparu : réapparu. Buddy l'avait creusé plus tôt cet été. Mais il avait fini par le combler, non ? Irene, Frankie et Loretta étaient pétrifiés. À moins de deux mètres près, ils seraient tombés eux aussi. Et Buddy…

Buddy était couché par terre derrière elle.

Pendant un long moment, elle resta paralysée. Puis, sans se rappeler avoir bougé, elle fut à genoux à côté de lui. Buddy était immobile, la tête tournée à l'opposé d'elle. Frankie et Loretta n'avaient pas remarqué qu'il était au sol ; leur attention restait obnubilée par les deux gangsters.

Le pistolet tira une deuxième fois, après quoi résonna un autre bruit. Elle tressaillit en reconnaissant un tintement métallique ; un ricochet.

Buddy avait les yeux ouverts. Il fixait le réservoir orange. Sa main reposait le long de son flanc, tel un chien qui attend d'être rassuré. Son autre main était sur sa poitrine.

Elle lui toucha le visage.

— Ça va, Buddy ? Parle-moi.

— Je n'en suis pas sûr. Quelqu'un d'autre a été touché ? Je ne me souvenais pas de tout. Je ne pouvais pas tout voir. Je suis tellement désolé.

Quelqu'un d'autre ? pensa Irene. Elle regarda sa main, la manière dont elle pressait sa chemise.

— C'est presque l'heure, dit-il.

Elle se rendit compte qu'il ne regardait pas le réservoir, mais sa montre.

Quelqu'un hurla de rage. Elle leva les yeux. Nick Pusateri avait réussi à reprendre son arme, qu'il brandissait comme le starter d'un juge de course. Sa perruque avait glissé mais était toujours retenue à sa nuque, dont elle pendait telle une capuche en fourrure.

Barney était allongé au sol et se tenait la gorge.

— Allez tous vous faire foutre, grogna Nick.

Le canon de son arme dansait au bout de sa main tremblante. S'il pressait la détente, il risquait de tuer Frankie ou Loretta. Quelques degrés plus haut et il n'aurait touché que les arbres. Quelques degrés plus bas, et Irene et Buddy pouvaient être atteints.

Irene eut le temps de penser : Oui, il dit la vérité. On est tous foutus.

FRANKIE

Il n'arrivait pas à détacher son regard du pistolet. L'arme tressaillait et dansait, monopolisant son attention telle une bille de flipper. Le type qui la tenait était presque secondaire.

Buddy était couché derrière lui, probablement blessé. Irene, penchée au-dessus de son frère, lui parlait, mais Frankie n'entendait pas. L'arme l'hypnotisait.

Lorsqu'il jouait au flipper, il arrivait souvent que la bille bouge trop vite et rebondisse sur toute la table, n'obéissant qu'aux lois des bumpers et des rampes. Chaque partie, même quand elle s'était très bien déroulée jusque-là, finissait de la même manière : la balle tombait entre les flippers, direction la sortie, et Frankie ne pouvait rien y faire.

L'attente l'étourdissait presque.

Il sentit le doigt de Nick se crisper sur la détente. Il vit l'arme se pointer vers lui. Et, en vérité, ce fut un soulagement. Puis, l'ouverture du canon se décala de quelques centimètres, et il comprit que la balle allait le rater.

L'arme fit feu. Et encore, et encore. Aussi rapidement que ça.

Loretta dit :

— Oh.

Elle baissa la tête et écarquilla les yeux.

Une masse argentée flottait à quelques centimètres de sa poitrine. Les balles s'étaient amalgamées. Sous ses yeux, elles se liquéfièrent et se mélangèrent pour former une parfaite petite bille de roulement. Puis la gravité reprit ses droits et la bille tomba par terre.

— Bordel de…

Nick fit un pas en arrière, bouche bée, incapable de terminer son juron. Il avait peur. Comme Lonnie. Puis il se retourna et s'enfuit vers la maison sans lâcher son arme.

— Frankie ! appela Irene.

Il jeta un bref regard derrière lui ; sa sœur était toujours accroupie à côté de Buddy, qui se tenait la poitrine.

— Les enfants !

Oh, mince. Les enfants étaient dans la maison.

— Va chercher ce connard ! cria Loretta.

Nick avait atteint le patio. Archibald fit un pas en avant, mais le gangster beugla, lui pointa le pistolet en plein visage, puis ouvrit la porte et disparut à l'intérieur. Frankie entendit un deuxième hurlement, un instant après.

— Occupe-toi de Buddy ! cria Frankie à Loretta, avant de s'élancer vers la maison.

Il entra et dut s'arrêter aussitôt. Un homme aux cheveux noirs était agenouillé dans la cuisine, une main sur sa bouche ensanglantée. C'était le type avec qui couchait Irene dans le break.

— A'me, dit le petit copain.

— Je sais qu'il a une arme.

— Non. A'me.

Le petit copain leva la main. Il tenait le pistolet de Nick.

— Merde, comment t'as fait ?

— Pa' là, dit le type en tendant le doigt vers le salon.

Nick avait atteint la porte de devant. Est-ce que les enfants étaient dans le jardin ? Il franchit l'entrée… et bascula. Ses pieds s'envolèrent dans les airs et il retomba lourdement.

Les gens disaient souvent à Frankie : « T'as l'air d'un lutteur. T'es déjà monté sur un ring ? » Et Frankie leur racontait des histoires de bagarre, leur expliquait que ça n'avait rien à voir avec le catch qu'on voit à la télé.

Personne ne monte sur les cordes pour sauter, personne n'effectue des « atomic drop ». Non, un vrai lutteur vous plaque au sol et vous étouffe.

Frankie n'avait jamais été lutteur, ni vrai, ni faux. Mais il avait beaucoup regardé la télé.

Deux secondes plus tard, il s'élança par la porte d'entrée et atterrit sur Nick Pusateri tel André le putain de Géant.

24

Buddy

Il essaye de se concentrer malgré les distractions. La douleur dans sa poitrine l'horrifie, et le visage en larmes d'Irene lui donne envie de la consoler, mais il n'a pas le temps.

Il louche sur sa montre. La deuxième aiguille avance, avance. Enfin, il repère la marque qui indique midi. Il est 12 h 02. Il imagine le son du verrou magnétique qui s'ouvre, à la cave, trop loin pour qu'il l'entende. Pire, il n'a aucun souvenir des enfants qui sortent, sains et saufs, du bunker qu'il leur a aménagé. Il ne se souvient que des soixante secondes à venir.

Ce n'est pas un souvenir très intéressant. On y voit essentiellement Buddy couché par terre, avec Irene qui pleure à son chevet. Et il se souvient de son père qui appelle à l'aide.

Jusque-là, le plan fonctionne, si obéir aux diktats d'une mémoire imparfaite peut être considéré comme un plan. Pendant les sept derniers mois, il a vécu dans un état de stress permanent, s'est constamment inquiété d'avoir oublié un détail crucial, ou mal interprété certains éléments de sa vision. Le reste du temps, il a redouté se souvenir de trop de choses, figer l'avenir alors qu'il devrait le laisser dans l'ombre, histoire que le libre arbitre conserve sa… liberté. Dans un cas comme dans l'autre, c'était un piège. Lorsqu'il était enfant, il voyait trop et ne changeait rien. N'arrangeait rien, en tout cas. Et si, en essayant d'en voir moins, il avait tout aggravé ?

Irene essuie ses larmes.

— Ça va, dit-elle. Je suis là.

— J'en suis heureux.

Loretta, pleurant du mascara, se penche sur lui et demande :

— J'appelle les secours ?

Il ne lui avoue pas qu'il les a déjà appelés. Elle se sentira utile, au moins.

Irene pose la main sur la sienne.

— Je vais regarder, d'accord ?

Il se souvient de ce moment, alors comment l'en empêcher ? Bientôt, elle fera ce qu'elle veut. Il soulève sa main.

Elle voit le trou dans sa chemise et fronce les sourcils.

— Ça va, la rassure-t-il.

Ce par quoi il veut dire que ça ne fait pas mal, pas trop.

Elle défait un bouton de sa chemise, puis un deuxième.

— Qu'est-ce que c'est, Buddy ?

— Maman me l'avait donnée.

Elle soulève la médaille de sa poitrine. Il tressaille, parce que l'impact lui a laissé un gros bleu. Puis elle regarde sa peau. Il n'y a pas de sang.

— T'as une veine de pendu, tu sais ? lui dit-elle.

— Non, pas du tout.

Il retomba dans son corps si brutalement que la machine à laver en trembla et ouvrit les yeux ; Malice était accroupie devant lui, son visage inquiet à quelques centimètres du sien.

— J'ai entendu des coups de feu ! dit-elle. Qu'est-ce qui s'est passé ?

Oh, Seigneur… Qu'est-ce qui ne s'était pas passé ?

— Il y a eu une explosion, papy Teddy est tombé, puis ton père s'est fait tirer dessus…

— Quoi ?!

— Mais sans se faire toucher ! Maintenant, il est dans le jardin, et ils se battent…

— La porte s'est ouverte ! cria Julian.

Malice quitta la buanderie en courant. Matty se releva, sonné. Les enfants avaient cessé de jouer avec Mr Banks. Jun serrait le chiot dans ses bras. Les autres paraissaient terrifiés.

Malice courut vers la porte, Polly et Cassie sur les talons.

— Dans le jardin de devant ! lança Malice

— Ne sortez pas ! ordonna Matty.

Julian lui lança un regard méprisant et s'esquiva à son tour. Matty se tourna vers Jun.

— C'est toi qui commandes. Ne laisse pas Luke et Adrian monter, d'accord ?

— Je suis plus grand qu'elle ! protesta Luke.

Matty se précipita dans l'escalier et vit Malice, les jumelles et Julian foncer vers la porte d'entrée.

— Arrêtez ! Ils sont armés !

Ils l'ignorèrent et s'élancèrent sur la pelouse.

Frankie était à cheval sur Nick Pusateri et le frappait. Le vieillard levait les avant-bras pour se protéger le visage.

Les jumelles hurlèrent. Frankie regarda par-dessus son épaule. Son visage était couvert de sang, comme quand Matty l'avait vu dans la cour de derrière. Les fillettes crièrent de plus belle.

— Reculez ! leur cria Frankie.

Nick en profita pour le cogner en pleine mâchoire, fort. Frankie tomba sur le côté et le gangster se releva. Il semblait deux fois plus vieux que quelques minutes plus tôt. La perruque avait disparu, révélant un crâne chauve, à l'exception d'une mèche sur les tempes.

— C'est le type qui a tiré sur ton père, dit Matty.

Sans l'atteindre, aurait-il dû préciser. Il n'avait pas eu le temps d'expliquer ce qu'il avait vu. Nick se retourna vers Frankie.

— T'approche pas, enfoiré ! cria Malice.

Les jumelles recommencèrent à pousser leurs cris miniatures. Nick leva le pied. Son pantalon se retroussa, révélant les flammes rouges brodées sur le cuir noir de ses bottes.

— Pépé ? dit Julian derrière Matty.

Nick jeta un bref regard vers la porte, baissa la jambe. Peut-être parce qu'il avait vu son petit-fils. Peut-être parce qu'il avait fini par entendre les sirènes. Dans tous les cas, il recula, respirant bruyamment, et regarda autour de lui comme pour retrouver ses repères. Enfin, il fit demi-tour et marcha laborieusement vers le break à ailerons rutilant qui semblait tout droit sorti d'une exposition Plymouth de 1956.

Frankie gémit et essaya de se relever.

— Il s'en va, lui dit Matty.

Malice se tourna vers les jumelles.

— Les filles, regardez-moi.

Cassie et Polly pleuraient, mais elles l'écoutaient.

— Les filles, vous vous rappelez ce que vous n'avez pas le droit de faire ?

Cassie hocha la tête. Polly s'essuya le nez de la main. Malice désigna la voiture.

— Vraiment ? demanda Polly.

— Allez-y, dit Malice.

— D'accord, répondit Cassie.

Nick était à six mètres de la Plymouth lorsque le capot s'envola sur une colonne d'étincelles. Le morceau de tôle virevolta dans les airs ; la batterie de la voiture avait pris feu. Puis tout le moteur s'embrasa.

Nick se figea. Il fixa la voiture un long moment, puis s'assit sur le gazon.

TEDDY

Mourir par balle était une chose. Mais il n'aurait jamais cru qu'il exploserait.

Il y eut un « woump », le sol s'ouvrit sous leurs pieds, et Graciella et lui tombèrent dans le vide. Ils touchèrent le sol, bras et jambes emmêlés, et rebondirent. Puis ils retombèrent et le coude de Graciella s'enfonça dans ses côtes. Ce fut la douleur qui le convainquit qu'il n'était pas mort.

Ils avaient atterri sur une pile de matelas.

De la terre leur dégringolait encore sur la figure. Avant qu'ils n'aient pu souffler, ils entendirent des coups de feu. Teddy ne s'était jamais vraiment intéressé à la notion de « fusillade » jusque-là, mais c'était à ça qu'il venait de survivre. Frankie contourna la fosse sans y jeter un regard et il n'y eut plus aucun bruit hormis le vagissement lointain des sirènes.

Enfin, ils essuyèrent la terre de leur visage et retrouvèrent leur souffle. Graciella posa la question évidente :

— Qu'est-ce qu'il s'est passé ?

— Buddy.

— Il faut qu'on sorte. Les garçons sont là-haut.

Même couverte de poussière, même malade d'inquiétude pour ses enfants, elle restait belle.

Il réfléchit à un moyen de sortir. Le trou était plus qu'un trou : il avait une *structure*. Ses parois de terre étaient étayées par des planches espacées de quelques dizaines de centimètres et tenues par des entretoises. Un cadre en bois, autour de l'ouverture, ancrait plusieurs pistons hydrauliques. C'était ce système qui avait tenu la trappe fermée, jusqu'à ce que soudainement, brutalement… il cesse de le faire.

Ce n'était pas un trou, mais une foutue oubliette.

Teddy était au courant de son existence ; il avait vu Buddy le creuser, mais il avait cru que son fils avait fini par le reboucher, et non par le doter d'une trappe camouflée sous du faux gazon. Quelqu'un aurait pu se tuer !

— Vous pouvez sortir ? demanda Graciella.

— Mmm, fit-il comme s'il réfléchissait sincèrement à la question.

Plus jeune, il aurait escaladé les entretoises jusqu'à la trappe, puis se serait extirpé de la fosse d'un bond viril. Mais il se demandait s'il avait vraiment été jeune et viril à ce point.

À la place, il appela à l'aide. Puis une deuxième fois. Enfin, deux têtes apparurent au bord du trou : Archibald et Clifford.

— Tout le monde va bien ? leur demanda Graciella.

— J'allais vous poser la même question, répondit Archibald.

— La fusillade est finie, annonça Clifford. La police est arrivée. Destin est blessé, mais il s'en sortira.

— Les enfants vont bien aussi, précisa Archibald.

Graciella ne semblait pas rassurée.

— Aidez-moi à sortir, vite.

— Est-ce qu'il y a quelqu'un de moins de soixante-dix ans dans les parages ? glissa Teddy.

— Vous voulez de l'aide ou non ? riposta Archibald.

Teddy joignit ses mains et se baissa pour faire la courte échelle à Graciella. Les deux autres la tirèrent hors de la fosse. Mince, quelles jolies jambes elle avait ! Il était presque déçu de ne pas être resté plus longtemps avec elle dans cette fosse, tels des mineurs piégés après un coup de grisou. Ils auraient pu tisser de nouveaux liens en attendant qu'on leur fasse descendre de la nourriture dans un panier.

Archibald et Cliff durent se mettre à plat ventre pour atteindre Teddy.

— Un instant, dit-il.

Il ramassa son Borsalino, qui était tombé et reposait contre la paroi de terre, l'épousseta et se le vissa sur la tête.

— Maintenant.

Les deux hommes le tirèrent par les bras et il sentit les coutures des manches de son DeBartolo sauter au niveau des épaules.

Archibald et Cliff le hissèrent sur la pelouse comme un marsouin sur la plage. Le temps qu'il se relève, Graciella avait gagné la maison et appelait ses enfants.

Alors, Teddy vit Buddy. Irene était assise à côté de lui, des larmes dans les yeux.

Pas Buddy, pensa Teddy. Il n'aurait pas supporté que Buddy ait été blessé. Il était leur innocent. Le préféré de Maureen.

Teddy foudroya Archibald du regard.

— Vous disiez que…

— Je parlais des petits, répondit le magicien.

IRENE

Elle vit papa et Graciella tirés du trou, et tout se mit en place. Les preuves rayonnaient dans toute la maison, la cour, le jardin. Cette fosse instantanée. Ces volets en métal, à l'épreuve des ricochets. Cette médaille sur la poitrine de Buddy.

Elle se pencha tout près de son frère.

— C'est toi qui as fait tout ça, hein ? Tu avais tout vu.

— Tout le monde va bien ? demanda-t-il avec désespoir.

— Tout le monde va bien, répondit Joshua.

Elle leva les yeux. Il la dévisageait avec une expression inquiète, misérable. Jun était à côté de lui, serrant un chiot blanc dans ses bras. D'où est-ce que sortait cet animal ? Et pourquoi Joshua ne s'était-il pas enfui ? Malgré toute cette folie, il se faisait du souci pour elle. Il était venu la chercher.

— Et papa ? demanda Buddy.

— Il va bien, Buddy ! Il va bien !

Buddy éclata en sanglots.

— Ça va, ça va, lui dit-elle en l'étreignant. Tu as fait tout ce qu'il fallait. Regarde, il arrive.

Teddy marchait vers eux, une grimace aux lèvres. Sa grimace inquiète ressemblait beaucoup à sa grimace furieuse, si bien qu'il était dur de deviner son état d'esprit.

— J'en aurais sauvé un, au moins, dit Buddy.

— Tu nous as tous sauvés, Buddy. Tous…

Oh. Il voulait dire : l'un de ses parents, comprit-elle.

— Je crois que j'ai envie de me reposer, maintenant.

— D'accord, mais ne t'endors pas.

— Je ne suis pas fatigué dans ce sens. Mais je ne peux pas continuer comme ça. À tout savoir. Je m'inquiète tout le temps.

Oh, Seigneur. Tout le temps ? Ça expliquait tant de choses sur lui.

— Je suis navrée, reprit-elle. Je ne savais pas. Veiller sur vous, c'était censé être mon boulot.

— Tu ne comprends pas. Je n'en peux plus.

Elle perçut la sincérité de ses paroles – et eut un mouvement de recul.

— Je sais que tu le penses vraiment, dit-elle. Mais un jour, bientôt…

— Non ! Pas un jour… Je ne veux plus rien savoir du tout. Je veux juste que… ça s'arrête. Tu dois faire quelque chose pour moi, Reenie.

— De quoi est-ce qu'il parle, encore ? fit Teddy.

Il se pencha sur eux, toujours grimaçant. De près, il n'y avait aucune ambiguïté : il était sincèrement désemparé.

— Ne faites pas semblant de ne pas comprendre, lui dit Archibald.

— Ce truc, dit Irene au magicien en regardant sa main. Il fonctionne vraiment ?

— Absolument, répondit Archibald.

— Vous dites la vérité.

Elle voulait que Buddy l'entende.

L'arme – le pistolet à microleptons – ressemblait à un jouet qu'elle aurait pu trouver dans un bazar Ben Franklin quand elle était petite. Irene tendit la main, paume ouverte. Archibald plissa les yeux, puis y déposa le pistolet.

Il était étonnamment lourd. Buddy la regarda tandis qu'elle le soupesait.

— C'est irrévocable, dit Archibald à Buddy. Vous comprenez ?

Buddy regarda l'arme avec nostalgie, comme s'il avait retrouvé la vieille photo de quelqu'un qu'il avait à moitié oublié. Irene avait cru, pendant des années, que le don de Buddy avait disparu à la mort de leur mère. Après l'enterrement, il n'avait plus prédit le score des Cubs, ni les résultats de la loterie. Si les moments passés à la Roue des Merveilles, les applaudissements du public lui manquaient, il n'en parlait jamais. En vingt ans, il avait à peine ouvert la bouche. Mais la roue n'avait jamais cessé de tourner. Il avait porté seul et en silence tout ce qu'il savait de l'avenir.

Elle pointa le pistolet vers sa tête, d'où provenaient selon elle ses pouvoirs.

Buddy regarda sa montre, puis leva un doigt.

— Attends, dit-il.

FRANKIE

Ses filles le fixaient comme elles auraient regardé un poisson bizarre échoué sur la berge du lac Michigan. Il se demandait à quel point il était amoché. Son nez était certainement décalé par rapport à sa position initiale. Plusieurs de ses dents frétillaient en quête d'une nouvelle place. L'une de ses paupières était fermée jusqu'à nouvel ordre.

— Tu as été très courageux ! dit Cassie.

— Et très fort ! renchérit Polly.

Des lumières rouges et bleues éclaboussaient la façade de la maison. Mary Alice s'accroupit près de son beau-père.

— On l'a eu ? demanda-il d'une voix qui ne lui parut pas normale.

— Oh, ouais, on l'a eu, papa, répondit Mary Alice. Le type du gouvernement est en train de lui passer les menottes.

— Tant mieux.

Ils étaient toujours fauchés. Toujours sans abri. Mais Mary Alice l'avait appelé « papa ». Alors, c'était déjà pas mal. Il avait l'impression d'être Ulysse, enfin de retour chez lui, accueilli par sa famille.

Puis il se souvint.

— Buddy.

Il s'assit et faillit retomber lorsque l'une de ses côtes lui poinçonna le flanc.

— Aidez-moi.

— Qu'est-ce qu'il a, Buddy ? demanda Matty.

Le gamin tenait un extincteur. Il s'affairait à éteindre des pans de gazon embrasés et les pièces de voiture enflammées qui le jonchaient.

— Maintenant. S'il vous plaît.

Frankie traversa la maison en boitillant, soutenu par Matty et Mary Alice. Dans la cour, sa famille se pressait autour d'un Buddy à terre.

— Il va bien ? cria Frankie. Répondez-moi !

G. Randall Archibald recula et Frankie vit qu'Irene braquait le pistolet à microleptons sur la tempe de Buddy.

— Reenie ! Qu'est-ce que tu fous, merde ?

Irene l'ignora. Buddy le regarda et sourit.

— Tu vas bien, constata-t-il.

— Tu es prêt, maintenant ? lui demanda Irene.

Il consulta rapidement sa montre.

— Midi six, dit-il. Parfait.

— Est-ce que quelqu'un pourrait me..., commença Frankie.

Irene pressa la détente. Le pistolet se déchargea dans un vrombissement électrique suivi d'une petite détonation :

Zap.

OCTOBRE

25

Frankie

Il était entouré de femmes. Deux d'entre elles, et peut-être la troisième aussi, n'allaient pas tarder à lui en vouloir.

— Je ne signerai pas, dit-il.

— Quoi, c'est trop cher ? s'étonna Irene.

— C'est à cause des papiers. Ça ne va pas.

Graciella se pencha par-dessus la table de conférence.

— Faites-moi confiance, tout est conforme. Les relevés bancaires, l'assurance, c'est standard. On ne fait pas souvent une vente pareille, mais tout est régulier.

— Signe, Frankie, l'encouragea Loretta.

Il reposa le stylo.

— Nan. Pas question. Le nom n'est pas le bon.

Graciella fronça les sourcils.

— Franklin Telemachus et Loretta Telemachus. Vous ne vous appelez pas Franklin ?

— Il s'appelle Franklin, confirma Irene.

— Je ne veux pas que mon nom apparaisse là-dessus. Seulement celui de Loretta, dit Frankie.

— Qu'est-ce que tu racontes ? lui demanda sa femme.

— Je veux qu'elle soit à toi. Seulement à toi. Personne ne pourra te prendre cette maison.

— Eh bien, techniquement, précisa Irene, dans la mesure où vous êtes mariés, un tribunal peut dans certains cas…

— La ferme, Irene. La maison est à elle. Je n'en veux pas une miette.

Loretta posa la main sur la sienne.

— Tu n'es pas obligé, Frankie.

— J'ai pris ma décision.

— Tu ne pouvais pas me le dire avant que je remplisse ces papiers, merde ? grogna Irene.

— C'était une erreur, désolé.

En vérité, l'idée lui était venue quand il avait vu leurs noms imprimés.

— D'accord, soupira Irene en ramassant les formulaires. Je vais demander l'aide de deux secrétaires et on n'en aura que pour un très long moment.

— Qui veut du café ? proposa Graciella.

Ils burent leur café et discutèrent de leurs enfants. Apparemment, tous voulaient adopter un chiot. Puis Frankie demanda :

— J'imagine qu'on vous verra au procès de Nick senior ?

— Un jour, oui. Ces choses prennent plus de temps que vous ne le croyez.

— Désolée pour Nick junior, ajouta Loretta.

— Ce qu'il ne faut pas perdre de vue, c'est que trente ans ce n'est pas une condamnation à perpétuité, coupa Frankie. Les prisonniers bénéficient d'une excellente couverture médicale.

— Seigneur, Frankie ! grogna Loretta sans pouvoir s'empêcher de rire.

— Quoi ? C'est vrai !

— Il aurait pu s'en sortir plus mal, dit Graciella. Et au moins, il n'aura pas à témoigner contre son père.

— Ça, ça aurait été pire que tout.

Puis il se rendit compte que son propre témoignage contre Nick senior risquait de lui valoir des ennuis. La meilleure chose à faire, comprit-il, était de ne plus jamais adresser la parole à un membre de l'Organisation, Mitzi comprise.

Au bout de presque vingt minutes, Irene revint avec une nouvelle liasse de documents imprimés.

— Cette fois, je ne change pas une virgule, annonça-t-elle.

Loretta mit plusieurs minutes à parapher et signer chaque page, tandis que Graciella et Irene lui expliquaient ce qu'elle signait et pourquoi.

— Et maintenant, la dernière étape, lança Irene. Le paiement.

— Ne me regarde pas, rétorqua Frankie. C'est sa maison à elle.

Loretta secoua la tête et ouvrit son sac à main.

— D'habitude, on n'accepte que les chèques de banque…, commença Irene.

Loretta fit glisser dans sa direction un billet d'un dollar flambant neuf.

— … mais dans ce cas, les espèces conviennent aussi.

Les filles les attendaient à l'accueil ; les jumelles s'occupaient en découpant des magazines.

— Malice a dit qu'on avait le droit ! dit Cassie.

— J'ai demandé de vieux numéros, précisa Mary Alice.

— Allons voir notre nouvelle maison, annonça Frankie.

— Tu veux dire : notre ancienne maison, dit Polly.

— C'est pareil.

Les fédéraux avaient été à deux doigts de la saisir. Irene avait laissé entendre, cependant, que Graciella avait plus ou moins promis de coopérer avec eux au sujet des autres propriétés que les Pusateri écoulaient par le biais de l'agence, et avait finalement pu remettre la leur sur le marché. Désormais, elle leur appartenait, libre et disponible. Sans même une hypothèque.

Ils s'entassèrent dans la Festiva d'Irene, une voiture qui aurait remporté un prix d'ironie pour le gouffre séparant son nom de son niveau de confort. Mais Frankie ne pouvait décemment pas s'en plaindre ouvertement : Irene avait accepté de la leur prêter jusqu'à ce qu'ils aient remplacé la Corolla de Loretta, et, à voiture donnée, on ne regarde pas les cardans. Par chance, la bonne humeur de la famille était à l'épreuve du manque de place. Du moins jusqu'à ce que Frankie tourne à gauche sur Roosevelt au lieu de filer à droite ; Loretta lui lança un regard sévère.

— Juste un petit détour, promit-il.

Il s'engagea sur le parking, évitant soigneusement les nids-de-poule, et se gara devant un bâtiment qui ressemblait à un entrepôt. Sous la crasse et la poussière, ses murs étaient théoriquement blancs.

— Qu'est-ce qu'on fait ici, Frankie ? demanda Loretta.

— On veut rentrer à la maison, se plaignit Polly.

— Venez jeter un œil, les filles.

Il se dirigea vers les portes d'entrée métalliques et chercha le jeu de clefs qu'Irene lui avait prêté. Cette propriété était gérée par NG.

— C'était l'endroit à la mode, à l'époque. Dans les années 1950, les gens venaient habillés, en cravate et robe. Le White Elm n'était pas seulement une patinoire, c'était une aventure.

Il poussa la porte. Une odeur de moisi s'en échappa.

— Tu parles d'une aventure…, glissa Mary Alice.

— Imaginez, reprit Frankie. La plus vaste et la plus complète salle de flippers de tout Chicagoland.

— Des flippers ? Pas de jeux vidéo ?

— Absolument pas.

— Aucun jeune ne viendra si tu n'as pas de jeux vidéo.

— Je te le dis, petite, le flipper est prêt à faire son grand retour.

— Pas question qu'on achète ça, grogna Loretta.

— Allons jeter un œil, on en reparlera après.

IRENE

— Qu'est-ce que j'oublie ? demanda-t-elle.

— Qu'on était censés partir il y a une demi-heure ? répondit son père.

— Ah, ah, notre comique à chapeau préféré.

Graciella et papa s'esclaffèrent. Ils trouvaient sa détresse amusante, peut-être parce que Irene était d'ordinaire la personne la mieux organisée de la maisonnée.

— Les voyages me rendent toujours nerveuse, expliqua-t-elle.

— Les voyages, bien sûr, dit Graciella, et tous deux rirent de plus belle.

Ils étaient assis sur le canapé de la salle d'attente, appuyés l'un sur l'autre. Irene ne comprenait pas. Graciella lui jurait qu'il n'y avait rien de sexuel entre eux, mais ils sortaient dîner, allaient au cinéma et, plus déconcertant encore, traînaient dans la maison paternelle avec les enfants. Elle était contente pour son père, mais cela ne lui paraissait pas très sain pour Graciella.

— Je suis sûre que j'oublie quelque chose, souffla Irene.

Elle avait mis son sac de voyage dans le coffre de la Buick paternelle ce matin ; ça ne pouvait donc pas être ça. Du coup, ça se jouait au niveau du bureau.

— Le chargeur de téléphone, dit-elle.

Elle retourna dans le bureau et débrancha l'appareil du mur. Son Motorola lui était rapidement devenu indispensable. Bien sûr, Matty en voulait un aussi. Elle lui avait proposé de retourner travailler et d'économiser cinq cents dollars.

— J'ai des rendez-vous, tu sais ? dit Teddy. Des gens à voir…

— Je suis prête, ça y est.

Graciella l'étreignit pour lui dire au revoir, puis se tourna vers son père. Ils s'embrassèrent. Sur les lèvres.

— Merci pour ton aide, concernant Frankie, dit Teddy.

— C'est le moins que je pouvais faire, répondit Graciella.

Et elle l'embrassa une deuxième fois.

— Pour l'amour du ciel, souffla Irene. Je vais attendre dans la voiture.

Durant le trajet, Irene et son père ne parlèrent pas. Ils étaient à dix minutes d'O'Hare lorsque Teddy dit :

— Tu fais cette drôle de tête.

— C'est ma tête habituelle.

— Tu grimaçais comme ça quand les garçons faisaient des bêtises. Ou moi. Ne t'inquiète pas pour Matty. Je veillerai à ce qu'il reste dans le droit chemin. Pas de marijuana ni de cocaïne, et très peu de prostituées.

— Ce n'est pas à toi que j'en veux.

— Tu n'es pas obligée d'aller le voir.

— Oh, si.

Elle sentait qu'elle allait mourir si elle n'y allait pas. C'était son troisième voyage vers Phoenix depuis la fête du Travail.

— Je veux dire, il pourrait venir, lui. C'est un héros ! Il a arraché le pistolet des mains de Nick !

— Nick lui est rentré dedans et a lâché son arme.

— D'accord, mais Joshua l'a rattrapée. Ça, c'est un truc de héros, ma fille. Dis-lui de venir et on se fera une sortie entre couples chez Palmer.

— Dans tes rêves.

Elle ne voulait pas que Joshua revienne chez elle, pas encore. Si quelque chose d'anormal se produisait – n'importe quoi –, le stress post-traumatique le rattraperait à coup sûr.

— D'accord. Va vivre là-bas, alors. Tu es jeune.

— J'aime mon travail.

— Pfff.

— Je ne pense pas que je puisse vivre avec lui, en plus. On peut tenir un week-end, mais au-delà de ça… les petits mensonges commencent à s'accumuler.

Chaque jour, il y a un léger manquement, et je deviens de plus en plus paranoïaque.

— Donc, tu dois le pardonner tous les jours. En quoi es-tu différente de n'importe quelle femme en couple ? Ou de ta mère ? Mince, elle devait me pardonner au moins cinq fois avant le petit déjeuner.

— Tu es un modèle pour nous tous, papa.

Il s'arrêta le long du trottoir, puis se baissa pour actionner l'ouverture de la malle.

— Bonne chance, petite.

— J'aimerais seulement savoir où ça va me mener.

— Qui peut savoir ce genre de choses ?

— Eh bien, en fait…

— Même pas ton frère, plus maintenant.

Pauvre Buddy. Irene espérait qu'il était heureux, à présent qu'il devait avancer dans le noir comme tout le monde.

— Tu as eu des nouvelles de lui ? demanda-t-elle.

— Pas un mot, pas un mot.

— Moi non plus.

Elle prit son sac dans le coffre et eut la surprise de voir que son père était sorti de la voiture. Il ne faisait jamais ça, d'ordinaire.

— Il y a une seule chose que tu dois savoir, dit-il.

— Ouais ?

— Quand ton homme te dit qu'il t'aime, il est sincère ?

— Ce que tu dis est profond.

— Réponds à la question. Il est sincère ?

— Chaque fois, répondit-elle. Chaque foutue fois.

Les nouvelles amours se pointent et vous flanquent une claque sur les fesses, exigent votre attention, vous font battre le cœur plus vite. Les vieilles amours attendent. Elles sont là le soir, quand vos yeux se ferment. Elles se glissent dans le lit à côté de vous, passent leurs doigts spectraux dans vos cheveux, chuchotent votre petit nom. Les vieilles amours ne disparaissent jamais.

L'enveloppe, cette fois, lui fut remise par Mme Klauser, la voisine.

— Buddy me l'a laissée il y a deux mois, expliqua-t-elle.

Elle tenait deux chiens en laisse, dont un tout jeune.

— Il m'a fait promettre de ne pas vous la donner avant aujourd'hui. J'espère que ça va.

Diverses mains avaient été impliquées – une cursive acérée pour le nom de Teddy, et un gros pastel (un pastel, nom de nom !) pour la date –, les deux éléments rédigés à des décennies d'intervalle, devina-t-il.

— Oh, il y a ça, aussi.

Une boîte orange et blanc, adressée à Matthias Telemachus à l'aide du même pastel. Teddy entra dans la maison, posa le colis sur la table et s'arrêta, sonné.

La maison était silencieuse. Pas de bruits de scie ou de perceuse. Pas de fillettes couinant autour d'animaux en peluche. Personne ne se plaignant bruyamment que quelqu'un avait fini le lait.

Ah.

Lorsqu'il entendit un bruit venant de l'étage, il en fut soulagé. Il monta et toqua à la porte de Matty.

— Tu es prêt ? demanda-t-il.

— Presque.

Teddy se rendit dans sa propre chambre. Il porta l'enveloppe à ses narines, essayant de retrouver le parfum de Maureen. Rien. Le vieux papier était passé par diverses machines et boîtes aux lettres pour lui parvenir. Tout effluve n'aurait été qu'imaginaire. Il posa l'enveloppe contre le bord de son chapeau, selon la tradition, puis l'ouvrit.

Très cher Teddy,

J'espère que tu vas recevoir ce message, quelque part dans l'avenir. Buddy dit qu'il ne voit rien au-delà du mois de septembre de cette année, et j'ai très peur de ce que cela signifie. Si ton cœur est brisé, comme le mien, alors le monde est encore plus cruel que je ne le craignais.

Je me suis échappée et faufilée dans la maison pour voir les enfants. Ça me demande beaucoup d'efforts, mais ça en vaut la peine. Comment avons-nous fait pour fabriquer d'aussi beaux petits ? C'est notre meilleur numéro. Je suis tellement désolée de te laisser seul avec eux. Aucun tour de passe-passe ne pourra rien pour nous, cette fois. Je sais que mon corps ne quittera jamais cet hôpital.

Je n'ai plus d'autres avertissements pour toi, mon mari, mon grand et unique amour. Pas d'autres conseils, hormis celui-ci : sois heureux. Tu as toujours été plus doué que moi dans ce domaine.

Je pense que je vais aller nager un peu.

Avec tout mon amour,
Mo.

P.-S.
Tôt ou tard, il faudra que tu dises aux enfants qu'ils ne sont pas grecs.

— Mon œil, dit Teddy.

Il n'essaya pas de se lever. Le poids des années lui roulait dessus, le paralysait.

Il essuya une larme de vieillard, toussa pour s'éclaircir la gorge. Il avait des gens à voir, des parties à terminer. Il ouvrit le coffre-fort du placard et posa la dernière lettre au sommet de la pile.

Matty l'attendait dans le salon. Il semblait nerveux.

— Ne t'inquiète pas, petit, lui dit Teddy. Tu vas bien t'en sortir. Tu es un Telemachus.

Matty eut un sourire timide.

— Nos ancêtres étaient des demi-dieux.

— Ouais, bon, ne crois pas tout ce qu'on te raconte.

Ils descendirent la route 83, direction Mount Prospect. Au bout d'un moment, il demanda :

— Dis, Matty, quand tu voles dans le ciel, tu as déjà vu quelqu'un ?

— Comment ça ?

— D'autres esprits. Des fantômes, peut-être. Des âmes.

Matty réfléchit.

— Tu parles de mamie Mo.

— Je suppose, soupira Teddy.

— Je suis désolé. Je… je ne sais pas si ça fonctionne comme ça.

— D'accord, d'accord.

— Mais je continuerai à chercher.

Teddy rit.

— Merci, c'est gentil.

Ils entrèrent dans l'immeuble où Destin Smalls louait un bureau. Smalls, le bras toujours en écharpe, vint les accueillir à la porte. Il leur serra maladroitement la main, aussi solennel qu'un officier blessé accueillant ses troupes.

— J'apprécie que vous soyez venus.

— Tu ne nous as pas laissé le choix, se plaignit Teddy.

— Mieux vaut que le garçon reste sous notre protection, répondit Smalls sans nier. Je n'ai que ses intérêts à cœur.

— Et les tiens.

— Il se trouve qu'ils coïncident.

— D'accord, si tu veux. Qu'on en finisse.

G. Randall Archibald attendait dans la salle suivante, présidant une assemblée de transformateurs vrombissants et de panneaux de contrôle. Le logo familier d'Advanced Telemetry Inc. était estampillé sur les plus gros appareils.

— Matthias ! lança le petit chauve. C'est bon de te revoir. Nous allons utiliser un détecteur à gain large à la place du modèle portable – cette fois, aucun risque de faire sauter les plombs, je te le garantis.

Il fit asseoir le garçon devant la machine, comme précédemment, et commença à lui appliquer des électrodes.

— On va faire un autre essai, avec distorsion du champ de torsion. Comme tu le sais, ça n'occasionnera aucun inconfort pour toi.

— D'accord, répondit Matty.

Il semblait agité, inquiet.

— Essayons une petite sortie de corps, d'accord ?

Matty ferma les yeux et inspira profondément. Presque aussitôt, l'aiguille du détecteur bondit vers la droite.

Smalls hoqueta.

— Ne t'emballe pas, dit Teddy. C'est mon petit-fils.

L'aiguille rôdait aux alentours de cinq mille taus.

— Oui ! s'écria Archibald. C'est le plus gros score jamais enregistré !

— Tu ne sais pas à quel point c'est important pour ton pays, glissa Smalls.

— Oh, pitié, fit Teddy. Tu te sers de lui uniquement pour que Star Gate récupère ses subventions.

— Nous protégerons sa véritable identité.

— Comme tu as protégé celle de Maureen ? Combien de gens, au Pentagone, connaissent son nom ? Notre nom ?

Matty demeurait très immobile, les lèvres pincées. L'aiguille grimpa un peu plus.

— Nous devons relancer le programme de guerre psionique, expliqua Smalls. Maintenant que nous avons Matt, c'est possible.

— Non, désolé, ça ne marche pas avec nous, dit Teddy. Je ne pense pas que tu puisses jamais protéger quelqu'un comme lui. Quelqu'un d'aussi précieux.

— Et toi, tu penses que tu arriveras à le protéger mieux que le gouvernement ?

— En fait, non.

Smalls semblait exaspéré.

— Alors, pourquoi est-ce qu'on discute ?

— Pour rien, dit Teddy. Pour rien du tout. Matty ?

Le garçon ouvrit les yeux. Il fixa, choqué, l'arme apparue dans la main de Teddy.

— Tu n'oserais pas, dit Smalls. Buddy a fait son choix, mais Matty a tant de potentiel ! Tu ne peux pas faire ça.

— Si, pour lui sauver la vie, je le peux. Désolé, Matty.

Il pressa la détente. Le pistolet à microleptons poussa un gémissement de plus en plus aigu, jusqu'à ce que son condensateur se décharge dans un claquement sonore. Le rayon de distorsion restait invisible à l'œil nu. Ce serait plus impressionnant s'il y avait une sorte d'effet laser, pensa Teddy.

Ses conséquences sur Matty, cependant, furent immédiates. Le garçon hurla et se saisit la tête. Son corps commença à trembler, comme s'il avait une attaque. Puis, soudain, son crâne retomba en arrière et il s'affaissa sur le fauteuil.

— Qu'est-ce que tu as fait ?! s'écria Smalls.

Archibald étudia le panneau de contrôle.

— Il n'y a plus de signal. Plus de champ.

Il leva les yeux, surpris.

— Il est éteint.

Teddy s'agenouilla devant le garçon.

— Matty, parle-moi. Tout va bien ?

Matty regarda autour de lui, sonné.

— Je me sens… différent, dit-il.

— Tu te rends compte de ce que tu as fait ? demanda Smalls.

— On rentre chez nous, rétorqua Teddy. Ne viens plus nous casser les pieds.

Il n'osa pas parler tant qu'ils n'eurent pas atteint l'autoroute.

— Alors ? demanda-t-il. J'en ai trop fait ?

Papy Teddy ricana.

— Mon garçon, tu es un saltimbanque-né. Les frissons étaient une jolie touche.

— J'y ai pensé d'un coup et j'ai improvisé. Mais je ne sais pas exactement ce qu'a fait le pistolet à oncle Buddy, j'avais peur que…

— Non ! Jamais de la vie ! Quand on tombe sur un pigeon aussi volontaire que Smalls, c'est presque impossible d'en faire trop. Tu l'as eu, mon gars. Et pas qu'un peu.

Le rire de Matty se transforma en gloussement. Il ne cessait de repenser à la mine de Destin Smalls quand le pistolet à microleptons avait tiré. On aurait dit que c'était lui la cible.

— Je crois que tu as bien mérité un verre, dit papy Teddy. Quelque chose de tropical.

Ils quittèrent la 294 et descendirent Grand Avenue.

— J'avais un copain qui adorait les boissons tropicales. J'ai grandi avec lui ; on aimait tous les deux la magie, on voulait être Harry Blackstone[1]. On était les plus petits de la classe, aussi, deux vrais avortons. Bref, il est devenu un artiste de l'évasion plutôt doué, et a commencé à monter quelques coups. Un magicien pour magicien, si tu vois ce que je veux dire. Un grand esprit logique. Bref, il n'a jamais aimé les

1. Célèbre prestidigitateur (1885-1965) natif de Chicago. *(N.d.T.)*

boissons fortes, mais, par tous les saints, donnez-lui un liquide coloré, glissez-y un parasol, et il vous fait rouler sous la table.

Il se gara devant une cabane en bois à l'enseigne bariolée : THE HALA KAHIKI LOUNGE.

— Tu vas adorer, dit-il.

L'intérieur était le plateau de tournage d'un mélo de jungle tel qu'en passe WGN tard le soir : des visages de dieux grimaçants aux murs, des colliers de fleurs en plastique, des lanternes en papier et assez de bambous pour construire un porte-avions indonésien.

— Ne t'inquiète pas, les Pusateri n'ont pas de parts dans cet établissement.

Jusqu'à ce moment, Matty ignorait qu'il aurait dû s'en inquiéter.

Ils prirent une table au fond de la pièce. La serveuse, une brune rondelette d'une cinquantaine d'années, accueillit papy en l'embrassant sur la joue.

— Patti, voici mon petit-fils, Matty. Nous avons quelque chose à fêter. Que dirais-tu d'une piña colada, petit ? Tu aimes la noix de coco ?

— C'est ta première fois ? demanda Patti à Matty.

Celui-ci se sentit rougir.

— Euh…

— Avec très peu d'alcool, répondit papy à sa place. Qu'il goûte quand même. Comme je disais, c'est un grand jour, un grand jour.

Il tambourina sur la surface de la table, débordant tout autant d'énergie que Matty.

— Alors, comment ça se passe, à l'école ?

Comment ça se passe à l'école ? Il pensait à peine à l'école, même lorsqu'il y était. Rien ne semblait aussi réel que ce qui lui était arrivé durant cet été. Après

Nick Pusateri senior, qu'y avait-il à redouter chez une brute junior ? Que pouvait lui faire un prof de maths ?

— Ça va, répondit Matty.

Leurs boissons arrivèrent. Celle de Matty ressemblait à une sorte de sirop blanc, et le bord de son verre était affublé d'une énorme tranche d'ananas. Il en but une grosse gorgée à l'aide de sa paille et sentit les picotements annonciateurs du mal de crâne provoqué par le liquide glacé. Ou peut-être par l'alcool. Matty n'avait aucune idée ce que contenait le cocktail, ni des effets qu'il aurait sur lui. Son expérience se limitait à l'herbe.

Papy fit signe à quelqu'un qui venait de franchir la porte.

— Et voici mon copain.

G. Randall Archibald traversa la salle.

— Un Mai Tai, ma chère Patricia ! Et une assiette de calmars !

Il donna une tape sur l'épaule de Matty.

— Quelle performance ! Nous devrions monter une tournée !

Matty était complètement perdu. Archibald serra la main de papy Teddy et se laissa tomber sur un siège.

— Pfiou !

— Alors, Smalls a marché ? demanda papy.

— Il a même couru. Il prévoit de grosses commandes. Après s'être remis de la déception d'avoir perdu Matty, il a compris le potentiel du pistolet à microleptons en matière de défense. C'est la meilleure arme jamais créée pour combattre les psi-espions, étrangers ou intérieurs !

Matty ne comprenait pas. Hitler venait de s'attabler avec eux et papy lui demandait s'il faisait beau à Berlin.

— Alors, il est ferré, dit papy sans pouvoir retenir un sourire.

— Ferré ? Il parle déjà d'appel d'offres et de fourguer le pistolet directement à l'armée, répondit Archibald. Il va tout faire pour nous dégotter un contrat, même si Star Gate est annulé. La sécurité de la mère nation en dépend.

Papy opinait.

— Je me disais qu'on pourrait ajouter un élément visuel. Les effets sonores sont super, mais une sorte de laser achèverait de le vendre.

— Attendez, attendez, dit enfin Matty. Vous travaillez ensemble, tous les deux ?

Les deux vieillards le regardèrent, amusés. Matty ne l'était pas du tout. Tout ce qu'il savait de sa famille n'était pas exactement faux, mais décalé. C'était comme la grosse statue rouge de Picasso, en centre-ville : quand vous la regardiez d'un autre angle, elle présentait un aspect différent.

— Depuis combien de temps ? demanda-t-il.

— Depuis le début, répondit Archibald. Avant même qu'il existe une famille Telemachus.

La chenille qui lui servait de sourcils fit le dos rond.

— Ou même un Telemachus, ajouta-t-il

— Mais, vous nous avez humiliés ! En direct à la télé !

Le magicien eut l'air peiné.

— C'était regrettable.

— Regrettable ? Vous avez tout détruit !

— Ce n'était pas la faute d'Archie, intervint papy Teddy. Il suivait le plan. Ta grand-mère était censée revenir sur scène et exécuter son meilleur numéro. Le public aurait tout gobé. Alors, il…

— Alors, moi, coupa Archibald, le fléau des charlatans, j'aurais ravalé ma fierté et admis que j'avais tort. À voix haute, bouche bée. Mon approbation de votre authenticité, mon imprimatur, vous aurait catapulté encore au-dessus de cet imposteur israélien.

— Qu'il brûle en enfer, glissa Teddy.

— Sauf que ce n'est pas ce qui s'est passé, reprit Matty.

— Le destin est intervenu, répondit papy. Et ta grand-mère n'a pas voulu retenter le coup. Je dois admettre que, pendant un temps, ça m'a contrarié. Mais au final, c'était pour le mieux. Qu'est-ce que la célébrité nous aurait apporté ?

— Un séjour en prison, peut-être, fit Archibald.

— Des chagrins, ajouta papy.

— Mieux valait prendre l'argent, conclut Archibald.

Papy posa la main sur l'épaule de Matty.

— La société qu'Archie et moi avons fondée – ATI – a été conçue, dès le départ, pour traire autant que possible la vache à lait qu'est le gouvernement. Mais, quand Smalls s'est retrouvé à la retraite, ses pis se sont taris. En revanche, maintenant que notre bon vieux soldat est tout ragaillardi…

— … les affaires reprennent, dit Archibald.

— Désolé de ne pas t'avoir expliqué ce qui se passait. Je ne voulais pas que tu nous trahisses sans le vouloir.

Patti apporta la boisson d'Archibald, un grand verre d'un liquide orange décoré d'une brindille verte, d'une tranche d'ananas et d'un parasol rose. Archibald le leva :

— À ATI !

— Archibald & Telemachus Incorporated, répondit papy.

— D'accord, mais… mais…

Dans la tête de Matty, les questions se bousculaient et finissaient par former un carambolage spectaculaire.

— … le pistolet à microleptons est faux ou non ?

— Oh, il est réel, dit Archibald.

— Et totalement faux, ajouta papy.

— Tu as déjà entendu parler de l'effet placebo ?

Matty hocha la tête sans être vraiment sûr du sens exact du mot.

— Le pistolet, mon jeune ami, est le cousin obscur du placebo, le nocebo. Si un placebo confère de faux bénéfices, le nocebo cause de faux symptômes. Les dégâts subis par le patient sont psychogènes, mais pas moins réels.

— Si tu y crois, précisa papy, tu en souffres.

— Nous l'avons testé sur plusieurs prétendus médiums. Une fois qu'on leur a eu expliqué ce que faisait l'arme à leur champ de torsion, ils perdaient toutes leurs capacités. Bien sûr, la moitié de ces gens étaient des charlatans.

— Des charlatans qui s'ignoraient.

— Du coup, on mystifie les charlatans.

Matty prit un moment pour y réfléchir.

— Alors, oncle Buddy… ?

— Buddy avait besoin d'être normal, dit papy. C'était une forme d'euthanasie.

Matty prit une gorgée de sa boisson glacée tout en réfléchissant. Les deux hommes commencèrent à discuter des détails des contrats du gouvernement. Lorsque les calmars arrivèrent, papy lui jeta un regard et lui demanda :

— Qu'est-ce qui t'arrive, mon petit ?
— Rien. Je me posais des questions sur… moi.
— Toi ?
— Mon pouvoir est réel, non ?
— Mon petit, mon petit, ce n'est pas parce qu'il y a des cabochons dans la valise de bijoux qu'elle ne contient pas quelques diamants. Matthias, tu descends d'une illustre lignée.
— Je sais, je sais ; des demi-dieux et tout…
Archibald gloussa.
— Je parlais de Maureen McKinnon, expliqua papy. Le Médium le Plus Puissant du Monde. C'est écrit sur la médaille que je lui ai fait faire, une année, pour Noël. Une plaisanterie entre nous, mais pas tout à fait, parce qu'autant te dire, Matthias, qu'elle était sans conteste un authentique médium.
— À la belle Maureen, dit Archibald en levant encore son verre.
— À mon grand amour, répondit papy.
Matty leva sa piña colada.
— À mamie Mo.

BUDDY

Il faisait tourner les pages plastifiées tout en mijotant lentement dans sa panique. Les images étaient plus aguichantes que n'importe quelle photo pornographique qu'il ait pu voir : de séduisants blancs de poulet langoureusement entremêlés ; du pot-au-feu luisant ; des quesadillas humides et juteuses ; des piles de spaghettis torrides. Trop de choix. Beaucoup trop. La section *Élaborez votre propre burger* fit battre son cœur un peu plus vite. Toutes ces années, il avait su quoi commander parce qu'il se rappelait l'avoir déjà fait. Une suite logique qui avait cessé de lui paraître étrange pour devenir rassurante : les repas remémorés n'avaient pas leur pareil pour vous réconforter. Mais se retrouver lâché dans un endroit où non seulement on pouvait presque tout commander, voire composer son repas à partir d'une infinité d'ingrédients… C'était de la folie.

Il tourna la page et ne put retenir un glapissement. *Petit déjeuner à toute heure.*

La serveuse apparut. Elle était plus petite que Buddy mais plus âgée de dix ans, avec un menton étroit et un nez un peu trop gros par rapport au reste de son visage.

— Quelque chose vous dit ? demanda-t-elle.

Pendant un instant, Buddy resta sans voix. Enfin, il prit une inspiration et répondit :

— *Denny's* est l'enfer du libre arbitre.

La serveuse rit.

— Je suis d'accord avec vous sur le côté infernal. Vous voulez boire quelque chose, pour commencer ?

— Juste du thé glacé, merci.

La serveuse eut un sourire mystérieux et repartit. Buddy avait demandé à s'asseoir dans le coin de salle dont elle s'occupait. Ces quatre dernières semaines, il s'était livré à diverses expériences sur le choix. Pouvait-il vraiment faire tout ce qu'il désirait, désormais ? Se rendre n'importe où ? Parler à n'importe qui ? Il était devenu une créature terrifiante et terrifiée : un agent libre. Et pourtant, c'était excitant. Il n'était responsable de personne sinon de lui-même, et pouvait agir à son gré. Du moins tant qu'il avait de l'argent. Il s'était rendu à Alton, Illinois, puis à Saint Louis, Missouri, et de là, suivant rumeurs et indications, dans deux autres petites villes du Midwest. À chaque étape, le nombre d'options qui s'offraient à lui le pétrifiait presque. Mais il avait pris des décisions. Et sans savoir si elles étaient bonnes ou mauvaises. Enfin, il était arrivé, un soir à 21 h 30, dans un restaurant franchisé presque vide de Carbondale, Illinois.

Il était terriblement nerveux.

Pour patienter et se détendre, il sortit son pastel et traça une ligne sur la nappe en papier. Il l'avait fait plusieurs fois au cours de son voyage, sur des serviettes et du papier d'hôtel, pour se souvenir d'où il venait et où il allait. Appelons-la sa ligne de vie. Il fit une marque près de son extrémité droite : le 4 septembre 1995. Jusqu'à cette date, son esprit avait erré au hasard sur cette portion de la ligne, la parcourant dans les deux sens. Il était arrivé à son terme, mais elle continuait de grandir, instant après instant. Jusqu'à quand, il l'ignorait. Il continua de griffonner jusqu'à ce que la serveuse revienne avec son verre de thé.

— Jolie couleur, commenta-t-elle. Qu'est-ce qui se passe, après ?

Elle désigna du menton les chiffres que Buddy avait notés au bout de la ligne, sans s'en rendre compte : 02 11 2016.

— Aucune idée, répondit Buddy.

Soudain, il se sentit gêné. Il devait ressembler à un enfant.

— Vous vous souvenez de moi ? demanda-t-il.

La serveuse jeta un bref coup d'œil vers la femme qui tenait la caisse.

— Je ne suis plus dans cette branche professionnelle, répondit-elle.

— Non ! Je ne voulais pas dire ça ! Je suis vraiment désolé. Je me demandais juste si…

— J'ai fait des recherches sur toi. À propos de l'histoire que tu m'avais racontée. Tu as vraiment été célèbre, avant.

— Ça ne s'est pas très bien fini.

— Qu'est-ce qui finit bien ?

La femme à la caisse se rendit dans la cuisine et la serveuse sembla se détendre un peu.

— Alors comme ça, tu me poursuis, Buddy ? dit-elle avant d'ajouter rapidement : Je plaisante. Ça va.

Oh, pourtant, Buddy l'avait bel et bien poursuivie, à travers deux États et pendant quatre semaines.

— Je voulais…, commença-t-il.

Que voulait-il ? Ce moment était si différent de ce qu'il avait imaginé. Aucun souvenir ne pouvait le guider. Le script était vierge.

— … je voulais juste te remercier. Tu as été très gentille avec moi.

— Et tu étais mignon, répondit la serveuse en lui tendant la main. Je m'appelle Carrie.

— Carrie, répéta Buddy comme s'il n'avait pas découvert cette information dès le début de ses recherches. Content de faire ta connaissance.

— Alors, demanda Carrie. Tu as choisi ce que tu voulais ?

MATTY

Le Médium le Plus Puissant du Monde a quatorze ans. Il est assis sur son lit, dans sa chambre au grenier, les yeux fermés, une boîte orange et blanche à côté de lui. La boîte est vide, à présent. Le cadeau, son héritage, pend autour de son cou, l'acier froid contre sa poitrine nue.

Il est un peu déçu qu'elle ne soit pas en or. Mais pas trop. Il passe la main sur la balafre qu'a laissée la balle dans le métal ; son contact le rend à la fois plus vulnérable et plus puissant.

Plutôt un bon état d'esprit, finalement.

Il s'élève hors de son corps et continue de monter. Le toit disparaît sous lui. La cime des arbres devient un flou orange et rouge. Il pivote dans les airs, se demandant où aller. Au sud, décide-t-il. Il y a là-bas quelqu'un dont il aimerait prendre des nouvelles.

Il ne maîtrise pas très bien la géographie de Chicago, mais, en pensant simplement à l'endroit où il veut se rendre, son moi spectral trouve le chemin tout seul. Il se glisse dans le bâtiment, puis descend à la cave.

Princesse Pauline est dans son étable royale et mâche du foin avec une dignité solennelle. Elle ne prête pas plus attention aux tubes qui entrent dans son corps qu'à l'invité importun qui flotte près d'elle.

Il descend un peu pour regarder à travers la vitre de Plexiglas, dans le flanc de l'animal. En juin, il peinait à distinguer le cœur artificiel qui la faisait vivre, mais à présent il peut s'approcher autant qu'il le désire. Il décale son point de conscience vers l'avant, laisse sa tête fantôme et ses yeux fantômes glisser de l'autre côté de la vitre.

Le Médium le Plus Puissant du Monde se dit : C'est le truc le plus dégueu que j'ai jamais fait. N'empêche, c'est plutôt cool. Le cœur est beaucoup plus gros qu'il ne s'y attendait, masse de plastique nichée dans la chair de la vache. Sa Majesté ne semble pas gênée par l'intrusion.

Il éprouve une certaine camaraderie professionnelle envers elle. Elle est sa partenaire en transparence : on ne peut pas le voir, tandis qu'elle révèle tout.

— Content que tu ailles bien, lui dit-il, même si évidemment elle fait semblant de ne pas l'entendre.

Il s'élève à travers plusieurs niveaux de ciment, à travers la plomberie et les lignes téléphoniques, jusqu'à ce qu'il ait regagné le ciel au-dessus de Downers Grove. Le soleil se couche et les nuages luisent d'une nuance de rose particulière. Intéressant. Il file dans leur direction et se retrouve au milieu des cumulus cotonneux, aveuglé par leur blancheur.

Plus haut, alors. Il a compris que la navigation était un effort d'imagination.

Il s'élève au-delà de la couche nuageuse. Loin au-dessus de lui, le ciel passe du violet au noir. Un quartier de lune est encore plongé dans l'ombre. Quelque part, à sa surface, est planté un drapeau américain. Matty se demande s'il est encore debout, et à quoi il ressemble vu de près.

En un instant, il s'y rend.

REMERCIEMENTS

Plusieurs personnes ont lu les différents jets de ce livre et m'ont prodigué conseils et encouragements. Je suis éternellement reconnaissant envers Liza Trombi, James Morrow, Gary Delafield, Matt Sturges, Dave Justus, Andrew Tisbert, Fleetwood Robbins, Nancy Kress et Jack Skillingstead.

Mes enfants, inexplicablement devenus grands, ont été présents dans mon cœur à chaque page. Merci à vous, Emma et Ian Gregory.

Je remercie également mon correcteur, Tim O'Connell, qui a su repérer ce dont ce livre avait besoin – et ce dont il pouvait se passer ; s'amuser autant en exécutant un travail aussi difficile devrait être interdit par la loi. Richard Arcus de Quercus et Kiara Kent de Penguin Random House Canada m'ont fourni de précieuses notes sur l'avant-dernier jet. Mon agent, Seth Fisherman, et toute l'équipe de Gernert Company ont été exceptionnels du début à la fin.

D'autres m'ont aidé sans le savoir. Les Chicago Cubs m'ont appris tout ce que je sais sur le destin, la foi et la douleur. Bande de saligauds, vous avez brisé le cœur de mon père, année après année, jusqu'à ce qu'un jour, vous arrêtiez. Je remercie aussi les crédules du Congrès qui ont financé le projet Star Gate pendant des décennies et m'ont fourni tant de matériel pour écrire ce roman.

Je dois cependant des excuses à l'un de mes héros, James Randi, alias Randi le Fantastique. La croisade qu'il a menée, tout au long de sa vie, pour démasquer les médiums, les guérisseurs, les psychiques et les charlatans de tous horizons paranormaux a inspiré cette histoire qui risque bien d'offrir soutien et confort à l'ennemi. Ainsi, même s'il peut sembler ridicule d'affirmer une chose pareille au XXIe siècle, sachez que rien de tout cela n'est réel. Il n'existe pas de télépathes, de visionneurs à distance, de sourciers, de gens capables de tordre des couverts par la seule force de sa pensée – hormis dans les pages d'un roman. Mais n'est-ce pas suffisant ?

Du même auteur :

La Planète des singes (intégrale), EP Éditions, 2014.
Afterparty, Le Bélial, 2016.
L'Éducation de Stony Mayhall, Pocket, 2016.
Nous allons tous très bien, merci, Pocket, 2017.
Harrison Harrison, Le Bélial, 2020.

Le Livre de Poche s'engage pour l'environnement en réduisant l'empreinte carbone de ses livres. Celle de cet exemplaire est de :
450 g éq. CO_2
Rendez-vous sur www.livredepoche-durable.fr

PAPIER À BASE DE FIBRES CERTIFIÉES

Composition réalisée par Belle Page

Achevé d'imprimer en France par
CPI BRODARD & TAUPIN (72200 La Flèche)
en mars 2020
N° d'impression : 3038041
Dépôt légal 1re publication : avril 2020
LIBRAIRIE GÉNÉRALE FRANÇAISE
21, rue du Montparnasse – 75298 Paris Cedex 06

35/9089/1